The Heroes of Olympus

混血營英雄

迷路英雄

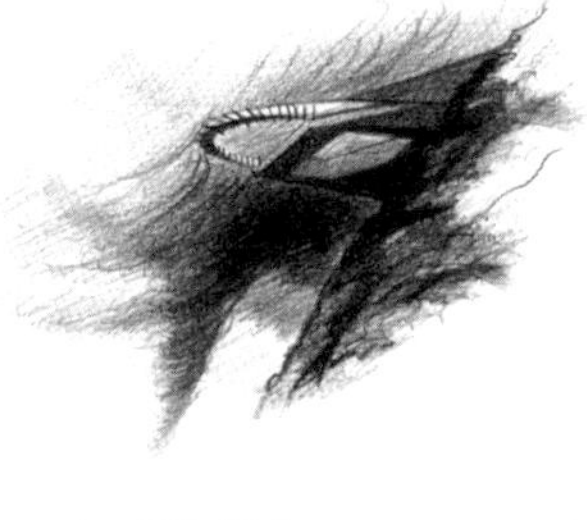

雷克·萊爾頓 Rick Riordan◎著
蔡青恩◎譯

遠流

國際媒體讚譽

【波西傑克森】的讀者可以安心了。萊爾頓新作【混血營英雄】系列第一集《迷路英雄》延續了之前的快節奏冒險故事，裡面有許多大家熟悉的故事元素，能讓重度愛好者立刻回到被神話人物大鬧的現代世界。故事情節設定非常巧妙，像是在希臘神話與羅馬神話間任意切換角色的天神，讓萊爾頓的小說有更不同於以往的新體驗。……萊爾頓的說故事功力仍像往常一樣完美精鍊，充滿了智慧、行動與勇氣。

——《出版者週刊》

萊爾頓十分擅長情節的巧妙鋪陳，也善於創造扣人心弦的緊張危險。故事中穿插著幽默，提供了討喜的輕鬆感。……「我是誰？」、「我可以達到其他人對我的期望嗎？」這些年輕英雄們面對的問題，也和今日的青少年相近。

——《學校圖書館期刊》

渴望回到混血營的讀者願望成真了！在這個【混血營英雄】第一集中，萊爾頓延續了廣受歡迎的【波西傑克森】系列，並保留了一些原本的人物當作配角。新出現的人物有傑生、里歐和派波，這些十幾歲的混血人才剛開始了解自己的獨特能力，在發揮潛能的同時，學習到運用智慧、勇氣並發展友誼。……不時出現的風趣之筆點亮了閱讀的情緒，但如同【波西傑克森】，緊張的氣氛與迫在眉睫的危機才是貫穿系列的主軸。在熟悉的架構下增加了吸引人的角色，將滿足讀者渴望更多的需求。

——《書單》

這本書中有許多高潮。將天神帶進故事中所發展出的意外情節，往往令人眼睛爲之一亮……在整本書中，作者和關鍵的次要角色都在玩「我們知道的比你多」這個令人心癢的遊戲，讓讀者不時會想起波西．傑克森。

——《科克斯評論》

主要人物簡介

◆**傑生**（Jason）

金髮混血人。在一趟校外教學的校車上醒來後，他不記得自己之前的所有一切。他被告知有個叫做派波的女朋友，而最好的朋友是里歐；他們三個人都念荒野學校，也都是問題學生。在身世成謎的狀況下，他來到了混血營，被迫接下尋找任務。除了要解決自身的問題，他還必須面對奧林帕斯的危險困境。

◆**派波**（Piper）

棕髮混血女孩，有印第安切羅基族血統，性格堅強倔強，習慣掩飾自己的美貌。在一場混亂風暴後，她和傑生、里歐被帶到混血營。生活中的巨變不僅於此，爸爸失蹤了，而原本是男友的傑生卻說不認識她。在混血營中，她明白了自己長久以來的身世問題，也接下了一個可能回不來的危險任務。

◆**里歐**（Leo）

身材瘦小，長得像拉丁版小精靈，有一頭黑色捲髮和尖耳朵，娃娃臉上帶著古靈精怪的笑容。他有一雙萬能手，對機械五金等工藝事物都很在行。他與傑生和派波在經歷一陣風暴後被帶進混血營，奇怪的是，這個營隊似乎充滿了詛咒、失蹤與恐怖預言。他不禁懷疑，這一切是否和他過去那個古怪的保母有關？

◆**波西・傑克森**（Percy Jackson）

海神波塞頓之子。他在十六歲生日前，率領混血營學員一同對抗泰坦大軍的入侵，成功守住了奧林帕斯山。在一切歸於平靜後，混血營的神諭使者又發出新的大預言，天神們與混血人勢必面對更強大的敵人，而波西也被牽扯在這場大麻煩之中。

◆**安娜貝斯・雀斯**（Annabeth Chase）

波西的混血營夥伴，是智慧女神雅典娜的混血女兒，也是混血營六號小屋的領隊。她聰明有智慧，在協助波西成功抵抗泰坦大軍後，被天神授予重建奧林帕斯山的任務。在波西陷入麻煩後，她義無反顧接下了解救波西的工作。

◆**泰麗雅**（Thalia）

天神宙斯的混血女兒，喜歡龐克裝扮與搖滾樂。個性衝動暴躁，但很重視朋友。與安娜貝斯及路克結伴投靠混血營途中遭怪物圍攻。她當時犧牲生命解救朋友，七年後在金羊毛的魔力下復活，並且成爲阿蒂蜜絲獵女隊的隊長，巡遊各地尋找新的隊員。

◆**希拉**（Hera）

眾神之后，宙斯的妻子，是掌管婚姻的女神，也是母親的守護神。她以善妒聞名，常對付宙斯的私生子，但偶爾也會幫助英雄完成任務。在羅馬時期則被稱爲「茱諾」，形象較爲好戰。

給海利與派崔克，你們永遠是最先聽到故事的人。
沒有你們，混血營將不會存在。

1 傑生

傑生在被電擊之前，已經過了衰爆的一天。

他醒過來時，只知道自己坐在一輛校車的最後面，卻不知道校車位在何方。他知道有個女孩正握緊他的手，好吧，這件事不算太衰，因爲那女孩長得還挺正的。然而，他根本不知道她是誰，也不知道自己在這裡幹什麼。他坐直身子，揉揉眼睛，努力回想。

他的前面大概有幾十個孩子窩在座位上，有的在聽 iPod、聊天，有的在打盹。他們看起來年紀都和他差不多……是十五歲，還是十六歲？這下好了，太可怕了，他連自己幾歲都想不起來！

校車在崎嶇的路面上搖擺前行，往窗外看去，蔚藍的天空下只有起伏的沙漠。傑生十分確定他不是住在沙漠裡。他努力回想……他最後記得的事是……

那女孩捏了一下他的手。「傑生，你還好吧？」

她穿了條洗得發白的牛仔褲，腳上頂著登山鞋，身上穿著刷毛滑雪夾克。她那棕色的頭髮剪得參差不齊，兩邊還各垂下一撮細細的髮辮。這女孩臉上沒化妝，好像故意不要引人注意，可惜效果有限。她實在是個非常漂亮的女孩，尤其那雙眼睛就像萬花筒般，棕色、藍色、綠色，不斷變換閃耀。

傑生放開她的手，說：「嗯，我不……」

校車前方有位老師突然大喊：「好了，所有組員們，給我聽清楚！」

這傢伙肯定是個教練。他頭上的棒球帽壓得很低，完全遮住前額的頭髮，所以只看得到他目光銳利的眼睛。那張留著山羊鬍的臉很臭，好像剛吞進什麼發霉的食物一般。他的胸膛和露出的手臂都很壯，讓身上的亮橘色polo衫顯得緊繃，而那件尼龍運動褲和耐吉運動鞋都是一塵不染的白色。他脖子上掛了個哨子，腰帶上繫著擴音器。要不是他只有一百五十公分高，看起來一定超級可怕。當他站起來走到中間走道時，竟然有個學生偷偷喊著：「黑傑教練，快站起來呀！」

「我聽到了！」教練掃視全車，要揪出冒犯他的人。當他的眼神掃到傑生就定住了，臉色更加陰沉。

傑生的背脊一陣發涼，他確信教練知道他不屬於這裡，而且大概馬上就要破口大罵，問他為什麼搭上這輛車。不過這個問題，連傑生自己都沒有半點頭緒。

然而黑傑教練的眼神卻移開了。他清一清喉嚨，開口說：「五分鐘之後，我們就會抵達目的地。跟緊你們配對的組員，不要搞丟學習單！你們這群傢伙要是有誰敢在這趟行程中給我惹麻煩，我會用最特別的方式，把他送回學校！」

他拿起一根球棒，做出揮全壘打的動作。

傑生看著身邊這個女孩，問她：「他可以這樣對我們說話嗎？」

女孩聳聳肩。「他一直都是這樣。這是荒野學校，裡面的學生都是野生動物。」她說得好像這是大家都知道的笑話。

「一定有什麼地方出錯了，」傑生說：「我不應該在這裡。」

坐在他前面的男生轉過來笑著說：「傑生，你說得對！我們都被誣告了！我才沒有逃跑六次，而派波也沒偷過ＢＭＷ。」

那女孩的臉突然漲紅。「里歐，我沒有偷那輛車！」

「喔，我又忘了，派波，那麼實情究竟是怎麼回事？你是有跟車商『說』，暫時把那輛車借你用嗎？」他講話時對著傑生挑眉，好像在暗示，這個女生說的話能信嗎？

里歐長得就像拉丁版的聖誕小精靈，一頭黑色捲髮，兩個尖尖的耳朵，討喜的娃娃臉上帶著古靈精怪的笑容，那笑容讓人馬上警覺到，如果比賽和他同組或是討論敏感話題時，絕對不要相信他。他細長靈巧的手指頭一直動個不停，不是在座位上敲出聲音、在耳後撥弄頭髮，就是在他的陸軍夾克上撥弄釦子。這個人如果不是天生過動，就是吃下了足以讓一頭牛心臟病發的咖啡因和糖。

「好吧，」里歐對傑生說：「我希望你有準備好你的學習單，因爲我自己那張在幾天前就被我用來擤鼻涕了。你幹嘛這樣看我？難道又有人在我臉上畫畫？」

「我又不認識你。」傑生說。

里歐像鱷魚般咧嘴微笑。「沒錯，我不是你最好的朋友，因爲我是他的惡魔分身。」

「里歐・華德茲！」黑傑教練的聲音從前面傳來，「你們後面有問題嗎？」

里歐對傑生眨眨眼。「你看好！」他轉回去面對前方說：「教練，對不起，我聽不到你說什麼，可以拜託你用擴音器說話嗎？」

黑傑教練哼了一聲，似乎頗高興有了個好藉口。他解下腰帶上的擴音器，繼續發出指令，只不過聲音變得像星際大戰裡的黑武士達斯維德一樣低沉沙啞又模糊不清。全車的人都笑翻了，教練試著調整一下機器，結果擴音器卻發出刺耳的聲音說：「公牛哞哞叫！」

學生們瞬間狂呼亂叫，教練氣得丟下擴音器。「華德茲！」

派波強忍住笑意，她問：「天啊，里歐，你是怎麼辦到的？」

里歐從袖子裡摸出一把很小的十字起子。「我可是個特別人物呢！」

「拜託你們正經一點，」傑生請求他們，「我在這裡要做什麼？我們要去什麼地方？」

派波的眉頭糾成一團。「傑生，你在開玩笑嗎？」

「不是！我真的什麼都不……」

「喔，是啦，他在開玩笑！」里歐插嘴，「他想要報復我上次在果凍上抹刮鬍膏那件事，對不對？」

傑生茫然地看著他。

「不，我覺得他是認真的。」派波正要去牽傑生的手，但傑生縮了回去。

「很抱歉，」他說：「我不……我不能……」

「好了！」黑傑教練在前頭大喊：「最後面那兩排，午餐後負責清理環境！」

其他學生全都歡呼叫好。

「見鬼了。」里歐喃喃抱怨。

然而，派波的眼睛還是盯著傑生，彷彿不知該感到受傷還是擔憂。「你的頭有去撞到什麼嗎？你真的不知道我們是誰？」

傑生無助地聳聳肩。「還有更糟的事。我連我自己是誰都不知道。」

校車在一棟形狀像博物館的紅土建築前停下來，但此處除了這棟屋子外，四周空無一物，也許這就是這座「國立虛空博物館」設立的原因吧，傑生猜想。一道冷風從沙漠襲來，傑生本來沒怎麼留意自己的穿著，這時才發現他一身的行頭都不夠保暖。他穿了牛仔褲和運動鞋，上身是件紫色T恤，外面只罩著一件黑色薄風衣。

「失憶病人，讓我來幫你上個速成班吧。」里歐說。儘管他的語氣帶有助人的意味，傑生卻覺得他不會有任何幫助。「我們呢，都念『荒野學校』，」里歐用手指比出引號來強調一下，「那就表示，我們都是壞孩子。在你家或是法院裡，有人認爲你惹的麻煩夠多了，就把你送走，進到這間位在內華達州最扯爛地方的可愛監獄……喔，不對，是寄宿學校。在這裡呢，你會學到一些超級有用的本領，像是一天可以快跑穿越十幾公里的仙人掌叢，還會用小雛菊編帽子呢！我們也會有特別的獎勵機會，就是可以出來進行最有教育意義的校外教學，像現在這樣。黑傑教練會負責帶領我們，他總是帶著一根球棒維持秩序。現在，你的記憶有沒有回來一點？」

「沒有。」傑生憂慮地掃視著全車的孩子。車內大約有二十個人吧，其中有一半是女生，但沒有任何一個看起來像頑逆的罪犯。傑生不禁猜想，這些人到底是做了什麼事，才會被送進這間感化學校；他也很疑惑自己爲什麼會跟這樣一群人在一起。

里歐翻了個白眼。「你還要繼續演下去嗎？好吧，我們三個都是這學期才一起來到這裡，三個人好得不得了。我說什麼你都照辦，你的點心通通分給我吃，還幫我做雜務……」

「里歐！」派波打斷他的話。

「好啦，最後那句話不算。但是，我們眞的是朋友。那個，派波跟你又比『普通朋友』再好一點點。幾個禮拜前，你們……」

「不要再說了，里歐！」派波的臉已經漲紅。傑生感覺自己的臉也開始發熱，他想著，如果自己曾跟派波這樣的女孩約會過，應該有印象才對。

「他可能得了失憶症或什麼病，」派波接口：「我們應該找人幫忙。」

里歐爆出笑聲。「找誰呀？黑傑教練嗎？他只會拿球棒敲他的頭，把他打醒吧。」

教練還在最前方大聲唸著各種規定，又不時氣得吹哨子叫所有人乖乖排好隊伍。然而，他卻不時回頭盯著傑生，一臉陰鬱。

「里歐，傑生需要人幫忙，」派波堅持說：「他或許是腦震盪，或是……」

「喂，派波！」在整群往博物館前進的隊伍中有個人調過頭來，朝他們三個靠近。這個新面孔一把推倒里歐，直接往傑生和派波當中插過去。「不要跟這個下流的東西說話，你是我的夥伴，記得嗎？」

這傢伙理著一頭超人般的深色短髮，古銅色的皮膚又黑又亮，牙齒更是無敵潔白，白到好像應該附上警告標語：「請勿直視此處，強光有礙視力！」他穿了件達拉斯牛仔隊的球衣，下半身是標準西部牛仔穿的褲子和皮靴，臉上則露出一種笑容，好像自己是上天送來感化少女的禮物。傑生一看到他就討厭。

「走開，狄倫！」派波低聲抱怨。「我並沒有說要跟你一組。」

「啊，不會吧。今天可是你的幸運日耶！」狄倫伸手勾住派波，硬是把她拉進博物館入口。派波最後回頭看過來的表情像是在說：「快打一一九！」

里歐站起來，拍拍身上的塵土說：「我恨他！」然後他挽住傑生的手臂，彷彿他們也應該一起蹦蹦跳跳進去博物館才對。「我是狄倫，超級無敵酷的狄倫！我想跟我自己約會，可是又不知該怎麼約！還是你想約我呢？那你眞是太幸運了！」

「里歐，」傑生開口說：「你眞的很怪。」

「對啦，你說過很多次了。」里歐笑著說：「不過如果你什麼都不記得了，我就可以再重複使用我那些老笑話啦。來吧！」

傑生努力想著，如果這樣的人是他最好的朋友，他的人生鐵定糟糕到極點。不過，他還是跟著里歐走進博物館。

他們在博物館內走來走去，三不五時停下來，聽黑傑教練用擴音器解說展示品，可是教練的聲音聽起來卻像星際大戰裡的西斯大帝般回聲很大，要不然就是會突然咆哮出很怪的話：「母豬最會呼嚕嚕！」

里歐不斷從夾克口袋裡掏出各種東西：螺帽、螺栓、絨毛鐵絲，又不斷將它們混在一起，好像非得讓雙手隨時有事情做。

傑生根本無法把太多心思放在這些展示品上，不過他大概知道展示的都是關於大峽谷與沃烏派族原住民的文物，沃烏派族是這片土地的擁有者。

有幾個女孩一直盯著派波和狄倫不停竊笑。傑生看得出來，這些女生應該是學校中勢力比較大的一群，她們通通穿著類似的牛仔褲和粉紅上衣，臉上的妝濃得可以直接去參加萬聖節的扮鬼派對。

其中有個女孩說：「喂，派波，這裡是你那一族的地盤嗎？是不是你跳個祈雨舞，就可以免費進來？」

其他女孩一起大笑，就連自稱是「派波夥伴」的狄倫也抿嘴偷笑。派波那件滑雪夾克有著超長的袖子，但傑生感覺得到，隱藏在裡面的雙手正握緊了拳頭。

「我爸是切羅基族，」她說：「不是沃烏派族。但也難怪，你的腦細胞不足，根本分辨不出哪裡不同呀，伊莎貝爾！」

伊莎貝爾頓時瞪大眼睛，故意裝出吃驚的表情，整張臉就像是塗滿化妝品的貓頭鷹。「喔，那可眞是對不起啦！還是說，你媽媽是屬於這一族呢？哎呀，不對不對，你根本不知道你媽是誰。」

派波飛撲向她。就在兩邊即將開打的瞬間，黑傑教練大喊：「那裡吵夠了沒？表現好一點，不然我隨時會揮出球棒！」

就這樣，整群人三三兩兩往下一個展示間移動，但女孩們對派波的各種評論沒有停止。

「回到你們的保護區了，開心嗎？」一個女孩用超級甜膩的語氣問。

「大概是她爸爸喝得太醉，每天都沒法上工，」另一個女孩用假惺惺的同情語氣說：「才會害她變成小偷。」

派波不理她們，但傑生已經氣得準備揮拳打人。他也許對派波沒有印象，甚至不知道自己是誰，但他很清楚自己痛恨卑鄙的人。

里歐抓住他的手。「冷靜下來吧，派波不喜歡我們替她出氣。況且，要是那些女生搞清楚她爸爸是誰，她們只會全部拜倒在她身邊，哭著說：『我不配！』」

「爲什麼？她爸爸是誰？」

里歐不可置信地笑出來。「你沒騙我吧？你眞的一點都不記得你女朋友的爸爸是……」

「聽著，我當然希望我記得，可是我連她是誰都想不起來，更何況是她爸。」

里歐吹起口哨。「隨便你啦。等回到宿舍，我們『一定』要好好聊聊。」

他們已經走到博物館內最深的盡頭，再過去只有幾片巨大玻璃門，通往一片戶外平台。

「好了，所有組員聽好，」黑傑教練宣布：「你們即將看到大峽谷。不可以有任何破壞行爲。前面這座天空步道，可以承受七十架巨型噴射機的重量，所以你的體重對它來說，簡直就像一根羽毛，走上去保證安全。但我要拜託各位，不准在步道邊緣互相推擠，那會害我要寫一大堆報告交差。」

黑傑教練打開玻璃門，所有人走到戶外。大峽谷就在眾人面前展開，很近也很眞實；而在陸地邊緣，一座馬蹄形的步道向虛空的天際彎出去。整座步道都由玻璃製成，所以各個角度的視線都貫通無阻。

「呼！」里歐開口說：「這眞是太、太、太誇張了！」

傑生不得不同意他的說法。儘管他既失憶又覺得自己不屬於這裡，卻也忍不住對眼前的一切驚訝讚嘆。

眼前的峽谷比任何風景圖片上看到的還要寬廣巨大。他們站的地方與谷底落差極大，所以飛鳥是在他們腳底下盤旋。兩、三百公尺深的谷底，有條纖細的河水緩緩流動。剛才，就在他們參觀館內的時候，幾團烏雲朝著博物館靠近，此時，雲團投照出的陰影，宛如生氣的臉孔散布在峭壁間。傑生放眼望去，不論哪一個方向，到處都是紅紫色的深谷，硬生生把平緩的沙漠給撕裂開來，就好像……好像某個抓狂的天神拿刀劈出了這一切。

傑生的眼底感到一陣刺痛。「抓狂的天神……」這想法是從哪裡冒出來的？他覺得自己似乎接近了某個重要的事實，一件他應該要知道的事。在此同時，他也出現一種絕對錯不了的預感，他覺得自己正身處險境。

「你還好吧？」里歐問他。「你該不會想要翻過欄杆吧？我今天可沒帶相機出來喔。」

傑生緊抓著欄杆，全身發抖又冒汗，但這些不適和步道的高度無關。他眨眨眼，眼底的痛苦稍微減緩下來。

「我還好，」他勉強回答：「只是有點頭痛。」

天空突然雷聲大作，一道強勁的冷風幾乎要把他打到步道最邊緣。

「這樣根本就不可能安全。」里歐瞇著眼研究雲團。「風暴雲就在我們正上方，可是其他地方卻晴朗無比。有夠詭異的，是吧？」

傑生抬頭看，里歐說得沒錯。一團黝暗的黑雲就停留在天空步道正上方，但別處卻是晴空萬里。這讓傑生心裡的感覺更糟。

「全部組員，聽這邊！」黑傑教練大喊。他抬頭看著烏雲，眉頭緊皺，似乎也在擔心這團黑壓壓的遮天之物。「我們可能得縮短參觀時間，所以給我立刻行動！記得，學習單上要寫完整的句子！」

風暴雲突然隆隆作響，傑生的頭又開始痛了起來。不知道爲什麼，他突然將手伸進牛仔褲的口袋，掏出一枚硬幣。這金色硬幣和美金五角差不多大，但更厚也更不平整。硬幣的一面是戰斧圖案，另一面則是頭戴桂冠的男子面孔，上面鑄刻的文字，好像是「IVLIVS❶」。

「哇，那是黃金嗎？」里歐問。「嘿，你還欠我錢喔！」

傑生把硬幣放回口袋，疑惑著自己是怎麼變出這枚東西，也很想知道為什麼有種馬上就要用到它的預感。

「沒什麼特別的，」傑生回答：「就是個硬幣而已。」

里歐聳聳肩，也許他的念頭轉得就像他的手指一樣快。「來吧來吧，」他說：「看你有沒有膽翻過那個欄杆。」

他們沒花多少心力在學習單上。一方面是因為傑生自己混亂的情緒和頭頂的烏雲把他搞得無法專心；另一方面，他也眞的不知該如何回答學習單上的問題，像是「寫出三種你觀察到的沉積岩名稱」或「舉出兩個侵蝕的例子」。

里歐什麼忙也幫不上，他只是忙著用絨毛鐵絲做出一架直升機。

「你看看！」里歐射出那架直升機。傑生以為它會馬上掉落，但那絨毛鐵絲編的螺旋槳眞的轉了起來。小小的直升機橫越過峽谷的一半，才在動能耗盡的情況下，降轉到虛空中。

「你是怎麼辦到的？」傑生問。

里歐聳一下肩膀說：「要是有橡皮筋的話，我可以做出更炫的直升機。」

「說眞的，」傑生問：「我們眞的是朋友嗎？」

「這我很確定呀。」

---

❶「IVLIVS」是「Julius」的拉丁文寫法，這裡指的就是羅馬共和國末期的統治者尤利烏斯・凱撒（Julius Caesar, 100-44B.C.）。他也是羅馬帝國的奠基者，即俗稱的凱撒大帝。

「真的？那我們第一次碰面是什麼時候？我們聊了些什麼？」

「那是在……」里歐皺起眉頭。「我不大記得確切的時間了。嘿，我有注意力不足過動症耶，你不能期待我記住每個細節啊。」

「可是，我對你完全沒有印象，我也不記得這裡的任何人。會不會是……」

「你是對的，而我們其他人都搞錯了？」里歐替他講出來。「你認爲你是今天早上才出現在這裡，而我們對你的記憶，都是假象？」

傑生的腦袋中浮出很小的聲音說：「沒錯，我就是這麼想。」

但這聽起來實在很瘋狂，這裡所有人都視他的存在爲理所當然，每個人的行爲舉止也都把他當成這個班的一份子，除了黑傑教練以外。

「幫我拿一下。」傑生把學習單交給里歐。「我很快就回來。」

里歐還來不及抗議，傑生已經衝向天空步道的另一頭。

此時，整個天空步道都被這群學生佔據著。也許是時間太早，一般觀光客還沒有出現，又或許是這種詭異的天氣把其他人嚇跑了，總之，這整座步道上就只有荒野學校的學生，他們兩兩成對地前後散開。大部分學生都在開玩笑或聊天，有幾個傢伙還把銅板丟到欄杆外。派波在約五十公尺遠的地方寫學習單，而她那愚蠢的夥伴狄倫一直在騷擾她，他不但把手放到派波肩上，還露出那白死人的牙齒傻笑著。派波不斷把他推開，當她瞄到傑生時，臉上的表情好像在說：「快幫我掐死他！」

傑生對她比了個動作，要她再撐一下，然後往黑傑教練身旁走去。黑傑教練拄著球棒，正在觀察這團烏雲。

「是你弄出來的嗎?」教練問他。

傑生倒彈一步。「弄出什麼?」教練的話聽起來好像在說他能變出雷電風雨一樣。

黑傑教練瞪著他，那雙銳利的小眼睛在帽簷下射出光芒。「別跟我耍把戲，孩子。你來這裡做什麼?爲什麼要搞砸我的工作?」

「你是說……你不認識我?」傑生問:「我不是你的學生嗎?」

黑傑哼了一聲。「在今天之前從來沒見過你!」

傑生鬆了一口氣，感動到眼淚都快噴出來。至少他沒有精神錯亂，只是來錯了地方。「先生，你聽我說，我也不知道我是怎麼來這裡的，我只是一覺醒來就在這輛校車上。我唯一知道的事，就是我不該出現在這裡。」

「沒錯。」黑傑粗啞的嗓音突然壓低成微弱的音量，好像要跟他說什麼祕密。「孩子，要是你可以讓這群人都覺得他們認識你，那你製造迷霧的力量確實很強。可是你騙不了我。我這幾天一直聞到怪物的味道，我知道有潛伏者在這裡。不過，你的味道並不像怪物，你聞起來像個混血人。告訴我，你究竟是什麼人?是從哪裡冒出來的?」

教練說的這些話，傑生聽懂的實在沒幾句，但他決定要老實回答:「我不知道自己是誰，我喪失了所有的記憶。請你一定要幫我!」

黑傑教練仔細端詳他的臉，想看穿他的思緒。

「很好，」黑傑喃喃說著:「你沒說謊。」

「我當然沒說謊!你剛說的那些怪物和混血人又是什麼?是通關密語還是什麼東西?」

黑傑瞇起了眼睛。傑生有點懷疑，眼前這人會不會只是個瘋子，但他腦子裡的另一個想法，還是相信他能幫上忙。

「聽好，孩子，」黑傑說：「我不知道你是誰，我只知道你是哪一種人，而且那表示麻煩大了！從現在開始，我不只要保護兩個人，而是三個。難道你就是那個特別包裹？難道，包裹……就是你？」

「你在說什麼？」

黑傑抬頭看著烏雲，整團雲已經變得更加濃密黑暗，而且就在天空步道正上方盤旋。

「今天早上，」黑傑說：「我得到營區傳來的訊息，有一組提領小隊已經朝這裡出發，是要來領一個特殊包裹，至於其他細節他們都不肯透露。我想了想，這樣也好，我要看顧的這兩個力量都算強，年紀也大一些，可是我知道他們被跟蹤了。我聞得出來，這群人裡面有怪物的味道，我想這就是營區突然急著要來接走他們的原因。而你……你沒來由的出現在這裡，莫非你就是那個包裹？」

傑生眼底的疼痛變得比之前更強烈。混血人？營區？怪物？他完全聽不懂黑傑說的事，但是那些字眼卻讓他的腦袋強烈凍結，彷彿思緒正努力要擷取那些應該存在，卻又不在的神祕資料。

他踉蹌了一步，黑傑教練抓穩他。教練的身軀儘管短小，雙手卻像鋼鐵般堅韌。「哇，好險，小夥子。你說你什麼記憶都沒了，對嗎？那好，我就只管看著你，直到營區派遣的小隊抵達就好。讓營長來把事情搞清楚！」

「什麼營長？」傑生問：「什麼營區？」

「乖乖坐著等吧，援兵馬上就來了。希望在那之前，別有任何狀況發生。」

天空突然爆裂出閃電，強勁的風吹過來，幾十張學習單頓時在峽谷間亂飛亂竄，整座天空步道都在劇烈搖晃。學生們尖叫聲四起，各個步履蹣跚地去抓緊欄杆。

「我有事情要宣布！」黑傑教練吼著。他拿起擴音器說：「所有人進到屋子裡！公牛哞哞叫！快離開天空步道！」

「我記得你說過這座橋很穩！」傑生的聲音在風中喊著。

「那是在正常情況下，」黑傑回答：「但不是現在。快跑！」

2 傑生

這團翻騰的烏雲進化成一個迷你颶風，好幾個漏斗雲朝著天空步道衝鑽過來，彷彿巨型水母怪物伸出的觸鬚。

尖叫的學生朝博物館建築奔跑，強勁的風把他們的外套、帽子、筆記本和背包都吹走。傑生也衝過了滑溜的地面。

里歐一時失去平衡，整個人差點翻出欄杆，幸好傑生抓住他的外套，把他拉回來。

「謝啦，兄弟！」里歐驚呼著。

「跑、跑、快跑！」黑傑教練說。

派波和狄倫撐住打開的門，把其他學生趕進屋子裡。派波的滑雪夾克在她身上狂亂拍打著，飄散的髮絲已經遮住整張臉。傑生覺得她一定冷得不得了，但她看起來卻那麼冷靜而有自信，不斷安撫其他人說不會有事，鼓勵大家趕快進去。

傑生、里歐和黑傑教練朝他們跑去，但剩下的短短一段路，卻像在流沙上移步那般困難。強風似乎在跟他們對戰，想把他們推回原處。

站在門外的狄倫和派波又推了一個學生進去，卻再也抓不住門扉。巨大的門扉砰然關上，天空步道整區被隔絕開來。

派波使勁拉著門上的把手，在屋裡的學生也努力敲打玻璃，但所有的門好像都卡死了。

「狄倫，來幫忙！」派波大喊。

狄倫只是站在原地，露出白痴般的笑容。他身上的牛仔外套依然在風中不停翻飛，整個人像是突然陶醉於風暴之中。

「抱歉，派波，我已經結束『幫忙』的工作了。」

他手腕一揮，派波整個人往後飛，撞到玻璃門後又滑向天空步道。

「派波！」傑生衝過去，但風勢阻擋著他，而且黑傑教練也把他推回去。

「傑生、里歐，通通退到我後面。」教練命令著。「這是我的戰鬥，我早該發現他就是我們要找的怪物。」

「什麼？」里歐問。一張學習單此時猛然撲上他的臉，他揮掉紙張後再問：「什麼怪物？」

教練的帽子被狂風吹掉，露出捲髮上突起的兩個大包，很像卡通人物被打到頭之後冒出的腫塊。黑傑教練舉起他的球棒，但這球棒已經變得不太一樣。不知怎麼的，它變形成一根樹枝，連樹葉和嫩枝條都還在上面。

狄倫對他露出瘋子般的愉快笑容。「喔，來呀，教練，讓那男孩攻擊我吧！你畢竟太老了，不適合打鬥了。那不也是他們叫你退休，把你調來這個白痴學校的原因嗎？我已經在這裡混了一整季，你卻完全察覺不出來。老爺爺啊，你的鼻子不靈了。」

教練發出一聲怒吼，聽起來卻像動物的咩咩叫聲。「夠了，混蛋學生，你會輸的！」

「你以爲你可以一次保護三個混血人嗎，老傢伙？」狄倫笑著說：「祝你好運！」

狄倫用手指著里歐，一個漏斗雲瞬間落下，將里歐團團包圍，里歐就像被人拋起來似的整個飛離步道。他想辦法在半空中扭動自己的身體，結果斜向一旁撞到峽谷岩壁。他腳底滑了幾步，死命地又爬又抓，尋找任何可以攀附的地方，最後在天空步道下方四、五十公尺處抓到一小塊突出的岩石，僅靠手指的力氣懸空吊掛在那裡。

「救命啊！」他朝上方呼喊：「有沒有繩子？彈力索？任何東西？」

黑傑教練咒罵一聲，把他的棍子丟給傑生。「孩子，我不知道你是誰，但我希望你是個好人。拜託你讓那個『東西』有點事忙，」他的大拇指比向狄倫說：「我得先去救里歐。」

「怎麼救？」傑生忍不住問：「用飛的嗎？」

「不用飛，我會爬。」黑傑踢開他的鞋，傑生看到簡直要心臟病發了。這個教練竟然沒有腳，他有的是蹄——山羊蹄！傑生這才意識到，黑傑頭頂捲髮上的兩個大突起，不是腫包，是羊角。

「你是『方恩❷』。」傑生說。

「是羊男！」黑傑打斷他的話：「羅馬人才說『方恩』，這我們晚一點再來說清楚。」

黑傑跳過欄杆，朝峽谷岩壁跨出步伐。他的蹄落在懸崖峭壁上，靈巧得不可思議，總是有辦法找到踏腳處，即便那些小凹洞根本不及一個郵戳大。他敏捷地閃躲攻擊他的旋風，一路朝里歐靠近。

「還眞是可愛呀！」狄倫轉向面對傑生。「現在輪到你啦，小子。」

傑生把樹枝拋出去。在風勢這麼強勁的情況下，這樣做應該沒什麼用，但這根樹枝卻精準地朝狄倫飛去，甚至在狄倫要閃開時還自動轉向，瞬間打中狄倫的頭，讓他跪倒在地。

派波並不像表現出來的那樣暈眩無力，當樹枝滾向她身邊，她伸手抓住。可是還沒來得及派上用場，狄倫就站了起來。他的前額流著血，金色的血。

「丟得好，小子。」他瞪著傑生。「下回要丟得更好一些。」

天空步道劇烈搖晃起來，所有玻璃表面都出現裂紋。博物館裡的學生不再用力推著門，大家嚇到全部後退，驚恐地看著眼前一切。

狄倫的身形消溶在煙幕中，好像身體的每個部分失去了連結一樣。他那張臉還在，鬼白的笑容也沒變，但整個軀體卻轉化成飛旋的黑色氣體，雙眼則像是劇動風暴雲上的兩個電火光。他背後生出了黑色的煙霧羽翼，騰空飛到步道上方。傑生心想，如果真的有邪惡天使，應該就是長成這樣吧。

「你是『文圖斯❸』，」傑生說，雖然他搞不懂自己是怎麼知道的，「風暴怪物！」

狄倫的笑聲彷彿是可以掀翻屋頂的龍捲風。「很高興我等到了現在，半神半人！我已經跟里歐和派波混了好幾個星期，隨時可以殺掉他們，但我的女主人說，第三個混血人即將到來，還是個特別的傢伙呢。把你解決掉，她一定會給我很大的獎賞！」

又兩個漏斗雲降到狄倫兩側，瞬間變成另外兩個風暴怪物。他們是鬼魅般的年輕男子，有著煙霧狀的翅膀，眼睛閃著雷光。

派波仍然倒在地上假裝不大清醒，手卻沒有放開那根樹枝。她臉色蒼白，但拋給傑生一個堅定表情，傑生立刻明白她的意思是說：「讓他們繼續注意你，我會從後面擊倒他們！」

---

❷ 方恩（faun）是羅馬神話裡的半人半羊，相當於希臘神話裡的羊男（satyr），參《波西傑克森—神火之賊》六十一頁，註❼。

❸ 文圖斯（ventus），羅馬神話中風暴怪物的統稱，相當於希臘神話的阿尼蘇萊（Anemoi Thuellai），是巨大怪物泰風（Typhone）的兒子，另有一說他是泰風被海神波塞頓（Poseidon）打敗後分裂出來的怪物。

聰明、可愛，而且會打架。傑生眞希望自己記得交過這樣的女朋友。

他握緊拳頭準備出擊，但根本沒有半點機會。

狄倫舉起手，弧形的電流在他指尖竄動，瞬間集中衝向傑生的胸口。

砰！傑生只感覺自己躺平在地上，嘴裡的氣味像烤焦的鋁箔紙。他抬起頭，看到衣服在冒煙。剛才那道閃電直接擊中他的身體，讓他左腳的鞋子爆開，焦黑的腳趾直接露在外面。

三個風暴怪物一起狂笑，風也在呼嘯。派波發出抗議般的尖叫聲，但聲音顯得十分微弱且遙遠。

傑生從眼角瞥見黑傑教練，他揹著里歐從斷崖邊爬了上來。派波已經站起身，拚命揮舞手中的樹枝，想擊退那兩個新出現的風暴怪物；但他們不過是在耍她，樹枝穿過他們身體，彷彿他們根本不存在。至於狄倫，此時變成一個有翅膀的黑暗龍捲風，朝傑生逼近。

「停！」傑生發出沙啞的聲音。他有些搖晃地站起來，此時他不大確定到底是誰比較驚訝，他自己，還是風暴怪物？

「你怎麼可能還活著？」狄倫的形體顫動著說：「我所發出的閃電量，足以殺死二十個壯漢耶！」

「輪到我了。」傑生說。

他的手伸入口袋，掏出那枚金幣。他讓直覺帶領他行動，將這枚金幣拋向空中，就好像做過這動作幾千次一樣。接著他攤開手掌，接住落下的金幣，但掌中的東西卻在剎那間變成一把劍，一把超級鋒利的雙刃武器。劍柄和他的手指形狀完美契合，而且整把劍從劍柄到劍刃都是金色。

狄倫咆哮一聲，後退幾步。他看看兩個同夥，怒吼著：「等什麼？還不趕快殺了他！」這兩個風暴怪物似乎不大喜歡這個命令，不過還是轉身飛向傑生，手指間劈哩啪啦爆出電流。

傑生揮劍迎向第一個風暴怪物。劍刃穿過他的形體，整個煙霧怪物的形狀就瓦解了。第二個風暴怪物放出一道閃電，但電流卻被傑生的劍身吸收化解。傑生往他逼近，快手一揮，這個風暴怪物瞬間散滅，化爲金粉。

狄倫盛怒地尖嘯呼吼。他低下頭看，彷彿在等同伴重組現身，然而那些金粉依然在風中飄散。「不可能！混血人，你究竟是誰？」

派波同樣驚奇不已，甚至嚇到鬆開了手中的樹枝。「傑生，你是怎麼……」

這時，黑傑教練已經跳回天空步道，他像丟麵粉袋一樣把里歐往地面一扔。

「風暴鬼們，來找我啊！」黑傑開口大叫，兩隻短手還不停筆劃著。然後他左右看看，才發現這裡只剩下狄倫。

「見鬼了，小子！」他厲聲對傑生說：「怎麼沒留幾個給我？我最喜歡挑戰了！」

里歐此時終於站起來，整個人喘著氣。他看起來狼狽到了極點，一雙手因爲攀緊岩壁而血跡斑斑。「嘿，超『羊』教練，不管你是什麼東西……我才剛剛摔下這要命的大峽谷，可不可以不要再說什麼挑戰了？」

狄倫對著他們幾個嘶吼，但傑生已經看出他眼裡帶有畏懼。「混血人，你們不知道自己喚醒了多少敵人！我的女主人將會消滅所有半神半人，這場戰爭，你們絕對贏不了！」

在他們上方，風暴雲團爆開，變成疾速強風。天空步道出現更多裂痕，縫隙飛快擴大。

緊接著大雨傾盆落下，傑生必須蹲下才能保持平衡。

雲層中間突然出現一個開口，一個黑色與銀色交錯打轉的漩渦。

「女主人召喚我回去了！」狄倫興奮地大吼：「而你，混血人，跟我走！」

他撲向傑生，但派波卻從他背後發動襲擊。雖然狄倫整個形體由煙霧組成，派波竟然還是莫名其妙碰得到他，頓時他們兩個一起趴倒在地。里歐、傑生和黑傑教練趕緊衝去幫忙，但狄倫怒吼尖叫，一注暴雨隨即射出，把他們三人通通沖倒。傑生和黑傑教練屁股著地，傑生的劍在光滑的玻璃上滑走；里歐則是撞到後腦勺，蜷著側身撞到地面，暈頭轉向唉唉叫。最慘的是派波，她從狄倫的背上被狠狠甩開，撞到欄杆後翻滾過去，僅靠一隻手抓住邊緣，懸空的腳下是萬丈深淵。

傑生爬起來想去幫她，但此時狄倫大喊：「我來解決這一個！」他抓住里歐的手臂，開始向上飛升，半昏迷的里歐被他拖在下方。風暴雲也開始加速旋轉，像吸塵器一樣把他們往上吸了起來。

「救命啊！」派波吶喊著：「誰來救我？」

她的手一滑，墜下的同時伴隨著尖叫聲。

「傑生，快！」黑傑教練催促著說：「快去救她！」

黑傑自己衝向風暴怪物，用一種十分認真的山羊態度。他猛烈揮動羊蹄，硬是敲打到讓風暴怪物鬆手放開里歐。雖然里歐安全回到地面，但狄倫卻轉而抓住黑傑的手臂。黑傑嘗試用頭撞他、用蹄踹他，還罵他笨蛋學生。他們兩個一起升到空中，而且開始加速。

黑傑教練對著下面又喊一次：「快去救她，這個我會解決！」然後一個羊男和一個風暴怪物一起捲入雲層中，消失無蹤。

「救她？」傑生心想：「她掉下去不見了耶。」

然而又一次的，他讓直覺走在理智之前。他跑向欄杆，一面想著：「我瘋了！」接著翻過欄杆邊緣。

傑生沒有懼高症，他怕的是摔下幾百公尺深的峽谷。他想，他的人生還沒有什麼成就，除了即將死在派波的身旁。不過他還是縮起兩隻手臂，頭朝下垂直跳了出去。峽谷的側壁像快轉的影片飛逝而過，他感覺自己的臉快被剝掉一層皮。

很快的，他就追上了手腳狂亂揮動的派波。他抓住她的手腕，然後閉上雙眼，等待死亡降臨。他的耳邊有派波的尖叫聲，有風的呼嘯。他猜想死亡會是什麼感覺，應該不會太好，不過他還是希望，最好有什麼方法可以讓他們永遠不會碰到谷底。

突然間，風停了，派波的尖叫變成壓抑的喘息。傑生心想，他們倆一定是死了，雖然他沒有什麼受到撞擊的感覺。

「傑……傑生。」派波勉強說著。

傑生睜開雙眼。他們並沒有下墜，而是漂浮在半空中，離底下的河面還有一百公尺遠。

他將派波抱緊，派波立刻調整姿勢，讓自己也能抱住傑生。他們鼻子對著鼻子，派波的心跳很快，傑生隔著衣服都能清楚感受到。

她的鼻息有種肉桂的香氣。她開口問：「傑生，你爲什麼能……」

「我不知道，」傑生說：「我不知道我能飛……」

但他很快就想到，他連自己是誰都不知道。

於是他開始想像上升。派波驚呼起來，因為他們真的升高了幾公尺。傑生判斷，他們應該不完全是在飄浮；他可以感受到腳底下好像有股力量，而他們彷彿是平衡在噴泉的頂端。

「是空氣在支撐我們。」他說。

「嗯，那就叫它再多支撐一點吧！快把我們弄出這裡！」

傑生看著下方，心想最簡單的方式，應該是平緩降落到谷底才對。然後他再往上看，雨停了，風暴雲看起來也沒那麼糟，但雲層依舊翻騰，閃電仍然出現，顯然無法保證風暴怪物都已經離開。他不知道黑傑教練現在在哪裡，還有那個幾乎失去知覺的里歐。

「我們得去幫他們。」派波說著，彷彿讀出了傑生的心思。「你能不能……」

「我試試看。」傑生集中信念在「上升」這件事，瞬間兩人一飛沖天。

能夠乘風而行，在許多時候可是件酷斃了的事，但對此刻的傑生來說，卻是震驚遠多過其他感覺。他們火速登上天空步道，馬上衝到里歐身邊。

派波把里歐的身體轉過來，他發出呻吟。里歐的陸軍夾克整件都被雨水打溼，捲髮上有些閃亮的金粉，全是那些怪物飄散的塵埃。但至少他還活著！

「笨死了……醜爆了……臭山羊……」他嘴裡咕噥著。

「他去哪裡了？」派波問。

里歐比著上方。「一直都沒有下來。拜託你不要跟我說，是他救了我。」

「救了你兩次！」傑生說。

里歐呻吟得更大聲。「到底發生了什麼事？那個龍捲風的傢伙，還有金寶劍……我的頭撞壞了，一定是這樣，對吧？這些都是我的幻覺嗎？」
傑生已經忘掉有劍這檔事，里歐一說，他才走到那把劍滑落的地方，把它撿起來，還好劍刃依然完美無缺。憑著直覺，他將它往空中輕拋，整把劍在迴旋的剎那間縮小成一枚硬幣，落回掌心。
「沒錯，」里歐驚呼：「絕對是幻覺！」
派波的衣服也全溼了，她發著抖說：「傑生，那些東西……」
「文圖斯，」傑生答：「他們是風暴怪物。」
「好吧。可是，你的反應……好像你以前就遇過他們。你究竟是誰？」
他搖搖頭。「我也一直告訴你，我真的不知道。」
這場暴風雨結束了。荒野學校的其他學生在屋內恐慌地觀看屋外情景，保全人員已經來到玻璃門前處理卡死的門鎖，但似乎還是沒辦法打開。
「黑傑教練提到他要保護三個人，」傑生回憶著，「我想他指的是我們。」
「而那個討厭的狄倫變身成……」派波顫抖了起來，「天啊，我不敢相信那東西竟然攻擊我。他叫我們什麼……『半神半人』？」
里歐還躺在地上，眼睛直視天空，似乎不想起身。「搞不清楚那個『半』是什麼意思，」他停了一下又說：「但我不覺得我有半點像神。你們兩個有半點像神的感覺嗎？」
他們周遭突然出現像樹枝斷裂的劈啪聲，天空步道的裂痕又開始擴大。
「我們得趕快離開這裡，」傑生說：「或許我們可以……」
「各……位，」里歐打斷他的話：「抬頭看一下，告訴我，那是不是……飛天馬？」

傑生的第一個反應是，里歐眞的把頭撞壞了。但接下來，他看到一個陰影從東邊出現，愈來愈接近他們。陰影移動的速度比飛機慢，尺寸卻比小鳥大了許多。它終於接近到傑生可以看得清楚的距離，是一對長著翅膀的動物，牠們有著灰色毛皮、四隻腳，外型百分之百像馬，除了那對展開後有七、八公尺長的翅膀。牠們拉引著一個漆得光亮的大箱子，箱子下方還裝了兩個輪子——是一輛雙輪馬車！

「援兵來了，」傑生說：「黑傑教練跟我提過，有一組提領小隊會過來找我們。」

「提領小隊？」里歐勉強站了起來。「聽起來不妙。」

「要提領我們去哪裡？」派波問。

傑生的目光一直停在馬車上。馬車從天空步道的另一頭著陸，飛馬收起翅膀，在玻璃地面上緊張地移動步伐，彷彿也感受到步道即將崩裂。兩個十幾歲的年輕人站在馬車裡，一個是金髮高個兒的女生，年紀看起來比傑生大一點；另一個壯碩的男生理著光頭，一張臉看起來很勇猛。兩個人都穿著牛仔褲和橘色T恤，背上晃著盾牌。那女生在馬車還沒停好前就先跳下來，拔出一把刀朝傑生他們衝過去，而那個壯漢則留在車上抓緊馬的轡繩。

「他在哪裡？」那女孩大聲質問。她的灰色眼睛看來很兇又有點嚇人。

「誰在哪裡？」傑生反問。

那女孩皺起眉頭，像是不能接受這個回答，於是她轉頭面向派波和里歐。「葛利生呢？你們的守護者葛利生．黑傑到哪裡去了？」

原來教練的名字叫「蛤蠣生」？要不是整個早上過得實在太詭異可怕，傑生一定會忍不住笑出來。蛤蠣生．黑傑，既是足球教練，也是個山羊人，還是半神半人的守護者。好吧，天底下還有什麼不可能的？

里歐清清喉嚨，說：「他被一個……像龍捲風的東西帶走了。」

「文圖斯，」傑生說：「風暴怪物。」

金髮女孩挑起了眉毛。「你是說『阿尼蘇萊❹』？風暴怪物在希臘時期叫做阿尼蘇萊。你是誰？究竟發生了什麼事？」

傑生盡可能對這女孩解釋早上發生的所有經過，雖然要面對她那雙戰雲密布的灰色眼睛實在不太容易。大約講到一半時，原本留守車上的那個男生也走過來。他雙手交叉在胸前，挺立著注視他們。他的二頭肌上有個彩虹形狀的刺青，看起來不大尋常。

當傑生講完經過，金髮女孩似乎還不滿意。「不對，不對，不是這樣！她明明告訴我他會在這裡。她跟我說如果我來這裡，就會找到答案。」

「安娜貝斯，」光頭男子突然說：「你看一下！」他指著傑生的腳。

傑生沒想太多，不過他左腳的鞋子自從被閃電打掉後，到現在還找不到。他光著腳並不覺得怎麼樣，只是那隻腳看起來很像一塊焦黑的炭。

「穿一隻鞋的人……」光頭說：「他就是答案。」

「不，巴奇，」那女孩堅持，「不可能是他！我被耍了！」她怒視著天空，就好像天空做錯了什麼事。「你到底想要我怎樣？」她大叫著：「你到底把他怎麼了？」

天空步道顫動起來，飛馬緊張地嘶鳴。

---

❹阿尼蘇萊（Anemoi thuellai），希臘神話中的風暴怪物或風暴精靈一族。

「安娜貝斯，」那個叫做巴奇的光頭男子說：「我們要快點離開。先把這三個人帶回營區，再把事情想清楚。那些風暴怪物有可能會回來這裡。」

她不作聲，隔了半晌才說：「好吧！」她憤恨地瞪著傑生，「我們晚一點再來搞清楚！」

她轉身朝馬車大步走去。

派波搖著頭問巴奇：「她有什麼問題啊？發生了什麼事？」

里歐附議。「請認眞回答喔。」

「我們必須先帶你們離開這裡，」巴奇回答：「路上再跟你們解釋。」

「我不想跟那女生去任何地方，」傑生指著金髮女孩說：「她一副想殺了我的樣子！」

巴奇遲疑了一下。「安娜貝斯是個好人，你先不要跟她計較。她做了個夢，叫她來這裡找只穿一隻鞋的人，這個人將會解決她的問題。」

「什麼問題？」派波問。

「她在找我們營區的一個學員，他已經失蹤三天了。」巴奇解釋：「她非常擔心，所以希望他會出現在這裡。」

「他是誰？」傑生問。

「她的男朋友，」巴奇說：「波西・傑克森。」

3 派波

歷經一整個早上的風暴怪物、羊男、會飛的男朋友等事件，派波理應神經錯亂了才對，但是沒有，她所感受到的只是深深的恐懼。

已經開始了，她想，就如那個夢境所說。

她站在馬車後方，里歐、傑生都和她在一起；光頭男子巴奇在前面操控著韁繩，而那個叫做安娜貝斯的金髮女孩，則負責控制一個銅製的導航設備。他們飛到大峽谷之上，朝東方前進，冰冷的風直直灌進派波的夾克裡。在他們後方，愈來愈多暴風雲團開始聚集。

馬車行駛得非常顛簸，車上當然沒有安全帶，而且後面還整個敞開。派波不禁在想，要是她這次又掉下去，傑生是否還能接住她。其實，這整個早上最讓她想不通的，並非傑生會飛，而是他怎麼能緊抱著自己，卻說不認識她。

一整個學期，她都努力經營他們的關係，她想讓傑生認為他們比普通朋友再好一點。好不容易，她終於讓這個大呆瓜吻了她。過去幾個星期眞是她這輩子最快樂的時光。然而，三天前那個夜晚，一場夢毀了一切，那個可怕的聲音告訴她一些可怕的消息。這件事她不曾對任何人提起，連傑生也沒說。

而現在，她卻連他都失去了。傑生彷彿被人帶走全部的記憶，害她卡在史上最爛的「重來一次」階段。她眞想大叫。此時傑生就站在她身旁，那對湛藍如天空的雙眼、理得短短的金髮，還有上唇可愛的小疤，一如往昔。他的表情溫柔和善，但總是帶著一絲哀傷，而此刻他的眼神遙遠落在遠方的地平線，絲毫沒有注意到她。

同時，里歐也一如往常地煩人。「這實在太酷了！」他嘴裡吐出一根飛馬的羽毛，「我們要去哪裡呀？」

「一個安全的地方，」安娜貝斯說：「對我們這樣的人來說，是世界上最安全的地方——混血營。」

「混血？」派波的防備心立刻升起。她痛恨那個字眼。她不知被叫過多少次「混血兒」了，她有一半是切羅基族印地安人，一半是白人，而這個稱呼絕不是在讚美她。「這又是什麼爛笑話嗎？」她說。

「她的意思是，我們都是半神半人。」傑生說：「一半是神，一半是人。」

安娜貝斯回頭望著傑生。「看來你知道的不少啊，傑生。不過你說得沒錯，就是半神半人。我母親是智慧女神雅典娜❺，巴奇的母親是彩虹女神伊麗絲❻。」

里歐差點嗆到。「你媽媽是彩虹女神？」

「有問題嗎？」巴奇反問。

「沒有，沒有，」里歐說：「彩虹，很有男子氣概。」

「巴奇是我們最好的騎士，」安娜貝斯說：「他和飛馬處得特別好。」

「彩虹，小馬……」里歐喃喃唸著。

「小心我把你扔出馬車！」巴奇警告他。

「半神半人，」換派波開口：「你是說，你認為你是……你認為我們是……」

一道閃電劈下，馬車搖晃起來。傑生大喊：「左輪著火了！」

派波後退一步。輪子眞的著火了，白熾的火光從車身側面往上竄。狂風呼吼起來。派波往身後一瞥，只見雲團開始聚集成黑暗的形體，更多風暴怪物飛旋上升，撲向馬車，不過他們的形體不再是邪惡天使，而是馬匹。

她開口問：「爲什麼他們……」

「阿尼蘇萊本來就可以變換不同的形體，」安娜貝斯回答：「有時候是人，有時候是馬，就看他們慌亂到什麼程度。站穩了，接下來可有得瞧呢。」

巴奇揮一下韁繩，飛馬的速度頓時爆發，馬車的樣子變得模糊難辨。派波覺得她的胃好像快翻了出來，眼前一片漆黑。等一切恢復正常時，他們已經身處在全然不同的地方。

在他們左側，冰冷的灰色大海往天邊無限延伸；在他們右邊，是白雪覆蓋的田野、道路及綿延的森林。他們的正下方卻是一個翠綠的山谷，彷彿自成一個春天的島嶼，它三面被雪白的山丘圍繞，北邊則有海洋相迎。派波看到綠地上有一群建築，看來就像古希臘神殿，還有一棟藍色大宅、球場、湖泊，甚至有一個攀岩場，不過上面好像著了火。然而，她還來不及消化眼前的景象，馬車輪子卻突然鬆脫，整輛車立刻從空中往下墜。

安娜貝斯和巴奇努力控制著馬車，飛馬也奮力維持飛行，但剛才那段極速奔馳似乎已讓飛馬體力耗盡，何況還得拖負一輛馬車外加五個人的重量，這對牠們來說實在太過吃力。

❺ 雅典娜（Athena），希臘神話中的智慧與戰技女神。參《波西傑克森—神火之賊》一一五頁，註㉖。

❻ 伊麗絲（Iris），希臘神話中的彩虹女神，也是使者神，沿著彩虹幫眾神向人間傳遞消息。

「獨木舟湖！」安娜貝斯大喊：「對準那個湖！」

派波想起爸爸曾經說過，從高處往下衝擊水面，結果會跟撞擊水泥一樣慘。

接著就是——砰！

原來，最大的衝擊感是寒冷。她在水裡慌亂失措，連該從哪邊浮出水面都不知道。

她只有時間想一件事：這種死法眞是太遜了。這時，黝暗的綠水中出現幾張臉孔，有幾個黑髮垂肩、黃眼閃耀的女孩對她微笑，然後抓住她的肩膀把她拖出水面。

她被拋到岸上，發抖又喘氣。巴奇就在附近，正站立在湖中剪除飛馬身上殘損的韁繩。幸好飛馬看來都沒事，只是拚命拍打翅膀，濺得到處都是水花。傑生、里歐和安娜貝斯都已經在岸上，一些孩子圍繞在他們身旁，遞毛毯給他們，問他們一堆問題。有人走過來攙扶派波，幫她站穩腳步。顯然這裡常有孩子掉到湖中，因爲馬上就有一組人員帶著一些像吹風機的銅製大東西過來，劈頭就往派波身上送出熱風，不到兩秒鐘，派波全身都乾了。

這時至少有二十個孩子在附近走晃，最小的看來只有九歲，最大的則像大學生，大概十八、九歲。他們全都身穿橘色T恤，和安娜貝斯一樣。派波回頭看著湖面，剛才那些奇怪的女孩漂浮在水面之下，長髮跟隨水流晃動。她們對她揮出再見的手勢，就消失在水底深處。過了一秒後，水裡扔出馬車殘骸，掉到陸地上時發出好大的聲響。

「安娜貝斯！」一個揹著箭筒與弓的男生推開人群跑來。「我說你可以借走馬車，但沒說你可以弄壞它！」

「威爾，對不起，」安娜貝斯嘆了一口氣，「我保證會把它修好。」

威爾不悅地看著他壞掉的馬車，然後瞄著派波、里歐和傑生。「就是這幾個？看起來不只十三歲，為什麼還沒有被認領？」

「認領？」里歐第一個問。

安娜貝斯還來不及解釋，威爾繼續說：「有波西的消息嗎？」

「沒有。」安娜貝斯回答。

營裡的人開始低聲交談。雖然派波完全不知道波西是怎樣一號人物，但感覺得出他的失蹤似乎是件大事。

另一個女生往前站了出來。她是個身材高挑的亞洲人，有一頭捲捲的黑色長髮，身上飾品一堆，妝容很完美。即使和大家同樣穿著橘色上衣和牛仔褲，她卻顯得特別搶眼。她瞄了一眼里歐，就把目光集中到傑生身上，好像他才值得引起她的注意。接著，她望向派波，噘了噘嘴，當她是垃圾車裡挖出來的發臭肉餅一般。派波太了解這種女孩了，在荒野學校及父親送她去念的每所蠢學校中，她都和這一型的女生打過交道。派波立刻知道，這種人一定會變成她的死對頭。

「嗯，」那女生說：「希望他們值得我們這樣大忙一場。」

里歐哼了一聲，說：「喔，真多謝。當我們是什麼？你的新寵物嗎？」

「別開玩笑了，」傑生開口說：「在你要評斷我們之前，可以先給些答案嗎？比方說，這是什麼地方？為什麼帶我們來這裡？我們要在這裡待多久？」

派波心中有同樣的疑問，但一股焦慮感突然將她淹沒。那女生剛剛說：「希望值得我們這樣大忙一場。」她心想，要是他們知道她做的那個夢……他們絕對想不到……

「傑生，」安娜貝斯說：「我保證，我們一定會回答你的問題。還有，茱兒，」她皺眉看著那位光豔的女生，「所有的半神半人都值得我們去救，不過我得承認，這次出動並沒有達到我的預期。」

「喂，」派波說：「又不是我們自己要來這裡的。」

茱兒不屑地說：「也沒有人想要你來啊，哼！你的頭髮一直都那麼像死掉的美洲獾嗎？」

派波向前一步，打算賞她一巴掌，但安娜貝斯說：「住手，派波！」

派波縮回手。她完全不怕茱兒，但她不想和安娜貝斯交惡。

「我們應該要讓新的成員感到受歡迎才對。」安娜貝斯意有所指地看著茱兒。「我們會給每個新學員分配一位嚮導，帶他們認識營區。希望在今天的營火晚會前，他們都能被認領。」

「有人能先解釋什麼是『認領』嗎？」派波問。

突然間，現場所有人都倒抽一口氣又退後好幾步。派波起先以為自己做錯了什麼，然後她才注意到大家臉上都映照著一片奇異的紅光，就好像有人在她後面舉起火把一樣。她轉過身看，差點忘了怎麼呼吸！

在里歐頭頂上方，出現一個熊熊燃燒的立體影像——是一把火錘。

「這個，」安娜貝斯說：「就是認領。」

「我怎麼了嗎？」里歐回頭看看湖面，又看看自己頭頂，接著他驚呼著：「我的頭著火了嗎？」他低下身子，但影像跟隨著他。他的頭上下擺動又左搖右晃，看起來反而像是他想用頭上的火來寫些什麼字。

「這可不妙。」巴奇喃喃說：「那個詛咒……」

「巴奇，閉嘴！」安娜貝斯說：「里歐，你剛剛已經被……」

「天神認領了。」傑生插嘴，緊接著說：「那是兀兒肯❼的象徵，是嗎？」

所有目光轉向傑生。

「傑生，」安娜貝斯謹慎地問：「你是怎麼知道的？」

「我也不確定。」

「兀兒肯？」里歐說：「我又不喜歡《星艦迷航記》❽！你們到底在說什麼啊？」

「兀兒肯是希臘天神赫菲斯托斯的羅馬名，」安娜貝斯說：「也就是火神及鐵匠之神。」

火錘的影像已經消失了，但是里歐仍然不斷拍打著空氣，唯恐影像還跟著他。「什麼神？那是誰？」

安娜貝斯轉向一個揹弓的人，說：「威爾，你可以帶里歐到處看看嗎？帶他去認識一下九號小屋的室友們。」

「當然可以，安娜貝斯。」

「什麼是九號小屋？」里歐問。「而且我又不是兀兒肯！」

「跟我來吧，史波克先生❾！我會跟你說明一切。」威爾拍拍里歐的肩膀，帶他離開湖邊，往小屋方向走去。

安娜貝斯將注意力轉回傑生身上。通常有女生對傑生特別關注時，派波都會不大高興，

---

❼ 兀兒肯（Vulcan），羅馬神話中的火神與工藝之神，等同於希臘神話中的赫菲斯托斯。參《波西傑克森──神火之賊》八十五頁，註⓮。

❽ 美國知名電視影集與電影《星艦迷航記》（*Star Trek*）中，唯一的外星人種被稱做兀兒肯。

❾ 史波克（Spock），《星艦迷航記》裡的角色，是地球人與兀兒肯人的混血兒。

但這次不同，安娜貝斯似乎並不在意傑生俊俏的臉。她看著他的方式，比較像在研究一張複雜的藍圖。最後安娜貝斯開口說：「伸出你的手臂。」

派波這才看見安娜貝斯在觀察的東西，不禁睜大了眼睛。

傑生從湖裡起來後，就脫掉了他的風衣，露出兩隻臂膀，還有右前臂內側的刺青。派波怎麼從來沒有注意過這個刺青？她看過傑生的手臂幾百萬次了。這刺青不可能憑空浮現，而且烙印得很深，她不可能沒注意到。那個圖案有十二條直線，很像條碼，在條碼上方還有一隻身上寫著「SPQR」的老鷹。

「我從來沒看過這種記號。」安娜貝斯問：「你是從哪兒弄來的？」

傑生搖搖頭。「我實在不想再說同樣的話了，但是，眞的，我不知道。」

現場其他人紛紛擠到前面，想要看一眼傑生的刺青。這個記號似乎讓他們覺得很困惑，有點像在宣戰的意味。

「這圖案看來像是直接烙進你皮膚裡。」安娜貝斯仔細端詳。

「沒錯。」傑生回答，臉部突然抽搐一下，像是頭痛又發作了。「我是說……我想沒錯吧。我不記得了。」

所有人靜默不語。很明顯的，在場的人都視安娜貝斯爲領袖，他們在等她的意見。

「他必須馬上去找奇戎，」安娜貝斯終於說：「茱兒，你可以……」

「當然沒問題！」茱兒的手一把勾住傑生。「親愛的，我們往這邊走。我介紹我們營主任給你認識。他是一位……非常有趣的人物。」她拋給派波一個得意洋洋的眼神，興高采烈地將傑生拉往山丘的藍色大屋。

圍在湖邊的人紛紛離開，沒幾分鐘，只剩下安娜貝斯和派波兩個人站在那裡。

「誰是奇戎？」派波問：「傑生算是一個麻煩人物嗎？」

安娜貝斯看來有些猶豫。「你問了個好問題，派波。來吧，我帶你到處看看，我們需要好好談一談。」

4 派波

派波很快就發現，安娜貝斯的心並不在導覽上。

她說著各種營區內提供的精采事物，有魔法箭術、飛馬騎術、岩漿攀岩牆、怪物戰鬥等，但語氣中毫無興奮之情，思緒好像飄到了遠方。她指著開放式的餐廳涼亭，說那裡可以遠眺長島海峽（沒錯，就是紐約州的長島，馬車載著他們飛了那麼遠的距離！）。她說混血營在過去多半是夏令營，但有些孩子會整年待在裡面，不過現在有愈來愈多學員加入，變得很熱鬧，連冬天也不例外。

派波很納悶到底是誰在經營這個營區，他們又怎麼知道自己和她的兩個朋友屬於這裡？她猜想自己是不是所有時間都得待在這個地方，而那些活動她能不能做得好？和怪物對戰失敗，會不會被淘汰出局？無數的疑問從她的腦海浮現，但是她怕安娜貝斯心情更糟，決定先保持沉默。

她們爬上營區邊的小山丘，派波一轉身，映入眼簾的是一座美得令人驚嘆的山谷。蒼翠蓊鬱的樹林向西北方綿延而去，美麗的海灘、潺潺的溪流、獨木舟湖、生機盎然的綠色田野，還有整個錯落有致的小屋區。那些奇形異狀的小屋各自獨立，圍繞著中間草坪排成環狀，到了底部又各有一翼往兩側延伸，看起來像希臘字母「Ω」的形狀。派波數了一下，總共有二十棟小屋，有的金光閃閃，有的銀光輝映；有一棟的屋頂上披著綠草；有一棟鮮紅色屋子外面環繞著鐵絲刺網與壕溝；還有一棟黑色的小屋前方立著青色火焰的火把。對照外面白雪遍布的山丘田野，這裡的一切似乎自成一個世界。

「這個山谷一般人是看不到的。」安娜貝斯說：「如你所見，這裡連氣候也受到控制。每間小屋都代表一位希臘天神，那是給他孩子住的地方。」

安娜貝斯注視著派波，好像想看她聽到這件事的反應。

「你的意思是，我媽媽是一位女神？」

安娜貝斯點點頭說：「你的反應還眞是相當冷靜。」

派波無法告訴她原因。她不想承認，這消息驗證了多年來她所經歷過的各種奇怪感受，像她總是和父親吵說家裡爲什麼沒留下半張媽媽的照片，還有爸爸對媽媽離去的原因和方式爲何始終不肯回答。然而，最主要的原因是，那個夢警告過她，這一切即將發生。「他們很快就會找到你，半神半人，」那個低沉的聲音說著：「當他們找到你時，遵從我們的指示。跟我們合作，這樣你的父親或許能活命！」

派波顫抖著深呼吸一口氣。「我想，經過了這一早上的遭遇，現在聽到這種事就比較能夠接受了。那麼，我媽媽是誰呢？」

「很快就會知道了。」安娜貝斯說：「你現在是……十五歲嗎？天神應該在你十三歲時就認領你才對，那是協議好的。」

「協議？」

「今年夏天，他們有個協議……嗯，這故事說來很長……不過他們承諾不再忽視他們半神半人的孩子，會在孩子十三歲生日前就認領他們。當然有時難免會拖延，但你也看到剛才里歐一來就被認領了。你應該也很快。我猜今晚的營火時間，就會看到某個徵兆出現。」

派波不禁猜想，到時是否也會有個火鍾在她頭上飛來飛去，還是運氣更好，出現讓她更糗的東西，比如說冒著火焰的袋熊。派波覺得，不論她媽媽是誰，都不會以認領這個狀況超多的竊盜狂女兒為榮。「為什麼是十三歲？」她問。

「年紀愈大，」安娜貝斯說：「就會有愈多怪物注意到你，想要殺了你。通常到十三歲左右，這種危機就開始了。所以我們會派出守護者到各個學校，找出你們這些人，及早把你們帶來這裡。」

「像是黑傑教練？」

安娜貝斯點點頭。「他是個羊男，一半是人，一半是羊。羊男替營區工作，任務就是找出半神半人並保護他們，在適當的時機帶他們回營區。」

黑傑教練有一半是羊，這派波不難相信，因為她見過他吃東西的樣子。雖然她從來沒喜歡過他，但還是不敢相信他會犧牲自己來救他們。

「他發生了什麼事？」派波問。「當我們飛進雲裡，他是不是就……他是不是永遠都不會回來了？」

「很難說。」安娜貝斯的表情是傷痛的。「風暴怪物……很難對付。即便是用我們最強的神界青銅武器，也只能直接穿透而起不了作用，除非趁其不備才傷得了他們。」

「但傑生的劍把他們都化為塵埃了。」派波回憶說。

「那是他運氣好。如果你剛好打到怪物的要害，就可以瞬間瓦解掉他的形體，把他的元神打回塔耳塔洛斯[10]。」

「塔耳塔洛斯？」

「那是冥界最深處，最壞的怪物都來自那裡，是一個罪惡的無盡深淵。總之，當怪物的形體消失後，他們要再重新組合現身，通常要花上好幾個月，甚至好幾年。但是，既然這個叫狄倫的風暴怪物逃脫了……嗯，我不認爲他會讓黑傑活著。不過，黑傑是個守護者，他清楚所有危險。羊男沒有凡人的靈魂，他會轉化成樹或花之類的自然物。」

派波試著想像黑傑教練變成一叢憤怒的三色堇，這卻讓她心情更糟。

她凝視下面的小屋，一股不安湧上心頭。黑傑爲了讓她安全抵達這裡而死，而她母親的小屋就在山谷下某處，這表示她有兄弟姊妹，也表示她必須背叛更多人。「照我們的話做，」夢裡的聲音這麼說：「否則後果不堪設想。」她把雙手夾到腋下，想讓它們停止顫抖。

「一切都會沒事的。」安娜貝斯安慰她說：「你在這裡有朋友。我們每個人都經歷過一大堆奇怪的事，我們了解你的感受。」

我懷疑你是否了解，派波心裡想。

「過去五年，我被五間學校踢出來，」派波說：「我爸已經找不到地方收留我了。」

「只有五間？」安娜貝斯說，聽起來不像在諷刺她。「派波，我們每個人都被貼過『搗蛋份子』的標籤。我逃家的時候，才七歲。」

「眞的嗎？」

「喔，當然是眞的。我們這裡的孩子，大多數都被診斷出有注意力不足過動症，或者有閱

❿塔耳塔洛斯（Tartarus），希臘神話中的冥界最深處，是永無止盡的黑暗之地。

讀障礙，有些還兩者兼具……」

「里歐就有過動症。」派波說。

「是啊，那是因爲，戰鬥是我們天生的本能。熱血衝動、靜不下來，我們就是無法適應正常小孩的行爲模式。你應該聽聽波西惹出的麻煩有多……」忽然她臉色一沉，「反正，半神半人通常沒什麼好名聲。你是闖了什麼禍？」

平常只要有人問起這個，派波會開始反擊，要不然就轉開話題，或轉移別人的注意力，但不知爲什麼，這次她竟然坦誠說出實話。

「我偷了東西，」她說：「但不是眞的『偷』……」

「你家很窮嗎？」

派波苦笑著。「一點也不窮。我那麼做……自己都不知道爲什麼。是想得到關注吧，我猜。除非惹點麻煩，不然我爸根本沒時間理我。」

安娜貝斯點點頭。「我可以理解。不過，你說你不是眞的偷，那是什麼意思？」

「嗯……沒有人相信我。警察、老師，甚至東西被我拿走的人都一樣，他們覺得太丟臉，都否認事情的經過。事實上，我並沒有偷任何東西，我只是開口要，他們就把東西給我！包括BMW敞篷車也是。我只是問問看，車商就說：『可以呀，拿去吧！』但我猜，他是之後才想起自己做了什麼荒唐事吧，於是警察就找上我了。」

派波靜靜等待安娜貝斯的反應，她早已習慣別人指責她愛說謊，然而，當她抬頭看時，安娜貝斯只是點了點頭。

「很有趣。如果你爸爸是天神，那我猜他應該是小偷之神荷米斯⓫，他很會說服別人。不過你爸爸是凡人……」

「標準凡人。」派波附和。

安娜貝斯搖著頭，顯然深感疑惑。「這樣的話，我就不知道了。運氣好的話，你媽媽應該會在今天晚上認領你。」

派波反而希望這件事不要發生。如果她媽媽是天神，那她會不會知道自己做過的那個夢？她會知道派波被要求去做些什麼嗎？她不禁猜想，如果自己的孩子變成惡魔，奧林帕斯天神是否會用閃電劈死他，或者把孩子囚禁在冥界？

安娜貝斯在觀察她。派波下定決心，從現在起，要留意自己說出口的每一個字。安娜貝斯顯然是個聰明人，要說有誰能猜出自己的祕密，那一定是……

「走吧，」安娜貝斯最後說：「我們還有其他地方要看。」

她們走了一段有點遠的路，來到靠近山頂的一個洞口，只見地面上凌亂散布著骨頭與古劍。洞口的兩側架著火把，正面則被繡著蛇形圖案的絨布整個蓋住，整個看起來有點像是變形的布偶戲台。

「裡面有什麼嗎？」派波問。

安娜貝斯把頭伸進去一下，接著嘆口氣，闔上門簾。「現在沒有。這裡是一個朋友的地方。我已經等她好幾天了，但是到現在都沒有消息。」

「你朋友住在山洞裡？」

⓫ 荷米斯（Hermes），商業、旅行、偷竊及醫藥之神。參《波西傑克森——神火之賊》一〇三頁，註㉑。

安娜貝斯差點笑出來。「其實，她家在紐約皇后區有棟高級大廈，她則在康乃狄克州的私立精修學校念書。不過她來營區時，沒錯，就住在這個山洞。她是我們的神諭使者，預告著未來。我希望她能幫我……」

「找到波西。」派波猜測著。

安娜貝斯瞬間整個人洩了氣，似乎她已經盡力苦撐了好久。她坐到一塊大石頭上，臉上流露出痛苦的表情，讓一旁的派波覺得自己好像在刺探別人的隱私。

於是派波轉頭，將視線移向山脊，一棵松樹孤獨挺立在那裡，聳立於天際間。松樹最下面的樹枝上，有個東西閃耀著，看起來像條毛絨絨的金色浴室踏墊。

不，不是浴室踏墊，是一條羊毛毯。

好啊，派波心想，果然是希臘營區，居然放了個金羊毛的仿製品。

接著她注意到樹的底部。一開始她以為這棵樹被一大團紫色纜線包起來，但仔細一看，那些纜線帶有爬蟲類的鱗片、帶爪的腳、蛇一般的頭，頭上還有黃色眼睛和冒煙的鼻孔。

「那是……一隻龍，」派波結巴起來，「那……那是眞的金羊毛？」

安娜貝斯點點頭，但她顯然沒認眞聽。她垂下雙肩，然後揉一揉臉，輕顫著吸了口氣。

「對不起，我有點累了。」

「你看起來累壞了，」派波說：「你找你男朋友多久了？」

「三天六小時又十二分鐘。」

「而你完全不知道他發生了什麼事？」

安娜貝斯悲傷地搖著頭。「那時，我們都超級開心的，因為我們兩個的學校比較早放寒假，我們星期二在營區碰面，還算出可以有三週相聚時光，一定會過得很棒。營火時間後，他……他吻了我說晚安，就回他的小屋；第二天早上，他就失蹤了。我們找遍整個營區，也連絡他媽媽，試過所有可能管道想找到他，可是通通沒有消息，他就這樣消失不見。」

派波這時心想，三天前，就是那個夢出現的晚上。「你們兩個在一起多久？」

「從八月開始，」安娜貝斯回答：「八月十八日。」

「幾乎和我遇到傑生的時間一樣，」派波說：「不過我們正式交往只有幾個星期。」

安娜貝斯顫抖一下，說：「派波，關於這件事……你先坐下來吧。」

派波知道接下來的話題會是什麼。恐懼感在她心底急速堆疊起來，就好像肺臟注滿水一樣。「沒錯，我知道傑生的想法，他覺得……他是今天才突然在我們學校出現。但那不是事實，我已經認識他四個月。」

「派波，」安娜貝斯語帶悲傷地說：「那是因為迷霧。」

「迷什麼？」

「迷霧，可以說是將凡人世界與魔法世界隔開的一層紗。凡人的心智無法處理天神與怪物這類奇怪的事，所以迷霧會扭曲真實發生過的事，讓凡人用他們可以理解的方式看待事情。比如說這片山谷，從他們的眼睛看過去，要不是看不到任何東西，就是會把大樹下的龍看成一堆繩索。」

派波嚥了一下口水。「不，你剛剛說我不是凡人，我是半神半人啊。」

「即使半神半人也會受影響，我自己就經歷過許多次。怪物會滲透到許多地方，例如學校，並化身為一般人的模樣；大家也認為自己認識這個人，而且是身邊常出現的人。但迷霧可以改變人的記憶，甚至創造出從來沒存在過的記憶……」

「但傑生不是怪物！」派波堅持地說：「他是個人類，是半神半人……隨便你們怎麼稱呼，但我的記憶絕對假不了，每件事都真實發生過！我們什麼時候害黑傑教練褲子著火；我和傑生什麼時候在屋頂上看流星雨，然後讓那個呆瓜親了我……」

派波發現自己無法停止這話題了，她只能不斷對安娜貝斯訴說整學期在荒野學校的生活。她從進學校第一週遇見傑生，就喜歡上他。傑生總是對她非常溫柔、非常有耐心，甚至能忍受超級過動的里歐和他那些愚蠢笑話。他接受原原本本的她，不會因為她做過的那些蠢事批評她。他們可以聊天聊好幾個小時，一起看星星，然後慢慢的，終於，牽了手。這一切不可能是假的。

安娜貝斯抿一抿嘴，說：「派波，你的記憶的確比大多數人更鮮明，這我不能否認，我也不知道為什麼會這樣，但如果你這麼了解他……」

「我當然了解！」

「那他是哪裡人？」

派波覺得好像被人在兩眼間揍了一拳。「他一定跟我說過，只是……」

「今天之前，你注意過他的刺青嗎？他跟你提過他的父母或朋友嗎？或者他最後念的是哪間學校？」

「我……那些我都不清楚，可是……」

「派波，傑生姓什麼？」

派波的腦袋一片空白，她不知道傑生的姓。這怎麼可能？

她開始哭泣，覺得自己是個超級無敵大傻瓜。她坐在大石頭上，挨著安娜貝斯，感覺快崩潰了。實在太過份了，難道在她糟糕愚蠢生活中僅有的美好片段，都必須被剝奪嗎？

「沒錯，」夢裡的聲音告訴過她：「除非你完全照我說的去做。」

「嘿，」安娜貝斯說：「這些我們都會弄清楚的，至少現在傑生就在這裡。誰知道呢？搞不好你們這些事都會變成真的。」

不可能的，派波想。如果那個夢說的是真的，就不可能。但是她不能說出來。

她拭去臉頰上的淚水。「你帶我上來這裡，就是避免讓人看到我噴淚，對嗎？」

安娜貝斯聳聳肩。「我想，對你來說，這一定很難受。我知道失去男朋友的感覺。」

「但我還是沒辦法相信……我確定我們之間曾經有過些什麼，但現在，一切都不存在了，他連我都不認得。只是，如果他真的是今天才出現，那他為什麼出現？他是怎麼來的？又為什麼連自己的過去都記不得？」

「好問題，」安娜貝斯說：「希望奇戎能解釋這些問題，不過現在我們得先把你安頓好。你準備好往回走了嗎？」

派波凝望著下方山谷裡詭異排列的小屋。那裡有她的新家，理應有了解她的家人，只是，過不了多久，他們又將成為另一群對她失望的人，這裡也會變成另一個踢她出去的地方。「你將為了我們背叛他們，」那個聲音警告她：「否則你會失去一切！」

她沒有選擇的餘地。

「嗯，」她說出違心之言：「我準備好了。」

營區中央的草地廣場，幾個學員正在打籃球。他們投球眞是不可思議的神準，沒有一顆球掉出籃框，而且全是遠射三分球。

「那是阿波羅⑫小屋的人。」安娜貝斯說明：「一堆愛現的傢伙，永遠在炫耀他們的飛射武器，像是飛箭啦、籃球啦。」

他們走過廣場中間的火坑，那裡有兩個人正拿著劍互擊。

「是眞的劍？」派波仔細看了一下。「那不是很尖銳、很危險嗎？」

「他們都是很尖銳的人呀。」安娜貝斯說：「啊，不好意思，很難笑。那邊是我的小屋，六號小屋。」她朝一棟門上有貓頭鷹雕飾的灰色建築點點頭。那扇門敞開著，派波看到裡面陳列著許多書櫃和武器，還有那種學校教室會出現的互動式電子白板。有兩個女孩子在上面畫地圖，看上去很像是戰略圖。

「說到劍，」安娜貝斯又說：「跟我來。」

她帶派波繞過屋子側邊，朝一間金屬搭蓋的棚屋走去，看起來像是專門置放園藝工具的鐵皮屋。安娜貝斯打開門，裡面陳設的並不是園藝工具，除非你覺得跟番茄打仗也算園藝！在這棟棚屋裡，陳列著一排排各式各樣的武器，從劍、長槍到像黑傑教練那支怪棍子般的武器，應有盡有。

「每個半神半人都需要自己的武器，」安娜貝斯說：「赫菲斯托斯挑走最好的，但我們也有很好的選擇。雅典娜的最佳戰略就是，讓適當的人找到適當的武器。我們來看看……」

要逛街挑選致命武器，派波可開心不起來，但她知道安娜貝斯是爲了她好。

安娜貝斯遞給她一把大型的劍，派波連舉起來都有困難。

「不行！」兩人異口同聲。

安娜貝斯往更裡面翻找，又抓出另一個東西。

「散彈槍？」派波問。

「摩斯伯格五百型，很有名的一款。」安娜貝斯若無其事地測試它的連發功能。「別擔心，這把槍不會傷到人類。它已經被改裝過，射出的是神界青銅做的子彈，只能殺怪物。」

「喔，但我不覺得這適合我。」

「嗯，也對。」安娜貝斯認同她。「太炫耀了些。」

她把散彈槍放回原位，開始在成排十字弓當中搜尋。這時派波的眼睛突然掃到最角落的某個東西。

「那是什麼？」她問：「一把刀？」

安娜貝斯把它挖出來，吹開刀鞘表面的灰塵。這東西似乎已經幾個世紀不見天日。

「派波，我也不知道這是什麼。」安娜貝斯的聲音不大自在。「我不覺得你應該用這個東西，通常劍是比較好的選擇。」

「但你用的是刀。」派波指著繫在安娜貝斯皮帶上的東西說。

「是，不過……」安娜貝斯聳聳肩說：「好吧，如果你眞的想要，拿去看看。」

這把刀的刀鞘是黑色皮革做的，鑲著青銅的皮面都是磨損的痕跡，既不神奇也不搶眼，倒是打磨平整的木質握柄讓派波拿起來非常合手。她拔開刀鞘，發現它的三角形銅製刀身近

⓬ 阿波羅（Apollo），太陽神，也是醫療與音樂之神。參《波西傑克森──神火之賊》八十五頁，註⓮。

五十公分長，就像昨天才打磨過一般閃亮，邊緣則銳利無比。刀面上映照出她的模樣，她顯得十分驚訝。她看來年紀更大、更嚴肅，但神情不像自以爲的那麼惶恐失措。

「的確適合你。」安娜貝斯承認，「這種刀被稱爲『長三角匕首』，幾乎只有舉行儀式時在用，只有希臘軍隊中的高階官員才能佩戴。這表示你是有權又有錢的人，不過在戰爭時，它卻只有一點點保護作用。」

「我喜歡它，」派波說：「剛才你爲什麼覺得它不好？」

安娜貝斯深呼吸一口氣說：「這把刀有個很長的故事，大部分的人都不敢擁有它。它的第一任主人……嗯，下場不是很好。她的名字是海倫[13]。」

派波想了一想。「等等，你是說那個『海倫』？特洛伊的那個海倫？」

安娜貝斯點點頭。

派波突然覺得自己應該先戴上外科保護手套再去拿刀。「然後，這把刀就靜靜躺在你們的工具屋裡？」

「我們身邊本來就圍繞著各種古希臘事物。」安娜貝斯說：「這裡不是博物館，所以武器呢，就是要拿來用的。它們算是我們半神半人的世襲財產。這把長三角匕首是海倫的第一任丈夫米奈勞斯[14]送她的結婚禮物。海倫替這把刀取了個名字，叫『卡塔波翠絲』。」

「什麼意思？」

「鏡子。」安娜貝斯說：「可以映照的鏡子，也許這是海倫用它的唯一理由。我不覺得這東西上過戰場。」

派波再一次看著刀身。一開始，她自己的影像在刀面上瞪著她，但影像很快就變了。她看到火焰，還有一張像是石頭刻出來的怪異臉孔。她聽到夢中的那個笑聲，見到父親被鍊條綑綁著，繫在熊熊火堆前的一根柱子上。

她手一鬆，刀子掉落。

「派波？」安娜貝斯對著廣場上阿波羅小屋學員大喊：「快，這裡需要幫忙！」

「不用，我……我還好。」派波勉強說出幾個字。

「你確定？」

「嗯。我只是……」派波控制住自己。她伸出顫抖的手撿起刀子，說：「我只是有點無法招架，今天發生太多事了。但……如果可以的話，我還是想擁有這把刀。」

安娜貝斯有些猶豫，然後揮手叫阿波羅小屋的學員離開。「好吧，如果你確定的話。你剛剛臉色變得很蒼白，我以為你是癲癇發作或怎麼了。」

「我還好，」派波向她保證，心臟卻跳得飛快。「請問……嗯……營區裡有電話嗎？我可以打給我爸爸嗎？」

安娜貝斯那雙灰色眼睛像那把刀一樣讓人不安，她好像細數著百萬種派波可能的想法，試圖解讀派波的心思。

⓭ 海倫（Helen），希臘傳說中最美麗的女人。她是宙斯（Zeus）的女兒。特洛伊國（Troy）的王子帕里斯（Paris）對海倫一見傾心，但海倫當時已是斯巴達國王之妻。在愛神阿芙蘿黛蒂（Aphrodite）的幫忙下，海倫與帕里斯私奔，引發了希臘城邦與特洛伊之間長達十年的戰爭。

⓮ 米奈勞斯（Menelaus），希臘神話中的斯巴達國王，是海倫的第一任丈夫。海倫被帕里斯帶走後，米奈勞斯召集了希臘的所有國王對特洛伊開戰。

「我們這裡不准打電話。」她說：「大多數半神半人打了手機，就等於是送出訊息讓怪物知道你的位置。不過……我這裡有一支。」她從口袋小心掏出一支手機。「這樣做是違規的，但如果只有你知我知……」

派波非常感激地接過電話，努力讓手停止顫抖。她走離安娜貝斯幾步，轉身面對另一邊的公共區域。

儘管知道會有什麼回應，她還是撥了父親的私人專線。果然是語音信箱。自從做了那個夢，她這三天都試著與爸爸連絡，但荒野學校規定每人每天只能打一次電話，所以她每天傍晚都打，卻始終找不到人。

她很不情願地撥了另一個號碼。父親的私人助理立刻接起電話。「麥克林先生辦公室。」

「珍妮，」派波咬著牙問她：「我爸在哪裡？」

電話那頭安靜了一下，似乎在猶豫是否要掛掉。「派波，我以為你在學校不能打電話。」

「或許我不在學校。」派波說：「也許我逃學了，躲在樹林和野獸住在一起。」

「喔。」珍妮的聲音沒有一絲關切。「那好，我會告訴他你有打電話來。」

「他在哪裡？」

「出去了。」

「你不知道他去哪裡，對嗎？」派波降低音量，希望安娜貝斯別好心到偷聽她講話。「珍妮，你什麼時候才要報警？他可能遇上麻煩了。」

「派波，我們不要把這件事又引爆成媒體大戰。我確定他好好的，他偶爾也會離開休息一下，但每一次都會回來。」

「所以我是對的，你眞的不知道他去……」

「派波，我得去忙了，」珍妮打斷她，「好好享受學校生活！」

電話掛了，派波咒罵一聲。她走回安娜貝斯身邊，將電話還給她。

「沒找到人嗎？」安娜貝斯問。

派波沒有回答，她怕自己一開口就會哭。

安娜貝斯瞄了一下電話螢幕上的顯示，有些遲疑地問：「你姓『麥克林』？不好意思，這不干我的事，只是覺得聽起來很熟。」

「只是個很普通的姓。」

「嗯，我想也是。所以，你父親是做什麼的？」

「他是唸藝術的，」派波很制式地回答：「他是切羅基族藝術家。」

這是派波的標準答案。這不是謊話，但也並非全部的事實。多數人聽到這樣的回答，都會以爲他爸爸是在保護區的路邊賣紀念品，像是野牛小雕像、串珠項鍊或酋長封面筆記本之類的東西。

「喔。」安娜貝斯似乎不太相信，但她收起電話。「你現在覺得好些了嗎？要繼續走嗎？」

派波把她的新武器繫到皮帶上，她告訴自己，等待會兒沒有別人的時候，再好好研究一下怎麼使用它。「當然，」她說：「我想認識這裡的一切。」

每棟小屋都滿酷的，但沒有一棟讓她一眼就覺得是自己的家。沒有任何火焰，也沒有像袋熊的符號出現在她頭上。

八號小屋整間都是銀色的，散發出宛如月光的淡淡光芒。

「阿蒂蜜絲⑮？」派波猜。

「你還算了解希臘神話嘛。」安娜貝斯說。

「去年我爸接了一個計畫，我跟著閱讀了一些資料。」

「他不是在做切羅基藝術嗎？」

派波吞下對自己的咒罵。「喔，是的。不過，有時候……他也做些其他的東西。」

派波心想，自己差點說溜了嘴。麥克林，希臘神話。好險，安娜貝斯似乎還沒把兩者聯想在一起。

「總之，」安娜貝斯繼續說：「阿蒂蜜絲是月亮女神，也是狩獵女神，但在這裡沒有她的學員。她是永恆的少女，所以沒有小孩。」

「喔。」這消息有點打破派波的幻想，她一直很喜歡阿蒂蜜絲的故事，她想像月亮女神會是一個很酷的媽媽。

「不過，這裡有阿蒂蜜絲的獵女隊。」安娜貝斯補充說：「她們有時候會來一下。她們不是阿蒂蜜絲的小孩，而是她的隨從。這支長生不老的少女隊，總是一起到處冒險，捕捉怪物之類的東西。」

派波精神一振。「聽起來滿酷的。她們可以長生不老？」

「除非在戰爭中戰死，或是違背了誓言。我剛剛有提到她們不准交男朋友嗎？不准約會，永遠，永生。」

「喔，」派波說：「那就算了。」

安娜貝斯笑了起來，這一刻的她看起來幾乎是開心的。派波心想，如果認識的時機對的話，這樣的朋友實在很酷。

忘掉這個想法吧，派波提醒自己。別想在這裡交任何朋友，一旦他們發現了眞相。

他們走過下一間小屋，這是十號小屋。這間小屋裝飾得好像芭比娃娃的家，有蕾絲窗簾、粉紅門扉，窗台上擺著一盆盆康乃馨。她們走過門廊，香水的味道薰得派波快吐了。

「呼，這是超級名模的臨終病房嗎？」

安娜貝斯微微笑。「阿芙蘿黛蒂⑯的小屋，愛神的家。茱兒是首席指導員。」

「愛現鬼！」派波低聲咒罵。

「他們不見得都討人厭。」安娜貝斯說：「他們前一任首席指導員就是個非常好的人。」

「她怎麼了？」

安娜貝斯的臉色黯淡下來。「我們繼續往下走吧。」

她們又陸續參觀其他小屋，然而，派波愈走愈沮喪。她猜想自己會不會是農業之神狄蜜特⑰的小孩，卻又想起自己碰過的植物通通被她弄死了。雅典娜很酷，黑卡蒂⑱也不賴，但似乎都不重要了。即使在這個每個人都找得到失蹤父親或母親的地方，她知道，自己到最後仍是一個沒人要的小孩。今天的營火晚會，她一點也不期待。

---

⑮阿蒂蜜絲（Artemis），狩獵女神，也是月亮與童真女神。參《波西傑克森—神火之賊》一三三頁，註㉛。

⑯阿芙蘿黛蒂（Aphrodite），掌管愛情與美貌的女神。參《波西傑克森—神火之賊》八十七頁，註⑰。

⑰狄蜜特（Demeter），農業之神，是宙斯的姊姊，也是冥王之妻泊瑟芬（Persephone）的母親。

⑱黑卡蒂（Hecate），掌管魔法和幽靈的女神，創造了地獄，代表世界的黑暗面。

「我們這裡一開始只有十二位奧林帕斯天神的小屋，」安娜貝斯說：「左排是男性天神，右排是女性天神。到去年，我們又增加一堆新的小屋給那些在奧林帕斯沒有王座的神，像是黑卡蒂、黑帝斯[19]、伊麗絲……」

「那一頭的兩間大屋子是誰的？」派波問。

安娜貝斯皺起眉頭。「眾神之王宙斯[20]與天后希拉[21]。」

派波朝著那大屋子的方向走去，安娜貝斯被動地跟在她後面。宙斯的房子讓派波聯想起銀行。那是棟白色大理石建築，前面有筆直巨大的柱子，閃亮的銅門上鑲著閃電標誌。

希拉的房子比宙斯的小一點，但風格一致，最大的不同是門上雕飾著孔雀羽毛，上面有各種色澤閃爍著。

不像別的小屋熱鬧開放、充滿活力，這兩間小屋都來門扉緊閉且非常寂靜。

「裡面都是空的嗎？」派波問。

安娜貝斯點點頭。「宙斯已經很久沒和凡人生下孩子，呃，算是沒有吧。這些天神中，年紀最大的三兄弟——宙斯、波塞頓[22]和黑帝斯合稱『三大神』。他們的孩子會非常有力量，也非常危險。所以過去七十年左右的時間，他們三個極力避免生下半神半人的後代。」

「極力避免？」

「但有時候他們……嗯，還是會違規。我的一位朋友泰麗雅．葛瑞斯，就是宙斯的女兒，不過她後來放棄混血營的生活，成為阿蒂蜜絲獵女隊的隊長。我的男朋友波西，則是海神波塞頓的兒子。還有一個偶爾會出現的男孩叫尼克，他是黑帝斯的兒子。除了他們之外，三大神就沒有其他半神半人的孩子了。起碼我們目前所知如此。」

「希拉呢？」派波望著那孔雀羽毛裝飾的華麗大門。這棟屋子令她有些不安，雖然她不確定是爲什麼。

「婚姻女神，」安娜貝斯小心控制語調，好像要避免什麼詛咒一樣，「除了宙斯之外，她不曾跟其他對象生過孩子。所以，她當然沒有半神半人的孩子。蓋這棟房子是爲了尊崇她。」

「你不喜歡她吧。」派波注意到了。

「我們之間有很長的故事，」安娜貝斯沒有否認，「我本來以爲我們已經可以和平相處了，但是當波西失蹤後，我做了一個奇怪的夢，是她給我的夢。」

「她告訴你要來找我們，」派波說：「而你以爲波西會在那裡。」

「我最好不要再談這些了，」安娜貝斯說：「我目前對她沒有什麼好話可說。」

派波低頭看著門的底座。「那麼，有人住在這裡嗎？」

「沒有。這棟屋子只是爲了尊崇她蓋的，我剛剛說過了。沒有人住在這邊。」

「可是裡面有人。」派波指著一個足印，在滿是灰塵的門檻上。憑著直覺，派波將門一推，門輕易地打開了。

安娜貝斯後退一步。「呃，派波，我想我們不應該……」

「我們本來就喜歡做危險的事，不是嗎？」派波說完就跨步走了進去。

⓳黑帝斯（Hades），冥界之王，掌管整個地底世界，是宙斯與海神波塞頓的兄弟。

⓴宙斯（Zeus），眾神之王，掌管雷電風雨等氣候。參《波西傑克森—神火之賊》二十一頁，註❸。

㉑希拉（Hera），眾神之后，是宙斯的姊姊也是妻子。她是掌管婚姻的女神，也是母親的守護神。

㉒波塞頓（Poseidon），海神，掌管所有海域，也是馬的製造者及守護神。

希拉的房子絕對不是派波願意住下來的地方。這裡面冷得跟在冰箱裡一樣，幾根雪白的柱子環繞著正中央一尊三公尺高的女神雕像。女神坐在鋪有閃亮金袍的王座上。派波向來以爲希臘神像的眼睛都是空洞的白，但這尊雕像的眼睛卻上了明亮的漆，讓她看起來幾乎像個眞人，只差太龐大了些。希拉銳利的眼光似乎緊緊盯著派波。

在女神雕像的腳底，有一座燃著火苗的銅製火爐。派波不禁感到疑惑，如果這裡平常都沒人住，是誰來照料這間空屋。希拉肩膀上站著一隻石雕老鷹，手中握著頂端刻有蓮花的權杖。女神的頭髮編成黑色辮子，臉上帶著笑容，但眼睛透出冷酷精明，彷彿在說：「母親什麼都知道，現在不要妨礙我，不然我就踩到你頭上。」

就這樣，屋子裡再沒有其他東西了。沒有床，沒有家具，沒有浴室，沒有窗戶，沒有人可以眞正生活在裡面。雖然號稱婚姻與家庭女神，但希拉的房子卻令派波聯想到陵墓。

不，這不會是她的母親，至少派波十分確定這一點。她之所以進來這間房子，並不是因爲有美好的感覺出現，而是內心的恐懼在這裡更加深刻、逼近。她的夢，那個交付給她的恐怖通牒，跟這間小屋有些關聯。

她突然呆住，這裡除了她們兩個之外，還有別人。她看到雕像後方、房子最深處的那個小祭壇中，站著一個罩著黑色大披巾的人，全身只露出手掌，掌心向上。她彷彿在吟誦著什麼，像是禱告或者唸咒。

安娜貝斯倒吸了一口氣。「瑞秋？」

那個女孩轉過身，大披巾也掉了下來，露出了一頭濃密的紅色捲髮與布滿雀斑的臉，和這間屋子的肅穆或黑色披巾的神祕感完全不搭。她看起來大約十七歲，裝扮和一般青少年沒兩樣，上身穿著綠色襯衫，下面是一條縫滿塗鴉補丁的破牛仔褲。儘管地面冰冷，她還是光著腳沒穿鞋。

「嘿！」她跑來給安娜貝斯一個擁抱。「真抱歉，我已經用最快的速度趕來了。」

她們聊了幾分鐘，講到安娜貝斯的男朋友失蹤至今毫無消息等等。最後安娜貝斯才赫然想到派波還在這裡，正不大自在地站在旁邊。

「我真沒禮貌！」安娜貝斯向她道歉。「瑞秋，這位是派波，是我們今天救出來的混血人。派波，這位是瑞秋・伊莉莎白・戴爾，我們的神諭使者。」

「就是住在山洞那位朋友嗎？」派波猜。

瑞秋微笑著說：「就是我。」

「所以你是神諭？」派波繼續問：「你可以預知未來？」

「其實呢，比較像是預感時不時會冒出來襲擊我，」瑞秋說：「讓我說出預言。每隔一陣子，神諭之靈就像綁架了我的身體，讓我說出一些沒人聽得懂的重要事情。不過沒錯，這些預言說的是未來的事。」

「喔，」派波移動了一下身體重心，「好酷。」

瑞秋笑了起來。「別擔心。每個人都覺得有點毛骨悚然，連我自己都會。但通常我是不傷人的。」

「你也是半神半人嗎？」

「不是，」瑞秋回答：「我只是個凡人。」

「那你怎麼會在……」派波揮手比一比這個房間。

瑞秋的笑容消失。她瞥一下安娜貝斯，然後眼神回到派波身上。「只是有個直覺，這間小屋和波西的失蹤有關。我已經學會追隨自己的直覺，特別是在上個月眾神陷入沉默以後。」

「陷入沉默？」

瑞秋皺眉看著安娜貝斯。「你還沒有跟她說嗎？」

「我正打算告訴她。」安娜貝斯回答。「派波，上個月……嗯，天神不跟他們的孩子說太多話，這很正常，但我們總是偶爾會收到他們的訊息。我們有些人甚至可以去拜訪奧林帕斯，像我就整個學期都在帝國大廈。」

「什麼？」

「帝國大廈，奧林帕斯現代的入口。」

「喔，」派波說：「原來如此。沒什麼不可以的。」

「安娜貝斯正在重新設計奧林帕斯城，因爲泰坦大戰造成很大的破壞。」瑞秋解釋：「她是一位很棒的建築師，你應該去看看那個沙拉吧台……」

「總之，」安娜貝斯說：「大約在一個月前，奧林帕斯陷入沉寂，入口關閉，沒有人能進去，也沒人知道原因。看來好像眾神把自己關了禁閉，就連我母親也不回應我的禱告，而我們營長戴歐尼修斯㉓也被召了回去。」

「你們的營長……是酒神？」

「對，這是一個……」

「很長的故事？」派波猜。「好，請繼續。」

「的確是。」安娜貝斯說：「認領半神半人仍舊在進行著，但僅此而已。沒有訊息，沒有探訪，沒有跡象顯示天神是否在聆聽我們的聲音。感覺上，好像發生了什麼大事，而且是非常不好的事。接下來，波西就失蹤了。」

「然後，我們去戶外教學時，傑生又突然出現，」派波補充著，「還喪失了所有的記憶。」

「誰是傑生？」瑞秋問。

「我的……」派波忍住沒說出「男朋友」三個字，但這讓她的胸口一陣刺痛。「我的朋友。可是，安娜貝斯，你不是說希拉有託夢給你？」

「沒錯，」安娜貝斯說：「這是這整個月來我們第一次和天神溝通，而且竟然是希拉，這個最不愛幫助別人的女神，還找上了她最不喜歡的半神半人，就是我。她告訴我，如果能在大峽谷的天空步道找到只穿一隻鞋的人，就會知道波西發生什麼事。只不過，我是找到你們，穿一隻鞋的人是傑生。我還是不明白。」

「發生了不好的事。」瑞秋附和，然後看著派波。派波此時有股強烈的欲望，想告訴她們自己的夢，想對她們承認自己知道發生了什麼事，至少知道一小部分。而這些不好的事僅僅只是開頭。

「兩位，」她說：「我……我想要……」

她話還沒說完，瑞秋突然全身僵直，眼睛閃爍著綠光，然後雙手緊緊攫住派波的肩膀。

派波想後退，但瑞秋的手就像一把鐵鉗般緊扣著她。

㉓戴歐尼修斯（Dionysus），希臘神話中的酒神，發明釀酒法。常因喝醉而喪失理性，惹出禍端。

「釋放我！」瑞秋說。但她的聲音並不像原本的她，反倒像是一位遙遠地方的老婆婆，正透過一根會產生回音的長管子說話。「釋放我吧，派波．麥克林，否則大地將會吞噬我們。冬至之前必須完成。」

房間開始旋轉。安娜貝斯想把派波和瑞秋分開，但根本辦不到。綠色煙幕包圍住她們，派波已經分不出自己是清醒還是在夢中。巨大的女神像好像從王座上站了起來，它朝派波傾身，眼神直直穿透她。雕像的嘴張開，冒出的氣息宛如濃膩厚重的香水，傳出的聲音則飄渺迴盪。「我們的敵人騷動了，火焰不過是第一個。屈服於他，他們的王就會趁勢而起，徹底毀滅我們。釋放我！」

派波的膝蓋一軟，眼前一片漆黑。

5 里歐

在聽到關於龍的事之前，里歐的營區巡禮一直進行得很順利。這個名叫威爾・索拉斯的弓箭手，似乎是一個很酷的傢伙。他展示給里歐看的每一樣東西都很炫，炫到令人覺得是不合法的。比如說，停泊在海邊那些眞實希臘戰艦，有時竟會用火箭和炸藥進行實戰操演。妙極了！製作雕像的美術課和工藝課，居然可以使用全套電鋸和焊槍。里歐只差沒喊出：「我要用！我要用！」還有樹林裡住滿危險的怪物，一個人最好不要獨闖進去。這眞是太有趣了。何況，營區裡有太多漂亮的女生……里歐還搞不清楚這些天神的複雜關係，他只希望那些美女不會全是他的表姊妹，這樣就太扯了。至少至少，讓他再會會湖裡那些水女孩吧，她們絕對値得他再溺水一次。

威爾帶他看了小屋區、餐廳涼亭，還有競技場。

「我也會有一把劍嗎？」里歐問。

威爾看著里歐的眼神，好像他這個問題很怪。「你大概得自己打造一把，因爲你是九號小屋的人。」

「喔，跟那有什麼關係？因爲兀兒肯？」

「我們通常不說天神的羅馬名，」威爾說：「希臘名才是他們最原始的本名，你父親叫赫菲斯托斯。」

「非斯都？」里歐以前聽人提過這個名字，但還是有些詫異。「聽起來像是牛仔之神。」

「赫——菲斯托斯，」威爾糾正他。「火神及鐵匠之神！」

這個里歐聽過了，但他不願去想它。火神……真的嗎？想想看媽媽發生的事，這應該是一個恐怖的笑話吧？

「所以，那個火錘出現在我頭上，」里歐問：「到底是好事，還是壞事？」

威爾思考了一會兒，回答說：「你一到這裡就被認領了，這樣應該算好事。」

「但那個拉飛馬的大個兒巴奇說有什麼詛咒？」

「啊……這個，沒有啦，只是自從九號小屋的前任首席指導員過世後……」

「過世？死得……很慘嗎？」

「我應該讓你室友來向你說明才對。」

「喔，對耶，我那些親愛的室友在哪裡？我們的指導員不是應該陪我來趟貴賓視察嗎？」

「他啊，嗯，沒辦法來。你很快就會知道原因了。」威爾突然火速向前邁進，里歐根本來不及再問任何事。

「詛咒和死亡，」里歐自言自語：「事情愈來愈好玩了。」

他穿越草地到一半時，突然瞥見小時候的老保母。他絕對想不到她會在混血營出現。

里歐呆立在小徑上。

「怎麼了？」威爾問他。

娣雅・凱莉達，她總稱呼自己是「凱莉達阿姨」，里歐打從五歲之後就沒見過她了，然而此刻，她竟然站在草地另一頭的白色大屋陰影下看著里歐。

她穿著那件黑色麻布寡婦衣，一條黑色披肩包覆著她的頭髮。她的臉一點兒都沒變，依然是皺巴巴的皮膚和穿透人的黑眼，骨瘦如柴的手指頭就像雞爪一樣。她看起來像個古人，但仍是里歐記憶中的模樣。

「那個老婆婆……」里歐問：「她在這裡做什麼？」

威爾追隨里歐的目光。「什麼老婆婆？」

「大哥，那個老婆婆啊，穿了一身黑那個。你到底看到幾個老婆婆在那裡呀？」

威爾蹙著眉頭。「里歐，我看你今天累壞了，迷霧可能還繼續在你的腦袋裡玩把戲。我們現在直接去你的小屋如何？」

里歐還想反駁他，可是當他回頭再看一次白色屋子時，娣雅．凱莉達卻消失不見。他很確定她曾經站在那裡，他差點以爲是他媽媽將凱莉達從遙遠的過去召喚回來。

那可不妙，因爲娣雅．凱莉達試圖殺害過他。

「只是跟你開玩笑啦。」里歐從口袋裡掏出幾支機械工具把玩，以便冷靜下來。他可不能讓混血營裡的人認爲他是個瘋子，至少不會以爲他比原來更瘋。

「那就看看九號小屋囉。」他說：「我正有心情好好逛一逛。」

從外面看起來，赫菲斯托斯小屋就像一輛放大版的休旅車，有閃亮的金屬牆及鑲著金屬框的窗戶。小屋的入口簡直就像銀行的金庫大門，圓形門扉的厚度竟然超過一公尺。打開門的同時，一堆運轉不停的銅製齒輪和冒著蒸氣的水壓活塞也跟著啓動。

里歐吹一聲口哨。「哇，這裡在玩蒸氣龐克㉔嗎？」

整間屋子冷清得像沙漠一樣。折疊起來的鋼架床板沿牆排放，就像那些高科技折疊床；每張床都有一個數位控制面板、閃爍的LED燈、晶光寶石，以及環扣齒輪組。里歐判斷，每個成員應該都有自己的密碼才能打開床，床後面八成還有私人儲藏密室，搞不好還有阻隔意外訪客的陷阱——至少里歐會這麼設計。這房子從外觀看不出有二樓，但裡面卻有一根滑降桿從二樓伸到一樓；還有一道螺旋梯，通向類似地下室的地方。所有的牆面掛滿了里歐所想像得到的各種動力工具，外加大量且各式各款的刀劍與破壞性機具。一張超大型的工作台上，被各種零碎廢五金所掩埋，有螺絲釘、螺栓、墊圈、鐵釘、鉚釘和其他數以百萬計的零件。里歐有一股把它們全放到自己口袋的衝動，他愛極這些東西了！但真要拿的話，他需要上百件外套才夠裝吧。

他左看右看，幾乎以為自己又回到媽媽的五金維修行了。也許只有武器是媽媽店裡沒有的，而那些工具、小零件，還有機油、金屬及引擎發熱的味道……媽媽也會愛上這個地方。

他不讓自己再想下去，他不喜歡傷痛的回憶。永遠向前走，這是他的座右銘。別執著於任何事物，別在同一個地方待太久，唯有如此才能超越悲傷。

他拿起牆上一把長形的工具。「除草器？管火的天神拿除草器要做什麼？」

暗影中冒出一個聲音：「你還有得驚訝呢。」

原來在房子的最裡面，有一張床上有人。一道深色偽裝的帷幔布幕退開，里歐這才見到那個一秒鐘前還完全看不見的人。他的身形依舊很難看清楚，因為他全身裹著石膏，頭上纏了一圈圈紗布，幸好五官還露出來，雖然鼻青臉腫的。總之，這個人活像是剛打完拳擊賽的麵糰寶寶。

「我是傑克．梅森，」這人說：「很抱歉，我應該要跟你握手的……」

「喔，」里歐答：「你不用起來啦。」

這人擠出一個微笑，但好像因此牽動某個傷口，隨即整張臉皺了起來。里歐很納悶他怎麼會弄成這樣，卻沒膽問。

「歡迎來到九號小屋。」傑克說：「我們已經有一年沒有新夥伴了。我是現任指導員。」

「現任？」里歐問。

一旁的威爾．索拉斯突然清清喉嚨說：「其他人都去哪裡了，傑克？」

「都在兵工廠，」傑克面帶愁容，又說：「你知道的，大家都在努力解決……那個問題。」

「喔。」威爾轉換話題。「那麼，你們有空床可以給里歐嗎？」

傑克上下打量里歐，好像在估算他的身材。「里歐，你相信詛咒嗎？相信有鬼嗎？」

我才剛見到我邪惡的保母凱莉達阿姨呢，里歐想，經過這麼多年，她應該死了才對，而且我沒有一天不想起葬身五金行火海中的媽媽，所以不要跟我提到什麼鬼，麵糰小子！

但里歐大聲回應說：「鬼？噗，不不不！我可是很酷的。今天早上一個風暴怪物把我扔下大峽谷，但你知道，這對我來說是家常便飯，是吧？」

傑克點點頭。「那就好。因爲我要給你本小屋最好的床位——貝肯朵夫的床。」

㉔蒸氣龐克（Steampunk）指的是以十九世紀工業革命為背景的藝術作品，常設定在維多利亞時代以蒸氣為動力的英國，用這個時代的代表元素來創作，像蒸氣引擎、齒輪零件、銅製材質、大量管線配置等。

「哇，傑克，」威爾說：「你確定？」

傑克喊著：「一A床位，請出來。」

整間小屋開始震動，地板上的一片圓形區塊如相機鏡頭般旋轉開啓，一張大尺寸的床瞬間彈出。這張黃銅大床的床尾隔板內建了電視遊樂器，床頭板則置入立體音響，床底座設了一個玻璃門的冰箱，在側面還有一大片的操控面板。

里歐直接跳上床，兩手枕在頭下躺平，說：「這我處理得來！」

「它也可以縮進一個私人房間，就在下面。」傑克說。

「喔，對喔，酷！」里歐說：「那麼，各位再見了，我要進到里歐洞窟休息了。我該按哪一個鍵呀？」

「等等！」威爾．索拉斯打斷他們。「你們這些人擁有地下私人房間？」

如果傷口不是太痛，傑克應該會笑一下。「我們有很多祕密呀！威爾，你們阿波羅小屋是沒辦法這麼玩的。來到混血營九號小屋的成員，從一個世紀前就開始在地下挖掘通道系統，到現在還沒挖到盡頭。總之，里歐，如果你不介意睡在死人的床上，那張床就屬於你了。」

里歐頓時覺得像被打了一槍，他坐起來，小心翼翼不碰觸任何按鈕。「那位過世的指導員……這是他的床？」

「是的，」傑克立刻回答：「查爾斯．貝肯朵夫。」

里歐開始想像刀劍刺穿床墊、手榴彈埋伏在枕頭下的情景。「他……他應該不是死在這張床上的吧？」

「不是，」傑克說：「他死於今年夏天的泰坦大戰。」

「泰坦大戰。」里歐重複著這幾個字。「它跟這張好床完全沒有關係吧?」

「所謂『泰坦』,」威爾說,好像當里歐是白痴,「是指在希臘天神出現之前,一群巨大、孔武有力且掌控世界的傢伙。去年夏天,他們準備反撲。他們的領袖克羅諾斯㉕在加州的塔瑪爾巴斯山頂上蓋了新的宮殿,又派出軍隊到紐約,幾乎要毀掉整座奧林帕斯山。為了阻止他們,許多半神半人都犧牲了。」

「我猜,這些事情都沒上新聞吧?」里歐問。

這是個很平常的問題,但威爾不可置信地搖搖頭。「你難道完全沒聽說過聖海倫斯火山爆發、驚人風暴席捲全國,還有聖路易的建築倒塌事件?」

里歐聳聳肩。今年夏天,他從某個寄養家庭逃出來,結果在新墨西哥州被專抓逃學的警察逮到,法院判定將他送到最近的感化院去,於是他才成為荒野學校的學生。

「我今年夏天可忙得很。」

「沒關係,」傑克說:「錯過那件事算你運氣好。重點是,貝肯朵夫是最早犧牲的成員之一,而從那時候起……」

「你們小屋就受到詛咒了。」里歐隨口說。

傑克沒有接話。他又變回一個石膏人。里歐開始注意到他原本沒留意到的一些小細節:牆上爆炸過的痕跡、地板洗不掉的油漬(還是血跡?)、斷掉的劍、出於無奈被踢到角落的故

㉕克羅諾斯(Kronos),希臘神話中泰坦巨神的首領,也是宙斯等三大神的父親。參《波西傑克森──神火之賊》十九頁,註❶。

障機器。這個地方，感覺真的很不吉利。

傑克冷冷地嘆了一口氣。「嗯，我也該去睡一下了。里歐，希望你會喜歡這裡。這間小屋……曾經是一個很棒的地方。」

他閉上眼睛，僞裝帷幔便自動隔開他的床。

「走吧，里歐。」威爾說：「我帶你去兵工廠繞繞。」

當他們準備離開時，里歐回頭望著他的新床。他彷彿看到一位死去的指導員坐在上面，顯然又有另一個鬼魂要來黏著里歐了。

6 里歐

「他是怎麼死的？」里歐問。「我是指那個叫貝肯朵夫的人。」

威爾．索拉斯走在里歐前面，緩緩回答：「他是被炸死的。貝肯朵夫和波西．傑克森一起去炸一艘載滿怪物的船，結果，貝肯朵夫來不及逃出來。」

又是那個名字，波西．傑克森，安娜貝斯失蹤的男友。那個人在這個地方好像陰魂不散似的，里歐心想。

「這麼說來，貝肯朵夫頗受歡迎囉？」里歐繼續問。「我是指……他被炸死以前。」

「他是個超級大好人。」威爾說：「他死去時，全營的人都非常悲傷。於是，傑克就臨危受命接任小屋首席指導員的位子，我的情況也是這樣。傑克非常盡力，但他其實並不想當領導者，他只喜歡組合東西。戰爭結束後，九號小屋開始出現狀況，像是他們的馬車被炸毀、機器人失靈，他們製造出來的很多發明也開始故障失效。一連串事件就好像受到詛咒似的。慢慢的，開始有人稱呼這個是『九號小屋的詛咒』，然後，傑克就出了意外。」

「那跟傑克剛剛提到的『那個問題』有點關聯吧？」里歐猜測著說。

「他們正在努力解決。」威爾的回答沒有一絲熱切之情。「就是這裡，我們到了。」

兵工廠的外觀彷彿一輛蒸汽火車撞進希臘的帕德嫩神殿，合體成一棟奇怪建築。成排的白色大理石柱立在煤灰染黑的牆壁之前；雕飾著天神、怪物的華麗山牆上，伸出冒著黑煙的煙囪。兵工廠緊鄰著一條溪流，廠邊有好幾個水車推動著一連串的銅齒輪。里歐聽得見機器在裡面運轉的聲響，也聽到火焰燃燒的怒吼，還有鐵鎚敲打在鐵砧上的叮咚聲。

他們踏進門檻時，十幾個正在不同崗位忙碌的男女生全都停下手邊工作。嘈雜的廠內，頓時只剩齒輪及控制桿發出的喀喀聲和火焰熊熊舞動的聲音。

「大家好，」威爾說：「這位是你們的新兄弟里歐……嗯，你姓什麼？」

「華德茲。」里歐環視廠內所有人。這些人真的跟他有關係嗎？他的表兄弟姊妹都來自很大的家族，而他卻始終只有媽媽，直到她過世。

廠裡的孩子一個個走過來跟他握手，並自我介紹。一堆名字同時湧上來：夏恩、克里斯多夫、妮莎、哈雷（嘿，就是那個重型機車的牌子嘛！）。里歐知道自己絕對沒辦法搞定他們，人太多了，簡直令他無法招架。

這些人之中沒有誰長得很相像，他們各自有不同的臉型、膚色、髮色和身高。你絕對不會說：「看，那是赫菲斯托斯一家子！」不過他們的手都非常有力，粗糙的手上長了許多硬繭，並沾染著機油的印漬。即便是頂多八歲的小哈雷都精壯得很，如果讓他跟功夫高手查克．羅禮士㉖對打個六回，可能一滴汗也不會流下。

此外，每個小孩看來都表情嚴肅而哀傷。垂落的肩膀，像是生活擔子壓得他們非常沉重；有幾個可能身體都受過重傷。里歐偷偷數著：兩個手臂吊帶、一對枴杖、一個眼罩、六塊彈性繃帶，七千片小繃帶！

「嗨，大家好！」里歐開口說：「我聽說這是派對小屋！」

沒有人笑，大家只是瞪著他看。

威爾・索拉斯拍拍他的肩膀。「我讓你們互相熟悉一下。等會兒吃飯時間，有人可以帶里歐過去嗎？」

「我可以。」一個女孩說。她叫妮莎，里歐記得她的名字。她穿著迷彩褲，上面罩一件吊帶背心，露出結實的手臂；一條紅色印染頭巾包住她的黑色亂髮。若不是下巴上那片笑臉繃帶，她看起來就像動作片裡的神勇女英雄，似乎隨時可以舉起機關槍朝邪惡外星人掃射。

「酷，」里歐說：「我一直夢想有姐妹陪我打架。」

妮莎沒笑。「來吧，笑話大王，我帶你走一圈。」

里歐對工廠可是一點也不陌生，他是混在機械工和動力機具中長大的。媽媽總是開玩笑說，里歐的第一個奶嘴是一支單向扳手。然而，他卻從未見過像混血營兵工廠這樣的地方。

有個人正在做一把戰斧，他不斷在一片水泥板上測試釜刃，每揮下一次，水泥板就好像軟起司般被劃下一刀。然而那人卻非常不滿意，回頭繼續打磨。

「那把戰斧是要拿來殺什麼呀？」里歐問妮莎：「難不成是戰艦嗎？」

「你永遠無法預知。就算是用神界青銅……」

「那片金屬嗎？」

她點點頭。「那是奧林帕斯山才有的礦物，非常非常稀少。通常它接觸到怪物後，就能將

㉖查克・羅禮士（Chuck Norris），美國電影演員，一九四〇年生，曾獲得世界空手道比賽冠軍，也曾與李小龍在電影中對打，是著名的動作片明星。

牠們解體，不過有些大型怪物有相當堅硬的毛皮，比方像蛇龍……」

「你是說神龍？」

「近似的種類，你會在怪物對戰課中學到辨識的方法。」

「怪物對戰課程？喔喔，我已經拿到空手道黑帶資格了。」

她沒有露出半點笑容。里歐眞希望妮莎不要從頭到尾都這麼嚴肅。老爸這邊的家族，總該有人有點幽默感吧？

他們又經過一群人前面，他們正在做一個青銅發條玩具，起碼在里歐眼裡是如此。那是一個大約十五公分高的半人馬，就是上半身是人、下半身是馬的玩意兒，還揹著一把迷你弓。有個人將半人馬的尾巴轉一轉，小小的半人馬就整個動起來。它在桌面上飛跑，邊跑邊叫：「去死，臭蚊子！去死，臭蚊子！」然後把箭射向眼前所有東西。

顯然這不是第一次發生了，因爲每個人都知道要趕快趴下閃開，除了里歐。六支細如針的箭射進里歐的衣服，一個學員抓了槌子衝過來，一把敲爛半人馬。

「什麼愚蠢的詛咒！」那個學員向天空揮舞手上的槌子大喊：「我只想要一個神奇的捕蚊器，難道這樣也要求太多？」

「啊，好痛。」里歐叫出聲。

妮莎幫他把細針從衣服上拔出來。「沒事的。我們在它被重新組合好之前趕快離開吧。」

里歐邊走邊搓揉自己的胸口。「這種事常發生嗎？」

「嗯，最近是。」妮莎說：「我們做的每一樣東西，都變成了廢物。」

「是因爲那個詛咒？」

妮莎皺起眉頭。「我不相信詛咒這回事，但是，真的有事不對勁。如果我們不能解決那個龍的問題，情況只會更糟。」

「『龍』的問題？」里歐希望她說的只是一隻迷你變色龍，可以對付蟑螂的那種，但他知道不會那麼好運。

妮莎帶他走到一面很大的地圖前，有幾個女孩也在研究。這是一張混血營地圖，它是一片半圓形的區域，北邊面臨長島海峽，西邊有一大片樹林，小屋區是在東邊，南邊則是一片綿延的山丘。

「它應該在山丘那邊。」一個女孩說。

「我們已經找過山丘那邊，」另一個女孩反駁說：「但樹林才是更好的躲藏處。」

「但我們早就設下陷阱……」

「等一下，各位，」里歐插嘴：「你們搞丟了一隻龍？一隻真正的、原寸的龍？」

「它是一隻青銅龍，不是活恐龍，」妮莎解釋說：「但它的確是按照真實尺寸打造的機器龍，是赫菲斯托斯小屋幾年前製造的，但它後來卻在樹林中不見了。幾年前的某個夏天，貝肯朵夫發現它散落的零件，重新將它組合回來，於是它開始幫忙守護營區。只不過，它的行爲有點，嗯，難以捉摸。」

「難以捉摸？」里歐說。

「就是有時候會脫線抓狂，踢爛小屋、在人身上放火、抓羊男來吃之類的。」

「那還眞的很難以捉摸。」

妮莎點著頭。「貝肯朵夫是唯一能控制它的人，但是他過世了。從那之後，龍的狀況愈來愈糟糕。有一天它眞的發狂跑掉了。但它偶爾還是會出現，搗毀東西之後又跑走。營區的人都希望我們快點找到它，將它毀掉。」

「毀掉？」里歐驚呼，「你們有一隻眞實大小的銅龍，而你們卻要毀掉它？」

「它只要呼氣就會噴火，」妮莎解釋；「破壞力超強，又完全不受控制！」

「但它是龍耶！老兄，太了不起了！難道你們不能試著跟它談談，想辦法控制它？」

「我們試過了，傑克．梅森試過。你見過他，知道結果了吧？」

里歐想到傑克全身裹在石膏中、孤獨躺在床上的模樣。「可是……」

「我們沒有別的選擇。」妮莎轉身跟其他女孩說：「我們試著在樹林裡放更多的陷阱，這裡、這裡，還有這裡。誘餌則放黏度三十的機油。」

「那隻龍喝這種東西？」里歐問。

「對，」妮莎很遺憾地嘆了一口氣，「以前它還喜歡多加一點墨西哥辣醬，特別是在睡前。要是它碰到陷阱，我們就拿強酸噴霧劑衝過去，那應該可以穿透它的外皮吧。然後我們再拿金屬切割機，然後，然後……就完成任務。」

大家看起來都非常悲傷。里歐知道她們跟他一樣，打從心裡不想殺掉那隻龍。

「各位，」他說：「一定還會有其他辦法。」

妮莎深感懷疑，但是幾個學員卻停下手邊的工作，靠過來聽他們說話。

「比如說呢？」有人問。「那個大東西會噴火，我們根本無法接近。」

關於火呀，里歐想，拜託，他有太多事可以說了……可是他還是得存點戒心，即使這些人都是他的兄弟姊妹，但畢竟還要跟他們住在一起。

「這個嘛……」他語帶猶豫。「赫菲斯托斯是火神，沒錯吧？難道你們當中，沒有人是耐火或不怕火的？」

沒人把這問題當成瘋子說的話，里歐鬆了一口氣。不過，妮莎沉重地搖搖頭。

「里歐，那是獨眼巨人才有的能力。赫菲斯托斯的半神半人孩子……我們就只是雙手很靈巧而已。我們是工藝師、建築師、機械師、軍火製造家這一類的人。」

這下連里歐的肩膀都垮了下來。

後面突然有個人說：「咦，很久以前……」

「嗯，是的。」妮莎這時才說：「很久以前，的確有些赫菲斯托斯的小孩具有不怕火的能力，但那非常罕見，而且是一種危險的能力。已經好幾個世紀沒有這樣的混血人出現過，最近的一個應該是……」她看著某一個孩子求援。

「西元一六六六年，」那個女孩接著說：「有個名叫湯瑪斯・菲諾的人，他引起倫敦大火[27]，幾乎把整個城市給燒掉。」

「沒錯。」妮莎說：「當有這樣的赫菲斯托斯的孩子出現，通常也代表有極大的災難要發生，但我們不需要更多災難了！」

里歐努力維持平靜的表情，雖然這向來不是他的強項。「我想我了解你的看法。太可惜了，我只能這麼說。要是不怕火，就可以接近那隻龍啦。」

---

[27] 倫敦大火（Great Fire of London）發生於西元一六六六年，是倫敦歷史上最嚴重的火災，燒毀了許多中世紀倫敦市建築，包括一萬三千兩百戶住宅、八十七座教區教堂、聖保羅大教堂以及多數市政府建築。

「接近之後，你一樣會被他的利爪和尖牙弄死，」妮莎繼續說：「或者被一腳踩死。我們決心要摧毀他。相信我，如果有任何其他方法……」

她沒有把話說完，但里歐已經了解她的意思。這是九號小屋最大的考驗，如果他們能夠做到貝肯朵夫才能做的事，如果他們有辦法征服那隻龍而不需要殺掉他，也許，那些詛咒都能被解開。但他們已經擠不出什麼辦法，有誰想出辦法的話，勢必成爲大家的英雄。

一道海螺號角聲自遠方響起，學員都開始收拾手邊的工具和工作。里歐沒有意識到時間已經這麼晚，當他看向窗外，才知道太陽快要下山了。他的注意力不足過動症有時會讓他如此。如果覺得無聊，十五分鐘的課對他來說就像六小時那麼長；但如果讓他感興趣的話，比如像今天參觀混血營，時間就飛也似的過去，蹦！一天竟已接近尾聲。

「是晚餐時間。」妮莎解釋。「走吧，里歐。」

「是在涼亭那邊吧？」里歐問。

她點點頭。

「你們先過去，」里歐說：「可以……再給我一點時間嗎？」

妮莎有些遲疑，但很快的，她的表情軟化了。「沒問題。有太多東西得消化，我還記得我第一天來這裡的情況。當你覺得可以了，就過來找我們。只是記得，千萬不要碰觸這裡任何的東西，只要一個不小心，這裡的任何小物品都有可能殺死你。」

「不碰不碰。」里歐保證。

九號小屋成員魚貫離開兵工廠，轉瞬間只剩里歐一人，陪伴他的只有風箱呼呼的吼聲、水車運行的嘰嘎聲及小機器運轉的滴答響。

他盯著那面大地圖，仔細注視那些剛相認的姊妹們想設陷阱的地方。不對，根本不對。非常罕見，而且非常危險……里歐回想起這段話。

他舉起雙手，檢視自己的手指頭。他的手指又細又長，不像其他赫菲斯托斯的小孩。他不是那種強壯或高大的孩子，他能在很差的社區、很爛的學校、很壞的寄養家庭中撐過來，靠的全是智慧。他是班上的小丑、少年法院的弄臣，因爲他很早就學到一點：如果你裝出不害怕的樣子又能掰笑話，通常就不會被欺負；就算是最惡劣的幫派少年也會容忍你，把你留在身邊專門搞笑。再加上，幽默是隱藏傷痛最好的辦法。要是這樣做也沒用，總是會有B計畫：逃！一次又一次的逃。

不過還有一個C計畫。但他已經對自己承諾，永遠不再使用它。

可是他突然有種衝動想試一試，這是好久以來他不曾做過的事了，自從媽媽死後。

他將手指頭伸展開來，感受到一陣刺痛，接著慢慢出現一種酸酸麻麻的感覺。然後，火光出現，蜷捲的紅光與熱度在他的手掌中舞躍了起來。

7 傑生

傑生看到房子的第一眼，就覺得自己死定了。

「我們到了！」茱兒開心地說：「這就是營區的總部，我們的主屋。」

主屋看起來一點也不可怕，就是一棟四層樓的大房子，天藍色外牆漆著白邊，環繞屋子的陽台上擺著幾張休閒椅、牌桌和一張沒人坐的輪椅。風鈴旋轉起來，就好像精靈幻化成樹幹一樣。傑生可以想像老人家來這裡避暑度假，坐在陽台上啜飲果汁及觀賞日落的情景。然而，傑生卻感覺那些窗戶正對他怒目相向，敞開的門廊像是要吞噬他。在最高的山牆上，一個隨風轉動的銅製老鷹風向儀赫然朝他指了過來，好像在命令他轉身。

傑生身上的每一個細胞都在說：「你來到敵營了。」

「我不應該來這裡。」他說。

茱兒又把自己的手挽進傑生的臂彎。「喔，拜託嘛，你跟這地方百分之百速配。相信我，我見過太多混血人了。」

茱兒身上有種聖誕節的味道，是混著松樹與肉豆蔻的奇怪組合。傑生猜想她是成天帶著這股氣味，還是爲了假期而特別噴了香水。她的粉紅色眼線很令人心煩，每次她眨眼，傑生就看得很痛苦；也許她的重點是要凸顯那雙明亮溫暖的棕色大眼睛。她的確很漂亮，這點無庸置疑，但她讓傑生覺得渾身不自在。

他盡量保持禮貌地輕輕滑開自己的手。「是這樣的，我很感謝……」

「是因為那個女生嗎？」茱兒的嘴唇翹得無比高。「喔，拜託，不要跟我說你在跟那個垃圾車女孩約會！」

「你是指……派波？」

傑生不知道該怎麼回答。他不認為在今天之前見過派波，但這件事讓他有股莫名的罪惡感。他知道自己不可能屬於這個地方，不可能和這些人交朋友，更不可能和她們談戀愛，然而……他在校車上醒過來時，是派波握著他的手，還堅持說自己是傑生的女朋友；在天空步道上，她表現得那麼勇敢，努力對抗那些「文圖斯」；當傑生在半空中接到她，兩人面對面緊緊相擁著，他也不能假裝自己完全不想親她。可是，這是不對的，眼前他對自己的事情都一無所知，不能這樣玩弄她的感情。

茱兒轉一轉眼珠。「甜心，不如我來幫你做決定吧。像你這麼帥氣又有特殊才能的男孩，應該有更好的選擇，對不對？」

話雖這麼說，她的目光卻不在他臉上，她正盯著傑生頭頂上的某個點。

「你在等徵兆出現嗎？」傑生猜。「就像里歐頭上冒出來的東西。」

「什麼？沒有啦，我只是……對啦。我聽說，你是個力量強大的混血人，是吧？你在混血營將會舉足輕重，所以我想，你的父母應該會很快來認領你才對。我超級期待見到那景象，所以我會一步一步緊緊跟著你喔！對了，是你父親還是母親是天神？請別跟我說是你媽媽，要是你媽媽是阿芙蘿黛蒂，我會很生氣。」

「為什麼？」

「因為你就會變成我同母異父的兄弟呀，傻瓜！你是不能跟同小屋的兄弟姊妹談戀愛的，那很噁耶。」

「但天神之間不是都有血緣關係？」傑生問：「這裡的每一個人，不都是你的表兄弟或表姊妹嗎？」

「甜心，你眞可愛。天神所謂的『親戚』，只有計算到自己的父母而已，所以別的小屋的人，都可以公平競爭。總之，你到底是哪一邊呀？是你爸還是你媽？」

還是一樣，傑生不知道答案。他抬頭看看，頭上沒有跳出任何徵兆。主屋的老鷹風向儀依舊指著他，銳利的銅眼射來，似乎在說：「轉身走吧，孩子，在還來得及的時候。」

這時，他聽見陽台出現腳步聲，不，不是腳步聲，是達達馬蹄聲。

「奇戎[28]！」茱兒大喊：「這是傑生，很強的帥哥！」

傑生猛然倒退，差點絆倒在地。陽台角落出現的是個坐在馬背上的人，不過，那人並非坐在馬背上，而是他的下半身是馬！他的腰部以上是位紳士，留著捲捲的棕髮與修剪整齊的鬍鬚。他穿著一件T恤，上面印著「史上最強半人馬」幾個大字，背上則揹著箭筒與弓。他的頭抬起來時非常高，所以必須稍微低下身子才不會撞到陽台燈，而這都是因為他在腰部以下是一匹白色駿馬。

奇戎先對傑生微笑，但很快就臉色大變。

「你……」半人馬的眼睛像被逼到絕境的動物般閃爍著。「你應該早就死了。」

奇戎命令（應該是邀請，但口氣聽起來像命令）傑生進入主屋。他叫茱兒回去自己的小屋，這可讓茱兒非常氣憤。

這位半人馬先生步向陽台那張空輪椅，拿下身上的箭筒與弓，把它們掛到椅子上。輪椅突然像個神奇魔術箱般打開，奇戎的後腳先輕巧地跨進去，然後整個身體開始縮到那個看起來明明擠不進去的空間裡。傑生的腦海直接聯想到貨車在倒車的聲音，嗶嗶嗶，這時，半人馬的下半身消失了，椅子頓時折起來，同時彈出一組披著毛毯的假人腿。奇戎於是變成一位坐在輪椅上的普通人類。

「跟我來，」他下令：「裡面有檸檬汁。」

主屋裡的起居室看來好像被熱帶雨林整個吞進去一樣，葡萄藤蔓爬滿了牆壁，甚至橫越過天花板。這讓傑生感到很奇怪，因爲他從來沒想過植物可以這樣肆意生長在室內，何況現在是冬天，而這些藤蔓卻綠意盎然，還長出串串成熟的紅葡萄。

幾張舒適的皮沙發，正對著一座柴火在劈啪燃燒的石砌壁爐。房間角落有個舊式的小精靈遊戲機，一邊嗶嗶叫，一邊閃著光芒。牆壁上掛了各式各樣的面具，有笑臉與哭臉表情的古希臘戲劇面具、有鮮豔羽毛的嘉年華面具，也有大大鷹勾鼻的威尼斯面具和非洲木刻面具。葡萄藤蔓從這些面具的嘴巴長出來，看起來好像面具長了綠葉舌頭，甚至還有紅葡萄從臉孔的眼窩冒出來。

但這房裡最怪異的景象，是在壁爐上放置的一顆豹頭。那顆頭看起來十分眞實，眼光好

㉘奇戎（Chiron），是半人馬族的一員。半人馬族是半人半馬怪，個性粗野暴力，其中只有奇戎個性溫和，充滿智慧，是希臘神話中許多混血英雄的老師。

像跟著傑生。它突然張嘴大吼一聲，嚇得傑生魂都快散了。

「塞摩爾，聽話！」奇戎出言斥責：「傑生是我們的朋友，你規矩點。」

「那東西是活的！」傑生驚愕地說。

奇戎在輪椅側邊的袋子裡翻找東西，一會兒就抓出一包狗餅乾。他丟了一片餅乾給豹頭，牠張口接住，舔舔嘴唇。

「請你務必包容這裡所有的裝飾品，」奇戎對傑生說：「這些都是我們營長在被召回奧林帕斯之前，送給我們的臨別禮物，他認爲這些東西可以讓我們想到他。戴先生的幽默感一向比較特別。」

「戴先生？」傑生問：「戴歐尼修斯？」

「嗯。」奇戎幫他倒檸檬汁，手有些顫抖。「塞摩爾是戴先生去年從長島的舊貨攤上救回來的。豹是戴先生的神聖動物，當他看到有人把這麼高貴的動物拿來做標本，簡直嚇壞了。他決定賜給牠生命，他認爲一顆有生命的裝飾頭顱總比完全沒生命好。我只能說，比起在前一任主人那裡時，牠現在的命運是好一點。」

塞摩爾露出尖牙，鼻頭嗅聞著空氣，好像在尋找更多狗餅乾。

「如果牠只有頭，」傑生問：「那牠吃下去的東西會到哪裡去？」

「很多事不要問比較好。」奇戎回答。「請坐。」

傑生喝了幾口檸檬汁，胃一直在翻攪。奇戎靠到輪椅椅背上，擠出一個微笑，傑生看得出那有多勉強。這位老先生的眼睛，黑暗深邃得不得了。

「所以，傑生，」他說：「你願意告訴我，嗯，你是從哪裡來的嗎？」

「我也希望我知道。」傑生開始述說今天發生的事，從在校車裡醒來到墜機在混血營的湖裡。他不認為有隱藏事實的必要，而奇戎也是一位很好的聽眾，除了點頭鼓勵他繼續說，並沒有做出任何反應。

當傑生結束自己的故事，輪椅上的老紳士終於拿起檸檬汁，吸了一、兩口。

「原來如此。」奇戎說：「那你一定有問題想問我。」

「只有一個。」傑生承認。「你一見到我就說我應該死了，是什麼意思？」

奇戎關切地注視著傑生，神情就好像認為傑生聽完會著火一樣。「孩子，你知道你手上那個圖案代表的意義嗎？或者你上衣的顏色？你還記得任何事嗎？」

傑生看著手臂上的刺青，SPQR、一隻老鷹、十二條直線。

「不知道，」他回答：「也不記得任何事。」

「你知道你現在置身何處嗎？」奇戎問：「你了解這是什麼地方，我又是什麼人嗎？」

「你是奇戎，半人馬，」傑生回答：「我猜，你和古老傳說中的那位是同一人，你訓練過希臘英雄海克力士㉙，而這個地方是為半神半人設立的營區，奧林帕斯天神的孩子才能來。」

「這麼說，你相信那些天神依然存在？」

「是的，」傑生立刻回答，「我的意思是，我不認為我們應該膜拜他們，或是獻上活雞之類的東西來祭拜他們，但他們確實存在於這個世界，因為他們在文明進化的過程中扮演了重

㉙ 海克力士（Hercules），宙斯與底比斯王后所生的兒子，是希臘神話中的大力士，曾完成十二項不可能的英雄任務。

要角色。他們隨著世界權力中心的移轉，從這個國家轉到另一個國家，比如說，他們就從古希臘遷移到羅馬。」

「我說得都不可能比你好。」奇戎的聲音突然改變。「也就是說，你已經知道天神眞實存在。你已經被認領了，是嗎？」

「或許吧，」傑生回答：「我眞的無法確定。」

塞摩爾突然發出吼聲。

奇戎靜默坐著。這時，傑生才意識到剛剛發生了什麼事。半人馬先生剛剛轉換了一種語言說話，而傑生不但完全明白他的意思，還用同樣的語言回答他。

「Quis erat……」傑生中斷出口的話，然後控制自己的意識說出英文：「我剛剛說的是什麼話？」

「你懂拉丁文，」奇戎告訴他：「大多數半神半人能懂一些拉丁文詞彙，這是他們天賦的能力，但熟悉度仍不如古希臘文。如果沒經過練習，還是無法講出流利的拉丁文。」

傑生的腦子努力要理解這件事，但他的記憶缺損了太多片段。他還是覺得不該來這裡，這是一件不對的事，也很危險。不過，至少奇戎不具威脅性，甚至還很關心他，並擔心他的安危。

火光反射在奇戎眼中，焦躁地舞動。「我教過和你同名的人，你知道，最原始那位傑生，他有過一段艱苦的歷程。我看過太多英雄來來去去，偶爾會有好的結局，但絕大多數沒有。這點總是令我傷心；只要有一個學生死了，對我來說就像失去了自己的孩子。但是你……你不像任何我教過的學生。你出現在這裡，很可能是個大災難。」

「謝謝，」傑生說：「你眞是一位會鼓舞人心的好老師。」

「我很抱歉，孩子，但這是事實。我曾經希望在波西成功之後……」

「波西·傑克森嗎？你是說安娜貝斯失蹤的男朋友？」

奇戎點點頭。「我曾經希望在波西打贏泰坦大戰並拯救了奧林帕斯山後，我們可以有一段和平的時間。那時，我就能帶著這最後的勝利及快樂結局，悄悄退休。我早該知道，最後一個章節現在才要逼近；如往昔一般，最壞的情況還沒到來。」

房間角落的遊戲機開始發出「噗噗噗」的聲音，好像小精靈剛剛死掉了。

「喔，」傑生說：「所以，最後的章節以前曾發生過，但最壞的才要到來。聽起來很有趣。可是我們能回到那個我應該早就死掉的部分嗎？雖然我不喜歡那部分。」

「孩子，很抱歉，恐怕我無法解釋給你聽。我對著冥河和所有獻祭的生命發過誓，我絕不會……」奇戎皺起眉頭，「但現在你出現了，這也違反了同樣的誓言。不可能發生這種事才對，我實在不能理解。誰會這麼做呢？究竟是誰……」

塞摩爾又嚎叫一聲，但嘴巴突然僵住，半開著。小精靈遊戲機赫然靜止，壁爐的火也不再劈啪燃燒，火苗暫停在空氣中，像一片紅色的玻璃。所有面具睜著詭異的葡萄眼睛，吐出奇怪的綠葉舌頭，一起安靜地瞪著傑生。

「奇戎？」傑生問：「這是怎麼回事？」

就連這位半人馬老紳士也僵住了。傑生從皮椅上跳起來，奇戎的眼光還停留在同樣的地方，嘴型也維持在剛剛說的字。他的眼皮沒眨，胸口不再起伏震動。

「傑生。」有個聲音出現了。

在這可怕的一瞬間，他以爲是豹頭開口說話，接著有一道黑色煙霧從豹嘴裡冒出來，他腦海登時浮現更糟的想法——風暴怪物。

他的手伸向口袋，抓出那個金幣，輕輕一揮，手中已握有長劍。

煙霧很快形成一個穿著黑色長袍的女人模樣，連身帽子遮住她大半的頭，但黑暗中那雙眼睛閃亮無比。她的肩上披了一條山羊皮製的披肩；傑生不知道自己爲何知道那是山羊皮，但他不僅看得出來，還知道那是很重要的東西。

「你要攻擊你的守護者嗎？」黑衣女人責備他，她的聲音在傑生腦中迴盪。「放下劍。」

「你是誰？」傑生問：「你爲何……」

「我們時間有限，傑生。我的監牢每個鐘頭都在增固強化，即使只是要施展最小的魔法去穿透這些束縛，還是花了我一個月的時間才累積出足夠能量。我已經想辦法把你送到這裡了，但現在，我剩下的時間不多，剩下的力量更少。這或許是我最後一次跟你說話。」

「你在監牢裡？」傑生決定暫時不要放下手中的劍。「聽好，我不認識你，你也不是我的守護者。」

「你認識我，」她堅持，「打你一出生我就認識你了！」

「我不記得了，所有的事我通通不記得！」

「對，你不記得，」她同意，「那也是必要的。很久以前，你父親把你的性命交給我，是爲了安撫我的憤怒，是送我的禮物。他將你取名爲傑生，因爲那是我最喜歡的一個凡人的名字。你是屬於我的。」

「喂！」傑生喊：「我不屬於任何人。」

「現在是你還債的時候了，」她說：「找到我的監牢，將我釋放出來，不然他們的王會從地下升起，我將被毀滅，你也永遠找不回你的記憶。」

「這是威脅嗎？你拿走了我的記憶？」

「時間到冬至的日落爲止，傑生。短短四天，不要讓我失望。」

黑暗女人的形體散掉了，煙霧捲回塞摩爾的口中消失無蹤。

時間開始解凍。塞摩爾的嚎叫聲變成咳嗽，好像剛剛噎到一顆毛球似的；火焰也開始跳動，遊戲機重新嗶嗶叫。奇戎繼續說：「……敢把你帶到這裡來？」

「或許是那位煙霧中的女士。」傑生回答。

奇戎驚訝地抬頭看他。「你不是剛坐在那邊……爲什麼拔劍？」

「我實在不想告訴你這件事，」傑生說：「但是，你的豹頭剛剛吞進了一位女神。」

他告訴奇戎那個黑暗女人的急凍光臨，還有最後消失到塞摩爾嘴裡的事。

「喔，天啊，」奇戎喃喃說著：「這可解釋了許多事。」

「那你爲什麼不多解釋一點給我聽？」傑生請求著，「拜託！」

奇戎還沒接口，外面陽台就傳來急速的腳步聲。前門砰的一聲打開，安娜貝斯和另一個紅髮女孩衝進來，兩人把派波拖在中間。派波的頭低垂，看起來好像失去意識。

「發生了什麼事？」傑生衝過去。「她怎麼了？」

「希拉的小屋，」安娜貝斯氣喘吁吁，好像她們跑了很長一段路，「幻覺，不好。」

紅髮女孩抬起頭，傑生看到她臉上的淚痕。

「我想……」那女孩哽咽地說：「我想我可能殺了她。」

8 傑生

那女孩說她叫瑞秋，她和傑生一起把派波放到沙發上，安娜貝斯衝到別處去拿急救箱。派波依然有呼吸，但就是醒不過來，似乎陷入昏迷。

「我們一定要醫好她，」傑生堅決地說：「絕對有辦法，對吧？」

看到她臉色如此蒼白、呼吸如此微弱，傑生心中湧起一股保護她的衝動。就算他不認識她，就算她不是他的女朋友，但至少他們一起從大峽谷的險境存活過來，一起經歷這一切。而他只不過離開她這麼一下下，就發生這種事。

奇戎將手放在派波額頭上，臉色有點難看。「她的心智處於非常脆弱的狀態。瑞秋，發生了什麼事？」

「我也希望我知道。」瑞秋說：「我一來到混血營，就出現關於希拉小屋的預感，於是我走進小屋。安娜貝斯和派波進來時，我正在裡面。我們交談了一會兒，然後……我自己也不知道，安娜貝斯說我用不同的聲音在說話。」

「是神諭嗎？」

「不是。德爾菲[30]的神靈會發自內在，我知道那種感覺，但這次卻像有一股力量從很遠的地方試圖透過我說話。」

安娜貝斯跑進來，手裡拿著一個皮革袋子，跪到派波身邊。「奇戎，剛剛發生的事我從來沒有遇過。我聽過瑞秋發出神諭的聲音，但這次不一樣。她聽起來像一位老女人，而且她抓住派波的肩膀，告訴她，要她……」

「把她從監獄中釋放出來？」傑生猜說。

安娜貝斯瞪著他：「你怎麼知道？」

奇戎在胸前比了三根手指的手勢，像是在驅邪。

「傑生，告訴他們剛剛的事。安娜貝斯，急救袋拿過來。」

奇戎將藥水慢慢滴入派波口中，傑生則說明剛才時間凍結時，那位黑色煙霧女士自稱是他守護者這件事。

當他講完，沒有人接話，安靜的氣氛讓他更焦慮。

「所以，這樣的事情常發生嗎？」他問：「超自然力量來了通電話，原來是囚犯要求你快把她給弄出監牢？」

「你的守護者，」安娜貝斯終於開口問：「不會是你的天神父母吧？」

「不是，她說的就是『守護者』。她還說，是我父親把我的生命交給她。」

安娜貝斯蹙著眉說：「我從來沒聽過這樣的事。倒是你說過，在天空步道遇上的風暴怪物曾經說他聽命於什麼女主人，對嗎？會不會就是你見到的這位女人。她是故意來攪亂你的心智嗎？」

「我不這麼認爲，」傑生說：「如果她是我的敵人，爲什麼要向我求救？她被關起來了，

---

30 德爾菲（Delphi），希臘古鎮，是阿波羅神殿所在地，即阿波羅神諭的發布地點。

而且擔心某個敵人會變得更加壯大，就是那個會在冬至崛起的什麼……」

安娜貝斯轉向奇戎。「不會是克羅諾斯吧？請告訴我不是。」

半人馬紳士看起來很沮喪。他抓著派波的手腕，檢查她的脈搏。

終於，他開口說：「不是克羅諾斯，他的威脅已經結束了。但是……」

「但是什麼？」安娜貝斯追問。

奇戎封上急救袋。「派波現在最需要的是休息，我們晚一點再討論。」

「現在討論如何？」傑生請求說：「長官，老師，奇戎先生！您告訴我最大的威脅即將到來，那個最後的章節，不是嗎？您的意思是，有比泰坦大軍更可怕的力量會出現，是不是？」

「喔，」瑞秋突然用很小的聲音說：「喔，老天爺，那個女人是希拉，一定是的。她的小屋，她的聲音，而且在同一時間對傑生現身！」

「希拉？」安娜貝斯的語氣甚至比塞摩爾的嚎叫還激烈，「她借用你的身體？她這樣對待派波？」

「我想瑞秋說得沒錯，」傑生說：「那女人看起來確實像一位天神，而且她還穿著……山羊皮披肩。那是『茱諾㉛』的象徵，對吧？」

「是嗎？」安娜貝斯沉著臉說：「從來沒聽過！」

奇戎遲疑地點著頭。「茱諾是希拉在羅馬時期的名字，那是她最好戰的時代。羊皮披肩是羅馬士兵的象徵物。」

「這麼說來，希拉眞的被監禁了？」瑞秋問：「誰有辦法對天后做出這樣的事？」

安娜貝斯兩手交叉在胸前。「反正，不管是誰，也許我們應該感謝她，如果他們能讓希拉閉嘴……」

「安娜貝斯，」奇戎訓斥著說：「她可是位奧林帕斯天神！從很多方面來說，她是將天神家族維繫在一起的力量。如果她眞的被監禁，甚至遭受到被毀滅的威脅，那絕對會撼動整個世界的基礎。奧林帕斯的穩定性即使在和平時期都不算太強，這下可能會整個瓦解。如果希拉向傑生開口求援……」

「好吧，」安娜貝斯有點賭氣，「那我們知道，泰坦巨神可以抓走女神，對吧？幾年前，阿特拉斯就曾經抓走阿蒂蜜絲；在更早期，天神設陷阱互相抓來抓去，也是常有的事。不過，比泰坦大軍更可怕……」

傑生望向那顆豹頭。塞摩爾正舔著自己的嘴巴，好像女神的味道比狗餅乾更回味無窮。「希拉說，她光是施展小魔法突破監禁，就已經要花上一個月的時間。」

「那正是奧林帕斯關上大門的時間。」安娜貝斯說：「所以眾神想必知道出事了。」

「但爲什麼要花力氣把我送到這裡呢？」傑生問：「她抹去我的記憶，讓我突然現身在荒野學校的戶外教學，還用夢境傳訊息給你，叫你來接我……爲什麼？我有這麼重要嗎？爲什麼不打一個緊急照明訊號給其他天神，讓他們知道她的位置，讓他們飛去救她就好？」

「天神需要英雄在人間執行他們的旨意，」瑞秋說：「是這樣吧？他們的命運總是跟半神半人糾結在一起。」

㉛ 茱諾（Juno），羅馬神話中的天后，眾神之王朱比特（Jupiter）的妻子。她是羅馬時代婦女的守護神，代表婚姻與母性，但形象比希臘神話中的天后希拉更為好戰。

「是沒錯，」安娜貝斯說：「但傑生說的也有道理。爲什麼是他？爲什麼奪走他的記憶？」

「還有派波，她也多少涉入這件事。」瑞秋說：「希拉傳給她同樣的訊息——『釋放我』。安娜貝斯，我覺得這些事一定和波西失蹤有關。」

安娜貝斯定睛望著奇戎。「奇戎，爲什麼你這麼沉默？我們現在要面對的究竟是什麼？」

半人馬紳士的臉龐彷彿在幾分鐘間老了十歲，雙眼四周的皺紋深陷。「親愛的，這樣的事，我幫不了你們，非常抱歉。」

安娜貝斯瞪大了眼睛。「你從來不曾……從來不會不跟我說的！就連最後的大預言……」

「我要回辦公室了。」他的聲音十分沉重。「晚餐之前，我需要一點思考的時間。瑞秋，可以麻煩你照顧這女孩嗎？如果你覺得有必要，就叫阿古士㉜帶她去醫護所。至於你，安娜貝斯，請你務必跟傑生好好談一談，告訴他……告訴他希臘與羅馬天神的事。」

「可是……」

奇戎將輪椅轉向，頭也不回地走向長廊離開。安娜貝斯的眼睛彷彿捲起了暴風雨，嘴上喃喃唸著希臘話；傑生可以感受到她很不高興。

「很抱歉，」傑生說：「我想，我出現在這裡、來到混血營，好像已經捅出一堆麻煩。我眞的不知道爲什麼，很抱歉！奇戎說他發過誓，所以不能說。」

「發誓？」安娜貝斯問。「我從來沒見過他這樣。還有，爲什麼他要我告訴你天神……」

她的話講到一半就停下來，顯然這時才注意到傑生放在咖啡桌上的那把劍。她伸出手，極度小心地輕觸劍刃，彷彿劍是滾燙的。

「這是黃金嗎？」她問：「你記得這是從哪裡拿到的嗎？」

「不記得，」傑生說：「就像我說過的，我不記得任何事。」

安娜貝斯點點頭，好像心裡正浮出一個危險計畫。「如果奇戎不能幫忙，我們就得靠自己。也就是說……十五號小屋！瑞秋，可以拜託你在這裡照顧派波嗎？」

「當然可以，」瑞秋跟她保證，「你們兩個，祝你們好運。」

「等等，」傑生問：「十五號小屋裡有什麼？」

安娜貝斯站起來。「或許有可以喚回你記憶的辦法。」

這裡是比較新的小屋區，在中央草地廣場的西南側。有一些新屋蓋得很華麗，外牆閃亮、火炬高燃，但十五號小屋卻沒有什麼特別。這間小屋看起來就像個牧場房子，有最傳統的土牆和燈芯草屋頂。它的大門上懸掛著一串深紅色花朵編成的花環，是紅罌粟，傑生心想，雖然他也不明白自己是怎麼知道的。

「你認爲這是我父母親的小屋？」他問。

「不，不是的。」安娜貝斯回答。「這是睡神希普諾斯[33]的小屋。」

「爲什麼……」

「你已經忘掉所有的事，」安娜貝斯說：「如果有任何天神能幫我們找回失去的記憶，那

[32] 阿古士（Argus），希臘神話中的百眼巨人，全身長滿眼睛，是天后希拉的隨從侍衛。

[33] 希普諾斯（Hypnos），希臘神話中的睡眠之神，性格溫和，催眠能力連天神也無法抵擋。相傳其宮殿前種植了許多罌粟花與有催眠作用的植物。

也只有希普諾斯。」

他們進入小屋。雖然才接近晚餐時間，這裡的學員卻都蓋了好幾層棉被在睡覺。壁爐裡的柴火溫暖燃燒，壁爐台上掛著一段樹枝，分叉的小枝幹汩汩流下白色汁液，有一個錫碗承接著這些液體。傑生好想伸手接一滴來看看，但他忍住沒動。

輕柔的小提琴聲從某處飄來，房裡的氣味彷彿剛用過洗潔劑的洗衣房。這間小屋的氣氛溫馨、舒適、平和，讓傑生的眼皮也開始沉重。他想，如果能睡個小覺該有多好，他已經累了一整天；這裡有足夠的空床，上面都擺著羽絨枕頭、清潔床單、蓬鬆大棉被，還有……安娜貝斯推他一下說：「醒醒吧！」

傑生眨眨眼皮，他意識到自己的膝關節開始癱軟鬆弛。

「十五號小屋會對每個進來的人發揮作用，」安娜貝斯警告他：「如果你問我的話，我會說這裡比阿瑞斯㉞的小屋還危險。至少在那裡，你還能學到地雷在哪裡。」

「地雷？」

她走到最近的一個孩子身邊，搖晃他的肩膀。「卡拉維斯，起床了！」

那孩子看起來好像一頭小牛，楔形的頭上有一撮金髮，粗粗的脖子、大大的五官再加上矮壯的身材，但是他卻有一雙不相襯的纖細手臂，好像這輩子沒舉過比枕頭還重的東西。

「卡拉維斯！」安娜貝斯搖得更大力，最後乾脆出手拍了他的額頭六下。

「什——麼——事？」卡拉維斯開口抱怨。他坐起來，瞇著眼睛，打了個超級大哈欠，結果連安娜貝斯和傑生也一起打哈欠。

「別再打哈欠了！」安娜貝斯說：「我們需要你的幫忙。」

「我在睡覺。」

「你永遠都在睡覺。」

「晚安。」

在他倒下之前，安娜貝斯拉掉他的枕頭。

「你不能這樣，」卡拉維斯的抱怨十分輕柔，「還給我啦。」

「先幫忙，」安娜貝斯說：「再睡覺。」

卡拉維斯嘆了口氣。他的氣息聞起來像溫熱的牛奶。「好吧。什麼事？」

安娜貝斯說明了傑生的問題，而且每隔幾分鐘就把手指放到卡拉維斯的鼻子下，確保他還醒著。

卡拉維斯想必非常興奮，因爲當安娜貝斯說完，他竟然沒有昏睡過去。事實上，他還站起來伸展肢體，仔細瞧著傑生。「這麼說來，你不記得任何事囉？」

「只剩一點印象，」傑生回答：「或是感覺，比如……」

「比如什麼？」卡拉維斯急著問。

「比如我知道不應該出現在這裡，混血營。還有，我面臨危險。」

「嗯。閉上眼睛。」

傑生看一下安娜貝斯，安娜貝斯肯定地點點頭。

傑生很害怕自己會不會從此倒在舒服的床上一睡不起，然而，他還是閉上了眼睛。他的

㉞阿瑞斯（Ares），戰神，統管所有戰爭相關事項，是野蠻、戰爭與屠殺的代表。

思緒變成一團漆黑，彷彿整個人掉進黑暗深湖。

他下一件知道的事，就是自己的眼睛赫然張開。現在的他坐在一張椅子上，緊挨著壁爐，安娜貝斯和卡拉維斯都跪在他身邊。

「……嚴重，好吧。」卡拉維斯說。

「有發生什麼事嗎？」傑生問：「我睡多久……」

「只有幾分鐘，」安娜貝斯回答：「但是很令人緊張，你幾乎快溶化了。」

傑生希望她說的話跟字面上的意思不同，但她的表情很正經。

「通常，」卡拉維斯說：「記憶喪失會有充分的理由。它們沉到表面之下，像夢一樣，而透過好的睡眠，我可以把它們撈回來。但是這次……」

「是勒特河[35]嗎？」安娜貝斯問。

「不，」卡拉維斯說：「不是勒特河。」

「什麼勒特河？」傑生問。

卡拉維斯指著壁爐上樹枝流出的白色汁液。「勒特河位於冥界，它會溶掉你的記憶，將你的心智永遠洗乾淨。這段樹枝是來自冥界的白楊樹，汁液會流入勒特河。這是我父親希普諾斯的象徵。勒特河是個你絕不會想跳進去游泳的地方。」

安娜貝斯在一旁點頭。「波西去過那裡一次。他說勒特河的力量強大到足以抹去泰坦巨神的心智。」

傑生頓時慶幸自己沒有伸手摸那汁液。「但是……那不是我的問題？」

「不是。」卡拉維斯說：「你的心智並沒有被抹去，你的記憶也沒有被掩埋。它們是被偷走的。」

柴火發出劈啪聲，勒特河的汁液滴滴答答落入爐台上的錫碗。旁邊一個學員喃喃說著夢話，好像跟一隻鴨子有關。

「偷走？」傑生問：「怎麼偷？」

「天神，」卡拉維斯說：「只有天神具有那種力量。」

「這我們已經知道了，」傑生說：「是茱諾偷的。但她是怎麼辦到的，又爲了什麼原因？」

卡拉維斯抓抓脖子。「茱諾？」

「他是指希拉，」安娜貝斯說：「不知道爲什麼，傑生喜歡用羅馬名字。」

「嗯。」卡拉維斯說。

「怎麼了？」傑生問：「這代表什麼嗎？」

「嗯。」卡拉維斯再次開口，但這次傑生發現他是在打鼾。

「卡拉維斯！」他大喊。

「什麼事？什麼事？」他眼皮閃了幾下，終於睜開眼睛。「我們在討論枕頭是嗎？不對不對，我想起來了，是天神，希臘的和羅馬的。沒錯，那很重要。」

「不過他們都是同樣的天神啊，」安娜貝斯說：「只是名字不一樣。」

「不完全對。」卡拉維斯說。

傑生往前坐一點，現在他非常清醒。「你說『不完全對』是什麼意思？」

㉟勒特河（Lethe），希臘神話中的遺忘之河，河水能讓人忘記過去，是位於冥界的河川之一。

「這個嘛……」卡拉維斯打一個哈欠，「有一些神只出現在羅馬，比如說傑納斯[36]和龐玻娜[37]。但就算是主要的希臘天神，到了羅馬時期也不只是換了名字。他們的外型、特質都有改變，有些甚至連性格都有點不同。」

「可是……」安娜貝斯停頓一下說：「好吧，所以說，或許不同世紀的人會看到天神不同的面貌，然而，他們是誰仍舊沒有改變。」

「有改變。」卡拉維斯又開始點頭，傑生趕快把手指伸到他鼻子底下。

「來了，媽！」他突然大喊。「我是說……是的，我醒了。那個呀，個性，個性會變。天神為了反映當時的文化，會有改變。安娜貝斯，你應該知道，這些年來宙斯喜歡穿西裝、看實境節目，喜歡去東二十八街吃中國菜，對吧？在羅馬時代也有同樣的狀況，而且，羅馬時期幾乎和希臘時期一樣久，羅馬可是一個維持好幾世紀的大帝國呢。所以呢，天神的羅馬特色，仍舊在他們個性中佔了很大一部分。」

「有道理。」傑生說。

安娜貝斯搖著頭，困惑地說：「卡拉維斯，你為什知道這麼多？」

「喔，我花了很多時間做夢。我總是在夢境裡看到天神，他們一直在變化形態。你知道，夢是流動的液體，你可以同時用不同身分出現在不同地方。事實上，那很像是在當一個天神。比如最近，我夢到我在看麥可．傑克森[38]的演唱會，然後我就上了舞台，站在他旁邊；我們開始二重唱，結果我竟然忘了《這女孩是我的》的歌詞。喔，那實在有夠糗的，我……」

「卡拉維斯，」安娜貝斯打斷他，「回到羅馬，行嗎？」

「好的，羅馬，」卡拉維斯拉回思緒，「所以說，我們用希臘名字稱呼天神，因為那是他們最初始的形態，但要說到他們羅馬時期的特色是否完全相同，那可不盡然。在羅馬，他們變得更好戰，卻不再那麼頻繁地融入凡間。他們變得更嚴酷、更有力量，他們是帝國之神。」

「聽起來像是天神的黑暗面？」安娜貝斯問。

「也不能這麼說，」卡拉維斯說：「他們堅持紀律、榮耀和力量……」

「那是好事。」傑生說。不知爲何，他有起身爲羅馬天神幫腔的衝動，雖然不確定這關他什麼事。「我的意思是，紀律很重要，不是嗎？那正是羅馬帝國可以持續那麼久的原因。」

卡拉維斯很好奇地看著他。「沒錯。不過，羅馬天神不怎麼友善。比方說，像我父親希普諾斯……他在希臘時期除了睡覺以外沒做太多事，但到了羅馬時期，他被稱爲『松拿士』，就變得喜歡殺人，當然主要是殺那些不認眞工作的人，萬一他們在不對的時間打瞌睡，砰！他們就會睡到醒不來。當年埃尼亞斯[39]從特洛伊城航行出海時，他的舵手就是這樣被殺的。」

「好傢伙！」安娜貝斯說：「不過，我還是看不出這些事情和傑生有什麼關聯。」

「我也看不出來。」卡拉維斯說：「只是，如果你的記憶是被希拉取走，也只有她能還給你。如果我有機會遇上天后，希望她的情緒比較接近希拉，而不是茱諾。請問我可以回去睡覺了嗎？」

---

[36] 傑納斯（Janus）羅馬神話的雙面神，負責守護天國之門。參《波西傑克森——迷宮戰場》一二九頁，註[44]。

[37] 龐玻娜（Pompona），羅馬神話中掌管花果豐收的女神。

[38] 麥可・傑克森（Michael Jackson, 1958-2009）是當代全球最知名的流行歌手。《這女孩是我的》（*The Girl Is Mine*）是他在一九八二年推出的歌曲。

[39] 埃尼亞斯（Aeneas）是愛神阿芙蘿黛蒂與特洛伊國王所生的兒子，在特洛伊戰爭中是戰績彪炳的英雄。

安娜貝斯看著爐台上垂掛的樹枝，點點滴滴的勒特河水匯聚到碗裡。她的表情充滿了憂慮，傑生不禁猜想，她是否渴望喝下那白色汁液好忘記這些麻煩。然後她站起來，把枕頭丟給卡拉維斯。「謝謝你，卡拉維斯，我們晚餐時見。」

「我可以叫到房間來吃嗎？」卡拉維斯打了個哈欠，搖搖晃晃走到床前。「我覺得……ZZZ……」他屁股朝上，將臉埋進枕頭中。

「他不會悶死嗎？」傑生問。

「他不會有事的，」安娜貝斯說：「但我開始覺得，你的麻煩大了！」

9 派波

派波夢到和爸爸在一起的最後那一天。

他們剛衝完浪，在加州中部大瑟爾附近的海灘上休息。這個早上過得太完美了，派波直覺會有不好的事發生，比如說一群瘋狂的狗仔隊出現，或者突然冒出一隻大白鯊。總之，她的好運不可能維持太久。

但是到目前爲止，他們已經有完美的浪潮、多雲無雨的天空，還有一公里完全屬於他們的海灘。這個偏僻的小地方是爸爸找到的，他在這裡租了一棟海邊別墅，還把兩旁的土地也一起包下來，刻意保持隱密。不過要是他在這裡待太久，派波相信那些攝影記者還是會找到他的，他們總是有這種能耐。

「派波，剛剛表現不錯喔！」爸爸露出他最著名的笑容，那完美的牙齒、凹陷的下巴、閃著光芒的深邃眼睛，總會讓那些熟女高聲尖叫，要他用油性筆在她們身上簽名。（拜託，派波心想，去做點有意義的事好嗎？）他的黑色短髮被水珠映得閃閃發亮。「你愈站愈穩了。」

派波驕傲地漲紅了臉，儘管父親說的可能是客套話。其實她還是跌下來的時候居多，畢竟要在波濤洶湧的海面上駕馭一個衝浪板需要特殊的天分。爸爸就是個天生的衝浪家，這實在說不通，因爲他是在奧克拉荷馬州的一個貧窮家庭中長大，那裡離海洋好幾百公里遠。可是站在浪上的他就是很酷。若不是爲了要和爸爸多點時間在一起，派波老早就想放棄衝浪了。她能和爸爸單獨相處的活動，眞的不多。

「要吃三明治嗎？」爸爸在野餐籃裡翻找，那一整籃食物都是他的廚師阿諾做的。「我看看，有青醬火雞肉、綠芥末蟹餅……啊，也有替派波特製的花生醬加果醬口味！」

她伸手拿過三明治，雖然翻騰的胃還塞不下任何東西。她向來都吃花生醬加果醬三明治，其中一個原因是她吃素。有一次他們開車經過奇諾市㊵的屠宰場，那股味道讓她嘔到全身器官都快翻出來。但原因並不僅於此。花生醬加果醬三明治是最簡單的食物，最像普通小孩吃的簡便午餐。有時候，她會假裝這個三明治是爸爸替她做的，而不是那個來自法國的私人大廚。這位法國大廚不喜歡用牙籤固定三明治，他總愛拿美麗的金色葉形紙包裝，還插上仙女棒。

事情難道不能簡單一點嗎？所以她拒絕爸爸送她的那些花俏衣裳、名牌皮鞋、美容沙龍券，她用塑膠加菲貓安全剪刀剪自己的頭髮，故意剪得參差不齊。她喜歡穿那種破破舊舊的慢跑鞋、牛仔褲和T恤，而自從他們那次去玩滑雪板後，她也只穿那件舊刷毛夾克。

她也痛恨那些父親覺得對她來說最好的私立學校。她努力讓自己被學校踢出來，可是爸爸又找了更多學校讓她念。

昨天，她做出生平最嚴重的偷竊行爲。她把那輛「借來」的BMW敞篷車開出展售中心。她的舉動必須一次比一次驚人，因爲這樣才能取得爸爸更多的關注。

現在她後悔了，爸爸還不知道這件事。

她本來打算早上要告訴他，然而爸爸先提出了驚喜的建議，他找她一起去衝浪一整天，她不想搞砸。這是他們最近……三個月來吧，第一次可以相處一整天。

「有什麼問題嗎？」爸爸遞給她一罐汽水。

「爸，有一件事我……」

「等等，派波，你看起來很嚴肅耶。三個問題，準備好了沒？」

這是他們已經玩了好幾年的遊戲，是爸爸利用最少時間可以和她保持互動的方法。他們可以問對方三個問題，任何問題都可以，然後一定要誠實回答；其他的時間，爸爸保證不會干涉她。這對他來說很容易，反正他總是不在。

派波知道，如果要一般小孩和父母親進行這種問答遊戲，一定會很難堪。然而，她卻很期待這樣的時光，那就像衝浪一樣，不輕鬆，但有種「我眞的有爸爸」的感覺。

「第一個問題，」派波說：「媽媽。」

毫無例外，這永遠是她的問題之一。

爸爸無奈地聳聳肩。「派波，你還想知道什麼？我已經跟你說過，她失蹤了。我不知道原因，也不知道她去了哪裡。你出生之後，她就離開了，我再也沒有聽到她的消息。」

「你認爲她還活著嗎？」

這不算眞正的問題，爸爸可以回答不知道就好，但她還是想聽聽看爸爸會怎麼說。

他凝視著浪花。

「你的爺爺湯姆，」爸爸終於開口說：「他告訴過我，如果你朝日落的方向一直走、一直

㊵ 奇諾市（Chino）是加州南部的一個小城，城裡屠宰場曾因食物衛生處理過程不良，使美國農業部對此地出產的牛肉發出史上最大量的回收令。

走，最後就會到達靈魂的國度，可以和死去的人說話。他說很久很久以前，我們可以把離開人世的人帶回人間，但是這樣人間就亂了。總之，那是個很長的故事。」

「就好像希臘人的冥界，」派波記得這點，「那也是在西方，而奧菲斯[41]就試圖帶他的妻子回來。」

爸爸點點頭。一年前，他接演了生涯中最重要的角色，飾演一位古希臘國王。派波幫爸爸做了希臘神話的研究，就是那些人類被變成石頭、丟到火山熔岩湖中融化的古代故事。這段父女共同閱讀的時光很快樂，讓派波感覺人生並沒有那麼悲慘。這段時間裡，她感覺和父親之間的距離拉近了，只可惜，就跟每件事一樣，好的都不會長久。

「切羅基族和希臘有很多相似的地方，」爸爸同意，「如果你爺爺看到你和我坐在美洲陸地最西邊的盡頭，不知他會怎麼想。他可能會以爲我們是鬼吧。」

「這麼說來，你相信那些故事囉？你認爲媽媽已經死了？」

爸爸的眼眶溼了，派波看見那雙眼眸裡的悲傷，那也是女人們總會被爸爸深深吸引的原因吧。從外表看來，他自信又粗獷，然而雙眼卻承載著許多哀傷；女人想了解原因，想撫慰他，卻始終辦不到。爸爸對派波說過，那是切羅基族所共有的，他們的內心都有陰暗的一面，來自於代代承受的傷痛與苦難。但是派波覺得，原因不只這些。

「我不相信那些故事，」爸爸說：「這些故事講起來有趣，但如果我真的相信有靈魂的國度、動物精靈或希臘天神這些事，我不認爲晚上會睡得著。因爲我一定會找到某個對象，把一切問題歸咎到他頭上。」

派波想，爸爸會想歸罪給某人，是因爲爺爺死於肺癌，那時的他還沒成名，也沒有錢。

還有因爲媽媽，這個他唯一深愛過的女人，竟沒有留下隻字片語就離開他，只留下一個他無力照顧的新生兒。此外，也爲了他如此成功卻絲毫不快樂。

「我不知道她是否還活著，」他說：「但我總認爲，她應該是到靈魂的國度去了，不會再回來，派波。要是我不這麼想……我也不覺得自己有辦法承受。」

在他們身後，突然來了一輛車，車門打開。派波轉身，心頓時下沉。穿著上班套裝的珍妮正朝他們走來，高跟鞋在沙灘上不穩地扭擺晃動，手上拿著一個掌上型電腦。她臉上的表情一半是氣惱，一半是勝利感，派波知道一定是警察和她連絡上了。

「拜託摔個大跤，」派波內心祈禱著：「如果眞有什麼動物精靈或希臘天神，請幫幫忙，讓珍妮跌個狗吃屎。我不祈求永久性的傷害，只是今天不要讓她過來，求求你！」

但珍妮繼續前進。

「爸，」派波很快地說：「昨天發生了一件事……」

然而爸爸已經看見珍妮，也露出公事公辦的表情。因爲除非有什麼要事，珍妮是不會出現在這裡的。要不是片廠老闆在找他，就是有什麼計畫沒通過，或者是派波又惹了麻煩。

「我們等一下再來說那件事，派波。」爸爸對她說：「我得先看看珍妮爲什麼來這裡，你也知道她這個人。」

沒錯，派波知道。爸爸起身走過沙灘到珍妮那裡。派波聽不到他們談話，但也不一定要

41 奧菲斯（Orpheus）是希臘神話中的英雄人物，他是阿波羅和謬思女神卡莉歐碧（Calliope）之子，為了救回被毒蛇咬死的妻子而闖入冥界。

聽，因爲看人臉色是她最在行的事。珍妮顯然把偷車的事告訴了爸爸，她偶爾朝派波指一指，好像把她當成在地毯上亂跑的噁心寵物。

爸爸的開心與熱情不見了，他比個動作請珍妮等他一下，然後走回派波身邊。派波沒辦法看著爸爸的眼睛，那雙眼睛似乎在說，她背叛了他的信任！

「派波，你跟我說你願意努力看看。」爸爸開口。

「爸，我恨那間學校，我實在沒辦法。我本來打算跟你說那個BMW的事，可是……」

「學校已經開除你了，」他說：「你是說車子，派波？明年你就滿十六歲了，你要任何車我都會買給你，你怎麼能……」

「你是指『珍妮』會買車給我吧？」派波質問著。她實在克制不了自己，心底的怒火一把升起，瞬間就爆發開來。「爸，你聽我說，一次就好。不要老是讓我苦苦等你來問我三個蠢問題。我想念普通學校，我希望是你陪我去學校的親師會，而不是珍妮。要不然，我也可以接受在家教育啊！我們一起研究希臘的那段時間，我學到好多東西，我們可以一直那樣呀！我們可以……」

「不要這樣要求我，」她爸爸說：「派波，我盡力了。我們也討論過這件事。」

「才沒有，」她心裡吶喊著：「你每次都不談這個話題，一年又一年！」

爸爸嘆了一口氣。「珍妮和警察談過，他們協調出一個結果。車商不會提出告訴，但你必須同意去內華達州的一間寄宿學校。那間學校專收問題……有困難的青少年。」

「那就是我，」派波的聲音顫抖著，「問題少年。」

「派波……你說過你會努力。你讓我很傷心，我不知道還能做些什麼。」

「做什麼都行，」派波說：「但是要你親自來做！不要讓珍妮幫你處理！你不能老是把我送走就算了。」

爸爸低頭望著野餐籃，他的三明治還放在金色葉子形狀的包裝紙上。他們本來計畫要一整個下午衝浪，現在全毀了。

派波不敢相信，爸爸竟然會順著珍妮的意見！起碼不應該是這一次，不應該是在寄宿學校這麼大的事情上！

「去找珍妮吧，」爸爸說：「詳細情形她會告訴你。」

「爸……」

他把目光移開，望向大海，彷彿這樣就能一路望到靈魂的國度。派波發誓絕對不哭，轉身朝珍妮走去。珍妮冷漠地微笑著，舉起一張機票。一如往常，她已經安排好所有事情，派波不過是她可以從今日工作清單中劃掉的一項。

派波的夢境突然轉變。

那是夜晚，她站在一座山的山頂，城市燈火在下方閃爍。她的前方是一團熊熊燃燒的營火，紫色火焰映出的陰影似乎比亮光還多，但火焰的熱度非常高，她的衣服都冒出熱氣了。

「這是給你的第二次警告。」那聲音如雷鳴般傳來，力道撼動了大地。派波之前在夢中聽過這個聲音，她很想安撫自己這聲音並沒有她印象中的恐怖，但事實上更加可怕。

營火後方的黑暗夜色中，隱約浮現出一張大臉，看起來像飄浮於火焰之上，但派波相信那張臉必定連接著更巨大的身體。它粗拙的五官，像是從大岩塊鑿出來的，整張臉毫無生氣，除了那雙銳利的白色眼睛，彷彿未經雕琢的鑽石。它樣式恐怖的細長髮辮，竟是由人骨編製而成。臉孔微笑了，派波全身打起寒顫。

「照你聽到的話去做，」巨人說：「繼續尋找。聽從我們的命令，如此你就可以活著離開。要不然……」

他的眼光掃向營火另一頭。派波的爸爸失去意識，被綁在一根柱子上。

派波試著叫出聲音。她想喚醒爸爸，求巨人放走父親，但是她的聲音完全出不來。

「我會好好看著你，」巨人說：「替我做事，你們兩個就有活路，這可是恩塞勒達斯[12]的保證！要是達不到我的要求……我已經沉睡幾千年了，小混血人，我可是非常非常飢餓呀。要是辦不到，我就吃了你們！」

巨人狂妄大笑，大地跟著震動起來。派波腳下裂出一道縫隙，她瞬間跌入黑暗中。

派波醒了過來，覺得自己像是被一群愛爾蘭踢踏舞團踩踏過，胸口痛到快不能呼吸。她將手往下伸，握住安娜貝斯給她的匕首握柄，這武器被稱為「卡塔波翠絲」，原本屬於特洛伊的海倫。

所以「混血營」這件事，不是一場夢。

「你還好嗎？」有個聲音問。

派波試著看清楚四周。她躺在床上，旁邊有一道白色布幔，看來像是一間保健室。那位名叫瑞秋．戴爾的紅髮女孩坐在她身邊。牆上有一幅海報，圖裡的羊男被畫成卡通人物，頗像嘴裡含著溫度計的苦瓜臉黑傑教練。下面大大的字寫著：「別讓疾病找上你！」

「這裡是……」派波看到門邊那個人，聲音乍然停止。

那人看來像是典型的加州海灘衝浪帥哥，有著發亮的棕色肌膚、金色頭髮，穿著T恤與短褲。但是，他全身布滿了上百隻藍色眼睛，不僅是整張臉上，連手臂到小腿也全部都是。甚至連腳上也有，而且還紛紛從他涼鞋鞋帶的空隙朝派波猛望。

「他是阿古士，」瑞秋說：「是這裡的警衛隊長。他那兩隻眼睛……一般的說法啦……會隨時盯著四周的狀況。」

阿古士點點頭，下巴上的眼睛還眨了一下。

「那這裡是……？」派波又問一次，但覺得自己的聲音像是滿嘴塞了棉花般。

「你現在是在主屋，」瑞秋告訴她：「這裡是營隊總部的辦公室。你昏倒之後，是我們帶你過來的。」

「當時你抓住我，」派波回憶起來，「希拉的聲音……」

「對於這件事，我感到非常非常抱歉，」瑞秋說：「相信我，不是我自己要被附身的。奇戎有拿神飲來治療你……」

「神飲？」

「天神的飲料。只要一丁點份量，半神半人就能好起來，要是過量啊，會把你化成灰。」

㊷恩塞勒達斯（Enceladus）是大地之母蓋婭（Gaea）與天空之父烏拉諾斯（Ouranos）的鮮血所生的巨人族（Gigantes），他在和奧林帕斯眾神的大戰中，被智慧女神雅典娜用大地壓垮。壓在他身上的土地形成現在的西西里島，島上埃特納火山的噴發被視為他在呼吸，震動則被視為他在轉動身體。希臘人至今仍常稱地震為「恩塞勒達斯的震動」。

「喔，很有趣。」

瑞秋往前坐一點。「你還記得你看到的景象嗎？」

派波先是一陣畏縮，她以爲瑞秋問的是那個巨人的夢。不過她後來馬上意識到，瑞秋說的是在希拉小屋發生的事。

「是女神出了狀況，」派波說：「她要我去釋放她，她好像被關了起來。她提到大地將會吞噬我們，還有火焰，還有跟冬至有關的事。」

站在角落的阿古士，突然從胸膛發出低沉的吼聲，所有眼睛一起亂動起來。

「阿古士是希拉創造出來的，」瑞秋趕忙解釋：「所以一提到希拉的安危，他就非常敏感。我們一直努力防止他哭泣，因爲他上一次哭的時候……嗯，造成了一場大洪水。」

阿古士開始抽咽，他從床頭櫃抓了一大把的面紙，開始幫全身上下的眼睛擦眼淚。

「所以……」派波盡量不去看正在替手肘擦眼淚的阿古士，「希拉究竟出了什麼事？」

「我們也不確定。」瑞秋說：「還有，剛剛安娜貝斯和傑生都在這裡陪你。傑生不想離開你，但安娜貝斯想到一件事，也許能幫傑生修復記憶。」

「那眞是……眞是太好了。」

傑生曾經在這裡陪她？她眞希望自己當時是清醒的。但如果他眞能恢復記憶，那不也是件好事嗎？派波仍然希望他們認得彼此，她不要他們的感情只是一段迷霧耍的把戲。

別再想了，她告訴自己，如果她打算去解救父親，那麼傑生喜不喜歡她又如何？最終他都會恨她，這裡的每個人也是。

她低頭看那把掛在她側身的儀式用匕首。安娜貝斯說它是權力和地位的象徵，但通常不是用來打鬥，只用來展示，沒有作用，是一個贗品，就像派波自己。它的名字是「卡塔波翠絲」，就是鏡子的意思。派波沒有勇氣再取下鞘套，她無法承受看到鏡中的自己。

「別想太多，」瑞秋捏捏她的手臂說：「傑生看起來是一個好男孩，他也看到異象，跟你看到的很類似。不管希拉發生了什麼事，我認爲你們兩個註定要一起去解決。」

瑞秋笑著，好像覺得這是個好消息，但派波的心情更加沉重。她本來以爲巨人說的「尋找」，不管要找什麼，只會牽涉到不知名的人，但現在好了，瑞秋根本是在告訴她：天大的好消息！不只你父親被食人巨怪綁架了，你還得背叛你喜歡的人！這是多麼美妙的世界啊！

「嘿，」瑞秋說：「不要哭，你一定會想出辦法的。」

派波揉揉眼睛，想控制好自己。這實在不像她，她明明是個強悍難搞的女孩、一個大膽的偷車賊、一個洛杉磯私立學校的問題學生，可是眼前的她，卻哭得像個小嬰兒。「你哪裡會知道我所要面對的事？」

瑞秋聳聳肩。「我只知道那是很難的抉擇，而你有的選項都不好。就像我說過的，有時候我會有預感，不過我幾乎可以確定，你會在營火晚會時被認領。當你知道你的天神父母是誰，也許事情就會更清楚。」

派波心想，更清楚，不見得就更好。

她從床上坐起來，但前額劇烈疼痛，像是有人拿刀插在她兩眼中間。「你媽媽應該不會回來了。」爸爸這樣對她說過。可是顯然，今晚，媽媽會認領她。頭一次，她不確定自己想不想要媽媽回來。

「我希望是雅典娜。」她抬頭看瑞秋，有些擔心瑞秋會笑她，但神諭使者只是對她微笑。

「派波，我不奇怪你會這樣想。相不相信，我覺得安娜貝斯也是這麼盼望的？你們兩個在很多方面很像。」

這種比擬讓派波覺得罪惡感更深。「這是另一個預感嗎？你又還不認識我。」

「你會大吃一驚的。」

「你的意思是，因爲你是神諭使者，對不對？神諭使者講話就是要很玄。」

瑞秋大笑起來。「派波，可別把我的祕密講出去喔！不要擔心，事情會好轉的，只是不見得會按照你設想的方式。」

「聽起來並沒有讓我覺得比較好過。」

遠方傳來一道海螺號角聲，阿古士埋怨了一聲跑去開門。

「晚餐時間？」派波猜測。

「你錯過晚餐時間了。」瑞秋說：「是營火晚會。我們走吧，去看看你究竟是誰。」

10 派波

光是想到「營火」兩字，就讓派波嚇出一身冷汗。她無法不聯想到夢境裡那偌大的紫色營火，還有被綑綁在火刑柱上的爸爸。

然而眼前這個營火晚會，恐怖程度也不相上下。這竟然是個歌詠大會！圓形露天劇場的座梯都鑿進山丘的山壁上，全部面向劇場中央的一個石砌大火坑；五、六十位孩子在不同圖案的旗幟下分成好幾群。

派波看見傑生坐在前面，安娜貝斯在他旁邊。里歐也在附近，和一群粗壯的學員坐在一起，他們上方有個鋼製的灰色標幟，紋飾著鎚子的圖案。在營火的正前方，站了六個學員，手上拿著吉他或一種奇特古老的豎琴，是古希臘七弦豎琴嗎？他們蹦蹦跳跳吟唱著歌曲，歌詞大概是關於裝甲零件，還有他們奶奶如何整裝去打仗之類的。在場的人都跟著他們唱，還一邊用手勢比劃著裝甲零件互開玩笑。這大概是派波見過最詭異的事了。一首在白天唱起來超尷尬的怪歌，卻在黑暗夜色中、在眾人的共同參與下，有種唱芭樂歌的親切趣味。大家的精力愈來愈旺盛，火焰也愈來愈熾烈，火苗的顏色由紅轉橘，再變成金色。

連串喧鬧的掌聲中，這首歌終於唱完了。這時有個人騎著馬小跑步現身。至少在閃爍的火光下，派波以為是一個人騎著一匹馬；不過，她馬上就看出那是一匹半人馬，下半身是白色駿馬，上半身則是一位留著捲髮及整齊鬍鬚的中年男子。他舉起一個插了棉花糖的長槍揮舞著說：「非常好，眞是一個歡迎新成員的特別安排。我是奇戎，營區的活動主任，很開心看到你們活著抵達混血營，而且四肢還連在身體上！我保證，等一下就可以來做棉花糖夾心餅，但首先……」

「奪旗大賽呢？」有人大喊。幾個穿著戰袍的孩子開始鼓噪，他們坐在有野豬頭紋章的紅色標幟下。

「好，」半人馬先生說：「我知道，阿瑞斯小屋很期待重返森林進行我們例行的遊戲。」

「還有殺人！」裡面的某個孩子高喊。

「只不過，」奇戎說：「只要我們還無法控制那隻龍，這遊戲就不能進行。九號小屋，關於這點，你們有沒有新進度可以報告？」

他轉向里歐的團隊。里歐對派波眨眨眼，手指頭比出一把槍射向她。里歐身邊的女孩看起來坐立難安。她身上穿的陸軍夾克和里歐的非常像，頭上還披著一條紅色大花布，她站起來說：「我們還在努力。」

更多鼓噪聲出現。

「妮莎，怎麼個努力法啊？」阿瑞斯小屋的一個小孩大聲問。

「我們眞的很努力！」那女孩回答。

妮莎在眾人的抱怨與咆哮聲中坐下，營火的火焰也同時劈哩啪啦亂竄。奇戎在圍起火坑的石頭上用力踩踏──砰、砰、砰！大家瞬間安靜下來。

「我們要有耐心，」奇戎說：「在此同時，有更迫切的事情需要討論。」

「是波西嗎？」有人問，營火突然黯淡下來。然而，不用火焰傳達情緒，派波也感覺得到大家的焦慮。

奇戎指著安娜貝斯，只見她深呼吸一口氣，然後站起來。

「我沒有找到波西，」她在講到波西的時候，聲音顫抖了一下，「他並沒有如我所想的出現在大峽谷。可是我們不會放棄，到處都有我們的成員，格羅佛、尼克、泰森、阿蒂蜜絲的獵女隊，大家都在幫忙找。我們一定會找到他。但奇戎要講的是另一件事，另一個新的尋找任務。」

「是關於大預言，對吧？」一個女孩大聲問。

所有人都轉過頭來。這聲音來自一個在後面的團隊，他們坐在有鴿子紋飾的玫瑰色標幟下。他們一直在聊天，不大關注場中進行的事，直到他們指導員茱兒站起來發問。

大家似乎都很驚訝，顯然茱兒平時不太勇於發表意見。

「茱兒？」安娜貝斯問：「你這話是什麼意思？」

「喔，拜託！」茱兒兩手一攤，好像事實明擺在眼前。「奧林帕斯關閉了。波西失蹤。希拉託夢給你。你一天內帶回三個新混血人。我的意思就是，有詭異的事情正在發生，大預言說的事開始出現了，對吧？」

派波低聲問瑞秋：「她說的大預言是什麼？」

一說完，派波才發現全場的人也在看瑞秋。

「嘿，」茱兒大聲說：「你是神諭使者。大預言說的事開始了嗎？」

在火光下，瑞秋的眼睛閃爍著恐懼，派波很怕她又會緊抓住什麼人，然後開始跟某個古怪的孔雀女神通靈。但她冷靜地站起來，對著大家說話。

「沒錯，」她說：「大預言已經開始了。」

全場陷入一陣混亂。

派波的眼神突然和傑生對上，傑生用嘴型說：「你還好嗎？」她點點頭，勉強笑一笑，但立刻移開目光。只能相望而不能相伴，感覺太痛苦了。

眾人的議論紛紛終於稍微平息，瑞秋朝大家再向前一步，五十多個半神半人登時一起閃開，好像這個纖瘦的紅髮凡人比他們所有人加起來還要可怕。

「有些人還沒有聽過這個預言，」瑞秋說：「大預言是我說出的第一個預言，時間在八月，內容是：『七名混血人將會回應召喚。暴風雨或是火焰，世界必會毀壞……』」

傑生突然跳起來，眼神變得很狂亂，彷彿剛被電到。

就連瑞秋也被他嚇一跳。「傑……傑生？」她說：「怎麼……」

「Ut cum spiritu postrema sacramentum dejuremus,」他吟誦著：「Et hostes ornamenta addent ad ianuam necem.」

一種靜默的緊繃感瀰漫全場。派波看得出來，許多人正試圖解譯剛剛傑生說的話。她自己聽得出是拉丁文，但完全不了解這位她渴望是她男友的人，爲何突然吟誦起拉丁詩。

「你竟然……說出了後面兩句預言！」瑞秋整個結巴起來。「『……發誓留住最後一口氣，敵人擁有通往死亡之門的武器。』你怎麼會……」

「我知道那段話，」傑生有些畏縮，雙手按著自己的太陽穴，「我不知道怎麼回事，但是，我知道這個預言。」

「而且居然還是拉丁文的咧！」茱兒大聲說：「不只帥，又聰明！」

阿芙蘿黛蒂小屋的人咯咯笑出聲，派波忍不住想，天呀，一群沒腦袋的笨蛋。她們的笑聲並未化解現場的緊張氣氛，只見營火狂亂焦躁地吐出青色火焰。

傑生坐下來，看起來十分困窘，不過安娜貝斯拍拍他的肩膀，輕聲說了幾句安慰的話。派波感到嫉妒，應該是她坐在傑生旁邊安慰他才對。

瑞秋看來仍舊驚魂未定。她回頭看看奇戎想得到一些指引，但半人馬只是嚴肅且靜默地站在那裡，宛如旁觀一場他無法打斷的戲，一齣會有許多人死在舞台上的大悲劇。

「那麼，」瑞秋努力恢復冷靜，說：「對，這就是大預言。我們本來希望它很久以後才會發生，但此時此刻恐怕已經開始了。我無法百分之百保證，那只是種感覺，就如同茱兒說的，的確有詭異的事在發生。至於那七名混血人，不管他們是誰，到目前為止還沒有全部齊聚。我有一種感覺，他們其中幾位今晚就在這裡，有些則不在。」

營隊的學員開始交頭接耳，緊張地互看。沒多久，一個很睏的聲音突然冒出來：「我在這裡啦！喔……你是在點名嗎？」

「回去睡覺啦，卡拉維斯！」有人對他大喊，接著有一堆人大笑。

「總之，」瑞秋繼續說明：「我們並不清楚大預言的意涵，我們也不知道混血人將面對什麼挑戰。但既然第一個大預言預測出泰坦大戰，我們可以推斷，第二個大預言所預測的事也同樣不祥。」

「或者更糟。」奇戎喃喃自語。

也許他沒打算讓大家聽到這句話，可是，在場所有人都聽到了。營火瞬間轉成暗紫色，和派波夢境中的一模一樣。

「我們確定知道的事，」瑞秋說：「就是第一句預言已經開始了，一個重大的事已經發生，所以我們需要派一組尋找任務小隊去解決。天后希拉，她被綁架了。」

全場震驚，沒有半點聲音。但不久這五十個半神半人又紛紛討論起來。

奇戎再次用力踏步，但瑞秋還是得等一段時間讓大家的注意力集中回來。

瑞秋告訴大家在大峽谷天空步道發生的事件。葛利生．黑傑在風暴怪物的攻擊下犧牲了，那些怪物警告說一切只是開始，而他們全都聽命於某位強大的女主人，她有能力毀掉所有混血人。

接著瑞秋告訴大家派波在希拉小屋裡昏倒的事。派波努力表現出鎮定，雖然她有注意到茱兒在後面表演昏倒，而她朋友在偷笑。最後瑞秋講到傑生在主屋起居室中見到的景象。希拉傳給傑生的訊息竟然和派波的如此相似，這讓派波打了一陣寒顫。唯一的不同只有，希拉警告派波不能背叛她。她曾說：「屈服於他，他們的王就會趁勢而起，徹底毀滅我們。」可見希拉知道巨人的威脅，但如果她都知道，爲什麼不警告傑生，派波是敵人的間諜？

「傑生，」瑞秋說：「嗯，請問……你記得你姓什麼嗎？」

他看起來意識清醒，卻搖搖頭。

「這樣的話，我們就先稱呼你傑生吧。」瑞秋說：「很明顯的，希拉已經交付給你這項尋找任務。」

瑞秋暫停一下，似乎在製造機會給傑生抗議一下自己的命運。所有的目光都集中到他身上。多沉重的壓力呀，派波心想，換成是她恐怕只能僵在那裏，可是他看來既勇敢又堅定。他咬著牙，點點頭。「我接受。」

「你必須拯救希拉以阻止一個大災難……」瑞秋繼續說：「也就是某個『王』的崛起。而且，爲了某些我們還不了解的原因，任務必須在冬至前完成，距離現在只剩四天。」

「那是奧林帕斯天神大會的日子，」安娜貝斯說：「要是天神還不知道希拉失蹤，等到那天沒見到她出席，可能就會爆發爭執，互相指責對方帶走了她。他們向來如此。」

「冬至，」奇戎說：「也是一年中最黑暗的時刻。天神們會聚集在一起，就跟凡人一樣，因爲聚集才會有力量。冬至，正是邪惡魔法最強大的日子，那是非常古老的法力，比天神們還古老。那是……萬物攪動的一天。」

他講到「攪動」時的語氣，似乎把它當作無比的災難，像是一級謀殺罪，而不只是攪拌小甜餅麵糰的那種「攪動」。

「好吧，」安娜貝斯盯著奇戎說：「謝謝你的意見，陽光大主任。不論發生什麼事，我同意瑞秋的看法，傑生已經被選派爲尋找任務的隊長，所以……」

「爲什麼他還沒被認領？」阿瑞斯小屋的一個成員開始叫囂。「要是他眞有那麼重要……」

「他已經被認領過了。」奇戎宣布。「在很久以前。傑生，證明給他們看。」

一開始，傑生似乎不懂奇戎的意思，他緊張地往前走。派波忍不住覺得火光中的金髮傑生看起來好亮眼，他高貴的儀態看來就像一尊羅馬雕像。傑生看向派波，派波對他鼓勵似的點點頭，然後做出拋銅板的動作。

傑生掏掏口袋，轉眼間，他的金幣就閃亮躍上天空，等它落下回到傑生手裡，已經變成一把長槍——一根超過兩公尺的金棍，頂端有刺矛的尖頭。

其他混血人驚呼出聲，安娜貝斯和瑞秋倒退了幾步，以免被冰錐般銳利的尖頭刺到。

「那東西……」安娜貝斯有些遲疑地說：「我以爲，你有的是一把劍。」

「嗯，金幣現在是反面朝上吧，我想，」傑生說：「同一枚金幣，也能變成長射程武器。」

「帥哥，我也想要一把！」阿瑞斯小屋又有人大喊。

「比克蕾莎的帶電長槍還讚耶。」他的一個兄弟附和。

「電……」傑生喃喃說著，彷彿聽到一個好主意。「退後。」

安娜貝斯和瑞秋馬上會意過來。傑生舉起長槍，閃電隨即劃破天際。派波手上的每根汗毛都豎立起來，電光霎時呈弧形滑向長槍的尖端，再擊向營火，力道有如砲彈射發。

當煙幕消散且派波的耳鳴也褪去，整個混血營都嚇到呆坐不動、渾身是灰。他們眼睛半張，凝視著剛剛燃起大火的地方。此刻炭渣餘燼落了滿地，一根仍在燃燒的木柴飛落到瞌睡蟲卡拉維斯身邊，他竟然沒被吵醒。

傑生放下長槍。「嗯……抱歉。」

奇戎輕輕拍掉鬍子上的灰燼，表情十分扭曲痛苦，好像心底最深處的恐懼已得到印證。「可能表現得稍過了頭，但確實展現出重點。我相信，現在大家都知道你父親是誰了。」

「朱比特㊸，」傑生自己回答：「我是指宙斯，天空之王。」

派波不禁浮出微笑，這完全說得通呀。傑生的父親還有可能是誰呢？除了這位最有權力的天神、古代神話中所有最偉大英雄的父親，沒有其他可能啊。

但顯然營隊裡的學員並沒有那麼確定。現場突然一片吵雜，幾十個孩子冒出了千百個問題，終於，安娜貝斯舉起手。

「等等！」她說：「他怎麼可能是宙斯的孩子？三大神……他們協議過不再生下凡人的後

代……而且，我們怎麼沒有早點知道呢？」

奇戎默不作聲。派波覺得奇戎知道答案，而這答案不是什麼好事。

「眼前最重要的事，」瑞秋說：「是傑生現在在這裡。他肩負一個尋找任務，這表示他需要一個自己的預言。」

她說完就閉上眼睛昏厥過去，兩個學員衝上前扶她，第三個學員跑到圓形劇場旁拿三腳銅凳，似乎面對這種狀況都訓練有素。他們把瑞秋扶坐到火坑前的凳子上。沒有了火光，夜色十分黑暗，一股綠色霧氣自瑞秋腳底盤旋上升。當她睜開眼睛，雙眼閃現光亮，綠寶石般的煙霧從她口中吐出。她發出的聲音沙啞又古老，如果蛇會說話，聲音大概就像這樣。

閃電的孩子，提防大地，
巨人們的復仇，七人將要出擊，
鴿子伴隨兵工廠打破牢籠，
希拉盛怒，死亡枷鎖大開。

說完最後一個字，瑞秋整個人癱倒，但兩旁輔助的人早就準備好扶住她。他們攙扶她遠離火坑，到角落躺平休息。

㊸朱比特（Jupiter），羅馬神話中的眾神之王，掌管與天空相關的一切，包含雷電與氣象，也是羅馬帝國的守護者。等同於希臘神話中的宙斯。

「這很平常嗎？」派波問，說完才發現她打破了沉默，每個人都望著她。「我的意思是，她常常吐出綠煙嗎？」

「老天爺，你眞蠢！」茱兒不屑地說：「她剛剛在宣布預言，是傑生要去拯救希拉的預言！你爲什麼不……」

「茱兒，」安娜貝斯打斷她，「派波問了一個適當的問題，這個預言鐵定有些不對勁。如果打破希拉的牢籠、釋放她的憤怒會導致一堆死亡……那我們爲什麼要解救她？這或許是一個陷阱，或者……或者希拉會轉而對付救她的人。她對混血人向來沒有好感。」

傑生站起來。「我沒有太多選擇。希拉拿走了我的記憶，我需要把它要回來。況且，如果天后眞的有難，我們不能撒手不管吧。」

有個赫菲斯托斯小屋的女孩站起來，是那個綁著紅頭巾的妮莎。她說：「或許吧，但你應該想想安娜貝斯的話。希拉的報復心超重，她甚至將她親生兒子，也就是我們的父親丟下山崖，只因爲他長得太難看。」

「眞的很難看呀！」阿芙蘿黛蒂小屋的人冒出竊笑。

「閉嘴！」妮莎怒吼。「總之，我們要好好想想，爲什麼要提防大地？巨人們的復仇又是什麼？我們要對付的是何等強大的力量，竟然可以綁架天后？」

沒有人接話，但派波注意到安娜貝斯和奇戎交換了一下眼神。派波猜想他們之間的對話可能是：

安娜貝斯：巨人們的復仇……不，不可能。

奇戎：別在這裡說，不要嚇到大家。

安娜貝斯：你在開玩笑吧，我們的運氣不會那麼差。

奇戎：晚一點再說，孩子。如果現在就說出所有的事，他們會嚇到無法行動。

派波知道，說自己能讀出他們的表情，這很荒唐，特別是這兩個人她根本還不大認識。但她十分確定自己了解他們沒說出口的話，而這可把她自己嚇到胃都快翻了出來。

安娜貝斯深吸一口氣。「這是傑生的尋找任務，」她說：「所以他有決定的權利。很明顯的，傑生就是那位閃電的孩子。而根據傳統，他可以選擇兩位同伴。」

荷米斯小屋一個學員高喊：「嘿，就是你呀，安娜貝斯！很明顯的，你最有經驗！」

「不，崔維斯，」安娜貝斯說：「首先，我不會幫希拉。每次我試圖要幫她，她不是騙我，就是回過頭來反咬我一口。別提了，不可能。第二，我明天一早就要出發去找波西。」

「那是相關的事啊！」派波冒出這句話，不知自己是打哪來的勇氣。「你其實也明白，對吧？這整件事跟你男朋友失蹤，全都有關。」

「怎麼說？」茱兒質問著：「既然你這麼聰明，說說看如何相關呀？」

派波很想找個說法，但一時語塞。

安娜貝斯幫她解圍。「派波，也許你說得對。如果這一切都是互相關聯的，我會從另一個方向來找出頭緒，就從尋找波西開始。我說過，我不會去救希拉，即使她的失蹤會引起奧林帕斯天神再次爭戰。但我有另外一個原因不能去，因爲預言指示的是其他人。」

「預言說了我該選擇的人。」傑生附議。「『鴿子伴隨兵工廠打破牢籠』，兵工廠是兀兒肯——赫菲斯托斯的象徵。」

在九號小屋的標幟下，妮莎的肩膀整個垮下來，像是有人讓她揹起一個沉重的鐵砧似的。「如果你要提防大地的話，」她說：「就應該避免在地面上移動，那就需要空中飛行。」

派波正打算說傑生會飛，但她想一想，覺得這種事應該由傑生自己說才對。然而傑生並未主動透露自己會飛的事，或許他認爲今晚帶給大家的驚嚇已經太多了。

「可是飛天馬車壞了，」妮莎繼續說：「而我們的飛馬，又要用來尋找波西。不過，或許赫菲斯托斯小屋可以幫忙找出其他方法。既然目前傑克的情況無法勝任，身爲資深學員的我，自願參加這次尋找任務。」

她的話語中不帶半點熱忱。

這時里歐突然站起來。整個晚上他安靜到讓派波都快忘了他的存在，一點都不像里歐。

「該去的是我。」他說。

和他同一小屋的人騷動起來，好幾個人想把他拉回座位，但里歐抗拒著。

「不，我該去，我知道。我已經有解決飛行問題的想法了，讓我試試，我辦得到！」

傑生仔細端詳了里歐一會兒，派波很確定傑生會跟里歐說不。然後傑生露出笑容。「里歐，這整件事我們就是從頭一起經歷的啊，你一起來是最合理的。你就負責找我們的交通工具吧，你入選了！」

「太好了！」里歐興奮地猛拍拳頭。

「尋找任務很危險，」妮莎警告他：「過程中會充滿各種難關、怪物、痛苦磨難，或許你們沒有人能活著回來。」

「喔。」里歐突然變得沒那麼興奮，然後想起大家都在看他。「我是說……喔，酷！痛苦磨難？我就愛痛苦磨難。咱們一起去吧！」

安娜貝斯點點頭。「好。接下來，傑生，你只需要再選擇第三位成員就好。鴿子是……」

「那還用說！」茱兒站起來，對傑生拋媚眼。「鴿子是阿芙蘿黛蒂的象徵，大家都知道！我完全是屬於你的！」

派波握緊了拳頭，往前跨步。「不行！」

茱兒翻了個白眼，「喔，拜託，垃圾女孩，退回去！」

「我見過希拉的景象，你可沒有。該去的人是我！」

「任何人都可能見到那些景象，」茱兒說：「你只是剛好那個時間出現在那個地方而已。」她轉身對傑生說：「聽好，打架當然是要打，我猜啦。但製造東西的人……」她鄙視里歐一眼，「很可能常常弄髒手。所以你的隊伍裡需要具有魅力的人存在呀。關於這點，我才有說服力，可以幫上不少忙。」

所有學員開始竊竊私語說茱兒的說服力多麼足夠；派波感覺得到茱兒在這方面絕對勝出。就連奇戎也在摸著鬍子思考，彷彿讓茱兒加入未必不可行。

「這個嘛，」安娜貝斯開口：「按照預言的說法……」

「不！」派波發出的聲音連自己聽起來都有些陌生，那聲音比平常更堅持、更有力。「該去的人是我！」

這時，詭異的情況出現了，在場的人竟然都開始點頭稱是，嘴巴說著嗯嗯嗯，覺得派波的話也有道理。茱兒左右看看，不可置信，怎麼連自己的小屋都有人在點頭。

「算了吧！」茱兒怒氣沖沖地對大家說：「派波能做什麼？」

派波想要回應，但信心逐漸消失。她能做什麼？她既不擅長打鬥，也不懂得計畫，更不會調停事端。她沒有擅長的事，除了惹麻煩和偶爾唆使別人去做傻事。

更何況，她是個大說謊家。她之所以想投入尋找任務，不只是要跟隨傑生；而且如果她真的去了，終究會背叛所有的人。她聽見夢裡的聲音說：「遵照我們的命令，如此你就可以活著離開。」這叫她怎麼做出選擇？是要幫助爸爸，還是幫助傑生？

「看吧，」茱兒洋洋得意地說：「我想結論很清楚了。」

霎時，全場驚呼起來。大家都瞪著派波，像是她突然爆炸似的。她不解自己又做錯什麼事，然後才意識到身邊正圍繞著一道紅光。

「怎麼了？」她問。

她往上看，頭頂並沒有出現像里歐那樣的燃燒符號。於是她低下頭，自己也大叫一聲。

她的衣服……她現在穿的是哪門子的衣服啊？她最討厭洋裝，她根本沒有半件洋裝，可是現在，她身上穿的卻是一件美麗至極的純白色無袖長禮服，裙襬一路落到腳踝，深V的領口低到讓她覺得很糗。此外，還有精緻的金色飾環箍在兩邊手臂，用琥珀與珊瑚精雕細琢的項鍊掛在她脖子上，胸口繫了一枝金色花朵閃閃發亮，而她的頭髮……

「老天爺，」她說：「這是怎麼回事？」

驚訝之中，安娜貝斯指著派波的長三角匕首。這把匕首現在已經上了油、發著光，以一條金索懸掛在她的腰際。派波不想抽出來，她擔心會出現什麼，但好奇心終究佔了上風。她抽出卡塔波翠絲，觀看自己在光亮鏡面的倒影。她的頭髮再完美不過，巧克力色的長長棕髮光澤閃耀，束成一條辮子，以金色髮帶繫住，垂過一邊的肩頭。她甚至上了妝，妝容比派波自己的化妝技巧高超許多，輕淡地妝點一下，卻讓她的朱唇像櫻桃般紅潤，眼眸閃爍出各種光芒色彩。

她實在……實在是……

「好美！」傑生大聲說：「派波，你……你眞是個超級大美女！」

換做不同的場合，這可能會是派波一生最開心的時刻，但此刻所有人看她的目光，卻好像她是個怪胎。茱兒的臉色充滿驚恐及反感。「不！」她尖叫：「不可能！」

「這不是我，」派波反駁說：「我……我不明白！」

奇戎前腳彎曲，對派波一鞠躬，所有混血營學員跟著重複他的動作。

「歡迎你，派波・麥克林。」奇戎的語調嚴肅沉重，彷彿在主持葬禮。「你是以鴿子爲象徵物的女神——阿芙蘿黛蒂的女兒，愛神之女。」

11 里歐

派波變成超級大美女後，里歐並沒有黏在她身邊。沒錯，這實在是世紀大驚奇，派波竟然化妝了！天字第一號奇蹟！然而，里歐有更急迫的問題要去處理。他蹲低身子溜出圓形劇場，跑進黑暗的夜色中，不確定自己要往哪裡去。

沒多久前，他從一堆強壯又勇敢的半神半人當中跳出來，自願，是自願去參加一個可能害他喪命的任務。

他沒有向任何人提及他見到了兒時保母娣雅．凱莉達，可是當他一聽到傑生見到的景象是一位穿黑衣、披黑披肩的老婆婆，他馬上就知道那是同一個人。娣雅．凱莉達就是希拉，他那邪惡的保母竟然是天后。碰到這樣的事，簡直跟把腦袋丟進熱鍋油炸一樣可怕。

他走向樹林，努力不去回想童年，不去回想那些亂七八糟導致媽媽死亡的事。但他還是忍不住……

娣雅．凱莉達第一次試圖殺他時，他大概才兩歲。那時媽媽去五金行工作，把他交給娣雅．凱莉達照顧。當然，她不是他的阿姨，只是社區裡一位人人喊她「凱莉達阿姨」的老太太。她常常幫人家看小孩，身上總有股蜂蜜烤火腿的氣味，而且永遠穿著黑色寡婦長衣、披著黑色大披肩。

「來睡個午覺吧。」她說：「讓我看看你是不是我勇敢的小英雄，嗯？」

里歐睡著了。她用毯子裹著他，把他放到一堆黃色與紅色的溫暖地方。是枕頭嗎？他的床像是牆壁中的一個舒服小洞，用染黑的磚塊堆成，頭部上方有一道金屬框出的方形孔洞，孔洞遠遠另一頭有個方形開口，從那裡他可以看到星星。他記得自己舒服地躺著，手中玩著像螢火蟲般的小火星。半睡半醒間，他夢見一艘火船，航行於灰燼海；他想像自己就在那艘船上，翱翔天際。娣雅·凱莉達坐在不遠處的搖椅上，喀啦、喀啦、喀啦，輕唱著催眠曲。雖然那時里歐只有兩歲，就已經能清楚分辨英文和西班牙文的不同，但他還記得自己那時的迷惑，因爲娣雅阿姨唱的不是英文也並非西班牙文。

一切都好好的，直到他媽媽進門那刻爲止。她尖叫著跑來抱起他，並對著娣雅·凱莉達大喊：「你怎麼能這樣做？」但是老太太已經不見了。

里歐記得他從媽媽肩頭看過去，火花正繞著他的毯子燃燒。很多年過去，他才了解自己當時睡在燃燒的壁爐中。但最奇怪的呢，就是娣雅·凱莉達既沒有被警察逮捕，更沒有被大家趕出去。接下來幾年，她又出現好幾次。一次是在里歐三歲時，她讓他玩刀。「如果有一天你要當我的英雄，」她說：「你一定要早點學會用刀。」里歐小心盡量不要傷到自己，但他覺得娣雅·凱莉達並不在乎他傷到與否。

等到里歐四歲時，凱莉達阿姨在附近的養牛場找來一條響尾蛇給他。她還給他一根棍子，鼓動他去戳那隻動物。「你的勇氣在哪裡，小英雄？證明命運三女神[44]選擇你是對的！」

---

[44] 命運三女神（Fates），掌管所有生命長短的三位女神。參《波西傑克森──神火之賊》六十三頁，註❽。

里歐低頭看著那雙琥珀色的眼睛，又聽到蛇不斷發出窸窸窣窣的扭動聲，但實在下不了手去戳牠。這樣似乎不對。很顯然那條蛇對於開口咬一個小孩也是同樣的感覺。里歐可以發誓，那條蛇看著凱莉達阿姨的眼光，就好像在說：「這位女士，你瘋了嗎？」然後就鑽進草叢消失無蹤。

她最後一次來陪伴里歐，是在他五歲的時候。她帶給他一盒蠟筆和一疊紙，兩個人坐到社區大樓後面的一張野餐桌，就在一棵老胡桃樹下。凱莉達阿姨哼唱著奇怪的歌謠，里歐則在描繪他睡在壁爐時見到的火船。他畫了彩色的船帆、成排的槳櫓、彎曲的船尾，還有壯觀的桅頂。當他快要畫好準備簽上在幼稚園大班剛學會寫的名字時，突然颳起一陣風，颳走了他的畫。那張紙飛向天空，轉眼不知去向。

里歐好想哭，他花了那麼多時間畫那幅畫，而凱莉達阿姨只失望地哼了兩聲。

「時間還沒到，小英雄。總有一天，你會有自己的任務，你會發現自己的天命，你艱難的人生道路最後會有合理的解釋。不過，你必須先承受許多悲傷。我也不喜歡這樣，但是要塑造一個英雄，沒有其他辦法。好了，現在幫我生一點火好嗎？我得暖暖我這身老骨頭。」

幾分鐘後，媽媽出現了，她驚恐地尖叫起來。娣雅．凱莉達消失無蹤，只剩里歐坐在冒煙的火堆中，一疊紙已經變成灰燼，一盒蠟筆化成一池冒泡的多彩黏液。里歐的雙手著火，火苗慢慢燒進野餐桌。多年以後，那個社區還常有人疑惑不解，怎麼會有人將一個五歲小孩的手深深烙印在實木桌子上。

現在，里歐可以肯定兒時的瘋狂保母娣雅．凱莉達就是天后希拉。這樣的話，她算是他的……天神祖母嗎？他的家族顯然比他所理解的更加混亂。

他不禁猜想媽媽是否知道這些。里歐記得凱莉達阿姨最後一次出現後，媽媽帶他回到家中，跟他說了很多話，但他當時聽懂的很少。

「她不會再回來了。」媽媽說。媽媽有一張清秀的臉龐，眼神十分和藹，還有一頭捲捲的深色頭髮，但看起來比實際年齡老，因爲她的工作很辛苦。她眼睛四周已出現許多皺紋，雙手也長滿繭。媽媽是她家族中第一位大學畢業生，她擁有機械工程的學位，會設計、修理、搭建任何東西。

可是，沒有人願意雇用她，沒有公司認眞當她是個人才，最後她只能窩在一間五金行，努力掙點微薄的薪水養活他們母子。她身上總是聞得到機油的味道，而且她和里歐說話時，總是西班牙文和英文交錯使用，好像它們是互相配合的工具。里歐直到多年以後才知道，原來不是每個人都這樣講話。媽媽甚至把摩斯密碼當成遊戲來教他，所以在不同房間時，他們會敲打訊號給對方，像「我愛你」、「你好嗎」之類的簡單訊息。

「我不在乎凱莉達跟你說了什麼，」他媽媽對他說：「我也不在乎天命及命運三女神，那些事對你來說還太久遠。你只是我的小寶貝。」

她執起他的雙手想檢視火燒的傷痕，結果當然沒有。「里歐，你聽好。火只是一種工具，和其他東西一樣，卻比其他東西危險。你還不知道你的極限，所以，答應我，不要再玩火，直到遇見你的父親。總有一天，mijo（兒子），你會遇見他，他會向你解釋一切。」

從里歐懂事以來，他就一直聽到「總有一天你會遇見你父親」這句話。媽媽不願回答任何有關爸爸的問題。里歐沒見過他，也沒看過他的照片。但媽媽的語氣總像爸爸只是去商店買個牛奶，很快就會回來。里歐試著相信媽媽的話，總有一天，這些都會有合理的解釋。

這之後的幾年，他們非常快樂。里歐幾乎要忘掉娣雅・凱莉達這個人了。他仍會夢到飛行的船，但其他的奇怪事件，也像夢一樣飄渺遠去。

這一切的幸福，到他八歲那年終於破碎。那時，他下課時間都在店裡和媽媽一起度過。他在五金行裡成長，知道如何使用所有機器；他懂得測量，數學能力超過很多成年人；他甚至已經學會做三度空間思考，在腦海裡解決機械方面的問題，就像他媽媽一樣。

有一天晚上，他們在店裡待到特別晚，因爲媽媽想把某個要申請專利的鑽頭設計好。如果這個設計能找到買家，他們母子的生活就能大幅改善。好不容易，媽媽想休息一下。

當媽媽工作時，里歐就在旁邊幫忙遞材料、講笑話，替媽媽打氣提神。他最享受媽媽被自己逗笑。她會笑著說：「你父親一定會以你爲榮，mijo。你很快就會見到他，我確定！」

媽媽的工作間在五金行的最裡面，到了晚上就會變得有些可怕，因爲他們兩個是店裡僅剩的人，任何一點聲響就會在黑暗的庫房中迴盪好久。但是只要能跟媽媽在一起，里歐就不會害怕。如果他晃到店裡的其他地方去，也總是能用拍打摩斯密碼的方式跟媽媽連絡。每當他們要離開店裡，必須先穿過整個店面和休息室，然後才走出去到停車場，並且把經過的每一扇門都一一鎖好。

那個晚上，媽媽終於結束工作準備離開。他們走到休息室，媽媽發現她忘了帶鑰匙。

「奇怪。」媽媽皺著眉頭。「我明明記得有帶啊。在這裡等我一下，mijo，一分鐘後我就回來。」

說完話，她再對他微微笑，那是媽媽的最後一個笑容，然後她就走回黑暗的庫房裡。

她才離開幾秒，通往裡面的那扇門突然砰的一聲關上，往外面的門也自動上鎖。

「媽媽？」里歐的心怦怦狂跳，有個重物在庫房裡面倒下。他衝到門口，拚命拉門、踢門又推門，就是打不開。「媽媽！」里歐抓狂大喊，在牆上打著密碼：「你還好嗎？」

「她聽不見的。」突然冒出一個聲音。

里歐轉身，赫然看到一個奇怪的女人。一開始他以爲是娣雅．凱莉達，因爲她全身裹在黑色大長袍裡，臉上罩著面紗。

「娣雅？」他問。

女人咯咯笑了起來，聲音又慢又輕，好像半夢半醒的狀態。「我不是你的守護者，頂多跟她有點家族關係。」

「你……你想要什麼？我媽媽在哪裡？」

「啊……忠於自己的母親，很好。可是你看，我也有孩子……我知道你有一天會和他們打起來，當他們要喚醒我的時候，你還會去阻止他們。我可不能讓這種事發生。」

「我不認識你，也不想和任何人打架。」

她喃喃自語，像是處於昏睡中的夢遊者。「明智的選擇。」

里歐打了個寒顫，他發現這女人眞的在睡夢中。在薄薄的面紗後面，她的眼睛是閉起來的，然而更奇怪的是，她的一身黑衣不是用布料做的，而是泥土，像是地上的黑色乾泥巴圍繞在她身體表面翻騰、移動。她蒼白昏睡的臉隱藏在一層塵沙之後，看不太清楚，卻讓里歐心裡發毛，覺得這女人像是剛從墓穴裡爬出來。如果這女人還在睡夢中，里歐希望她一直保持這種狀態，因爲他知道，她完全清醒時，一定更可怕。

「我還不能毀掉你，」女人繼續呢喃：「命運三女神不會允許。不過她們不會保護你媽媽，也不能阻止我破壞你的心志。記住今晚，小英雄，他們要求你來對抗我時，可別忘囉！」

「不要傷害我媽媽！」里歐喊著。當這女人移步向前，極度的恐懼從他的喉底攀升。她移動的方式不像人走路，反而像雪崩，一整道陰暗的泥土牆朝他移動過來。

「你想怎麼阻止我呀？」她輕聲說。

她直接穿過一張桌子，全身的塵土在桌子另一頭重新組合成形。

她向里歐籠罩過去，里歐知道她會直接穿過他的身體，而能擋在她和媽媽之間的，也只有自己了。

他的手抓起火。

女人浮現一個睡夢中的笑容，好像她已經贏了這場遊戲。里歐不顧一切地尖叫起來，他的眼前變成一整片紅色，火焰熔化了這個泥土女人，熔化了牆壁、鎖住的大門，之後里歐失去了知覺。

當他醒來時，發現自己在一輛救護車裡。

醫護人員努力表現出和善的樣子。這位女士告訴他，整個庫房都已經燒毀，他媽媽並沒有逃出來。她向里歐致哀，里歐覺得整個人被掏空了！他還沒辦法控制火，就像媽媽曾經警告過的那樣。媽媽的死都是他的錯。

沒多久，警察也來了，可是態度一點也不和善。他們說，起火點是在休息室，就是里歐站的地方。他能存活下來是件奇蹟，但世上有哪一種小孩會把媽媽反鎖在工作間，而且明知她人在裡面還放火？

接著，社區裡的鄰居也告訴警察，里歐自小就是個奇怪的孩子。他們提到他在野餐桌上烙下自己的手印，他們始終認爲愛絲佩蘭薩・華德茲的兒子一定有問題。

他的親戚沒人願意收留他，他的親阿姨羅莎甚至用西班牙話罵他惡魔，還向社工人員咆哮，要他們趕快把他帶走。於是里歐去了他的第一個寄養家庭。幾天之後，他逃走了。有一些寄養家庭他會待得稍微久一點，可以和人開開玩笑，交幾個朋友，假裝沒有煩惱的事，但他最後遲早會逃跑。那是唯一能讓傷痛減輕的方式，讓自己覺得永遠在移動，離那五金行的灰燼愈來愈遠。

他對自己發過誓，絕對不要再玩火，而他也已經很久很久沒有想起娣雅・凱莉達，還有那位睡著的泥土女人。

他快走到樹林時，突然好像聽到娣雅・凱莉達的聲音說：「那不是你的錯，小英雄。我們的敵人醒來了，現在不能再跑走了。」

「希拉，」里歐喃喃說著：「你不會也在這裡吧，是嗎？你被關在某個牢裡啊。」

沒有回答。

但現在，里歐起碼明白了一些事。從他出生開始，希拉始終在看著他，總之，她知道自己有一天會需要里歐。或許是她提過的那些命運三女神可以預知未來，里歐無法確定，但他知道自己註定要參與這趟尋找任務。傑生的預言提醒他要提防大地，里歐知道，這跟「她」有關——那個出現在媽媽店裡的昏睡女人，那個裹著飄移泥土的女人。

「你會發現自己的天命，」娣雅・凱莉達承諾過他，「你艱難的人生道路最後會有合理的解釋。」

里歐也許會找到他夢裡出現飛行船的意義，也許會見到他的父親，甚至，有機會替媽媽報仇。

但眼前第一要務，是他答應傑生要做的飛行器。

那不會是他夢中的船，還不是。現在沒有足夠時間建造那麼複雜的東西，他需要一個更快的解決辦法。他需要一隻龍。

他猶疑地站在樹林邊緣，望進裡面的黑暗。貓頭鷹呼呼叫著，更遠的地方傳來窸窸窣窣的聲音，像是蛇群大合唱。

里歐還記得威爾・索拉斯交代過，不可以單獨闖進樹林，尤其是在沒有裝備的時候。現在的里歐什麼都沒有，沒有刀劍，沒有手電筒，沒有後援。

他回頭望著小屋區的燈火。他大可轉個身，回去告訴大家他只不過是在開玩笑。「瘋子！」他頂多被這樣唸一下，就會換成妮莎加入尋找任務，而他就可以留在混血營，學習融入赫菲斯托斯小屋的一切。但他也不禁懷疑是要經過多久，他就會變得跟他的室友一樣？一樣哀傷、氣餒、相信自己甩不開惡運。

「她們不能阻止我破壞你的心志。」那睡著的女人說：「記住今晚，小英雄，他們要求你來對抗我時，可別忘囉！」

「相信我，女士，」里歐喃喃自語：「我還記得。而且不管你是誰，我一定要狠狠把你打到倒栽蔥，用我里歐的方式！」

他深吸一口氣，衝進樹林中。

12 里歐

這個樹林跟里歐去過的所有地方都不一樣。里歐小時候住在休士頓北區的公寓社區裡，他見過最野生的動物，就是那隻養牛場裡的響尾蛇，還有穿睡衣的羅莎阿姨，之後他就被送到荒野學校。

雖然是荒野學校，但畢竟是建在沙漠中，沒有盤根錯節的樹木會絆到腳，也沒有溪流河川可以落水，更沒有漫天枝條交織出黑暗又畸形的鬼影，或是貓頭鷹睜大發亮的眼睛往下瞪人。這個地方，根本就是《陰陽魔界》㊺的眞實場景。

他踉蹌跑著，跑到確定小屋的人不可能看到他爲止，然後他開始召喚火焰。火苗在他的指間舞動，發出的光亮讓他能夠看見四周。自五歲在野餐桌那次經歷後，他就不曾再讓火焰持續燃燒過；而從媽媽過世後，他已不敢去嘗試任何事，就連現在生起的這一點火花，都讓他心裡產生罪惡感。

他繼續前行，搜尋和龍有關的線索，比方說巨大的腳印、踩爛的枝幹、燒焦的樹叢等等。那麼一隻龐然大物，不可能躲得不露痕跡吧？可是他竟然找不出半點跡象。他曾瞄到一

㊺《陰陽魔界》（*The Twilight Zone*），美國的電視影集，最早的系列在一九五九年播出，講述時空交錯的故事，是帶著恐怖色彩的科幻影集。後來並衍生出幾部同名電影、漫畫與雜誌等作品。

隻大型有毛動物，形狀像狼或是熊，但一看到火就躲得遠遠的，這對里歐來說反而是好事。

走著走著，在深處的一片空地上，他見到了第一個陷阱——一個邊緣由卵石圍起的大坑洞，直徑大概有三十多公尺。

里歐必須承認，這是一個製作得非常精巧的陷阱。在坑洞正中央，放了一個浴缸那麼大的金屬盆，裡面裝滿冒泡的黑色液體，應該就是他們說的墨西哥辣醬加機油。機油盆上方懸著一根柱子，上面裝了一個電風扇，扇翼朝著四面八方旋轉，把辣機油的氣味吹向樹林的每個方向。不過，金屬龍會有嗅覺嗎？

這個機油陷阱四周似乎沒有防備設施，但里歐仔細觀察，靠著微弱的星光和他自己發出的火光，可以看到泥土和樹葉堆下隱約出現金屬光澤，鐵定有一大片的銅網墊在坑洞底部。與其說里歐是看到，不如說他是感應到銅網的存在，整個機關彷彿散發出熱度，將自己暴露在里歐面前。六條大銅纜從機油盆往外延伸出去，像是輪子的輪幅般輻射開展。里歐猜測，這些銅纜能夠感受到壓力，一旦金屬龍踩到任何一條，整個網子就會瞬間彈起收合，然後噹啦！一個包裝好的怪獸大禮！

里歐再靠近陷阱一點，輕輕把腳放在最接近的一條銅纜上，如他預期，沒有任何反應。銅網的設計是針對非常重的物體，要不然抓到的會是小動物、小型怪物、人或任何東西。他懷疑樹林裡是否有像金屬龍一樣重的東西，他希望最好沒有。

他小心靠近坑洞，往機油盆一探究竟。這裡的氣味實在太強，他的眼睛開始飆淚。他記得有一次娣雅・凱莉達（叫她希拉也行）帶他去廚房，叫他自己切墨西哥辣椒，結果他被裡面的汁液弄到眼睛，那眞是無比恐怖的刺痛。但是凱莉達阿姨的反應當然是說：「小英雄，要忍耐！很久以前，你母親家鄉的阿茲特克人[46]如果要處罰壞孩子，就會生火烤辣椒來薰他們。他們用這種方式訓練出很多英雄！」

那女人完全是個瘋子，里歐眞高興自己的任務是要去解救她。

娣雅．凱莉達一定會喜歡這一大盆機油，因爲它比當年那個墨西哥辣椒汁更恐怖。里歐想要找出啓動裝置，讓網子收彈的功能失效，可惜沒有任何發現。

頓時他有些恐慌起來。妮莎說林子裡還有好幾個這樣的陷阱，而且他們打算架設更多進來。如果那隻龍已經踩到另一個陷阱呢？里歐哪有可能找出全部的陷阱？

他繼續找，但就是見不到啓動的機關，找不到那種標明「開關」的大按鈕。他突然意識到，可能根本就沒有那種裝置。他正要放棄時，聽到了那個聲音。

那聲音其實比較像是震動，低沉的隆隆聲似乎不是傳進耳朵，反而像是傳到肚子裡。里歐的牙齒開始打顫，但他沒有抬頭張望聲音的來源，只繼續檢視那張銅網，並且想著，要離開也是一段長路，龍開始在樹林裡活動了，一定得加快行動才行。

這時，他聽見一個刺耳的鼻息聲，就像蒸氣硬要衝出金屬活塞的聲音。

他感到脖子一陣刺痛，慢慢轉過身。就在凹洞邊緣，離他不到五十公尺的地方，兩顆發亮的紅眼睛正在瞪著他。月光下，這個龐然大物散發出微光，里歐不敢相信這樣巨大的東西

㊻阿茲特克人（Aztecs）原是居住在今墨西哥西北部貧瘠地區的遊牧部落，他們在十二、十三世紀南下，在墨西哥中部高地的德斯可可湖的湖中小島定居下來，成了今日墨西哥城的前身。一五一九年，西班牙人來到此地，結束了阿茲特克帝國。但在今日的墨西哥仍可常見阿茲特克文化的痕跡與影響。

竟然能這麼快速地溜到他身旁。來不及了，他知道金屬龍的目光定在他指尖的火花上，於是他將火熄掉。

他仍然能看到龍的模樣。它從口鼻到尾巴的身長將近二十公尺，整個身體是由銅片連接而成。它的爪子像肉販切肉的刀那麼大，嘴裡排列了上百顆如匕首般尖利的金屬牙齒。蒸氣是由它的鼻子冒出，而它咆哮的聲音就像鏈鋸在砍樹。這傢伙絕對能一嘴將里歐咬成兩半，或一腳把他踩成煎餅。事實上，它是里歐這一生見過最最美麗的東西，除了一個小問題，害他的計畫徹底失敗。

「你居然沒有翅膀。」里歐說。

金屬龍停止咆哮。它歪著頭，好像在說：「你怎麼沒有害怕地跑掉？」

「嘿，你別見怪，」里歐說：「你好帥喔！老天啊，是誰把你做出來的？你是靠液壓還是核能發電？或者你有別的動力來源？如果是由我來打造你，我會給你加上翅膀。哪一種龍會沒有翅膀？是因爲你太重飛不起來嗎？我應該要想到這點的。」

龍哼了一聲，似乎更加困惑。它應該要踩爛里歐才對，這樣的對話不在計畫之中。它往前跨出一步，里歐大喊：「不行！」

金屬龍又張嘴咆哮。

「那是個陷阱，銅腦袋！」里歐說：「他們想要抓你。」

金屬龍張嘴噴火！一道白熱火焰直接朝里歐射來，遠遠超過他所承受過的那些火勢，他感覺自己好像被一匹又壯又燙的火馬狠狠衝撞了一番。他感到些許刺痛，但還能站著。當火焰熄滅，他毫髮無傷，甚至連衣服都沒受損，雖然他不太明白爲什麼，但心中卻感到很慶幸，因爲他很喜歡身上這件陸軍夾克，而且萬一褲子被燒掉，那可是會糗到極點。

金屬龍瞪著里歐。它的臉其實沒有變化，畢竟是金屬做的，但里歐覺得自己能讀懂它的表情，它是在說：「怎麼沒被烤焦？」他的脖子處冒出一點火星，似乎電線就要短路了。

「你燒不壞我的。」里歐說，努力讓語氣冷靜又堅定。他從來沒有養過小狗，但他用想像中跟狗講話的語氣來對金屬龍說話。「停在那邊，小子，別再靠過來，我可不希望你被抓住。你聽好，他們覺得你故障了，要把你解體，可是我不這麼認爲。我可以修好你，如果你願意讓我……」

金屬龍的身體發出吱吱咯咯聲，邊吼叫邊往前撲。陷阱的機關霎時彈射開來，坑洞的底部爆發，聲音宛如千百個金屬垃圾桶蓋一起猛然關上，泥土和樹葉飛散，銅網一閃而開。里歐被震個倒栽蔥，浸了一身的墨西哥辣醬配機油，還發現自己被夾在辣機油大盆和抓狂的龍之間。金屬龍拚命拍擊甩動身體，想要掙脫網子的束縛，而這個網子可是把里歐和龍都包了起來。

龍開始往四處噴火，照亮了天空，引燃了樹木。混著辣醬的機油燒出火苗，也燒到他們兩個身上。縱然里歐不會被火所傷，嘴裡卻留下了令人作嘔的味道！

「拜託你停下來！」他大吼著。

金屬龍還是繼續扭動，里歐知道如果他再不移動，馬上會被壓扁。這不是件容易的事，但此時也只能努力在大龍和大盆間鑽來鑽去。終於，他順利穿了出來，也還好銅網的網眼對他這樣瘦小的孩子不成阻礙。

他跑到龍頭前方。金屬龍想攻擊他，可是尖銳的牙齒都纏在網子上。它換用火攻，卻顯得精力疲乏，火焰只透出橘光，甚至還沒碰到里歐的臉就黯淡下來。

「你聽好，大個兒，」里歐說：「你這樣只是在告訴他們你的位置，之後他們就會過來找你，帶著強酸和利剪一起。這是你想要的嗎？」

龍的下巴發出嘰嘎一聲，好像想要說話。

「那就好，」里歐說：「你必須相信我。」

於是，里歐展開作業。

里歐花了將近一小時，終於找到控制面板；它就在龍頭正後方，其實也不難想像。他決定要讓龍留在網子裡，因爲龍在被束縛的情況下他比較容易工作，可是金屬龍當然不喜歡。

「不要亂動。」里歐唸它。

龍下巴動了幾下，聽起來像是在抽噎。

里歐檢查龍頭內部的線路，但樹林裡面突然出現讓他分神的聲音。他抬頭看，原來是一個森林精靈（里歐覺得應該要這樣稱呼她）正把身上著火的枝條弄熄，還好金屬龍沒有搞出一場森林大火。這個精靈當然不怎麼高興，她的衣服還在冒煙，只好拿一條絲毯蓋住火苗。當發現里歐在看她，她對里歐比了一個以森林精靈來說算是非常不雅的動作，然後消失在綠色霧氣中。

里歐把注意力轉回線路上。線路的排列組合非常精巧，里歐看得出來。這裡是繼電器，這是視覺傳輸線，這是磁碟……

「哈，」里歐說：「喔，難怪！」

「嘎？」龍動動下巴。

「你有一個控制磁碟已經有點爛掉了，也許是用來調節你的高階思考迴路，對嗎？腦袋生鏽了，難怪你有點……糊里糊塗。」他差點說出「發瘋」兩字，但及時控制住。「希望能有一個替代控制磁碟，可是這裡……這是非常複雜的電路問題，現在我必須把它拿出來清理，一下子就好。」說完他就把控制磁碟取出，偌大的龍瞬間靜止下來，眼睛的亮光也同時熄滅。里歐從他背上滑下來，開始磨光這塊控制磁碟。他用袖子沾一些辣醬機油抹到控制碟上，幫忙擦掉上面的汙漬，但他愈清理就愈擔心。有一些電路再怎麼修也修不好，就算他有能力改善它們，仍然無法做到完美。他眞正需要的還是一塊全新的控制磁碟，然而，他不知道此時要怎樣生出一個來。

他拚命想做得快一點。他不確定這隻龍在掏出控制磁碟的情況下，能夠撐多久而沒有損傷。也許它永遠不會有損傷，但里歐不想冒任何風險。當他盡力做到極限後，趕緊爬回龍的頭上清理電路和齒輪箱，不過整個過程把他自己搞得很髒。

「乾淨的雙手，骯髒的配備。」里歐喃喃自語，這是媽媽說過的話。他處理得差不多時，一雙手已經又油又黑，衣服看起來像經歷一場泥巴摔角的大慘敗；然而，龍頭上的裝置卻改善許多。他把控制磁碟插回去，接上最後一條線路。幾絲火星冒出來，金屬龍震動幾下，眼睛又開始發亮。

「有沒有好一點？」里歐問。

金屬龍發出高速鑽頭運轉聲，張開嘴巴，所有牙齒都在旋轉。

「你是在說有嗎？好，再等一下，我會把你放出來。」

結果，光是要找到鬆開銅網的鉗夾及解開糾結的地方，就花了里歐三十幾分鐘。但最後龍終於可以自行站立，把背上僅剩的一點殘網甩開。它發出勝利的吼聲，朝天空噴出火焰。

「拜託你，」里歐說：「可不可以不要這麼愛現？」

「嘎？」龍問他。

「你需要一個名字，」里歐認眞地說：「我決定叫你『非斯都』！」

金屬龍轉著牙齒笑起來，至少里歐認爲它是在笑。

「酷，」里歐說：「但還有一個問題，你沒有翅膀。」

非斯都歪一下頭，噴出蒸氣鼻息。然後它低下龐大的身軀，擺出一個絕對不會讓人會錯意的動作。它要里歐爬上它的背。

「我們要去哪裡？」里歐問。

但里歐已經興奮到等不及聽它回答。他爬上龍背，非斯都立刻拔腿奔向樹林深處。

里歐失去對時間和方向的感覺。這樹林應該不可能這麼深邃、原始，但非斯都一直跑、一直跑，跑到周遭全是參天巨木，濃密的樹葉像高懸的屋頂般遮住所有星光。即使里歐點起手中的火，也完全無法照到路。不過現在有這隻龍的發亮紅眼，就夠當頭燈了。

終於，在他們跨過一條溪流後，前方變成死路。一整面幾十公尺高的石灰岩斷崖出現在面前，那陡峭的垂直岩壁絕對不是一隻大龍可以攀爬上去的地方。

非斯都停在崖底，抬起一隻腳，像小狗指東西般比出一個動作。

「那是什麼？」里歐滑下來，走到崖壁前面。除了堅硬的岩石，沒有其他東西。可是非斯都繼續抬著腳一直比。

「這東西不可能自己移開吧。」里歐對它說。

非斯都的脖子上有一條鬆掉的線路冒出火星，除此之外，它已完全安靜下來。里歐把手放到岩壁上，突然間手指開始悶燒起來，火花從他的手指呈直線狀往崖壁延燒，就像點燃火藥一樣。熱火嘶嘶快速在岩壁上爬著，燃燒的線條燒出一個形狀，一扇有里歐五倍高且火紅發亮的大門出現了。他退後兩步，紅門赫然打開，偌大的石板門竟能寂靜無聲地開啟，眞令人想不透。

「完美的平衡，」里歐喃喃說著：「眞是機械工藝的極致。」

非斯都也開始動了，它邁開步伐走進門內，好像是要回家。

里歐跟著走進去，大門開始闔上。里歐不禁感到片刻的驚慌，想起多年前在五金行被反鎖的遭遇，要是現在又被困住該怎麼辦。燈光瞬間亮起，那是日光燈管和壁掛火把的共同組合，他一見到洞內景象，立刻忘掉該如何離開這件事。

「非斯都，」他咕噥著：「這究竟是什麼地方？」

金屬龍跨出沉重步伐，走向房間中心，地面厚厚的塵土上留下它明顯的腳印。然後它蜷縮到一塊圓形大平台上。

這個山洞大概有飛機場的停機棚那麼大，裡面有多到不可計數的工作台、儲物間，兩邊的牆面還有成排車庫大小的門，好幾個樓梯通往高懸在上的狹窄通道。到處都擺放了儀器，有液壓千斤頂、焊接用噴槍、全身防護衣、氣動挖掘機、堆高機，甚至還有一個讓他懷疑是否是核子反應爐的東西。幾個告示板上貼滿陳舊褪色的藍圖；武器、盔甲、盾牌等軍用品也散布在房間各處，其中許多還是半成品。

在龍休息的平台上面，用鍊條掛著從高處懸落的旗子。那老舊的旗子已經褪色到幾乎看不清楚上面的字，里歐多少知道那是希臘文，寫著「九號密庫」。

這個「九」的意思，是代表赫菲斯托斯小屋的「九號」，還是說這樣的密庫另有八間，這個是第九間？里歐看看非斯都，它依舊蜷縮在平台上。他突然了解到，這隻金屬龍會這麼滿足，因爲這裡就是它的家，或許它就是在那塊平台上被打造出來的。

「其他那些孩子知道……」里歐問到一半停了下來。很明顯的，這地方已經被棄置幾十年，蜘蛛絲和灰塵覆滿所有東西，地面上的腳印也只有兩種，他自己的和非斯都的。他是多年來進入這間小屋的第一人吧，從很久以前。這麼多做到一半的計畫被遺棄在這個「九號密庫」裡，它們被鎖住、遺忘，爲什麼呢？

里歐看著牆上的地圖，是一張營區的戰情圖，紙張發黃龜裂，宛如洋蔥皮。圖的下方標記著時間：一八六四年。

「不會吧。」里歐喃喃說著。

然後他在附近一個告示板上看到一張藍圖，他的心臟簡直就要迸出嘴巴。他跑去工作台前瞪著那斑駁不清的白色線條猛看。那是一艘希臘古船的全方位描繪圖，下面有幾個潦草模糊的字寫著：「預言？不清楚。飛行？」

這就是他夢中出現的那艘船，可以翱翔天際的飛船。有人曾試圖在這裡建造這樣的船，或者，曾畫下這樣的構想，然後一切就被棄置在這裡……還有一個預言會出現。最詭異的是，這艘船的桅頂竟然跟里歐五歲時畫下的圖案一模一樣，是一個龍頭。

「看起來很像你啊，非斯都。」里歐喃喃說著：「有點可怕。」

這個桅頂帶給里歐一股不好的感覺，但里歐心頭閃過太多其他問題，沒時間思考這個。他摸摸那張藍圖，希望能把它拆下來研究，可是那圖一碰就裂，他只好放棄。他在四周尋找其他相關線索，但是沒看到船，也沒看到像是這個計畫中的任何零件，不過這裡仍有無數的門和儲物間可以探索。

非斯都哼哼噴出鼻息，好像在喚起里歐的注意，提醒里歐他們時間不多。這是事實，里歐察覺離早晨只剩幾個小時，而他的計畫已經整個延宕下來。他救了這隻龍，但對他的尋找任務並沒有幫助，他需要的是能飛行的交通工具！

非斯都輕輕把某個東西推到里歐面前，那是一條皮製工具腰帶，被放在他旁邊的工作台上。接著他將紅眼的亮度增強，光束射向天花板。里歐往非斯都照亮的地方看去，驚呼出聲。他辨識出黑暗屋頂上懸掛的物品形狀。

「非斯都，」他小小聲說：「我們要趕工了。」

13 傑生

傑生夢到狼。

他站在紅杉林中的一片空地，前方有一棟石頭大宅的廢墟。低飄的灰色雲層和地面的厚重霧氣已經分不出界線，溼冷的雨絲不斷落下。一群灰色野獸圍著他踱步，露齒嚎叫，頂觸他的腿，動作還算溫和地將他往廢墟推過去。

傑生不想成爲世界上最大的狗餅乾，所以他決定順從這些狼。

他每走一步，靴子底下的地面就發出碎裂的聲音。煙囪尖頂不再附著於任何東西之上，矗立著宛若圖騰石柱。這房子想必曾是一棟壯觀的宅邸，有很多層樓、高闊的木頭牆和浮誇的大理石雕天花板，但現在繁華消逝，只剩石頭骨架。傑生穿過一道搖搖欲墜的門廊，發現自己來到一個像中庭的地方。

在他面前有一方沒有水的映景池。傑生看不出這個長方形池塘有多深，因爲它的底部瀰漫著霧氣。一條泥土路繞池塘一周，兩邊伴隨著大宅的斷垣殘壁。幾匹狼在紅色火成岩砌出的殘破拱廊下徐行。

在映景池最遠那一頭，端坐著一匹巨大的母狼，高度比傑生還要高出一、兩公尺。她的雙眼在霧色中閃耀出銀光，毛皮的顏色則和旁邊的石頭一樣，是溫熱的巧克力紅。

「我知道這地方。」傑生說。

母狼凝視著他。她沒有說話，但傑生能理解她的想法，從她耳朵和鼻鬚的動作、眼睛的閃爍、噘嘴的角度，這些都是她所表達的語言。

「那是當然的，」母狼說：「你的旅途是從這裡開始的，是一頭小狼。現在你必須找到回去的路，一個新的尋找任務，新的開始。」

「這不公平。」傑生說。但他一說完，就知道對母狼抱怨沒有意義。狼沒有同情心，牠們從不期待公平。狼只會說：「我們生存的方式，不征服，就是死。」

傑生想要抗議，他沒辦法在不知道自己是誰、不知道該去哪兒的情況下去征服。但他認識這隻母狼，她的名字很簡單，就是「魯芭」——母狼神「魯芭」，狼的世界裡最偉大的一隻。很久以前，她在這個地方發現了傑生，從此保護他、養育他、特別器重他。如果傑生展現出任何弱點，她可是會將他撕成碎片；他隨時可能不是她的小狼，而是食物。在狼的世界裡，從來沒有「弱點」這種選項。

「你能引導我嗎？」傑生問。

魯芭用喉嚨深處發出一聲低吼，映景池裡飄散的霧氣突然散開。

一開始傑生不大確定他看到的是什麼。池塘對面有兩根深色螺旋尖柱從水泥地面升起，就好像特大型鑽孔機的鑽頭破土而出。傑生看不出那兩根尖柱是石頭做的，還是石化的藤蔓，但都是由更細的枝條纏繞捲曲、共同匯聚到尖端，形成大約有一公尺半那麼高的尖柱。這兩根尖柱的外型並不相同，靠近傑生的這一根顏色較深，所有枝條看起來已經緊密地融為一體。就在傑生觀察它的同時，它又往上竄升了一些，寬度同樣在變大。

靠近魯芭那一邊的另一根尖柱，形狀就比較開放，枝條間有著縫隙，看起來彷彿監牢的柵欄。傑生隱約可看到柱子裡有飄渺的人影在掙扎、移動。

「是希拉。」傑生說。

母狼贊同地嚎叫一聲，其他的狼已經圍在映景池周圍。牠們對著升起的尖柱嚎叫，背上的毛全都豎起。

「敵人已經選擇這個地方來喚醒她最有力的兒子──巨人之王。」魯芭說：「這是我們的聖地，是半神半人被認領的地方，是生死之關。這棟浴火大宅，是狼群之家。所以敵人實在太可憎、太可惡了，你一定要阻止她！」

「她？」傑生摸不著頭緒，「你是指希拉？」

母狼不耐煩地咬牙切齒說：「用點常識，小狼！我不關心茱諾，但如果她倒下，我們的敵人就會甦醒，那麼，你我全部都會完蛋。你知道這個地方，你可以再次找到。清乾淨我們的房子，趕快阻止他們，不然就來不及了。」

那根色澤較深沉的尖柱持續緩慢地變大，就好像某種恐怖花朵的巨型花苞。傑生有種感覺，如果這尖柱真的展開了，裡面跑出來的東西他絕對不想見到。

「我是誰？」傑生問母狼。「你至少要告訴我這點！」

狼沒什麼幽默感，但傑生看得出這問題逗樂了魯芭，就好像他還是一隻小狼，卻張牙舞爪練習著怎樣成爲最強的公狼。

「你是上天的『恩典』，永遠都是。」母狼噘起嘴，好像自己開了一個聰明的玩笑。「不准失敗，朱比特之子！」

14 傑生

傑生在雷聲中醒來，然後馬上意識到自己在哪裡。他在一號小屋，這裡永遠在打雷。

在他吊床上的圓形穹頂裝飾著藍色與白色馬賽克磁磚，呈現出多雲的天空。磁磚做的雲朵會在天花板上飄移，從白雲變成烏雲。雷聲在房子裡面迴盪，金色磁磚不時閃爍，彷彿一道道閃電落下。

除了這張別的學員替他拿來的吊床外，小屋裡沒有其他家具，桌子、椅子、櫃子通通沒有。傑生甚至沒看到浴室。房間的牆上挖了很多壁龕，每個壁龕裡面不是放置銅火爐，就是放一尊立在大理石座上的金色老鷹雕像。在房子正中央豎立著一座六、七公尺高的彩色宙斯雕像。這尊宙斯身穿傳統希臘長袍，旁邊放著盾牌，一手高舉著閃電火準備劈人。

傑生仔細研究這尊雕像，想找出自己和天空之王相似的地方。黑頭髮？沒有。不滿的表情？好吧，也許有一點。大鬍子？不，謝了。眼前這一位身穿長袍、足蹬涼鞋的宙斯，看起來真像個肌肉猛男外加暴躁嬉皮的組合。

是啊，一號小屋，無上的榮耀。這是混血營學員告訴他的。好吧，如果你喜歡獨自睡在冰冷的神廟中，還被嬉皮宙斯乾瞪一整晚的話。

傑生起身揉一揉脖子。整夜沒睡好加上昨晚召喚閃電出來，讓他全身僵硬。他昨晚那個小把戲並沒有像表現出來的那麼輕鬆，其實他幾乎快昏倒了。

在床的旁邊放了一整套新衣服，有牛仔褲、運動鞋，還有一件橘色的混血營T恤。他一定得換一套新衣服，但是看著自己那件破爛的紫色上衣，他卻不太想脫下來。不知道爲什麼，換上混血營的衣服，就是讓他感覺不對勁。他還是無法相信自己屬於這裡，儘管大家告訴過他那些事。

他思索昨晚的夢，希望有更多回憶出現，不論是關於魯芭，還是紅杉林裡的那棟廢棄大宅。他知道自己去過那裡，那些狼也眞實存在，但只要試著回想，他就開始頭痛，連手臂上那個符號都像在灼燒。

如果他能找到那些廢墟，就能找到他的過去。不管那根石柱裡會長出什麼東西，他都必須要去阻止。

他抬頭看著嬉皮宙斯。「歡迎你來幫忙喔。」

雕像不說話。

「謝了，爸。」傑生喃喃自語。

他換上衣服，從宙斯的盾牌中檢視自己的影像。他的臉形在金屬盾牌中變得奇怪又虛弱，好像正在一池金子中溶解，完全不像派波昨晚變身後那麼好看。

傑生不大確定他對這件事的感受。他昨天表現得有夠白痴，竟然在眾人面前大聲說派波是個超級大美女。也不是說她以前哪裡不好，當然囉，阿芙蘿黛蒂幫她變身後，她看起來眞的很美，可是卻不像她，而且她對眾人的注目也感到不自在。

傑生替她感到難過。這樣說可能有點怪，想想看，她才剛被女神認領，就馬上變成全營區最出色的女孩。大家都開始奉承她、稱讚她的美麗，還說她註定是尋找任務的一員。可是，這些關注都跟她究竟是誰沒有關係。新衣服、新造型、發亮的粉紅光環……蹦的一下，大家突然都喜歡她了。傑生覺得他能體會那種感受。

昨天晚上，當他召喚閃電時，其他學員的反應對他來說非常熟悉。他很確定自己處於這種狀態已經很久了。當時大家敬畏地看著他、特別招呼他，只因爲他是宙斯的小孩。那跟他自己是個什麼樣的人完全無關。沒有人在乎他，大家只在乎他爸爸而已。因爲只要他那壯碩懾人的爸爸手拿著霹靂閃電火站在他身後，就彷彿是在對大家說：「尊重這孩子，否則就吃我的閃電！」

營火晚會後，大家開始朝自己的小屋走回去時，傑生追上派波，正式邀請她一同加入尋找任務。

當時她還在極度震驚中，但仍點點頭。她不斷搓揉手臂，只穿那件無袖洋裝一定很冷。

「阿芙蘿黛蒂拿走我的滑雪夾克，」她咕噥著說：「我被我媽搶劫了。」

傑生在圓形劇場第一排座位上找到一條毯子，他將毯子圍到派波肩頭。「我們會幫你弄到一件新外套。」他保證。

她擠出一個微笑。傑生很想伸手擁抱她，但他抑制住這個念頭。他不希望派波覺得他跟其他人一樣膚淺，只因爲她變漂亮就想對她有所表示。

他很開心派波能陪他一起出任務。在營火晚會中，他盡力讓自己看起來很勇敢，但那也只是……看起來而已。光是想到他要對抗的是足以綁架天后的邪惡力量，就快讓他嚇破膽了，何況他連自己的過去都所知有限。他眞的需要協助，而有派波的陪伴，他覺得很好。不過，事情變得愈來愈複雜，他搞不清自己到底有多喜歡派波，又爲什麼喜歡她。他已經害派波苦惱得不得了。

他穿上新運動鞋，準備要離開這間冰冷空洞的小屋。這時他突然看到一個昨晚沒注意到的事：有個壁龕中的火爐被移開了，裡面是個睡覺的地方，備有一套捲起來的寢具、一個背包，牆上還貼了好幾張圖片。

傑生走過去看。不管誰在這裡住過，想必都是很久以前的事了。寢具聞起來有點霉味，背包表面蓋著一層灰，有幾張照片的背膠已經失去黏性而掉到地上。

有張照片裡面有安娜貝斯。當時的她比現在小很多，大概只有七、八歲，但傑生認得出是她，因爲都有同樣的金髮和灰眼、同樣心煩的表情，好像同時在思考著一百萬件事。她身旁站著一位十四、五歲的男生，淺棕色的頭髮，帶點邪氣的笑容，T恤外面罩著破爛的皮戰袍。那男生正指著他們身後的巷子，好像在跟拍照的人說：「我們快進到暗巷裡去，給他們迎頭痛擊！」另一張照片也是安娜貝斯和那個男生，兩人坐在營火旁瘋狂大笑。

最後，傑生從地上散落的照片中撿起一張。這張像是從路邊的自助拍照機印出的長條相片，仍是安娜貝斯和淺棕色頭髮的男生，但中間多了個女生，大概有十五歲，留著一頭黑色亂髮（亂得像派波一樣），一身黑色皮夾克及銀飾，看起來有點狂野。不過照片裡的她笑得很開心，顯然是跟她最要好的兩個朋友在一起。

「那是泰麗雅。」突然有人說。

傑生轉過頭。

安娜貝斯的視線越過他的肩膀。她表情哀傷，好像這張照片喚起她沉痛的回憶。「她是另一個宙斯的小孩，曾在這裡住過，但不是很久。對不起，我剛剛應該先敲門的。」

「沒關係，」傑生說：「我也還不覺得這裡是我家。」

安娜貝斯一身出遠門的打扮，營隊制服外包著大雪衣，腰帶上繫著刀，肩上掛著背包。

傑生說：「你該不會是改變主意，打算跟我們一起去了吧？」

她搖搖頭。「你已經有很好的隊員了。我是要出發去找波西。」

傑生有點失望。如果這趟任務中，有人能確實知道他們在做什麼，他會非常感激，這樣他就不會覺得自己是要把里歐和派波帶到懸崖邊。

「嘿！你會做得很好的。」安娜貝斯跟他保證。「有跡象告訴我，這應該不是你第一次出任務。」

傑生隱約覺得她說得沒錯，卻沒有因此感到好過些。每個人似乎都認爲他很勇敢又有自信，卻沒人看到他的內心多麼徬徨迷失。他連自己是誰都不知道，大家又怎麼會信任他？

他看著照片裡安娜貝斯的微笑，猜想著她上次這樣開懷歡笑是多久前的事？想必她非常喜歡這個波西，才會這樣拚命找他。這不禁讓傑生好生羨慕，不知現在是否有人在尋找他？如果也有某個關心他的人滿心憂慮地四處找他，而他卻對過去毫無記憶，那該怎麼辦？

「你知道我是誰，」他猜說：「是嗎？」

安娜貝斯握著她的刀柄，想找張椅子坐下，但這地方當然沒有那種東西。「老實說，傑生……我不確定。我最樂觀的猜測是，你是個獨行俠。這種事也發生過。因爲某些原因，混血營從來沒有找到你，但你靠著不斷搬遷移動，找到方法生存下來。你自己訓練了戰鬥力，面對怪物也能單打獨鬥。你僥倖撐了過來。」

「奇戎對我說的第一句話是，」傑生回憶說：「你應該早就死了。」

「那也能解釋，」安娜貝斯說：「大多數半神半人無法靠自己活下來，而身爲宙斯的孩子，我的意思是，他們面對的危險更是再多不過，能長到十五歲沒被混血營發現並且還沒死，這種情況實在微乎其微。不過，就像我剛剛說的，是有這種情形出現過。泰麗雅在很小的時候離家，自己一個人撐過了好幾年，甚至有一段時間還照顧過我。所以，你也可能是那樣的獨行俠。」

傑生伸出手臂。「可是這些記號呢？」

安娜貝斯望著他的刺青，很明顯的，她也十分疑惑。「嗯，老鷹是宙斯的象徵，這個說得通。十二條直線……這也許跟年紀有關，如果你是從三歲開始做記號的話。至於SPQR是古羅馬帝國政府的正式縮寫『Senatus Populusque Romanus』，那代表元老院與羅馬人民。可是爲什麼會烙印在你手上，我也想不通。莫非你有一位非常嚴苛的拉丁文老師……」

傑生很確定這不是理由，而且自己也不大可能一直都是獨來獨往。那不然會是怎樣呢？安娜貝斯很了解，混血營是半神半人在世上唯一安全的庇護所。

「我，嗯……昨晚做了一個怪夢。」他說，自覺吐露這種事有點蠢。不過安娜貝斯一點也不驚訝。

「混血人三不五時都會做怪夢，」她說：「你看到了什麼？」

於是傑生描述了狼群與荒廢的大宅，也提到那兩根石尖柱。安娜貝斯聽著聽著就開始踱步，神情也愈來愈激動。

「你不記得那棟大宅在哪裡？」她問。

傑生搖搖頭。「但我記得我去過那裡。」

「紅杉林，」安娜貝斯沉思著，「或許是在北加州。那個母狼神……我從懂事以來就不斷研究各種女神、精靈與怪物，卻從來沒有聽過『魯芭』。」

「母狼提到的敵人是女性，我想可能是希拉，但……」

「我雖然不信任希拉，卻不認為她會是敵人。而那個從大地升起的東西……」安娜貝斯臉色一沉，「你必須阻止它。」

「你知道那是什麼，對嗎？」他問。「或者，你至少猜出了一個方向。昨晚在營火晚會，我看到你的表情。你看著奇戎，好像突然開竅了，但是你不願意嚇到我們。」

安娜貝斯有些遲疑。她說：「傑生，關於預言所提到的事……你知道的愈多，就愈想去改變它們，這可能會造成更大的災難。奇戎相信，比較好的方式是讓你自己找到該走的路，按照自己的時間去發現這些。要是奇戎在我第一次和波西執行任務之前，就把他所知道的事全部告訴我……我必須承認，我不確定自己可以衝破那些難關。而這次，你的尋找任務更加重要。」

「很糟嗎？」

「只要你闖過關，就不會這麼覺得了。至少……我希望不會。」

「但現在我連從哪裡開始都不知道。我應該去哪裡找？」

「跟著怪物。」安娜貝斯建議。

傑生想想她的話。在大峽谷攻擊他們的風暴怪物提過是被女主人召喚來的，如果能夠追蹤到那些風暴怪物，也許就能找到他們的主人；又或許，那可以引領他發現希拉的監牢。

「好，」他說：「那我該如何找到那些風暴怪物？」

「如果是我，就會去問一位風神。」安娜貝斯說：「艾歐勒斯[47]是掌管各種風的神，不過他有一點……難以預測。除非他自己想被找到，否則沒人找得到他。我會先找四個季節風神，他們都替艾歐勒斯工作。離我們最近也最常和英雄接觸的是北風之神波瑞阿斯[48]。」

「這麼說，如果我用Google地圖搜尋……」

「喔，他沒那麼難找，」安娜貝斯跟他保證，「他和其他天神一樣住在北美洲。當然囉，他會挑最北邊、最早的殖民據點，往最北邊一直找過去就對了。」

「緬因州？」傑生猜。

「更北邊。」

傑生努力在腦海展開一張地圖。哪裡比緬因州還要北邊？最早的北方殖民據點是……

「加拿大……」他說：「魁北克[49]。」

安娜貝斯微笑了。「希望你會說法文。」傑生終於感到一絲興奮。魁北克，至少他現在有個目的地了。先找北風之神，然後追蹤那些風暴怪物，查出他們的主人是誰及那些荒廢大宅的位置，最後釋放希拉。所有挑戰四天完成，簡單。

「謝謝你，安娜貝斯。」他看著手裡那張自助快照的相片。「嗯，那個……你說身為宙斯的孩子很危險，那麼，泰麗雅後來怎麼了？」

「喔，她很好，」安娜貝斯回答：「她加入獵女隊，就是女神的侍從隊伍。她們四處巡遊，獵捕怪物，不會常來混血營。」

傑生抬頭望著宙斯的巨大雕像。他可以理解泰麗雅為什麼會挑那個壁龕來睡覺，因為那是整間房子中唯一不會被嬉皮宙斯視線掃到的地方。但這樣還不夠，她又去追隨阿蒂蜜絲，寧願成為另一個團體的成員，也不願繼續待在這間冰冷透風的神廟裡，整夜被高大的父親，也是傑生的父親，虎視眈眈地看著，甚至還打雷！傑生不難體會泰麗雅的想法，他心想不知有沒有「獵男隊」可以讓他參加。

「那這個男生是誰？」他問：「這個淺棕色頭髮的人。」

安娜貝斯的表情頓時緊繃。敏感話題！

「他是路克，」她回答：「他已經死了。」

傑生決定最好別再問下去，不過安娜貝斯說到「路克」的神情，讓他直覺猜想波西．傑克森八成不是安娜貝斯唯一喜歡過的人。

他再次認真看著泰麗雅的臉，直覺這張照片很重要，他似乎忽略了某樣東西。

傑生對宙斯的這個小孩有股奇怪的連結感，覺得自己的迷惑或許這個人能了解，甚至能回答他一些問題。可是他體內有另一股聲音持續輕喊著：「危險，離遠一點。」

「泰麗雅現在幾歲？」他問。

「很難回答。她當了好一陣子的樹，現在則長生不老。」

「什麼？」

---

47 艾歐勒斯（Aeolus），希臘神話中的風神，掌管世界上所有的風。在荷馬作品《奧德賽》（*Odyssey*）中，敘述他將那個可以控制風的魔法袋子，借給英雄奧德修斯（Odysseus），幫助他平安返家。

48 波瑞阿斯（Boreas），北風之神，掌管冬季之風，是強壯且性格狂暴的天神。

49 魁北克（Quebec）為加拿大東邊的大省，是法語區，一四九二年哥倫布發現美洲新大陸後，一五三四年法國人就來到現今加拿大東部開墾。首府魁北克市是北美最古老的城市之一。

他的表情一定很誇張，因爲安娜貝斯被他逗得大笑。「別擔心啦，不是所有宙斯的小孩都有那種遭遇。說來話長……反正，她已經退役很久了。如果按照正常年齡來成長，她應該有二十幾歲，不過她現在看起來還是和你手裡的照片一樣，就像是……嗯，你的年紀吧。你是十五還十六歲？」

母狼在他夢中說的一句話困擾著傑生。傑生突然脫口問：「她姓什麼？」

安娜貝斯顯得不大自在。「老實說，她都不提她的姓。如果眞的有必要時，她是用她媽媽的姓，但她們兩個不合。她年紀很小的時候就逃家了。」

傑生在等答案。

「葛瑞斯，」安娜貝斯回答：「泰麗雅・葛瑞斯。」

傑生手指一鬆，照片滑落地面。

「你還好吧？」安娜貝斯問。

一絲記憶被引發了。也許是希拉忘記偷走的小小一片記憶，又或許這是希拉故意留給他的，恰好夠他想起那個名字，並且知道挖掘過去會非常、非常危險。

「你應該早就死了。」奇戎是這麼說的，那不是針對傑生是個僥倖的獨行俠那件事，而是奇戎知道某件事，某件和傑生家族有關的事。

他終於明白母狼在夢裡說的話，以及那個她自以爲聰明的玩笑。他可以想像魯芭咆哮著發出狼的嚎笑。

「有什麼事嗎？」安娜貝斯問他。

他沒辦法把它當成祕密，他受不了，而且也需要安娜貝斯的幫忙。如果她認識泰麗雅，或許能給他一些意見。

「你必須發誓絕不告訴別人。」他說。

「傑生……」

「你發誓，」他催促著，「在我弄清楚現在這些事、弄清楚它們的意義之前……」他搓磨著前臂上的印記，說：「你必須保守這個祕密。」

安娜貝斯有些猶豫，但她的好奇心還是贏了。「好吧，在你告訴我可以說出來之前，我絕不會把這個祕密告訴任何人。我對冥河發誓。」

雷聲赫然響起，聲勢比小屋裡的大很多。

「你是上天的恩典[50]。」母狼這樣說過。

傑生撿起掉落的照片。

「我姓葛瑞斯，」他說：「這是我姊姊。」

安娜貝斯的臉色瞬間轉白，傑生看得出來，那表情混合了驚慌、憤怒與不可置信。她認爲他在說謊，他所說的根本是不可能的事。傑生心中也多少這樣認爲，然而就在他說出這件事的當下，他知道這的確是事實。

就在此時，小屋的門砰的一聲打開，有六個學員衝了進來。帶頭的那個是伊麗絲小屋的光頭大漢巴奇。

「快點來看！」巴奇說，傑生看不出他的激動是因爲興奮還是恐慌。「龍回來了！」

---

[50]「恩典」一詞的英文是grace，與泰麗雅的姓「葛瑞斯」（Grace）相同。

15 派波

派波醒來的第一件事，就是找鏡子。還好阿芙蘿黛蒂小屋裡的鏡子多的是。她坐在床上望著鏡中影像，忍不住發出哀嚎。

她還是那麼美！

昨天的營火晚會結束後，她已經用盡各種辦法弄醜自己，像是撥亂頭髮、卸掉臉妝，甚至哭泣流淚迫使眼睛發腫，但通通沒用。她的頭髮蓬回那個完美的髮型，細緻的淡妝自己爬回臉上，眼睛也拒絕發腫及充血。

她想換掉衣服，但是沒衣服可換。其他阿芙蘿黛蒂小屋的學員雖然提供她幾件衣服（她很確定她們都在背後偷笑），但是每件都比她現在穿的還要摩登時髦，還要誇張可笑。

驚恐地睡了一晚之後，這一切竟然都沒有改變。平時派波一早起來就像殭屍，但現在的她卻頂著超級模特兒的髮型，肌膚完美無瑕，就連鼻子下面那顆長了好幾天、連綽號都取好的醜青春痘，也平白無故消失。

她沮喪到低吼，手指從髮間狠狠劃過去。沒用，髮絲瞬間跳回完美的蓬度，她看起來就像個切羅基族芭比娃娃。

小屋另一端的茱兒大喊：「喔，甜心，那些是趕不走的。」她的聲音充滿假惺惺的同情，「媽媽賜予的祝福至少可以再維持一天，運氣好的話會到一個星期。」

派波咬著牙說：「一星期？」

其他阿芙蘿黛蒂的孩子大約有十幾個女孩和五個男孩，他們對她如此不自在的模樣，開始竊竊私語並訕笑起來。派波知道自己應該擺出酷樣，別被那些人激怒。她和這種膚淺又自以爲是的孩子交手過許多次，然而這次不同，他們可是她的兄弟姊妹，雖然他們之間「沒有」任何共通點。還有，阿芙蘿黛蒂怎麼會搞出這麼多年紀相近的子女……算了，不想這些，她根本不想知道答案。

「不用擔心，甜心，」茱兒邊塗亮光唇膏邊說：「你覺得自己不屬於這邊嗎？這點我們再同意不過了，是不是呀，米契爾？」

有個男孩畏畏縮縮地出聲：「嗯，是，沒錯。」

「嗯……」茱兒拿出睫毛膏，檢查她的翹睫毛，其他人只敢看著，不敢說話。「所以說，總之呢，離早餐還有十五分鐘。全部聽好，這房子不會自己變乾淨。米契爾，你學到教訓了嗎，我的小甜心？今天由你負責垃圾巡邏，就一天而已，沒問題吧？順便教派波怎麼把這差事做好，因爲我有預感，很快就輪到她做了，如果她參加那個尋找任務還能活著回來的話！好了，全部的人快點開始工作！現在是我的化妝時間。」

每個孩子都開始忙碌起來，鋪床、疊被、折衣服，只有茱兒忙著翻彩妝盒，拉吹風機，抓著滿手梳子衝進浴室。

浴室裡發出一聲慘叫，一個十一歲左右的女孩被踢出來，狼狽地裹著浴巾，頭上還有沒沖掉的洗髮精。

浴室門砰的一聲關上，那女孩開始大哭。幾個較年長的學員過去安慰她，順便幫她擦掉頭頂的泡泡。

「沒搞錯吧？」派波並沒有特別針對哪個人發問：「你們容許茱兒這樣對待你們？」

幾個孩子對派波投來緊張的目光，好像他們確實認同，但沒有說出來。

學員們繼續活動，雖然派波看不出這間小屋爲何需要做這麼多清潔工作。這是一個娃娃屋的眞人版，有那種粉紅色牆面和白色窗框，蕾絲窗簾有粉藍和粉綠兩色，所有床單和羽絨被當然都和窗簾搭配成套。

小屋裡的男生區有一道布簾將那排床隔開，不過他們那區也和女生這邊一樣整齊乾淨、有條不紊，這實在很違反自然。每個學員在自己床尾都有一個木製營隊專用櫃，上面漆了各自的名字，派波猜那裡面的衣服應該也疊得四四方方，甚至照顏色擺放。這裡唯一可以顯現個人特色的地方，在於學員如何裝飾自己的床位；每個人都在床邊貼了他們心中最愛的名人照片，就只有這一點不同。有幾個人貼了自己的照片，但大多數貼的是演員、歌手等等。

派波希望她不要看見「那張海報」。那部電影已經是一年前上映的舊片，她覺得大家應該早就把那些發黃的廣告紙撕掉，換一些更新的海報出來。可惜沒這種好運氣，她看見那張海報就貼在一個置物櫃旁的牆上，置身在一群大明星正中間。

海報上有一排火紅色的大標題：斯巴達國王。標題之下就是男主角。斜側面的拍照角度，把男主角古銅色的結實胸肌和六塊腹肌完美呈現出來。他只穿了一件希臘戰士短裙及紫色披風，手中握著一把劍，看起來全身剛抹過油似的，短短的黑髮也在發亮。汗水從他帥氣粗獷的臉上流下來，那雙面對鏡頭的深色悲傷雙眼，好像在說：「我要殺光你的人馬，奪走你的女人！哈哈！」

那是有史以來最滑稽的海報，派波和爸爸第一次看到這張海報時，兩個人都笑彎了腰。結果這部片讓片商賺翻了，到處都看得到這張海報的視覺圖樣。不論派波走到哪兒都會看到，在學校、街頭，甚至上網。它成了「那張海報」，成了生活中最令她難堪的一件東西。沒錯，海報裡那個裸露猛男，就是她爸。

她快速轉頭，不讓任何人察覺她在瞄那張海報。或許等大家都去吃早餐時，她就可以趁四下無人把它撕下來。

她也想裝出很忙的模樣，但沒有多的衣服可以折。她把床單鋪平，這才意識到最上面那條毯子正是昨晚傑生圍到她肩上那條。她拿起毯子，貼到自己臉上，可惜毯子只留下木頭燒焦的氣味，沒有傑生的氣息。自從被天神認領後，傑生是唯一發自內心對她好的人，他關心她的感受，不是只關心她這身蠢衣服。喔，天啊，她那時眞想親他，只是他看起來不太自在，甚至有些怕她。她不怪他，誰叫那時自己閃著一身粉紅光芒。

「不好意思。」她腳邊突然出現一個聲音，是那個巡邏垃圾的男孩米契爾。他整個人趴在地上，撿拾大家床下的糖果紙和碎紙條。顯然阿芙蘿黛蒂的孩子也不是百分之百的潔癖。

她讓路給他。「你做了什麼讓茱兒生氣？」

他先瞄浴室一眼，確定那扇門緊閉著。「昨天晚上你被認領之後，我說你看起來不再那麼糟糕了。」

這其實算不上是讚美，但派波聽了十分驚訝，竟然有阿芙蘿黛蒂的孩子支持她。

「謝謝。」她說。

米契爾聳聳肩。「嗯，是呀，看看我的下場。無論如何，歡迎來到十號小屋。」

一個綁著金色髮辮和滿嘴矯正器的女孩快跑過來，手裡抱了一堆衣服。她神祕地左右張望，活像在運送祕密核子武器。

「這些都給你。」她非常小聲地說。

「派波，這是蕾希。」依舊在地上爬的米契爾說。

「嗨！」蕾希喘著氣打招呼，「你還是可以換衣服，媽媽的賜福不會阻擋你。這些東西你看一下，其實只是一個背包，裡面有些口糧、緊急時可吃的神食和神飲，還有幾條牛仔褲、T恤及一件保暖外套；靴子可能有點緊，但都是我們募集來的。你要出任務，祝你好運！」

蕾希把東西丟到她床上，急著要跑掉，但派波抓住她的手。「等一下，起碼讓我說聲謝謝。你為什麼這麼急？」

蕾希看起來緊張到快崩潰。「啊，這個……」

「怕茱兒發現。」米契爾幫忙解釋。

「我可能要穿羞恥鞋了。」蕾希近乎哽咽地說。

「什麼鞋？」派波問。

蕾希和米契爾一起指著釘在房間角落的一個黑架子，形狀很像小祭壇。架子上面擺放了一雙大頭護士鞋，潔白的鞋身配上粗厚的鞋底，確實是醜爆了。

「我曾經穿過一個禮拜，」蕾希抱怨說：「任何衣服都沒辦法和它搭配！」

「其實最嚴重的處罰，」米契爾警告她：「是茱兒會說魅語。沒有幾個阿芙蘿黛蒂的孩子具有那種能力。如果她卯起勁來試，她可以害你去做一些超糗的事。派波，我覺得你是長久以來第一個可以跟她作對的人。」

「魅語……」派波記起昨天晚會上，整群人在她和茱兒爭論時立場一直搖來擺去。「你是說，就像你可以叫人家照你的話做？或者……給你東西，像是汽車？」

「喔，千萬別替茱兒出這種主意！」蕾希嚇壞了。

「但是，沒錯，」米契爾接著說：「茱兒做得到。」

「所以那就是她當上領隊的原因嗎？」派波質疑說：「她說服了大家？」

米契爾從派波的床下撿起一坨噁心的口香糖說：「才不是。前任隊長瑟琳娜．畢瑞嘉在戰爭中死掉，她才繼任領隊的職位。她本來是這裡年紀第二大的人。通常年紀最大的學員自動成爲隊長，除非有人在營區的年資更久，或者有更複雜的尋找任務要挑戰。果眞如此，那就要靠決鬥來分勝負，不過這種事幾乎不曾發生過。反正，我們就從八月茱兒上任後開始倒楣，她決定要對小屋管理事務的方式做一些……嗯，『改造』。」

「沒錯，我要改造！」茱兒突然現身，就靠在床邊站著。蕾希發出像天竺鼠般的細小慘叫聲，轉身想逃，但茱兒手一伸擋住了。她低頭看著米契爾。「我的甜心，我想你又漏掉一些垃圾了，你最好再給我撿一遍。」

派波往浴室看過去，茱兒竟然把浴室垃圾桶裡所有的東西，當然包括一些十分噁心的垃圾，通通倒在地板上。

米契爾抬起上半身，端坐在地上，他瞪著茱兒的眼光就好像要撲過去打她（派波絕對願意付錢看這場好戲的），然而他終究冷靜下來，說：「好。」

茱兒露出微笑。「親愛的派波，你看，我們這個小屋有多好，是個多棒的大家庭呀！雖然，那個瑟琳娜．畢瑞嘉……你可要從她身上學到一點教訓。她在泰坦大戰中，偷偷把機密洩漏給克羅諾斯，幫助我們的敵人。」

茱兒的笑容顯得那麼無辜又甜美，粉紅色調的妝容光彩亮麗，吹得蓬鬆的頭髮散著荳蔻的香氣，看起來就像那種普通高中裡的風雲人物。但她的眼睛卻冷酷如鋼鐵，派波直覺她的視線穿透了她的內心，正在挖掘她的祕密。

幫助敵人。

「喔，小屋裡的其他人都不提這件事，」茱兒繼續說：「還表現得好像瑟琳娜是個英雄。」

「她犧牲自己的生命來扭轉情勢。」米契爾提出抗議：「她是個英雄。」

「嗯哼……」茱兒說：「垃圾巡邏再加一天，米契爾！總之，瑟琳娜偏離了我們這個小屋的精神。我們是專門幫可愛的學員配對，然後再害他們分手，讓他們重新開始！這才是世上最有趣的事，我們不管別的事情，什麼戰爭呀、尋找任務呀，我自己絕對不去參加任何尋找任務，那些事太浪費時間了！」

蕾希緊張地舉手說：「但昨晚你說你想加入……」

茱兒狠狠瞪她一眼，蕾希的聲音徹底消失。

「最重要的是，」茱兒繼續說下去：「絕對不能讓我們小屋的招牌，爲了一個間諜而蒙羞！你說對嗎，派波？」

派波想接話卻答不出來。茱兒不可能知道她的夢或爸爸被綁架的事，對不對？

「你不能在這裡待下來，實在太可惜了，」茱兒嘆著氣說：「但如果你能從你的小任務中活著回來，我一定會找個傢伙跟你配對。也許像赫菲斯托斯小屋那些壯丁，或者是，卡拉維斯？喔，不過他很惹人厭。」茱兒的眼光朝派波上上下下打量，神情混著不屑與同情。「唉，老實說，我本來不認爲阿芙蘿黛蒂會生出醜小孩。可是……你的父親是誰呀？是不是什麼畸形人，還是……」

「崔斯坦．麥克林。」派波打斷她的話。

才一說出口，她就很恨自己。她從來、從來都不曾打出「我爸爸是大明星」這張牌，但茱兒把她逼出忍耐的極限。「我的父親是崔斯坦．麥克林。」

整間小屋的空氣迷濛了好幾秒，派波覺得自己很丟臉。接著，大家都轉頭去看「那張海報」，她的父親正賣力向全世界展示那幾塊結實的肌肉。

「喔，我的老天爺！」一半的女孩子同時尖叫出聲。

「棒耶，」有個男生說：「就是在電影裡拿劍殺掉一個傢伙的那個大帥哥嗎？」

「中年男人怎麼還會像他這麼帥！」一個女孩說一說就臉紅了。「喔，對不起，我知道他是你的父親，但感覺好奇怪喔。」

「沒錯，感覺是很奇怪。」派波附和她。

「你能幫我拿到他的簽名嗎？」另一個女孩問。

派波勉強擠出微笑，她總不能回答，如果我爸還活著的話……

「嗯，應該可以。」她說。

那女孩興奮地放聲尖叫，更多人湧上來，同時問派波一堆問題。

「你去過片場嗎？」

「你住在豪宅嗎？」

「你和很多大明星吃過飯嗎？」

「你通過成年禮了嗎？」

這個問題讓派波謹慎起來。「什麼禮？」她問。

女孩和男孩們開始咯咯吱吱笑起來，互相推來推去，彷彿那是個難以啓齒的話題。

「阿芙蘿黛蒂小孩的成年禮，」有人解釋：「就是要讓某人愛上你，然後你再害他們心碎、拋棄他們。一旦你做到這樣，就能證明自己有資格作阿芙蘿黛蒂的小孩。」

派波看著大家，心想這些人是不是開她玩笑。「故意害人家心碎，這太差勁了吧？」

大家看起來都很疑惑。

「爲什麼？」有個男生問。

「啊，老天爺，」突然一個女生說：「我敢打賭阿芙蘿黛蒂一定讓你爸心碎過，我猜他從此就沒再愛過任何人，對吧？眞是太浪漫了！當你通過成年禮，你就會跟母親一樣了！」

「絕不可能！」派波喊出來，聲音不由得大了點，其他人登時後退幾步。「我不會只因爲要通過什麼愚蠢的成年禮，而去害人家心碎！」

這下終於給了茱兒奪回主導權的機會。「嘿，你也說這種話，」她插話進來：「瑟琳娜也這麼說過。她打破傳統，跟那個叫貝肯朵夫的男生談戀愛，談個沒完沒了。如果你問我，我覺得那就是導致她下場悲慘的原因。」

「才不是！」蕾希嘶著嘴偷講，但茱兒瞪她一眼，她馬上縮到一群人中間去。

「反正這一點都不重要，」茱兒繼續說：「因爲，我親愛的派波，你根本就沒能耐害人家心碎。至於你胡亂說你爸是崔斯坦．麥克林，只不過是因爲你太希望別人注意你罷了。」

好幾個孩子疑惑地眨眨眼。

「你的意思是，那不是她爸爸？」有人問。

茱兒翻了個白眼。「拜託！早餐時間到了，各位，我們這位派波小姐也要啓程去完成那個小小任務啦。所以我們就讓她快快打包，滾出這裡！」

茱兒把眾人打散，催促大家行動。她開口閉口都是「甜心」、「親愛的」，但語氣擺明要人服從她。米契爾和蕾希幫派波打包，當派波去浴室換適合遠行的衣服時，他們甚至替她守在門口。這些收集來的舊衣服當然不怎麼華美，謝天謝地，就是些磨軟的牛仔褲、T恤、舒服保暖的舊外套，還有一雙完全合腳的登山鞋。最後，她把長三角匕首「卡塔波翠絲」牢牢綁到腰帶上。

步出浴室後，她已覺得重拾平常的自己。其他學員都站回各自床邊，茱兒正一個個靠過去檢查。派波轉身對米契爾和蕾希比出「謝謝」的嘴型，米契爾點頭微笑，蕾希則笑著露出整排矯正器；派波不禁懷疑，茱兒是否曾對他們道過謝。她也留意到，那張「斯巴達國王」的海報已經被撕下來丟進垃圾桶，不用猜，是茱兒下的命令。雖然派波自己想過要撕下那張海報，但現在這樣讓她很火大。

當茱兒的眼光掃到她，就嘲笑式地拍起手來。「喔，太好了，我們的小任務專員又穿上收垃圾制服啦。好了，快走吧，不用陪我們吃早餐了！祝你一路……隨便啦，再見！」

派波揹上背包，她可以感受到所有人都看著她走向門口。她可以若無其事地離開，這樣比較簡單。這間小屋、這些膚淺的人，有什麼值得她在乎的？

除了那幾個幫助她的人，幾個甚至爲了她而違抗茱兒的人。

她在門前轉身。「其實，你們不用通通聽茱兒的。」

大家左右看看，有幾個直接看向茱兒，她驚訝到來不及反應。

「可是，」一個人說：「她是我們的首席指導員。」

「她是一個獨裁者。」派波糾正說：「你們可以替自己想一想，阿芙蘿黛蒂小屋可以比現在更好。」

「比現在更好。」一個孩子跟著說。

「替自己想一想。」第二個孩子喃喃唸著。

「各位！」茱兒尖聲喊著：「別傻了，她在魅惑你們！」

「不，」派波說：「我只是說出事實。」

至少，派波覺得那幾句都是事實。她並不清楚魅語如何進行，她也不覺得她講那些話時有加入任何神奇的力量。她不想靠施展詭計來贏得爭論，那樣做的話，她也比茱兒好不到哪裡去。派波只是單純說出心裡的話，況且，就算她想說魅語，她也不認爲那對茱兒這樣會施魅語的人能發揮效果。

茱兒不屑地看著她。「或許你是具有一點力量，大明星小姐，但你根本不了解阿芙蘿黛蒂！你有這麼偉大的點子喔？那麼，你認爲這個小屋應該怎樣？告訴他們啊！這樣的話，或許我也可以跟他們說一些你的事，如何？」

派波想做個全面大反擊，但她的憤怒很快轉爲惶恐。她是敵人的間諜，就跟瑟琳娜‧畢瑞嘉一樣，她是阿芙蘿黛蒂小屋的背叛者。茱兒知道了嗎？或者她只是在嚇唬她？在茱兒的直視下，她的自信一點一滴流失。

「不該是這樣，」派波勉強說出：「阿芙蘿黛蒂小屋不該是這樣。」

說完她立刻轉身衝出去，不想讓別人看到自己面紅耳赤。

茱兒在她後面狂妄笑著說：「『不該是這樣』？大家聽聽看，她連該是怎樣都不知道！」

派波在心中發誓，她永遠不要再回到這個小屋。她眨眨眼，擠掉眼眶裡的淚水，衝過中央草地廣場。她不知自己該奔向何方，直到……她看見一隻龍從天而降。

16 派波

「里歐?」她大喊。

絕對沒錯，是他。他正坐在一個巨大、嚇人的銅製機器上，笑得像瘋子一樣。他根本還沒落地，營區警報器就響了起來。海螺號角高鳴，所有的羊男尖叫著：「別殺我！」一半以上的學員穿睡衣、帶武器從自己小屋衝出來。金屬龍降落到草地正中央，里歐喊著：「這眞是太酷了！不要射我啊！」

所有弓箭手猶豫著放低了弓，帶著武器的戰士後退幾步，但仍拿著長槍和劍。這些人不算緊密地包圍著機器怪物，其他混血人則躲在小屋門後或是從窗口窺望，沒有人想靠近。

派波不怪他們。這隻龍太大了。它在早晨的陽光下閃閃發亮，就像一尊由銅板堆出來的活雕塑，身上有不同深淺的青銅、黃銅，巨蟒般的身軀接近二十公尺長，腳上有鋼爪，口內有鑽頭般的利齒，臉上還有會發光的紅眼睛。它的翅膀形狀像蝙蝠，展開來長度是身長的兩倍，有如金屬打造的風帆；它拍打翅膀時，會發出吃角子老虎掉下硬幣的聲音。

金屬龍抬起頭，朝空中射出一柱火束。營隊的學員紛紛散開並舉起武器。里歐冷靜地滑下金屬龍的背，並高舉雙手表示投降，不過臉上的狂笑始終沒消失。

「地球人，我是爲了和平而來。」他高聲說，看起來彷彿在營火堆裡滾過好幾圈，夾克和臉都沾滿煤灰，雙手全是油漬，還繫了一條新的工具腰帶。他的眼睛滿布血絲，捲髮因爲太油都直立起來，像豪豬的毛，而且身上還有墨西哥辣醬的味道。但他看起來顯然十分開心。

「非斯都剛剛是在跟大家打招呼！」

「那東西很危險！」一個阿瑞斯小屋的女孩揮舞著長槍大喊：「現在就殺了他！」

「後退！」有人發出命令。

派波好驚訝，居然是傑生。他推開人群跑過來，旁邊跟著安娜貝斯和那個赫菲斯托斯小屋的女孩妮莎。

傑生仰望這隻巨大的龍，不可置信地搖著頭說：「里歐，你做了什麼好事？」

「我找到交通工具了！」里歐興奮地回答：「你說如果我找到交通工具，就可以加入尋找任務。你看，我幫你找到一個最高級的金屬飛行酷小子！非斯都可以帶我們去任何地方！」

「它……它有翅膀。」妮莎結結巴巴地說。她的下巴好像快掉下來了。

「是呀！」里歐說：「我找到翅膀，將它們重新裝上去。」

「可是它本來沒有翅膀，你是在哪裡找到的？」

里歐遲疑一下，派波看得出他隱瞞了某些事。

「在……樹林裡，」里歐說：「我也大致修了一下他的電路板啦，所以，他應該不會再抓狂了。」

「大致？」妮莎又問。

龍的頭抽動了一下，然後歪向一邊，一道帶著蒸氣的黑色液體從他耳朵流出來，可能是機油，最好只是機油。里歐被潑了一身黑。

「只剩下一些小問題要解決。」里歐說。

「可是，你怎麼能活……」妮莎仍然震驚地看著大龍，「我是說，它呼出的那些火焰……」

「我手腳可快得很，」里歐回答：「而且運氣很好。現在我可以出任務了，對吧？」

傑生搔搔頭問：「你叫它『非斯都』？你知道在拉丁文中，『非斯都』代表快樂嗎？你是希望我們搭著『快樂號大龍』出發拯救全世界？」

金屬龍扭扭身體，聳聳肩，翅膀上下揮動。

「它在說『是的』，兄弟！」里歐說：「現在呢，我誠心建議趕快出發。我已經在……嗯，樹林裡拿了一些補給品。這些拿武器的人讓非斯都很緊張。」

傑生皺著眉頭說：「可是，我們沒有任何計畫，我們不能……」

「快走吧！」安娜貝斯說。她是在場唯一不緊張的人，但神情卻帶著哀傷與不捨，彷彿記起了美好的過往。「傑生，從現在到冬至，只剩下三天了，而且你絕對不可以讓一隻緊張的大龍一直等待。有它就是個好兆頭，快走吧！」

傑生點點頭，然後對著派波微笑。「你準備好了嗎，夥伴？」

派波抬起頭，看著天空中閃亮的銅龍大翼，以及足以將她撕成碎片的尖銳鋼爪。

「你說了算！」她說。

坐在龍的身上翱翔天際是最美妙的經歷，派波心想。

高空的空氣凜冽，但是金屬龍的金屬外殼卻會製造熱氣，讓他們好像乘著保護罩飛行。這個坐椅的自動加熱功能實在太帥了！而且龍背上的溝槽，就像是高科技設計的鞍座一樣，坐起來一點都不會感到不舒服。里歐示範如何把腳卡在非斯都的護甲皺褶上，這樣就類似踏馬蹬。他還示範了如何使用巧妙藏在金屬護層內的皮轠繩。他們三人坐成一排，里歐在前，派波在中，傑生坐最後面。派波一直留意坐在她後面的傑生，她希望他能扶著她，或許雙手會環抱著她的腰，但很可惜，他沒有。

里歐用轠繩來操控金屬龍的飛行，動作熟悉到彷彿已經做了一輩子似的。金屬翅膀運作得很平順，不一會兒工夫，長島海岸已經是他們身後一條模糊的線。他們往北邊康乃狄克州的方向移動，爬升到冬日的灰色雲層中。

里歐回頭對他們兩個笑。「很酷吧？」

「萬一我們被看到會怎樣？」派波問。

「有迷霧，」傑生說：「迷霧會讓凡人看不到魔法世界的東西，如果他們看到了，也許會把我們當成一架小飛機或類似的東西。」

派波回頭看他。「你確定？」

「不確定。」傑生承認。這時派波才看到他手中握著一張照片，一個黑髮女孩的照片。她給了傑生一個懷疑的眼神，傑生紅了臉，迅速把照片收進口袋。「我們走得很順，也許今晚就可以到了。」

派波心裡臆測著照片裡的女孩是誰，卻不願意開口問。如果傑生不願主動說的話，可不是一個好兆頭。是不是他已經記起以前的一些事？照片裡的女孩會不會是他眞正的女朋友？

別想了，她對自己說，這樣下去只是在虐待自己。

她問了一個比較安全的問題：「我們要去哪裡？」

「去找北風之神，」傑生回答：「再追蹤那些風暴怪物。」

17 里歐

里歐還陶醉在無比的興奮中。

有沒有看到飛龍直落營區時大家的表情？太棒了！他覺得他的室友們驚訝到可以一口咬碎螺帽了！

非斯都也一直表現得很好。它沒有噴火到小屋上，也沒有吃羊男，就只有耳朵滴出一點點機油……好吧，是「很多」機油。但這問題里歐可以稍後解決。

里歐並沒有機會跟大家說「九號密庫」和飛行船設計圖的事，他需要一點時間來思考那些發現，可以等回來時再跟大家說。

「如果我回得來的話。」他心裡冒出一個小小的聲音。

不，一定回得來。他從小屋成功拿到一條魔法工具腰帶，後來又拿了一堆超酷的補給工具零件，全都安穩放在他的背包裡。此外，他還有一隻會噴火、會洩一點點油的飛龍隨侍在側。這樣還有什麼問題？

「嗯，那個控制磁碟可能會爆掉。」他內心的那個壞傢伙又說話了：「非斯都有可能會吃了你們！」

好吧，所以這隻龍修復的程度可能沒有里歐預期的好。他花費了一整晚的時間裝好那對翅膀，但密庫裡找不到多出來的龍腦袋。喂，他們有時間限制耶！離冬至只有三天，不出發不行呀。更何況，里歐已經盡力清理整個控制磁碟了，大多數電路狀況都還好，就是需要整合起來。

他內心的小壞蛋繼續說：「對啦，但萬一……」

「閉嘴啦！」里歐突然大聲起來。

「怎麼了？」派波問。

「沒事，」他說：「好長的夜晚，我想我開始出現幻覺，太酷了。」

里歐坐在最前面，所以看不到兩人的表情，但從後面一片沉默看來，里歐判斷他們應該不喜歡有個整夜沒睡覺又產生幻覺的駕駛員。

「只是開玩笑啦，」里歐心想，換個話題可能比較好，「好兄弟，所以說，我們的計畫是怎樣？你說要找到風，還是打敗風？或是什麼東西呀？」

在他們飛越新英格蘭上空時，傑生提出了他的戰略計畫。首先，要去找一個叫波瑞阿斯的傢伙，向他逼問消息。

「他叫『波瑞阿斯』？」里歐非問不可：「他是哪門子的神？不會是拉肚子天神吧？」

第二步，傑生繼續講解，就是要去找在大峽谷攻擊他們的那些文圖斯。

「我們能不能叫他們風暴怪物就好？」里歐又有意見了。「『文圖斯』聽起來像是種邪惡的吐司！」

第三步，傑生總結，要找出風暴怪物是替誰工作，這樣才能找到希拉，將她放出來。

「這麼說，你是特地要去找狄倫那個討人厭的風暴怪物囉！」里歐說：「他把我丟下天空步道，還把黑傑教官吸到雲裡變不見耶！」

「大概就是這樣，」傑生說：「嗯，或許，還有一匹狼也會扯上關係。但我想她還算友善，除非我們表現出弱點，否則她應該不會吃掉我們。」

傑生把他的夢告訴他們。巨大又兇狠的母狼、焚毀的大宅、池中升起的石頭尖柱。

「喔……」里歐說：「可是，你不知道那個地方在哪裡？」

「不知道。」傑生回答。

「別忘了還有巨人，」派波提醒說：「預言有說到『巨人們的復仇』。」

「等等，」里歐說：「這裡說『巨人們』，那表示不只有一個囉？為什麼不是只有一個巨人想要復仇？」

「不太可能只有一個，」派波說：「我記得在一些希臘神話裡，好像提過一支巨人軍隊。」

「還眞好呀，」里歐喃喃抱怨起來：「當然啦，憑我們的好運，也該是一整支軍隊。那你還知道其他和巨人有關的事嗎？你爸拍那部電影前，你不是陪他研究了很多神話？」

「你爸爸是演員？」傑生問。

里歐大笑。「我老是忘記你有失憶症。嘿，『忘記失憶』聽起來眞爆笑！不過呢，沒錯，她的爸爸就是崔斯坦・麥克林。」

「嗯，對不起，請問他演過什麼？」

「那不重要，」派波搶著回答：「關於巨人……嗯，在希臘神話裡出現過非常多巨人，如果是我猜想的那些，恐怕就是壞消息了。他們非常巨大，很難打敗，連山都可以拿起來丟。我想他們和泰坦巨神有關，他們是在克羅諾斯輸掉戰爭後趁勢崛起的，我指的是幾千年前的第一次泰坦大戰。這些巨人想要擊潰奧林帕斯，如果我們說的巨人就是指他們的話……」

「那天奇戎說，又要再次發生了，」傑生回憶著，「在最後的章節，他指的就是這個。難怪他那時不想告訴我們細節。」

里歐吹一聲口哨。「所以……有力氣大到可以丟山的巨人，有只要我們示弱就會吃掉我們的『友善』大狼，還有邪惡的『溫吐司』。看來，現在不是提起我那瘋子保母的好時機。」

「你又在開玩笑嗎？」派波問。

里歐將娣雅．凱莉達的事告訴他們，說她的眞實身分是希拉，還有她在營區裡現身找他的事。可是，他沒有提起自己在火這方面的能力，畢竟這仍是敏感話題，特別是妮莎說過有這種能力的混血人會帶來足以摧毀城市的災難。再說，這樣講下去，他很難不提到媽媽是被自己害死的……不，他還沒準備好面對這一切。不過，里歐勉強說了一些媽媽去世那晚的事，但沒提到火，只說五金行燒毀了。還好坐在最前面的他只要看著前方飛行，不用面對他的朋友，這樣說出來比較容易。

里歐告訴他們那個滿身罩著塵土的昏睡女人，說她好像能預知未來。

兩位朋友隔半晌都沒接話。里歐算算，這段時間已經足夠他們飛越整個麻塞諸塞州了。

「眞是……令人不安。」派波終於開口。

「我來整理一下，」里歐說：「事情就是，每個人都說不可以信任希拉，希拉討厭混血人；而預言說，如果我們放出她的怒氣，就會招致一堆死亡。所以我實在搞不懂，爲什麼我們要出這趟任務？」

「她選擇了我們，」傑生回答：「我們三個。我們是大預言說的七個人當中，頭三個先聚在一起的，而這次的尋找任務，只是更大挑戰的開端而已。」

這種說法並沒有讓里歐覺得比較好，但傑生的觀點他無法反駁。感覺起來，現在的確像是某個重大事件的開端。他只希望如果真有四個混血人註定要來幫忙，拜託快點出現，他可不想這種攸關生死的恐怖探險都被他獨佔了。

「何況，」傑生繼續說：「去幫希拉是我唯一能取回記憶的辦法。在我夢中的那根暗色石柱似乎在吸取希拉的能量。如果那東西是藉由摧毀希拉來釋放出巨人之王……」

「這種交換不好，」派波認同傑生的看法，「但至少希拉是站在我們這一邊，在大多數時候。失去她的話，奧林帕斯天神會陷入混亂，畢竟她是維繫家族和平的主要力量。至於和巨人的戰爭……破壞性絕對超過泰坦大戰。」

傑生點點頭。「奇戎還提到冬至將是邪惡魔法最強、萬物最騷動的日子。如果希拉在那天犧牲了，某個東西就會甦醒，就是那個控制風暴怪物、想要毀掉所有混血人的女人……」

「或許就是那位昏睡的女人，」里歐做出結論，「泥土女人會完全清醒？哇，我可不想見到這種事發生！」

「但她是誰呢？」傑生問：「而且，她和巨人有什麼關係？」

好問題，但沒有人回答得出來。他們的飛行又陷入沉默，里歐開始懷疑自己跟別人分享了這麼多祕密，到底對不對？他從來沒跟別人提起那天在五金行的事，即使他有所隱瞞，但仍讓他感覺怪異，彷彿是打開了胸膛，把能夠讓自己運作的機件通通掏出去。他的身體開始顫抖，可是和外面的寒冷無關，他希望坐在後面的派波不會察覺到。

「鴿子伴隨兵工廠打破牢籠。」預言是這麼說的嗎？那就表示派波會和他一起想出打破那個魔法石頭監獄的辦法，如果他們想得到的話。然後他們就會釋放希拉的怒火，招致一堆死亡。嗯，聽起來很有趣！里歐見過娣雅・凱莉達的身手，她喜歡刀子、毒蛇，還有把寶寶放到壁爐中。對，我們就來釋放她的火氣吧，好主意。

非斯都持續飛行，風愈來愈冷，下方覆雪的樹林似乎永遠沒有盡頭。里歐並不知道魁北克的確實方位，他只跟非斯都說，帶他們去找波瑞阿斯的宮殿，非斯都就不斷朝北方飛。但願這隻龍眞的知道位置，不要直接飛到北極去。

「爲什麼不睡一下？」派波在他耳邊輕聲說：「你整晚都醒著呢。」

里歐想反駁，但她口中的「睡」聽起來眞好聽。「你不會讓我摔下去吧？」

派波拍拍他的肩膀。「相信我，華德茲，美麗的人從來不說謊。」

「對！」他喃喃回應後，往前靠向金屬龍溫暖的頸背，闔上眼睛。

18 里歐

他感覺自己才睡了幾秒，等被派波搖醒時，日光已經黯淡下來。

「我們到了。」派波說。

里歐揉揉眼睛趕走睡意。在他們下方有座緊鄰斷崖的河畔城市，附近的平原都被白雪覆蓋，但城市本身卻在冬日夕陽餘暉下閃著溫暖光芒。高大的城牆裡擠著許多建築，有如一座中世紀城市，它比里歐見過的地方都古老太多了！在城市的中心有一座眞正的城堡，里歐假設城堡就是長這樣，有紅磚砌成的高牆和壯觀的方形塔，那高聳的綠色尖頂非常搶眼。

「告訴我那是魁北克，而不是聖誕老人的工作室。」里歐說。

「是的，這裡是魁北克，」派波肯定地說：「北美洲最古老的城市之一，好像是西元一六多少年就建城了。」

里歐挑起了眉毛。「你爸爸也拍過相關的電影嗎？」

派波朝他裝了個鬼臉。里歐習慣了，但這鬼臉在她化過妝的臉上效果不好。「我有時候也會讀書，好嗎？不要只因爲阿芙蘿黛蒂認領我，就覺得我沒腦袋。」

「好啦！」里歐說：「既然你這麼有知識，你說那棟城堡是什麼？」

「我想，是一家旅館。」

里歐大笑。「不可能！」

當他們更接近城堡時，里歐知道派波說對了。那寬敞的入口有好多門房、服務生、行李員，全在忙著搬行李。車道旁停了許多流線帥氣的豪華房車，穿著優雅套裝和風衣外套的人疾行步入室內，躲避戶外的嚴寒。

「北風之神住在旅館裡？」里歐說：「那不可能……」

「小心點，」傑生插嘴說：「我們有同伴了。」

里歐往下一看，立刻明白傑生的意思。高塔的頂端升起兩個有翅膀的人影，是帶著怒容的天使，配戴著看來不好惹的長劍。

非斯都不喜歡生氣的天使，它在半空中突然準備向下猛撲，拍打翅膀又露出利爪。它的喉嚨發出一道低吼，里歐認得這聲音，非斯都打算噴火了。

「穩住，乖小子。」里歐輕聲說。他有預感，被火燒到的天使絕不會善罷甘休。

「我不喜歡這感覺。」傑生說：「他們看起來很像風暴怪物。」

一開始里歐也認同傑生的想法，不過當天使更接近後，他可以看出他們的形體比文圖斯更具象，看起來就像一般青少年，不同的只有那如同冰霜的白髮和紫色的羽毛翅膀。他們的銅劍呈鋸齒狀，很像冰柱。兩個人長得有點像，也許是兄弟，但不是雙胞胎。

其中一人的身材像頭牛，穿了件大紅色曲棍球衣和超垮運動褲，腳上是黑色皮製防滑鞋。這個傢伙顯然已經打過太多架，因爲他的雙眼都是黑色，嘴巴張開時，裡面有好幾顆牙齒掉了。

另一個傢伙像是從里歐媽媽的八〇年代搖滾唱片封套中跳出來的人，也許是旅行者合唱團[51]，或者像霍爾與奧茲二重唱[52]，反正就是那些老派的樂團。他冰白色的頭髮削薄成前短後長，穿著尖頭皮鞋和名牌長褲（分明就太緊），搭配一件怪到極點的絲質襯衫，上面三顆釦子還故意不扣。也許他以為自己這樣會像一個帥到爆的愛神，可是這個男生看起來不到五十公斤，臉上的青春痘冒得很嚴重。

兩個天使飛到龍的面前盤旋，高舉著劍。

像牛的那個吼著：「沒許可！」

「你說啥？」里歐問。

「檔案裡沒有你們的飛行資料。」那個自以為帥的傢伙解釋。里歐發現他除了上述那些毛病外，講話還有超難聽的法國腔，一聽就知道是裝出來的。「這裡是飛航管制區。」

「摧毀他？」像牛那個笑著說，露出空隙很大的牙齒。

非斯都開始噴出蒸氣，做好防禦準備。傑生也召喚出他的金劍，但里歐大喊：「等等！咱們先有禮貌一點，朋友。請問在摧毀我之前，有這個榮幸知道你們是誰嗎？」

「我叫『卡』！」像牛那個先吼出聲，看來非常以自己為榮，他似乎花了很多時間才學會說這句話。

「他的全名是『卡萊斯』。」瘦愛神補充說：「很不幸的，我這位兄弟通常說不出超過三個字的詞……」

「披薩！曲棍！毀掉！」卡萊斯繼續大吼。

「包括他的全名。」瘦愛神堅持說完整句話。

「我是『卡』，」卡重複說著：「我兄弟，名叫，齊特士！」

「哇，」里歐說：「你剛剛幾乎說了整個句子，太棒了，很強耶！」

卡萊斯低吼一聲，顯然對自己非常滿意。

「愚蠢的小丑，」他的兄弟不屑地說：「人家在開你玩笑啦。不管了，我是齊特士，我的全名就是齊特士。而那位小姐……」他對派波眨眨眼，雖然看起來比較像臉抽筋，「她愛怎麼叫我就可以怎麼叫。在我毀掉你之前，或許她願意和一位超有名的半神半人吃頓晚餐？」

派波發出硬吞下咳嗽藥水的聲音。「那……真是嚇人的邀請呀。」

「沒什麼問題的，」齊特士動動眉毛，「我們波瑞阿茲兄弟是非常羅曼蒂克的人呀！」

「波瑞阿茲兄弟？」傑生突然說：「你們是，波瑞阿斯的兒子嗎？」

「啊，所以你聽過我們的大名！」齊特士眉開眼笑，「我們是父親大人的守門員呀。那你就能了解，爲什麼我們不能讓未經許可的人駕駛畸形大龍進入他的航管區，以免嚇到那些神經兮兮的凡人。」

他指指下方，那些凡人已經開始注意天空。有幾個人比手畫腳，不過還不算緊張，比較像是有些疑惑，似乎把大龍當成飛太低的直升機。

「除非是緊急降落，不然我們就得……」齊特士一邊說，一邊撥開他遮住青春痘的頭髮，「滿懷傷心地摧毀你們。」

---

51 旅行者合唱團（Journey）是一九七三年於美國舊金山成立的搖滾合唱團。八〇年代是他們的黃金時期，歷經解散後於一九九五年復出，至今仍活躍歌壇。

52 霍爾與奧茲二重唱（Hall & Oates），美國搖滾與靈魂歌曲二重唱組合，活躍於八〇年代，曾有三十四首單曲進入美國百大排行榜，至今仍有零星演唱與作品問世。

「摧毀！」卡萊斯附和，他的語氣讓里歐覺得熱忱過了頭。

「等一下，」派波說：「我們就是緊急降落啊！」

「喔？」卡萊斯的表情瞬間變得超級失落，里歐都快覺得對不起他了。

齊特士上下打量著派波，雖然他已經看了好幾回。「你這麼美麗的女孩，要如何解釋這是緊急降落？」

「我們必須晉見波瑞阿斯，有非常緊急的事，拜託！」她努力擠出一個笑容，里歐猜她心裡一定嘔得半死。不過阿芙蘿黛蒂的賜福還留在她身上，看來真是美得不得了，而且她的聲音有些不同，里歐覺得自己深信她說出的每一個字；就連傑生也聽得頻頻點頭，看起來完全被說服了。

齊特士拉拉他的絲質襯衫，好像在確認胸前釦子打開著。「這個嘛……我很不願意讓一位美麗的女子失望，可是你知道，要是我允許你進入，我的姊姊……她可是會製造雪崩的。」

「而且我們的飛龍功能失常了，」派波趕緊補充：「我們隨時會墜機！」

非斯都合作地抖動身軀，轉一下頭，耳朵裡又流出一些黏液，直接滴到下面停車場的一輛賓士轎車。

「不摧毀？」卡萊斯咕噥著。

齊特士顯然也開始思考，然後又拋給派波一個嚴重抽筋的眼色。「嗯，你很美麗……喔，我是說，你說得很有道理。一隻功能失常的飛龍，應該算緊急事件。」

「晚點毀？」卡萊斯提議，這可能是他所能擠出最友善的話了。

「這可能需要費一點唇舌，」齊特士決定了，「父親最近對訪客不太友善，不過，好，來吧，飛龍失常的人們，跟我們來。」

波阿瑞茲兄弟把劍插回劍鞘，從腰帶上取出更小型的武器，里歐當時是這麼認爲。然後兩兄弟按下小武器的開關，里歐這才明白，原來他們拿的是附有橘色圓椎的手電筒，就像在飛行跑道上指揮交通的人所拿的工具。

里歐轉頭對後面兩個夥伴說：「我喜歡這兩個傢伙，就跟他們去吧？」

傑生和派波看起來興致不高。

「我想，」傑生說：「我們終於來到了這個地方，但是很納悶波瑞阿斯最近爲什麼不喜歡訪客。」

「呼，他只是還沒見到我們罷了！」里歐吹一聲口哨，「非斯都，跟好前面的燈光！」

當他們逐漸靠近城堡旅館時，里歐很擔心非斯都會撞到城堡。帶頭的波瑞阿茲兄弟直接朝著綠色屋頂飛去，完全沒有減速。這時，突然整片斜屋頂往旁邊滑開，非斯都要直接飛進這寬大入口絕對不成問題，只是那入口的頂端與底部排列了宛如尖牙的尖銳冰柱。

「看起來就不是個好地方。」傑生自言自語，但里歐控制大龍往下前進，緊緊跟隨波瑞阿茲兄弟。一行人一下就鑽進城堡。

他們降落的地方顯然是過去旅館的閣樓大套房，但整個空間明顯籠罩在一道超大寒流中。入口大廳挑高，圓形穹頂大約離地板有十幾公尺遠，還有巨大的長窗，地上則鋪了織錦華麗的波斯地毯。在大廳底部有一道階梯，往上通到另一個同樣壯觀的大廳堂，那裡左右側壁的水晶燈更多。然而，因爲冰的關係，這美麗的房間多了些駭人的氣氛。里歐從非斯都背上滑下來，腳一踩到地毯就發出輕微的碎冰聲。所有家具表面都覆蓋一層薄薄的霜，窗幔也不會飄動，因爲全都結冰僵住了。夕陽餘暉透過結冰的窗戶照進來，變成一種朦朧詭異的光線，就連高聳的天花板上也布滿冰柱。至於那道樓梯，里歐很確定，他只要爬上去就會滑倒摔跤，甚至扭斷脖子。

「夥伴們，」里歐說：「我先在這裡修好自動調溫器，然後再進去裡面。」

「我不想去，」傑生擔憂地注視著階梯，「感覺不對勁，那上面有東西……」

非斯都抖動一下身軀，噴出火苗。它的外殼馬上開始結霜。

「不行不行！」齊特士快步走來，里歐完全不解那雙尖頭皮鞋如何能在此地行走卻不會滑倒。「這隻龍一定要完全關機，我們這裡不允許有火出現，那個熱度會弄壞我的髮型！」

非斯都開始低吼，鑽頭牙齒全部轉動起來。

「沒事，小子，」里歐先安撫非斯都，再對齊特士說：「這隻龍對於『關機』這兩個字比較敏感，不過我有更好的辦法。」

「摧毀？」卡萊斯提議。

「不是的，先生！請你不要再說『摧毀』兩字，拜託你，等一下下就好！」

「里歐，」派波緊張地問：「你是要……」

「大美女，仔細看，學起來。昨晚當我修理非斯都時，發現一大堆按鈕，有一些你不會想去知道功用，但還有一些……你瞧。」

里歐把手指頭伸向非斯都左前腿的後面，然後拉動一個開關，金屬龍從頭到腳開始顫抖起來。所有人趕緊後退，而非斯都竟像折紙般自行折疊起來。它的青銅護甲堆疊在一起，頭部和尾巴收進軀幹裡，翅膀垮下，然後和身體併攏收縮，最後變成一塊有角的楔形金屬，大概只剩一個皮箱大小。

里歐想把它提起來，但這東西好像有六十億公斤重。「喔……等等，我想……啊哈！」他按了另一個按鈕，皮箱上面頓時蹦出一個把手，底部彈出輪子。

「看吧，」里歐宣布：「全世界最重的隨身行李在此！」

「不可能吧，」傑生說：「那麼大的東西怎麼可能……」

「停下來！」齊特士突然命令，他和卡萊斯拔出劍，狠狠瞪著里歐。

里歐舉起雙手。「好，好……我做了什麼嗎？保持冷靜，兩位。如果這東西眞的礙到你們，我可以不把這隻龍當成行李……」

「你是誰？」齊特士的劍尖抵住里歐胸口，「你該不會是南風之神的兒子，來這裡刺探我們的狀況？」

「你說什麼？不是啦！」里歐說：「我是赫菲斯托斯的兒子，友善的打鐵匠，我不會傷害任何人！」

卡萊斯發出低沉咆哮聲，整張臉貼到里歐面前。里歐隔這麼近的距離看他，覺得他不但沒有比較好看，反而瘀青的雙眼和被打爛的大嘴更明顯。「聞到火，」卡萊斯說：「很糟。」

「喔，」里歐心跳加速，「這個嘛，是因爲……我的衣服有被燒到一點點，而且我一直在修東西，全身是機油，所以……」

「不對！」齊特士把里歐推回他的劍旁邊，「我們能夠聞出火，混血人。我們本來認爲是你的怪龍發出的火，但現在他縮成一個小皮箱……我們覺得是從你身上出來的。」

要不是閣樓大廳只有零下的溫度，里歐一定會開始冒汗。「喂……這個……我也不知道啊。」他無助地看著兩個朋友。「拜託，幫點忙吧？」

傑生已經把金幣握在手中。他往前站，直視齊特士。「聽著，你們搞錯了，里歐不是什麼帶火的人。里歐，跟他們說，你跟火沒有關係！」

「啊……」

「齊特士？」派波又要施展她明媚動人的微笑，不過看起來有點太緊張，又冷到難以全力施展。「我們是朋友吧，放下你的劍，有話好說。」

「很漂亮的女生，」齊特士點著頭，「當然，我的魅力讓她無法抵擋啊！可惜的是，這一次我無法陪她浪漫一下。」他的劍朝里歐胸口更加靠近，里歐感到一股冰涼感透過衣服傳進皮膚，他的皮膚都麻痺掉了。

他眞希望自己能重新啓動非斯都，他需要一些支援，但這樣要耗費好幾分鐘，就算他碰得到按鈕，這兩個有翅膀的瘋子也會阻撓他。

「摧毀！現在？」卡萊斯問他的兄弟。

齊特士點點頭。「可惜呀，我想……」

「不行。」傑生堅定地說。他聽起來非常冷靜，但里歐預感他在兩秒之內就會拋出金幣，進入全力奮戰狀態。「里歐只不過是赫菲斯托斯的孩子，完全沒有威脅；派波是阿芙蘿黛蒂的女兒；而我是宙斯的兒子，我們是抱著和平……」

傑生的話才說到一半，這對波瑞阿茲兄弟突然一起轉身面對他。

「你剛剛說什麼？」齊特士高聲問：「你是宙斯的兒子？」

「嗯，是的，」傑生回答：「這是件好事吧？我的名字是傑生。」

卡萊斯看起來非常驚訝，下巴好像快掉下來了。

「不可能，」他說：「不像。」

齊特士往前站過去，瞇眼看著傑生的臉。「不是，不是我們的傑生。我們的傑生更時髦，雖然比不上我，但也不差。再說，他幾百萬年前就死了。」

「等等，」傑生說：「你們的傑生……你們是在說原本的傑生[53]，那個找金羊毛的傑生？」

「當然囉！」齊特士說：「很久以前，當我們還身爲凡人的半神半人時，可是勇敢地陪著他一起登上『阿爾戈號』去尋找金羊毛。我們後來接受長生不老的條件，好永遠替父親效力。也就是如此，我才能永遠擁有這樣帥氣的外表，我兄弟才能永遠享受披薩和曲棍球。」

「曲棍！」卡萊斯興奮地附和。

「但是傑生……我們的傑生，他以凡人之身死去了，」齊特士說：「你不可能是他。」

「我的確不是。」傑生認同地說。

「所以……摧毀？」卡萊斯問，顯然剛才的對話已讓他僅有的兩個大腦細胞負荷過重。

「不，」齊特士有些抱歉地說：「如果他是宙斯的兒子，那他很有可能是我們一直在等的那個人。」

---

[53]「原本的傑生」指的是希臘神話中的英雄傑生（Jason）。他是伊奧科斯國（Iolcos）的王子。在國家被叔叔奪竄後，由奇戎撫養長大。後來叔叔答應他只要找到金羊毛，就將國家歸還，他歷經艱難終於完成任務。

「等？」里歐問：「你是說充滿期待的等，像是要獻上一堆驚喜獎品那種嗎？還是指不懷好意的等待我們終於自投羅網了？」

一個女孩的聲音出現。「那就要看父親的意思了。」

里歐抬頭看著階梯，他的心跳幾乎要停止了。階梯最頂端站著一位女孩，一身雪白的絲質洋裝，膚色白皙到不自然，宛如被雪覆蓋，但有一頭烏黑濃密的秀髮及深棕色大眼睛。她面無表情地看著里歐，沒有笑容，毫不友善。然而這對里歐來說不算什麼，他愛上她了。她是里歐見過最耀眼的女孩。

她的眼神轉向傑生與派波，好像馬上就掌握了現況。

「父親會想見見那位叫傑生的人。」那女孩說。

「那麼，眞的是『他』囉？」齊特士興奮地問。

「我們馬上就會知道。」那女孩說：「齊特士，把我們的客人帶上來。」

里歐握住「非斯都行李箱」的把手，心裡對於怎麼把這行李提上去毫無概念。他只知道非爬到那女孩身邊不可。他有幾個重要問題想問，比如說她的電子信箱、電話號碼等等。

就在他跨步之前，女孩射來一道冰凍的目光。不是眞的讓人凍住，但也差不多了。

「你不行，里歐．華德茲。」

里歐心底猜想這女孩怎麼會知道他的名字，但此刻他只感到滿心失落。

「爲什麼我不行？」他的聲音像幼稚園小朋友喃喃抱怨著，但他無法控制。

「你不可以出現在我父親面前，」女孩說：「冰與火相遇，絕不是有智慧的決定。」

「我們要一起進去，」傑生堅持，並把手放到里歐肩膀上，「不然就全都不進去。」

女孩歪一下頭，似乎不習慣有人違抗她的命令。「他不會受到任何傷害，傑生．葛瑞斯，除非你要挑起事端。卡萊斯，你負責在這裡看守里歐．華德茲。看好他，不可以殺掉他。」

卡萊斯噘起嘴。「傷一點？」

「一點都不行！」女孩的態度堅定，「還有，顧好他那個有趣的行李箱，直到通過父親的檢驗爲止。」

傑生和派波都看著里歐，臉上的表情好像在說：「你打算怎麼行動？」

里歐胸口湧出一股感謝之情，他們兩個眞的打算爲他而戰，他們不願意把他丟下跟這頭笨牛獨處。他心中也有衝動想一起奮戰，他想將新工具腰帶的機關爆開，瞧瞧自己的能耐，甚至叫一、兩個火球出來溫暖這個寒宮。可是，這對波瑞阿茲兄弟眞的嚇到他了，而那位美麗的女孩把他嚇得更厲害，雖然他還是很想要到她的電話。

「沒問題啦，夥伴們。」里歐說：「不用在這時候自找麻煩。你們去吧。」

「聽你們朋友的話，」那蒼白的女孩說：「里歐．華德茲一定會安然無恙，但願我也能對你們兩個這樣說。宙斯之子，來吧，波瑞阿斯大王已經在等你們了。」

19 傑生

傑生不想把里歐單獨留下，然而他也開始覺得，或許里歐在外面和卡萊斯那個曲棍球傻蛋一起打混，危險性反而最小。

他們登上冰階，齊特士在後面押隊，將劍抽出劍鞘。這個人或許看起來像舞廳裡沒人搭理的怪咖，但他的武器可不是開玩笑的。傑生認爲，萬一被那把劍劃到一下，大概會瞬間變成冰棒。

此外，還有那位冰雪公主。每走幾步她就轉身對傑生微笑，但笑容中沒有半點溫暖。她對傑生的態度，就像是看到很有興趣的科學標本，而且她已經迫不及待想解剖來看。

如果他們都是波瑞阿斯的小孩，那傑生還真不確定是否要跟他們父親見面。安娜貝斯說過，波瑞阿斯是最友善的一位風神，顯然那只是代表他殺英雄的速度比其他風神慢一點。

傑生擔心自己把這些朋友帶進了陷阱中。如果情況惡化，他不知是否能將夥伴們活著帶出去。他沒想太多，伸手牽住派波，只想確認她還好。

派波眉毛揚起一下，但任由他牽。

「會沒事的，」她跟他保證，「就是談一下，對吧？」

在階梯頂端，冰雪公主回頭看他們，頓時注意到他們手牽在一起。她的笑容突然消失，傑生牽住派波的那隻手剎那間變得像冰一樣凍。他放開手，手指頭在冒煙，是結霜的霧氣；

派波的手也是。

「溫暖在這裡絕非好事。」冰雪公主警告他們：「特別是當『我』是你們活下來最大的希望時。這邊請。」

派波緊張地對傑生皺眉，像是在說：「那是什麼意思？」

傑生也沒有答案。齊特士在他背後用冰椎般的劍戳戳他，他們只能一路跟著冰雪公主前進，來到一條裝飾著結霜掛毯的寬闊走廊。

冰凍的風前後呼呼吹著，傑生腦子裡的念頭同樣快速轉動。他們騎著大龍一路北飛時，已經有許多時間可以思考，然而一切還是那麼令他困惑。

泰麗雅的照片還在他口袋，不過沒必要再拿出來看，因爲她的模樣已經深深烙印在他腦海裡。記不起自己的過去，的確是糟透了，但知道自己有一位或許能解答許多問題的姊姊，卻不知她到底身在何方，讓他更想去撞牆。

照片裡的泰麗雅和傑生沒什麼相像的地方，除了都有藍色眼睛之外，其他完全不像。她的頭髮是黑色，皮膚比較像地中海一帶的人。此外，她的五官更爲尖削，像鷹類那般。

但是，她看起來卻是那麼熟悉。希拉留給他的記憶只夠讓他確信泰麗雅是他姊姊；可是當他告訴安娜貝斯時，她的反應卻是無比驚訝，彷彿泰麗雅從沒提過她有個弟弟。到底泰麗雅知不知道他的存在？他們姊弟又是如何分開的？

希拉帶走了那些回憶，她偷走傑生所有的過去，噗通一聲把他丟進一個全新的生活中，現在卻期待他把她從某個監牢裡救出去，因爲只有這樣，他才能換回被她偷走的東西。傑生想到就很生氣，他想甩頭走開，讓希拉在牢籠裡發爛，但他沒辦法這麼做。他已經上鉤了，他必須知道更多，而這又讓他更加怨恨起來。

「嘿，」派波輕碰他的手臂，「你還好吧？」

「嗯……還好，抱歉。」

他很感謝派波。他需要一個朋友，他也很開心阿芙蘿黛蒂的賜福開始消退了。她的臉妝開始褪去，頭髮漸漸回復過去亂亂的模樣，兩根小辮子也出現了。這樣的她看起來更眞實，在傑生心中，也更漂亮。

他現在已經確定，他們在去大峽谷前並不相識，他們的關係只是迷霧在派波身上耍弄的伎倆。可是傑生和她相處的時間愈久，就愈希望那一切都是眞的。

別想了，他告訴自己，這樣對派波不公平。他完全不知道回到過去會有什麼事發生，或者會有誰在等他。但他很確信，自己的過去沒有混血營這個地方。等到這次尋找任務結束，誰知道又會發生什麼事？這是假設他們平安活下來的話。

他們走到寬闊走廊的盡頭，迎面是一排刻有世界地圖的橡木門，地圖的每個角落還刻著一張滿是鬍鬚的男人面孔，都是正在吹風的樣子。傑生很確定他看過類似的地圖，只是這張圖上的吹風男子明顯屬於冬天，從世界的每個角落吹出寒冰與雪片。

公主轉過身來，棕色眼睛發亮。傑生覺得自己活像是個她急著要打開的聖誕禮物。

「這裡是王座廳，」她說：「請表現出你最佳的言行舉止，傑生・葛瑞斯，我父親可是非常……陰冷。我會替你翻譯，也會盡量促使他聽進你的話。我誠心希望他會放你一馬。我們也可以享受這樣的樂趣。」

傑生猜測這女孩所說的「樂趣」，恐怕跟他想的差很多。

「喔，好。」他勉強回應，「但是，說實在話，我們來這裡只想稍微談一下，然後就會馬上離開。」

女孩又笑了。「我眞喜歡英雄啊，可以這麼幸福而無知！」

派波的手移到她的匕首握柄上。「這樣的話，是否能請你爲我們指點一下呢？你說要替我們翻譯，但我們連你是誰都不知道。請問你的大名是……？」

那女孩不屑地呼一口氣。「我想，我也不該爲你們不認識我而驚訝，就連古代的希臘人也不夠了解我，他們那個島嶼家鄉太過溫暖，離我的領土太遠。我是波瑞阿斯的女兒，雪之女神齊昂妮。」

她用手指輕揮身邊的空氣，一個迷你冰風暴馬上繞著她旋轉，那蓬鬆的大雪片像棉花般柔軟。

「現在，請進。」齊昂妮說。橡木門赫然被吹開，冷冽的藍光盈滿偌大的空間。「預祝你們在『稍微談一下』後還能活著出去！」

20 傑生

如果入口大廳那裡叫做冷，那麼王座廳應該算是肉品冰櫃了。

空氣間飄散著迷濛的霧。傑生忍不住發抖，呼出的氣體都成了白色蒸氣。牆面的紫色掛毯繡著各式覆雪森林、白雪皚皚的山頭及雪白的冰河。高高的天花板上，帶狀的彩色極光在邊緣律動閃耀。廳堂的地板覆著一層雪，所以傑生踏出每個步伐都很小心。這整間王座廳裡充滿眞人尺寸的戰士冰雕，有的穿著古希臘盔甲戰衣，有的像中世紀人類，也有一些是現代迷彩服打扮。他們全都凍結在發動攻擊的各種姿勢，有的舉起劍，有的槍已上膛。

傑生本來以爲他們是雕像。當他想從兩個手持長槍的希臘人之中穿過去時，那兩尊雕像卻以驚人的速度移動，關節發出喀吱聲，頓時冰晶飛散，接著兩把長槍往前一伸，交叉的長槍直接擋住傑生的去路。

一個男人的聲音從廳堂遠遠那端傳來，像在講法文。這間王座廳的深度非常長，再加上飄渺的霧氣，傑生的視線無法看到那一頭的景象。但不論那個男子說了什麼，總之，這兩個冰雕守衛縮回他們的長槍。

「沒事的，」齊昂妮說：「父親大人已經下令，現在還不要殺你。」

「眞多謝。」傑生說。

齊特士從後面用劍頂著他說：「繼續走，傑生二世！」

「請不要這樣叫我。」

「父親大人可沒有多少耐心，」齊特士警告說：「還有，這位漂亮的派波小姐，你的魔法髮型已經很不幸地開始走樣了。或許我稍晚可以從各式各樣造型用品中挖一點出來借你。」

「謝了。」派波沒好氣地說。

他們繼續走，突然霧氣消散，一位坐在冰雕王座上的男人現身。這男人有著剛毅魁梧的身形，穿著一套頗有格調的時髦白西裝，白到像是由雪片編織而成；而在白西裝背側，兩片紫色的翅膀向外伸展開來。他的長髮與濃密鬍鬚上結滿了冰柱，所以傑生無法分辨他的髮色是灰色或是結了霜的白色。他彎曲的眉毛看起來有股憤怒的神色，但他的雙眼比他女兒閃爍出更多溫暖；似乎在他那永凍層的外表下，可能潛藏著一絲絲幽默感。

「Bienvenu（歡迎），」這位大王說：「Je suis Boreas le Roi. Et vous?（我是波瑞阿斯大王，你呢？）」

雪之女神齊昂妮正打算說話，派波卻往前站，對大王行屈膝禮。

「Votre Majesté（陛下），」她說：「je suis Piper McLean. Et c'est Jason, fils de Zeus.（我是派波・麥克林。他是傑生，宙斯之子。）」

大王驚訝但愉悅地微笑著說：「Vous parlez français? Très bien!（你會說法文？很好！）」

「派波，你會說法文？」傑生問。

派波皺起眉頭。「不會，爲什麼這樣問？」

「你剛剛講了法文！」

派波眨眨眼。「是嗎？」

大王又說了些別的，派波點點頭。「Oui, Votre Majesté.（是的，陛下。）」

大王笑起來，還大聲拍手，顯得十分高興。他說了幾句話，將手朝他女兒的方向一揮，像是在趕她走。

齊昂妮看來有些惱怒。「大王說……」

「他說，我是阿芙蘿黛蒂的女兒，」派波打斷她的話，「所以我自然能夠說法文，因爲法文是愛的語言。這我就不知道了。但大王陛下說，不必再讓齊昂妮翻譯了。」

他們身後的齊特士悶哼一聲，齊昂妮給他一個「去死吧」的眼神。然後她僵硬地對父王行鞠躬禮，後退一步。

大王轉而打量傑生，傑生覺得此時應該要行個禮才是。「陛下，您好，我是傑生．葛瑞斯。非常感激您，嗯，不殺我們。我能否請問一下，爲什麼一個希臘天神竟然會講法文？」

派波和大王又是一段對話。

「大王說，他會使用地主國的語言。」派波解釋：「他說，所有天神都是如此，大多數希臘天神使用英語，是因爲他們現在住在美國，但是在那裡波瑞阿斯不受到歡迎，所以他的領土始終在更遠的北方。這些年來，他喜歡住在魁北克，這裡是法語區，所以他講法文。」

大王又說了些話，派波頓時臉色發白。

「大王說……」派波斷斷續續地說：「他說……」

「喔，讓我來吧，」齊昂妮插嘴說：「父親說，他接到命令要殺掉你們。我剛才沒有提這件事嗎？」

傑生繃緊神經。大王仍然和藹地笑著，好像剛剛不過是傳達了一件大新聞。

「殺掉我們？」傑生問：「爲什麼？」

「因爲，」大王親自回答，而且用法文腔很重的英文說：「我的主人艾歐勒斯下了命令。」波瑞阿斯站起來，走下王座的同時，翅膀也收到背後。當他向眾人靠近，齊昂妮和齊特士都深深一鞠躬，傑生和派波也立刻照著做。

「我願屈尊使用你們的語言，」波瑞阿斯說：「就如同派波．麥克林願意以我的語言來榮耀我一樣。Toujours（向來），我都很喜歡阿芙蘿黛蒂的小孩。至於你呢，傑生．葛瑞斯，我想我的主人艾歐勒斯也不希望我在還沒聽你把話說完之前，就殺掉你這個宙斯之子。」

傑生口袋中的金幣似乎開始變重，如果被迫得出手，他不抱太多希望。要召喚出長劍起碼需要兩秒，而他得對付的是一個天神、兩個他的孩子，還有一整群冰雕護衛。

「艾歐勒斯是所有風神的總管吧？」傑生問：「他爲什麼想置我們於死地？」

「你們是混血人。」波瑞阿斯說，彷彿這幾個字就能解釋所有的事。「艾歐勒斯的工作是要控制所有的風，而半神半人總是讓他頭痛。他們請求他幫忙，釋放了風，又去製造混亂。不過，最近一次惹火他，是今年夏天與泰風[54]的爭戰……」

波瑞阿斯招招手，一片像平面電視的薄冰剎時浮現在空中，薄冰表面出現了戰爭的畫面。暴風雲環繞著一個巨人，朝曼哈頓天際線移動，另有幾個微小的發亮人形，傑生猜測那是天神，正環伺巨人雲團，像生氣的黃蜂般猛用閃電和火光攻擊那團大怪物。最後，一條河流從超大的漩渦氣流間噴發出來，整個煙霧形體往下沉入水波中化爲無形。

[54] 泰風（Typhon），希臘神話中有一百個龍頭且威力強大的風暴怪物，曾被宙斯擊敗而囚禁在塔耳塔洛斯。

「那個暴風巨人，就是泰風，」波瑞阿斯解釋：「遠古以前，天神第一次打敗泰風時，泰風並沒有安詳地死去。他的死亡反而將一堆風暴怪物釋放出來，而這些狂野的風不理會任何人。艾歐勒斯的工作就是要追捕他們，把他們關進他的堡壘裡。然而其他天神都不幫忙，連爲自己製造的麻煩說聲抱歉也沒有。艾歐勒斯花了好幾世紀才搞定這些風暴怪物，這當然會讓他氣不過。然後今年夏天，泰風又一次被打敗……」

「而他的死亡，又釋放了一批文圖斯，」傑生猜測，「這讓艾歐勒斯更加火大。」

「C'est vrai（沒錯）。」波瑞阿斯點頭。

「可是，陛下，」派波說：「天神除了和泰風開戰，沒有其他選擇，因爲泰風想要毀掉整個奧林帕斯啊！還有，爲什麼要因此懲罰半神半人？」

大王聳聳肩。「艾歐勒斯不能將氣出在天神身上。天神是他的上司，力量又很強，所以他只能找幫天神打仗的混血人報復。他對我們發出命令，凡是前來向我們求助的半神半人，將不再得到包容，我們勢必得搗爛你們那張凡人的小臉。」

現場只剩不自在的靜默。

「這聽起來……實在很極端。」傑生冒著生命危險說：「但您現在還沒有打算搗爛我們的臉，對不對？您會先聽我們的說法，而只要您聽到我們的尋找任務……」

「是的，是的。」大王認同地說：「你知道，艾歐勒斯也有提到宙斯之子可能會來尋求我的援助，如果眞有此事，他叫我在毀掉你之前先聽聽你的說法，因爲你可能……他是怎麼說的？你可能會讓我們的生活變得非常有趣。不過，我只需要服從『聽你說』的那個部分就好，聽完之後，我可以自行做出裁定。但是我一定會先聽你說完，齊昂妮也這麼希望。最後，我們也有可能不殺你。」

傑生覺得自己又可以呼吸了。「非常感謝。」

「不要謝我，」波瑞阿斯微笑著說：「讓我們生活變有趣的方法有很多。有時候，我們把半神半人留下來消遣，像現在你看到的這些都是。」

他伸出手，比著王座廳裡的眾多冰雕人像。

派波發出一個奇怪的聲音。「您的意思是……他們全是半神半人嗎？冰凍的混血人？他們還有生命嗎？」

「有趣的問題。」波瑞阿斯點點頭，好像從沒想過這個問題。「沒有我的命令，他們是不會動的。其他時間，他們就只是凍結在那裡，除非他們融化了。不過那一定會一團亂。」

齊昂妮站到傑生後面，把冰冷的手指放到傑生的脖子上。「父親給我這麼可愛的禮物，」她在他耳邊輕語：「留在我們王宮，這樣或許我就會放你的朋友走。」

「什麼？」齊特士打斷她，「如果齊昂妮可以得到這傢伙，那我也要那個女孩。齊昂妮總是拿到比較多禮物！」

「好了，孩子們！」波瑞阿斯語氣嚴厲地說：「我們的客人會認爲你們被寵壞了！而且你們也進行得太快了些，我們根本還沒聽半神半人怎麼說，要聽完才能做決定。傑生．葛瑞斯，請讓我們開心一下吧！」

傑生覺得自己的腦袋已經無法思考。他不敢看派波，深怕連最後一點思緒都會亂掉。他把他們牽扯進來，現在他們全部都得死，甚至更悽慘，變成波瑞阿斯子女的玩物，以永久的冰雕作結，永遠待在這間王座廳，慢慢被冰霜腐蝕。

齊昂妮低嗚一聲，手往傑生的脖子一拍。傑生沒做什麼，但他全身皮膚卻冒出電流，啪啦一聲，把齊昂妮往後震飛，滑過廳堂地面。

齊特士大笑。「做得好！真高興你這麼做，即使我現在必須殺掉你。」

齊昂妮一開始還太過震驚，沒任何反應，但接下來她身邊的空氣開始飛旋成一個小小的冰風暴。「你竟敢……」

「停！」傑生用盡所有力氣大喊：「你們不能殺掉我們，也不能把我們留在這邊。我們身負尋找天神之后的任務！除非你們希望希拉搗爛你們的每一扇門，否則最好讓我們離開！」

他的聲音聽起來比實際上有自信得多，也引起了他們的注意。齊昂妮周遭的冰風暴停止旋轉，齊特士手上的劍放低下來，兩人都一臉不確定地看著父親。

「嗯。」波瑞阿斯說。他的眼神光芒閃爍，但傑生無法分辨是因為憤怒，還是覺得有趣。「宙斯的兒子被希拉賞識？這絕對是有史以來第一次，告訴我你的故事吧！」

傑生差點搞砸了。他沒想到居然有說話的機會，而好不容易現在可以說了，他的聲音卻完全出不來。

還好派波救了他。「陛下！」她再行一次屈膝禮，姿態低到不能再低，畢竟她的生死可是懸在一線之間。她把整件事的來龍去脈都說給波瑞阿斯聽，從大峽谷一路講到了神諭的預言，而且講的絕對比傑生自己來說好多了。

「我們想要的，只是您的指引。」派波總結說：「這些風暴怪物攻擊我們，他們全都聽命於一位邪惡的女主人。如果我們找到風暴怪物，也許就能找到希拉。」

大王輕撫鬍鬚上的冰柱。窗戶外，夜色已深，唯一的光線來自他們頭頂的極光，把所有事物染上一片紅、一抹藍。

「我知道這些風暴怪物，」波瑞阿斯說：「也知道他們在哪裡，還有那個俘虜被關到哪裡去了。」

「您是說黑傑教練嗎？」傑生問：「他還活著？」

波瑞阿斯揮揮手說：「只是現在還活著。但是，能控制這些風暴雲的人……瘋子才會去跟她作對啊。你還是留在這裡當冰雕比較好。」

「但希拉有麻煩，」傑生說：「三天之後，她就會被毀掉、消滅或是怎麼樣，我不確定，而同時另一個巨人也將趁勢而起。」

「是的。」波瑞阿斯認同地說。傑生不知是自己出現幻覺，還是波瑞阿斯眞的生氣地看了齊昂妮一眼。「許多可怕的事都在蠢動，就連我孩子也沒把該告訴我的全說給我聽。關於那個由克羅諾斯開始的大騷動，你父親竟然愚蠢地認爲在泰坦巨神被擊潰後就會結束。一切都跟過去一樣，它現在當然還存在。最後的戰役還沒到來，而即將甦醒的，會是比泰坦巨神更可怕的力量。風暴怪物的出現只是開端，大地還可以產生許多恐怖的事物。當怪物不再逗留於塔耳塔洛斯，靈魂不再受制於冥王黑帝斯……奧林帕斯的確有足夠的理由恐慌啊。」

傑生不能完全理解他的話，但他非常不喜歡齊昂妮在旁邊微笑的方式，彷彿，這就是她所謂的「樂趣」。

「這麼說，您會幫助我們？」傑生問。

波瑞阿斯沉下臉。「我可沒那麼說。」

「陛下，請求您！」派波說。

每個人的目光都轉向派波。她本應驚慌到極點，但此刻卻顯得美麗又有自信，而且那份美麗不是來自阿芙蘿黛蒂的賜福。她回到她本來的模樣，身上是穿了好幾天的旅行服，一頭亂髮，沒有化妝，但她卻在這寒冷的王座廳中散發出溫熱的光采。「如果您告訴我們風暴怪物在哪裡，我們可以替您逮捕他們，把他們交給艾歐勒斯。這樣的話，在您的主人面前，您就立了一件大功。艾歐勒斯也許就會原諒我們這些混血人，甚至能救出葛利生．黑傑。每個人都會是贏家。」

「她眞美啊，」齊特士含糊說著：「我是說，她說得對。」

「父親，不要聽她的！」齊昂妮說：「她是阿芙蘿黛蒂的小孩，竟敢魅惑天神。現在就凍結她！」

波瑞阿斯陷入思考。傑生的手滑進口袋，做好掏出金幣的準備。萬一情況有變，他的動作一定要快。

他的舉動引起波瑞阿斯的注意。「混血人，你手臂上的記號是什麼？」

傑生沒有留意到自己的袖子已經往上拉起，那個刺青露出了邊緣。他只能不情願地將刺青露出來給波瑞阿斯看。

大王睜大了眼睛，齊昂妮則驚呼了一聲，接著後退。

接下來，波瑞阿斯的舉動出乎眾人預料，他竟然開始放聲大笑，聲音大到天花板上的冰柱都被震下一根，直接落到王座旁。他的天神形體突然開始閃爍，鬍鬚不見了，一下子變高又變瘦，一身衣裝轉成羅馬式寬袍，側身有著紫色鑲邊。他頭上的王冠是一頂結霜的桂冠，身邊還掛著一支兵器，一把與傑生的劍形狀相似的羅馬劍。

「阿魁洛[55]。」傑生說著，不知道這個拉丁名是從腦海的何處冒出來。

北風之神斜著頭。「我的羅馬形體你比較認得出來，是嗎？但是，你卻跟我說，你是來自混血營？」

傑生移動腳步。「嗯……是的，陛下。」

「是希拉把你送到那裡……」北風之神的眼神充滿喜悅，「現在我懂了！喔，她下的眞是一盤險棋啊。很大膽，但也有夠危險！難怪奧林帕斯要關上大門，他們一定是被她的賭注嚇到發抖。」

「傑生，」派波緊張地問：「爲什麼波瑞阿斯要變身？長袍、桂冠，這是怎麼回事？」

「這是他的羅馬形體，」傑生說：「但究竟是怎麼一回事，我也不知道。」

天神大笑。「我相信你不知道。接下來有好戲可看了。」

「您的意思是，您願意讓我們走了？」派波問。

「親愛的，」波瑞阿斯說：「我沒有必須殺你們的理由了。如果希拉的計畫失敗，我是這麼推測啦，你們自然就會自相殘殺，那艾歐勒斯也就不必再擔心半神半人會製造麻煩了。」

傑生感覺齊昂妮冰冷的手指又爬上他的脖子，但其實她沒有這麼做，單純是傑生知道波瑞阿斯說得沒錯。自從他到混血營後，那種不對勁的感覺始終困擾著他，而奇戎也提過，他的出現可能帶來災難。顯然，波瑞阿斯明白這些。

「我猜，你不能解釋給我聽？」傑生問。

---

[55] 阿魁洛（Aquilon），在拉丁文中意指「北風」，也是羅馬神話中北風之神的名稱。

「喔，死了這條心吧，輪不到我去干擾希拉的計畫。難怪她要取走你的記憶！」波瑞阿斯咯咯笑著，顯然想像混血人自相殘殺想得很開心。「你要知道，在所有風神當中，我向來有樂於助人的好名聲。跟我那些同道不同，我喜歡跟凡人談戀愛是眾所皆知的事，那也是為什麼我這兩個兒子，齊特士與卡萊斯，原本是半神半人……」

「那也說明了他們為什麼那麼愚蠢。」齊昂妮憤怒地說。

「閉嘴啦！」齊特士立刻頂回去，「只不過因為你是血統純正的女神……」

「你們兩個，給我凍住！」波瑞阿斯命令，顯然這個字眼在這個家族中非常有力，因為這對姊弟立刻靜止下來。「現在，就如我剛剛所說，我有很好的名聲，但在天神的那些風流韻事中，我卻極少扮演重要角色。我在文明世界的邊緣守著我的本分，很少出現有趣的事。哼，就連住在坎昆[56]那個管南風的笨蛋諾托斯[57]都還有春假可以放，而我有什麼？只有成群光溜溜的魁北克人在雪地滾來滾去的冬季嘉年華[58]！」

「我喜歡嘉年華。」齊特士嘟噥著。

「重點是，」波瑞阿斯打斷他，「我終於有機會站到舞台中央！喔，沒錯，我會讓你們繼續尋找任務，當然，你們會在風城找到風暴怪物。芝加哥……」

「父親！」齊昂妮抗議著。

波瑞阿斯不理他女兒。「如果你們有辦法捕捉到那些風暴怪物，也許就有辦法安全進入艾歐勒斯的宮殿。要是出現奇蹟，你們成功了，一定要告訴艾歐勒斯，你們是奉我的命令去抓那些風暴怪物的！」

「一定，沒問題！」傑生說：「所以說，我們可以在芝加哥找到那位控制風暴怪物的女士嗎？她就是綁架希拉的人嗎？」

「啊，」波瑞阿斯微笑著，「這兩個問題沒什麼關聯呢，朱比特之子。」

朱比特，傑生留意到，之前他還叫他宙斯之子呢。

「控制那些風暴怪物的人，」波瑞阿斯說：「沒錯，你們可以在芝加哥找到她。然而她也不過是一個侍從而已，卻是一個極可能毀滅你們的侍從。如果你們打敗了她，制伏那些風暴怪物，你們就可以去見艾歐勒斯。全世界只有他了解地球上所有的風，所有的祕密最後都將帶進他的堡壘。要說有誰可以告訴你希拉被關在哪裡，那個人一定是艾歐勒斯。至於最後你們會在希拉被關的地方遇見誰？說句實話，如果我眞的告訴你們，你們會求我現在就把你冰凍起來。」

「父親，」齊昂妮繼續抗議，「您不能這麼輕易就讓他們……」

「我想怎麼做就怎麼做，」他加重語氣說：「我還是這裡的王，不是嗎？」

波瑞阿斯瞪著女兒的眼神，顯示他們早已有些還沒解決的爭執。齊昂妮眼中閃著怒火，但她緊咬牙關，吐出幾個字：「一切依您所願，父親大人。」

「現在，趕快離開吧，半神半人！」波瑞阿斯說：「趁我還沒改變主意之前。齊特士，送他們安全出去。」

---

56 坎昆（Cancún）是墨西哥最東邊一州的城市，瀕加勒比海，是世界著名的潛水勝地。

57 諾托斯（Notus），南風之神，掌管夏季溼潤多水氣的風，形象為身披斗篷，有對翅膀的男子。

58 魁北克每年一月底到二月中會舉辦嘉年華會，活動內容涵蓋各式各樣與冰雪有關的活動，如冰雕、雪橇等。一八九三年第一次正式舉辦。自一九五五年開始每年固定舉辦，吸引各國人士參加。

所有人行鞠躬禮後，北風之神消失在霧中。

回到入口大廳時，卡萊斯和里歐都在等著他們。里歐看起來很冷，但沒有受到傷害，外表甚至還清潔過一番，衣服好像才剛清洗乾淨，彷彿享受了旅館的洗衣服務。非斯都已經回復正常形體，正朝著自己的外殼噴火除霜。

當齊昂妮領著他們步下階梯，傑生注意到里歐的眼神一直跟著齊昂妮，還忙著用手指梳理自己的頭髮。喔哦，傑生心想，他稍後可要記得警告里歐，這位冰雪公主絕不是他可以迷戀的對象。

走到最下面一階時，齊昂妮轉身對派波說：「女孩，你騙了我的父親，但你騙不了我，我們之間還沒結束。至於你，傑生．葛瑞斯，我很快就會在王座廳看到你的冰雕。」

「波瑞阿斯說得很對，」傑生說：「你是個被寵壞的孩子。再見了，冰雪公主！」

齊昂妮氣到整個眼睛發白，一時竟講不出話。她暴風似地轉身步上階梯，然後走到一半轉成冰風暴消失。

「小心點，」齊特士警告著，「她從來不會忘記任何羞辱。」

卡萊斯在旁咕噥附和：「壞姊姊！」

「她是雪之女神，」傑生說：「她會怎麼對付我們？丟雪球砸人？」只是傑生一邊說，一邊產生不祥的預感，齊昂妮絕對做得出更惡劣的事。

里歐看起來很頹喪。「你們在上面發生了什麼事？你們讓她生氣了？她也生我的氣嗎？嘿，夥伴，我想邀她去舞會耶！」

「我們晚一點再解釋。」派波跟他保證，但同時看了傑生一眼，他明白派波希望是由他去跟里歐說。

上面發生了什麼事？傑生自己都不清楚。波瑞阿斯變成了羅馬形體的阿魁洛，彷彿傑生的出現導致他精神分裂。

傑生被送到混血營這件事，似乎把這位天神逗樂了。但這個波瑞阿斯暨阿魁洛，卻也不是因爲善心大發而放走他們。他眼裡閃爍著殘忍的光芒，就像在鬥狗場上下了一個賭注。

「你們自然就會自相殘殺，」他當時興奮地說：「那艾歐勒斯就不必再擔心半神半人會製造麻煩了。」

傑生轉頭不看派波，不想讓她發現自己有多不安。「是呀，」他對里歐說：「我們晚一點一定會跟你解釋清楚。」

「漂亮女孩，小心一點，」齊特士說：「從這裡到芝加哥之間的風暴怪物脾氣超壞，許多邪惡事物也是蠢蠢欲動。唉，很遺憾你不能留下來，你一定會成爲一尊美麗的冰雕，那我就可以天天對著你照鏡子。」

「謝了，」派波說：「但我寧願陪卡萊斯打曲棍球。」

「曲棍？」卡萊斯眼睛亮了起來。

「開玩笑的，」派波說：「而且，暴風還不是我們最大的麻煩，對嗎？」

「沒錯，」齊特士同意，「是其他的事，更糟的事。」

「更糟。」卡萊斯跟著說。

「你能透露一點訊息嗎？」派波對他們一笑。

這一次，她的魅語沒有發揮效果，有紫色翅膀的波瑞阿茲兄弟整齊一致地搖搖頭。此時飛機棚的大門滑開，凜冽星空就在眼前。非斯都跺著腳，急切期待起飛。

「去問艾歐勒斯，更糟的事是什麼，」齊特士悄悄地說：「他知道答案。祝你們好運。」他聲音聽起來像是發自內心關心他們的命運，即使幾分鐘前他還想把派波變成冰雕。

卡萊斯拍拍里歐的肩膀，說：「別被摧毀！」這可能是他有生以來說過最長的一句話。「下次……曲棍，披薩！」

「走吧，夥伴們！」傑生望著無垠的夜空。雖然他急著要離開這個冰冷的大閣樓，但他心裡有種感覺，這裡可能是近期內對他們最友善的地方。「我們去芝加哥吧，努力不被摧毀！」

21 派波

一直到魁北克的城市夜光完全消失在身後，派波才眞正放鬆下來。

「你剛剛眞棒。」傑生對她說。

這句稱讚本來值得她高興一天，但是她現在滿腦子都是等候在前頭的諸多危險。「邪惡的事物也是蠢蠢欲動。」齊特士這樣警告他們，這件事她早就知道了。離冬至愈近，派波能做決定的時間就愈少。

她用法文對傑生說：「如果你知道眞相，你就不會認爲我很棒了。」

「你說什麼？」傑生問。

「我說，我不過是跟波瑞阿斯說了幾句話而已，算不上多棒。」

她沒有轉頭看傑生，但想像他在微笑。

「嘿！」他說：「你救了我耶，不然我可會就被列入齊昂妮的冰雕英雄大展了。我欠你一份人情。」

這倒是最容易的部分，派波心想，她絕對不會讓那個冰妖留住傑生。其實，最困擾派波的，是波瑞阿斯轉變形體這點，還有放走他們的原因。這些都和傑生手臂上的刺青印記有關，和傑生的過去有關。波瑞阿斯認定傑生與羅馬有關聯，但羅馬人和希臘人是不相容的。她一直在等傑生給她一個解釋，但顯然他完全不想提這件事。

到今晚之前，派波還有辦法打消傑生不屬於混血營這個想法。很明顯的，他是一位半神半人，所以他當然屬於混血營。可是現在……如果他是別的什麼呢？如果他眞的是敵人呢？她受不了再繼續想下去，比想到齊昂妮更加難受。

里歐從他的背包取出幾個三明治遞給他們。自從跟他說了他們在王座廳裡的事之後，他就一直很安靜。「我還是無法相信齊昂妮是那樣的人，」他說：「她看起來是那麼好。」

「相信我，兄弟，」傑生說：「白雪也許美麗，但近距離接觸卻冷酷又險惡。我們會替你找到更好的舞伴。」

派波微笑著，但里歐並沒有因此而開心。他沒有提到多少在入口大廳等待的事，也沒有說明爲什麼波瑞阿茲兄弟獨獨覺得他身上有火的味道。派波感覺他隱瞞了一些事，而不論那是什麼，總之，他的心情似乎影響到非斯都。非斯都發出呻吟，又冒著蒸氣，好像努力要在加拿大的冷空氣中保持溫暖。「快樂號大龍」此時並不快樂。

他們邊飛邊啃三明治。派波不知道里歐是如何找到這些補給品，而且竟然還記得幫她帶沒有肉的三明治來。這個酪梨起司三明治還眞好吃。

沒有人說話。不論他們到芝加哥會遇到什麼，他們都明白，波瑞阿斯之所以放他們走，是看準他們要達成的是一項自殺任務。

月亮升起，繁星移到天空，派波開始覺得眼皮沉重。跟波瑞阿斯和他小孩這番交手，心裡其實比她願意承認的還要害怕許多。現在既然吃飽了，她的腎上腺素也開始消退。

「親愛的，想辦法解決它！」黑傑教練在喊她：「別當個懦夫！」

自從波瑞阿斯說黑傑教練還活著，她就一直想到他。她其實從來沒喜歡過黑傑教練，但在天空步道時，他爲了拯救里歐竟然跳下斷崖，甘願犧牲自己來保護他們。現在她終於了解，在荒野學校時，爲何教練總是不斷督促她，叫她要跑得更快，逼她做更多伏地挺身，甚至在她跟那些刻薄女生發生爭執時轉身不理，讓她獨自面對自己的戰役。這個老羊男其實是用惹人發毛的方式在幫助她，希望她準備好做個混血人。

在天空步道上，風暴怪物狄倫也提過黑傑教練的某些事，說他因爲太老被勒令退休後才轉到荒野學校，彷彿那是一種懲罰。派波不禁猜想事實到底是怎麼一回事，那是否就是教練始終性情乖戾的原因。不管怎樣，現在既然知道教練還活著，她有一股強烈的衝動想要馬上去救他。

別淨想一些自己做不到的事啊，她罵自己，你有更大的問題要解決，這趟旅程不會有快樂結局的。

她是一個叛徒，就跟瑟琳娜．畢瑞嘉一樣，這些朋友遲早會發現。

她抬頭仰望星空，想起很久以前的某個夜晚，她和爸爸在湯姆爺爺的房子前露營。爺爺好多年前就去世了，但爸爸一直留著那棟在奧克拉荷馬州的房子，因爲那是他成長的地方。

那次回去他們待了幾天，因爲爸爸打算將房子出售，所以回來做些整修工作。派波很難想像有誰會想買這樣一棟破舊的小屋，它只有活動遮板而沒有窗戶；只有兩個小房間，卻充滿雪茄的怪味。他們住在屋裡的第一晚眞是炙熱難熬，正値八月中旬卻沒有冷氣可吹，所以第二天晚上，爸爸建議到屋外睡。

他們攤開睡袋，聆聽樹上的蟬聲。派波指著天空的星座，找尋她研讀已久的熟悉名字，有海克力士的武仙座、阿波羅的天琴座，還有半人馬的射手座。

爸爸雙手交叉枕著頭。當他穿著舊T恤和牛仔褲時，看起來和奧克拉荷馬州塔立奎鎮[59]上的一般人沒兩樣，就像一個從未離開部落的切羅基族人。「你爺爺會說，這些希臘神話都是鬼扯淡。他告訴我，星星們全是生物，他們長著會發光的毛，就像魔法刺蝟一樣。在很久很久以前，曾經有獵人在森林裡抓到那樣的動物，獵人並不知道自己做了什麼事，直到夜色來臨，這些星星動物發出亮光，金色火花不斷從皮毛中飛濺而出，獵人才知道原來他們捕獵到的是星星。所以這些切羅基獵人就將星星放回天上。」

「你相信有魔法刺蝟嗎？」派波問。

她爸爸大笑。「我認爲你爺爺也是在鬼扯淡，和希臘人一樣！但是，天空這麼大，我想，總是有一點空間可以分給海克力士和魔法刺蝟。」

他們坐了好一會兒，派波終於鼓起勇氣，提出一個她一直想問卻不敢問的問題。「爸，爲什麼你從來沒有演過美洲原住民的角色？」

一個禮拜前，爸爸才婉拒了一個百萬美金片酬的邀約，那是《獨行俠》[60]要重拍，想請爸爸飾演東托。派波很想知道爸爸拒絕的原因，畢竟他演過那麼多不同的角色，像是洛杉磯流氓學校的拉丁文老師、賣座動作片裡的帥氣以色列間諜，甚至在〇〇七情報員裡扮演敘利亞恐怖份子。當然，最讓人印象深刻的永遠是斯巴達國王。可是只要是美洲原住民，不論是個什麼角色，爸爸一律不接。

他不看她。「離家太近了，派波。假裝一個不是自己的角色反而比較簡單。」

「這樣想不會太古板嗎？如果說，有一個完美的角色可以改變人們對原住民的看法，難道你也不願嘗試一下？」

「那也要眞有這樣的角色，」他嘆息著說：「派波，到現在我還沒遇過。」

她又看著星星，想像它們是發光的刺蝟。但她所看到的盡是她知道的畫中人物，像是海克力士在天空奔跑，要去追殺怪物。爸爸說的也許對，希臘人和切羅基人一樣瘋癲，星星不過是個發光火球罷了。

「爸，」她說：「如果你不喜歡離家太近，那爲什麼我們現在會睡在爺爺家的庭院？」爸爸的笑聲在寂靜的奧克拉荷馬夜空中迴盪。「我看你實在太了解我了，派波！」

「你沒打算賣掉這房子，對吧？」

「嗯，」他嘆了一口氣，「或許不賣吧。」

派波眨眨眼，想把往日回憶甩開，她意識到自己在龍背上睡著了。爸爸怎麼有辦法假裝成那麼多不是自己的人？派波現在也很想假裝，可是那讓她覺得好痛苦。

也許她還可以再裝得久一點，可以夢到一個解救父親又不用背叛朋友的方式，雖然現在看來，快樂結局的可能性就跟魔法刺蝟一樣渺茫。

她往後靠到傑生溫暖的胸膛，傑生沒有抱怨。她的眼睛一闔上，睡意就淹沒了她。

---

59 塔立奎鎮（Tahlequah）位在奧克拉荷馬州，是美國原住民切羅基族人的主要聚落，算是切羅基族的首府，人口約一萬多。

60《獨行俠》（*The Lone Ranger*）起源於一九三三年開播的同名廣播劇，之後多次被改編為電影、電視劇、小說、動漫等，是美國人心目中最經典的西部騎警片。故事中的白人主角被印第安人東托（Tonto）所救，之後他化身為戴面具的騎警，緝拿各種歹徒歸案，東托則成為獨行俠的助手。

在夢中，她又回到那個山頂。鬼魅般的紫色營火在樹上映出陰影。派波的眼睛被煙薰到，地面很溫暖，她感覺鞋底黏黏的。

黑暗中出現低沉的聲音說：「你忘了你的任務。」

派波看不到他，但他絕對就是她最不願意遇到的巨人，他自稱恩塞勒達斯。她往四周看看，找尋父親的蹤影，但那根曾經綁住爸爸的火刑柱已經不在原地。

「他人呢？」派波問：「你對他做了什麼？」

巨人縱聲大笑，好像熔岩自火山口噴發時冒出的嘶嘶聲。「他的身體還是安然無恙，但他的精神嘛……我怕，他已經受不了有我作伴了。也不知怎麼搞的，他總覺得我很……討人厭。小女孩，你一定要快點啊，我怕他沒剩多少精力可以讓你來救了。」

「放他走！」她尖叫：「讓我代替他，他只是一個凡人！」

「但是，親愛的，」巨人聲音低沉地說：「我們必須證明對父母的愛，這就是我現在在做的事。照我的話去做，證明你有多珍惜你父親。到底是誰比較重要？是你父親，還是那個利用你感情、玩弄你情緒、操控你記憶的虛偽女神？希拉對你來說算什麼？」

派波開始發抖，太多憤怒與恐懼在她體內翻攪，她幾乎說不出話來。「你等於是要我背叛我的朋友。」

「很抱歉，你的朋友註定要死，他們的尋找任務不可能成功。即使你們成功了，你也聽過那個預言說，釋放希拉將帶來更多死亡。現在唯一的問題是，你要跟你朋友一起死，還是跟你父親一起活？」

營火發出怒吼，派波想後退，但雙腳變得沉重無比。她發現大地正在將她往下拉，並緊纏住她的靴子，就像踏在溼黏的沙土上。當她抬頭仰望，一片紫色火花灑遍天空，太陽在東方準備向上爬。下方山谷裡，點點都市燈火仍舊明亮，而在更遠的西方，綿延的山陵之上，有個她熟悉的地標正從雲海中升起。

「你為什麼讓我看這些？」派波問：「你在顯示你的位置。」

「是的，你知道這地方，」巨人說：「引你的朋友來這裡，不要去你們眞正的目的地，讓我來處理他們。或者更好的是，在你到達這裡前就安排好他們的死亡之旅。我不在乎你用哪一種方法，總之，在冬至當日正午之前到達山頂，你就可以接回你父親，平安離開。」

「我沒辦法，」派波說：「你不能要求我……」

「去背叛那個笨男孩華德茲嗎？他總是惹你生氣，現在又對你有所隱瞞。或者要求你放棄那個根本沒有過的男朋友？你想想，他有比你自己的父親重要嗎？」

「我會找到打敗你的方法，」派波說：「我會救出我的父親，也會拯救我的朋友！」

巨人在陰影中咆哮。「我也曾經驕傲過，以為天神絕對無法打敗我。後來他們朝我丟來一座山，把我深深壓到地底下。我在地層中痛苦掙扎，半昏迷半清醒了好長一段時間。這種苦難教我學會耐心等待，女孩，它教我學會切莫輕舉妄動。現在，靠著逐漸甦醒的大地幫忙，我已經找回我的路。而我只不過是頭一個，我的同道就要陸續追隨，我們的復仇將不會有所保留，這一次絕對不會！至於你，派波．麥克林，你需要好好學習什麼叫謙遜。我可以讓你瞧瞧你那叛逆的靈魂是多麼不堪一擊！」

夢境消失，派波在尖叫中醒來，同時像個自由落體從空中墜落。

22 派波

派波從空中翻落。她往下看到晨曦中遙遠的城市燈火，也瞥見失控的金屬龍在一百多公尺外拚命打轉。它翅膀下垂，嘴巴不斷冒出火花，像是線路不良的燈泡閃閃滅滅。

一個人影從她身邊噴射而過，是里歐。他驚聲尖叫，慌亂地想攫住雲朵。「慘了——！」

她想叫他，可是瞬間他就掉到遠遠的下方去了。

在比她高一點的地方，傑生喊說：「派波，保持平衡！張開你的手腳！」

最難控制的是恐懼，但她努力照著傑生說的做，取得了一點平衡。她像跳傘選手般展開四肢，身體下面的風猶如一大塊堅硬的冰；然後傑生出現了，他的手臂環住她的腰。

謝天謝地，派波心想，但心裡另一個聲音則是：「太棒了。」這是他這個星期第二次抱著她，而且都是在她快摔死的時候。

「還要救里歐！」她大喊。

他們下降的速度因傑生掌控了風勢而減緩下來，但仍忽高忽低地晃盪著，似乎是風拒絕和他們合作。

「開始不穩了，」傑生警告她：「抓緊喔！」

派波將傑生抱得更緊，傑生朝地面俯衝而下。派波也許有尖叫，但聲音一從嘴巴出來就被撕裂了。她的視線陷入模糊。

接著，砰的一聲，他們撞上另一個溫暖的軀體——是里歐！他還在掙扎與咒罵中。

「別打了！」傑生說：「是我！」

「我的龍！」里歐大喊：「你一定要救救非斯都！」

派波很清楚，傑生要頂住三個人不掉下去已經很吃力，根本無法再去救一隻五十噸重的金屬龍。她才準備要勸里歐，下方就傳來巨大的爆炸聲。一個倉庫區的後面升起一團火球噴向空中，只見里歐哭著吶喊：「非斯都！」

傑生漲紅了臉，使盡力量要維持住下方氣流所形成的氣墊，卻也只能做到斷斷續續、忽慢忽快地下降。那不是自由落體的狀態，比較像是從巨人的天梯上彈落，一次掉個一百公尺，感覺簡直是在跟派波的胃作對。

在他們東彈西跳、搖來晃去的同時，派波看清楚下方那個廠區的情況，有倉庫、煙囪、鐵絲網欄杆、停車場，裡面停了成排覆雪的汽車。他們的位置還很高，要是眞的掉在路上，恐怕會摔成肉餅導致交通事故，或者說是空中事故。這時傑生哀號著：「我沒辦法……」

他們就像三個大石頭般掉下去。

他們撞上最大一間倉庫的屋頂，墜落到黑暗中。

不幸的是，派波想要以腳著地，她的腳卻不喜歡這樣。於是她撲倒在一件冰冷的金屬物表面，左腳踝劇烈疼痛。

有幾秒鐘，她整個人只剩下痛的感覺，痛到她嗡嗡耳鳴，兩眼昏花。

然後她聽到傑生的聲音從下面傳來，在房子內迴響。「派波！你在哪裡？」

「噢，兄弟！」里歐抱怨著：「那是我的背，不是沙發！派波，你在哪裡？」

「在這裡。」她吃力地回答，聲音虛弱。

她聽見一陣乒乒乓乓、窸窸窣窣聲，然後有腳步踏到金屬上的聲響。

她的視線開始清晰。她掉在倉庫內部的金屬棧橋上，傑生和里歐則是掉到地面層，現在正爬上樓梯來找她。她看一下自己的腳，一陣反胃襲來。她的腳指頭不應該朝那個方向吧，不是嗎？

喔，天啊。她強迫自己看向別的地方，不然就要吐了。注意別的東西，任何東西都好。

六、七公尺高的屋頂被他們撞出一個星爆式的不規則開口，他們如何能從這樣的墜落中僥倖生還，派波不得而知。幾盞從天花板懸吊下來的燈泡閃著暈光，完全不足以照亮這偌大的空間。派波旁邊是一道波浪狀的金屬牆壁，上面應該是有某家公司的標誌，但幾乎都被牆上的塗鴉給遮蓋掉了。下面被陰影所籠罩的倉庫中，可以看出有巨大的機器、機械手臂，生產線上還留有卡車的半成品。整個地方看起來已被棄置多年。

傑生和里歐來到她身邊。

里歐先問：「你還好嗎？」然後就看到她的腳。「喔，不，不好。」

「謝謝你的安慰呀。」派波呻吟。

「不會有事的。」傑生開口，但派波聽得出他話中充滿擔憂。「里歐，你有帶急救品嗎？」

「有，有啊，當然有。」他在工具腰帶裡東翻西找，抓出一整包紗布和一大捲強力膠帶，兩者看來都遠超過工具腰帶的容量。派波從昨天早上就注意到里歐那個腰帶，卻沒想到要去問他。這腰帶看起來沒什麼特別，就是那種環繞在腰際的皮革圍裙，上面有許多口袋，是一般鐵匠或木匠會戴在身上的標準配備。只不過，里歐這個腰帶看起來空空的。

「你是怎麼……」派波試著坐起來，卻又立刻縮回去。「你是怎麼從空空的腰帶裡掏出這些東西的？」

「魔法，」里歐回答：「我也還沒完全搞清楚，但我可以從裡面召喚出任何正常的工具，還有一些有用的東西。」他的手伸入另一個口袋，拿出一個小錫盒。「來顆清涼薄荷糖？」

傑生一把抓過小錫盒。「太棒了，里歐。你現在有辦法固定她的腳嗎？」

「我是一個機械工耶，兄弟，如果她是一部車……」他彈了一下拇指。「等等，他們在混血營餵你的那個神藥叫什麼？大力丸嗎？」

「笨蛋，那叫神食。」派波咬著牙說：「我的背包裡應該有一些，希望沒摔壞。」

傑生小心翼翼地將背包從她的肩膀上拿下來翻找。在阿芙蘿黛蒂小屋的孩子為派波準備的用品中，他找到一個密封袋，裡面滿是被壓爛的糕點，看來有點像檸檬酪糕。傑生剝一塊下來餵派波。

這東西的味道和預期中完全不同，讓她想到小時候爸爸煮的黑豆湯。曾有那麼一段時光，只要她生病，爸爸都會餵她那個東西。這段回憶舒緩了她的不適，腳踝的疼痛消退了。

「我還要。」她說。

傑生皺起眉頭。「派波，還是不要冒險。他們說吃太多可能會灼傷你的身體。我想我們應該先來固定你的腳。」

派波的胃翻攪著。「你以前有做過嗎？」

「應該……有吧。」

里歐找到一塊舊木板，把它折成兩段當作夾板，然後將紗布和膠帶都準備好。

「抓穩她的腳，」傑生對里歐說：「派波，接下來會痛一下。」

傑生開始擺正派波的腳，派波痛得整個人縮起來，狂捶里歐的手臂。里歐慘叫著，音量和派波不相上下。等她能再次正常呼吸且視線也恢復時，她發現自己的腳已轉回正確方向，腳踝由紗布、膠帶和夾板固定起來。

「噢！」她喊。

「天哪，我的大美女！」里歐揉著自己的手臂說：「還好我的臉不是長在這裡。」

「對不起，」派波說：「還有，不要叫我大美女，不然我會多捶兩下。」

「你們兩個剛剛都很棒。」傑生在派波的背包裡找到一個水壺，遞給她喝點水。幾分鐘後，她的胃終於舒緩下來。

既然不再痛得大呼小叫，她的耳朵就可以聽見窗外的狂風呼嘯。雪花從屋頂的破洞落下來，而自從認識齊昂妮之後，雪花變成她最不想見到的東西。

「我們的龍怎麼了？」派波問：「我們在哪裡？」

里歐的臉整個垮下來。「我不知道非斯都怎麼了。他就突然往旁邊一斜，像是撞上一道隱形的牆，然後開始往下掉。」

派波想起了巨人恩塞勒達斯的警告：「我可以讓你瞧瞧你那叛逆的靈魂是多麼不堪一擊！」會是他把他們從高空打下來的嗎？好像不太可能，如果他眞的那麼有力量，爲什麼還需要她背叛朋友？他可以直接殺掉他們就好了。再說，這個巨人怎麼有辦法監視到千里之外又身處風雪中的她？

里歐指著牆上的標誌。「至於我們究竟來到哪裡……」塗鴉覆蓋下的圖案不容易辨識，但派波看得出是一個大大的紅眼睛和幾個模糊的印刷字體：「單眼鏡汽車，第一組裝廠」。

「是關門大吉的汽車工廠，」里歐說：「我猜我們墜落在底特律。」

派波聽說過底特律有很多關閉的汽車工廠，所以這個判斷頗有道理，但也眞是個令人沮喪的降落地點。「那麼，這裡離芝加哥有多遠？」

傑生把水壺遞給她。「從魁北克算起的話，可能已經過了四分之三的路程吧？重點是，沒有了龍，我們只能走陸路了。」

「不可以，」里歐說：「那太危險了。」

派波馬上想到夢境中雙腳被大地拖住的情況，還有波瑞阿斯大王說大地會產生許多恐怖事物。「他說得對，何況，我也不知道能不能走。而且我們有三個人……傑生，你沒辦法一個人帶我們飛那麼遠。」

「是不可能，」傑生說：「里歐，你確定非斯都不是故障了嗎？我的意思是，非斯都已經很老了，而且……」

「也許是我沒修好？」

「我沒這麼說，」傑生抗議，「我只是……可能你還是有辦法修好它。」

「我不知道。」里歐的聲音有些氣餒。他從袋子裡抓出幾個螺絲釘，放在手上把玩。「我得先知道它掉在哪裡，如果它還完整的話。」

「都是我的錯。」派波突然脫口而出。她再也忍不下去了，父親的祕密在她體內灼灼發燙，就像吃下過多神食一樣。如果再對朋友說謊下去，她覺得自己很快就要燒成灰燼。

「派波，」傑生溫柔地說：「非斯都發生故障時，你正在睡覺，所以不可能是你的錯。」

「是啊，你只是被他震醒。」里歐附和，他並沒有火上加油地開玩笑。「你現在還很痛，好好休息就好。」

她想告訴他們所有的事，但話到喉頭就卡住了。雖然他們兩人都對她這麼好，但萬一恩塞勒達斯眞的在監視她，說錯了話可能就會害死爸爸。

里歐站起來。「嗯，這樣吧，傑生，你留在這裡保護她，我出去找找非斯都。我想他有可能掉在倉庫外面，如果找到他，也許就能發現問題，然後修理看看。」

「這樣太危險了，」傑生說：「你不應該一個人到外面。」

「喂，我有強力膠帶和清涼薄荷糖，不會有事的。」里歐說，但說話速度快了些。派波知道其實他內心比外表看來更加恐懼。「你們可不能丟下我跑掉喔。」

里歐的手伸進魔法工具腰帶裡，抓出一支手電筒，走下樓梯，留下派波和傑生。

傑生對派波笑笑，雖然看起來有些緊張。那正是那次在荒野學校宿舍屋頂上，他第一次吻她之後的表情呀！他唇上那道可愛的小疤，像半月形凹陷進去。眞是溫暖的回憶。然而她馬上想到，那個吻根本不曾眞的發生過。

「你看起來好多了。」傑生開口說。

派波不確定他指的是她的腳，還是她身上的美容魔法消退了。她的牛仔褲在砸落屋頂時扯破了；她的登山靴上都是融化的髒雪；她不知道自己的臉看起來如何，搞不好很醜。

不過那又如何？她本來就不在意這些啊。她懷疑是自己那個笨媽媽，也就是那個愛神跑出來搗亂了她的心思。如果哪天派波突然愛看起時尚雜誌，她絕對要去找阿芙蘿黛蒂算帳，把她痛扁一頓。

她決定把心神放到受傷的腳踝上。只要不去動它，就不怎麼痛。「你做得很好，」派波對傑生說：「你在哪裡學會急救的？」

他聳聳肩。「老答案，我不知道。」

「但你開始恢復一些記憶了，不是嗎？像是記起預言的拉丁文，還有那個狼的夢。」

「都還很混亂，」傑生說：「彷彿都似曾相識。曾經忘掉的字眼或名字，你覺得你應該說得出來，但是又說不出來……我的整個人生，就是這樣的情況。」

派波多少了解那種感受。過去這三個月，這段和傑生發生感情的時光，這段她認為眞實活過的片段，最後竟然只是一陣迷霧。

「那個根本沒有過的男朋友，」恩塞勒達斯這麼說：「他有比你自己的父親還重要嗎？」

她不應該提起，但還是禁不住問了一個昨天就懸在心上的問題。

「你口袋裡那張照片，」她說：「是你以前認識的人嗎？」

傑生退縮一下。

「對不起，」她趕快說：「我不該多管閒事。別理我。」

「不，沒關係，」他的表情放鬆下來，「只是，我還在整理思緒。她叫泰麗雅，是我姊姊。我不記得任何細節，甚至不知道自己為什麼這麼肯定，不過……嗯，你為什麼在笑？」

「沒事。」派波努力收起笑容。不是女朋友！她樂歪了。「嗯，其實，你記起這件事情，我很替你開心。安娜貝斯說，她已經成為獵女隊的一員了，是嗎？」

傑生點點頭。「我有一種感覺，覺得應該去找她，希拉留下這一點記憶給我，一定有什麼原因。但是，我又覺得那一定非常危險。我不確定自己眞的想找出眞相。這樣是不是很怪？」

「不，」派波說：「完全不會。」

她看著牆上的「單眼鏡汽車」標誌和那顆紅眼睛。這標誌有某個地方困擾著她。

或許是想到恩塞勒達斯拿她爸爸當人質，正在監視她吧。她必須救爸爸，但又怎麼能背叛朋友呢？

「傑生，」她說：「說到真相，我必須告訴你一件事……一件關於我爸爸的事……」

她還是沒機會說。下面不知何處突然冒出金屬碰撞的聲音，像是一扇門突然關上，聲音在倉庫裡迴盪。

傑生站了起來。他掏出金幣往上拋，然後從空中一把抓下他的金色長劍。他從欄杆往下望，問：「里歐嗎？」

沒有回答。

他蹲伏到派波身邊。「感覺不對勁。」

「也許他有麻煩了，」派波說：「去看看吧。」

「我不能把你一人留在這裡。」

「我不會有事的。」她心裡害怕，但嘴上絕對不會承認。她拔出自己的長三角匕首，努力顯出自信。「誰敢靠近我，我就把他串在上面！」

傑生有些遲疑。「我把包包留給你，如果五分鐘內我沒回來……」

「就尖叫？」她猜。

傑生勉強笑了。「很高興你恢復正常了。你那個妝和那身衣服，比你的匕首還嚇人哩。」

「快走，閃光人，不然我串了你！」

「閃光人？」

即使被激怒了，他看起來還是好帥，眞是不公平。然後他朝階梯走下去，迅速消失在黑暗中。

派波計算著自己的呼吸，試著測量時間過了多久。她數到四十三左右就開始亂了，接著聽到某個東西發出好大的「砰！」一聲。

回音停止後，派波的心還在劇烈跳動，但她沒有叫出聲，她直覺最好不要。

她瞧一瞧受傷的腳踝，看起來還不能跑，她想。她再度抬頭看著「單眼鏡汽車」標誌，腦袋裡出現一個小小的聲音，警告她有危險。希臘神話裡有提到……

她的手伸向背包，把神食拿出來。如果吃太多神食會灼傷的話，只再加一點點有沒有可能治好她的腳？

「砰！」聲音更接近了，就在她下方。她趕忙抓出一整塊神食塞進嘴巴。她的心跳頓時加速，全身皮膚也熱了起來。

她有些猶疑地靠著固定夾板來調整自己的腳踝，不會痛，也不僵硬。她拿起匕首劃開強力膠帶，同時聽到沉重的腳步聲踏上階梯，像是穿著金屬靴子踩在上面。

五分鐘了嗎？還是更久？那不像傑生的腳步聲，但或許是因爲揹了里歐？她終於受不了，抓緊匕首喊：「是傑生嗎？」

「是，」他的聲音穿過黑暗而來，「正要走上來。」

是傑生的聲音，但爲什麼她的直覺拚命叫她快跑呢？

她用點力，站了起來。

腳步聲更加接近。

「沒事。」傑生的聲音安撫她。

在階梯頂端，一張臉終於從黑暗中浮現。一個醜陋可怕的黑色笑容，加上一個被打爛的鼻頭，額頭中間正是一隻充血的眼睛。

「沒事的。」那個獨眼巨人[61]說，語氣和聲音完全模仿傑生。「你剛好趕上晚餐時間。」

[61] 獨眼巨人（Cyclops），善於煉製天神武器的巨人族，會完全模仿他人的聲音說話。在《奧德賽》故事中的獨眼巨人族，屬性格兇殘的一群。

23 里歐

里歐眞希望這隻龍不是掉到廁所。

如果能夠選擇一個地方墜機，一整排流動廁所絕對不是里歐的首選。在工廠空地上，原本有一打藍色塑膠方廂豎直在那裡，現在全被非斯都打翻倒地。幸好這些廁所已久未使用，而且墜落時產生的大火球也把許多內容物給焚化掉了。不過仍然有些噁心的化學液體從殘骸中流出，里歐必須東閃西躲地走路，同時還要努力不用鼻子呼吸。大雪不停落下，但金屬龍的外殼表面依舊熱氣騰騰。當然，這對里歐來說不是問題。

里歐在非斯都毫無生氣的軀體上爬了幾分鐘，怒火開始燃燒。這隻龍看起來好得很！沒錯，他是從很高的空中摔下來，墜地時還製造了爆炸的效果，但是，它全身上下竟然一點凹痕也沒有！那個噴到天空的火球，顯然只是廁所裡蓄積的氣體發生爆炸，根本不是龍本身的大毀滅。非斯都的翅膀也完好無缺，沒有東西摔壞。「不是我的失誤，」他喃喃自語：「非斯都，你讓我很難堪耶。」

然後他打開非斯都頭部的控制面板，心頭一沉。「喔，非斯都，這是怎麼回事？」整個線路都結了冰。里歐知道昨天還好好的，他之前才花了那麼大的力氣修理鏽蝕的電線，然而現在卻有某種原因造成它頭殼內部急凍。這裡面明明應該熱到無法結冰才對啊。冰凍造成線路負荷超載，燒壞了控制磁碟。里歐完全無法想像到底發生了什麼事。沒錯，這隻龍是老了，但這種情況依舊不合常理。

他可以換掉線路，這問題不大，不過燒壞的控制磁碟就麻煩了。控制磁碟邊緣鐫刻了好些個希臘字母與圖案，裡面也許包含著各種魔法，現在全都焦黑不清。

這是里歐唯一無法換掉的硬體，但它卻壞了。又一次。

他想像媽媽的聲音說：「大多數的問題都是看起來比實際上嚴重，mijo，世界上沒有不能修理的東西。」

他媽媽能修理任何東西，但里歐十分確定，她可從來沒碰過一隻五十歲的魔法金屬龍。

他咬緊牙關，決心放手試試。他不想在暴風雪中從底特律走到芝加哥，更不想背負耽誤朋友的罪名。

「沒錯。」他喃喃說著，把肩頭的雪花拍掃掉。「給我一支尼龍短毛刷，幾個抗酸鹼防護手套，也許再加一罐噴霧清潔劑。」

工具腰帶乖乖聽話。把那些東西一一拿出來時，里歐不禁露出笑容。工具腰帶的魔法是有極限的，它不會應許里歐所有東西，比如像傑生的長劍或像鏈鋸那樣的大型機具就不行，這兩種他都開口要過。如果他一次要求太多，腰帶就需要一段冷卻時間才能重新啟動。他的要求愈複雜，冷卻時間就愈長；但如果只是單純又小型的東西，像那種在五金行都能找到的玩意兒，那麼里歐只要開口就會有。

他開始清理控制磁碟。過程中，大雪不斷堆積到已冷卻的金屬龍身上，里歐必須不時停下來，召喚一點火將雪融掉。但大多數時候，他會讓自己進入自動駕駛模式，隨自己的想法讓雙手順著工作遊走。

里歐不敢相信當時在波瑞阿斯的宮殿，自己怎麼會表現得那麼愚蠢。他早該想到一家子和冬天有關的神，看到他自然會覺得礙眼。火神的兒子駕駛一隻會噴火的飛龍飛進一間冰凍的閣樓，當然不算壯舉。然而，他還是不喜歡被拒絕的感覺。傑生和派波就可以進去王座廳，他卻得留在入口處等待，陪伴那個只知道曲棍球的腦部重創患者卡萊斯。

「火很糟。」卡萊斯對他說。

這結論下得挺好。里歐知道他無法對朋友隱瞞這件事太久，從進入混血營開始，大預言裡的一句話就不斷躍上他心頭：「暴風雨或是火焰，世界必會毀壞。」

而里歐就是那個會放火的人，一六六六年倫敦大火之後的第一人。如果他將眞正的能力告訴朋友說：「嗨，各位，你們知道嗎？我可以毀滅世界耶！」那麼人家爲什麼要歡迎他回去營區？如此一來，里歐又得準備逃家了。即使他對此早已訓練有素，但只要一想到還是會覺得很沮喪。

還有齊昂妮。噹！那女孩眞美。里歐知道自己的表現就像個超級大白痴，但他眞的情不自禁。他用旅館的即時洗衣服務清理了自己的衣服（順便一提，那還眞是項貼心的服務），梳理了頭髮（向來不太容易），甚至還發現他的工具袋可以製造讓口齒清新的薄荷糖，而這一切努力都是爲了接近她。不過當然了，事與願違。

被排擠在外，就是他的人生寫照。被他的親戚排擠，被他的寄養家庭排擠，隨便啦。就連在荒野學校的最後幾個星期，他也覺得自己活像傑生和派波的電燈泡。他最要好的兩個朋友竟然變成男女朋友。雖然很替他們感到高興，可是總覺得他們似乎不再需要他了。

當他了解傑生在學校的那段時光純粹只是幻覺，就像記憶打了一個嗝似的，里歐心裡還偷偷開心了一下。那是個重新開始的契機。但是現在，傑生和派波又朝著男女朋友的方向邁進。事情太明顯了，他們剛剛在倉庫互動的感覺，就好像他們想要兩人私下聊聊，不希望里歐在現場。不然他希望他們怎麼樣？還不是又自討沒趣罷了。就像齊昂妮，她也只不過是冷水潑得比別人快一點而已。

「夠了，華德茲，」他責備自己，「沒有人會特別為你這個無名小卒拉琴的。專心修好你的大笨龍吧。」

他全心投入工作中，完全不知時間流逝，直到那個聲音出現。

「里歐，你錯了。」那個聲音說。

他的手一鬆，毛刷整個掉到非斯都的頭裡。他站起來，但看不到是誰在說話，然後他將視線轉向地面。此時，地面上的積雪、廁所流出的化學汙泥，甚至路上的瀝青全部都在移動，彷彿一切即將轉化為液體。在一個直徑約有三、四公尺長的區域上，流動的地表浮出了眼睛、鼻子和嘴巴，是那個沉睡女人的巨大臉孔。

她並不是真的在說話，因為她的雙唇完全沒有動，但里歐卻在腦中聽到她的聲音，就好像地面的震動直接通過他的雙腳傳進體內，引起骨骼共鳴，直上腦門。

「他們十分需要你，」她說：「從某些方面來說，你是七個人中最重要的一個，就像龍腦中的控制磁碟。沒有了你，其他人的力量都起不了作用。他們永遠都無法接近我，無法阻擋我。我即將全面甦醒。」

「你……」里歐全身劇烈發抖，抖到不知道自己聲音有沒有出來。八歲之後，他就再也沒聽過這個聲音了，但他很確定是她，那個在五金行出現的泥土女人。「是你殺了我媽媽。」

那臉孔動了，嘴巴擴展成一個充滿睡意的甜甜笑容，像是正在做著美夢。「啊，可是里歐，我也是你的母親呀，最初始的母親。不要跟我作對，現在就離開，讓我的兒子波爾費里翁[62]升起為王吧，我會卸下你的重擔，你將在大地上輕盈地遊走。」

里歐伸手抓了最靠近他的東西，是一個流動廁所的馬桶座，直接朝那張臉丟去。「不要來煩我！」

馬桶座沉浸到液化土地中，髒雪與汙泥激起陣陣漣漪，臉孔迅速溶化於無形。

里歐瞪著地面，等著臉孔再度出現，但沒有。里歐希望剛才一切只是他的幻覺。

然後，他聽到一個劇烈的撞擊聲，像是兩輛大垃圾車相撞的聲音。金屬斷落的吱吱嘎嘎聲響迴盪過整片空地。里歐立刻知道派波和傑生遇上了麻煩。

「趁現在離開吧。」那個聲音煽動他。

「不可能！」里歐怒吼。「現在，給我一根你最大的鐵鎚。」

他的手伸進工具腰帶，拿出一把一公斤半的雙頭鐵鎚，鎚頭大到像顆馬鈴薯。他跳下龍背，朝倉庫奔去。

---

[62] 波爾費里翁（Porphyrion）是大地之母蓋婭所生的巨人族（Giants）首領。在泰坦大戰後，蓋婭覺得宙斯對泰坦巨神的處罰太殘酷，於是慫恿巨人族攻打奧林帕斯推翻宙斯，但最後巨人之王波爾費里翁被宙斯與海克力士擊斃，巨人大戰也告終。

24 里歐

里歐在倉庫門口停下來，努力調整呼吸。泥土女人的聲音還在耳邊迴盪，讓他不斷想起媽媽死去的事。這輩子他最不想做的事，就是衝進另一間黑漆漆的庫房。他突然覺得自己又回到八歲的時候，無助而孤獨，眼睜睜看著所愛的人被困在險境。

停，別想了！他告訴自己。她就是希望你陷入這樣的情緒。

但不去想也無法減少恐懼。他深呼吸一口氣，看向倉庫裡面。沒有什麼變化。灰濛濛的晨光自屋頂大洞穿透進來，幾盞燈泡依舊閃爍，但廠房的地面大多仍被陰影籠罩，無法看清楚。他看得到高懸在上的金屬棧橋以及生產線上重機械的輪廓，但是沒有活動的痕跡，也沒有朋友們的蹤影。

他幾乎要出聲喊人了，卻乍然停止，有種說不出來的感覺讓他停了下來。他想一想，是因爲氣味。有種味道聞起來不對勁，就像燃燒的機油和酸臭的鼻息。

工廠裡有「非人類」，里歐十分確定。他的身體自動切換到最高檔，全身神經發麻。

廠房地面的某處傳出聲音，是派波哭喊著：「里歐，救我！」

但里歐緊閉著嘴不回應。腳踝骨折的派波是如何從棧橋上走下來的？

他溜進屋內，躲到一個貨櫃後面，抓緊雙頭鐵鎚，慢慢往廠房中心移動，並靠著各種箱子、卡車底盤來掩護自己。終於，他來到生產線旁，壓低身子，蹲在一台最近的機器後面，是一台有機器手臂的吊車。

派波的聲音再次出現。「里歐？」這次的聲音比較沒那麼確定，但距離接近了。

里歐從機器後面窺視四周，在生產線正上方懸掛著一個大型卡車引擎，離地十公尺，從對面的一台吊車上用鍊條垂掛下來。它晃蕩在半空，好像從廢廠那天開始就被棄置在那裡。下面的輸送帶上放著一個卡車底盤，旁邊圍著三個東西，黑暗的形體與大小看起來類似堆高機。附近還有另外兩個懸吊下來的機器手臂，上面都掛著體型較小的引擎吧，不過其中一個正在旋轉，看起來像是活的。或許還有更多引

這時，一個堆高機形狀的東西升起，里歐才發現那是有著人形但尺寸非常巨大的東西。

「跟你說沒事。」那東西隆隆說著，音質低沉帶有野性，絕對不是人類。

另一個堆高機似的形體也開始移動，而他發出的卻是派波的聲音：「里歐，救我，快救我……」然後聲音突然轉變，變成了男性的吼叫聲。「呃，那裡沒有人，沒有半神半人會那麼安靜。」

第一個怪物笑起來。「也許逃走了，畢竟他知道怎樣做對自己最好。要不然就是那女孩騙我們，根本沒有第三個半神半人。咱們開始煮吧！」

啪！一道明亮的橙色光束突然出現，是緊急信號燈。里歐被強光弄到什麼都看不清，他縮在吊車後面，等待視力恢復，再轉頭偷看。這下他見到的完全就是個惡夢場景，連娣雅・凱莉達都想像不到的惡夢！

懸吊在機器手臂上那兩個形體較小的東西不是引擎，是傑生和派波！他們兩人被頭下腳上倒吊著，腳踝被綁住，鍊條一路纏繞他們的身體直到脖子。派波激烈地掙扎晃動，想要自

己解開束縛。她嘴巴被堵住，但至少人還活著。傑生看起來可就不好了，倒掛的他四肢癱軟，兩眼翻白，左邊眉毛上有個蘋果大小的腫包。

輸送帶上，半成品的卡車車斗成了一個火爐。緊急照明燈引燃了輪胎與廢柴，它們發出的氣味，像是浸過煤油後才開始燃燒。一根很大的金屬棍棒懸在火焰上方，里歐知道，那根金屬棍是要拿來當烤肉叉，而這一大盆火是要煮食用的。

最可怕的其實是那幾個掌廚的廚師。

單眼鏡汽車，一個大紅眼標誌。爲什麼里歐沒有早點想到呢？

三個巨大的人型怪物圍到熊熊火爐旁，其中兩個站著翻動爐火，體型最大的那個則背對里歐趴著。面對里歐的那兩個傢伙都有三公尺多的高度，肌肉發達，全身是毛，在火光之下皮膚紅得發亮。其中一個穿著一件纏腰鎧甲，實在讓人看了不舒服；另一個則是披著絕緣用玻璃纖維做的破絨毛長袍，這也絕對擠不進里歐的穿著排行榜。除了打扮之外，這兩個怪物幾乎就像孿生兄弟。兩個都有兇殘粗野的臉孔，額頭上只有一隻眼睛，位在正中央。這三個廚師是獨眼巨人。

里歐的腿開始發抖。到目前爲止，他已經看過不少詭異的事物，像是能夠變形的風暴怪物、有翅膀的天神、喜歡墨西哥辣醬的金屬龍，但是眼前這些傢伙完全不同。他們有眞實的軀體，有血有肉，是高達一層樓的活怪物，而且正打算把他的好朋友烤來當晚餐！

他已經恐慌到幾乎無法思考。眞希望非斯都在身邊。如果他在，現在就可以讓那二十公尺高的噴火坦克派上用場，但他現在只有工具腰帶和一個背包。他手上是有一支鐵鎚，可是和獨眼巨人一比，那鐵鎚已經從特大號變成超級迷你版。

這就是那個沉睡的泥土女人所說的事。她希望里歐離開，留下他朋友等死。

好！決定了，絕不讓那泥土女人削弱他的志氣，絕對不要！里歐放下背包，靜靜打開。

穿著纏腰鎧甲的獨眼巨人走到派波旁邊。她扭動身體，想用頭去撞他的眼睛。「我可以拿下塞住她嘴巴的東西嗎？我喜歡聽他們尖叫耶。」

這個問題是對著第三個獨眼巨人問的，顯然他是三人之中的首領。這蹲著的巨人呼嚕吼叫一聲，穿纏腰鎧甲的傢伙於是取出派波口中的東西。

她並沒有尖叫，只是顫抖地吸了一口氣，像是要讓自己保持冷靜。

在此同時，里歐也找到了他想要的東西，是他從九號密庫拿出的小型遙控器組件。他希望至少那些東西有這個功能。要找到吊車的機器手臂控制面板並不困難，他再從工具袋拿出一把螺絲起子，就可以開始工作。只是他必須進行得非常緩慢，因爲獨眼巨人首領離他只有六、七公尺，而且怪物顯然擁有絕佳的察覺能力。要進行他的計畫又不發出任何聲音簡直是不可能，但里歐沒有選擇的餘地。

披長袍的獨眼巨人戳弄著爐火，現在火勢正猛，薰臭有毒的黑煙直衝屋頂。他的纏腰兄弟則怒視著派波，期待她娛樂大家。「女孩，給我尖叫！我喜歡滑稽的尖叫！」

派波終於開口，語氣既平靜又理性，彷彿在教訓一隻不聽話的小狗。「喔，獨眼巨人先生，你其實並不想殺我們。讓我們走才是對的。」

纏腰巨人抓抓他醜陋的頭，轉身對穿玻璃纖維長袍的同伴說：「她還滿漂亮的，托克，也許我應該放了她。」

托克，就是那位穿著長袍的老兄咆哮說：「是我先看到她的，桑普！我才該放她走。」

桑普和托克開始要吵起來，這時第三個獨眼巨人站起來大罵：「兩個笨蛋！」

里歐的螺絲起子差點從手中滑落。原來第三個獨眼巨人是女的！她比托克和桑普又高了一、兩公尺，體型更魁梧。她穿了一件鎖子甲，但款式很接近里歐那個沒良心的羅莎阿姨常穿的麻袋裝，他們都叫那什麼？夏威夷長裝嗎？對，這個獨眼女巨人穿的是鎖子甲夏威夷長裝。她油膩膩的黑髮綁成兩條辮子，辮子中纏著銅線與墊圈。她的鼻子和嘴唇都很厚，幾乎擠在一起，好像她的閒暇時光都拿來撞牆。但她那顆紅眼睛卻閃耀著奸詐的光芒。

獨眼女巨人朝桑普走過去，一把將他推開，將他打倒在輸送帶上。托克見狀趕緊後退。

「這女的是維納斯[63]生的，」獨眼女巨人咆哮著：「她在對你們施展魅語！」

派波開口：「拜託您，夫人……」

「喝！」這獨眼女巨人抓住派波的腰。「不用對我花言巧語，小女孩！我是大媽加斯棋，我可是吃過一堆比你強悍的英雄當午餐！」

里歐很怕派波會被抓個粉身碎骨，但大媽加斯棋鬆開手，放派波回去繼續晃，然後開始指著桑普罵，說他蠢到不行。

里歐的雙手使勁地工作。他纏接線路、扳動按鍵，不假思索地持續作業，終於把遙控零件組裝完成。接下來，他趁獨眼巨人還在講話，趕緊往隔壁吊車的機器手臂爬過去。

「……最後吃她，媽？」桑普說。

「白痴！」大媽加斯棋怒斥，里歐這下確定他們三個是母子關係了，醜陋原來真的會遺傳。「我應該在你們還小的時候就把你們丟到街頭，像正常的獨眼巨人小孩那樣，這樣你或許能學到一點有用的東西。都怪我心軟把你們留在身邊！」

「心軟？」托克喃喃說著。

「怎麼樣，不肖子？」

「沒什麼，媽！我是說，你有一顆柔軟的心，我們一定會替你工作，給你食物，幫你修腳趾甲……」

「你們應該心存感謝！」大媽加斯棋繼續吼叫。「現在，把火弄旺一點，托克！至於你這個笨蛋桑普，我的墨西哥番茄洋蔥醬放在另一間倉庫，不要跟我說沒配醬料也可以吃這些混血人！」

「是啊，媽。」桑普說：「喔，不，我是說……」

「立刻給我滾去拿！」大媽加斯棋隨手撿起一個卡車底盤，直接砸向桑普的腦袋，桑普頓時跪倒在地。里歐心想，這樣大力一擊應該會打死他，不過顯然桑普已經被卡車砸習慣了。他推開頭上的車子底盤，搖搖晃晃站起來，然後拔腿跑出去拿番茄洋蔥醬。

就是現在，里歐想，趁他們分開時。

他已經完成第二台機器的接線，要朝第三台邁進。當他低身走在機器手臂之間，獨眼巨人完全沒看到他，但派波看到了。她的表情瞬間從恐慌轉爲不敢相信，還倒吸了一口氣。

大媽加斯棋轉身看她。「怎麼啦，女孩？弄你一下就這麼脆弱？」

謝天謝地，派波的腦筋動得很快。她把眼睛轉回來說：「夫人，是我的肋骨在痛。我想，如果我的內臟都弄碎了，您嘗起來一定不好吃。」

63 維納斯（Venus），阿芙蘿黛蒂的羅馬名字，掌管愛情、美貌與生育。

大媽加斯棋聽了狂笑又大吼著：「這個好！我們前一個吃到的英雄是……托克，你記得他嗎？是摩丘力64的兒子嗎？」

「是的，媽。」托克說：「他很好吃，就是筋有點多。」

「他也玩過類似的把戲，說他正在服藥，但吃起來可美味了。」

「吃起來像羊肉，」托克回憶著，「紫色上衣，講拉丁文。嗯，雖然多筋，還是很好吃。」

里歐的手在控制面板前僵住了，顯然派波腦中想的和他一樣，因爲她正好在問：「紫色上衣？拉丁文？」

「眞好吃呀，」大媽加斯棋懷念地說：「重點是，女孩，我們不像人類以爲的那麼笨！我們不會掉進愚蠢的詭計和謎語的陷阱中，我們北方獨眼巨人不會！」

里歐強迫自己回到手邊的工作，但他腦中許多想法卻在快速流轉。一個會講拉丁文的孩子曾被抓來這裡，而且也和傑生一樣穿著紫色上衣？他不知道這代表什麼，現在得把套話的工作留給派波。若他想擊倒這些怪物，就必須在桑普把番茄洋蔥醬拿回來前趕緊行動。

他抬頭看著懸吊在火爐上方那個特大引擎。眞希望能用上它，那會是個很棒的武器，但支撐它的吊車是在輸送帶對面，里歐不可能跑過去卻不被發現，何況，他沒那麼多時間。

他計畫中的最後一部分，是最需要技巧的。他向工具腰帶召喚了一些金屬線、無線電接收器，還有一根很小的螺絲起子，開始打造萬用遙控器。這是他第一次在心中對父親說了謝謝，感謝赫菲斯托斯留給他魔法工具腰帶。「保佑我能離開這裡，」他在心中默禱：「那你或許就不算太混蛋了。」

派波繼續在說話，說的都是讚美之詞：「喔，我聽說過北方獨眼巨人呢！」里歐覺得她在吹牛，但是她的語氣還眞有說服力。「但我從來不知道你們有這麼高大、這麼聰明！」

「諂媚也是沒用的，」大媽加斯棋說，不過看來龍心大悅，「不過你說的都是事實。這樣吧，明天再輪你來當最佳獨眼巨人的早餐。」

「但獨眼巨人不是都很厲害嗎？」派波問。「我以爲你們是替天神打造武器的。」

「呸，我當然是非常厲害啊！我的長處是吃人、是搗爛。當然，我也很會打造東西，但不是替那些天神；我們的表親，那些老一輩的獨眼巨人才是。他們會長得那麼高，那麼強大，是因爲他們都比我們大上幾千歲。另外，還有我們的南方表親，他們住在島上看顧羊群，是一群蠢蛋呀！我們海坡柏里恩人[65]是住在北方的一個族群，我們才是最厲害的獨眼巨人！我們在這個老車廠內創立了單眼鏡汽車公司，打造最好的武器、盔甲、馬車，甚至最省油的休旅車！只不過，呸，忽然就被迫關門了。我們的族人被裁掉一大堆，戰爭結束得太快，泰坦輸了，不好！再也沒人需要獨眼巨人製造的武器了。」

「喔，不會吧。」派波語帶同情地說：「我相信你們一定做過許多神奇的好武器。」

托克微笑著說：「吱吱叫戰槌！」他撿起一根大棍棒，棒子的一頭有個形狀像手風琴的金屬。他把它丟到地上，水泥地立刻裂開，同時發出一種聲音，像是世界上最大的橡皮鴨受到了擠壓。

「好嚇人啊。」派波說。

---

[64] 摩丘力（Mercury）是商業、旅行、醫藥與偷竊之神荷米斯的羅馬名字。

[65] 海坡柏里恩人（Hyperborean），居住在極北方的巨人族。他們不但長壽，而且總是盡情享受生活樂趣。

托克看起來十分滿意。「其實呢，這個東西還沒有爆破戰斧厲害，但是它能夠重複使用。」

「我可以看一下嗎？」派波請求著，「如果你能鬆開我的手……」

托克急切地往她靠過去，但大媽加斯棋說：「笨蛋，她又在騙你了。話說得夠多了，現在，在那個男生自己死掉前，先把他處理好，我只吃新鮮的肉！」

不行！里歐的手指快速轉動，忙著組裝遙控器的線路。再幾分鐘就好！

「喂，等等，」派波還在努力吸引獨眼巨人的注意力，「喂，我可不可以只問……」

里歐手上的線路突然爆出火星，獨眼巨人突然呆住，轉身朝向他。托克拾起一輛卡車，直接往里歐丟過去。

就在卡車赫然滾來之際，里歐翻滾閃開。如果他再遲半秒，就會被壓得扁扁了。

他站起來，大媽加斯棋一眼就看到。她大喊：「托克，虧你還是個獨眼巨人，去抓他！」

托克急速衝向他。里歐發狂似地撥弄自製的臨時遙控觸發器。

托克離他二十公尺、十公尺。

這時，第一個機器手臂開始運轉。一個三噸重的金屬巨鉗從獨眼巨人背後重甩過去，讓他直接大臉朝下撲倒在地。托克還來不及起身，機器手臂已經抓住他的一條腿，然後直直將他往上甩出去。

「啊──」托克朝著黑暗飛射出去。屋頂太高，空間又太暗，實在看不清楚到底發生了什麼事，但從劇烈的金屬碰撞聲中，里歐猜測他可能是撞上了某根房屋大樑。

不過托克並沒有掉下來，如雨落下的是黃色粉塵。托克已經解體了。

大媽加斯棋震驚地瞪著里歐。「我的兒子……你……你……」像是安排好的劇情，桑普恰好在這時笨拙地衝到爐火前，手持一盒醬料說：「媽，我幫你拿的是加量特辣……」

他沒有機會說完這句話。里歐又轉動了遙控的觸發器，第二個機器手臂朝桑普的胸口揮去，那盒番茄洋蔥醬就像墨西哥小孩的紙玩偶般爆開[66]。桑普往後飛倒，正好落到里歐的第三個機器手臂底座上。桑普或許是習慣被卡車底盤痛毆，但他被機器手臂狠揍的經驗不多，尤其機器手臂還可以使出五千公斤的力量！第三個機器手臂重重將他甩到地上，他的身體瞬間炸開，宛如一大包麵粉袋破裂散出粉塵。

解決了兩個獨眼巨人，里歐開始有種「工具腰帶指揮官」的快感，但大媽加斯棋的眼神也完全鎖定到他身上。她抓了最靠近身邊的一個吊車臂，一邊怒吼，一邊把它從懸掛柱上扯下來。「你居然炸掉我的孩子！這世上只有我才可以炸掉他們！」

里歐按下一個按鈕，剩下的兩個機器手臂開始揮舞移動。大媽加斯棋抓住其中一個，把它折成兩半。另一個雖然直接打到她的頭，但似乎只是惹她生氣而已。她緊抓住那隻機器手臂一把扯下，還像甩球棒般甩動它，差點打到派波和傑生。接著大媽加斯棋拋開它，當然是讓它朝里歐飛旋而去。里歐驚叫一聲，趕忙往一邊滾開，被砸爛的是他身邊的那台機器。

[66] 打破紙玩偶是墨西哥小孩熟悉的慶祝方式。這種玩偶稱為Piñata，原是墨西哥祭祀用的泥壺，壺內裝著水、果實等，最後將壺打破，壺中爆出的東西象徵天降甘霖或來年豐收。這個源自阿茲特克人的儀式已有數百年歷史，常用在生日慶祝上，但泥壺已改為各式造型紙偶。

里歐這下明白了，面對一個憤怒的獨眼巨人母親，絕對不是拿個萬用遙控器和螺絲起子就可以擺平。「工具腰帶指揮官」之後恐怕沒那麼神氣了。

現在她離他大約只有十公尺，站在準備烤人肉的火爐旁。她握著拳頭，露出牙齒，配上那一身鎖子甲夏威夷長裝和兩條油膩的髮辮，樣子滑稽到極點。可是眼見她那顆大紅眼睛射出置人於死的恐怖光芒，再加上四、五公尺的身高，里歐還是笑不出來。

「還要耍什麼詭計嗎，半神半人？」大媽加斯棋厲聲責問。

里歐往上瞥一眼。懸掛在上面的那個特大引擎，要是他有時間裝配就好了。如果他能讓大媽加斯棋再往前走一步……那鍊條本身……那個連結的部分……里歐不可能有辦法看到上面全部的裝置，尤其是從這麼遠的下方，但直覺告訴他，那裡的金屬已經快壞了。

「嘿嘿，我是有詭計！」里歐舉起他的遙控器，「你再往前走一步，我就起火毀掉你！」

大媽加斯棋狂妄地笑起來。「你行嗎？獨眼巨人是不怕火的，你這個大笨蛋！既然你想要玩火，我就陪你玩一下。」

她徒手伸進火爐撈出燒得火紅的煤炭，一把丟向里歐。煤炭全都落在里歐腳邊。

「你沒丟準耶。」里歐露出一副不可置信的樣子。這時大媽加斯棋嘴角微微一笑，又從卡車邊拿起一個大桶子。里歐剛好在她丟出來前，瞄見桶身上印著「煤油」兩字。那個大油桶翻倒在他面前，煤油灑得到處都是。

煤炭冒出火花，里歐閉上眼睛，派波尖叫：「不！」

一團火焰包圍住他，當里歐睜開眼睛時，繞他打轉的大火已經竄升到七公尺高。

大媽加斯棋興奮地抖動身體，但里歐沒再添加任何助燃的原料。煤油火速燒完，只剩地上零星的殘焰灰燼。

派波驚呼：「里歐？」

大媽加斯棋看來非常震驚。「你還活著？」她往前跨出一步，站到里歐最希望她停留的位置。「你到底是什麼？」

「我是赫菲斯托斯的兒子，」里歐回答：「而且我警告你，我會用火毀掉你！」

他伸出一隻手指比向空中，投入全部的精神來召喚。他從來不曾這麼專注及緊張過，但他果真射出一道白炙火焰，直接燒向獨眼巨人頭上懸掛大引擎的鍊條。他將火焰瞄準他覺得最脆弱的連結點。

火焰熄滅，什麼事也沒發生。大媽加斯棋狂笑起來。「真讓人印象深刻的嘗試，赫菲斯托斯之子。我已經有幾個世紀沒見到可以操控火的人了，你一定是個火辣辣的開胃大菜呀！」

鍊條突然斷開。那僅有的連結點已經熱到超過承受極限，整個大引擎頓時往下墜落，寂靜無聲的墜落。

「我可不這麼覺得。」里歐說。

大媽加斯棋連抬頭看的時間也沒有。

砰！倉庫裡面沒有獨眼巨人了，他們只是壓在五噸重引擎下的一堆塵土。

「對引擎沒輒了吧，啊？」里歐說：「大美女！」

這時他突然跪了下來，感到頭暈目眩。幾分鐘後，他才聽到派波在叫他。

「里歐，你還好嗎？還能動嗎？」

他搖搖晃晃地站起來。他從來沒有召喚過這樣強大又集中的火焰，這幾乎耗費掉他所有的精力。

他花了許多時間才將派波從鍊條中放下來，然後兩個人一起合作把傑生放到地面。他依舊沒有意識。派波找出神飲，將它滴入傑生口中，他發出一點呻吟。然後他頭上的腫包開始縮小，臉上漸漸出現一點血色。

「呼，還好他的頭殼有夠硬，」里歐說：「我想他會沒事的。」

「感謝老天。」派波鬆了一口氣，然後她看著里歐，眼裡有些驚恐地說：「你是如何……那火……你一直……？」

里歐的頭低下來。「一直是這樣，」他說：「我是個奇怪的危險人物。對不起，我早該跟你們說的，可是……」

「對不起？」派波捶捶他的手臂。他抬頭看她，派波露出微笑說：「那眞是太神奇了，華德茲！你救了我們的命耶，幹嘛說對不起？」

里歐眨著眼，他也開始微笑，但好不容易放鬆的感覺卻很快破滅，因爲他留意到派波腳邊的東西出現變化。

黃色的粉塵，那可能是獨眼巨人托克解體後的殘留物開始在地面游移飄動。就好像有道看不見的風將它們重新合體。

「他們又要重新組合成形了，」里歐說：「你看。」

派波從粉塵中走出來。「那是不可能的，安娜貝斯告訴我，怪物在被殺死之後就解體消失了，之後他們會回到塔耳塔洛斯，久久都不會在世上重現。」

「我想，可能沒人跟這堆粉塵說過這些吧。」里歐的目光全在粉塵上，它們先是集中成一堆，然後慢慢散開，形成手臂和腿。

「喔，我的老天爺！」派波臉色轉白。「波瑞阿斯提過這個，他說大地可以生出許多恐怖的事物。他還說，當怪物不再逗留於塔耳塔洛斯，靈魂不再受限於冥王黑帝斯……你覺得我們剩下多少時間？」

里歐想起在外面地上成形的臉孔。那個泥土女人絕對是大地所生的恐怖事物。

「我也不知道，」他回答：「但我們得先離開這裡。」

25 傑生

傑生夢到自己被鍊條纏繞綑綁，像一塊肉被高高倒掛著。他全身都在痛，手痛、腳痛、胸痛、頭痛。尤其是他的頭，感覺像被灌進太多水的氣球。

「如果我死了，」他喃喃自語：「怎麼還會這麼痛？」

「我的英雄，你沒有死。」一個女人的聲音說：「你的時間還沒到，來，跟我說話。」

傑生的心神從身體中飄出來，他聽見怪物的吶喊、朋友的尖叫，也聽見烈火的爆炸聲，但一切好像只是發生在另一個世界，而那個世界已經愈離愈遠。

他發現自己站在一個地牢裡，樹根的捲鬚和石頭交旋在一起，將他給困住。在柵欄之外，他可以看到乾涸的映景池池底，在映景池最遠的那頭，還有另一個螺旋尖柱正在成形。他們的上方，則是一棟被火燒毀的紅色石宅。

在傑生的牢籠裡，還有一位女性盤腿坐在他旁邊。她身穿黑袍，臉部被頭巾遮住，當她將頭巾撥往一邊，傑生眼前立刻出現一張美麗又驕傲的臉，但也有被痛苦折磨過的痕跡。

「希拉。」傑生說。

「歡迎來到我的監牢，」女神說：「你今天不會死，傑生。你的朋友會幫你撐過去……雖然是暫時的。」

「暫時？」他問。

希拉比著牢籠那捲鬚般的柵欄說：「還有更艱困的試煉會來臨。大地騷動著要對抗我們。」

「你是位女神，」傑生問：「爲何無法逃脫？」

希拉露出悲哀的微笑，她的形體開始發光，直到整個牢籠內亮到快令人受不了才停止。空氣充滿力量地跳動著，分子彷彿都快裂開，就像發生了一場核爆。傑生懷疑，如果他眞的以肉身待在這裡，大概整個軀體都會被蒸發掉。

她的牢籠也應該會被炸成碎石，地面會裂開，大宅會傾倒。然而，當光亮消失後，牢籠並沒有變化，柵欄外的景象依舊。唯一的變化只有希拉，她看起來更累、更憔悴。

「有某些力量，比天神來得強大。」她說：「我也不是那麼輕易就可以被關起來的。我可以同時現身在很多地方，但當我元神的主要部分被抓住時，或者可以這麼說，就像是一隻腳被捕獸夾夾住，我無法逃走，其他天神也受到限制，無法看到我的狀況。只有你能找到我，而我的力量正日漸薄弱。」

「那你爲什麼會來這邊？」傑生問：「你怎麼被抓的？」

女神嘆息。「我閒不住。你的父親朱比特相信他可以退出凡人世界，那就會減緩敵人的行動力，讓他們再回到沉睡中。他認爲奧林帕斯天神涉入凡人的感情太多，也太過干涉混血子孫的命運。特別是大戰結束時，我們承諾要認領所有孩子之後。他深信這是造成我們敵人騷動的原因，所以，他決定關上奧林帕斯的大門。」

「但是你不同意。」

「我是不同意，」她說：「我常常不能理解我丈夫的想法或決定，但就算他是宙斯，這麼做都顯得太過偏執。我很難揣測他爲什麼這麼堅持，又這麼確信，這實在……不像他。以希拉的身分，我可能會以順從丈夫的意見而滿足，但另一方面，我也是茱諾。」她的形象開始閃爍，傑生看到她的素面黑袍之下出現盔甲戰衣，還有一條山羊皮製的披肩橫過她的銅甲。那是羅馬武士的象徵。「他們曾經叫我茱諾．莫妮塔或忠告者茱諾。我是全國的保護者，永恆羅馬的守護神，我不能眼睜睜看著我的子民後代受人攻擊卻不行動。我感受到在這個神聖的地點出現危險，有個聲音……」她猶豫了一下，才繼續說：「有個聲音告訴我，我應該來到此地。天神並沒有你們稱為『良知』的東西，我們也不會做白日夢，但那柔軟溫和又堅定的聲音像是……像是建議我來這裡。所以，就在宙斯關起奧林帕斯大門的同一天，我沒告訴他我的計畫就偷偷跑出來，免得他阻止我。然後，我就來這邊進行調查。」

「那是個陷阱。」傑生猜測。

女神點點頭。「等我發現大地竟然那麼快速在萌動，已經太遲了。我居然比朱比特還傻，成為衝動下的奴隸。這跟第一次的情況完全一樣，當時我被巨人族俘虜了，因為他們監禁我而引發了一場戰爭。現在，我們的敵人又將升起，只有藉由幾個偉大英雄的協助，天神才可能打敗他們。至於巨人服從的對象……她是完全不可能被打敗的，只能讓她保持沉睡。」

「我不懂。」

「很快你就會懂的。」

牢籠開始變得更侷促，捲鬚包圍得更加緊密。希拉的形體在發抖，宛如微風中的燭火。傑生看到牢籠之外的池邊有影像群集，笨重的人形弓著背、禿著頭。莫非是傑生自己的眼睛在搞鬼，他所見到每個人都有一對以上的手臂。他也聽到狼的聲音，但不是之前和魯芭在一起那群。他可以從嚎叫聲中分辨這是另外一群狼，牠們更飢餓、更好戰，徹底冷血。

「快點，傑生。」希拉說：「我的監視者要來了，你也即將清醒。我已經沒有多餘的力氣再現身，連到你夢裡也沒辦法了。」

「等一下，」傑生說：「波瑞阿斯說，你在下一盤險棋。他這麼說是什麼意思？」

希拉的眼神突然變得狂野，傑生懷疑她是不是眞的做了什麼瘋狂的事。

「一個交換，」她說：「是唯一可以帶來和平的方法。敵人仰仗的是我們的分裂，要是眞的分裂了，我們都將被毀滅。你是我的和平獻禮，傑生，一座克服千年敵意的橋樑。」

「什麼？我不……」

「我不能再多說了，」希拉說：「你能活到這麼久，是因爲我取走你的記憶。快找到這個地方，回到你的起點，你的姊姊會幫你。」

「泰麗雅？」

所有景象開始模糊。「再見了，傑生。小心芝加哥，你最危險的凡人敵人在那裡等著。如果你會死，就是死在她手裡。」

「她是誰？」

但希拉的形象已經散掉，傑生清醒過來。

他的眼睛赫然張開。「獨眼巨人！」

「哇，愛睡鬼！」派波坐在他身後，他們都在金屬龍背上，派波扶住他的腰來保持平衡。里歐坐在最前面駕駛。他們在冬日天空中平靜飛行，彷彿什麼事也沒發生過。

「底……底特律，」傑生結結巴巴地說：「我們不是墜機了嗎？我以爲……」

「現在沒事了，」里歐說：「我們已經擺脫困境，只不過你的腦震盪超級嚴重。現在感覺如何？」

傑生的頭仍然陣陣抽痛。他記得工廠，記得走下棧橋走道，然後有個生物陰森森地靠近他。那生物臉上只有一個眼睛，還有一個超大拳頭。然後，所有畫面都轉成黑暗。

「你是怎麼……獨眼巨人……」

「里歐把他們解決掉的。」派波說：「他可是超級厲害呀，他還會召喚火……」

「沒有啦。」里歐很快地說。

派波笑起來。「少來了，華德茲。我一定要跟他說，你就認了吧。」

她的確馬上說了。她告訴傑生，里歐如何憑著一個人的力量打敗整個獨眼巨人家族；他們如何鬆開傑生，還有後來獨眼巨人又開始成形的事。她也提到里歐如何趕著換掉非斯都的線路，而就在他們重新飛上天空之際，開始聽到工廠內傳來巨人要復仇的怒吼。

傑生非常驚訝。沒有武器，只有工具，就可以打倒三個獨眼巨人？很不錯嘛！聽到自己曾經距離死亡那麼近，並沒有讓傑生心生恐懼，卻讓他感覺很遜。他中了他們的埋伏，整場戰役都在昏迷，同一時間，他的朋友卻為了他冒險奮戰。他算是哪門子的任務領隊？

當派波告訴他獨眼巨人吃過別的混血小孩，那人也是身穿紫衣又講拉丁文時，傑生感覺自己的腦袋瓜就要炸開了。摩丘力的孩子……傑生覺得自己應該認識他才對，但他在腦海裡卻搜尋不到那個名字。

「也就是說，我不是孤獨的。」傑生說：「這世上也有跟我一樣的人。」

「傑生，」派波說：「你從來就不是孤獨的，你有我們。」

「我……我知道。只是希拉說了某些事……我做了個夢。」

他告訴他們自己看到的景象，還有女神在牢籠裡說的話。

「一個交換？」派波問：「那是什麼意思？」

傑生搖搖頭。「但希拉下的險棋就是我。我感覺她似乎打破了某種規定，才把我送到混血營，這件事足以引發軒然大波……」

「或者是拯救我們，」派波充滿希望地說：「你說的那個沉睡中的敵人，和里歐提到的泥土女人似乎有點像。」

里歐清清喉嚨。「關於這點，在底特律時，她又再次出現在我面前，就在一堆流動廁所的爛泥中。」

傑生不確定自己有沒有聽錯。「你剛剛說，流動廁所？」

里歐告訴他們在工廠外的空地上出現臉孔的事。「我不知道她是不是眞的殺不死，」里歐說：「至少馬桶座砸不死她，這個我敢保證。她要我背叛你們，而我呢，我心想：『噗，是喔，要我聽一個馬桶汙泥大臉的話？』」

「她想分裂我們。」派波鬆開放在傑生腰上的手。傑生不用回頭，就能感覺出她的緊張。

「怎麼了？」他問。

「我只是……爲什麼他們要這樣玩弄我們？而這個女人又是誰？她和恩塞勒達斯又有什麼關係？」

「恩塞勒達斯？」傑生不覺得他聽過這個名字。

「我是說……」派波的聲音有些顫抖，「那是一個巨人的名字，只不過是我剛好記得的一個名字。」

傑生聽得出派波備受困擾，但他決定不在這時追問她，畢竟她被折磨了一個早上。

里歐抓抓他的頭。「咦，我也不認識這個『嗯塞拉大屎』……」

「恩塞勒達斯。」派波糾正他。

「隨便啦。但是那個馬桶臉老女人跟我說的是另一個名字，好像是『波爾肥你歐』，還是什麼的？」

「波爾費里翁？」派波問：「他是巨人族的王，如果我沒記錯的話。」

傑生腦海浮出映景池邊的景象。希拉漸漸虛弱，那根黑暗的尖柱卻愈來愈壯大。「我有一個大膽的猜測，」他說：「在古老的故事中，波爾費里翁綁架了希拉，那正是巨人與天神發生戰爭的導火線。」

「我也這麼認爲，」派波認同地說：「但那一部分的神話非常混亂又矛盾，就像是沒人想要那段故事留存下來。我只記得有一場戰爭，還有巨人幾乎是殺不死的這些事。」

「天神和英雄必須互相幫忙，」傑生說：「那是希拉告訴我的。」

「好像很難做到，」里歐抱怨：「如果天神連跟我們說話都不願意的話。」

他們繼續往西邊飛，傑生整個人陷入思考中，但沒有一個想法是樂觀的。金屬龍穿過雲層縫隙往下飛，他全然不知飛了多久。在他們下方有個大湖，緊鄰湖邊有座城市，在冬陽下閃著光芒。沿著湖邊的半月形岸上，摩天大樓櫛比鱗次。在那些高聳建築的後方，是覆蓋著白雪的社區和馬路，遠遠朝西邊展延出去。

「芝加哥。」傑生說。

他想起希拉在他夢裡說的話。他最危險的凡人敵人，就在這裡等他；如果他會死，就是死在她手下。

「現在有一個問題，」里歐說：「我們是活著來到這裡了，可是，我們要怎麼找到那些風暴怪物？」

傑生看到他們下方閃過一個移動的形體。一開始，他以爲那是一架小飛機，但它實在太小、太黑又太快。那東西朝摩天大樓頂端飛旋上去，急速迂迴的同時還變化形體。就在轉瞬間，它轉成馬形的煙霧。

「我們何不跟著他，」傑生建議：「看看他要去哪裡？」

26 傑生

傑生很擔心會跟丟目標，那個文圖斯動起來就像……就像是風。

「再快一點！」他催促著。

「兄弟，」里歐說：「如果再靠近一點，他就會看到我們。金屬龍可不等於隱形飛機呀。」

「快減速！」派波大吼。

那個風暴怪物鑽進市中心的棋盤式街道。非斯都也想跟隨，但是他的翅膀實在太寬，左翼馬上擦撞到一座建築的邊緣。里歐來不及拉高，牆邊一個裝飾石雕已經被切下來。

「飛到建築上面去吧，」傑生提議：「我們從那裡追蹤他。」

「要不要換你來駕駛？」里歐抱怨著，但還是照著傑生的話做。

幾分鐘後，傑生又看到那個風暴怪物。他吹襲行人，翻倒旗幟，讓車子方向亂轉，就這樣漫無目標地在街道穿梭。

「這下好了，」派波說：「出現兩個了。」

她說得沒錯。第二個文圖斯從萬麗飯店的轉角躍出，與第一個文圖斯集合並進，兩個狂飛亂舞，噴向一座摩天大樓的屋頂後，又折彎一座無線電塔，最後朝下面的街道俯衝。

「那些傢伙根本不需要咖啡因嘛。」里歐說。

「我看是芝加哥很適合他們遛達吧，」派波說：「就算多來幾陣妖風，這裡的人也不會大驚小怪。」

「幾陣妖風……」傑生說：「你們看。」

金屬龍飛到一座湖邊公園旁的大道上方盤旋。風暴怪物正在匯集，至少有一打怪物圍著一座大型公共藝術裝置打轉。

「你認爲哪一個是狄倫？」里歐問。「我很想拿東西砸他。」

但傑生的注意力都放在那座藝術裝置上。他們愈是靠近它，他的心跳也跟著加速起來。這只是一座公共噴泉，卻有種令人厭惡的熟悉感。噴泉本身是個長方形的映景池，兩端各有一個五層樓高的石柱拔地而起。柱子似乎是用無數螢幕組合起來的，現在正顯示出一個不斷噴水到池中的巨人大臉。

也許只是巧合吧，但眞像他夢中那個映景池的高科技放大版，連立於兩側的那兩個大尖柱都是。傑生認眞注視它，此時螢幕上的影像竟變成一張女人的臉，而且雙眼緊閉。

「里歐……」他緊張地說。

「我看到她了，」里歐說：「我不喜歡她，但是我看到她了。」

突然，全部的螢幕轉暗，所有的文圖斯聚集在一起，旋轉匯聚成一個漏斗雲。他們飛掠過池面，掀起和大石柱同高的水龍捲，再鑽進水龍捲的中心，最後彈開了一個下水道蓋子後，消失於地底。

「他們是潛到下水道去了嗎？」派波問：「這下我們該怎樣追蹤呢？」

「或許我們不應該追下去，」里歐說：「那個噴泉給我一種非常不好的感覺，而且，我們不是應該要……『提防大地』嗎？」

傑生也有同樣的感覺，可是他認爲還是要跟下去，只有這樣他們才能再往目標前進。他們一定要找到希拉，而現在離冬至僅剩兩天了。

「我們就在公園降落吧，」他建議：「我們得用走的來追查。」

非斯都在天際線和大湖之間找到一片大空地降落。立牌顯示這裡是「格蘭特公園」。傑生想，這裡到了夏天一定是個美麗的地方，但眼前只有一片白雪、冰霜及撒了鹽的步道。金屬龍的熱腳一落到地面，頓時發出嘶嘶聲。非斯都不高興地拍拍翅膀，朝空中噴火，但完全沒引起任何人的注意。湖上吹來的風刺骨凜冽，有常識的人應該都躲在室內了吧。傑生的雙眼被吹得非常刺痛，幾乎睜不開。

他們從龍背上滑下來。非斯都跺跺腳，一隻紅眼睛閃爍不停，像在眨眼睛。

「這樣正常嗎？」傑生問。

里歐從工具腰帶裡抓出一把橡皮槌，在那隻閃爍的眼睛上敲了敲，裡面的亮光又恢復正常。「好了，」里歐說：「不過，不能留非斯都在公園裡閒晃，搞不好他們會以遊蕩罪逮捕他。如果能有一隻狗笛……」

他的手又伸進工具腰帶翻找，但沒有收穫。

「狗笛太特別了嗎？」他猜想。「好吧，那就給我一個安全哨子，這種東西在五金行裡多的是。」

這一次，里歐拿出一個橘色塑膠大哨子。「黑傑教練一定會嫉妒死的！好了，非斯都，你聽著。」里歐拿起哨子吹，那刺耳的哨音尖銳到大概可以傳到密西根湖對岸去了。「下次再聽到這個聲音時，就過來找我，可以嗎？在那之前，隨便你想飛去哪裡都可以，就是小心不要烤焦任何人。」

金屬龍噴出鼻息，但願那是他表達同意的方式。然後他展開雙翼，往天空噴射而去。

派波往前踏一步，卻隨即彎下身子。「噢！」

「你的腳踝還好嗎？」傑生自責差點忘記派波在獨眼巨人工廠受傷的事，「也許我們給你的神飲失效了。」

「我還好。」她顫抖地回答。傑生想起他答應過要幫派波弄一件新的滑雪夾克，他希望自己能活得夠久好實現這個承諾。派波又走了幾步，有點跛腳，但傑生看得出她在努力掩飾痛苦的表情。

「我們別在這裡吹風了吧。」他提議。

「那要進去下水道嗎？」派波聳聳肩，「感覺好像會舒服一點。」

於是他們盡可能把自己包裹得緊緊的，朝噴泉走過去。

根據牌子上的說明，這裡叫「皇冠噴泉」，不過此時所有的水都已經流光，只有幾塊地方正要開始結凍。反正冬天噴泉有水也很奇怪，傑生這麼想。只是，兩個大石柱上的螢幕又開始閃出神祕泥土女人的大臉。這地方沒有一處讓人感到正常。

他們站到池子中央。沒有風暴怪物出來阻止他們，大螢幕也變成一片黑。下水道孔的大小足以容納一個人，裡面還有一座維修梯往黑暗的下方延伸。

傑生走第一個。往下爬時，他做好了迎接可怕下水道臭味的準備，不過事實並沒有那麼糟。梯子很快就通到一個南北向的磚牆隧道，空氣乾燥且溫暖，地面有一條涓涓細流。

派波和里歐也跟著爬下來。

「所有的下水道都這麼乾淨嗎？」派波感到納悶。

「不可能，」里歐說：「相信我。」

傑生皺起眉頭。「你怎麼知道……」

「嘿，兄弟，我逃家了六次耶，我可是睡過許多詭異的地方，懂嗎？現在，我們應該往哪一邊走？」

傑生側著頭傾聽，然後指著南邊。「那邊。」

「你爲什麼這麼確定？」派波問。

「有一股氣流往南邊吹。」傑生說：「或許文圖斯就是跟著這股氣流走。」

這其實算不上什麼線索，但也沒人能說出更好的理由。

不幸的是，他們才開始走，派波就絆到腳了。傑生必須攙扶著她前行。

「沒用的腳踝！」派波咒罵。

「休息一下吧。」傑生說：「我們已經超過一天沒停下來，大家都需要休息。里歐，你那個工具腰帶除了薄荷糖之外，還變得出其他食物嗎？」

「我以爲你都不會問呢。里歐大廚聽到了！」

派波和傑生坐在一片突出的磚台上，看里歐翻找他的魔法腰帶。

傑生也很高興能休息，他仍舊感到頭暈、疲倦，當然，還有飢餓。更主要的原因是，他並沒有太大的渴望去面對即將到來的一切，不管那是什麼。他把金幣拿到手指間翻轉。

「如果你會死，」希拉警告過他：「就是死在她手裡。」「她」會是誰？在齊昂妮之後，他已經遇過獨眼巨人媽媽、詭異的沉睡女人，所以這世上他最不需要的，就是再碰上一個瘋狂的壞女人。

「那不是你的錯。」派波突然說。

他毫無頭緒地看著她。「什麼？」

「被獨眼巨人撲倒，」派波說：「並不是你的錯。」

他低頭望著掌心的金幣。「我眞的很蠢，竟然把你單獨留在那裡，自己走入陷阱。我早該知道……」

他沒有把話說完。他有太多早該知道的事了，包括他自己是誰、怎麼跟怪物打鬥、獨眼巨人靠模仿人聲和躲在陰影下等千百種詭計誘惑敵人，這些事情應該通通存在他腦海裡才對。他可以感覺到它們本來各自存在腦中的某些位置，但現在裡面卻全空了。如果希拉希望他成功，爲什麼要偷走這些對他有幫助的記憶？她說失憶才能幫他存活，這實在毫無道理！他開始理解安娜貝斯爲何寧願希拉一直留在牢裡了。

「喂，」派波用手肘輕推他，「放輕鬆點。雖然你是宙斯的兒子，但不代表你就得單打獨鬥，充當一人大軍啊！」

里歐在離他們一、兩公尺的地方生起小小的火堆打算煮食。他一邊哼歌，一邊從包包和工具腰帶裡挖出各種東西。

火光映照下，派波的眼眸彷彿在跳舞。傑生觀察她的眼睛好幾天了，卻仍舊判斷不出它們到底是什麼顏色。

「我知道，這些事一定讓你反感極了，」傑生開口：「我不只是指這個任務，還有我在巴士上的反應、把你搞糊塗的迷霧、讓你以為我是你的……你知道的。」

派波移開目光。「唉，這些事，又不是我們自找的。不是你的錯。」

她拉著兩側的小辮子，傑生又再次慶幸阿芙蘿黛蒂的賜福在她身上已經消退。有了那身衣服、那種妝容與完美的髮型，讓她看起來像二十五歲，雖然很有魅力，卻完全和他不同掛。他從來沒想過美麗也可以顯現氣勢，那正是當時派波表現出來的感覺——充滿力量，充滿權威。

他比較喜歡平常的派波，是一個他可以親近的人，但詭異的是，他也無法將另一個形象從他心中甩開。畢竟那不是一個幻覺，而是派波確確實實的另一面，只是被她本人努力隱藏了起來。

「在那間工廠時，」傑生說：「我記得你正要說你父親的事。」

派波的手指頭在磚塊上遊走，就好像在用指尖寫下她不敢喊出的呼吼。「有嗎？」

「派波，」他說：「你父親陷入某種麻煩了，對不對？」

小火堆上出現鍋子，里歐攪拌著熱騰騰的肉和甜椒。「耶，好菜就快出爐了。」

派波的眼淚快決堤了。「傑生……我現在無法談這件事。」

「我們是你的朋友，讓我們幫你的忙。」

這句話似乎讓她感覺更難過，她顫抖著吸了一口氣。「我也希望可以，可是……」

「賓果！」里歐叫著。

他走過來，手臂上排放了三個盤子，就像餐廳的服務生。傑生想不透他是如何找到這些食物、又這麼快將它們料理完畢，但盤中食物看起來可口極了，有甜椒牛肉墨西哥捲餅，配上玉米薄脆片和番茄洋蔥醬。

「里歐，」派波充滿驚喜地說：「你是怎麼……」

「里歐大廚的『捲餅車庫』可以解決你的任何問題！」里歐驕傲地說：「喔，還有，大美女，那個是豆腐，不是牛肉，所以別抓狂，放心咬下去吧！」

傑生不確定那東西是否真是豆腐，但捲餅吃起來和聞起來一樣美味。當他們吃著時，里歐還努力要提振大家的精神，不停講笑話。傑生很慶幸這趟任務有里歐隨行，讓他與派波之間少了一些緊繃與不自在。可是另一方面，他又有點希望能和派波獨處，不過他責備自己出現了這種念頭。

派波吃完後，傑生勸她再休息一下。派波沒說什麼，她蜷起身體，將頭直接倒在傑生腿上，兩秒後就出現鼾聲。

傑生抬頭看看里歐，里歐一臉憋不住笑的模樣。

他們安靜坐了幾分鐘，喝了些檸檬水，那是里歐用沖泡粉和水壺中的水調出來的。

「還不錯吧？」里歐笑著說。

「你應該擺個攤子的，」傑生說：「絕對可以賺不少錢。」

但是當他看到火的餘燼時，開始出現困擾。「里歐，說到火……那些你能夠做到的事，都是真的嗎？」

里歐的笑容消失。「嗯，是的。」他打開手掌，一小球火焰赫然躍出掌心舞動。

「眞酷，」傑生說：「爲什麼你之前不曾提過？」

里歐合起手掌，火苗熄滅。「我不想被當成怪物。」

「我也有召來閃電和風的能力呀。」傑生提醒他。「派波可以變美麗，講話可以魅惑人，讓人連BMW都願意給她。你一點都不比我們奇怪呢。嘿，說不定你也會飛喔，比如說從一棟建築物上面跳下來大喊：『火焰飛舞！』」

里歐哼了一聲。「要是我眞的那樣做，你就會看到一個著火的孩子墜樓死亡，而且，我會喊出比『火焰飛舞』更有力量的話啦！唉，不騙你，赫菲斯托斯小屋的人並不認爲會召喚火是件很酷的事。妮莎告訴我那非常罕見，如果有這樣的混血人出現，通常會有大災難發生，非常大的災難。」

「也許剛好相反，」傑生說：「或許是有特殊能力的人，總出現在壞事發生時，因爲那是最需要他們的時機。」

里歐清理好餐盤。「也許吧，但我還是要跟你說……這不見得是個上天的禮物。」

傑生陷入沉默，隔一會兒才說：「你是在說你媽媽嗎？關於她過世那晚？」

里歐沒有回答，也不需要回答。他不說笑話、默默無語的行爲，已經告訴傑生答案。

「里歐，她的死不是你的錯。不論那天晚上發生了什麼事，都不是因爲你能召喚火。是那個泥土女人，是她一直要搗毀你的生活、擊潰你的信心、奪走你心愛的一切。她要你有失敗者的感覺，但你不是，你很重要。」

「她也是這麼說的，」里歐抬起頭，眼裡盡是傷痛，「那個泥土女人告訴我，我註定要做出重大的事，我會破壞或是完成那七位混血人的大預言。這就是我害怕的事，我不知道是否能應付得了。」

傑生想安慰他說一切沒事，但這話聽起來太假了。傑生也不知道未來會如何。他們都是混血人，那代表有時下場未必圓滿，搞不好就會變成獨眼巨人的晚餐。

如果你問小孩說：「嘿，你想要變出火焰、呼風喚雷，或者來個魔法美妝嗎？」大多數孩子一定會覺得酷斃了。但這些力量也伴隨許多不好的事，像是大冬天坐在下水道裡、被怪物追、失去記憶，還有眼睜睜看著朋友差點進入烤爐，甚至老是做些警告自己會死的夢。

里歐挑動剩餘的火苗，赤手翻轉火紅的炭。「你曾經想過另外四個混血人是誰嗎？我的意思是，如果我們是大預言中的三個，那另外四個呢？他們現在在哪裡？」

是的，傑生也想過這個問題，可是他一直努力把這問題擠出腦袋。他有種可怕的預感，他也會被要求領導那些混血人，但他怕會失敗。

「你們會自相殘殺。」波瑞阿斯這麼說過。

傑生受過訓練絕不顯露心中的恐懼，他從那個狼群的夢可以確定這點。他應該要展現信心，即使心中感受並非如此。現在里歐和派波這麼仰賴他，他就已經很怕讓他們失望，如果還得去領導有六個人的團體，而這六個人還有可能處不來，那豈不是更糟。

「我也不知道，」傑生終於回答：「我猜那四個人在適當的時機就會出現。誰知道呢？也許他們也有其他的尋找任務。」

里歐抱怨著：「我打賭他們的下水道一定比我們的好。」

一股氣流升起，往隧道南端吹過去。

「里歐，你也休息一下，」傑生說：「我先負責守衛。」

時間很難估算，但傑生覺得他朋友大概睡了快四個鐘頭。他一點都不介意。現在的他其實也算在休息，只是不需要更多的睡眠罷了。他已經在金屬龍背上昏睡夠久了，況且他也需要時間想想關於這趟任務、姊姊泰麗雅，還有希拉的警告。他也不介意被派波當成枕頭。她睡覺時的呼吸方式挺可愛的，從鼻子吸氣，然後從嘴巴噗出一些氣來。當她醒過來時，傑生還有一點捨不得呢。

終於，他們拔營離開，往隧道深處出發。

這個隧道曲曲折折，一個彎又一個彎，似乎永無止境。傑生完全不知道會在路的盡頭遭遇到什麼。地牢？瘋狂科學家的實驗室？抑或是全市流動廁所的穢物集中池，然後聚成一張邪惡的大便臉，大到足以吞噬全世界？

結果完全不是那麼一回事。隧道盡頭處是一排晶亮的不鏽鋼電梯門，每一扇門上都刻著草寫字母M。電梯旁邊有個指示牌，感覺很像百貨公司。

「M代表梅西（Macy）百貨嗎？」派波猜測。「我想芝加哥市內有一家。」

「單眼鏡汽車公司（Monocle Motors）的名字不也是M開頭嗎？」里歐說：「啊，還是來看看指示牌吧。好複雜喔！」

停車場、狗屋、主要入口　　下水道樓

家具、M快餐店　　一樓

女裝、魔法用具　　二樓

男裝、武器裝備　三樓
化妝品、魔藥、毒物與雜貨　四樓

「狗屋是做什麼的？」派波說：「還有，哪門子的百貨公司會將主要入口設在下水道？」

「還賣毒物哩，」里歐說：「天哪，那個『雜貨』又是什麼意思？是賣內衣嗎？」

傑生做了一個深呼吸，開口說：「只要有疑慮，就從頂樓開始。」

電梯門在四樓滑開，一股香水味飄進來。傑生帶頭走出去，劍已握在手上。

「兩位，」傑生說：「快來看看這個。」

派波湊上前去，驚呼一聲。「這不是梅西百貨！」

這間百貨公司看起來就像萬花筒的內部。整個天花板是一大片鮮豔的彩色拼花玻璃，上面有占星用的星座圖案，圍繞著中間的大太陽圖形。外面日光穿過彩色玻璃進來後，將室內所有物品染上千百種繽紛的色彩。每個樓層中央都有一圈露台圍繞著透空的巨大天井，可以讓人一眼就望到最底層。金色欄杆無比閃耀，亮到眼睛難以直視。

除了彩色玻璃天花板和電梯門之外，傑生看不到其他門窗，只有兩組玻璃電扶梯在樓層間移動。地上鋪著各式各樣波斯地毯，架上陳列的商品只能用荒誕怪異來形容。五花八門的東西出現眼前，讓人很難一次看清。但傑生注意到，在一般的吊衣架和鞋架中，竟夾雜了穿盔甲的假人、好幾花車的釘子，還有感覺會動的毛皮大衣。

里歐走向露台的欄杆，朝下一看。「快來看！」

在底樓挑空的中庭正中央，有一座噴泉噴出七公尺高的水柱，水色由紅轉黃再轉藍的不停變化。噴泉裡閃爍著許多金幣，在它的兩側豎立著兩個塗上金漆的籠子，就像放大的金絲雀鳥籠。

其中一個籠子裡，有個迷你風暴在旋轉，閃電夾雜出現。顯然有幾個風暴怪物被關在裡面，他們掙扎著想逃出來，整個籠子都在震動。另一個籠子裡則是一位手持樹枝狀棍棒的羊男，他短小精幹，動也不動像個雕像一樣。

「黑傑教練！」派波說：「我們趕快下樓去！」

一個聲音出現了。「需要幫各位找什麼東西嗎？」

三個人倒彈一步。

一位女士突然現身在他們面前。她穿著優雅的黑色洋裝，配戴鑽石首飾，看起來就像個退休的時裝模特兒，可能五十歲左右，雖然傑生也不太會猜年齡。她黑直的長髮全撥到一側的肩膀，豔麗的臉孔有股夢幻般的超級模特兒氣質，美麗纖細但高傲冷酷，沒人情味。她長長的指甲上塗了紅色指甲油，讓手指看起來更像爪子。

她微笑著說：「真開心有新顧客光臨，我可以爲您做什麼服務嗎？」

里歐瞄傑生一眼，像是在說：「交給你囉。」

「嗯……」傑生開口：「這是你的店嗎？」

女士點點頭。「我發現這個地方被棄置不用了。這些日子以來，有許多店都像這樣關門大吉，但我決定要讓它變成一個很完美的地方。我喜歡蒐集有品味的東西，喜歡幫助別人，還有以合理的價錢提供高品質商品。所以這個地方就成了一個很好的……你們是怎麼說的？我在這個國家的第一宗收購物。」

她講話有一種優雅的外國腔，只是傑生無法判斷她是哪裡人。起碼她沒有什麼敵意，傑生開始稍稍放鬆。她的聲音圓潤且帶點異國情調，讓傑生想多聽她說些話。

「這麼說，你剛來美國沒多久？」他問。

「我算……新來的。」女士同意地說：「我是科爾奇斯[67]的公主，我的朋友都叫我『公主殿下』。好了，請問你們想找什麼呢？」

傑生聽說過那些有錢外國人收購美國百貨公司的事，當然通常他們不會賣毒物、活體毛皮大衣、風暴怪物或羊男之類的東西；但是，擁有那樣美妙的聲音，這位科爾奇斯公主不可能太壞吧。

派波戳戳他的肋骨。「傑生！」

「喔，對了，公主殿下，是這樣的，」他指著樓下的金色籠子，說：「我們有一位朋友在那裡，他叫葛利生．黑傑，就是那個羊男。我們是否能夠……把他領回去呢？拜託了！」

「當然沒問題！」公主立刻答應。「我很高興帶你們看看我的商品，但首先呢，我想知道你們的名字，可以嗎？」

傑生有點猶豫，透露他們的名字似乎不是個好主意，有個記憶在他腦袋裡拉扯，似乎是希拉警告過他的事，但實在很模糊。

---

[67] 科爾奇斯（Colchis）是希臘神話中一個富庶豐饒的國家，也是英雄傑生前往尋找金羊毛的目的地。參《波西傑克森——妖魔之海》六十九頁，註[14]。

可是，公主殿下看來就要答應了。如果他們可以不經戰鬥就取得想要的東西，當然比較好，況且這位女士看起來不像敵人。

派波開口說：「傑生，我不會……」

「這位是派波。」傑生說：「這位是里歐。我叫做傑生。」

公主的目光固定在他身上。有那麼一剎那，她的臉龐發出光芒，像是怒火中燒，傑生都可以看到她皮膚下的頭骨了。傑生的思緒有點混亂，他知道有事不對勁。不過轉瞬間，公主殿下又變回那個尋常的優雅女士，有著眞摯的笑容與舒緩人心的語調。

「傑生。眞是個有趣的名字呀。」她說，眼神像芝加哥的風一般冷酷。「我想我一定要給你們最特別的價錢。走吧，孩子們，來逛街了。」

27 派波

派波很想衝向電梯。

她還有第二個選擇是，現在就攻擊這個詭異的公主。因爲派波十分確定一場對戰即將展開。這位女士在聽到傑生的名字時臉上發出怒光，足以顯示這下麻煩大了。但這位公主殿下又露出燦爛的笑容，好像什麼事都沒發生過，而傑生和里歐也沒感到異常。

公主指向化妝品櫃台。「我們要從魔藥開始嗎？」

「酷！」傑生說。

「兩位，」派波打斷他們，「我們是來這裡找風暴怪物和黑傑教練的。如果這位『公主』眞的是我們的朋友……」

「喔，親愛的，我比朋友還要棒喔，」公主殿下說：「我是個售貨員呢。」她的鑽石首飾明亮閃耀，眼睛卻像蛇一般冷酷陰沉。「別擔心，我一定會帶你們到一樓去的，好嗎？」

里歐急切地點頭。「當然好呀！聽起來不錯，對吧，派波？」

派波使出最兇狠的眼神瞪他，意思是說：「不對，一點都不好！」

「當然是很好囉。」公主殿下把手放到里歐和傑生的肩上，將他們帶往化妝品區。「孩子們，跟我來。」

派波別無選擇，只好跟上。

派波痛恨百貨公司，最主要的原因是她在百貨公司偷竊被逮過好幾次。老實說，不是真的偷，也不算真正被逮，她只是說服售貨人員把電腦、新皮靴、黃金戒指這些東西拿給她，有一次甚至拿了不知道要做什麼用的割草機。她從來不把那些東西留下來，因爲她只是想吸引爸爸的注意而已。通常她會叫家裡附近的快遞公司把東西送回去，當然那些被她拐的人頭腦恢復正常後，就會通知警察找上門來。

總之，她對於逛百貨公司一點興致都沒有，特別是這家百貨公司的老闆是一位會在黑暗中發光的瘋癲公主。

「這裡呢，」公主說：「是世界上魔法器具收藏得最完整的地方。」

櫃台上排滿小腳架，上面有冒著泡泡的大燒杯和噴出煙霧的小藥瓶。展示櫃上陳列著各式各樣水晶燒瓶，有的形狀像長頸天鵝，有的像甜心小熊糖盒，裡面裝了五顏六色的液體，從燦白到斑斑點點都有。至於氣味……呃！有些芳香宜人，像剛出爐的烤餅乾或玫瑰香，但也都混合了燃燒的輪胎、臭鼬放屁或體育館置物櫃的味道。

公主指著一個血紅色的藥瓶，那是一根蓋著軟木塞的小試管。「那個東西可以用來治療任何疾病喔。」

「癌症也行嗎？」里歐問：「那痲瘋病呢？指甲倒插呢？」

「任何疾病，小可愛。至於這一瓶……」她指著另一個內裝藍色液體的天鵝形容器，「可以讓你痛苦地死去。」

「眞可怕。」傑生說，聲音聽起來有些茫然與睏意。

「傑生，」派波說：「我們還有事要辦，記得嗎？」她在說話時多加點力道，想把他從被魅惑的恍惚中拉回來，可是連她自己都覺得聲音在顫抖。這個自稱是公主的女人確實嚇到她了，害她信心動搖，那就跟在阿芙蘿黛蒂小屋與茱兒交手的感覺一樣。

「有事要辦，」傑生喃喃自語：「對。不過先逛街，好嗎？」

公主滿面笑容地看著他說：「然後呢，我們還有可以耐火的魔藥……」

「那個作用我有了。」里歐說。

「眞的嗎？」公主貼近里歐的臉仔細端詳。「你看起來沒有塗我們公司的防曬乳啊……不過沒差。我們的魔藥還有導致眼盲、精神錯亂、催眠以及……」

「等一下，」派波仍盯著那個紅色小藥瓶，「那東西可以治失憶症嗎？」

公主瞇起了眼睛。「有可能，沒錯，非常有可能呀。親愛的，你爲什麼這樣問呢？難道你忘記了什麼重要的事情嗎？」

派波努力讓自己顯得平靜。如果那東西可以讓傑生恢復記憶……

我眞的想要他恢復記憶嗎？她內心也疑惑著。

如果傑生知道自己是誰，他們可能連朋友都做不成。希拉取走他的記憶是有原因的，她曾跟傑生說，那是傑生唯一可以在混血營生存下去的方法。萬一傑生發現他是他們的敵人或者什麼的，情況會變成怎樣？也許他恢復記憶後，發覺原來自己討厭派波；又或許他在原來的地方有個女朋友。

那也不重要了，派波做出決定，連她自己都有些驚訝。

每次傑生嘗試回憶過去總是顯得非常苦惱，派波不喜歡看到他那樣。她想要幫助他，因爲她發自內心關心他，即使最後有可能失去他。再說，這樣至少讓這趟瘋癲公主百貨之旅有了一些意義。

「要賣多少錢？」派波問。

公主的眼神飄渺。「這個嘛……這東西的價錢一向很難判斷。我喜歡幫助別人，眞的，我一向可以討價還價，但人們老是想騙我。」她的眼光轉到傑生身上。「比如說，有一次，我遇到一個英俊的年輕人，他想要我父親王國裡的一項寶物。我們談好了交易，我答應幫他偷到東西。」

「從你自己的父親那裡？」傑生看來仍半夢半醒，但似乎被公主的話困擾著。

「喔，別擔心，」公主說：「我開出很高的代價，就是那年輕人必須把我一起帶走。他長得一表人才、神采奕奕、體格壯碩……」她轉回來看著派波。「親愛的，我相信你一定能了解，一個女孩子很容易被這樣的英雄所吸引，還會急著想幫助他。」

派波很想控制自己的情緒，但可能臉頰還是漲紅了。公主能夠讀出她的心思，讓她感到萬分驚恐。

她對公主說的這個故事感到異常熟悉。之前陪父親閱讀的那些古老神話，慢慢匯聚在她腦海……但眼前這個女人，不可能是她想到的那一位。

「無論如何，」公主殿下繼續說：「我的這位英雄必須去完成許多不可能的任務。不是我在吹噓，如果沒有我的幫忙，他根本就辦不到。我背叛了家人，替他贏得戰利品。然而，他卻辜負了我。」

「辜負你？」傑生皺起眉頭，就像試圖記起什麼重要的事。

「那很糟糕耶。」里歐說。

公主殿下充滿感情地拍拍里歐的臉。「里歐，我相信你不用擔心，你看起來很老實。你永遠都不會佔人家便宜，對不對？」

里歐點點頭。「我們要買的是什麼？我要買兩個。」

派波打斷他們，說：「所以，那個小藥瓶，公主殿下……要多少錢？」

公主打量著派波的衣服、臉孔與她的儀態，看起來像是要幫這位不大不小的半神半人貼上標價。

「親愛的，你願意用任何東西來換嗎？」公主問。「我覺得你願意。」

這幾個字就像大浪一般強烈衝襲著派波，強到幾乎要將她的雙腳沖離地面。她願意付出任何代價，她想回答「是」。

這時她的胃突然翻攪起來，她意識到自己被魅惑了。她曾有過類似的感覺，就是茱兒在營火晚會上說話時，但現在它的作用卻強了千倍以上，難怪她的朋友們都暈眩失神。這就是別人聽她說魅語時的感覺嗎？派波心中生起小小的罪惡感。

她集中所有的意志力。「不，我不會不計代價，但如果價錢合理，或許我會考慮。在這之後，我們就必須離開。對吧，夥伴們？」

只有那麼一瞬間，她的話似乎發揮了一點作用，讓兩個男生有些困惑起來。

「離開？」傑生說。

「你的意思是……逛完以後嗎？」

派波眞想尖叫，但公主側著頭，重新用一種尊重的態度檢視派波。

「不簡單，」公主說：「沒有幾個人能拒絕我的建議。你是阿芙蘿黛蒂的小孩嗎，親愛的？啊，是的，我早該注意到才對。沒關係，也許我們應該逛久一點，好讓你決定要買些什麼，好嗎？」

「但那個藥瓶……」

「現在，孩子們，」她轉身對傑生和里歐說話，語氣比派波更強而有力，充滿信心，派波完全比不上，「你們想看更多的東西嗎？」

「當然囉。」傑生說。

「好啊。」里歐答。

「那就太棒了，」公主殿下說：「如果你們想要成功到達灣區68，可是得先準備好所有的必需品呀。」

派波的手移到腰際的匕首上。她想起那個在山頂上的夢，那個恩塞勒達斯刻意讓她看的景象。那是在一個她知道的地方，兩天後她會在那裡背叛她的朋友。

「灣區？」派波問：「爲什麼是灣區？」

公主微微笑。「嗯，那是他們要赴死的地方，不是嗎？」

然後她帶領他們往電扶梯走去，傑生和里歐仍然爲了可以逛街而興奮不已。

68 灣區（Bay Area）是環繞加州舊金山灣地區的慣稱，包含了大都會地區，如舊金山市，以及鄰近山脈海灘等人煙稀少的地方。

28 派波

趁傑生和里歐去研究那些活毛皮大衣時，派波把公主「請」到角落。

「你要他們爲了自己的死來買東西？」她質問著。

「嗯。」公主吹吹一個劍盒上的灰塵，「親愛的，我是先知，我知道你的小祕密，但我們都想把它忘掉，對吧？你看他們逛得多開心啊！」

里歐正在試戴一頂魔法浣熊毛帽，當他一走路，那個環紋尾巴就會抽動，小小的短腿還會抓狂亂扭，讓里歐笑得樂不可支。傑生則在逛男士運動服。男生怎麼會對逛街買衣服有興趣？這鐵定是被下了邪惡的詛咒。

派波瞪著公主，問：「你究竟是誰？」

「親愛的，我告訴過你了，我是科爾奇斯的公主。」

「科爾奇斯在哪裡？」

公主的表情變得有些哀傷。「應該是科爾奇斯『曾經』在哪裡。那段時間，我父親統治著黑海遠端的海岸區，是希臘船隻所能航行到的最東邊海岸。但是科爾奇斯已經不存在了，亙古之前就消失了。」

「亙古之前？」派波問。這位公主看起來頂多五十歲。不祥的感覺開始在派波心中蔓延。波瑞阿斯大王在魁北克時提過某件事。她問：「你幾歲？」

公主大笑。「身為女生，應該避免提出或回答這個問題啊。這樣說好了，嗯，申請移民進入這個國家，花了我好長一段時間。我的守護者後來終於幫忙我過關，也是她讓這一切變得可能。」她揮手比劃著整片展示區。

派波嘴裡冒出一股苦澀感。「你的守護者……」

「喔，對了，告訴你，她可不是隨便什麼人都幫的，只有那些有特殊才華的人她才肯，就像我。不過，說真的，她要求的不多，只說一定要把百貨公司入口設在地下，以便監視我的客人，另外就是偶爾要幫她一點小忙。這樣就可以換取一個全新的生活了嗎？沒錯，這是我好幾世紀以來最好的一樁交易。」

快逃！派波心想。我們得快快逃離這裡。

她還沒來得及把想法說出來，傑生卻先說話了。「喂，快來看這個！」

從一整排標著「服裝大拍賣」的展示架上，傑生抽出一件衣服。那是一件紫色T恤，就跟他在校外教學時穿的一樣，只不過這件看起來像被老虎爪子狠狠抓過。

傑生皺著眉頭。「為什麼看起來好眼熟？」

「傑生，因為這跟你的衣服一樣。」派波說：「現在我們眞的非離開不可！」然而，派波不確定在公主的施咒下，傑生是否還能聽進她的話。

「胡說什麼，」公主說：「他們兩個還沒逛完不是嗎？喔，對了，親愛的，那些T恤確實很受歡迎，是我跟顧客換來的。這件很適合你。」

里歐則是拿了一件橘色的混血營上衣，衣服正中間有一個洞，像是被獵槍打穿的孔。在衣服的旁邊，另有凹陷且鏽斑點點的胸甲，不知是被酸蝕還是怎麼了。有件羅馬式長袍也被放到這裡來，不但布面被劃得破破爛爛，還染上有點噁心的顏色，像是乾掉的血跡。

「公主殿下，」派波努力保持平穩地說：「為什麼你不告訴這兩位男生你是如何背叛家人的呢？我相信他們都很想聽聽這個故事。」

她的話對公主沒有半點效用，但兩個男生轉過身來表示想聽。

「還有故事嗎？」里歐問。

「我想聽更多的故事！」傑生附和。

公主給了派波一個惱怒的眼神。「喔，人為了愛情可以做出很多奇怪的事，派波，你一定懂的。我愛上了那個英雄，但事實上，是因為你母親阿芙蘿黛蒂對我下了咒。要不是因為她……可是，我總不能怨恨一位女神吧？」

公主的語氣已經把意思表達得很清楚，就是：這筆帳可以算在你頭上。

「可是那個英雄逃離科爾奇斯時有帶你走，不是嗎？」派波回想著，「公主殿下，他遵守承諾娶了你啊。」

公主眼裡的神情，讓派波差點要說抱歉，但她沒有退縮。

「一開始，」公主承認，「他似乎有遵守諾言，然而，即使已經幫他取得我父親的寶物，他還是需要我幫忙。我們逃走時，我的兄弟很快就追過來，他的戰船趕上我們。他本來可以輕易毀掉我們，但我說服他登上我們的船，在停戰旗下和談。他信任我。」

「而你殺了自己的兄弟。」派波說。這可怕故事開始湧現她的腦海，然後某個名字也浮現了，那個惡名昭彰的名字，第一個字母就是「M」。

「什麼？」傑生抖動一下，這一瞬間，他似乎回到原本的樣子。「你殺了自己的……」

「不，」公主打斷他的話，「那些故事說的都是謊言，是我的新丈夫和他的人馬殺掉我兄弟，當然，若不是我騙他登船，他們也辦不到。他們把他的屍體丟到海裡，好讓他的戰船停止前進，努力搜尋他的屍體，以便辦個像樣的葬禮。於是，我們就得到充分的時間脫逃。這一切，都是爲我的丈夫做的，可是他竟然忘掉我們的交易，到了最後，他背叛了我。」

傑生看起來仍然不太舒服。「他做了什麼？」

公主拿著那件被劃爛的羅馬長袍，在傑生的胸前比劃，就好像爲了某個刺殺任務在打量他。「我的小帥哥，難道你沒聽過這個故事嗎？你們所有的人都應該聽過才對，你就是用他的名字來命名的呀！」

「傑生，」派波說：「是最早的那個傑生。只是後來，你……你應該死了啊！」

公主露出微笑。「就像我說的，新的國家，新的生活。沒錯，我背叛了我的人民，我被稱爲叛徒、小偷、騙子、殺手，但這一切都是因爲愛。」她轉身面對兩個男生，睫毛閃動，流露令人憐惜的目光。派波可以感受到魔法魅力沖灌了他們全身，他們被更堅實的力量控制住。「親愛的，難道你們不會爲了所愛的人做出一樣的事嗎？」

「當然會。」傑生說。

「會啊。」里歐說。

「你們兩個！」派波沮喪地咬著牙，「你們看不出她是誰嗎？你們……」

「我們繼續逛吧，好嗎？」公主愉快地說：「我相信你們還想跟我討論風暴怪物的價錢，還有你們的羊男！」

里歐在二樓的設備用具區就分神了。

「不可能，」他說：「那是裝甲鍛造爐嗎？」

派波還來不及阻止他，里歐已經跳下電扶梯，衝向一個巨大的圓形鐵爐。那看起來就像個戶外烤肉爐。

他們追上他。公主說：「你的品味不錯，這台是H-2000，由赫菲斯托斯親自設計。可以加熱到極高溫，足夠熔化古希臘的青銅或羅馬帝國的黃金。」

傑生倒退一步，像是聽到了什麼熟悉字眼。「羅馬帝國的黃金？」

公主點點頭。「是的，親愛的，就像那個可以縮進你口袋的聰明武器。要冶煉之前，帝國黃金必須先在羅馬卡匹托爾山上的朱比特神殿內加以祭祀。那是非常稀有又具威力的金屬，帝國不過就跟那些羅馬皇帝一樣性格無常。千萬不要弄斷劍刃啊……」她愉快地笑著說：「當然，羅馬帝國是在我之後的事，但我聽過不少故事。至於現在，這個黃金王座，就是我最精緻豪華的收藏品。這也是赫菲斯托斯打造的，是爲了懲罰他的母親希拉，一旦坐上去就會立刻被困住。」

里歐顯然將這句話聽成命令，恍惚地往王座走去。

「里歐，不行！」派波大聲警告他。

他眨眨眼。「這兩個一起算多少錢？」

「喔，如果是這個金王座，我可以算你五次大行動。至於那個鍛造爐，七年的奴役就好。而只要你的一小點力量……」她帶里歐走進設備用具區裡面，把各種東西的價錢告訴他。

派波不想留下里歐和公主獨處，但她也需要喚醒傑生才行。她把傑生拉到一旁，賞他兩個巴掌。

「噢，」傑生睏倦地喃喃回應：「爲什麼打我？」

「把你打醒！」派波氣呼呼的。

「這是什麼意思？」

「她對你說魅語！你感覺不出來嗎？」

他又皺眉頭了。「她看起來很好呀。」

「她一點也不好！她根本不應該活著！她嫁給了傑生，最早的那個傑生，在三千年前。你還記得波瑞阿斯說過什麼嗎？他說過靈魂不再受制於冥王黑帝斯。現在不只是怪物不肯停留在死亡階段，連她也從冥界回來了。」

傑生不安地搖著頭。「她不是鬼。」

「不，她比鬼更糟！她是……」

「孩子們。」公主回來了，連同被她拖著的里歐。「如果你們想的話，我們現在就去看看你們來這裡的原因。那個就是你們想要的，是嗎？」

派波硬是忍住滑到嘴邊的尖叫。她本來已經打算拔出匕首，自己對付這個女巫了，但她的勝算眞的不大，何況她人還身在這個公主的百貨公司，而且朋友們都受到妖法控制。萬一打起來的話，她甚至不確定朋友會不會站在她這邊，她必須想出更好的對策。

他們搭上電扶梯，往地面噴泉層接近。派波這時才注意到噴泉的南北兩側，各有一個頗大的銅製日晷鑲嵌在大理石拼花地板上，大小像一個健身用的大型彈跳床。那兩個塗著金漆的特大金絲雀籠，則分別放在噴泉的東、西端。距離最遠的那一個裡面關著風暴怪物，他們被緊密地壓在一起，像個超級壓縮的龍捲風般旋轉不已。派波沒辦法數出裡面到底關了幾個風暴怪物，起碼一打以上吧。

「嘿，」里歐說：「黑傑教練看起來很不錯呢！」

一行人跑向比較近的那個金色籠子邊。這位老羊男似乎在大峽谷上方被捲進風暴那一刻就石化了。他停住的姿勢是吼叫到一半，棍棒舉到頭頂，好像在命令所有體育課的學生做伏地挺身。他捲捲的頭髮直立成一個奇怪的角度。如果派波只注意某些小細節，像是亮橘色上衣、小山羊鬍、掛在脖子上的口哨，她也會覺得黑傑教練完全就是過去那個惹人厭的老好人。但是現在，她很難去忽視他頭上突起的粗短山羊角，還有下半身原本該是運動褲和耐吉運動鞋的地方，竟是毛茸茸的羊腿與羊蹄。

「可不是嘛，」公主殿下說：「我總是把我的收藏品妥當維護好。這個羊男和風暴怪物的交易，我們一定可以談成，可以整組一起賣。如果我們達成協議，我還可以連那個神奇的治療魔藥都算進去，你們也可以平靜地離開喔！」她拋給派波一個精明的眼色，「那比開啓一些不愉快的事端好多了。你說是不是，親愛的？」

不要相信她，派波腦中浮出一個聲音。如果派波沒有猜錯這女人的身分，就不可能有人能平靜離開，也不會有公平的交易，一切都是詭計。但是她的朋友正望著她，急切地點著頭，用嘴型對她說：「快答應！」派波需要更多時間安排與思考。

「我們可以商量一下。」她說。

「完全沒問題！」里歐附議：「你開價吧。」

「里歐！」派波打斷他。

公主咯咯笑了起來。「要我開價？這大概不是最好的議價策略吧，孩子，但起碼你會知道這些東西的價值。自由是非常非常有價值的東西。你想要求我釋放這個攻擊我的風暴怪物的羊男……」

「是他們攻擊我們！」派波反駁她。

公主殿下聳聳肩。「就像我說過的，我的守護者有時會拜託我幫一點小忙，像派這些風暴怪物去綁架你們就是其一。我跟你保證，這裡面絕對沒有私人恩怨，而且也沒有造成傷害，就像現在，你們憑著自己的意志來到這邊。無論如何，你們希望羊男被釋放，還想要我的風暴怪物，順便提醒一下，他們可是我非常珍貴的僕役呢。你們打算把風暴怪物交給那個暴君艾歐勒斯嗎？這樣好像不是很公平喔。那可需要付出非常非常高的價錢呢。」

派波看得出兩個朋友已經願意付出一切、承諾所有事了。在他們開口之前，她一定要使出她的最後一張牌。

「你是梅蒂亞[69]，」派波說，「你幫助原來那個傑生偷到金羊毛，你是希臘神話中最最最邪惡的女巫之一。傑生、里歐，不可以相信她！」

派波用盡她所有力量說出那幾個字。她的話似乎發揮一點效果，傑生退離女巫幾步。里歐抓抓自己的頭，好像大夢初醒。

「再問一次：我們在做什麼？」

「孩子們！」公主攤開雙手，擺出誠摯歡迎的姿勢。她的鑽石首飾閃爍，擦了指甲油的手指頭宛如沾過血的爪子。「沒錯，我就是梅蒂亞。但我一直受到世人莫大的誤解。喔，派波，我親愛的，你不知道古時候女人受到什麼樣的待遇！我們沒有權力，也沒有任何影響力，通常我們不能選擇自己的伴侶。但是我不一樣！我決定了自己的命運，我選擇成為一個女巫。這有什麼錯嗎？我和傑生達成協議，我幫他取得金羊毛，他則回報給我他的愛，那很公平啊。最後他還成為有名的英雄！但是，如果沒有我的幫忙，他只是死在科爾奇斯海邊的一個無名小卒。」

傑生，派波的傑生，沉著臉說：「所以你真的三千年前就死了？你是從冥界回來的？」

「死亡不能再侷限我了，小英雄，」梅蒂亞說：「感謝我的守護者，我又重新擁有了血肉之軀。」

「你……重新組合了？」里歐眨著眼問：「就像怪物一樣？」

梅蒂亞張開手指，蒸氣從她指尖嘶嘶冒出，好像把水澆到熾熱的鐵上。「你們還搞不清楚現在發生了什麼事嗎，親愛的？比起塔耳塔洛斯的怪物大騷動，現在的狀況可是棘手太多太多！我的守護者知道，巨人和怪物都不會是她最好的侍從。而我是凡人，我會從錯誤中學習；既然我已重新擁有生命，我就不會再上當。現在，對於你們想要的東西，我要開出我的價錢了。」

「兩位，」派波說：「原本那個傑生會離開梅蒂亞，是因為她瘋狂殘忍又嗜血。」

「胡說！」梅蒂亞說。

「從科爾奇斯返國的航程中，傑生的船在另一個王國登陸，傑生答應拋棄梅蒂亞而娶那個

---

69 梅蒂亞（Medea），魔法高強的女巫，科爾奇斯國的公主。因為愛上了英雄傑生，曾以魔法幫助傑生躲避噴火牛的攻擊，並協助他成功取得金羊毛。

國王的女兒。」

「在我爲他生了兩個小孩後！」梅蒂亞說：「這樣他還打破承諾！我問你們，這樣對嗎？」

傑生和里歐很有責任感地搖著頭，但派波的話還沒講完。

「那樣的確不對，」她說：「但是梅蒂亞復仇的方式也不對。她殺了自己的兩個親生兒子來報復傑生，又對傑生的新妻子下毒，然後離開那個國家。」

梅蒂亞大吼：「這是爲了毀謗我才編出來的！那個科林斯王國的人是群難以駕馭的烏合之眾，是他們殺了我的孩子，逼我離開。傑生完全沒有保護我，他奪走我的一切。沒錯，我是溜回他們王宮，對他可愛的新娘下毒。只有這樣才公平，這是他應付的代價。」

「你瘋了。」派波說。

「我是受害者！」梅蒂亞嚎啕大哭。「我的夢全碎了，我的生命結束了，但現在這些都不會再發生了，我已經知道，英雄不可信任！只要他們來找我要寶物，他們就得付出沉重的代價。特別是現在這個開口的人也叫傑生！」

噴泉霎時轉爲晶亮的紅色。派波抽出她的長三角匕首，但是手抖到幾乎拿不住。派波大喊：「傑生、里歐，該離開了，就是現在！」

「在你們完成交易之前？」梅蒂亞問：「那你們的尋找任務呢，孩子們？我要求的代價很簡單呀。你們可知道這噴泉是有魔法的？如果一個死掉的人被丟到裡面去，就算他已經被碎屍萬段，還是可以完整且活生生地跳出來，甚至比以前更強壯有力呢！」

「眞的嗎？」里歐問。

「里歐，她在說謊，」派波說：「她以前就對某人施展過這個詭計，我記得是一位國王。

她說服他的女兒將父親分屍，騙她說他父王以後會變成更年輕、更健康的人回來，但結果就是殺了那國王！」

「這太可笑了。」梅蒂亞說，派波可以感到她在每個字上都施展了極大的力量。「里歐、傑生，我要的代價很簡單。你們兩位何不對打一下？如果你們有人受傷，甚至死了，都沒有關係，我只要把你們丟進噴泉，你們就會變得比之前更好。你們兩個很想打一架，不是嗎？你們互相怨恨著對方！」

「喂，你們不可以！」派波說。但他們兩人已經互相瞪著對方，就好像突然開始了解自己內心的感受。

派波從來沒有這麼無助過，現在她終於了解眞正的巫術是什麼樣子。她一直以爲魔法就是像魔杖、火球那樣的東西，但其實更嚴重。梅蒂亞不是只靠毒物和魔藥，她最具殺傷力的武器，是她的聲音。

里歐吶喊：「傑生永遠像個明星，總是贏得最多的關心，而我做什麼都是理所當然！」

「你很煩人，里歐，」傑生說：「你做任何事都沒有認眞過，你連一隻龍都修不好。」

「你們停一停！」派波請求他們，可是兩人的武器都已經拔出來。傑生拿著他的金色長劍，里歐則從工具腰帶取出大鐵鎚。

「讓他們打吧，派波。」梅蒂亞在一旁勸誘，「我這是在幫你呢。讓事情現在就發生，這會讓你的抉擇變得容易許多喔。恩塞勒達斯會很高興的，那你今天就能讓父親回來了！」

梅蒂亞的魅語對派波起不了作用，但女巫的聲音還是具有一種說服力。爸爸今天可以回來嗎？不管她的出發點爲何，派波希望是這個結果。她想要爸爸回來已經想得很痛苦了。

「原來你替恩塞勒達斯工作。」派波說。

梅蒂亞大笑。「服侍一個巨人？可能嗎？不，我們全是爲了同一個偉大的主人做事，一位你根本不能去挑戰的守護者。阿芙蘿黛蒂的孩子，你就離開吧，這裡也不是你該死的地方。救救你自己，然後你的父親也會得到自由。」

里歐和傑生仍僵持著，做好決鬥的準備，但兩人都顯得不安與困惑，像是在等待下一個命令。他們內心一定還有一部分在抗拒，派波這麼希望著。現在的情況根本違反自然。

「聽我的，女孩。」梅蒂亞從手環上摘下一顆鑽石，丟進噴泉的水霧中。鑽石穿過多彩的光線時，梅蒂亞說：「喔，彩虹女神伊麗絲，請給我看看崔斯坦．麥克林的辦公室。」

霧氣閃出光芒，派波看見爸爸的辦公室。坐在爸爸辦公桌後面講電話的人，就是爸爸的私人助理珍妮。她仍然穿著暗色套裝，頭髮盤成緊緊的包包頭。

「哈囉，珍妮。」梅蒂亞說。

珍妮平靜地掛斷電話。「夫人，請問您現在需要什麼服務？哈囉，派波。」

「你……」派波氣得說不出話來。

「是的，孩子，」梅蒂亞說：「你父親的私人助理很容易被控制呀。以凡人來說，她頭腦算是很清楚，但心志卻是難以置信地脆弱呢。」

「謝謝您，夫人。」珍妮說。

「別謝了，」梅蒂亞對她說：「珍妮，我只是想跟你說聲恭喜。這麼突然就把麥克林先生送出城，讓他搭上往奧克蘭的飛機，卻沒有驚動到媒體或警方，眞是做得太好了！似乎沒有人知道他究竟去了哪裡。還有，跟他說他女兒命在旦夕，眞是讓他合作的好方法呢！」

「是，」珍妮用平淡的語氣說，好像在夢遊，「他相信派波有危險後，變得相當合作。」

派波低頭看著匕首，那光亮的刀刃在她手中顫抖。拿它來當武器，她不可能用得比特洛伊的海倫還好，然而它依舊是個完好的鏡子，可以讓派波看見自己。派波看到一個飽受驚嚇的女孩，沒有任何贏的機會。

「我可能會有新的命令要給你，」梅蒂亞說：「如果這個女孩願意合作，也許麥克林先生就可以回家了。你可以擬妥一份關於他失蹤的完整報導做為備用嗎？然後，我想這位可憐的男士大概需要進精神病院一段時間吧。」

「是的，夫人，我會隨時準備好。」

影像模糊了。梅蒂亞轉身看著派波。「好了，你看到了嗎？」

「你引誘我父親踏進陷阱，」派波說：「你幫助巨人……」

「喔，親愛的，拜託。你也會爲自己開出一條最適合的路！我已經爲這場戰爭準備好多年，在我被重新賦予生命前就開始了。我說過，我是先知，可以預知未來，當然也知道你的小小預言。多年前，當我還在刑獄⑳裡受苦時，就看過那七個你們所謂『大預言』中的混血人。我見到你的朋友里歐，知道他未來可能成爲一個重要的敵人。我努力刺激守護者的意識，提供她這個寶貴的消息，她才有辦法稍稍醒來一點，剛好醒到足以去拜訪里歐的程度。」

「里歐的媽媽，」派波驚呼：「里歐，快聽聽她說的事！你媽被害死跟她有關啦！」

「嗯哼。」里歐咕噥一聲，整個人茫茫然。他對著自己的鐵鎚皺著眉。「所以，我剛才打

⑳ 刑獄（Fields of Punishment）位於地底的冥界，是作惡之人死後亡魂接受懲罰之地，有各種不同的酷刑區。

了傑生？這樣行嗎？」

「絕對安全，」梅蒂亞向他保證，「還有呀，傑生，你再用力一點。讓我知道你配得上你的名字。」

「不行！」派波也發出命令，她知道這是她最後的機會。「傑生、里歐，她在騙你們。放下你們的武器！」

女巫翻了個白眼。「拜託你，女孩，你根本不是我的對手。我是跟我阿姨學的，她可是最偉大的女巫之神賽西[71]！單憑我的聲音，我就可以讓男人瘋狂，也可以為他們療癒。這些年輕弱小的英雄怎麼抵擋得了我？好，孩子們，繼續廝殺吧！」

「傑生、里歐，聽我說。」派波將心中所有的情緒放入自己的聲音中。這麼多年來，她努力控制自己不要顯現弱點，但現在她必須將每一分心情都傾洩到聲音裡，包含她的恐懼、絕望，還有她的憤怒。她知道自己也許正在簽署爸爸的死亡證明書，但她實在太愛她的朋友，不能眼睜睜看著他們自相殘殺。「梅蒂亞在魅惑你們！這都是她的巫術，你們是最好的朋友，不要打鬥！要打，就去打她！」

他們兩個遲疑一下，然後，派波感覺到梅蒂亞的咒語失效了。

傑生眨眨眼。「里歐，我剛剛是要攻擊你嗎？」

「關於我媽媽的事……」里歐皺眉自問，然後轉向梅蒂亞。「你替泥土女人做事！是你把她送進五金行！」他舉起手臂說：「女士，我有一把大鐵鎚，上面刻了你的名字！」

「呸，」梅蒂亞輕蔑地說：「那我就換個方式來收取代價。」

她按壓地板上的拼花大理石磚，整個建築立刻開始晃動。傑生將劍揮向梅蒂亞，但她頓時溶解在煙霧中，又從電扶梯底部重新現形。

「動作眞慢啊，英雄！」她狂笑著。「把你的挫折感放到我的寵物上吧！」

傑生還來不及追過去，嵌在噴泉兩端的超大銅製日晷豁然旋開，兩隻怒吼的金色野獸從下面的洞中爬出來。那是活生生長著翅膀的龍。每隻龍的體型都像一輛露營車那麼大，儘管比不上非斯都，但絕對可以算是大龍了。

「所以，這就是你的狗屋裡養的東西。」里歐平靜地說。

兩隻龍展開翅膀，噴出鼻息。派波感覺他們發亮的皮膚正散發著熱氣，其中一隻轉過頭來，用橙色眼睛瞪著她。

「不要直視他的眼睛！」傑生警告：「他會讓你全身痲痺！」

「沒錯！」梅蒂亞神情輕鬆地搭乘電扶梯上樓，她倚靠著扶手，觀看下面有趣的進展。「這兩隻可愛的傢伙已經跟隨我很長一段時間了。他們是『太陽龍』，是我祖父赫利歐斯[72]送我的禮物。當我離開科林斯的時候，就是他們負責拉我的馬車。現在呢，他們即將成爲你們的毀滅者。哈哈！」

太陽龍撲出來，里歐和傑生同時上前攔阻。他們無懼的攻勢讓派波相當驚訝，這兩個人竟然像是合作多年的老搭檔！

---

[71] 賽西（Circe）是希臘神話中最著名的女巫，法力高強。她的母親是魔法女神黑卡蒂，父親是前任太陽神赫利歐斯（Helios）。

[72] 赫利歐斯（Helios），在阿波羅前一任的太陽神，是泰坦巨神的後代。傳說他坐著四匹馬拉的馬車，白天由東向西飛過天際，夜晚再從西方回到東方。

梅蒂亞已經快要上到二樓，那裡將有數不清的致死工具供她選用。

「喔，不可以，不能讓你上去！」派波大吼，隨即跟上去。

梅蒂亞看到派波跟過來，開始認眞地往上爬。以一位三千歲的老女人來說，她的動作算很敏捷。派波用最快速度爬上去，一步跨越三階，仍然追不上老巫婆。梅蒂亞沒有進入二樓的區域，直接跳上另一座電扶梯，繼續往上面樓層走。

魔藥區，派波想。當然她會去那裡，女巫梅蒂亞的魔藥毒物可是千古聞名。

派波聽到樓下激戰的聲音。里歐吹起他的安全哨子，傑生吼叫著好吸引太陽龍的注意。派波沒膽往下看，至少在她還拿著匕首往前衝時不敢。她只知道自己的步伐不穩，又不斷撞到鼻子，還眞夠英勇。

到達三樓了。她從穿盔甲戰衣的假人身上抓下一個盾牌後繼續往上爬。她想像著黑傑教練正在對她咆哮，就像在荒野學校上體育課那樣：「前進！前進！你那種動作也叫爬電梯？」

她終於到達頂樓，氣喘吁吁，卻還是晚了一步，梅蒂亞已經站在魔藥櫃台前。她抓起一個天鵝形狀的燒瓶，裡面的藍色液體可以讓人痛苦地死去！派波做了腦中唯一想得到的事，她丟出盾牌。

梅蒂亞得意地轉過身來，恰恰好迎上二、三十公斤重的大飛盾，一舉擊中她胸口。她踉蹌後退，撞向櫃台，台面上的燒瓶與架子登時倒的倒、破的破。等老巫婆從一片狼藉中站起來，她的衣服已經被染上各種顏色，當中許多顏料甚至已經開始悶燒或發光。

「笨蛋！」梅蒂亞淒厲地哀號。「你可知道這麼多魔藥混合在一起會發生什麼事？」

「殺死你嗎？」派波懷著希望說。

梅蒂亞腳邊的地毯逐漸冒出蒸氣，她開始咳嗽，臉色痛苦扭曲。或者她是在假裝？樓下傳來里歐的聲音：「傑生，幫幫我！」

派波鼓起勇氣望下看，當下幾乎絕望地哭出來。一隻太陽龍將里歐按倒在地，展開翅膀準備揮擊，而傑生遠在中庭另一邊跟另一隻龍奮戰，根本無法靠近幫忙。

「你會毀了我們全部！」梅蒂亞尖叫著。隨之地毯上的顏色擴散，煙霧快速瀰漫開來，火星處處爆開，服裝區的架子跟著起火。「再過幾秒，這個混合物就會吞噬掉所有的東西，毀滅整棟建築！沒有時間了……」

匡啷！天花板的彩色玻璃裂開，玻璃碎片像驟雨般落下來。原來金屬龍非斯都降落到百貨公司裡面！

他飛馳到地面的戰場，一個腳爪抓住一隻太陽龍。只有此刻，派波才能誠心欣賞這個金屬朋友的巨大與強壯！

「眞是我的乖寶貝！」里歐歡呼。

非斯都飛到天井的一半高度，把兩隻太陽龍丟回他們的洞裡。里歐快步奔到噴泉旁邊去按地磚上的開關，將兩個日晷都關起來。他們顫動得很厲害，因爲太陽龍仍拚命抵抗想要逃跑，但依然很快就被關住了。

梅蒂亞用某種古老語言發出詛咒。現在整個四樓都在火海中，空氣裡充滿有毒氣體，即使屋頂已經打開，派波都能感覺到溫度還在不斷升高。她退到欄杆邊，匕首的尖端始終對著梅蒂亞。

「我不會再被遺棄的！」女巫跪下來，找出她的紅色神奇治療魔藥，不知道那小藥瓶爲何沒摔壞。「你希望恢復你男朋友的記憶嗎？那就帶我一起走！」

派波回頭看。里歐和傑生已經坐上非斯都的背，金屬龍拍打著有力的翅膀，腳爪拎著兩個金籠子，把黑傑教練和風暴怪物都一併帶上，準備升空。

大樓開始震動倒塌，火光、煙霧襲向牆壁，欄杆熔化了，空氣變成強酸。

「沒有我，你一定會死在尋找任務途中！」梅蒂亞吼叫著：「你的男朋友還是沒有記憶，你的父親也會死。帶我一起走！」

有那麼一瞬間，派波真的動搖了，但她看到梅蒂亞邪惡的淺笑。這個老巫婆對自己的說服力充滿信心，也很相信自己能達成交易。她確信自己能逃脫，最後一定會贏。

「今天不用了，巫婆。」派波跳過欄杆，就在即將墜下之際被里歐和傑生抓住，拉到龍背上坐好。

她聽見梅蒂亞發狂的尖叫聲。他們飛出破碎的屋頂，飛向芝加哥鬧區上空。緊接著，整間百貨公司在他們身後爆炸。

29 里歐

里歐還是不斷回頭。他有點擔心那兩隻可惡的太陽龍會拉著飛天馬車，載那位一邊尖叫一邊丟魔藥的女銷售員逃出來。可是他們後方沒有人跟上。

他引導金屬龍朝西南邊飛行。百貨公司燃燒出的煙霧慢慢消散在遠方，但里歐還是等到下方的芝加哥都會景觀轉到白雪覆蓋的鄉野時，才稍微放下心來。這時，太陽也開始西沉。

「做得好，非斯都。」他拍拍非斯都的金屬外殼。「你實在棒透了。」

金屬龍身軀抖動了幾下，脖子內部有零件發出喀喀砰砰的聲響。

里歐皺起眉頭，他不喜歡那些聲音。萬一控制磁碟再次故障……不，希望只是其他的小問題，是他能解決的問題。

「等降落後，我會替你來場大維修，」里歐向它保證，「你有資格獲得許多辣醬和機油。」

非斯都旋轉他的牙齒，即便這樣的動作也顯得有些虛弱。他的飛行速度算穩定，超大翅膀開展的角度可以乘風而行，但是他這趟的載重量實在很高。腳上兩個籠子，背上三個人，這讓里歐愈想愈擔心。就算金屬大龍也是有極限的啊。

「里歐，」派波拍拍他的肩膀，「你還好嗎？」

「嗯……以一個被洗過腦的殭屍來說，還好。」他希望自己看來沒有心裡的感覺那麼糗。

「謝謝你在那裡救了我們，大美女。如果不是你呼喚我們脫離咒語……」

「別放在心上。」派波說。

然而里歐放在心上的事可多了。梅蒂亞竟然能夠如此輕易地讓他背叛自己最好的朋友，這點讓他覺得很恐怖，而且那些被挑起的感受並非無中生有。他的確對於鎂光燈總是聚集到傑生身上，而自己彷彿可有可無感到不平。他有時是會這麼想，即使他不喜歡自己這樣。

更困擾他的，是關於媽媽的死。梅蒂亞在冥界已經預見了未來，所以七年前她的守護者，那位穿著泥巴黑衣的沉睡女人才會去五金行嚇他，並毀掉他的生活。那也是媽媽過世的原因，因爲里歐可能有一天會做出什麼事來。所以，以某種怪異的角度來解釋，就算他召火的能力不是害死媽媽的主因，媽媽的死還是他的錯。

當他們把梅蒂亞留在那爆炸的百貨公司，里歐的心情有點好得過頭。他希望她逃不掉，直接回到冥界的刑獄，回到她本來歸屬的地方。只是這樣短暫的快感也沒有讓他多好過。

如果靈魂可以從冥界回到人世，媽媽的靈魂有沒有可能被帶回來？

他努力拋開這個念頭，那是科學怪人[73]才會想的事，那既違反自然，也很不應該。梅蒂亞或許眞的被重新賦予生命，但她看起來就不是正常人，指甲會冒煙、頭皮會發亮，一堆怪事都在她身上。

不，里歐的媽媽已經徹底離開人世了，去想任何其他的可能性只會讓里歐更煩躁。然而，那個想法還是不時鑽出來刺探他，彷彿梅蒂亞的回聲。

「我們等一下要落地暫停，」里歐提醒他朋友，「也許再幾個鐘頭吧，等確定梅蒂亞沒有跟過來。我想非斯都沒有辦法再飛更遠了。」

「好，」派波也同意，「黑傑教練或許也很想離開他的籠子。但問題是，我們現在要去哪裡？」

「灣區。」里歐猜測。關於百貨公司裡面發生的事，他的記憶仍舊很混淆，可是他似乎聽進了這個地名。「梅蒂亞是不是說了什麼跟奧克蘭有關的事？」

派波好一陣子沒有接話，害里歐覺得自己是不是說錯了什麼。

「派波的父親，」傑生接著說：「遇上了什麼麻煩，對吧？他被設計踏進某個陷阱裡。」

派波顫抖著喘口氣。「聽著，梅蒂亞說，你們可能會死在灣區，還有……就算我們去了灣區，那整片區域也太遼闊了。所以我們應該先去找艾歐勒斯，把那些風暴怪物丟給他。波瑞阿斯說過，艾歐勒斯是唯一能正確告訴我們該去哪裡的人。」

里歐咕噥著說：「我們要怎麼找艾歐勒斯？」

傑生往前靠。「你沒看到嗎？」他伸手指向前方。里歐放眼望去，除了暮色中的小鎮燈火和天空的雲朵，沒看到什麼東西。

「什麼？」里歐問。

「那個啊，不知道是什麼？」傑生說：「在空中。」

里歐回頭看看派波，她跟他一樣困惑。

「嗯，」里歐說：「你可不可把那個『不知道是什麼』說得詳細一點？」

「就像拖在飛機後面的那條凝結雲，」傑生說：「還發出一點光亮。雖然非常的模糊朦

---

❼❸ 科學怪人（Frankenstein）指的是英國作家瑪麗・雪萊的名作《科學怪人》中的主角弗蘭肯斯坦。他是一位科學家，妄想將屍體拼造成一個完美生命體，卻製造出一個怪物。

朧，但確實存在。我們從芝加哥出來就一路跟著它，所以我以爲你有注意到。」

里歐搖搖頭。「說不定非斯都感應得到。你認爲是艾歐勒斯弄的嗎？」

「這個嘛，它是風中的魔法路徑，」傑生說：「艾歐勒斯是風神，我認爲他可能知道我們替他帶囚犯來了，所以在指示我們往哪裡飛。」

「又或者是另一個陷阱。」派波說。

派波的語氣讓里歐很擔心。她說的話聽起來不只是緊張，還帶有一種絕望的心碎，就好像他們的命運註定無望，而那一切都是她的錯。

「你還好嗎，小派？」他問。

「不要那樣叫我啦。」

「好啦好啦，我幫你取的每個小名你都不喜歡。但是如果你的父親有麻煩，我們眞的可以幫忙……」

「你們不行，」她的聲音更加顫抖，「聽好，我累了，如果你們不介意的話……」

她往後靠到傑生身上閉上眼睛。

好吧，里歐想，她已經表達得夠明白了，她不想談這件事。

他們安靜飛行了一段時間，非斯都似乎知道要載他們去哪裡。他自己會掌握路線，穩定地滑行轉向，朝著可能是艾歐勒斯堡壘的西南方前行。又要去拜訪一位風神，一個全新風格的瘋子。喔，天啊，里歐等不及了。

他的腦袋充斥太多東西難以成眠，可是現在好不容易暫時脫險，他的身體又有不同意見。他的體力已經耗盡，金屬龍的規律拍翅聲讓他的眼皮變重，開始打起盹來。

「你也睡一下吧，」傑生說：「韁繩可以給我，好像很酷。」

「不用，我還可以撐……」

「里歐，」傑生說：「你不是機器，再說，我是唯一看得見凝結雲的人。我一定會確保飛在路線上的。」

里歐的眼睛開始自顧自的閉起來。「好吧，也許只要……」

他話還沒說完，就往前仆倒在金屬龍的溫暖頸背上。

在夢中，他聽見一個充滿雜訊的聲音，就像很遜的調幅廣播電台在說：「哈囉，這東西還能用嗎？」

里歐的視線終於能稍微聚焦。眼前所有事物都晦暗朦朧，還有許多干擾的波段橫過他的視野。他這輩子從來沒有做過訊號這麼差的夢。

他似乎是在一間工廠裡，從眼角餘光可以瞄到幾座鋸台、車床，還有一些工具，另外有個熔鐵爐靠牆發出光亮。

這裡不是混血營的兵工廠，這裡太大了；也不是九號密庫，因爲太溫暖又太舒服，而且顯然也不是一個廢墟。

接著里歐發現，他的視線被一個東西擋住了。那東西很大、很模糊，而且太靠近了，里歐都快要變鬥雞眼才看得到，是一張又大又醜的臉。

「我的媽呀！」他驚呼。

那張臉向後退，終於退到里歐能聚焦的地方。瞪著里歐的是一個大鬍子男人，穿著一身邋遢的藍色工作服。他的臉凹凸不平，還有許多傷疤，像被上百萬隻蜜蜂螫過，或是在碎石地上被拖行的後果，搞不好兩者皆有。

「哼，」那男人說：「孩子，你應該說『我的爸』才對！我以爲你分得出來。」

里歐眨眨眼。「赫菲斯托斯？」

這輩子，父親第一次出現在他眼前，里歐應該會嚇得說不出話來或充滿敬畏才是，但是過去這幾天的種種經歷，遇到獨眼巨人、老巫婆、馬桶汙泥臉，這些都讓里歐感到一股全然的惱怒。

「你現在才出現？」里歐大聲問：「在十五年之後？我偉大的父親，毛毛臉！你是從哪裡跑來把你的醜鼻子貼進我夢裡的啊？」

這位天神挑起一邊的眉毛，鬍子上起了一點小火花。然後他的頭往後一甩，大笑了起來，聲音大到連鋸台上的工具都在震動。

「你說起話來跟你媽一樣，」赫菲斯托斯說：「我很想念愛絲佩蘭薩。」

「她已經過世七年了，」里歐的聲音顫抖著，「但你根本不在乎。」

「孩子，我在乎，我在乎你們兩個。」

「是喔，但我在今天之前可沒見過你。」

天神從喉頭發出低吼聲，不過感覺不自在遠多過生氣。他從口袋拿出一個迷你馬達，心不在焉地扳弄著活塞，就和里歐緊張時的動作一模一樣。

「我不會跟孩子相處，」天神開始告解：「也不懂跟人相處。總之，跟任何有生命的東西都不行，真的。我想過在你媽媽的葬禮上跟你說話……還有你五年級時……你做的那個科學實驗，那個蒸汽動力咕咕雞，非常好。」

「你有看到？」

赫菲斯托斯指著最靠近他的一張工作台，上面放著一面閃亮的銅鏡，顯示了里歐在龍背上睡覺的身影。

「那是我嗎？」里歐問。「像是……現在的我做了一個夢，夢到看見在做夢的我？」

赫菲斯托斯抓抓鬍子。「你這樣講把我搞糊塗了，不過，沒錯，那是你。我一直在觀察你，里歐，只是要跟你說話，嗯……還是不一樣。」

「你會怕。」里歐說。

「什麼跟什麼！」天神大喊著：「當然不是！」

「不對，你在害怕。」但里歐的氣憤快速消退了。他花了好多年時間思考見到父親時要說什麼，他想要嚴厲譴責他是個不負責任的無賴。現在，看見那面銅鏡，里歐知道父親多年來一直觀察著他的成長，連那個愚蠢的科學實驗都有看到。

也許赫菲斯托斯還是一個混蛋，但里歐有些理解他自己從何而來了。里歐深知逃離人群的感覺，也不知該如何融入人群。他寧願一個人待在工作室殺時間，也不想去跟有生命的東西打交道。

「所以，」里歐抱怨著說：「你跟蹤你的每個小孩嗎？你大概有一打孩子在混血營耶？你是怎麼……算了，我不想知道。」

赫菲斯托斯可能漲紅了臉，不過他鬍子多，膚色也深，實在看不太出來。「孩子，天神和凡人不一樣。我們可以同時出現在許多不同地方，只要人們呼喚我們，只要我們影響力夠大。事實上，要我們完整的元神，或者說是我們的眞實形體只固定集中在一個地方，反而很罕見。那樣非常危險，孩子，因爲我們的力量大到可以毀滅一個直視我們的凡人。所以說，沒錯……是有很多孩子，加上我們有很多不同面貌，有希臘，也有羅馬……」天神的手指頭停在他的小引擎上，「嗯，這麼說吧，當個天神是件很複雜的事，而且沒錯，我是會監視我的每個小孩，特別是你。」

里歐很確定赫菲斯托斯差點要說出什麼重要的事，或者已經說出了一些，但他不確定那是什麼。

「那爲什麼現在跟我聯絡？」里歐問。「我以爲所有的天神都保持沉默了。」

「我們的確是，」赫菲斯托斯抱怨著，「這是宙斯的命令，很不尋常，即使對他而言。他限制了所有視覺景象、夢境、伊麗絲訊息，既不能送出奧林帕斯，也不能接收進去。荷米斯已經無聊到極點，因爲他不能遞送郵件。至於我，我很幸運，留著這組古老的非法廣播器。」

赫菲斯托斯拍拍桌上的機器，看起來很像是衛星小圓盤、V-6 引擎加濃縮咖啡機的組合。每次赫菲斯托斯一撞到機器，里歐的夢境就會閃爍變色。

「冷戰期間我用過它，」天神沉思著說：『赫菲斯托斯自由之聲』，我的黃金時期啊。我留下它，通常用來接收付費台的節目，或者製作感染腦波的影片……」

「感染腦波的影片？」

「不過現在它更派上用場啦。要是宙斯知道我跟你聯絡，一定會狠狠懲罰我。」

「爲什麼宙斯這麼討人厭？」

「哼，那就是他的專長啊，孩子。」赫菲斯托斯說到「孩子」時的語氣，就好像里歐是個惱人的機器，像是多出來的洗衣機，沒有明確的用途，卻又捨不得丟掉，唯恐哪一天可能需要用到。

實在說不上溫馨感人，再說，里歐也不確定自己是否想被他稱爲「兒子」；里歐也還沒準備好要喊這個醜陋可怕的大塊頭「爸爸」。

赫菲斯托斯玩膩了手上的小引擎，把它丟過肩頭。小引擎還沒碰到地之前，就像開花般伸出螺旋翼，自己飛進回收桶裡。

「是因爲第二次泰坦大戰，我想，」赫菲斯托斯說：「那是讓宙斯不高興的原因。我們天神……嗯，很丟臉。我不知道還有什麼其他的形容詞可說。」

「但你們贏了呀。」里歐說。

天神碎碎唸了起來：「我們會贏，是因爲混血營的……」他又一次支支吾吾，好像差點說溜嘴，「……半神半人變成了主導者。我們會贏，是因爲我們的孩子替我們打了這一仗，甚至比我們聰明。如果我們完全仰賴宙斯的計畫，我們可能現在還在塔耳塔洛斯和暴風巨人泰風打仗，克羅諾斯也早就贏了。讓凡人來替我們打贏戰爭，已經夠糟糕了，偏偏後來那個狂妄自大的小子波西．傑克森……」

「那個失蹤的傢伙？」

「嗯，對，就是他。他竟敢拒絕天神提出的永生獎勵，還叫我們要多多關照我們的孩子。喔，別介意。」

「喔，我怎麼會介意？請繼續忽略我的存在。」

「你眞是相當善體人意……」赫菲斯托斯皺起眉頭，然後憂心地嘆口氣，「那眞是諷刺，不是嗎？機器就不會諷刺，通常不會。但就像我說的，天神覺得很羞恥，居然要靠凡人來撐腰。當然，一開始我們很感激，但幾個月之後，那些感覺開始變得苦澀。畢竟，我們是天神哪，我們需要被崇敬、被仰望，需要沉浸在凡人的敬畏與欽佩之中。」

「即使你們有錯？」

「特別是那樣的時候！這個波西．傑克森拒絕了我們的賞賜，就好像當個凡人比當天神還要好……這個嘛，就犯了宙斯的大忌。宙斯決定，現在是我們要返回傳統價值的時候。天神就是要受到尊敬，我們的孩子要等著接受召見，不准去探訪，所以，奧林帕斯關上了大門。這些呢，是他所說的部分原因。當然，我們也聽說了那些壞消息，關於地底下在騷動的事。」

「你是指那些巨人嗎？怪物重新組回形體、已死的生命又復活……就是這些小事嗎？」

「嗯，孩子。」赫菲斯托斯轉動他非法廣播器上的一個鈕，里歐的夢境赫然變成清晰的彩色畫面，但天神的臉龐卻也變成由紅色傷疤、黃黑瘀青構成的可怕模樣。里歐眞希望畫面變成黑白。

「宙斯認爲他可以扭轉潮流，」赫菲斯托斯說：「只要我們保持安靜夠久，就可以將大地安撫回沉睡的狀態，但我們之間根本沒有人相信這回事。我也不介意說出來，我們天神的狀況根本禁不起再打一場仗。我們很勉強才從泰坦大戰中撐過來，如果眞的要重來一次，接下來會更加悽慘。」

「關於那些巨人，」里歐說：「希拉說，混血人必須要和天神合作才能打敗他們。這是眞的嗎？」

「嗯，我向來不認同我母親，但是這次，沒錯，那些巨人的確非常難解決，他們是不同的品種。」

「品種？你這樣講好像在說賽馬喔。」

「哈！」天神說：「更像是鬥狗。回到最初始的時候，所有東西來自同樣的父母——蓋婭[74]和烏拉諾斯[75]，也就是大地和天空。他們製造了不同批的小孩，像是你們說的泰坦巨神、最早的獨眼巨人，還有其他許多後代。後來你應該也聽說了克羅諾斯，也就是泰坦的首領，他拿鐮刀砍了父親烏拉諾斯，取得了世界。接著輪到我們這批天神出現，我們是泰坦巨神的下一代，後來擊倒了他們。但故事還沒結束，大地又生了另一批小孩，不同的是，他們的父親是塔耳塔洛斯，那個掌管地底深淵的神靈，永遠處在冥界中最黑暗、最邪惡的地方。那些孩子，也就是巨人族，只爲了一個原因而誕生，就是要報復我們打敗了克羅諾斯。他們的崛起是爲了摧毀奧林帕斯，而他們已經十分接近了。」

赫菲斯托斯的鬍子突然開始悶燒，他不大在意地拍掉火苗。「我可惡的母親希拉現在所做的事，根本是個愛管閒事的蠢人玩的一場危險遊戲。但有件事她說得沒錯，你們混血人必須團結，這才能讓宙斯睜開眼睛，並說服奧林帕斯接受你們的支援幫助。這是擊敗未來挑戰的唯一方法。里歐，你是當中相當重要的一環。」

天神的眼神似乎飄到遠方，里歐不禁懷疑，他是否真能變出好幾個分身？如果是的話，

---

[74] 蓋婭（Gaea），希臘神話中的大地之母，是眾神和萬物的起源。她孕育出天空之父烏拉諾斯，並與他製造出泰坦巨神等許多子女。

[75] 烏拉諾斯（Ouranos），希臘神話中的天空之父，是宙斯的祖父。他與大地之母蓋婭生下泰坦巨神族。

那其他分身現在在哪裡？也許他的希臘分身正在修理車子或在約會，而他的羅馬分身正在看球賽或叫披薩。里歐試著想像多重人格的感覺，他希望這點不會遺傳。

「爲什麼是我？」他問。當這個問題一說出口，更多問題就像洪水般湧現。「爲什麼現在才認領我？爲什麼不是在我十三歲理應被認領的年紀？或者也可以在我七歲時、在媽媽還沒過世前就認領啊！爲什麼你沒有早點來找我？爲什麼沒有早點警告我這些情況？」

里歐的手蹦出火苗。

赫菲斯托斯用哀傷的眼神望著他。「孩子，我所面對的最困難課題，就是讓我的孩子走他們自己的路。我的干預不會產生作用，命運三女神才能決定命運。至於認領這件事，你是個特殊案例，孩子，時間點必須正確。我不能解釋得太清楚，但是……」

里歐的夢境突然變得模糊，有幾秒鐘還出現重播的《命運之輪》[76]畫面，然後赫菲斯托斯又重新出現。

「該死！」他說：「我不能再多說了，宙斯已經感應到有非法傳夢的行爲，畢竟他是天空之王，空中電波也歸他管。但是你要聽好，孩子，你有你必須扮演的角色。你的朋友傑生說得沒錯，召火的天賦是一種禮物，不是詛咒。我不會隨便賜下這種天賦的。沒有你，他們絕對無法擊敗巨人，更不用說擊倒他們的女主人。她可是比任何天神或泰坦巨神還要可怕。」

「她是誰？」

赫菲斯托斯皺起眉頭，他的影像也變得更加模糊。「我已經告訴你了，眞的，我很確定我提過了。順便警告你，這一路上，你將會失去一些朋友和一些珍貴的工具，但那都不是你的錯，里歐。沒有東西可以永遠持續，即使最好的機器也不行。然而，每個東西都一定可以重新利用。」

「你說的是什麼意思？我不喜歡你話裡的語氣。」

「嗯，你是不會喜歡的。」赫菲斯托斯的樣子已經模糊到幾乎看不清，只剩下雜訊中的一團暗影。「要小心……」

里歐的夢境整個轉成《命運之輪》節目，輪盤轉到「破產」，觀眾尖叫著：「啊啊啊！」

然後，里歐就被傑生和派波的尖叫聲叫醒了。

76《命運之輪》（*Wheel of Fortune*）是美國的益智競賽型電視節目，自一九七五年開播至今，是美國電視史上同類型節目中最長壽的一個。

30 里歐

他們在黑暗中旋轉下墜，人依舊在非斯都的背上，但非斯都外殼冰冷，紅眼黯淡。

「別又來了！」里歐喊著：「你不可以又墜機啦！」

他幾乎快撐不住了。強風吹得他眼睛好痛，他勉強打開龍頸背上的操作面板，繫緊開關，拉扯線路。非斯都的翅膀拍了一下，但里歐聞到一絲金屬燒焦的味道。驅動系統負荷超載，非斯都已經沒有力氣再飛，但此時里歐也不可能爬進他頭裡去調整控制面板，起碼在半空中不可能。就在他們以極速繞圈落下時，他瞄見下方閃爍的城市燈火，他知道，墜機時間已經逼近。

「傑生！」他高聲喊著：「帶派波飛走！」

「什麼？」

「我們必須減輕重量！我也許能重新發動非斯都，但它載不了那麼多東西！」

「那你呢？」派波喊：「萬一你發動不了它……」

「不會有事的，」里歐喊著說：「就跟在我後面降落吧，快走！」

傑生抓住派波的腰，兩人鬆開韁繩，瞬間離開，朝天邊彈射出去。

「現在，」里歐說：「非斯都，只剩你和我，還有那兩個很重的籠子。你一定辦得到，我的好寶貝！」

里歐一面對它說話，一面試圖控制它。非斯都下降的速度幾乎是極限快速，里歐可以見到下方燈火愈來愈接近。他召喚出一團小火球，希望能看清自己在做的事，可是疾風不斷吹熄火苗。

他拉出一條他覺得應該是連結中樞神經與腦部的線路，希望給金屬龍來一次喚醒電擊。

非斯都哀怨地咆哮，金屬在它頸部裡發出嘎吱聲。它的眼睛虛弱地閃爍著，恢復了一點生氣，然後它展開了翅膀。至少他們的急速下墜變成了陡降滑翔。

「很好！」里歐說：「加油，我的好寶貝，加油！」

他們的飛行方式仍舊太危險，距離地面更是接近，里歐需要一片能降落的地方，馬上！

那裡有一條大河……不行，不適合會噴火的龍。要是它沉入河底，里歐絕對沒辦法把它拉出來，何況現在水溫一定接近冰點。接下來看看河岸。里歐看到一棟白色大豪宅，周圍有整片遼闊平坦、白雪覆蓋的草坪，整區發出光亮，還以高聳的磚牆圍繞起來，就好像某位超級大富翁的神祕私人宅邸。那正是完美的降落場地。里歐使出所有能耐讓非斯都往那個方向接近。非斯都彷彿重獲生機，也努力配合。他們辦得到的！

然而，情況急轉直下。當他們靠近草坪時，圍牆上的探照燈全部集中掃射過來，里歐的視線變成一片空白。他只聽到像曳光彈發射出的聲響，接下來是金屬撕裂崩解的聲音，最後則是「砰——」，里歐昏了過去。

里歐恢復知覺時，傑生和派波都圍在他身邊。他躺在雪地上，身上全是泥巴和油汙。他吐掉嘴裡一坨結冰的草。

「這裡是……」

「先躺著不要動，」派波的眼眶噙著淚，「你摔得很慘，因爲非斯都……非斯都……」

「它在哪裡？」里歐硬是坐起來，但感覺整個腦袋都在飄。他們的確降落在白色宅邸中，落下時顯然也經歷了一場……是槍戰嗎？

「說眞的，里歐，」傑生說：「你可能有受傷，你不應該……」

但里歐還是站了起來，然後，他看到殘骸。非斯都一定是在飛過圍牆時就放開了籠子，因爲那兩個籠子全都滾往不同方向，橫躺在地上，絲毫沒有受到損傷。

但非斯都的運氣就沒那麼好。

金屬龍整個解體了。它的四肢散落在草坪各處，尾巴掛在圍牆上，軀幹在大院子裡劃出一道寬七公尺、長十五公尺的大壕溝後，幾乎完全裂開；外殼之下，只剩焦黑冒煙的碎片。唯一還算完整的，是它的頭頸部。那顆頭躺在一排結凍的玫瑰灌木中，感覺像是個枕頭。

「不！」里歐開始啜泣。他衝到非斯都的頭旁邊，不斷撫摸它的口鼻。金屬龍的眼睛微弱閃爍，耳朵滲出油來。

「你不可以就這樣走掉，」里歐哀求著說：「你是我修理過最好的東西啊。」

龍頭虛弱地嗡嗡響，像在打呼。傑生和派波站在他身邊，但里歐只是定定看著金屬龍。他想起赫菲斯托斯說的話：「那都不是你的錯，里歐。沒有東西可以永遠持續，即使最好的機器也不行。」

爸爸已經試著警告過他了。

「那不公平。」他說。

非斯都發出「噠」的聲音，是長音的「噠」，加兩個短音的「噠」。「噠——噠！噠！」幾乎是反覆出現，這讓里歐深藏的記憶突然被喚醒。他知道非斯都想用摩斯密碼跟他說話，就是多年前媽媽教過他的溝通方式。里歐專心聆聽，在腦中把單純的噠噠聲轉譯成有意義的文字。一個簡單的訊息不斷重複著。

「好，」里歐說：「我知道了，我會做到的，我發誓！」

金屬龍的眼光熄滅。非斯都走了。

里歐嚎啕大哭，再也不管尷不尷尬。他的朋友站在兩旁輕輕拍他肩膀，說著許多安慰的話，但那些話都被他耳朵裡的嗡嗡聲給淹沒了。

終於，里歐聽到傑生說：「很遺憾，兄弟。你對非斯都承諾了什麼？」

里歐抽答著打開龍頭上的控制面板，只是想再次確認，但是裡面的控制磁碟已經摔爛燒焦，不可能修復。

「我父親告訴我，」里歐回答：「每個東西都可以重新利用。」

「你父親跟你說話了？」傑生驚訝地問：「什麼時候的事？」

里歐沒有回答。他忙著處理龍脖子上的關節鉸鍊，把頭的部分單獨分開。光那顆頭的重量就有四十幾公斤，里歐努力將它抱在懷裡。他抬頭仰望星空，開口祈求：「父親，請將它帶回密庫，直到我能夠再次利用它！我從沒向您要求過任何事！」

天邊捲起一道清風，非斯都的頭彷彿無重量般飄出里歐手中。它飛進天空，迅速消失。

派波驚奇地看著里歐。「他回應你的要求？」

「我做了一個夢，」里歐好不容易擠出幾個字，「晚點再告訴你們。」

他知道欠朋友一個更好的解釋，但此刻他眞的無法說話。他覺得自己也是一部故障的機器，好像有人從他體內拿走了一些小零件，現在的他並不完整。他也許能走動，也許能說話，也許還能繼續完成工作，可是他失去了平衡，永遠無法精確的校準。

然而，他知道自己不能就這樣故障下去，否則非斯都的死就顯得毫無意義。他必須完成這個尋找任務，爲了他的朋友，爲了他媽媽，爲了他的龍。

他重新檢視四周，那棟白色大宅在空地中央發出光亮，高聳的磚牆上滿是探照燈與監視器。里歐現在終於看到，或者說是感覺到，牆上的防禦措施嚴密到了極點。

「我們在哪裡？」他問：「我是想問，在哪一個城市？」

「內布拉斯加州的奧馬哈市，」派波說：「我們飛進來時，我看到一個告示牌這麼寫著，但不知道這棟大房子是什麼地方。我們一直跟在你後面。里歐，在你降落時，我發誓，我看到像是……我不知道該怎麼說的東西。」

「是雷射。」里歐說。他撿起一塊龍的殘骸，朝高牆頂端丟過去。頓時一個砲架就從牆頂冒出，一束熾熱的光芒瞬間將銅片炸成灰燼。

傑生呼出一大口氣。「好強的防禦系統，那我們怎麼能活著進來？」

「因爲有非斯都，」里歐悲傷地說：「他承受了所有的砲火。在他進來時，雷射集中在他身上，將他射成碎片，所以沒有射向你們。是我把他帶進這個死亡陷阱中。」

「你無法事先知道啊，」派波安慰他，「他又一次救了我們的命。」

「那現在呢？」傑生說：「圍牆的大門鎖著。我猜我們這次飛出去一定會被打到。」

里歐看著通往白色豪宅的寬闊走道，說：「既然出不去，只好走進去吧。」

31 傑生

如果沒有里歐，在進到白色豪宅大門前，傑生大概已經死了五次吧。第一次是側邊人行道的動作感應陷阱，第二次是階梯上的雷射槍，第三次是陽台欄杆的神經毒氣噴發器，接下來是門口迎賓毯上的壓力感應毒刺，最後是按下去會爆炸的電鈴。

里歐將它們一一破解，彷彿他能嗅聞到陷阱的味道，然後就可以從魔法腰帶中抓出正確工具解除危機。

「你實在太強了，兄弟。」傑生說。

里歐邊檢查門鎖邊惱怒地回說：「對啊，好強喔！」他說：「連一隻龍都修不好，我好強喔。」

「喂，那不是你的……」

「這個門根本沒有上鎖。」里歐說。

派波不太相信地盯著那扇門。「真的嗎？前面設了那麼多機關，結果這個門卻沒上鎖？」

里歐轉動門把，門輕易地打開了。里歐毫不猶豫走了進去。

趁傑生還沒跟進去，派波抓住他的手臂。「傑生，里歐需要一點時間才能克服失去非斯都的痛苦，他剛剛說的話，你別放在心上。」

「喔，」傑生回答：「嗯，我知道。」

但他依舊感到非常不舒服。當時在梅蒂亞的百貨公司裡，他對里歐說了些尖酸刻薄的話，一些朋友之間根本不該說的話，更別提他差點拿劍刺傷里歐。要不是派波幫忙，他們兩個都死定了。而當時選擇救他們，對派波來說也不容易。

「派波，」傑生說：「我知道我在芝加哥時不太清醒，可是，關於你父親的事，如果他真的有麻煩，我很願意幫忙。我不在乎那是不是陷阱。」

派波的眼睛總是呈現不同的顏色，現在則像籠罩了一層陰影，彷彿眼前出現完全無法克服的大難題。「傑生，你不知道你在說什麼。求求你，別再讓我更難過了。走吧，往前走，我們應該要守在一起。」

她一溜煙鑽進屋內。

「守在一起，」傑生自言自語：「對，我們這方面很強。」

傑生對這間豪宅的第一印象是黑暗。

從他走路出現的回聲可以判斷這個入口門廳非常寬闊，絕對比波瑞阿斯閣樓宮殿的入口大。裡面非常暗，只有外面院子的幾許朦朧燈光從厚重的天鵝絨窗簾縫隙鑽進來。這些窗子大約有三公尺高，每個窗戶之間豎立了許多真人大小雕塑，沿著廊壁排列。當傑生的眼睛逐漸習慣裡面的暗度後，他看見這個廳堂中間有幾座沙發呈U型排列，圍著中間的一個咖啡桌，遠端則有一張大椅子。一組巨大的水晶吊燈掛在天花板上，最後面的牆壁有成排的門，通通是關上的。

「燈的開關在哪裡？」他的聲音一出來，就在大房間裡迴盪不已。

「沒看到半個。」里歐說。

「要點個火嗎？」派波提議。

里歐伸出手，沒東西冒出來。「沒用。」

「是火沒了嗎？怎麼會這樣？」派波問。

「嗯，如果我知道……」

「沒事，沒事，」派波說：「所以我們接下來要……探勘一下嗎？」

里歐搖搖頭。「在經歷過外面那些機關之後？……不好。」

傑生感覺皮膚開始刺痛，他討厭身為混血人。看看四周，他不覺得有一個可以放鬆休息的舒適空間。他想像邪惡的風暴怪物就躲在窗簾裡，大惡龍潛伏在地毯下，而屋頂的水晶燈是致命的冰刀，襲擊目標就是他們。

「里歐說得有道理，」傑生說：「我們不要再分開了，不要跟在底特律時一樣。」

「喔，謝謝你提醒我那些獨眼巨人的事，」派波的聲音微微顫抖，「我需要這種提醒。」

「再過幾個鐘頭就天亮了，」傑生猜測，「在外面等會太冷，我們把那兩個籠子拿進來，先在這裡休息，等天亮再看看接下來該怎麼辦。」

沒人能提出更好的建議，於是他們將關著風暴怪物與黑傑教練的籠子滾進這房間。值得慶幸的是，里歐檢查了這些沙發，沒發現任何有毒的抱枕或電擊椅墊之類的東西。

但里歐這回可沒心情烹煮墨西哥捲餅，何況現在連火都生不出來。幾個人安靜地將冰冷的口糧拿出來吃。

傑生邊吃邊觀察沿牆邊擺放的雕塑。這些雕塑看起來都像是希臘天神與英雄。這或許算是個好徵兆，又或許只是屋主練習射擊的標靶。在中央的咖啡桌上擺放了一整組泡茶器具，還有一疊光亮的廣告小冊子，但傑生看不清楚上面印的字。遠端那張大椅子看起來像王座，他們三人沒有一個想去坐。

特大金絲雀籠絲毫沒有減少這裡可怕的氣氛。那些文圖斯仍舊在籠子裡翻轉不已，發出嘶嘶聲，讓傑生很不自在，覺得這些風暴怪物好像在觀察他。他感覺得出他們對宙斯之子的憎恨，因為就是宙斯下令艾歐勒斯囚禁他們的。這些文圖斯一定巴不得將傑生碎屍萬段。

至於黑傑教練還凍結在吶喊中，棍棒也依然高舉著。里歐正在籠子外面努力嘗試用各種工具解開枷鎖，但看起來是一項艱鉅的挑戰。傑生決定不要太過接近，以免黑傑教練突然解凍，直接化身成忍者山羊。

儘管傑生感到十分緊張，可是肚子一旦吃飽，就忍不住打起瞌睡來。這裡的沙發跟龍背比起來實在太舒服了，況且前兩次朋友睡覺時都是他在守衛，他已經累壞了。

派波整個人蜷縮在沙發上，傑生不知她是真的睡著了，還是進入一個與父親對話的情境中。不管梅蒂亞在芝加哥說的話有什麼意涵，關於派波肯合作就能換得父親自由的那些話，聽起來總是不對勁。如果派波冒著失去父親的風險來救他們，會讓他的罪惡感更深。

而且他們的時間快要不夠了。如果傑生對時間的估算正確的話，這個清晨正是十二月二十日，也就是說，冬至就是明天。

「你睡一下吧。」里歐突然說，他還在努力解鎖。「輪你睡了。」

傑生深呼吸一口氣。「里歐，關於我在芝加哥說的那些話，我感到很抱歉，當時那個人不是我。你一點也不煩人，你做任何事都很認真，特別是你在工作時。真希望我有你一半的能力就好。」

里歐放下他的螺絲起子。他抬頭看著天花板，然後搖搖頭，好像在說：「我該拿這傢伙怎麼辦？」

「我可是努力要變得很煩人的，」里歐說：「請不要侮辱我煩人的功力。如果你一直道歉個不停，我怎麼氣得起來？我只是個小機械工，而你就像天空的王子，是宇宙之王的兒子。是啊，我是應該要生氣。」

「宇宙之王？」

「對，你就是那個……蹦！閃電人。而且還會說：『看我飛，我是遨遊天際的飛鷹……』」

「你閉嘴，華德茲！」

里歐笑了出來。「你看吧，就跟你說我很煩人的。」

「我為一直道歉向你道歉！」

「謝啦。」里歐繼續埋首工作，但兩人之間的緊繃感消失了。里歐看起來還是悲傷與疲憊，只是憤怒減少了許多。

「快去睡吧，傑生。」里歐命令他，「要放出這頭老山羊，恐怕得花上好幾個小時，然後我還要想辦法看能不能把那群瘋子關在更小的地方。因為打死我也不願意扛那麼大的籠子去加州！」

「你要知道，你真的把非斯都修好了，」傑生說：「你賦予他重新存活的意義。我想這個尋找任務，讓他達到一生的巔峰。」

傑生有些害怕自己說過頭會讓里歐感到憤怒，但里歐只有輕輕嘆息。

「我也這麼希望。」他說：「現在，夥伴，睡一下吧。我希望能有一段自己的時間，旁邊沒有任何有生命的東西。」

傑生不大確定他這句話的意思，但他不再爭辯。他閉上眼睛睡了個長覺，是一段幸福、無夢的深眠。

直到他聽見一陣嘶喊聲才醒來。

「啊啊啊啊啊！」

傑生跳了起來。他不知道是哪一項比較讓人不舒服，是充盈滿室的強烈日光，還是尖叫中的羊男。

「教練醒了。」里歐說，不過這句話說得沒必要。葛利生．黑傑正用他多毛的後腳上下跳動，還揮舞手中棍棒，大喊著：「去死吧！」他撞翻茶具，弄歪沙發，最後跳上王座。

「教練！」傑生大吼。

黑傑轉過身，大口喘著氣。他的眼神狂野，傑生擔心他就要發動攻擊。這位羊男還穿著他的橘色T恤，教練哨子依舊掛在頸上，但捲髮上的羊角已經明顯露出，壯如牛的後腿就是如假包換的羊腿。你可以說一隻羊「壯如牛」嗎？傑生趕緊拋開這無聊的想法。

「你是那個新來的孩子，傑生。」黑傑說，同時也放低他的棍棒。然後他看看里歐，再看看顯然也是剛醒過來的派波，此時她的髮型很適合給黃金鼠做窩。

「華德茲、麥克林，」教練說：「發生了什麼事？我們在大峽谷時，阿尼蘇萊突然攻擊我們，然後……」他的眼睛突然瞄到關風暴怪物的籠子，眼神立刻轉回「防禦準備就緒」的狀態。「去死吧！」

「啊，教練！」里歐擋在他面前，這眞是勇敢，雖然教練比他還矮上十五公分。「現在沒事了，他們被鎖在籠子裡，我們也才剛把你從另一個籠子放出來。」

「籠子？籠子？這是怎麼回事？不要以爲我是一個羊男，就不能處罰你們做伏地挺身啊，華德茲！」

傑生清清喉嚨。「教練……葛利生……嗯，隨便你要我們怎麼稱呼你。你在大峽谷時救了我們，你眞的很勇敢。」

「那當然！」

「混血營的提領小隊到大峽谷，將我們帶回營區，當時我們以爲失去你了。後來我們得到消息，說風暴怪物將你帶去給他們的……嗯，操控者，梅蒂亞。」

「那個巫婆！等等，這是不可能的。她是個凡人，早就死掉的凡人。」

「對，沒錯，」里歐說：「總之，她不再是死掉的鬼魂了。」

黑傑點點頭，眼睛突然瞇起來。「所以，你們就接了一個危險的尋找任務，爲了拯救我！太棒了！」

「嗯……」派波站起來，伸出手確保黑傑教練不會打她，才說：「事實上，葛利……我還是可以叫你黑傑教練嗎？葛利生聽起來不大習慣。事實上，我們的尋找任務另有目標，我們找到你純粹是個意外。」

「喔，」教練聽起來頗爲洩氣，然而他只洩氣了一秒鐘，眼睛立刻又亮起來，「但這不是意外，就尋找任務來說，這是註定會發生的！所以，這裡是那個巫婆的巢穴嗎？爲什麼所有東西都是金的？」

「金的？」傑生往四方巡視，從里歐和派波一致的驚嘆聲中，他猜想他們也是現在才注意到這件事。

整個大房間裡充斥著黃金，那些人形雕像、黑傑弄翻的茶具、那張確定是王座的椅子，通通都是黃金做的。甚至連那些似乎曙光出現就會自動打開的窗簾，也是由黃金線織成。

「不錯嘛，」里歐說：「難怪他們要裝那麼多保全設備。」

「這裡不是……」派波結結巴巴地說：「這裡不是梅蒂亞的地盤，教練，這裡是奧馬哈市某個有錢人的豪宅。我們從梅蒂亞那裡逃出來後，墜落在這裡。」

「這是命運，同學們！」黑傑教練堅決地說：「我的使命就是要保護你們。這次的尋找任務是什麼？」

就在傑生猶豫著是要跟教練解釋，還是把他塞回籠子之時，房間遠端有一扇門打開。

一位穿著白色睡袍的矮胖男人出現，手上拿著一把金牙刷。他留著白色鬍鬚，白色的頭髮上還戴了一頂長長的古早式睡帽。他見到這裡有一群人時整個呆住，牙刷從口中掉下來。

他往後面的房間瞥一眼，大聲說：「里提！兒子！麻煩你過來一下，王座廳有陌生人。」

黑傑教練一如既往，舉起棍棒高喊：「去死吧！」

32 傑生

他們三個人必須合力才有辦法拉住教練。

「哇，教練！」傑生說：「現在不是耍威風的時候。」

一個年輕人衝了進來，傑生判斷他應該是那位老先生的兒子里提。他穿著睡褲與無袖上衣，衣服上印著「剝玉米人」⑰，手上帶著一把劍，看起來除了玉米之外，還可以剝下很多東西的皮。他裸露的臂膀上滿是傷疤，至於那張被黑色捲髮包圍的臉，如果少掉疤痕的話，應該稱得上英俊吧。

里提立刻將目光對準傑生，彷彿他是現場最大的威脅。他一邊把劍拿到頭上揮舞，一邊朝傑生走近。

「等一等！」派波站出來，盡量讓自己的聲音保持平穩。「只是一點小誤會，沒事的。」

走到一半的里提停下腳步，看起來仍相當警覺。

停不下來的是黑傑教練，他又尖叫著：「我來抓他們，不用擔心！」

「教練，」傑生請求他，「他們說不定很親切啊，是我們闖進別人家。」

⑰「剝玉米人」（Cornhusker）是美國內布拉斯加州居民的別稱。玉米是內布拉斯加州的主要作物，在玉米剝殼機發明前，皆用手工剝除玉米殼，所以內布拉斯加州被暱稱為「剝玉米人州」（Cornhusker State）。

「謝謝你！」穿睡袍的老人說：「好了，請問你們是誰？又爲什麼來這裡？」

「讓我們都先把武器放下來，」派波說：「教練，你先吧。」

教練咬牙切齒。「讓我打一下不行嗎？」

「不行。」派波說。

「那折衷一下好嗎？我先殺掉他們，如果最後發現他們是好人，我會道歉。」

「不行！」派波非常堅持。

「咩——」教練終於放下棍棒。

派波送給里提一個「請多多包涵」的微笑。即使她頂著鳥窩頭，又一身穿了兩天的髒衣服，看起來還是很可愛。傑生有些嫉妒她這樣對里提笑。

里提傲慢地哼了一聲，把劍插回劍鞘。「女孩，你說得很好。算你的朋友幸運，不然我早就把他們剁成碎片。」

「感激不盡，」里歐說：「我會避免在午餐時間前被剁碎。」

穿睡袍的老人嘆口氣，踢開被黑傑教練弄翻的茶壺。「好了，既然你們都來到此地了，請坐吧。」

里提皺著眉說：「陛下……」

「不，不，沒關係，里提。」老人說：「新的國度，新的規矩。他們可以坐在我面前，畢竟，他們連我穿睡衣的樣子都看過了，沒道理再來那些繁文縟節。」他盡力擺出微笑，雖然帶了點防衛性。「歡迎光臨寒舍，我是米達斯國王[78]。」

「米達斯？不可能！」黑傑教練說：「他早就死了。」

他們現在全坐在沙發上，國王則倚靠在他的王座裡。穿著睡袍坐那樣其實有些不方便，傑生一直替老傢伙擔心，怕他一時忘記就蹺起二郎腿，但願他裡面有穿條黃金四角內褲。里提站在王座後面，雙手握在劍上，他的眼睛瞄著派波，不時挺起手臂以示威嚇。傑生想，如果自己握著劍的話，看來會比較威武嗎？可惜，他很懷疑。

派波往前坐一些，說：「陛下，我們羊男朋友的意思是，您是我們碰到的第二位應該已經過世的人，很抱歉這麼說。我們所知的米達斯國王，在幾千年前就死了。」

「眞有趣。」國王望向窗外，看著蔚藍的天空和冬日的陽光，遠方奧馬哈市區的建築看起來像小孩的積木那樣可愛，但以一般城市來說，實在太整齊也太小了些。「你們知道，」國王繼續說：「我想我是死過一陣子。那感覺很奇怪，就像做了一場夢。是不是呀，里提？」

「是一場很長的夢，陛下。」

「不過呢，事實就是這樣了。我非常享受在這裡的生活。我還是比較喜歡活著的感覺。」

「但如何活回來呢？」派波問：「您該不會也有一位……守護者吧？」

米達斯有些遲疑，眼底閃過一抹狡猾的光采。「親愛的，這有關係嗎？」

「我們可以再殺他們一次。」黑傑提議。

「教練，別幫倒忙！」傑生說：「你何不到外面守衛呢？」

---

78 米達斯國王（King Midas）是弗里吉亞國（Phrygia）的國王，以巨富而聞名。希臘神話中與他相關的故事很多，其中以「點石成金」一則最為著名。

里歐咳兩聲。「這樣安全嗎？他們有些可怕的保全設備呢。」

「喔，是的。」國王說：「眞是不好意思，但那都是可愛的東西，是吧？沒想到黃金還能買到這些好東西。你們的國家竟然有這麼完美的玩具！」

他從睡袍的口袋裡撈出一個遙控器，快速按下一些按鈕。傑生猜可能是解鎖密碼。

「好了，」米達斯國王說：「現在你可以放心走出去了。」

黑傑教練不高興地說：「好，但如果你們需要我……」他先意有所指地對傑生眨眨眼，比著他自己，再用兩根手指頭比著屋主，接著做出割喉的動作。還眞是含蓄的肢體語言呀。

「知道了，謝謝。」傑生說。

等羊男教練離開後，派波又努力擠出一個外交官的微笑。「所以，您不清楚自己是怎麼到這裡來的嗎？」

「喔，某種程度來說，是的。」國王回答。他皺著眉頭問里提：「爲什麼我們會選擇奧馬哈？再說一次。我知道跟氣候無關。」

「先知。」里提說。

「喔，對！我聽說奧馬哈這裡有個先知[79]。」國王聳聳肩，「顯然是我搞錯了。不過，這是棟相當不錯的房子，對吧？順便說一下，里提是『里提爾西斯[80]』的簡稱。很難唸的名字，偏偏他母親堅持這麼取。總之，里提在這裡有了寬敞的空間可以練劍，他在這方面可是赫赫有名，古時候大家都稱他爲『人間死神』啊！」

「喔，」派波試著裝出興奮的表情，「好厲害。」

里提的微笑看來像是冷笑。傑生現在百分之百確定他不喜歡這傢伙，也開始後悔把黑傑趕出去。

「所以，」傑生說：「這所有的黃金……」

國王的眼睛亮起來。「親愛的孩子，你們是爲了黃金而來的嗎？請別客氣，看看我們的產品目錄！」

傑生看著咖啡桌上的那疊廣告，標題是：「黃金：永生的投資」。他問國王：「這麼說，你是在賣黃金囉？」

「不，不是，」國王回答：「我製造黃金。在現在這種不確定的年代，黃金是最明智的投資，你不這麼認爲嗎？政府會垮台，亡魂會重生，巨人會攻打奧林帕斯，然而，黃金的價值永遠留存！」

里歐皺起眉頭。「我好像聽過這廣告。」

「喔，千萬不要被那些廉價的仿冒品給騙了，」國王說：「我跟你保證，對認真的投資者來說，我可以提供最優惠的價格。我可以在最短的時間之內，製造出最多的黃金產品來。」

「可是，」派波十分困惑地搖著頭，「陛下，您不是已經放棄點金術的魔法嗎？」

國王看起來很震驚。「放棄？」

「是啊，」派波說：「您從某位天神那邊得到點金術……」

---

79 當代投資大師巴菲特（Warren Buffett）以他卓越的市場洞悉力，被評為全世界最睿智的投資大師，因此出生於奧馬哈的他，也被譽為「奧馬哈先知」（Oracle of Omaha）。

80 里提爾西斯（Lityerses），米達斯國王的兒子，常強迫路人和他比賽收割穀物，輸的人會被他砍頭。最後是英雄海克力士贏得比賽並解決掉他。

「戴歐尼修斯，」國王承認，「我救了他的羊男，他爲了回報我，答應實現我一個願望。我許願要手指碰過的東西都成爲黃金。」

「但你不小心把自己的女兒也變成黃金，」派波回想著這個神話，「然後你才了解到自己有多麼貪婪，所以你後悔了。」

「後悔！」米達斯國王不可置信地看著里提說：「你瞧，兒子，我們只不過離開幾千年，故事竟可以被扭曲成這樣！我親愛的女孩，你聽過的那些故事裡，有沒有說我失去了這項奇特能力？」

「嗯，我猜沒有。故事只有說，你學會如何用流動的水把黃金變回原形，後來你就將女兒變回來了。」

「完全正確。有時候我仍必須把東西變回來。這間房子裡沒有水，因爲我不希望發生意外，」他比一比那些人形雕塑，「但我們選擇住在河流旁邊，以防萬一。偶爾呢，我會不小心忘記，去拍里提的背……」

里提倒退幾步。「我痛恨這種事。」

「我說過我很抱歉呀，兒子。無論如何，黃金是美好的，我何必要放棄？」

「咦……」派波看起來完全糊塗了，「那不是故事最主要的寓意嗎？就是您得到了寶貴的教訓？」

米達斯國王大笑。「親愛的，我可以看一下你的背包嗎？把它丟過來。」

派波猶豫了一下，但她不想得罪國王，於是她把背包裡面的所有東西都倒出來，將空背包丟給他。國王接住包包的剎那，背包就變成金的，看起來柔軟有彈性，但絕對是個黃金包包。國王把它丟回去。

「如你所見，我可以把任何東西都變成黃金。」米達斯說：「你那個背包，現在也具有魔法了。去試試看，把你那些小風暴怪物通通塞進去。」

「真的可以嗎？」里歐突然顯出興趣了。他向派波拿過背包，走到籠子旁。當他一打開背包，裡面的風暴怪物立刻騷動起來，並哀號地抗議著，籠子的柵欄開始震動；緊閉的籠子門赫然被吹開，一群風暴怪物像被吸塵器吸到般，一股腦全鑽進派波的背包裡。里歐馬上拉好拉鍊，嘴角浮出笑意。「我得承認，這真的很酷。」

「看到了嗎？」米達斯國王說：「這樣我的點金術還是詛咒嗎？拜託，我沒有學到任何教訓，而且，人生也不是故事啊，女孩。老實說，我的女兒佐伊當雕塑比當人可愛多了。」

「她太愛講話了！」里提說。

「沒錯！所以我又把她變成黃金了。」米達斯國王伸手一指。在角落有一尊女孩的黃金雕像，那一臉驚愕的表情，彷彿在叫：「爸！」

「太可怕了。」派波說。

「胡說，她自己都不介意了。還有啊，如果我已經得到教訓，我還會得到這些嗎？」

米達斯國王脫下他那頂過大的睡帽，這下傑生不知該大笑還是作嘔了。在米達斯的一頭白髮上，豎著兩隻毛茸茸的灰色長耳朵，就像兔寶寶的模樣，偏偏那對耳朵不是兔子耳朵，而是驢耳朵。

「喔，哇。」里歐說：「我不用看這個啦。」

「糟透了，對不對？」米達斯國王嘆息。「在點金術事件之後幾年，我替一場音樂會作裁判，參賽者是阿波羅和潘[81]。我宣布潘獲勝，阿波羅這個輸不起的傢伙居然說，我一定是有一對遲鈍的驢耳朵。然後，就這樣，這就是我誠實的代價！我當然努力隱藏這個祕密，只有我的理髮師知道，可是他竟然關不住他的大嘴巴。」米達斯國王指向另一尊黃金雕像，是一位穿長袍的禿頭男子，手上握著一把大剪刀。「那就是他，現在他不能再洩漏任何祕密了。」

國王微笑。突然間，他不再用無害的睡衣老人姿態看傑生，他看著他們的眼睛正發散興奮熾烈的光采，是一個瘋狂男子的表情。他知道自己瘋了，接受自己的瘋狂，而且還樂在其中。「是的，黃金有許多用處，我想，這一定就是我被帶回人世的原因，對不對啊，里提？我可以給我們的守護者金援呀。」

里提點點頭。「那是個原因，我的好劍法也是。」

傑生看看自己的朋友。房裡的空氣感覺上一下子冷了許多。

「也就是說，你的確有位守護者，」傑生說：「你替巨人工作。」

米達斯國王否認地搖著手。「這個嘛，我自己當然是不在乎什麼巨人。就算是超自然力量的軍隊，一樣得付他們酬勞，而我又欠我的守護者一大筆債。之前，我也這樣解釋給前一批訪客聽，但他們非常不友善，完全不願意合作。」

傑生的手滑進口袋，握住他的金幣。「前一批訪客？」

「獵女，」里提咒罵著：「阿蒂蜜絲的那群壞女孩。」

傑生感覺到一股電流，真的電流，滑過他的背脊。電流激起的火星一溜煙閃過，好像把傑生坐的沙發內部彈簧圈給熔化了一些。

他姊姊來過這裡。

「那是什麼時候？」他問：「發生了什麼事？」

里提聳聳肩。「幾天前吧？真可惜，我沒能殺掉她們。她們正在尋找某些邪惡的狼之類的東西。聽說是在追蹤一條線索，朝西邊去。找什麼失蹤的混血人，名字我記不起來。」

是波西．傑克森，傑生想。安娜貝斯提過獵女隊在找他。況且，在他夢中，紅杉林的那棟廢棄大宅也聽到敵人的狼嚎。希拉稱他們是她的監視者。這些事之間一定有某些關聯。

米達斯國王搔搔他的驢耳朵。「那些獵女呀，真是一群很不和善的年輕女孩，」他回憶著，「她們堅決不肯變成黃金。你要知道，我在外面裝那麼多的保全設備，就是要預防這種事發生。我可沒有那麼多時間去陪這些不是真心想投資的人！」

傑生警覺地站起來，眼神瞄向朋友。他們立刻收到訊號。

「這樣啊，」派波又是一個微笑，「那麼，造訪這裡真是件愉快的事，非常歡迎您重回人間，也感謝您送我那個金背包。」

「喔，但你們不能離開喔！」米達斯國王說：「我知道你們並不是認真的投資者，但這樣也無所謂。反正，我必須重新建構我的收藏！」

里提露出冷酷的微笑。國王站起來，里歐和派波立刻後退幾步。

「別擔心，」米達斯國王保證說：「你們並不是非得變成黃金不可，我會讓我的訪客做選擇。看是要加入我的收藏，或者死於里提爾西斯之手。說真的，兩種選擇都非常好。」

81 潘（Pan），希臘神話中的野地之神，牧羊人的守護神，也是羊男的首領。參《波西傑克森——神火之賊》二一一頁，註48。

派波試著使出魅語：「陛下，您不能……」

米達斯國王卻也使出比世上任何老人還敏捷的身手，一把抓住派波的手腕。

「不！」傑生大叫。

一層黃金薄霧瞬間灑遍派波全身，僅僅一個心跳的短暫剎那，她就化為一尊發亮的雕塑了。里歐想要召喚火，卻忘記他的召火能力在這裡失效。米達斯國王碰一下他的手，里歐也變成堅實的金屬。

傑生驚恐到想動也動不了。他的朋友就這麼消失了，他卻連阻止的機會也沒有。

米達斯國王帶著歉意，笑笑地說：「真金不怕火煉啊，不好意思。」他展開雙臂指著所有的金窗簾、金沙發說：「在這個房間，我的力量會壓制所有其他力量，像是火，甚至魅語。也就是說，現在，我只剩你這個獎盃還沒收進來了。」

「黑傑！」傑生吶喊：「這裡需要幫忙！」

就這麼一次，這位莽撞的羊男竟然沒衝進來。傑生懷疑他是不是被雷射槍擊斃了，還是正跌落在某個陷阱的底部。

米達斯國王咯咯笑起來。「沒有山羊來救你嗎？可憐啊。不過別擔心，孩子，不會痛的，里提有經驗。」

傑生打定主意。「我選擇決鬥。你說我也可以選擇和里提對打。」

米達斯國王看來有一點點失望，但他聳聳肩說：「我是說你可以『死』於格鬥。但當然囉，就照你的意思吧。」

國王後退，里提舉起他的劍。

「我會好好享受這一場的，」里提說：「我可是人間死神啊！」
「來吧，剝玉米的人！」傑生召喚出他的武器。這回出現的是長槍，傑生很高興他的武器增長了。
「喔，黃金武器！」米達斯國王說：「非常好。」
里提發動攻勢。
這傢伙動作非常快。他又揮又劈，傑生勉強閃過那些攻擊，但心裡卻開始朝另一個方向盤算。他在分析他的招式，學習他的打法。里提只會進攻，不會防禦。
傑生回擊，側閃，阻擋。里提相當驚訝傑生竟然一招招撐過去。
「你這是哪一派的打法？」里提怒吼：「你的打法不像希臘人。」
「古羅馬軍團操練法。」傑生回答，雖然不知道這個答案怎麼會從自己嘴巴蹦出來。「羅馬人的打法！」
「羅馬？」里提邊問邊出劍，傑生將他的劍刃打偏。「羅馬是什麼？」
「新的世代，」傑生說：「在你死了以後，羅馬人打敗了希臘人，創造出有史以來最偉大的帝國。」
「不可能，」里提說：「從來沒聽說過。」
傑生突然單腳一躍，用長槍柄猛擊里提的胸口，里提往後倒在王座上。
「喔，我的天！」米達斯國王說：「里提？」
「我還好。」里提呻吟著。
「你最好扶他起來。」傑生說。

里提尖叫：「父王，不要……」

來不及了，米達斯國王的手碰到兒子肩膀，霎時一尊表情憤怒的金雕像倒在王座裡。

「可惡！」米達斯國王淒厲地咒罵：「那是個無恥的詭計。混血人，我要你付出代價！」他拍拍里提的黃金肩膀，說：「別擔心，兒子，等我拿到這個獎品，就會帶你到河邊去。」

國王衝向傑生。傑生先閃開，但老人的動作出奇的快，於是傑生把咖啡桌踢向他的腳。國王被絆倒了，但鐵定很快就會爬起來。

這時傑生突然看到派波的雕像，全身湧起了一陣憤怒。他是宙斯的孩子，他不可以讓朋友失望！

他感受腸胃中有股拉扯的力量，整個氣壓突然降得很低，讓他耳鳴起來。米達斯國王一定也感覺到了，他搖晃著站不起來，緊緊抓住自己的驢耳朵。

「噢，你做了什麼事？」他質問著：「我是這裡最大的力量！」

雷鳴大作，外面的天空整片轉成黑暗。

「你知道黃金的另一個好用處嗎？」傑生說。

米達斯國王揚起眉毛，突然又興奮了起來。「是什麼？」

「它是絕佳的導電體。」

傑生高舉他的長槍，整個天花板爆開。一道閃電如劃破薄蛋殼般穿透屋頂進來，直接連接到長槍上，電流能量把沙發都炸翻了。天花板上的石膏碎片紛紛落下，水晶吊燈晃出聲響，然後鍊條斷掉，冰刀般的水晶下墜，直接把米達斯國王釘在地板上，轉瞬間，透明的水晶都變成了黃金。

當隆隆雷聲終於停止，冰冷的雨開始落下，直接打進屋子裡面。米達斯國王用古希臘語咒罵著，儘管還被他的燈釘住動彈不得。這場雨打溼了所有東西，水晶燈的水晶變了回來，派波和里歐也慢慢回復眞人的模樣。當然，屋裡其他雕塑也不例外。

這時，大門突然打開，黑傑教練衝進來，棍棒舉得好高。不過，他的嘴裡有泥土、髒雪及青草。

「我錯過了什麼？」他問。

「你剛剛在哪裡？」傑生反問。他的頭暈眩不已，那是召喚閃電的後遺症，他極力避免自己昏過去。「我剛才有大聲求救啊。」

黑傑教練打了個嗝。「我剛剛在吃點心。對不起，請問我要殺誰？」

「現在沒有了！」傑生說：「你就抓著里歐，我去帶派波。」

「別把我這樣留在這裡啊！」米達斯國王哭喊。

在他周圍盡是點金術的受害者，他們一個個變回血肉之軀，有他的女兒、理髮師，還有一大群手上拿劍的憤怒人士。

傑生抓起派波的金背包和他自己的東西，然後丟一條毯子到王座上的黃金里提雕像上，希望能讓這位人間死神不要再變回來，至少撐到米達斯國王的受害者都變回人身之後。

「我們離開這裡吧。」傑生對黑傑教練說：「我想這些傢伙會和米達斯有一段愉快的相聚時光。」

33 派波

派波在寒冷與顫抖中醒來。

她做了一個最可怕的夢，一個長著驢耳朵的老人拚命追她，還一直喊：「就是你！」

「喔，老天，」她的牙齒在打顫，「他把我變成黃金！」

「現在沒事了。」傑生靠過來，用一條溫暖的毛毯將她裹住，但她還是覺得自己像波瑞阿茲兄弟那麼冷。

她眨眨眼，想看清楚現在身在何處。在她旁邊有一堆燃燒的營火，讓空氣瀰漫著煙的味道。火光靠著岩壁閃爍，原來他們在一個淺淺的山洞裡，但洞本身仍不足以提供太多保護。外面風聲呼嘯，白雪紛紛被吹進來。現在可能是白天，也可能是晚上，暴風雪太強，根本難以分辨晝夜。

「里……里……里歐呢？」派波終於問出來。

「還活著，也沒變成黃金。」里歐也裹著毯子，看起來狀況不大好，但不至於像派波那麼糟。「我也獲贈一段珍貴的金屬變身療程，」他說：「不過不知道爲什麼，我解脫得比較快。不像你，我們還得把你丟進河裡，才能讓你完全變回來。我們很努力要把你弄乾，可是……實在是太太太冷了。」

「你有點失溫，」傑生說：「我們已經冒險給你喝了最多的神飲，黑傑教練也施展了一丁點自然魔法……」

「運動療法，」黑傑教練的醜臉靠近過來，「是我平日的嗜好。這幾天，你的呼吸可能聞起來會有野生蘑菇的味道，或者像運動飲料，但會慢慢消退的。你八成不會死，八成啦。」

「謝謝。」派波虛弱地回答。「你們是如何打敗米達斯的？」

傑生告訴她事情經過，把多數功勞都歸於運氣好。

教練哼了一聲。「這個孩子太謙虛了！你應該看看他當時的樣子。嘿呀！我砍！用閃電劈死你！」

「教練，你根本沒看到！」傑生說：「你當時在外面吃你的草。」

但羊男先生的話匣子已經關不起來了。「然後我就提著我的棍棒衝進去，我們掌控了整座廳堂，後來，我就對他說：『孩子啊，我眞以你爲榮！不過呢，如果你可以再增加一點上半身的力量……』」

「教練！」傑生說。

「啊？」

「閉嘴，拜託。」

「好。」教練挨著營火坐下來，開始咬著自己的棍子。

傑生的手放到派波額頭，檢查她的體溫。「里歐，你可以召點火嗎？」

「立刻來！」里歐召喚出一團棒球大小的火焰，把它丟入營火中。

「我看起來眞的很不好嗎？」派波還在發抖。

「不會。」傑生回答。

「你很不會說謊呢，」派波說：「我們現在是在哪裡？」

「派克峰，」傑生說：「科羅拉多州。」

「但那距離奧馬哈有……八百公里遠吧？」

「大概那麼遠。」傑生同意。「我試著操控風暴怪物，讓他們帶我們前進一段距離，這是他們能做到的極限。他們當然心不甘情不願，衝得比我希望的還快，差點在我把他們塞進背包前撞到山壁。我不打算再嘗試了。」

「為什麼會停在這邊？」

里歐插入對話：「我也是這麼問他。」

傑生盯著外面的暴風雪，好像看到了什麼。「記得昨天我說我看到一條發亮的凝結雲嗎？它仍然存在於天空中，只是黯淡了許多。我一直跟著它，直到看不見為止。然後，老實說我也不確定，但我感覺這裡就是我們應該停下來的地方。」

「當然就是這裡。」黑傑教練吐出一些棍棒的碎纖維。「艾歐勒斯的飄浮宮殿應該會定錨在我們上方，就在峰頂。這地方可是他最喜歡停泊的地點之一。」

「也許這就是原因。」傑生的眉頭依然糾結。「我不知道，也許，還有別的因素……」

「獵女隊是朝西邊走。」派波想起來了，「你認為她們會在這附近嗎？」

傑生搓揉他手臂上的刺青，彷彿那印記有點困擾他。「這場暴風雪實在可怕，沒有任何人此時能在山上存活。雖然現在已經是冬至的前一晚，但我們不得不在這裡等待風雪停歇，況且，也該讓你多休息一下，明天才能繼續行動。」

他不需要花太多力氣來說服她。山洞外面的狂風怒吼真的很嚇人，她忍不住直發抖。

「我們必須讓你暖和起來。」傑生坐到她旁邊，有點笨拙地伸出手臂。「嗯，如果你不介意的話，我……」

「我想可以。」她努力讓聲音聽起來平淡又冷靜。

傑生兩手環繞派波，將她抱住。他們移到離火近一點的地方，黑傑教練在旁邊咬棍棒，再把碎渣吐到火中。

里歐取出一些烹調器具，開始在一把鐵鍋上煎起漢堡肉餅。「嗨，大夥兒，咱們相依相偎的時間還很長，來說點故事吧……有件事我應該要告訴你們。在去奧馬哈的路上，我做了一個夢。一開始有點難理解，雜訊很多，還會被《命運之輪》打斷……」

「命運之輪？」派波心想里歐又在開玩笑，但里歐的眼光從鍋中的漢堡移到大家臉上，那是他最嚴肅的神情。

「事情是，」里歐說：「我父親赫菲斯托斯找我談話。」

於是里歐將整個夢娓娓道來。在火光中，搭配著強風的呼嘯，整個故事聽起來更加驚悚。派波能想像那充滿雜訊的天神聲音，警告說那些巨人都是塔耳塔洛斯的兒子，還有，里歐會在路途中失去朋友。

她想將注意力集中在一些好的事情上，比方說傑生的手臂正環繞著她，而且她的身體逐漸溫暖起來，但她還是感到害怕。「我不懂，如果混血人必須和天神合作才能打敗巨人，那天神爲什麼要保持沉默？如果他們需要我們……」

「哈，」黑傑教練插嘴，「這些天神最痛恨『需要人類』這檔事，他們喜歡被人家需要，反過來可不行。在宙斯承認他關起奧林帕斯是一項錯誤之前，恐怕情況會愈來愈惡化。」

「教練，」派波說：「你這個意見可以用睿智來形容。」

教練揚起頭說：「什麼？我本來就很睿智！我完全不驚訝你們這些小蘿蔔頭沒聽說過『巨人之戰』，因爲天神都不願意提起這段往事。承認要靠凡人來幫忙打敗敵人，那是很遜的公關才會做的，很丟臉耶。」

「不過，可能也還有更多的原因。」傑生說：「當我夢到在牢籠中的希拉，她有提到，宙斯最近不尋常的偏執。而且希拉還說，她會過去那棟廢墟大宅，是因爲一個聲音出現在她腦海叫她去的。有沒有可能是有人影響著天神呢，就好像上次梅蒂亞影響我們那樣？」

派波感到顫慄，她也有過同樣的想法。有一股他們看不到的力量在背後操控著一切，幫助那些巨人。也許是同樣的那股力量，讓恩塞勒達斯可以得知他們的行動，讓他們的金屬龍在底特律上空墜落。或許，就是里歐遇過的沉睡泥巴女人，又或許是她其他的侍從……

里歐把漢堡麵包也放到鍋子上煎烤。「對，赫菲斯托斯提過類似的事，像是宙斯的行爲比平常古怪。但比較困擾我的，反而是那些我父親沒說出口的事，比如有幾次他提到混血人，還提到他有很多孩子，然後就沒繼續說下去。我不知道，他表現得像是，要將所有偉大的混血人聚集在一起幾乎不可能。還有他認爲希拉是在愚蠢地瞎搞。然後有一些祕密，顯然赫菲斯托斯不應該跟我說。」

傑生動了一下，派波感覺得到他手臂中有種緊張。

「在混血營時，奇戎的表現也是這樣，」傑生說：「他提到說有一個神聖的誓言，是不准談論……某件事。教練，你知道任何訊息嗎？」

「不，我只是羊男，他們不會對羊男說這些有趣的事，特別是老羊……」他停下不說。

「像你這樣的老羊男？」派波問。「但你並不老呀，對不對？」

「一百零六歲。」教練咕噥著說。

里歐咳嗽。「你說什麼？」

「華德茲，小心別燒到自己的內褲！我的年紀，換算成人類是五十三歲啦。不過，沒錯，我是在偶蹄長老會樹立了一些敵人。我已經當混血人的守護者很久了，但他們說，我愈來愈難捉摸，變得太暴力。你們能想像這種事嗎？」

「哇，」派波避開朋友的眼光，「眞不敢相信。」

教練生氣地說：「對嘛！然後好不容易，我們有一個可以和泰坦好好打仗的機會，結果他們有把我放到前線嗎？沒有，他們盡可能把我丟到最遠的地方，到加拿大的最邊疆去！你能相信嗎？等到戰爭結束，他們就把我丟出去放牧，就是荒野學校。呸，好像我已經老到幫不上忙，只因爲我喜歡打打殺殺。那些只會採花的委員，只會說什麼大自然。」

「我以爲羊男都喜歡大自然。」派波大膽插話。

「噓，我也愛大自然，」黑傑教練說：「大自然就是，大東西會獵殺且吃掉小東西！而且，當你是個，你們都知道，像我這樣矮小的羊男，就會保持好身材，會帶大棍棒，而且不會欠下人情！這就是自然。」黑傑大力呼出不屑的鼻息。「只會採花的人，算了。總之，華德茲，我希望你會煮一些素菜，我不吃肉的。」

「對，教練，那你也別吃棍子。我這裡有些豆腐做的素肉片，派波也吃素，我等一下會一起煮。」

煎漢堡的香氣盈滿空氣中，派波通常不喜歡烹調肉類的味道，但現在她的胃卻翻騰得像是要搞叛變。

我快把持不住了，她想。快快開始想青花菜、紅蘿蔔，還有扁豆。

她的胃不是唯一搞叛變的。躺在火邊，被傑生擁抱著，派波的良心開始覺得有顆火熱的子彈慢慢朝她心中接近。過去幾天一直埋在她心中的罪惡感，那個自從恩塞勒達斯送給她第一個夢後就不斷困擾她的罪惡感，已經快把她給折磨死了。

她的朋友都想幫她的忙，傑生甚至說，就算是陷阱也願意去救她的父親。派波卻一直沒對他們開誠布公。

她只知道，自她攻擊梅蒂亞的那一刻起，自己已經截斷了父親的生機。

她抽噎著說不出話。也許在芝加哥時，她做了一件正確的事，就是解救自己的朋友，然而她只是延遲面對自己的問題。她永遠都無法背叛朋友，但心中卻也有極端微弱的聲音，絕望地追問著：要是我背叛了呢？

她試著想像父親會怎麼說。她心裡想著：嘿，爸爸，要是你被食人巨怪綁起來，然後我得背叛幾個朋友才能救你，我到底該怎麼辦？

眞有趣，她跟爸爸玩「三個問題」時怎麼從來沒想過這種問題。當然，爸爸從來沒認眞看待過那些問題。他可能又會講起一些湯姆爺爺的老故事，像是發光的刺蝟和會說話的鳥，然後因爲自己的建議都很奇怪而大笑起來。

派波好希望自己能多記得一點爺爺的事，有時她會夢到奧克拉荷馬州那棟只有兩個房間的破屋子，她想像在那裡成長會是什麼感覺。

爸爸大概會覺得不值一提吧。他一生都在努力逃離那個地方，將自己和族人分開，始終拒絕演出美洲原住民的角色。他總是告訴派波她是個幸運的女孩，能夠在富裕又保護有加的環境中成長，在一棟加州大豪宅裡生活。

她漸漸察覺，她對於自己的出身血統會有些模糊的不自在。就像爸爸在那些八〇年代老照片裡穿戴過羽毛頭飾和奇特衣服一樣，他會說：「你相信我曾經是這副模樣嗎？」身爲切羅基人這件事，對他來說大概是同樣的感覺——很有趣，但也有一些困窘與尷尬。但他們又是什麼呢？爸爸似乎也不知道。也許那就是他常常不開心、不斷變換角色的原因。或許那也是派波開始偷竊的原因，尋找一些父親不可能給她的東西。

里歐拿出豆腐素肉片到鍋子上煎。外面的風依舊瘋狂呼嘯，派波突然想到爸爸曾經告訴她的一個老故事，它也許回答了一些問題。

她二年級的時候，有一天哭哭啼啼地回家，問爸爸爲什麼要將她取名爲派波。她的同學開她玩笑，說派波．切羅基是一種飛機的名字[82]。

她的父親大笑，就好像他從來沒想到這個。「派波，那是很棒的飛機，但不是我替你取這個名字的原因。這個名字是你湯姆爺爺取的，他第一次聽到你的哭聲就覺得你的聲音非常有力量，比任何蘆笛吹笛手還要好[83]。他說你一定學得會切羅基族最難唱的歌，甚至連『蛇之

[82] 派波．切羅基（Piper Cherokee）是一組輕型飛航機的系列名稱，由美國派波（Piper）飛機公司製造，專用於飛行訓練、短程運輸與私人用途。

[83] 派波的原文 piper，意指「吹笛手」。

歌』也會。」

「蛇之歌？」

爸爸告訴她一個古老的傳說。有一天，一位切羅基族的婦女，看見一條蛇在她孩子附近出現，於是她用石頭打死那條蛇，卻不知那條蛇正是響尾蛇之王。蛇群決定對人類發動戰爭，但婦女的丈夫努力要談和，他承諾願意做任何事來補償響尾蛇。響尾蛇抓住他這句話，叫他將妻子送到井邊，這樣牠們可以咬他的妻子，取她性命來做交換。這個男人十分傷心，但還是按照蛇群的要求去做。結果蛇群十分驚訝，這個男人竟然為了信守承諾，願意放棄這麼多。於是牠們教他唱蛇的歌，讓他教給所有切羅基人唱。從那時開始，只要切羅基人遇到蛇，就會吟唱「蛇之歌」，蛇就會知道這是切羅基人，是牠們的朋友，不會張口咬人。

「太可怕了！」派波那時候說：「他讓自己的妻子去送死？」

爸爸攤開手。「這是一個很痛苦的犧牲，但是這一條人命，可以換來族人與蛇之間世世代代的和平。你的湯姆爺爺相信，切羅基族的音樂可以解決世上所有的問題。他認為你以後會熟悉很多歌曲，成為家族裡最偉大的音樂家，所以將你取名為派波。」

一個痛苦的犧牲。是不是她爺爺在她的襁褓期就預見了某些事？他感應到她是阿芙蘿黛蒂的女兒嗎？她爸爸大概會跟她說別傻了，爺爺才不是什麼先知。

但還是……她承諾過要完成這個尋找任務。她的朋友很仰賴她，而米達斯國王把她變成黃金時，他們挺力相救，救回她的命。她不想用謊言回報他們。

漸漸的，她開始覺得溫暖。她不再打寒顫，於是倚靠傑生的胸膛斜坐。里歐遞給大家食物。派波不想移動也不想說話，她不想做任何事打破這個難得的時刻，然而，她必須去做。

「我們需要談談。」派波坐起來，這樣才有辦法面對傑生。「我不想再對你們有所隱瞞。」

幾個人滿嘴漢堡地瞪著她。來不及改變主意了。

「在去大峽谷的前三天，」她開始說：「我做了一個夢。夢中，有一個巨人，他說我父親被他們綁架了。他叫我必須跟他合作，不然就會殺了我爸。」

營火劈啪作響。

隔了一會兒，傑生說：「是恩塞勒達斯嗎？你之前提過那個名字。」

黑傑教練吹了聲口哨。「超大巨人，會吐火，不是我山羊老爸會想遇到的傢伙。」

傑生給他一個「請閉嘴」的眼神。「派波，繼續說，後來發生了什麼事？」

「我……我試著跟爸爸聯絡，但每次都只能找到他的私人助理，她只叫我不用擔心。」

「她叫珍妮嗎？」里歐回想起來，「梅蒂亞是不是有說到控制她的事？」

派波點點頭。「要讓我父親回來，我就必須暗中破壞這次的尋找任務。當時我並不知道那會是我們三個人。後來，我們的任務展開了，恩塞勒達斯又送來一次警告，他告訴我……他希望送你們兩個去死。他希望我帶你們去一個山頭，我不確定是哪一座，但知道一定在加州的灣區，因為我從山頂看得到金門大橋。我必須在冬至中午以前到達那裡，也就是明天，才能把我父親換回來。」

她不敢看朋友的眼睛。她等著他們對她怒吼，轉身過去，或者把她踢到暴風雪中。

結果不是那樣。傑生移到她身邊，雙手再次圍著她。「天呀，派波，我好難過。」

里歐點著頭。「不開玩笑。你竟然一整個禮拜掛心這件事？派波，我們能幫你的。」

派波瞪著他們。「爲什麼你們不罵我，不做點什麼？我奉命要害死你們耶。」

「嘿，拜託，」傑生說：「這趟旅程，你已經救過我們兩個的命。我的小命隨時都可以交到你手上。」

「我也是，」里歐說：「那我也可以有一個抱抱嗎？」

「你們都沒有搞懂！」派波說：「我也許已經害死我爸了，因爲我跟你們說了這些事。」

「這點我懷疑。」黑傑教練打了個嗝。他正吃著紙盤包著的豆腐漢堡，把紙盤當成墨西哥捲餅般捲起漢堡，通通吃進去。「巨人既然還沒有拿到他想要的東西，所以還會需要你父親當人質。他會等到期限過去，看看你是否會出現。他希望你改變尋找任務的目的地，轉向那座山，對嗎？」

派波不大確定地點著頭。

「這麼說來，希拉是被關在其他的地方，」黑傑教練推論，「而且，她也必須在同一天得到救援。所以，你就必須做出抉擇，看是要救你父親，還是去救希拉。如果你去找希拉，那麼，恩塞勒達斯就會照顧你的父親。此外，就算你合作了，恩塞勒達斯也不會讓你走的，因爲很明顯的，你是大預言中提到的七個人之一。」

七個人之一。她之前曾經跟傑生和里歐討論過這件事，她想過也許眞有那種可能，但還是很難相信。她不覺得自己有那麼重要，她只是阿芙蘿黛蒂的一個傻孩子，她怎麼會值得去欺騙與消滅？

「所以，我們沒有選擇，」她傷心地說：「我們必須去救希拉，不然巨人之王就會被放出來。那是我們的任務，世界就仰賴這個任務。恩塞勒達斯似乎有辦法監視我。他並不笨，如果我們改變行程與路線，他一定會知道，他會殺了我父親。」

「他不會殺掉你父親的，」里歐說：「我們會救他出來。」

「但我們沒有時間了！」派波幾乎在哭喊。「何況，那是個陷阱。」

「我們是你的朋友啊，大美女，」里歐說：「我們不會任由你父親被殺的。我們只要想好一個計畫。」

黑傑教練又出聲了。「嗯，如果能夠知道我們目前在哪一座山，會很有幫助，也許艾歐勒斯願意跟你說。對混血人來說，灣區是惡名昭彰的地方，泰坦巨人的老家奧特里斯山，就位在加州灣區的塔馬爾巴斯山上，也就是阿特拉斯撐住天空的地方。希望那不會是你在夢中看見的山頭。」

派波試著回憶夢中的景象。「我不這麼認為，這個是在內陸。」

傑生對著火堆皺眉頭，好像也在回憶什麼。

「惡名昭彰……感覺不太對勁。灣區……」

「你認為你曾經到過那邊？」派波問。

「我……」他看起來就像已經接近想通的邊緣，可是苦惱又重新回到他的眼神中。「我不知道。黑傑，請問在奧特里斯山發生了什麼事？」

黑傑又咬了一口紙包漢堡。「這個嘛，今年夏天，克羅諾斯在那裡建造了一座新的宮殿，又大又誇張的宮殿，說是要當成他新王國的總部。不過，那裡並沒有發生任何戰役，克羅諾斯是前進到曼哈坦，準備攻打奧林帕斯。如果我沒記錯的話，他有讓一些泰坦巨神留守在宮殿那裡；只是當克羅諾斯在曼哈頓被打敗後，那個宮殿就自行毀壞了。」

「不對。」傑生說。

每個人都看著他。

「什麼意思？『不對』？」

「事情的經過不是那樣，我……」傑生整個人緊繃了起來，朝山洞的入口看過去。「你們有聽到嗎？」

先是安靜的一秒，接著派波也聽到了。有幾聲狼嚎劃破了夜空。

34 派波

「狼！」派波說：「聽起來很接近了。」

傑生站起來，劍握在手中。里歐和黑傑教練也站起來；派波同樣想起身，卻眼冒金星。

「你待在這裡就好，」傑生告訴她：「我們會保護你。」

她緊咬著牙。她痛恨自己幫不上忙，也不想被任何人保護。第一次是那笨死了的腳踝，現在又是愚蠢的失溫。她現在只想站起來拔出自己的匕首。

這時，在火光之外的洞口，一片黑暗中，竟然出現一雙發亮的紅眼睛。

好吧，受到一點點保護也不錯，她想。

更多的狼往火光接近。牠們是比大丹狗還高大的黑色野獸，身上覆著冰雪，光亮的狼牙和發亮的紅眼睛一樣顯露出狡詐。最前面那匹狼幾乎像馬那麼高，嘴染了顏色，彷彿剛捕殺過獵物。

派波將匕首從刀鞘中拔出來。

然而傑生往前站，說出一串拉丁文。

派波不認爲一種已經不流通的語言可以拿來跟和野生動物溝通，但那匹領頭的狼卻嘶起嘴巴，毛沿著背脊豎立。後面有一匹牠的隨從想率先攻擊，領頭狼卻拍打牠的耳朵，接著一整群狼退回黑暗中。

「好傢伙，我一定要學拉丁文。」里歐的鐵鎚在手中搖晃。「傑生，你跟他們說什麼？」

黑傑咒罵著：「不管說了什麼，一定沒說夠。你們看。」

狼群回來了，但領頭狼卻不在其中。他們沒有發動攻擊，只是等待。現在至少有十二匹狼在火光外大致排成半圓形，將整個洞口堵住。

黑傑教練高舉棍棒。「計畫就是，我會殺光他們，你們趕快逃跑！」

「教練，你會被分屍的。」派波說。

「才不會，我強得很。」

這時候，派波見到風雪中出現一個人影，穿過狼群接近。

「我們要聚集在一起，」傑生說：「牠們尊重群體。還有，黑傑教練，不要做瘋狂的事。我們不會單獨丟下你或者任何一個人的。」

派波的喉嚨感覺像是卡了一塊東西。如果說他們現在是一個「群體」，那她就是裡面最弱的一個環結了。無疑的，狼群可以感受到她的恐懼，也有可能是她的臉上就掛了個牌子，上面寫著「免費午餐」。

狼群稍微分開，讓那個人走進火光中。他的頭髮髒亂油膩，顏色像火堆的炭灰，上面還帶著一頂皇冠，比較像是手骨頭做的。他穿的長袍是破爛的毛皮大衣，似乎由狼皮、兔皮、浣熊皮、鹿皮和更多派波辨識不出的動物毛皮做成。那些毛皮應該沒有經過適當處理，從發出的氣味判斷，已經不新鮮了。他的體格看起來輕盈矯健，有種長跑選手的感覺，但最可怕的是他的那張臉。他蒼白薄透的皮膚像是緊貼著頭骨而生，牙齒尖銳，紅得發亮的眼睛像他的狼。那雙眼睛正緊盯著傑生，眼中充滿敵意。

「Ecce,」他說：「filli Romani.」

「說英文，狼人！」黑傑咆哮。

那狼人怒吼著：「叫你的方恩看緊他的舌頭，羅馬之子，要不然我就拿他當第一份點心。」

派波還記得，「方恩」就是羊男的羅馬名稱，可惜這不是什麼太有幫助的資訊。此時此刻，如果她能夠憶起希臘神話裡的狼人是誰、怎樣打敗他，才會有所幫助。

狼人審視一下他們這個小群體，鼻孔抽動著說：「看來是眞的，」他顯得有些驚訝，「一個阿芙蘿黛蒂的小孩，一個赫菲斯托斯的兒子，一個方恩，一個朱比特王的羅馬之子，全部在一起，沒有互相殘殺。眞是有趣。」

「你聽說過我們？」傑生問：「從哪裡聽來的？」

那個狼人嚎叫一聲，也許是在笑，抑或是挑釁。「喔，你們一路西行，我們可是一路偵查啊，半神半人，希望我們能最快找到你們。等巨人的王升起，他一定會好好獎賞我。我是呂卡翁[84]，就是狼王。我的狼群們已經餓了。」

所有的狼在黑暗中一起狂嚎。

派波瞥見里歐收起鐵鎚，從工具腰帶拿出別的東西，是個裝滿透明液體的玻璃瓶。

派波在腦中不斷搜索和這狼人有關的線索。她確定聽過這個名字，偏偏想不起細節。

---

[84] 呂卡翁（Lycaon）為希臘神話中阿卡狄亞國（Arcadia）的國王，曾為試探天神是否無所不知，以一盤人肉獻給宙斯吃，又為了測試宙斯是否不死，派人暗殺他。宙斯大怒，將他變為狼，並以閃電劈死他的五十個兒子。

呂卡翁望著傑生的劍，往兩側移動，像是要找缺口前進。但傑生的劍跟著他移動。

「走開！」傑生命令。「這裡沒有你們的食物！」

「除非你們想吃豆腐漢堡。」里歐提議。

呂卡翁露出狼牙，顯然他不是豆腐愛好者。

「如果可以照我的方式來做，」呂卡翁憤憤地說：「我會第一個殺了你，朱比特之子！都是你父親害我變成現在這個樣子。我是有權有勢的尊貴人類，阿卡狄亞的國王，生了五十個好兒子，宙斯卻用閃電火把他們通通劈死！」

「哈，」黑傑教練說：「你自找的！」

傑生的眼光掠過肩頭。「教練，你聽過這個小丑？」

「我聽過！」派波回答。神話的細節湧出她腦海，那是一個短小卻可怕的故事，她曾經跟爸爸在早餐時間笑著談論，現在卻笑不出來。

「呂卡翁邀請宙斯去吃晚餐，」她說：「但是這位國王不確定來者是否是眞的宙斯。爲了測試他的力量，他就準備人肉給訪客吃，於是宙斯勃然大怒……」

「然後他就殺了我的兒子！」呂卡翁怒吼，後面的狼群全部跟著嚎叫。

「所以宙斯就將你變爲狼，」派波說：「他們稱……他們稱呼狼人爲 lycanthropes，就是從呂卡翁的名字而來。你是世界上第一個狼人。」

「也是狼界的王。」黑傑教練做總結：「一個永生的惡毒臭怪物！」

呂卡翁咆哮著說：「方恩，我會把你撕成碎片！」

「老兄，你想吃點羊肉嗎？我可以給你一點喔。」

「停！」傑生說：「呂卡翁，你說『如果』可以按照你的方式，你會先殺我。那是……」

「可惜呀，羅馬之子，有人指名要你。既然這位……」他的狼爪比向派波，繼續說：「沒能把你殺了，現在的命令是要將你活捉回狼屋。我有個同胞提出要求，想取得親手殺掉你的榮耀。」

「誰？」傑生問。

狼人輕蔑地說：「喔，一個超級仰慕你的人，顯然你讓她印象很深刻啊。她馬上就會來照顧你們幾個了，我真的也不能抱怨什麼。如果能將你的血灑遍狼屋，會替我的領域畫上全新的一頁。魯芭要挑戰我的狼群，可就需要多加思考了。」

派波的心臟快要跳出來了，她不能理解呂卡翁說的每一句話。有個女人想殺傑生？是梅蒂亞嗎？她猜想，也許她從爆炸中逃出來了。

派波努力站起來，卻再一次眼冒金星，感覺整個山洞好像在旋轉。

「你們趕快離開，」派波開口：「在我們殺掉你們之前。」

她試著將力量放進話語中，但實在太過虛弱。裹著毛毯的她在發抖，臉色蒼白又冒冷汗，勉強才能拿住匕首，看起來就不具有任何威脅性。

呂卡翁的狡猾紅眼透著笑意。「很勇敢的嘗試，女孩，我欣賞你的勇氣！我可以讓你結束得乾脆一點。只有朱比特之子需要留活口，至於其他幾個，恐怕得當我們的晚餐了。」

這一刻，派波知道自己死定了，但至少她要站著迎接死亡，而且與傑生並肩奮戰。

傑生往前跨出一步。「你不能殺掉我們任何一人，臭狼人！你得先通過我這一關。」

呂卡翁發出狼嚎，伸展一下狼爪。傑生持劍揮向他，但劍刃直接穿過他的身體，彷彿他根本不存在。

呂卡翁大笑。「黃金、青銅、鋼鐵，這些武器對我的狼群通通沒有用，朱比特之子！」

「銀！」派波突然大喊：「狼人是不是會被銀器所傷？」

「但我們現在沒有銀器！」傑生說。

狼群跳向火光中。黑傑興奮地衝向前喊：「喔耶！」

但里歐先跳了出來。他丟出玻璃瓶，瓶身碎開，裡面的液體飛濺到狼群身上，那味道無疑是汽油！他朝一灘油漬丟擲火球，一道火牆瞬間升起。

狼群驚呼後退，有幾隻身上著了火，趕忙衝回風雪中。連呂卡翁看著火牆也顯得有些緊張，這道牆現在將狼群與混血人分隔開來。

「喔，拜託，」黑傑教練抱怨，「他們隔那麼遠我根本打不到。」

每次只要有狼靠近，里歐就從手中丟出一團新的火焰，但一再施展這種能力似乎也讓他愈來愈疲累，而且汽油也漸漸燒盡。「我召喚不出汽油了，」里歐警告著，然後他的臉突然漲紅，「哇，出錯東西啦，我要的是汽油，不是要排氣啦。我的工具腰帶實在該拿去充電了。夥伴，你還有什麼能用的東西？」

「沒有，」傑生說：「沒半個能派上用場的武器。」

「閃電呢？」派波問。

傑生集中精力，但沒有任何效果出現。「可能是暴風雪或什麼東西在干擾我。」

「放出那些文圖斯。」派波說。

「那我們就沒有籌碼可以給艾歐勒斯了。」傑生說：「這樣子我們一路的辛苦都會白費。」

呂卡翁狂笑。「我聞得到你們的害怕。英雄們，你們的生命只剩下幾分鐘了。看你們想向哪個天神祈禱，快點吧！宙斯可沒有對我手下留情，我對你們也是一樣。」

火牆開始一一熄滅。傑生嘴裡咒罵著，同時把劍放下來。他蹲低身體，似乎打算徒手搏擊。里歐把鐵鎚從袋子中拿出來；派波舉起匕首，雖然舉得不高，但也盡了全力。黑傑教練揮舞棍棒，看起來是面對生死大劫唯一開心的人。

這時強風中突然出現撕裂聲，像是硬紙板裂開的聲響。一根細長枝條從最近那匹狼脖子處穿出來，是一根銀色的箭桿！那匹狼痛苦扭轉兩下就倒地，瞬間化入陰影中。

更多的銀箭接連出現，更多的狼倒下來，整群狼不知所措地四散開來。一根閃亮的箭射向呂卡翁，但被他在半空中抓住。他痛苦地大喊一聲，再將箭丟出去，結果掌心留下一道燒焦冒煙的傷口。另一根箭射到他的肩膀，狼王開始步履踉蹌。

「我詛咒你們！」呂卡翁大罵。他對他的狼群發出呼號，那些狼立刻轉身跑開。呂卡翁發亮的紅眼狠狠瞪著傑生。「事情還沒有結束，小子！」

狼王消失在黑暗中。

幾秒鐘後，派波聽到更多狼嚎，但聲音完全不同，比較不具威脅，像在找獵物的獵犬。一匹小白狼突然跳進山洞，後面又跟來兩匹。

黑傑說：「殺掉嗎？」

「不行，」派波說：「等一下。」

三匹白狼揚起頭檢視他們，大大的眼睛都是金色的。

又過一秒鐘，他們的主人出現了。那是一隊獵人，身著灰白相間的迷彩服，至少有六個人。他們每個都揹著弓，背上的箭桶裡裝著發亮的銀箭。

他們的臉都被連身大帽子遮住大半，但看得出來全是女孩子。一位比其他人高一點的女孩蹲到火堆前，拔回那根劃過呂卡翁掌心的箭。

「就差那麼一點，」她轉身對自己的同伴說：「妃比，你跟著我，看好入口。你們其他的人，繼續追蹤呂卡翁。現在絕不能跟丟，我會盡快追上去。」

其他女孩低聲應和後，轉身追蹤呂卡翁。

白衣女孩轉過來面對他們，臉蛋依舊遮在大帽子下。「我們已經追著這群野獸的蹤跡超過一個星期。你們都還好嗎？沒有人被咬吧？」

傑生呆立在那邊，瞪著白衣女孩。派波感覺這女孩的聲音聽起來有點熟悉。雖然不能確定，但是她說話的方式、咬字的感覺，讓她聯想到傑生。

「你就是她，」派波猜測，「泰麗雅？」

那女孩突然變得緊張，派波還眞怕她會舉起弓來射。沒想到她卻脫下頭上的大帽子，露出烏黑的頭髮和橫過眉梢的銀頭冠。她的臉有一種無比健康的光輝，似乎比正常人類再多出那麼一點神采，還有一雙湛藍明亮的眼睛。她就是傑生照片裡的那個女孩。

「我認識你嗎？」泰麗雅問。

派波深呼吸一口氣。「說來也許會嚇你一跳，但是……」

「泰麗雅，」傑生往前一站，聲音顫抖地說：「我是傑生，你的弟弟。」

35 里歐

里歐覺得自己是這組人裡面運氣最差的，而這代表了很多事。爲什麼他沒有失散已久的姊姊，或者等著被救的大明星爸爸？他擁有的只有一個工具腰帶，和一隻任務出到一半就徹底不行的大龍。或許是因爲赫菲斯托斯小屋那該死的詛咒，但里歐又覺得不是。他的人生從還沒進入混血營之前就開始悲慘了。

一千年以後，當大家圍坐在營火旁聽著尋找任務的故事時，他認爲人們將會討論英勇的傑生、美麗的派波，以及他們的夥伴「火焰華德茲」。這傢伙一路陪同，負責帶著裝有魔法螺絲起子的袋子，偶爾也會變出豆腐漢堡。

如果上述那些事還不算遜，這裡還有呢。里歐喜歡上他見到的每一個女孩，儘管都跟他完全不同類型。

當他第一眼見到泰麗雅，第一個感覺就是，她實在比傑生漂亮太多了，漂亮到不像傑生的姊姊！當然他覺得這句話不要說出來比較好，免得替自己惹麻煩。他喜歡她的深色頭髮，她湛藍的眼睛，特別是她自信的態度。她看起來是那種可以在球場或戰場上擊潰任何人的女孩，也絕不會跟里歐約會，偏偏里歐就是喜歡這一型！

有那麼一分鐘，傑生和泰麗雅面對面，兩人都震驚不語。然後泰麗雅衝向前擁抱傑生。

「喔，天啊，她告訴我你死了！」她摸著傑生的臉，好像在檢查他是不是完好無缺。「感謝阿蒂蜜絲女神，眞的是你，你嘴唇上的那個小疤，是你兩歲時偷吃釘書針的後果！」

里歐爆出笑聲。「你是說眞的？」

黑傑頻頻點頭，顯然對小傑生的品味相當認同。「釘書針，很好的鐵質補充來源。」

「等等，」傑生打斷他們的話，「是誰跟你說我已經死了？發生了什麼事？」

洞口有一匹白狼吠了幾聲，泰麗雅回身對牠點點頭，但雙手依舊捧住傑生的臉，彷彿怕他又會消失。「我的狼在提醒我沒有太多時間了，事實也的確如此。可是我們非得談一下不可。先坐下來吧。」

派波做了比坐下來更誇張的動作，她倒了下來。要不是黑傑教練抱住她，她的頭保證直接撞到山洞的岩地。「她怎麼了？啊，別說，我知道了。失溫，腳踝有傷。」她對羊男皺眉問：「你不知道自然療法嗎？」

黑傑有點不爽。「那你覺得她爲什麼狀況這麼好？難道你沒聞到運動飲料的味道？」

泰麗雅終於頭一次把目光放到里歐臉上，當然，那是一種控訴的目光，似乎在罵他：「你怎麼會讓那隻羊當醫生？」彷彿一切都是里歐的錯。

「你和羊男，」泰麗雅命令，「扶這個女孩到洞口去找我的朋友。妃比是最佳的治療者。」

「外面很冷耶！」黑傑教練說：「我的羊角會凍到掉下來。」

但是里歐知道，此時此地不需要他們存在。「走吧，黑傑，他們兩個需要談一談。」

「哼，好吧。」羊男咕噥答應，「結果我連半顆頭也沒扁到。」

黑傑把派波攙到洞口，里歐跟著過去，傑生卻突然說：「嘿，夥伴，嗯，你可以留在這裡嗎？」

里歐從傑生眼中看到令他驚訝的事：他在求援。他希望有個人留在他身邊，他會怕。

里歐微笑著說：「留在原地打混可是我的專長哩！」

泰麗雅顯然不大開心，但還是直接坐下，三個人一起圍著火堆。過了幾分鐘，沒有人說話。傑生仔細看著自己的姊姊，好像她是一個危險的儀器，萬一操作不慎就會爆炸。泰麗雅感覺比較輕鬆一點，可能經常碰到比親人久別重逢還要稀奇的狀況吧。但她仍舊欣喜出神地凝望傑生，也許心中想到的還是那個會吃釘書針的兩歲小男孩。里歐從口袋中拿出幾條銅線來把玩，將銅線扭在一起。

終於，他受不了這種沉默了。「所以……你們是阿蒂蜜絲的獵女隊。你們不跟男生約會這檔事，是永遠都要遵守，還是可以有淡、旺季，或者怎麼樣？」

泰麗雅瞪著他，好像他剛從池塘汙泥中爬出來。哇，她絕對是他最喜歡的那一型！

傑生踢一下里歐的小腿。「別介意里歐，他只是想打破僵局而已。可是，泰麗雅，我們家到底發生了什麼事？誰跟你說我已經死了？」

泰麗雅拉拉手腕上的銀手鍊。在火光的映照下，在那身銀白迷彩服的襯托下，她看起來多麼像雪之女神齊昂妮，同樣冷酷，同樣美麗。

「你還記得什麼事嗎？」她問。

傑生搖頭。「三天前我在一輛校車上醒過來，身旁是派波和里歐。」

「那可不是我們的錯，」里歐趕緊撇清，「是希拉偷走了他的記憶！」

泰麗雅緊繃起來。「希拉？你怎麼知道是她？」

傑生開始解釋他們的尋找任務。從混血營的預言、希拉被監禁、巨人綁架派波的父親，一直講到冬至就是大限。里歐在旁添加一些重要說明，像是他如何修復大銅龍、他的召火能力，還有他做超好吃的墨西哥捲餅。

泰麗雅是一位很好的聆聽者，似乎沒有什麼事讓她太過驚訝，無論是怪物、預言或復活的亡者。不過當她聽到米達斯國王時，終於用古希臘語咒罵出聲。

「我就知道我們應該要燒掉他的房子，」她說：「他是個危險人物，但我們那時急著追蹤呂卡翁。還好，很慶幸你們逃出來了。所以說，希拉她……她把你藏了這麼多年嗎？」

「我不知道，」傑生把那張照片從口袋中掏出來，「她只留下足夠讓我認出你的記憶。」

泰麗雅望著照片，表情柔和下來。「我都快要忘記這張照片了。我把它留在一號小屋了，是嗎？」

傑生點點頭。「我想，希拉希望我們重逢。當我們抵達這裡時，在這個山洞……我感覺到這裡是非常重要的地方，像是我知道你在附近。聽起來是不是有點瘋狂？」

「不會呀，」里歐對他保證：「我們註定要跟你漂亮的姊姊相逢。」

泰麗雅不理他。也許她只是不想讓里歐發現她對他多有感覺。

「傑生，」她說：「在處理有關天神的事情時，沒有什麼事叫做太瘋狂。不過你不能信賴希拉，尤其我們是宙斯的小孩。希拉痛恨所有宙斯的孩子。」

「但是她提到，宙斯把我的生命交給她，像是一個和平的保證。這有什麼意義嗎？」

泰麗雅臉上的血色瞬間消失了。「喔，天啊，媽媽該不會……你不記得……不，你當然不記得。」

「什麼事？」

同樣的火光下，泰麗雅卻像突然老了好幾歲，彷彿永生年輕的魔法出了點問題。「傑生，我……我不知道該如何告訴你這些事。我們母親的狀況並不是很穩定。她會吸引宙斯注意，是因爲她是個電視演員，而且很美，但不大會處理自己的事業。她酗酒，愛做些驚世駭俗的傻事，總是出現在八卦雜誌和小報上。她總是覺得自己受到的注意還不夠。你還沒出生前，我跟她之間就已經吵個不停。她……她知道爸爸是宙斯，我想這件事超過她可以承受的程度。對她來說，能吸引到天空之王就像是她的終極成就，她無法忍受他離開，但天神的特色就是……就是，他們是不久留的。」

里歐回想起自己的媽媽，她總是不斷向他保證有一天爸爸一定會回來，但是媽媽從來沒有因此而生氣抓狂。她不像是自己需要赫菲斯托斯，只是爲了讓里歐能認識他父親。媽媽始終做著沒有前景的工作，蝸居在狹小的公寓，手頭永遠拮据，但她似乎都能夠面對。她總是說，只要她還有里歐，生活就一定過得下去。

他看著傑生的臉，看他聽了愈多母親的事，愈顯得絕望無助。終於有一次，里歐不嫉妒這個朋友了。里歐也許永遠失去了母親，也經歷過許多艱辛的日子，但至少他還記得她。他發現自己正在膝蓋上敲打著摩斯密碼的「愛你」。他開始替傑生感到難過，難過他從來沒有這樣的記憶，沒有任何心靈的依靠。

「所以……」傑生似乎有問題問不出口。

「傑生，你有朋友，」里歐對他說：「現在，你又有了姊姊，你並不孤單。」

泰麗雅伸出手，傑生握住她。

「在我七歲時，」泰麗雅說：「宙斯又開始回來找媽媽。我想，他對於毀掉媽媽的生活，心中仍帶有歉意。只是這一次，他顯得有些不同，更老一點，更頑固一點，對我更有父親的威嚴。有一陣子，媽媽改善了不少，她非常喜歡宙斯在身邊，送她禮物，把天空弄得轟隆隆響。她總是希望得到更多關注。那一年，你誕生了，媽媽她……嗯，我始終跟她處不好，但因為你的關係，我找到理由常常在家。你小時候好可愛，而我也不放心讓媽媽單獨照顧你。當然，到了後來，宙斯又不再現身了。他或許已經不能忍受媽媽無底洞般的要求，老是纏著要他帶她去逛奧林帕斯，甚至讓她長生不老與永保青春。他永遠離開了，媽媽變得愈來愈不穩定，也就在那個時候，怪物開始出現並攻擊我。媽媽怪罪希拉，她說希拉也會這樣對待你。我的出生已經讓希拉很難忍受，但竟然有兩個混血小孩出自同一個家庭，這簡直對她是莫大的羞辱。媽媽甚至還說，她根本不想將你取名為傑生，都是宙斯堅持的，因為希拉喜歡這個名字，而宙斯想要取悅她。我實在不知道該不該相信。」

里歐不斷低頭把玩他的銅線，他覺得自己像是個侵入者。這些事他不應該聽，但聽了之後，卻也讓他感覺像頭一回開始認識傑生，好像在這裡待了一會兒後，已填補了荒野學校那四個月的時間，這段里歐想像出來的友誼。

「你們是如何分開的呢？」里歐問。

泰麗雅握緊弟弟的手。「如果我知道你還活著的話……天啊，事情會變得多麼不同啊。在你兩歲時，媽媽打包好行李，說要開車帶我們去度假。我們往北開，接近葡萄酒鄉，來到她要帶我們參觀的公園。我記得當時覺得很奇怪，因為媽媽從來不曾帶我們去什麼地方，而且她又超級緊張。我牽著你的手，帶你走到公園中間的一棟建築物前，然後……」她顫抖地吸了一口氣，「媽媽叫我回車上拿野餐籃。我不想把你單獨留給媽，可是，可是畢竟只要幾分鐘。當我回來時……媽媽她跪在石階上，抱著自己哭。她說……她說你不見了。她說希拉指名要你，你應該是死了。我不知道她到底做了什麼事，我怕她會發瘋。我跑遍那個地方找你，但你卻徹底消失。媽媽死拖活拖才把尖叫又亂踢的我拉離那裡。那之後的幾天，我整個人歇斯底里，我不記得任何事，但我報警講媽媽的事，害媽媽被查問了很久。從此我們就吵不停，她說我背叛她，她覺得我應該要支持她，把她當成我最重要的人。到最後，我再也受不了了。你的失蹤是壓垮駱駝的最後一根稻草，我逃家了。我再也沒有回家過，甚至幾年之後媽媽過世，我也沒回去。我以為你永遠離開了，我不曾跟任何人提過你，連安娜貝斯和路克都沒有。他們是我最要好的朋友，但是，這一切回憶太過傷痛。」

「可是奇戎知道，」傑生的聲音像在飄渺的遠方，「當我來到混血營時，他看我一眼，就說：『你應該早就死了。』」

「這沒有道理，」泰麗雅堅持，「我從來沒有告訴過他。」

「嘿，」里歐插進話來，「最重要的是，你們現在又重新擁有彼此了，不是嗎？你們兩個眞的很幸運！」

泰麗雅點點頭。「里歐說得對。看看你，你已經到了我的年紀，你長大了。」

「但我去了哪裡？」傑生問：「我怎麼可能一直都失蹤？還有這些羅馬的東西……」

泰麗雅皺起眉頭。「羅馬的東西？」

「你弟弟會講拉丁文，」里歐說：「他稱呼天神都是用羅馬名稱，他還有刺青。」里歐指著傑生的手臂，然後他開始對泰麗雅做簡報，主題是傑生身邊發生過的怪事：波瑞阿斯變成阿魁洛、呂卡翁稱他「羅馬之子」，以及狼群聽到他說拉丁文會後退等等事件。

泰麗雅撥動弓上的弦。「拉丁文……宙斯第二次來找媽媽時，偶爾會說拉丁文。就像我剛剛說的，那次的他顯得不大一樣，更拘謹、正式一點。」

「你認爲那是他的羅馬分身嗎？」傑生問：「那也是我自認是朱比特的小孩的原因？」

「或許吧，」泰麗雅說：「我從來沒有聽說過類似的事，但這似乎可以解釋爲什麼你會用羅馬人的方式思考，以及你會講拉丁文而不是古希臘文。這讓你變得十分獨特。然而，它還是不能解釋你如何在沒有進入混血營的情況下能存活到現在。無論是叫他宙斯或朱比特，身爲他的孩子，應該都是怪物獵殺的目標。如果你是單獨生活，一定在多年前就死了。我很清楚，若非有朋友的陪伴，我自己無法倖存下來。你應該接受訓練，要有一個安全的地方……」

「他不是單獨生活的，」里歐脫口而出，「我們聽說有跟他一樣的小孩。」

泰麗雅不解地看著他。「這是什麼意思？」

里歐告訴泰麗雅，他們在梅蒂亞的百貨公司有看到被劃爛的紫色T恤，此外獨眼巨人也提到他們吃過會說拉丁文的摩丘力小孩。

「世上沒別的地方有收留半神半人嗎？」里歐問：「我是指，除了混血營之外？或許有些瘋狂的拉丁文老師劫持了天神的小孩什麼的，讓他們自以爲像羅馬人。」

里歐一說出口，就覺得自己的想法愚蠢到爆。泰麗雅閃亮的藍眼睛刻意檢視著他，讓他覺得自己是在排隊等候審訊的嫌疑犯。

「我在這個國家到處奔波，」泰麗雅思索著，「從來沒見過什麼瘋狂的拉丁文老師，也沒見過穿紫衣的半神半人。不過……」她的聲音愈來愈小，好像出現什麼困擾她的想法。

「不過什麼？」

泰麗雅搖搖頭。「我必須去跟女神談談，也許阿蒂蜜絲可以給我們指引。」

「她還願意跟你說話？」傑生問。「大多數天神都陷入沉默了。」

「阿蒂蜜絲追隨自己的原則，」泰麗雅說：「她還是會很小心，不讓宙斯知道；可是她認爲這次宙斯關起奧林帕斯實在很荒謬。這次就是她命令我們出來追蹤呂卡翁，她說，我們可以找到一位失蹤朋友的線索。」

「波西・傑克森，」里歐猜測，「安娜貝斯在找的那個人。」

泰麗雅點著頭，表情充滿關心。

里歐不禁在想，萬一有一天他失蹤了，會不會也有人出現這麼擔憂的表情？他自己非常懷疑。

「呂卡翁和這件事有什麼關係嗎？」里歐問：「又怎麼會跟我們相關？」

「我們必須快點找出答案，」泰麗雅說：「如果你們的期限是明天，我們正在浪費時間。艾歐勒斯可以告訴你……」

那隻白狼又在入口出現，而且不間斷地吠叫。

「我一定要走了，」泰麗雅站起來，「不然我會找不到其他獵女。不過，在這之前，我先帶你們去艾歐勒斯的宮殿。」

「如果你不方便，沒有關係的。」傑生說，雖然聲音聽起來有些沮喪。

「喔，拜託。」泰麗雅露出微笑，把傑生牽起來。「我已經好多年都沒有弟弟了，我想我還可以在你變得煩人之前多忍受幾分鐘。走吧！」

36 里歐

當里歐看到派波和黑傑受到什麼款待時，真是覺得火大又受傷。

他想像他們的屁股會坐在冰冷的雪地上，沒想到獵女妃比卻在山洞外面搭起一頂銀色營帳。里歐無法想像怎麼有人搭營的速度會那麼快，而且這頂營帳裡竟然放了煤油暖爐，把空氣弄得暖烘烘的，還有一堆舒服的羽毛枕頭。派波看起來已經完全恢復正常，穿著新夾克、新手套，套著和獵女一樣的迷彩褲。她和妃比跟黑傑教練正在放鬆休息，喝著熱巧克力。

「喔，不會吧，」里歐說：「我們坐在山洞，你們卻在豪華大帳棚裡？誰教教我怎樣失溫吧，我也要新夾克和熱巧克力！」

妃比不屑地說：「男生！」好像這是她所能想到最侮辱人的話。

「沒關係，妃比。」泰麗雅說：「他們真的需要添加一些外衣，我想我們也還有多的熱巧克力。」

妃比咕噥幾聲，但也很快找出銀色冬衣讓傑生和里歐穿上。這夾克輕到不可思議，保暖度卻十足，而獵女隊的熱巧克力，更是世界一流美味。

「乾杯！」黑傑教練喊，然後咬下手中的塑膠保溫杯。

「那東西對你的腸胃不好。」里歐說。

泰麗雅拍拍派波的背。「你可以出發了嗎？」

派波點點頭。「謝謝你，妃比。你們荒野求生的技巧實在太強了，我現在覺得自己可以一口氣跑十幾公里呢。」

泰麗雅對傑生眨眼。「阿芙蘿黛蒂竟然有這麼強的女兒，我喜歡她。」

「嘿，我也可以跑上十幾公里耶！」里歐自告奮勇，「很強的赫菲斯托斯小孩在這裡，咱們出發吧！」

很自然的，泰麗雅完全不理他。

妃比開始拔營，前後只花了六秒，里歐簡直無法相信。這頂營帳會自動倒下，變成只有一包口香糖大小的小正方形。里歐好想跟她要營帳的設計圖，但他們沒有時間了。

泰麗雅衝過雪地往上坡跑，在山邊踏出一條很小的路徑。里歐沒多久就放棄擺出男子氣概，因爲獵女的速度他完全望塵莫及。

黑傑教練開心地蹦蹦跳跳，就像一隻快樂的老山羊。他吼著他們，就像以前在學校上跑步課時那樣。「快點啊，華德茲，快跟上腳步！我們來唱首歌吧。『我認識一個公主，她住在卡拉馬祖……』」

「不要唱了！」泰麗雅喊。

接下來大家安靜前進。

里歐和傑生落在隊伍的最後面。「兄弟，你還好嗎？」

傑生的表情說明了答案：不好。

「泰麗雅這麼冷靜，」傑生說：「感覺上，我的出現好像沒有什麼大不了。我不知道自己在期待什麼，但是……她跟我不一樣，她看起來比我沉穩太多了。」

「喂，她又不用對抗失憶症，」里歐說：「而且，她有更多的時間熟悉這些混血人的事。當你多跟怪物打幾次架、多跟天神說說話，也許就會習慣這些驚奇了。」

「也許，」傑生說：「我只是很想知道在我兩歲時到底發生了什麼事，爲什麼我媽要遺棄我。泰麗雅逃家，全是爲了我。」

「嘿，不論發生什麼事，都不是你的錯。而且你的姊姊好酷喔，她跟你很像啦。」

傑生沒有回答，里歐懷疑自己講對還是講錯了。他希望讓傑生心中好受一點，但這顯然無法讓他寬心。

里歐希望自己可以從工具腰帶裡掏出什麼法寶，比如一支剛剛好的扳手，可以一次修好傑生的記憶，或許再多加個鐵鎚也行，敲打沾黏的部分，然後所有功能恢復正常，那會比把事情從頭說一次簡單許多。「不擅於跟有生命的東西相處」，感謝這種遺傳特質呀，爸爸。

他陷入沉思，沒注意到獵女隊已經停了下來。他撞上泰麗雅，差點讓兩個人一起墜入山頭最險峻的地方。好險獵女的腳步輕盈，她迅速穩住里歐，然後指向上方。

「那裡，」里歐一時語塞，「眞是個巨大的岩石啊。」

他們站的位置非常接近派克峰頂，下面的地方都被雲霧籠罩，空氣稀薄到里歐不大能順暢呼吸。夜色已經降臨，不過皎潔的滿月光線豐盈，還有不可計數的點點繁星。往南邊或北邊看過去，有許多山峰從雲端拔起，像小島，卻也像牙齒。

但眞正的好戲是在他們上方。距離他們七、八百公尺左右的上方，一個巨大的飄浮島嶼騰空在打轉。島嶼是由發亮的紫色岩石構成，大小很難判定，但里歐覺得起碼有一個足球館那麼寬，高度大概也相當。島嶼的側壁是崎嶇斷崖，中間夾雜許多洞穴，每隔一會兒就有一陣強風噴發出來，伴隨的聲音像是管風琴的爆音。在岩壁的最頂端，黃銅牆壁包圍住一個像堡壘的地方。

將飄浮島嶼和派克峰連接起來的，是一道非常窄的冰橋，它在月光下散發晶瑩的光亮。然後里歐才意識到，那座橋不全然是由冰築成，因爲它不是固體。當風改變方向，橋就跟著蜿蜒扭動，變模糊、變窄，有些地方甚至斷掉了，就像是飛機飛過之後留在天空的凝結雲，是條虛線。

「我們不是眞的要走那條路吧。」里歐說。

泰麗雅聳聳肩。「我不喜歡高的地方，我得承認。但如果你想抵達艾歐勒斯的堡壘，那就是唯一的路。」

「那個堡壘是始終懸在那邊嗎？」派波問：「人們怎麼會沒發現派克峰頂有這樣的東西？」

「因爲迷霧，」泰麗雅回答：「然而，凡人會偶爾注意到一些事。比如有時候，派克峰看起來是紫色的，人們就說那是光線耍的把戲，但其實那是艾歐勒斯宮殿反照在山的表面。」

「它眞是龐大。」傑生說。

泰麗雅笑起來。「你應該看看奧林帕斯，弟弟。」

「你說眞的？你去過那裡？」

泰麗雅的臉蒙上一層陰影，似乎那記憶並不美好。「我們應該要分成兩組走上去，那條橋十分脆弱。」

「眞是安撫人心。」里歐說：「傑生，你不能帶我們飛過去就好嗎？」

泰麗雅笑笑。然後突然發現，里歐提的問題不是在開玩笑。「等等……傑生，你會飛？」

傑生望著上方的飄浮堡壘。「嗯，會一點點，應該說是我能控制風。但是這裡的風太強了，我不確定我是否要嘗試。泰麗雅，你的意思是，你不會飛？」

有那麼一秒，泰麗雅看起來非常害怕，但她迅速穩住臉上的表情。里歐明白她對於高度的恐懼，遠遠超過她顯露出來的樣子。

「老實說，」她回答：「我從來沒有試過。我想我們最好還是走這道橋。」

黑傑教練用他的蹄踢一踢這條冰霧小徑，然後跳上去。令人驚異的是這橋竟承受得了他的重量。「簡單！我走第一個。派波，來吧。小女孩，我來牽你。」

「不用了，我可以自己來。」派波的話才出口，教練已經抓住她的手往橋上走。

當他們走到一半時，橋看起來仍很正常，承擔得了重量。

泰麗雅轉身對其他的獵女說：「妃比，我很快就會回來，你先去找其他人，跟她們說我很快就會追上。」

「你確定？」妃比瞇眼瞧著傑生和里歐，就像他們會作出綁架泰麗雅的壞事。

「沒問題的。」泰麗雅跟她保證。

妃比不大情願地點頭，快速朝來時路奔下山頭，白狼們緊跟著她。

「傑生，里歐，只要小心踏出腳步。」泰麗雅說：「它很少會斷掉的。」

「那是因爲它還沒碰到我。」里歐自言自語，但馬上就跟傑生登上橋去。

他們走到一半，狀況就出現了，當然全是里歐的錯。派波和黑傑已經安全輕鬆地走到頂端，對著他們招手，要他們繼續爬行，但里歐的心思卻在亂飄。他在想建橋的事。如果這是他的地方，他會設計一個比這飄移冰霧窄橋還要穩固的通道。他思索著支撐物和柱子的結構，一個想法飛來讓他突然停在半路。

「爲什麼他們要有橋？」里歐問。

泰麗雅皺起眉頭。「里歐，這裡不適合停下來，你想問的是什麼？」

「他們是風神，」里歐說：「他們不會飛嗎？」

「會的，但有時候他們需要與下方的世界連結。」

「所以這座橋不是一直在這裡的？」里歐追問。

泰麗雅搖頭。「這些風神不喜歡固定在地上，但有時是必須的。就好像現在，他們知道你們會來。」

里歐的腦袋閃過一大堆想法。他太興奮了，彷彿感到體溫跟著心情在竄升。他不大能將這些想法化爲文字，但他知道自己正接近一件相當重要的事。

「里歐，」傑生說：「你在想什麼？」

「喔，天神啊，」泰麗雅說：「快走，快走，看看你的腳。」

里歐邊走邊回頭看，他嚇到了。他現在才意識到自己的體溫眞的在升高，就好像多年前他在胡桃樹下的野餐桌讓怒火變成眞火一樣，此時的興奮竟然也起了作用。他的褲子在凜冽的空氣中散發蒸氣，他的鞋子冒出如假包換的熱煙，但這座橋不喜歡這些事。冰開始變薄。

「里歐，別想了，」傑生警告他，「你會把橋融化掉的。」

「我盡力。」里歐說，但他的身體已經過熱，體溫自行飆高，跟他腦中的想法一樣是脫韁野馬。「傑生，你記得希拉在夢裡怎麼說你？她說你是一座橋樑。」

「里歐，拜託，冷靜下來，」泰麗雅說：「我不知道你在說些什麼，但這座橋……」

「再聽一下就好，」里歐堅持，「如果傑生是一座橋樑，那他連接的是什麼？或許是兩個在正常情況下無法共處的地方，比如天上宮殿與地面。你在來到這裡之前，一定待過什麼地方，對不對？而希拉說你是一個交換。」

「一個交換。」泰麗雅的眼睛突然圓睜。「喔，天神啊。」

傑生皺起眉頭。「你們兩個在說些什麼？」

泰麗雅口中喃喃唸著一些話，像是在禱告。「我現在了解阿蒂蜜絲爲什麼要送我來這裡了。傑生，她告訴我要追蹤呂卡翁，我就會找到關於波西的線索，而你就是那個線索。阿蒂蜜絲希望我們相逢，我就可以聽到你的故事。」

「我不懂，」傑生抗議，「我沒有故事，我不記得任何事情。」

「但里歐說得對，」泰麗雅說：「一切都有關聯，如果我們能知道哪裡是……」

里歐彈了一下手指。「傑生，你說夢裡那個地方叫什麼？那棟廢棄的大宅，是狼屋嗎？」

泰麗雅差點噎住。「狼屋？傑生，你怎麼沒有早點說！那是他們監禁希拉的地方嗎？」

「你知道它在哪裡嗎？」傑生問。

這時，整座橋卻開始融化。里歐差點沒摔死，幸好傑生抓到他的外套，把他安全拉上來，兩個人硬是攀爬上橋面。當他們轉身，泰麗雅已在另一頭，中間隔了十公尺的深淵，而橋面還不斷在融化。

「你們快走！」泰麗雅一邊大喊一邊後退，橋面持續化開。「去找巨人綁架派波父親的地方，先救他！我會帶獵女隊到狼屋，撐到你們過來爲止。我們可以辦到這兩件事！」

「可是，狼屋在哪裡？」傑生吶喊。

「小弟，你知道它在哪裡！」泰麗雅實在距離太遠了，她的聲音被強風吹散，幾乎聽不到。里歐很確定最後她說：「我們會在那裡碰頭，我保證。」

她轉過身，衝下幾近消失的窄橋。

里歐和傑生也沒有滯留的時間，他們為了自己的小命拚命往上衝。冰霧在他們腳下變得更加稀薄，好幾次傑生抓住里歐，憑藉風勢騰空移動一段距離。但他們根本不像在飛行，比較像高空彈跳。

當他們終於抵達飄浮島嶼時，幸好派波和黑傑教練幫忙拉他們上來，因為最後一絲冰霧橋面已經徹底散滅。他們站著喘氣，腳下踩的是從斷崖岩壁鑿出來的石階，一路通向堡壘。

里歐回頭看。在他們下方，派克峰的峰頂浮出雲海，但已不見泰麗雅的蹤影。而里歐也把他們唯一的出入通道給融掉了。

「發生了什麼事？」派波問：「里歐，為什麼你的衣服在冒煙？」

「我有一點點過熱，」他還在喘氣，「對不起，傑生。老實說，我不……」

「沒關係。」傑生說，但臉上表情並不好看。「我們只剩不到二十四小時，要去救女神，也要救派波的爸爸。我們快去見這位管風的大王吧。」

37 傑生

不到一個鐘頭的時間，傑生找到失散的姊姊，卻又立刻失去她。當他們爬在飄浮島嶼的斷崖石梯上，他仍不斷回頭張望，但泰麗雅的身影早已消失。

雖然她說以後會再相見，但傑生心裡還是不敢那麼確定。泰麗雅已經加入獵女隊，等於有了新的家庭，也有新的母親阿蒂蜜絲。她看起來對自己的生活非常自信又自在，傑生不確定自己能否在其中佔有一席之地。還有，她看起來很急於尋找她的朋友波西，她是否也曾經這樣尋找過他？

他對自己說，這樣想對她並不公平，她以爲你已經死了。

他也很難接受泰麗雅對母親的說法。感覺上這段過去像是泰麗雅隨便丟給他的一個小嬰兒，一個愛哭愛鬧又醜的嬰兒，然後跟他說：「這個，是你的，帶著吧。」他根本不想帶著它，他甚至不想看它也不想認它。他完全不想知道他有一個精神狀況不穩定的媽媽，竟然甘願甩掉他去安撫一個女神。難怪泰麗雅要逃家。

他想到混血營的宙斯小屋。泰麗雅選擇的床位，特意避開天空之王睥睨的眼神，選在那個小小的壁龕中。他們的父親同樣不是什麼好惹的傢伙，傑生也能理解泰麗雅爲什麼要宣布放棄自己生命中的某部分。但他還是很怨恨，他就不可能有這種幸運，他必須單獨背負這個包袱，眞實的包袱。

那個裝著風暴怪物的黃金背包，現在就揹在他背上。離艾歐勒斯的宮殿愈近，背包也變得愈發沉重。周圍的風掙扎著，鼓噪著，橫衝直撞毫不停歇。

唯一看起來有好心情的，是黑傑教練。他在陡滑的階梯上開心跳躍，還可以來回跑動呼喊：「組員們快跟上，只剩下幾千階而已！」

在他們登階的這段時間，里歐和派波都沒有去打擾傑生，或許他們都感受到他的心情低落。派波不斷回頭看他，憂心忡忡，彷彿他才是那個快死於失溫的人。或許她只是在想泰麗雅的提議。他們告訴她，泰麗雅在過橋時說過有辦法同時救她父親與希拉，儘管傑生不太明白應該怎樣做，而且他也不確定跟派波這樣說，是會讓她更開心，還是更焦慮。

里歐一直在拍打自己的腿，隨時注意褲子有沒有哪裡又冒火。他的身上不再冒出熱煙，但是剛才在冰橋上發生的狀況，實在把傑生嚇壞了。里歐不知道為什麼自己的耳朵會冒煙，頭髮也會生出火苗；如果里歐每次興奮起來就會自燃，那麼他們要帶他去哪裡都會產生很多困難。傑生想像他們在餐廳點菜時可能會說：「我要一份起司漢堡，還有……啊！給我一個水桶，我朋友著火了！」

但最讓傑生擔心的，是里歐說過的話。傑生不想當一座橋樑，也不想成為一項交換或任何東西，他只想知道自己從哪裡來。還有，當里歐說傑生夢中出現廢墟大宅時，為什麼泰麗雅會那麼焦躁？母狼魯芭說那是傑生開始的地方，泰麗雅怎麼會知道那個地方呢？為什麼她認為傑生一定能夠找到？

答案似乎很接近，可是它們愈接近就愈不合作，跟此刻傑生背上的風一樣。

終於，他們爬上了飄浮島嶼的最頂端，銅牆從地面高高豎起，將艾歐勒斯的堡壘完全包圍，不過傑生很難想像誰會攻擊這個地方。接近七公尺高的大門已經敞開等待著他們，磨得光亮的紫色石頭步道直接通向堡壘的主建築——一棟白色柱子環繞的希臘風格圓形殿堂。這棟建築很像華盛頓特區的那些紀念堂，僅有個地方不同，就是它的屋頂架滿衛星接收器與無線電塔。

「眞是怪極了。」派波說。

「我猜飄浮島嶼上不能接有線電視吧。」里歐說：「嘩，看看這傢伙的前庭。」

白色圓形殿堂建在一片直徑達四百公尺的大圓形中心，圓形地面以奇特卻詭異的形式分成四大塊，就像超大披薩被切成四半一樣，每一半似乎代表四季中的一季。

在他們的右邊是結冰的荒原，還有光禿禿的樹與凍結的湖。雪人被風吹得在地上滾來滾去，傑生分不出他們是裝飾品還是活生生在動。

在他們左邊則是一個秋天的庭園，金色和紅色樹木長滿園地。掉落在地上的樹葉時而被風吹出不同形狀，天神、人類和動物互相追逐，而後再變回散落的樹葉。

在更遠一點的地方，傑生還看到兩片區域位於圓形殿堂後方，一片是青青草原的牧場，上面有雲朵形成的綿羊；另一片是沙漠般的區域，風滾草以奇怪的形狀滋長蔓延在沙地上，長出微笑臉孔和希臘字母，還有超大的廣告文字：「每晚請收看艾歐勒斯！」

「四個區域是四位風神的代表，」傑生猜測，「東南西北四個方位。」

「我好愛那片草原呀。」黑傑教練舔著嘴唇，「你們介意我……」

「去吧。」傑生說，讓羊男暫時離開，他覺得輕鬆一點。如果黑傑教練不斷在旁高舉棍棒大喊「去死吧」，想讓艾歐勒斯高興簡直是不可能的事。

當羊男衝出去享用他的春天，傑生、里歐和派波繼續前行，走上通往圓形殿堂的階梯。他們穿過宮殿大門，進入白色大理石門廳。紫色的旗幟裝點著純白的空間，有些旗幟上寫著：「奧林帕斯氣象頻道」，有的就只寫：「噢！」

「哈囉！」一位女士飄出來打招呼，眞的是飄出來的。她給人一種小精靈的感覺，稱得上漂亮，讓傑生聯想到混血營那些自然精靈。她們輕瘦矮小，耳朵微尖，那看不出是十六歲還三十歲的臉上沒有歲月的痕跡。她棕色的雙眼閃爍著愉快的神采，雖然此時沒有風，她的黑髮卻輕飄飄地溫柔飛揚，好像在拍洗髮精廣告。她一身白袍像是用飛行傘材質做的，不斷翻騰擺動。傑生看不出她有沒有腳，如果有的話，大概也不是落在地上。她的手上有一個白色掌上型電腦。「請問是宙斯那裡來的客人嗎？」她問。「我們已經等您很久了。」

傑生想回應，腦袋卻一下子沒辦法快速思考，因爲他這時才注意到這個女生竟然是透明的；那時而清晰時而模糊的身影，像由霧氣組成。

「你是一個鬼嗎？」他問。

他一說完就知道冒犯了人家，她的笑臉立刻變緊繃。「先生，我是大氣精靈，也就是風精靈。您應該想得到，我替掌管風的大王工作，我叫蜜莉。我們這裡沒有鬼。」

派波趕忙解圍。「喔，你當然不是鬼，我朋友只是單純誤會了。他以爲你是特洛伊城的海倫，那位有史以來最美麗的人類。眞的很容易讓人搞錯。」

哇，她眞強，儘管稱讚得有點過頭，卻使蜜莉頓時漲紅了臉。「喔……這樣啊。那麼，你們就是宙斯那裡的人囉？」

「呃，」傑生說：「是的，我是宙斯的兒子。」

「太好了！請跟我來。」她帶他們穿過幾道有保全裝置的門，進入另一間大廳，一邊飄移一邊核對掌上型電腦。她沒有在看前進的方向，但顯然也沒必要，因為她可以直接穿過堅硬的大理石柱。「現在已經過了黃金時段，這樣子更好。」她想了一下說：「我可以把你們安插在他十一點十二分播出時段之前。」

「嗯，好的。」傑生說。

這間大廳是個相當不舒服的地方，風不停從各個方向吹颳過來，讓傑生走起來像在推開一群隱形的群眾。所有門扉被吹得自己在開開關關。

他眼前的景像眞是怪異到了極點。不同大小與形狀的紙飛機快速飛來飛去，其他的風精靈則隨機抓下一架紙飛機，打開來閱讀，讀完後又將紙丟回空中，紙張會自動折回飛機的模樣繼續飛行。

一個醜陋的生物突然振翅經過，看起來就像老女人與壯母雞的合體。她有一張皺巴巴的臉孔，滿頭黑髮綁起來包在髮網裡；手臂像人，上面卻長出雞的翅膀，胖胖的身軀表面有羽毛，腳上都有爪子。奇怪的是，她竟然能飛，離地到處游移的方式彷彿節慶遊行時那些不長眼的大氣球，三不五時撞到東西。

「那不會是風精靈吧？」傑生看著她晃過去時忍不住問蜜莉。蜜莉大笑。「當然不是，那是鳥身女妖，算是我們，嗯，醜陋的繼姊妹，我想你們會這麼稱呼吧。你們奧林帕斯不也有鳥身女妖嗎？她們是暴烈陣風的精靈，我們可不同，我們都是徐徐的微風。」

她對傑生眨眨眼。

「那是當然的。」傑生回應。

「這麼說，」派波插嘴說：「你是要帶我們去見艾歐勒斯囉？」

蜜莉帶他們穿過一組多重氣密門，最內側的門上方亮起綠燈。

「在他開始轉播前我們有幾分鐘時間，」蜜莉愉快地說：「如果我們現在進去，他可能不會殺掉你們。我們快走吧！」

38 傑生

傑生的下巴整個掉下來。艾歐勒斯的宮殿正中心，竟然像一座教堂那麼大，高聳的圓頂漆滿白銀，各種電視拍攝設備在挑高的空間裡混亂地飄浮，有攝影機、照明燈、舞台布景、盆栽植物等，而且居然沒有地板！里歐差點一腳跨進無盡深淵，幸虧傑生及時把他拉住。

「老天！」里歐驚呼。「嘿，蜜莉，下次拜託先警告一下！」

一個巨大的圓形凹口陷入這座山的中心，深度大概有八百多公尺，裡面像蜂巢般布滿孔穴。有些孔穴可能是隧道，可以直接通到外面。傑生記得他們在爬上派克峰的當時，見過一些風從峰頂吹出來。其他的孔穴則被某種晶亮如玻璃或蠟的物質封起來。整個洞穴中，只見鳥身女妖、風精靈和紙飛機輕鬆地飛飄，但對不具飛行能力的人來說，絕對是足以致死的超長程墜落。

「喔，我的天啊，」蜜莉倒吸一口氣說：「我很抱歉！」她從長袍中抓出一個無線電對講機。「哈囉，聽到請回答。請問是香酥雞塊嗎？嗨，香酥雞塊，我們可以在主攝影棚架設地板嗎？麻煩一下！對，堅硬的地板，謝謝您！」

才幾秒鐘的時間，就見到一隊鳥身女妖升上來，大概是三十幾位母雞女士，通通攜帶著不同建材的方塊板子。他們敲敲打打，黏合固定，黏合的材料大多只是強力膠帶，這讓傑生覺得超沒安全感。不用多久時間，一整片臨時地板就將深淵蓋住。這片地板的組成材料有膠合板、拼裝地毯、大理石磚、碎玻璃板，反正就是任何材質都有！

「這不太安全吧。」傑生說。

「喔，這當然安全。」蜜莉跟他們保證。「鳥身女妖的技術絕對一流。」說得容易，她只需要輕輕飄過去，根本不用碰觸地板。傑生心想，他是最可能活下來的人，因爲他會飛，於是決定第一個踏上去。讓人驚訝的是，這地板竟然能承受他的重量。派波抓住傑生的手跟在後面。「如果我跌下去了，你要抓住我喔。」

「那是一定的！」傑生希望自己沒有臉紅。

里歐緊跟著也踏上來。「你也要抓住我喔，超人大哥，可是我握不到你的手。」

蜜莉帶他們朝大廳的中心走去，那裡有一個由許多平面電視螢幕組成的球狀物，圍繞著一座控制中心騰空飄移。控制中心裡面有個人在檢查螢幕，同時也不斷閱讀紙飛機。

蜜莉帶他們接近時，那位男士完全沒分心看他們。蜜莉推開一個擋在他們前方的索尼四十二吋螢幕，將他們領到控制台前。

里歐吹聲口哨。「我以後一定要有一個像這樣的房間！」

飄移的螢幕正在播放各式各樣電視節目，有一些是傑生知道的，大多是最新上映的，但有些節目就很怪，比如羅馬格鬥比賽和混血人對戰怪物。這些怪節目有可能是電影，但看起來更像實境節目。

球面的另一端是一大面銀藍色背景布幕，跟電影院的銀幕很像，旁邊有攝影機和照明燈在浮動。

在控制中心的男子正對著耳機麥克風說話。他兩隻手上都握有無線遙控器，隨時指向不同螢幕，看來沒有什麼規律。

這位男士一身的西裝就像天空的顏色，主要色調是天藍，中間雜有幾抹會變形也會變色的移動雲朵。他看起來大概已經有六十歲，一頭濃密的白髮，可是化著超濃的舞台妝，臉上有種像做過整形手術的不自然平滑感，所以看起來不是真正的年輕，也不會老態龍鍾，但就是不對勁，比較像是芭比娃娃的男朋友肯尼被送進微波爐熔化到一半的樣子。他的眼睛在螢幕間跳動遊走，彷彿打算一口氣吸收所有資訊。他不斷對著麥克風低語，嘴巴不停抽動。他要不是樂在其中，就是已經發瘋，或者兩者皆是。

蜜莉朝他飄過去。「啊，大人，艾歐勒斯先生，這些半神半人……」

「等一下！」他伸出一隻手示意她安靜，然後指向一個螢幕，「你看！」

他指向某個追蹤暴風的節目，一些瘋子駕駛開車追著龍捲風跑，傑生跟著觀看。一輛吉普車直接衝進漏斗雲裡，然後就被捲上天空。

艾歐勒斯開心地身體亂抖。「災難頻道。人們刻意做的！」然後他轉頭面對傑生，臉上帶著狂妄的笑。「這不是很有趣的事嗎？我們再來看一次！」

「嗯，大人，」蜜莉說：「這位是傑生，是宙斯……」

「對，對，我記得，」艾歐勒斯說：「你又來啦，上次後來進行得怎樣？」

傑生遲疑了一下。「抱歉，我想您可能認錯人……」

「我不會認錯的，你叫傑生．葛瑞斯是吧？上次是……去年嗎？你正要出發去打一隻海怪，我記得。」

「我……我不記得。」

艾歐勒斯大笑。「想必你是碰到能力很差的海怪！我不會記錯，我記得每一個來向我求援的英雄。像奧德修斯[85]，天啊，他在我這裡停留了一個月耶。上次你才停留幾天。現在，來看這段影片。這些鴨子會直接被吸進……」

「大人，」蜜莉打斷他，「兩分鐘後就要上實況轉播了。」

「實況轉播！」艾歐勒斯喊著：「我愛實況轉播！我看起來如何？化妝！」

轉瞬間一個微型龍捲風飛過來，化妝刷具、吸油面紙、棉花球自動降到艾歐勒斯臉旁。它們在他周圍盤旋，宛如活生生的輕煙在跳躍擺動，直到將那張臉化得更陰森可怕才停下來。另外有幾陣風在他頭上吹拂，讓他的髮型整個往上僵硬翹起，很像結霜的聖誕樹。

「艾歐勒斯先生，」傑生放下肩上的黃金背包，「我們幫你帶了幾個無惡不作的風暴怪物過來。」

「是嗎？」艾歐勒斯看著黃金背包的神情，好像看著影迷送來的禮物，就是那種不是真心期待的樣子。「嗯，很好。」

里歐用手肘輕推傑生一下，傑生趕緊將背包呈上。「波瑞阿斯派我們替您抓來的。我們希望您願意接受這份禮物，然後，拜託您……收回殺死混血人的命令。」

艾歐勒斯又笑了，他不可置信地看著蜜莉問：「殺死混血人？我有發出這樣的命令嗎？」

蜜莉檢視掌上型電腦。「是的，大人，在九月十五日。您發出一個一般命令說：『泰風的

---

[85] 奧德修斯（Odysseus），希臘神話中的英雄，個性勇敢、忠誠且寬厚仁慈。利用木馬計攻陷特洛伊城後，啟航回家，一路上歷盡劫難，在海上又漂泊了十年。

死亡造成風暴怪物釋出，半神半人難辭其咎。』等等……沒錯，還說要將混血人都殺掉。」

「喔，呼！」艾歐勒斯說：「我只是發發脾氣而已。撤消那個命令吧，蜜莉。還有，今天值班的是誰？鐵板燒嗎？小鐵！把這些風暴怪物押到十四號監獄E號房，麻煩了。」

不知從哪裡冒出一隻鳥身女妖，一把勾起黃金背包就朝穹頂飛去。

艾歐勒斯對著傑生微笑。「抱歉抱歉，我竟然發出那個見到即殺的命令。但是，當時我確實是很生氣的。」他的臉色突然一沉，衣服顏色也隨之黯淡下來，西裝領子發出閃電般的光亮。「你知道……嗯，我想起來了。好像是我的腦海裡浮現一個聲音，叫我發出那樣的命令，我的頸背還打了一下寒顫。」

傑生緊張起來。他的頸背打了一下寒顫……爲什麼聽起來好熟悉？「嗯，您是說，您腦海裡出現聲音？」

「沒錯，很奇怪。蜜莉，我們應該殺掉他們嗎？」

「不，大人。」蜜莉很有耐心地說：「他們才剛替我們抓了風暴怪物，這樣很好。」

「當然。」艾歐勒斯大笑。「不好意思，蜜莉。那我們就送這些半神半人一些好禮物吧，比方說，一盒巧克力。」

「大人，請問是送給世上每個半神半人一盒嗎？」

「不，那太花錢了。算了。等一下，時間到了，我要上了。」

艾歐勒斯飛到銀藍色背景布幕前，新聞片頭音樂開始播放。

傑生看看派波，再看看里歐，他們似乎跟他一樣不知所措。

「蜜莉，」他說：「你的老闆……一向都是這個樣子嗎？」

蜜莉害羞地微微笑。「這個嘛，大家都這麼說，如果你不喜歡他現在的心情，就再等個五分鐘。有句話說『管他東西南北風』，就是在講艾歐勒斯先生。」

「他還提到海怪的事，」傑生追問：「我眞的曾經來過這裡嗎？」

蜜莉臉紅了。「很抱歉，我不清楚。我是艾歐勒斯先生的新助理，雖然在他身邊算是待得久的了，但還沒那麼久。」

「他的助理通常做多久？」派波問。

「喔……」蜜莉想了一想，「我已經接下這份工作有……十二小時了嗎？」

一個聲音從飄浮的擴音器中發出來。「現在，每十二分鐘一次的氣象時間又來了！我是爲您播報奧林帕斯天氣的氣象預報員，『噢！頻道』的艾歐勒斯！」

燈光全部亮起，集中在艾歐勒斯身上。他現在站在銀藍色布幕前面，露出極不自然的蒼白微笑，臉看起來像是咖啡因攝取過多而接近爆炸邊緣。

「哈囉，奧林帕斯！風的主人艾歐勒斯，每十二分鐘向您問候一次！今天，我們有一個低氣壓系統朝著佛羅里達移動，所以在佛州的各位，請期待溫和的溫度出現，因爲狄蜜特也想分些溫暖給柑橘果農！」他在藍色布幕前比著動作，傑生去看顯示器的螢幕，原來艾歐勒斯背後有數位影像投射出來，所以他看起來是站在一張美國地圖前面，還有許多笑臉太陽與皺眉雲朵圖案陪伴他。「沿著東岸……喔，請稍等。」他敲敲耳機，「抱歉，各位。波塞頓今天在生邁阿密的氣，所以看來佛羅里達的冷鋒又要回來了！抱歉，狄蜜特。至於往中西部這邊看過來，我不確定聖路易市是怎麼侵犯了宙斯，但你在那裡保證可以體驗到冬季風暴！波瑞阿斯奉命要降冰懲罰那裡。至於密蘇里州，也是壞消息！不，等等，赫菲斯托斯替密蘇里中部感到抱歉，所以在那裡的各位，你們將會得到舒適許多的氣溫和陽光普照的藍天！」

艾歐勒斯繼續播報下去，他預測國內每個區域的氣候，又根據耳機傳來的訊息修正兩三次自己的預測。天神們顯然都將風向與氣候的變化加進自己的命令當中。

「這樣是不對的，」傑生低語：「天氣不能這樣亂來。」

蜜莉笑得有些不自然。「人類的氣象預報員又有多少準確性呢？他們評論鋒面、氣壓和溼度，可是大自然的氣候還是不斷給他們驚奇。至少艾歐勒斯告訴了我們，天氣爲什麼這麼不可預期。想要同時取悅所有天神，是個很難的工作，足以使他……」

她的聲音突然不見了，但傑生知道她要說的是「抓狂」。艾歐勒斯已經徹底抓狂了。

「這就是這一回的氣象報告。」艾歐勒斯做出結論。「十二分鐘之後再見，我很確定到時候預報天氣又會改變！」

燈光暗下，所有的電視螢幕又回到各式各樣的影片播放，刹那間艾歐勒斯顯出一點點疲態。然而他突然想起還有客人，又把笑容掛回臉上。

「所以說，你們帶了幾個風暴怪物無賴給我，」艾歐勒斯說：「我想……謝謝！不過，你們八成還想要別的東西吧？我是這麼覺得啦，因爲你們混血人每次都如此。」

蜜莉先開口說：「大人，這位是宙斯的兒子。」

「嗯，這個我知道了，我說我記得他有來過。」

「但是，大人，他們是從奧林帕斯來的。」

艾歐勒斯先是一驚，接著大笑了起來，笑聲猛烈到差點讓傑生跌進腳下的深淵。「你的意思是，你這次是代表你父親來的嗎？終於啊！我就知道他們會派人重新來跟我談合約！」

「嗯，您在說什麼？」傑生問。

「喔，感謝老天！」艾歐勒斯放鬆地嘆一口氣。「已經有多久了？三千年，宙斯命令我成爲風的主人有三千年了。當然啦，我不是不感激，只是我的這份合約實在太過空洞了。當然我是長生不死的，但是『風的主人』是什麼意思？難不成我是自然界的精靈？還是半神半人？或是天神？我想要成爲風的天神，因爲天神的福利實在多太多了。我們可以從這點開始談起嗎？」

傑生看看朋友，一臉困惑。

「老兄，」里歐開口了，「您以爲我們是來這裡談升官的嗎？」

「你們是吧，不是嗎？」艾歐勒斯微笑著，工作西裝已經變回晴朗的天藍色，但是一抹雲彩都沒有了。「太棒了！我是說，我想我在氣象頻道也展現了相當的企圖心，對吧？當然，媒體上更是時時見到我，書市上也出現許多寫我的專書，像是《超越巔峰》86、《型男飛行日誌》87、《飄》88……」

86《超越巔峰》（*Into Thin Air*）講述一九九六年眾多登山家攀登珠穆朗瑪峰的成功與山難故事，書籍於一九九七年出版，同年拍成電影。

87《型男飛行日誌》（*Up In The Air*）是二〇〇一年美國作家華特．肯恩（Walter Kirn）撰寫的小說，二〇〇九年改編成電影，極受好評。

88《飄》（*Gone with the Wind*）是美國作家瑪格麗特．密契爾（Margaret Mitchell）的唯一作品。一九三六年問世後，長銷不衰，是以美國南北戰爭為背景的愛情小說經典。一九三九年改編成電影《亂世佳人》，更加轟動一時，成為影史上重要電影之一。

「呃，我想那些應該都跟您沒有關係。」傑生話已出口才發現蜜莉在對他搖手。

「胡說！」艾歐勒斯說：「蜜莉，那些作品都是關於我的傳記，不是嗎？」

「當然是的，大人。」蜜莉趕忙回答。

「你看吧！我不看書的，誰有時間呀？但顯然人類很愛我。所以，我們應該把我的正式名稱改爲『萬風之神』，至於薪水和員工……」

「大人，」傑生說：「我們不是從奧林帕斯來的。」

艾歐勒斯眨眨眼。「但是……」

「我是宙斯之子沒錯，」傑生回答：「但我們來到這裡，不是要跟您談合約。我們在進行一項尋找任務，需要您的幫忙。」

艾歐勒斯的表情變得很嚴峻。「又跟上次一樣？又跟每一次英雄來到這裡一樣？混血人，你們永遠只在乎你們自己，是不是？」

「大人，拜託，我並不記得上一次發生了什麼事，但如果你能再幫我一次……」

「我一直都在幫忙！好吧，有時候我會破壞，但大多時候我都是在幫忙，甚至有時這兩種要求還要我一起做！爲什麼埃尼亞斯，也就是你們這一類的第一人……」

「這一類？」傑生問，「你是指半神半人？」

「喔，拜託！」艾歐勒斯說：「我是說像你這一類的半神半人。你知道，埃尼亞斯是維納斯的兒子，特洛伊戰爭中唯一倖存的英雄。後來希臘人燒毀了他的城市，他又逃到義大利，建立一個新的王國，後來變成羅馬，然後還有一堆事……好了，這就是我說的意思。」

「我還是不懂。」傑生承認。

艾歐勒斯翻了個白眼。「重點是，我也被捲進了這場衝突之中！茱諾打電話來說：『喔，艾歐勒斯，替我毀掉埃尼亞斯的船，我討厭這個人。』然後涅普頓[89]又說：『不行，不准你這樣做，那是我的領域，快把風勢平息下來。』結果茱諾又來說：『不，一定要毀掉他的船，不然我就跟朱比特說你不肯合作！』你認爲在這些要求中找縫隙變把戲很容易嗎？」

「不，」傑生回答：「我想很不容易。」

「還有呢，不要讓我講起愛蜜莉亞・埃爾哈特[90]的事！我到現在還不時接到奧林帕斯抱怨的電話，怪我把她從空中吹下來！」

「我們只想跟您取得一些資訊。」派波用她最柔和穩定的語氣說：「我們聽說您是一位無所不知的偉大天神。」

艾歐勒斯拉拉西裝領子，表情稍微柔和下來。「這個嘛，當然是的，的確沒錯。比如說，我知道你們的事……」他伸出手指頭比向他們三個，「茱諾想把你們組合在一起。這個輕率的計畫，最後可能會流血收場。還有你，派波・麥克林，我知道你的父親有了大麻煩。」他把手抬高，一張紙飛進他的掌中；那是一張派波與某人合照的相片，顯然是她爸爸。他的臉孔看起來十分熟悉，傑生很確定曾看過他演的電影。

派波接過那張照片，雙手開始顫抖。「這張……這是他放在皮夾裡的照片。」

---

[89] 涅普頓（Neptune）是海神波塞頓的羅馬名稱。

[90] 愛蜜莉亞・埃爾哈特（Amelia Earhart），生於一八九七年，是美國的飛航先鋒，在一九三二年成為第一位飛越太平洋的女性駕駛員，她的行為鼓勵了當時其他女性勇於追求她們的夢想。她在一九三七年嘗試環球飛行中失蹤。

「是的，」艾歐勒斯說：「所有的東西，最後都會遺落在風中，來到我這裡。這張照片就是地生族抓走他的時候飛出來的。」

「什麼族？」派波問。

艾歐勒斯沒理這個問題，只瞇著眼睛看看里歐。「現在，你，赫菲斯托斯的兒子……嗯，我看到你的未來。」另一張紙飛進他的手中，是一張已經斑駁變黃的蠟筆手繪稿。

里歐看見那張紙的神情就像它含有劇毒，整個人踉蹌倒退幾步。

「里歐？」傑生問：「那是什麼？」

「那張圖，是我……是我小時候畫的。」他拿過那張圖，迅速地把它折起來塞進口袋。「這……這沒什麼。」

艾歐勒斯大笑。「眞的嗎？那是你邁向成功的關鍵呀！現在，我們說到哪兒了？喔，對了，你們只想取得一些資訊。你們確定嗎？有些資訊非常具有危險性喔！」

他對著傑生微笑，彷彿是發出一道挑戰。蜜莉在他身後搖頭示警。

「是的，」傑生回答：「我們必須要找到騙子恩塞勒達斯。」

艾歐勒斯的笑意整個消失。「那個巨人？爲什麼你們想要去那裡？他非常可怕呢！他連我的節目都不看！」

派波舉起那張相片說：「艾歐勒斯先生，他綁架了我爸爸，我們必須去救我爸爸並且找出希拉被監禁的地方。」

「現在，這是不可能的事。」艾歐勒斯說：「即使是我，也看不到那裡去。相信我，我試過，但希拉的位置被一層魔法籠罩住，是非常強的障蔽，不可能追蹤得到。」

「她在一個叫狼屋的地方。」傑生說。

「等等！」艾歐勒斯一隻手放到前額，雙眼閉上。「我正在接收某些資訊！沒錯，她在一個叫狼屋的地方！不過很可惜，我不知道那地方在哪裡。」

「但恩塞勒達斯知道，」派波說：「如果你能幫忙找到他，那我們就能知道女神的位置。」

「對，」里歐也加入鼓動行列，「如果我們救出希拉，她一定會非常感謝你……」

「然後宙斯很有可能升高您的階級。」傑生總結。

艾歐勒斯挑一挑眉。「升高階級啊……你們只想從我這裡知道那個巨人的位置嗎？」

「這個……如果您也能送我們過去，」傑生說：「那就更好了。」

蜜莉在一旁興奮地拍手。「喔，這他當然能做到！大人經常送出幫……」

「蜜莉，安靜！」艾歐勒斯打斷她，「我心裡已經有一半打算辭退你了，你竟然沒搞清楚他們的來頭就讓他們進來。」

蜜莉頓時臉色發白。「是，大人。對不起，大人。」

「那不是她的錯。」傑生說：「不過，我們的請求……」

艾歐勒斯歪著頭，似乎心裡還在盤算，然後傑生突然意識到，艾歐勒斯是在聽耳機裡的聲音。

「嗯……宙斯准許了，」艾歐勒斯喃喃說著：「他說你們最好過了這個週末再去救她，因為他這週末打算要開個大型派對……噢，阿芙蘿黛蒂正在大聲提醒他天亮後就是冬至了，她說我應該幫你們的忙。還有赫菲斯托斯……好，嗯。他們竟會同意同一件事，眞是罕見呀。等等……」

傑生對朋友微笑，終於，他們也有了一點好運氣，他們的天神父母都站在他們這邊。

在後面接近入口的地方，傑生突然聽到響亮的打嗝聲。黑傑教練已經從入口大廳跨步過來這裡。他滿臉青草地現身。蜜莉看著他走過臨時地板，憋住呼吸驚呼：「那是什麼東西？」

傑生忍住咳嗽說：「東西？那是黑傑教練，嗯，全名是葛利生・黑傑。他是我們的……」

傑生不知該如何說下去，是老師、朋友，還是麻煩鬼？

「我們的嚮導。」

「他看起來好『羊』啊。」蜜莉咕噥著說。

在她後面，派波兩頰鼓起，一副快吐的樣子。

「各位，事情順利嗎？」黑傑踏蹄而來。「哇，這地方真棒呀！喔，還有草皮地板。」

「教練，你不是才剛吃飽。」傑生說：「我們把草皮當成地板。這位是蜜莉……」

「風精靈，」黑傑突然笑得很燦爛，「像夏日微風一樣美好。」

蜜莉臉紅了。

「艾歐勒斯大人在這裡，正打算幫我們的忙。」傑生繼續說明。

「是的，」這位大人低聲說：「看來應該這樣。你們可以在大波羅山91找到恩塞勒達斯。」

「又叫『魔鬼山』那個？」里歐問。「聽起來不妙。」

「我記得那個地方！」派波說：「我跟爸爸去過那裡一次，就在舊金山灣的東邊。」

「又是灣區？」教練拚命搖著頭說：「不好，不好，不太妙。」

「現在，」艾歐勒斯開始微笑，「說到把你們送到那裡……」

他的臉突然垮下來，身體歪到一邊敲打自己的耳機，好像耳機突然故障。當他挺直身子後，眼神突然變得狂野。撇開那一臉的妝不說，這時的他看起來非常老；不但老，而且還顯得很驚慌。「她已經幾百年沒跟我說話了，我沒辦法……好的，好的，我了解！」

他吞下一口口水，審視傑生，彷彿傑生突然變成了一隻巨無霸蟑螂。「朱比特之子，很抱歉，我接到新命令。你們全部都得死。」

蜜莉先尖叫起來。「但是……但是，大人，宙斯說要幫忙啊，還有阿芙蘿黛蒂、赫菲斯托斯……」

「蜜莉！」艾歐勒斯打斷她，「你已經快被我炒魷魚了。再說，有些命令的力量是超越天神的意願，特別是來自大自然的力量。」

「是誰的命令？」傑生說：「如果你不幫我們，宙斯會把你辭退的。」

「這我懷疑。」艾歐勒斯彈彈他的手腕，在遠遠的下方，深淵中的一間牢房門正打開。傑生聽得到風暴怪物正在尖叫，準備朝他們飛旋上來，嚎叫著需要鮮血。

「就算宙斯也知道大自然的命令。」艾歐勒斯說：「如果她正在甦醒，所有天神都不能忽視她。再見了，英雄們。我打從心裡感到抱歉，但我必須讓這事快速進行，因爲四分鐘之後我又得上節目了。」

傑生召喚他的劍，黑傑教練也拔出棍棒。蜜莉大叫：「不行！」

就在風暴怪物以颶風的強度衝撞過來時，她潛入傑生他們的腳邊。臨時架設的地板分裂成千百碎片，地毯樣品、大理石磚、地板油布全部變成可以致命的爆裂小飛彈，幸好蜜莉展

---

91 大波羅山（Mount Diablo），或意譯為「魔鬼山」，是舊金山灣區海拔最高的山，高度一一七八公尺。

開長袍形成盾牌，吸收了所有衝擊的威力。他們五個掉入深淵。艾歐勒斯在上面怒吼：「蜜莉，你確定丟掉你的工作了！」

「快點，」蜜莉大喊：「宙斯之子，你在天空具有任何能力嗎？」

「有一點。」

「那就幫幫我，不然你們全部都會死！」蜜莉抓住他的手，一道電流瞬間通過傑生的手臂，傑生立刻明白她需要什麼。他們必須控制他們的墜落方式，朝一個對外的開口飛出去。然而風暴怪物已經追下來，不但急速接近他們，還帶來一整團尖銳飛旋的碎彈片。

傑生抓住派波的手。「小組擁抱！」

黑傑、里歐和派波努力擠在一起，抓住傑生和蜜莉，靠他們來控制墜落。

「這不好玩！」里歐尖叫。

「來打啊，你們這些窩囊廢！」黑傑對著上面的風暴怪物大喊：「看我打爛你們！」

「他好勇喔！」蜜莉讚嘆。

「專心一點好嗎？」傑生催促說。

「是！」蜜莉回答。

他們借助風勢朝下移動，快速墜落逐漸變成跌向一個最近的通道口。然而他們撞上通道牆面時，那強度仍然讓人很痛，而且大家還彼此碰撞滾動。這通道非常陡峭，因爲本來就不是設計給人通行的，所以他們想停也停不下來。

蜜莉的長袍翻騰得很厲害，傑生和其他人都拚命拉著她，速度才開始慢下來，然而風暴怪物的聲音也從通道另一頭傳來，尖叫著追在他們身後。

「我撐不了……太久。」蜜莉警告，「全部靠在一起！當風來時……」

「你做得太好了，蜜莉，」黑傑說：「你知道嗎？我母親也是風精靈，她都沒辦法做得這麼好。」

「請伊麗絲傳訊息給我？」蜜莉請求。

黑傑眨眨眼。

「兩位可以晚一點再來討論約會細節嗎？」派波大喊：「你們看！」

他們後方的通道黑暗一片，傑生從耳朵感受到大氣壓力的增加。

「可能擋不住他們了，」蜜莉再次警告，「但我會盡量罩住你們，再幫你們一次。」

「謝謝你，蜜莉。」傑生說：「希望你很快找到新工作。」

她露出一個微笑然後消失，化為一道溫暖的微風包圍住他們。接著，真正的強風襲來，快速把他們打向天空，傑生頓時眼前一黑。

39 派波

派波夢到自己在荒野學校的宿舍屋頂。

沙漠的夜晚很冷，但她自備了毛毯上來，再加上有傑生陪伴，這樣的溫暖已經足夠。

空氣中有鼠尾草的香氣，還有一些燃燒灌木的味道。地平線上那座春天山脈的朦朧稜線看起來像又黑又不整齊的牙齒，拉斯維加斯的燈火從它後面隱隱透出來。

星光燦爛，派波深怕看不到流星雨。她不希望傑生覺得自己是編造藉口把他拉上來的（雖然她眞的是努力在找藉口），但流星雨果然沒讓人失望，幾乎每分鐘都有一道流星雨降落，像一條白色、黃色或藍色的火線。派波相信她的湯姆爺爺一定有很多關於流星雨的切羅基族傳說，但此刻，她只想創造屬於自己的故事。

傑生牽起了她的手，終於。他指著兩顆劃過天際的流星，剛好形成一個十字。「哇，」他說：「眞不敢相信里歐不想來看這個。」

「老實說，我沒有請他上來。」派波故作輕鬆地說。

傑生笑笑。「這樣呀？」

「嗯，你會不會覺得三個人有點太多了？」

「嗯，」傑生同意，「就現在而言。如果我們被逮到這時候跑到這裡來，你知道會有多重的處罰嗎？」

「喔，我會編出理由的。」派波說：「我可是很有說服力的。你想不想跳支舞，或是做些什麼嗎？」

他笑了。他眼睛很美，笑容比星光燦爛。「沒有音樂，還是大半夜，站在屋頂上感覺有一點危險。」

「我就是一個危險的女孩。」

「這我相信。」

他站起來，伸出一隻手給她。他們慢舞了幾步，但很快就變成親吻。派波幾乎無法再吻下去，因爲她笑得太開心了。

接下來，夢境轉變，或許她已經死了，來到了冥界。因爲她發現自己再次置身於梅蒂亞的百貨公司裡。

「請讓這只是一場夢。」她喃喃說著：「不要是我永恆的懲罰。」

「當然不是，親愛的。」一個像蜂蜜般甜甜的女聲說：「沒有懲罰。」

派波轉頭，很怕看見梅蒂亞，但是站在她旁邊的是另一個女人，她正從半價品展示櫃那邊看過來。

這女人非常美。她有及肩的頭髮、優雅的頸線、完美的五官，穿著牛仔褲與雪白上衣，身材曲線畢露。

派波見過一堆女明星，大多是她父親約會過的對象，每個都是超級大美女，但眼前這位女士完全不同。她的優雅發自內在，時髦則來自天生，懾人的美麗不需塗抹裝扮。在看過艾歐勒斯變態的拉皮與濃妝後，派波覺得這個女生帶給她的震撼程度更大，她全身上下沒有一點人工造作的氣息。

但當派波看著她時，她的外表卻出現一些變化。派波無法判斷她眼睛的顏色，或者她確實的髮色。這女人愈變愈漂亮，就好像她的影像在派波腦海中排列，愈來愈接近她想像中的完美女人。

「阿芙蘿黛蒂，」派波說：「是媽媽？」

女神微笑著。「你只是在做夢，我的甜心。如果有人懷疑，就說我沒來過，好嗎？」

「我……」派波有千萬個問題想問，卻全部糾結在腦袋裡。

阿芙蘿黛蒂舉起一件藍綠色洋裝，派波覺得非常好看，但女神卻皺一下眉頭。「這不適合我，對吧？好可惜，這件滿可愛的。梅蒂亞還眞的收藏了不少好東西。」

「這……這間房子爆炸了，」派波說得結結巴巴，「我有看到。」

「對，」阿芙蘿黛蒂認同地說：「我猜這就是全部東西都在打折的原因。現在這只是個回憶。我很抱歉把你從另一個夢中拉出來，那個夢美多了，我知道。」

派波的臉像火燒般熱了起來，不知該感到生氣還是尷尬，但更多的感覺是空虛失望。「那也不是眞的，從來沒有眞正發生過，但爲什麼我的記憶這麼清晰？」

阿芙蘿黛蒂微微笑。「因爲你是我的女兒，派波。你看到的可能性會比其他人還清晰眞實，你看得到『可能成眞』的事，它確實有可能，所以不要放棄。很不幸的……」女神攤開手比劃著整個百貨公司，「首先，你還有其他的考驗要面對。梅蒂亞會回來，伴隨許多其他的敵人。死亡之門已經打開。」

「什麼意思？」

阿芙蘿黛蒂對她眨眨眼。「你是個聰明的孩子，派波，你知道的。」一種寒冷的感覺侵襲她全身。「那個沉睡的女人，梅蒂亞和米達斯都稱她爲守護者。她從冥界開了一扇新的門，讓那些靈魂逃回現今世界。嗯，而且不是任何靈魂都可以回來，是那些最糟糕、力量最大，還有最痛恨天神的才可以。」

「塔耳塔洛斯的怪物也用同樣的方式回到世間，」派波猜測著，「這就是他們剛解體就能重新組合的原因。」

「對，他們的『守護者』，這是照你剛剛的稱呼，她和冥界的深淵之靈塔耳塔洛斯有某種特殊關係。」阿芙蘿黛蒂拿起另一件金色亮片上衣。「不對，這件會讓我變得很可笑。」

派波不自在地笑著。「你？你怎麼看都完美啊。」

「你眞會說話，」阿芙蘿黛蒂說：「但是所謂的美麗，講求的是找到適合自己的東西，找出最自然的搭配。想要達到完美，你必須先感覺自己完美，避免去做不適合你的嘗試。對女神來說，這點特別困難，因爲我們要變化實在太容易了。」

「爸爸就認爲你是完美的，」派波的聲音開始顫抖，「他從來沒有忘記你。」

阿芙蘿黛蒂的眼神變得飄渺。「是的……崔斯坦。喔，他以前是個非常棒的男人，溫柔、善良、風趣又英俊，但內心藏有太多哀愁。」

「我們可以不要用『以前』來談他嗎？」

「親愛的，對不起。那時候我當然不想離開他。這種事做起來很痛苦，但這是爲了他好。如果讓他知道我是一位……」

「等等，所以他不知道你是女神？」

「當然不知道。」阿芙蘿黛蒂感覺像是被冒犯了。「我不會那樣對待他。大多數凡人根本無法接受這種事，那會毀掉他們的人生！去問問你的朋友傑生就知道。對了，這男孩不錯，雖然他那可憐的媽媽發現自己談戀愛的對象是宙斯之後，整個人生就完蛋了。所以不能讓崔斯坦知道，最好讓他永遠認為我是一個不告而別的凡人女子。苦澀甜美的回憶，一定是勝過永生又遙不可及的天神。講到這兒，我要說一件重要的事。」

她攤開掌心，給派波看一瓶晶亮的玻璃瓶，裡面裝著粉紅色液體。「這是梅蒂亞的一種溫和配方，可以抹去近期的回憶。當你救出父親，如果救得出來的話，一定要把這個給他。」

派波不敢相信自己聽到的話。「你希望我欺騙自己的父親？你希望我讓他忘掉他所經歷過的一切？」

阿芙蘿黛蒂拿起小藥瓶，粉紅色的光澤照在她臉上。「你的父親表現得非常勇敢，派波，但是他遊走在兩個世界的邊緣。他一輩子努力要否認關於天神、精靈與靈魂的古老故事，內心卻害怕那些故事是真的。這些恐懼關掉了他自身的某些重要部分，有一天，這會毀了他。而現在，他被巨人抓走，活在真正的惡夢中，即使他倖存回來……如果他下半輩子都甩不開這些恐怖記憶，如果他知道天神和精靈行走在世上，那會徹底粉碎他。這正是我們的敵人所希望的。她要毀掉他，然後就會毀掉你的心智和內在。」

派波想反駁，說她這樣想不對。她父親是這個世界上她所知最堅強的人，派波不想像希拉奪取傑生的記憶一樣，抹掉爸爸的記憶。

但是不知為何，她無法生阿芙蘿黛蒂的氣。她記得幾個月前爸爸說的話，那是在大瑟爾的海邊。爸爸說：「如果我眞的相信有靈魂的國度、動物精靈或希臘天神這些事，我不認爲晚上會睡得著覺。因爲我一定會找到某個對象，把一切問題歸咎到他頭上。」

現在派波也好想找個人來歸罪。

「她是誰？」派波話鋒一轉，「那個控制巨人的女人？」

阿芙蘿黛蒂閉緊嘴巴，移到下一排展示櫃。那裡放的都是用過的戰衣盔甲與長袍，但她看著它們的眼神，就好像那些東西都是名家的設計作品。

「你有很強的意志力。」她思索著說：「在天神之間，我沒有得到太多肯定。我的孩子總是被嘲笑，說他們膚淺又驕傲。」

「有一些確實是如此啊。」

阿芙蘿黛蒂笑笑。「算是吧，或許我也是既膚淺又驕傲，有些時候。女孩總是會任性一下啊。喔，這個不錯。」她拿起一個有燒灼痕跡又染了顏色的銅製胸甲給派波看。「不好嗎？」

「不好。」派波說：「你要回答我的問題嗎？」

「要有耐性，我的甜心。」女神說：「我的重點是，愛是世界上最有效的動力，它讓凡人變得偉大。人類最高貴、最勇敢的行爲，都是出自愛。」

派波抽出自己的匕首，檢視刀刃的反射鏡面。「比如說，海倫引起了特洛伊戰爭？」

「啊，卡塔波翠絲。」阿芙蘿黛蒂微笑著。「很高興你找到了它。因爲那場戰爭，我受到好多批評，但說實話，帕里斯和海倫眞的是很匹配的一對。但那場戰爭的英雄已經永生不朽了，起碼在人類的記憶裡。愛很有力量，派波，它甚至可以讓天神願意跪下雙膝。當我兒子埃尼亞斯從特洛伊城逃出來時，我就這樣告訴過他，他以爲自己已經失敗，覺得自己是個輸家，但當他旅行到義大利……」

「就成爲羅馬的先驅。」

「答對了。你看，派波，我的孩子一樣能夠非常有力量。你也可以充滿力量，因爲我的血統很獨特。我比所有奧林帕斯天神都還要接近開天闢地的最初始狀態。」

派波努力回憶阿芙蘿黛蒂誕生的故事。「你是不是……從海洋出生的？站在貝殼上？」

女神大笑了起來。「那個畫家波提且利[92]太有想像力了。我從來沒有站在貝殼上過，眞是謝謝大家。不過沒錯，我的確是從海洋誕生，從混沌之中。最早從混沌中興起的是大地與天空，也就是蓋婭和烏拉諾斯。當他們的兒子泰坦巨神克羅諾斯殺了烏拉諾斯……」

「他是用鐮刀把他剁成一堆碎片？」派波想著。

阿芙蘿黛蒂動動鼻子。「對，烏拉諾斯的碎片落到大海上，他永生的存在本能激出了大海泡沫，從那些泡沫中……」

「你誕生了，我記起來了。所以你是……」

「烏拉諾斯的最後一個孩子。烏拉諾斯比天神或泰坦巨神還大，所以用這種奇特的方式來看，我在奧林帕斯天神裡算是輩分最高。如我所說，愛具有很大的力量，而你，我的女兒，除了美麗的臉孔外，還擁有其他特質。這也是爲什麼你將會知道是誰喚起巨人，是誰有力量從地底深處打開死亡的大門。」

阿芙蘿黛蒂停頓下來，似乎她能感受到派波正在慢慢將所有細節拼湊起來，拼出一張可怕的圖象。

「是蓋婭，」派波說：「大地本身，就是我們的敵人。」

她希望阿芙蘿黛蒂出言否認，但女神的眼光只是在二手盔甲上流連。「她已經睡了億萬年，但現在正緩慢甦醒。即使還在睡眠中，她的力量仍舊無比強大，一旦她清醒……就是我們的末日降臨。你們一定要在這種狀況發生前打敗巨人族，好讓蓋婭回到沉睡的狀態。各種叛變才剛剛開展，亡者會繼續升起，怪物會以更快的速度合體，巨人會將眾神的出生地夷爲平地。如果他們眞的那樣做了，所有文明都將被焚毀。」

「但爲何是蓋婭？大地之母？」

「完全不能低估她，」阿芙蘿黛蒂警告著，「她是一位殘忍的天神，她指揮籌畫了烏拉諾斯的死亡，就是她把鐮刀拿給克羅諾斯，慫恿他殺掉自己的父親。當泰坦巨神統治世界時，她平靜地沉睡，但當天神打垮了泰坦巨神時，她又醒過來。她氣急敗壞，又生了一堆新後代，就是巨人族。爲了一舉殲滅奧林帕斯。」

「現在，一切又將重演。」派波說：「巨人再起。」

阿芙蘿黛蒂點點頭。「現在你都知道了。你要怎麼做呢？」

「我？」派波握緊拳頭。「我該怎麼做？穿上美麗的洋裝對蓋婭說些甜言蜜語，叫她回去睡覺？」

「我也希望有用，」阿芙蘿黛蒂說：「但不會是這樣。你會找到自己的力量，爲你的所愛奮戰。就像我心愛的海倫與帕里斯，像我的兒子埃尼亞斯。」

---

92 波提且利（Botticelli，1445-1510）是義大利文藝復興初期的畫家，代表作是《維納斯的誕生》（*The Birth of Venus*）。畫中的維納斯站在一只貝殼上從海中升起。

「海倫和帕里斯都死了。」派波說。

「而埃尼亞斯成爲英雄，」女神說：「是羅馬的第一位大英雄。派波，我要說的是，結果決定在你身上。我要告訴你，七個最偉大的混血人一定要合力打倒巨人，如果少了你，你們的努力終將白費。當兩邊相遇……你會是調停人，你會決定是友誼長存還是兵戎相見。」

「兩邊？」

派波眼前的影像開始模糊。

「該醒來了，我的孩子。」女神說：「我不常認同希拉的意見，但她這次做了一個大膽而勇敢的嘗試。我也同意必須完成它。宙斯把這兩邊分開太久，只有你們兩邊的力量匯聚，才有可能拯救奧林帕斯。現在，醒來吧，我希望你喜歡我幫你挑的衣服。」

「什麼衣服？」派波問，但夢境已成一片黑暗。

40 派波

派波在路邊咖啡座中醒來。

有那麼一秒，她以爲自己還在做夢。這是充滿陽光的早晨，空氣冷冽，但坐在戶外不會覺得不舒服。其他幾張桌子邊坐了些上班族、自行車騎士和幾個大學生。人們各自聊著天，啜飲咖啡。

她可以聞到尤加利樹的味道，許多行人步行經過各家小小的特色店鋪。街道旁排列著整齊的紅千層和綻開的杜鵑花，好像冬天是國外才會出現的概念。

換句話說，她現在人在加州。

她朋友坐在周圍的椅子上，每個人都安靜將雙手交疊胸前，愉悅地打著瞌睡，而且他們全都穿著新衣服。派波低頭看看自己的穿著，忍不住驚呼著：「媽呀！」

她的聲音比預期的大得多。傑生的身體抽動一下，膝蓋撞到桌子，這下所有人都醒了。

「什麼？」黑傑教練問：「要打誰？在哪裡？」

「掉下去了！」里歐緊抓桌子，「不，沒在掉。我們在哪裡？」

傑生眨眨眼睛，努力恢復自己該有的儀態。他目光先看向派波，卻嗆了一下。「你穿的是什麼呀？」

派波的臉應該紅了。她穿了那件在夢中見到的藍綠色洋裝，配上黑色緊身褲與黑皮靴。

她戴著自己最喜歡的銀色手鍊，雖然它明明應該留在洛杉磯的家中才對。那件爸爸送給她的舊白色滑雪夾克重新回到她身上，而且和她一身打扮竟然出奇的相配。她拔出卡塔波翠絲，望著自己的影像，原來連髮型也吹整過了。

「沒什麼，」她說：「是我的……」她想起阿芙蘿黛蒂交代不可以跟別人說她們交談的事。「沒事。」

里歐微微笑。「阿芙蘿黛蒂又投出好球一枚，對吧？你會是城裡穿得最漂亮的女戰士，大美女！」

「嘿，里歐，」傑生用手肘推推他，「你最近有沒有仔細看過自己？」

「什麼意思……喔。」

原來所有人都經歷了變身大改造。現在的里歐身穿白色無領襯衫與細直條紋褲，搭配著吊帶，腳上是黑色皮鞋。工具腰帶依舊掛在身上，頭上則多了雷朋太陽眼鏡與圓頂帽子。

「天啊，里歐。」派波拚命忍住笑意。「我想我爸在上部電影裡就是這麼穿，只差沒有工具腰帶。」

「喂，你閉嘴！」

「我認爲他這樣很帥，」黑傑教練說：「當然啦，我看起來更帥。」

羊男先生根本是一場色彩的夢魘。阿芙蘿黛蒂替他挑了一套淡黃色的西裝，是那種老式的鬆垮上衣，長度及膝，褲子是高腰窄口，再配上雙色皮鞋，剛好塞進他的羊蹄。另外又給他一頂黃色寬邊帽，內搭玫瑰色襯衫、天藍色領帶，西裝領子別了一朵藍色康乃馨，但很快就被黑傑聞一聞後吃掉了。

「這個嘛，」傑生說：「還好你媽媽跳過我了。」

派波知道情況不是那樣。看著他，她的心裡好像在跳踢踏舞。傑生穿著簡單的牛仔褲和紫色T恤，就像他出現在大峽谷時的穿著。他有了新的運動鞋，頭髮也修剪過，眼睛顏色就跟天空一樣。阿芙蘿黛蒂的意思很明顯：這傢伙已經夠好了，不需要再改造。

派波完全同意。

「總之，」她有些不自在地說：「我們是怎麼來到這裡的？」

「喔，可能是蜜莉，」黑傑教練快樂地咬著康乃馨說：「我猜那些風足以把我們吹過大半個國家。我們原本應該被衝擊到粉身碎骨，可是蜜莉給了我們最後的禮物——溫暖的微風，緩和了我們的墜落。」

「她還因爲我們丟了工作，」里歐說：「我們眞遜。」

「啊，她不會有事的，」黑傑說：「再說，她是情不自禁，因爲我對於精靈就是有這種特殊魔力。等我們完成任務，我會送伊麗絲訊息給她，幫她出出主意。她是一個可以讓我安定下來的風精靈，還可以跟我一起養許多羊寶寶。」

「我要吐了，」派波說：「有人想要咖啡嗎？」

「咖啡！」黑傑的笑臉因爲咀嚼了那朵花而變成藍色，「我愛咖啡！」

「嗯，」傑生說：「可是，我們有錢嗎？我們的背包呢？」

派波低頭查看，他們的背包都在腳邊，看來所有東西似乎都在。她把手伸進外套口袋，結果摸到兩個意料之外的東西，一個是一疊現金，另一個則是小藥瓶，那個遺忘藥水。她把藥水留在口袋，只掏錢出來。

里歐吹個口哨。「是預借現金嗎?派波，你媽好帥喔!」

「服務生!」黑傑大喊:「麻煩六杯雙倍濃縮咖啡，還有，隨便看這些人要什麼，帳都算到這女孩頭上!」

沒花多少時間，他們就知道了身處的位置，因爲咖啡店的菜單上寫著:「神韻咖啡店，加州核桃溪市」。根據服務生的說法，現在是十二月二十一日上午九點，也就是冬至。距離恩塞勒達斯的期限，只剩三小時。

他們也不需要去猜魔鬼山在哪裡，因爲從天際線就可以看到它正位在這條路的盡頭。在經歷過雄偉的洛磯山脈後，魔鬼山看起來實在不算高大，山頂也沒有覆蓋白雪，金色的山脈皺褶鑲飾著灰綠森林，感覺上就是十足的祥和平靜。但是派波知道，山的大小可能只是虛幻的表象，等靠近過去看可能會變得很大，而且所有的外觀都可能不眞實。他們正在加州，這個稱得上是她故鄉的地方，有晴朗的天空、舒適的氣候、有慵懶休息的人們，還有一盤巧克力餅乾配咖啡。但就在幾公里外，那看似和平的山頭某處，卻有一個超級強大又超級邪惡的巨人即將拿她父親來當午餐。

里歐從他的口袋掏出某樣東西，是艾歐勒斯給他的舊蠟筆畫。阿芙蘿黛蒂一定知道這張圖的重要性，才會在使用魔法替他變身的同時，刻意把它留下來。

「那是什麼?」派波問。

里歐再次謹愼地折起紙張，把它收好。「沒什麼。你不會想看我幼稚園時畫的東西吧。」

「不只是那樣吧，」傑生猜測，「艾歐勒斯說，那是邁向成功的關鍵。」

里歐猛搖頭。「不是今天，他講的是……以後。」

「你怎麼能確定？」派波問。

「相信我。」里歐回答。「所以，現在我們有什麼作戰計畫？」

黑傑教練開始打嗝。他已經喝掉三杯濃縮咖啡，吃掉一盤甜甜圈，再加上兩張餐巾紙和桌上花瓶裡的另一朵花。要不是派波撥開他的手，他可能連她的銀首飾都吃下肚子裡去。

「爬上山，」黑傑說：「殺掉派波父親之外的所有傢伙，然後離開。」

「謝謝你喔，艾森豪將軍[93]。」傑生語氣不大好。

「嘿，我只是說說而已。」

「各位，」派波說：「還有一些事你們需要知道。」

接下來的說明有些難度，因爲她不能提到母親出現過。但是她告訴大家她在夢境裡想清楚一些事。她告訴大家眞正的敵人是蓋婭。

「蓋婭？」里歐搖頭說：「她不是自然之母嗎？她應該是……嗯，髮際中有百花齊放，身邊有蟲鳴鳥叫，還有小鹿和野兔幫她洗衣打掃啊。」

「里歐，你說的是白雪公主。」派波說。

「好啦。可是……」

---

[93] 艾森豪將軍（General Eisenhower）指的是美國的第三十四任總統德懷特・大衛・艾森豪（Dwight David Eisenhower, 1890-1969）。他在一九四四年晉升至陸軍五星上將，並且擔任第二次世界大戰歐洲盟軍的最高指揮官。

「聽好，同學們，」黑傑教練拍掉鬍鬚上的咖啡，「派波告訴我們的是一件非常嚴重的事。蓋婭的心腸很硬，連我都不確定能否擊敗她。」

里歐吹起口哨。「眞的？」

黑傑點點頭。「這位大地女士，她和她的天空老男人，都是最惹人厭的老傢伙。」

「烏拉諾斯。」派波說。忍不住抬頭看天空，猜想他有沒有眼睛。

「沒錯，」黑傑繼續說：「烏拉諾斯呢，並不是一個好父親，他把自己的第一批小孩，就是獨眼巨人，丟到塔耳塔洛斯。那讓蓋婭很生氣，但她靜靜等待機會。後來，他們有了另一批小孩，十二位泰坦巨神。蓋婭很怕他們又被丟到地底監獄去，所以這次，她爲了兒子克羅諾斯起身造反。」

「那個又大又壞的傢伙，」里歐說：「今年夏天被打敗的那個。」

「沒錯。就是蓋婭親自把鐮刀交給克羅諾斯，而且也是她說：『喂，何不把你父親叫來這裡？我會跟他說話害他分心，你就可以把他切成碎片，然後呢，你就能成爲世界的主宰。這樣棒不棒啊？』」

沒有人接話，派波的巧克力餅乾看起來再也不可口誘人了。即使她以前聽過這段故事，但還是無法想像。她努力去想像一個壞小孩，爲了爭奪權力可以殺掉父親；再想像一個混蛋母親說服孩子做出這種事。

「絕對不是白雪公主。」他說。

「當然。克羅諾斯是個壞蛋，」黑傑教練說：「但蓋婭也可以說是壞蛋之母。她非常老，非常有力量，又非常巨大；要讓她全面甦醒很困難。大部分時間她都在沉睡，那也是我們最喜歡她的狀態——打呼。」

「但是她跟我說過話，」里歐質疑，「她怎麼可能是沉睡的狀態？」

黑傑教練把西裝領子上的餅乾屑拍掉，開始喝第六杯濃縮咖啡。他的瞳孔已經大到像一枚硬幣。「即使她在睡眠中，還是有一部分的意識可以出來活動。她可以做夢、監視、做些小動作，比方說製造火山爆發和讓怪物崛起。即使現在，她也還沒完全醒過來。相信我，你一定不願意見到她完全清醒。」

「但是她的力量卻愈來愈強大。」派波說：「她能夠讓巨人升起，如果巨人之王也回到世上，就是那個名叫波爾費里翁的巨人……」

「他會生出一支軍隊毀掉眾神，」傑生插話進來說：「就從綁走希拉開始。那將是另一場戰爭，而蓋婭將會完全醒過來。」

黑傑教練點頭說：「這也就是為什麼我們要盡量避免接觸地面，並提防大地。」

里歐擔憂地看著魔鬼山。「這樣的話……爬上那座山，那樣不太好。」

派波的心跟著沉下去。她先是被要求背叛朋友，可是她的朋友全都來幫她拯救父親，即使知道是陷阱也願意。和一個巨人對抗已經恐怖至極，現在他們清楚了解到是蓋婭在背後出主意，而她是比泰坦巨神更強大邪惡的力量……

「夥伴們，」派波開口說：「我不能要求你們做這件事，這實在太危險了。」

「你在開玩笑嗎？」黑傑教練打了一個嗝，露出藍色唇齒笑著說：「誰準備好去打架了？」

41 里歐

里歐眞希望那輛計程車可以一路載他們到山頂上。

但沒有這種好運氣。計程車開在山路上，引擎發出喘氣聲，不知道哪個部分也在嘎吱作響。才開到半路，就見到公園守衛站的大門緊閉，鐵鍊封住馬路。

「我只能開到這裡了。」計程車司機說：「你們確定要上山嗎？走下山會是很長一段路，而且我的車子聽起來有點怪，所以不能留在這裡等你們。」

「我們確定。」里歐第一個下車，車子出狀況給他一種不好的感覺。當他下車一看，果然證明自己想法無誤。計程車的輪子陷進路面，好像馬路是流沙一樣。車子的速度快不起來，司機還以爲是傳動問題或輪軸偏移，但里歐知道不是這樣。

馬路是緊密壓實的泥土路面，毫無道理會變軟，但里歐的鞋子已經開始沉陷。是蓋婭在找他們麻煩。

朋友們陸續下車，里歐付錢給司機。他付得很慷慨，爲什麼不呢？那是阿芙蘿黛蒂的錢啊。再說，他有一種感覺，也許自己再也無法離開這座山。

「不用找錢，」他說：「趕快離開吧。」

司機沒有多說什麼，他們很快就看到他下山的飛揚塵土。

從半山看出去的風景非常令人讚嘆。魔鬼山附近的內陸山谷點點綴飾著小城鎭，小鎭裡有棋盤式街道、林蔭馬路，是美麗的中產階級郊區社區，也見得到商店與學校。那裡是所有正常人過著正常生活的好地方，是里歐永遠不得而知的世界。

「那是康克爾德市，」傑生指著北邊說：「核桃溪市在我們正下方，往南邊山丘後面那裡，是丹維爾市。至於那一邊……」

他指著西方，一排金色山脊罩著薄霧，形狀像一個碗的邊緣。「那是柏克萊山，東灣，再過去就是舊金山。」

「傑生？」派波輕碰他的手，「你想起一些事了嗎？你來過這一帶嗎？」

「是的……不是。」傑生又露出苦惱的表情。「只是感覺上似乎很重要。」

「那裡是泰坦的地盤。」黑傑教練看著西方頻頻點頭。「不是個好地方，傑生。相信我，如果要接近舊金山，走到這裡就夠了。」

但傑生看著那個薄霧盆地時，有種熱切渴望的表情，那讓里歐覺得擔心。爲什麼傑生看起來似乎和那個地方很有淵源？而那是黑傑教練口中邪惡至極、充滿壞魔法與舊敵人的地方？萬一傑生是從那裡來的呢？每個人都在暗示傑生來自敵方陣線，而他出現在混血營是一個災難。

不，里歐想，這太荒謬了，傑生是他們的朋友。

里歐想要移動腳步，卻發現腳跟完全陷在土中。

「嘿，各位，」他說：「我們得一直走動。」

其他人也注意到了。

「蓋婭的力量在這裡變得更強。」黑傑教練抱怨，把蹄上的鞋子脫掉，然後拎起鞋子交給里歐。「華德茲，幫我保管好，這可是雙好鞋。」

里歐不屑地說：「好的，教練。要幫你擦亮嗎？」

「華德茲，你會這樣想還眞是長大了，」教練稱許地點點頭，「不過我們還是趁爬得動時趕快上山吧。」

「我們怎麼知道巨人在哪裡？」派波問。

傑生指向山頭，在那個山頂上飄著一縷煙幕。隔著一段距離，里歐原先以爲是雲朵在飄動，但細看就會發現，是有東西在燃燒。

「煙就等於火，」傑生說：「我想我們要快點了。」

在荒野學校時，里歐被迫參加好幾次健行，他一直覺得自己的體力狀況很不錯。可是在大地想要呑掉他的腳時爬一座山，那就像在捕蠅紙做的跑步機上跑步一樣辛苦。

沒時間了，即使山風寒冷刺骨，里歐仍捲起了上衣袖子。他眞希望阿芙蘿黛蒂送他的是健走鞋和運動短褲，但他還是很感謝有太陽眼鏡在臉上，幫他擋住刺眼的陽光。他把手滑進工具腰帶，開始召喚需要的東西：一些小齒輪、一把小扳手，再加幾條銅線。他一邊走，一邊編東西，並不是眞的想要做什麼，只不過手癢想把玩一下。

當他們接近山巓時，里歐已經成爲史上打扮最時髦、汗流最多又最髒的英雄。他的手上沾滿了機油。

他做的小東西像是個發條玩具，那種可以在咖啡桌上跌跌撞撞行走的玩具。他不確定這玩意兒有什麼用途，但還是把它收進工具腰帶裡。

他懷念自己的陸軍夾克，上面到處都有口袋。而且，他非常想念非斯都，現在他原本可以讓噴火大銅龍派上用場。但里歐明白非斯都再也不會回來了，至少不是以它原先的形態。

他拍拍口袋裡的圖畫，那幅他五歲時坐在胡桃樹下野餐桌手繪的作品。他記得畫畫的時候，娣雅・凱莉達在旁邊唱歌；也記得當風吹走畫紙時，自己有多難過。那時凱莉達阿姨說：「時間還沒到，小英雄。總有一天，你會有自己的任務、你會發現自己的天命，你的艱難路途到最後都會有合理的解釋。」

現在艾歐勒斯將這幅畫還給他，里歐知道自己的命運已經漸漸逼近，但這段路途充滿挫折，就跟這座愚蠢的山一樣。每一次，里歐以爲已經到達山頂，結果卻發現還有一座更高的山頭在前方。

事情總有先後順序，里歐告訴自己，先來的先解決。今天能活下去最重要，以後再來想這幅畫和命運的關聯。

終於，傑生在一片岩壁前蹲下，而且示意其他人也這麼做。里歐爬到他身邊，派波則是把黑傑教練壓下去。

「我不想把我的衣服弄髒！」黑傑抱怨。

「噓！」派波說。

羊男終究不情願地跪下去。

就在他們躲藏的這個山脊再過去些，那最後一座山峰的陰影中，有一片像足球場般的樹林凹地。巨人恩塞勒達斯就是在這裡紮營。

許多樹木被砍下來堆成木柴塔，燒著紫色的營火。空地外圍散落著多餘的木柴和工程設備，有一輛推土機，還有一部大型吊車之類的機器；它的一頭裝置了像電動刮鬍刀般的旋轉刀刃（里歐猜想可能是樹木收割機），另外還有一個金屬長柱，一邊的刀刃形似斧頭，就像裁切機，應該是一個液壓式的斧頭吧。

爲什麼巨人需要這些工程設備，里歐實在難以判斷，他也看不出眼前的龐然大物如何塞得進操控機器的駕駛座裡。恩塞勒達斯非常巨大、非常可怕，里歐根本不想再多看他一眼。

然而，他還是必須把注意力集中到這個怪物身上。

第一眼看去，他是個十公尺高的巨怪，和旁邊的樹一樣高。里歐相信以他的能力絕對看得到躲在山脊後面的他們，但他似乎全神貫注在紫色營火上，撥弄著火，輕聲吟誦歌曲。腰部以上的他具有人形，結實的胸膛穿上銅製盔甲，上面有火焰花紋裝飾。他的臂膀完全裸露在外，二頭肌比里歐一個人還大，古銅色的皮膚上有層灰燼。他的臉粗糙原始，就像做到一半的陶製品，但眼睛卻白得發亮。他那駭人的頭髮全部亂糟糟地紮成及肩的細髮辮，還裝飾著骨頭。

而腰部以下，就更加可怕。他的腿是有鱗片的綠色，下面是爪子而不是腳掌，很像龍的前腳。他手上握著一隻長槍，有旗桿那麼長，長槍的一端不時被放進火堆，讓上面的金屬變得像熔化前那般火紅。

「好的，」黑傑教練低語：「這是我的計畫……」

里歐手肘輕碰他。「你不可以單獨進攻！」

「喔，拜託。」

派波輕呼一聲。「看。」

在火堆另一頭，勉強看得到一個男子被綁在一根柱子上。他頭部低垂，彷彿失去意識，所以里歐看不到他的臉，但派波沒有任何懷疑。

「爸。」派波說。

里歐吞了一口口水。他真希望這只是崔斯坦・麥克林在拍電影，只是假裝失去意識，之後就可以解開束縛，用藏好的克敵噴霧器制伏巨人。英雄電影的配樂跟著登場，崔斯坦巧妙地成功脫逃，在他逃走的慢動作後面，整座山開始爆炸……

然而眼前不是電影，崔斯坦・麥克林在垂死邊緣，快要成為巨人的午餐。唯一可以阻止悲劇發生的，是三個打扮時髦的年輕混血人，外加一隻狂妄自大的山羊。

「我們有四個人，」黑傑急切地低聲說著：「他只有一個人。」

「你沒注意到他有十公尺高嗎？」里歐說。

「好吧，」黑傑說：「所以你、我，還有傑生，負責把他引開，派波就溜過去救她父親。」

所有人看著傑生。

「怎麼了？」傑生說：「我又不是隊長。」

「是，」派波開口：「你是。」

他們沒有認真討論過這個問題，此時卻沒有人提出異議，連黑傑也沒有。一路過關斬將至今，都是整個團隊一起努力撐過來的，但是當面對生死關頭的重大決定，里歐知道，傑生才是他們可以仰賴的對象。即使他沒有記憶，他還是保持著一種平衡感。你看得出來他經歷過戰役，知道如何讓自己保持冷靜。里歐不是那種會完全信賴別人的類型，但他全心全意信賴著傑生。

「我很不願這麼說，」傑生嘆了一口氣，「但黑傑教練這次說對了。引開巨人的注意，派波才能掌握最佳機會。」

也不是多好的機會，里歐想，甚至連活命的機率都很低。那只是他們此刻的最佳時機。

然而，他們不可能整天躲在這裡討論克敵計畫，已經快接近中午時分，那是巨人給的期限，況且大地還不斷想把他們拉進地底。里歐現在的膝蓋已經陷到土裡五公分深。

里歐看著那些工程設備，突然有個瘋狂點子。他把剛才爬山時拼組的小玩意兒拿出來，他很清楚這個可以做什麼，如果運氣好的話，雖然好運氣很少出現。

「我們開始吧，」他說：「在我恢復理智之前。」

42 里歐

他的計畫幾乎一開始就失效了。派波沿著山脊爬，努力把頭壓低，而里歐、傑生和黑傑教練直接走向空地。

傑生召喚了他的黃金長槍，把它高舉起來在頭上揮舞，同時大喊：「巨人！」他的聲音聽起來非常棒，比里歐所能表現的還要有自信得多。里歐準備的台詞應該是：「我們是可憐的螞蟻，不要殺我們！」

恩塞勒達斯在火焰前停止吟誦，轉身看著他們，露出微笑，秀出一嘴劍齒虎般的尖牙。

「喔，」巨人低吼著：「眞是個美妙的驚喜啊。」

里歐不喜歡那個聲音。他把發條玩意兒握在兩手之中朝旁邊走，讓自己靠近推土機。

黑傑教練開始大喊著：「讓那個大明星走啊，你這個大醜怪弱雞！要不然，我就把我的蹄往你的……」

「教練，」傑生說：「請閉嘴。」

恩塞勒達斯邊笑邊說：「我已經忘記羊男這麼有趣了。等我們統治世界時，一定要把你們留在身邊。當我吃著人類時，你們就可以來逗我開心。」

「這算是在稱讚我嗎？」黑傑皺著眉頭問里歐。「我不認爲那是稱讚。」

恩塞勒達斯的嘴張得好大，牙齒開始發出光芒。

「散開！」里歐大喊。

傑生和黑傑教練鑽到左側，巨人噴出火焰。那是如鍛造熔爐般的高溫火焰，這麼強的火力連非斯都會嫉妒。里歐跳到推土機後，把自製機械上好發條，丟到駕駛座裡。然後他衝向右邊，往樹木收割機的方向跑。

從他的眼角，他瞄到傑生站起來攻擊巨人，黑傑教練則脫下那件淡黃色西裝外套，原來那件西裝已經著火了。黑傑憤怒地嚎叫：「我超喜歡這件衣服耶！」然後他也高舉棍棒，朝巨人奔去。

他們還沒跑多遠，恩塞勒達斯便把他的長槍丟向地面，頓時整座山都在搖晃。

巨大的強震讓里歐四肢癱軟，他被嚇呆了片刻，接著從焚燒乾草的薄霧以及難聞的燒焦煙霧中，他看到傑生在空地另一頭掙扎著想站起來。黑傑教練則被打倒在地，他往前趴倒，頭撞到木柴，毛茸茸的羊腳朝上翹起，淡黃色的西裝褲滑到膝蓋旁。這副景象眞讓里歐覺得慘不忍睹。

巨人呼吼著：「我看到你了，派波．麥克林！」他轉過身去，朝里歐右邊那一排灌木叢噴火。派波像一隻被驅趕的小鵪鶉跑進空地，身後的灌木叢已是一片火海。

恩塞勒達斯狂笑。「很開心你終於來了，還替我帶來禮物！」

里歐的胃在翻攪，這就是派波一直在警告他們的那一刻。他們直接跳進巨人的手掌心。

巨人一定看得懂里歐的表情，因爲他突然笑得更大聲。「沒錯，赫菲斯托斯之子，我沒想到你們竟然都能存活這麼久，但現在也無關緊要了。派波．麥克林把你們帶來這裡，就已經完成了她的交易。只要她背叛你們，我一定遵守承諾，她現在就可以帶她父親走。我留下一個電影明星又有什麼用呢？」

里歐現在比較能看清楚派波的父親。他身上的高級襯衫已經破破爛爛，褲子磨損嚴重，赤裸的雙腳沾滿泥巴。他並非完全失去意識，因爲他抬起頭來呻吟了一下。沒錯，那張臉就是崔斯坦・麥克林。里歐看過太多他的電影，但此時他的臉頰髒汙削瘦，看起來虛弱無力，一點英雄氣概也沒有。

「爸爸！」派波喊著。

麥克林先生眨著眼睛，想要對準焦距。「派波……我們是在……？」

派波拔出她的匕首，面對恩塞勒達斯。「讓他走！」

「當然囉，親愛的。」巨人說：「發誓你將永遠效忠我，我們就沒有任何問題了。但其他這些人，只有死路一條。」

派波的眼神在父親與里歐之間來回游走。

「他會殺了你，」里歐警告她：「不要相信他！」

「喔，來吧，就是現在，」恩塞勒達斯大聲說：「你可知道我生來就是要對付雅典娜的嗎？我母親蓋婭爲了特殊的目的而創造出我們每一個巨人，我們被設計來挑戰或毀滅某一位特定的天神。我就是雅典娜的復仇之神，你也可以說我是永遠的反雅典娜。和我的同類比起來，我體型算小，但是很聰明。我和你做交易，派波，這些都是我計畫的一部分！」

這時傑生已經站了起來，長槍準備妥當，就在他要開始行動前，恩塞勒達斯突然發出強烈呼吼，聲音大到在山谷間迴盪，也許連整個舊金山都聽得見。

在樹林邊緣，六個像食人魔的怪物升起。里歐感到一陣噁心的翻攪。他也同時確認了一件事：那些怪物不是單純躲藏在樹林中，他們是直接從大地冒出來的。

食人魔匆匆向前。和恩塞勒達斯比起來，他們體型算小，身高兩公尺出頭，每個怪物都有六隻手臂，有一對長在一般手臂的位置，一對從肩膀上冒出，另一對則從胸腔兩旁長出來。他們身上只綁著簡單破爛的皮製纏腰布。即使隔著空地，里歐都能聞到他們的氣味。這六個傢伙應該沒洗過澡，偏偏每個人都有六個腋下！里歐決定，如果他能活過今天，一定要沖澡三小時來忘掉這款超級狐臭味！

里歐往派波靠近一點。「這些是……什麼東西？」

她的刀刃映照出紫色營火。「他們是吉吉尼[94]。」

「請說我聽得懂的話。」

「又叫地生族，」她說：「就是六手巨人，和最早那個傑生打鬥過。」

「親愛的，非常好！」恩塞勒達斯的聲音帶著好心情。「他們曾經住在希臘一個很糟糕的地方，叫做熊山，現在能搬到這座大波羅山，實在好太多了。他們是大地之母比較小的孩子，但也有他們的任務。他們很擅長操作工程機具。」

「轟！轟！」一個六手巨人發出噪音般的聲響，其他幾人就跟著唱和起來，每個人的六隻手都擺出駕駛車輛的樣子，好像在進行某種宗教儀式。「轟！轟！」

「好了，孩子們，謝謝。」恩塞勒達斯說：「說到解決英雄，他們有很好的成績，特別是針對叫『傑生』的人。」

「爺生！」地生族一起呼吼。他們的手全都抓起地上的泥土，泥土在他們手中瞬間硬化，直接變成尖銳堅硬的石塊。「爺生，在哪裡？殺掉爺生！」

恩塞勒達斯微笑著。「你看，派波，你還有選擇。救你的父親，或是，救你朋友，然後迎接死亡。」

派波往前站一步，眼裡燃著熊熊怒火，讓六手巨人嚇到後退。她散發出力量與美，而那與衣著裝扮無關。

「你不可以奪走我愛的人，」她說：「一個都不行。」

她的話有力地傳過空地，地生族喃喃回答：「好的，好的，抱歉。」然後準備撤退。

「笨蛋，通通給我站好！」恩塞勒達斯怒斥著。他對派波咆哮說：「親愛的，這就是我們想留你當活口的原因！你本來可以對我們大有用處，但現在，就隨你的意吧！六手巨人，我讓你們知道傑生在哪裡！」

里歐的心往下一沉。不過恩塞勒達斯卻沒有指向傑生，而是比向營火另一側，那昏迷又無助的崔斯坦．麥克林！

「那就是傑生，」恩塞勒達斯得意地說：「將他撕成碎片吧！」

最令里歐驚奇的是，傑生使了一個眼色，三個人立刻知道作戰計畫。從什麼時候開始，他們竟然這麼有默契？

傑生對恩塞勒達斯發動攻擊，派波衝去父親身邊，里歐則奔向樹木收割機，位置是在麥

94 吉吉尼（Gegenee），希臘神話中有著六隻手臂的巨人族，是蓋婭的孩子。他們性格兇殘，住在弗里吉亞附近小島上的熊山。

克林先生與六手巨人之間。

六手巨人動作算快，但這次里歐的速度也像風暴怪物一樣迅速。他從一公尺半之外的距離跳上收割機，直接撞進駕駛座。他的手在各式控制桿間穿梭，整台機器以超自然的速度反應，就像知道任務有多重要似的突然活了起來。

「哈！」里歐高喊，把吊車手臂旋向營火，將著火的木柴撥往六手巨人那裡，剎時火星遍布燃燒。兩個巨人在宛如雪崩的火勢中倒下，身體熔化流入土中，希望這回他們能在地底下待久一點。

趁另外四個六手巨人還在滿地火花與炙熱木柴間蹣跚找路，里歐把收割機開出來。他按下一個按鈕，吊臂一端的旋轉刀刃開始飛旋。

他從眼角瞥到在柱子邊的派波，她正努力切斷鍊條釋放父親。空地另一頭的傑生也在力抗巨人，使盡辦法揮舞他厚重的長槍，並讓火繼續延燒。只有黑傑教練依然維持山羊屁股朝上的英雄昏倒姿勢。

這片山頭很快就會陷入火海，雖然火勢對里歐沒有影響，但他的朋友要是被困住……不行，他得加快行動。

有一個六手巨人，顯然不是最聰明的那個，朝收割機發動攻擊。里歐把吊臂轉向他，當旋轉刀刃一碰上去，他就像溼黏的陶土分解飛濺開來，弄得空地上到處都是黏土，還有一大部分濺到里歐臉上。

他把濺到嘴裡的黏土吐出來，馬上將收割機轉向，面對剩下的三個六手巨人。他們已經迅速站穩腳步。

「壞轟轟！」其中一個喊著。

「對，你說對了！」里歐喊回去。「你想要壞轟轟嗎？來啊！」

慘的是，他們眞的來了。三個六手怪物，每個都拿著巨大堅硬的石塊，以急速朝里歐丟出去，里歐知道自己完蛋了。然而，他在大石塊砸到駕駛座的前半秒，硬是往後翻了一個筋斗，跳離收割機。石頭砸到金屬，在里歐勉強可以站起來時，整台收割機已經像踩扁的汽水罐沉入土中。

「推土機！」里歐大叫。

這些地生族怪物又拾起更多泥土，但這次他們的目光移向派波。

十公尺遠的地方，推土機轟隆隆開始運轉。里歐自製的小玩意終於產生作用，鑽進控制區移動了操控桿，讓推土機暫時有了自己的生命。它轟隆轟隆朝著敵人前進。

就在派波好不容易砍斷父親的鍊條，讓他靠在自己臂膀時，六手巨人發動他們第二波極速巨石攻擊。推土機快速在泥土地上前進，衝過來攔截這波攻勢，多數巨石都打進了推土機的大鐵鏟裡，力道強到讓偌大的推土機都往後移位。有兩塊大石頭反彈回去，直接擊中丟石塊的巨人，於是兩個六手巨人化爲陶土消失。但不幸的是，有一塊石頭打中推土機的引擎，害它冒出一陣機油黑煙，大機器就嘎然停止。又一個大玩具報銷了。

派波在陰影下奮力拖著父親，最後一個六手巨人準備朝她攻擊。

里歐的計策已經用完，但他不能讓那怪物欺負派波。他拔腿快跑向前，直直衝過火堆，然後從工具腰帶抓出東西，任何東西都好。

「嘿，笨蛋！」他邊喊邊朝六手巨人丟出一把螺絲起子。

這當然殺不了怪物，但足以吸引他的注意。那把螺絲起子擊中他的前額，把柄直接陷了進去，感覺那巨人好像是彩色黏土做的。

六手巨人痛苦地驚呼，攻勢暫停。他把螺絲起子拔出來，轉身瞪著里歐。這下慘了，剩下唯一一個六手巨人顯然體型最高大、相貌最可怕，蓋婭絕對是有把這個孩子好好地捏塑一番。他的肌肉特別發達，臉孔無敵醜陋，整組搭配得宜。

喔，太好了，里歐想，竟然惹上這等貨色。

「你死吧！」六手巨人怒吼：「爺生的朋友去死！」

怪物拿了滿手的泥土，瞬間硬化成石頭大砲彈。

里歐的腦袋一片空白，手又伸進工具腰帶裡。他想不出任何用得上的工具，他應該夠聰明，但這一次他就是做不出、造不出、想不出任何東西。

好吧，他想，那這次就來走光榮烈焰的風格吧。

他奔向營火，高喊：「赫菲斯托斯！」朝六手大醜怪衝去。

他根本沒有到達那裡。

一團藍綠色與黑色的模糊物體從醜怪背後閃現，發亮的銅製刀刃往上劃過六手巨人的一邊，緊接著往下劃過另一邊。

六隻大手臂掉落地面，石塊從無用的手中滾了出來。巨人往下一看，驚訝無比，喃喃說著：「再見，手臂。」

然後整個人溶入地面。

派波站在那裡大口喘息，她的長三角匕首沾滿黏土。她父親坐在山脊邊，昏迷又負傷，但還活著。

派波的表情帶著憤怒與殺氣，幾近瘋狂，像被逼急的動物。里歐很慶幸這當下她和自己同一國。

「沒有人可以傷害我的朋友！」她說，里歐意識到她這句話是在說自己，突然一股暖流遍布全身。然後她說：「快過來！」

里歐仔細一看，戰役還沒結束，傑生仍在跟恩塞勒達斯纏鬥，而且看來情況不妙。

43 傑生

當手中的長槍斷掉時，傑生覺得自己死定了。

這場對決一開始進行得很順利。傑生的本能和膽量都告訴他，他曾經跟這樣大個子的敵人對戰過。體型和力量等同於遲緩，所以傑生要做的就是迅速，迅速調整自己的節奏，迅速消耗敵人的力量，當然也要避免被打到或被火燒。

巨人擲過來的第一槍被他滾開了，而且他還刺到恩塞勒達斯的腳踝。傑生的長槍有辦法刺穿巨人像龍一般的厚腳皮，接著金色的液體，那永生者的血，就這麼流淌到他的腳爪。

恩塞勒達斯痛得大叫，對他噴火攻擊。他快速後退，一下子又滾到巨人後方，再次對著巨人膝蓋後側出手。

這樣的搏鬥進行了幾秒鐘或是幾分鐘，很難判斷。傑生聽見空地另一頭的打鬥聲，有工程機具運轉的噪音、火焰的轟轟聲，還有怪物的吼叫與石頭撞擊金屬的巨響。他也聽得到里歐和派波面臨挑戰時的叫囂，那代表他們都還活著。傑生努力不去想他們，眼前的戰勢由不得他分心。

恩塞勒達斯的長槍差一點就打中他，傑生持續閃躲跳躍，但是地面一直拉扯他的腳。蓋婭的力量愈來愈強，巨人也變得愈來愈靈活。恩塞勒達斯或許動作不快，卻不遲鈍。他開始猜到傑生的招式，於是傑生的攻擊只能惹惱他，讓他火氣更大。

「我不是什麼次等的怪物，」恩塞勒達斯低沉的聲音傳出來，「我是巨人，生來就是要摧毀天神！你那根小小的金色牙籤不可能打倒我，孩子。」

傑生沒有浪費體力回答他。他已經累了。地面牽制住他的腳，讓他感覺自己像是多了五、六十公斤的重量。空氣瀰漫著煙塵，燻燙著他的肺。火焰在他四周伸展，在風勢助長之下，這裡的溫度已經逼近烤箱內部。

傑生舉起長槍，要擋住巨人的下一擊，眞是錯誤的一招。「不要硬碰硬。」有個聲音責備他。這是母狼魯芭在好久以前告訴他的。他勉強將巨人的長槍打偏，但它依舊斜擦過他的肩膀，讓他整隻手臂都麻木了。

他退後站好，差點絆到一根燃燒的木柴。

他必須使出拖延戰術，要讓恩塞勒達斯的注意力集中在他身上，他的朋友才有可能對付六手巨人或解救派波的父親，他不能被擊倒。

他轉向，想把巨人引到空地邊緣。恩塞勒達斯可以感受到傑生累了，他開心地笑著，尖牙閃閃發亮。

「強而有力的傑生．葛瑞斯，」他嘲笑著說：「是的，我們認識你，朱比特之子。你是帶頭攻擊奧特里斯山的人。你單手殺死泰坦的克里奧斯[95]，還推倒了黑色王座。」

傑生的腦袋糾纏成一團。他不知道那些名字，但他們卻讓他皮膚一陣刺痛，好像身體記得那些腦子不知道的痛苦。

---

[95] 克里奧斯（Krios），泰坦巨神之一，掌管星辰和南方。參《波西傑克森—迷宮戰場》一一一頁，註[41]。

「你在說什麼？」他問，然後在恩塞勒達斯噴火時，他知道自己犯了一個大錯。

已經分心的傑生動作慢了下來。火雖然沒有直接噴到他，但那熱度已經燙傷他的背。他倒在地上，衣服開始熔化變形。在灰燼與煙霧中，他的視線只剩一片茫然，即使想好好呼吸也被嗆到。

巨人的長槍往地面劈來，他爬在地上後退閃躲。

傑生努力要站起來。

只要他召喚出一道夠強的閃電……可是他已經體力耗盡，再做這件事有可能會要了他的命，而他也不確定電流傷不傷得了巨人。

「垂死奮戰是光榮的。」魯芭的聲音又出現。

還眞是安慰人心啊，傑生想。

最後一試。傑生深呼吸一口氣，進攻。

恩塞勒達斯讓他接近，充滿期待地微笑著。在最後一秒，傑生做了一個假動作，並滾向巨人兩腿之間，然後快速起身，用盡全力出擊，準備攻擊巨人的背。但恩塞勒達斯識破他的計謀。他用極快的速度和以巨人來說不可能的敏捷身手往旁邊一站，彷彿大地全力在幫助他移動；接著他將長槍往旁邊一劃，直接迎上傑生的長槍，在如同子彈爆發的聲響中，那黃金武器斷裂。

這個爆炸的熱度遠超過巨人的噴火鼻息，金光將傑生的視線變成空白，力道震撼得讓他站不起來，喘不過氣。

當他的視線重新可以聚焦時，他已坐在一個火山口邊緣，恩塞勒達斯站在另一邊，步伐不穩且一臉迷惑。黃金長槍的斷裂引發巨大的能量釋放，炸出了一個完美的圓錐凹洞，深度達十公尺，洞裡的泥土與石塊則被高熱熔解成玻璃液體般晶亮黏稠的物質。傑生不確定自己是怎麼倖存下來的，但他的衣服正冒著蒸氣，體力也完全耗盡。他沒有武器了，但恩塞勒達斯還活得好好的。

傑生想站起來，但兩條腿像鉛塊一樣重。恩塞勒達斯對著眼前的毀滅景象眨眨眼，然後大笑了起來。「眞壯觀！不幸的是，這也是你的最後一個把戲，混血人。」

恩塞勒達斯一個跳躍就越過火山口，兩腳落到傑生的兩側。他舉起自己的長槍指向傑生，槍尖距離傑生的胸膛僅兩公尺。

「現在，」恩塞勒達斯說：「我要獻給蓋婭第一個祭品！」

44 傑生

時間似乎慢了下來，這很令人沮喪，因爲傑生還是無法動彈。他覺得自己陷入大地的感覺，就像地面是張水床，柔軟舒服，鼓勵他放鬆且放棄。他不知那些關於冥界的故事是不是眞的。他的結局會是在刑獄？還是埃利西翁[96]？如果他不能想起自己的過去，這些事還會列入考核嗎？他懷疑主審官會不會考量這一點，或者是父親宙斯會不會寫張便條過來說：「請讓傑生免於永遠的詛咒，因爲他有失憶症。」

傑生也感覺不到自己的手臂。他可以看到巨人長槍的尖端朝他胸膛以慢動作靠近，他知道自己應該要移開，但似乎動不了。有趣，他心想，經過種種爲生存所做的努力，到最後，你就只能無助地躺在哪裡，等噴火巨人把自己刺穿。

「砰！」里歐的聲音大喊。「抬頭！」

一個很大的黑色金屬楔狀物擊向恩塞勒達斯，發出巨大的「噹！」一聲。巨人的身體傾斜，滑進了火山口般的坑中。

「傑生，起來！」派波呼喊。她的聲音帶給他一些力量，把他從恍惚中搖醒。他試著坐直，整個頭仍然暈眩無力。派波從他手臂下方撐住他，扶他站起來。

「不要死在我身上。」她命令他：「你不可以因我而死。」

「是的，女士。」他仍然頭暈眼花，但眼前的派波是他此生見過最美的人。她的頭髮像被燒過，臉蛋沾滿灰燼，手臂有傷痕，衣服有破洞。她掉了一隻靴子。好美。

在她後面十公尺左右的地方，里歐站在一個機械器具上，是一個像砲管的長形物體，上面有個大型活塞，邊緣斷裂得很徹底。

然後傑生往下看著火山口，這才知道液壓斧頭的另一邊跑去哪裡了。恩塞勒達斯還在掙扎著想起身，而那片有一台洗衣機大的尖銳刀斧正卡在他的胸甲上。

令人吃驚的是，巨人真的拔開了那片巨大的刀斧。他痛苦吼叫，整座山都跟著晃動震撼。金色血液流遍了他的胸甲，但他還是站了起來。

「妙招。」巨人齜牙咧嘴說：「但我是不會被擊倒的。」

他們看著巨人身上的盔甲已經在自行修補，金色液體也不再流出，就連傑生先前奮力在他鱗片腳爪上砍出的傷口，都已癒合成淡粉紅色的疤痕。

里歐跑到他們身邊，看到巨人不禁咒罵：「這東西是怎樣啊？明明早該死了！」

「我的命運是註定的，」恩塞勒達斯說：「巨人不會被天神或英雄殺死。」

「但天神和英雄合作時例外。」傑生說。巨人的笑容消失，傑生看到他眼中出現畏懼的神情。「沒錯吧？天神和混血人合作，就可以殺了你。」

「你不會活到有那個機會！」巨人開始試著往上攀爬，但光滑的玻璃壁面讓他不斷滑倒。

「有人順便帶了天神來嗎？」里歐問。

傑生的心中仍然充滿恐懼。他看著下面的巨人努力爬出大坑，他知道會發生什麼事。

---

96 埃利西翁（Elysium），希臘神話中永遠的樂土，是行善、有德及正直之人與英雄死後的歸所。

「里歐，」他說：「如果你的工具腰帶裡有繩索，先準備好。」

然後他徒手跳向巨人，沒拿任何武器。

「恩塞勒達斯！」派波大叫：「看看你的後面！」

那絕對是個詭計，可是她的聲音那麼有說服力，就連傑生也相信了。巨人說：「什麼？」然後轉過身去，好像背上有隻大蜘蛛爬上來似的。

傑生在剛剛好的時間點撲到他腿上，巨人頓時失去平衡。恩塞勒達斯撞到火山坑壁，再次滑落坑底。他想起身，傑生用手臂繞住他的脖子，他雙腳掙扎擺動，傑生跨上他的肩膀。

「給我下去！」恩塞勒達斯咆哮。他想抓住傑生的腿，但傑生攀爬翻滾，在他髮辮之間鑽來鑽去。

「父親，」傑生心想：「如果您希望我能做件好事，做您認可的事，那就是現在。請幫幫我，我願意奉獻我的生命，只要能解救我的朋友。」

突然間，他聞到一股暴風雨的金屬氣味。黑暗吞噬了太陽。巨人僵住了，顯然也感受到變化。

傑生對朋友呼喊：「臥倒！」

他的髮絲全豎了起來。

劈啪！

閃電竄流過傑生的身體，直接通向恩塞勒達斯，然後擊向地面。巨人的背部僵直，傑生被甩飛出去。當他重新可以行動時，他已經沿著火山坑壁下滑，而火山口正在爆裂。這道超強閃電震裂了整座山，地面翻湧分裂，恩塞勒達斯的腿滑進裂口當中。他的手在坑洞玻璃壁面無助地攀抓，有一刻似乎眞的抓住了邊緣，但那隻手顫抖得很厲害。

他滿懷恨意地瞪著傑生。「你沒有贏，小子！我的兄弟正要升起，他們都比我強壯十倍以上！我們將在天神的根源地毀滅他們的一切！你遲早會死，整個奧林帕斯都會……」

巨人的手再也抓不住，掉進擴大的裂口中。

大地搖晃，傑生也朝裂口摔過去。

「快抓住！」里歐吶喊。

傑生就在雙腳已滑到裂口邊緣時抓到了繩索，里歐和派波合力將他拉上來。他們站在一起，筋疲力盡，膽戰心驚。那個裂口像一張憤怒的大嘴猛然合起，裂口就此不見。這時，大地也不再牽制他們的腳。

從現在起，蓋婭離開了。

山頭火勢變猛，濃煙往空中竄升到上百公尺的高度。傑生瞥見一架直升機，或許是消防隊或是記者，正朝他們的方向飛過來。

四周盡是不堪入目的殘骸。六手巨人全化爲一堆堆黏土，留下許多他們製造出的石頭飛彈，還有一些噁心的皮革纏腰碎片；但傑生知道，他們很快就會重新組合成形。機械設備也全部毀壞，四散在地面，地面本身焦黑變色且坑洞一堆。

黑傑教練終於開始動了。他咕嚕一聲後坐了起來，抓抓頭，那條本來是淡黃色的褲子，現在變成芥末醬的顏色加上好幾團泥巴。

他眨眨眼睛，看看戰場風光。「都是我幹的嗎？」

傑生還來不及回答，黑傑已經拿好棍棒搖搖晃晃站起來。「哼，你想要幾個飛踢？我就給你幾個飛踢！同學們上，讓他們看看誰才是羊，哼？」

他跳了幾個舞步，踢踢石塊，對黏土堆擺出羊男最沒禮貌的姿勢。

里歐爆笑出來，傑生也忍俊不住，開始放聲大笑。或許有點歇斯底里，但心情真是頓時放鬆了好多好多。能活著真好，瘋狂大笑又何妨。

這時候，空地另一頭有個男人站了起來。崔斯坦・麥克林拖著不穩的腳步走向他們。他的眼神空洞，驚嚇失魂，就像一個走過核爆戰場的人。

「派波？」他出聲了，雖然聲音虛弱顫抖。「派波，這是……這些是……？」

他沒辦法說完一句話。派波衝向他，將他緊緊抱住，可是他好像連派波也認不出來。

傑生有過類似的感覺，就在去大峽谷的那個早上，當他失去一切記憶醒過來時。但此刻麥克林先生的狀況和他完全相反。他有了太多記憶、太多傷痛，以至於思緒一下無法處理一切。他的精神快分裂了。

「我們必須把他帶離這裡。」傑生說。

「是啊，但是要怎麼離開？」里歐說：「他不可能自己走下山。」

傑生往上看著直升機，此時就在他們正上方盤旋。「你可以幫我們做一個擴音器之類的東西嗎？」他問里歐。「派波要進行一些談話。」

45 派波

要借一台直升機，對派波來說易如反掌，但要把她爸爸弄上直升機，又是另外一回事。

透過里歐的改良式擴音器，派波只講了幾句話，就說服駕駛員將直升機降落在山上。公園管理處的直升機空間很大，因爲要能應付緊急醫療運送或搜索與救援等任務。當派波詢問那位善良的女機師能否好心載他們去奧克蘭機場時，機師欣然同意。

「不要，」她的父親喃喃說著，他們正從地上扶起他，「派波，那裡……那裡有怪物……那裡有怪物……」

派波需要傑生和里歐的幫忙才抓得住父親，黑傑教練則負責拿他們的東西，幸好他已經穿回褲子和皮鞋，派波不必費心對機師解釋他的羊腿。

看到爸爸這個樣子，派波的心都碎了。爸爸被推到了臨界點，像個小男生般啼哭。她不知道巨人到底對爸爸做了些什麼，又是怎樣去折磨爸爸的心靈，儘管她也不覺得知道之後可以承受得住。

「會沒事的，爸。」她用最能安撫人心的語調對爸爸說。她不想魅惑自己的父親，但那似乎是唯一的辦法。「這些人都是我的朋友，我們會一起幫你的忙，你現在已經安全了。」

他眨眨眼，抬頭看直升機的螺旋槳。「刀刃……他們有一個機器，有好多旋轉刀刃。他們有六隻手……」

他們好不容易把他扶到機艙門前，女機師過來幫忙。「他怎麼了？」她問。

「被煙嗆傷，」傑生說：「也可能是中暑。」

「那我們應該把他送去醫院。」機師說。

「沒問題的，」派波說：「送到機場就可以。」

「對，機場就可以。」女機師立刻同意派波的話。然後她眉頭微微一皺，似乎不知道自己爲什麼改變主意。「他不就是那個電影明星崔斯坦・麥克林嗎？」

「不是，只不過長得很像，別誤會。」派波說。

「對，」機師也說：「只是長得很像，我……」她眨眨眼，有些困惑。「我忘了我要說什麼，我想就趕快起飛吧。」

傑生對派波揚起眉毛，顯然深感佩服，但派波感覺糟透了。她並不想扭轉別人的心智，去說服別人相信原本不信的事情。這樣子很霸道，很不應該，就像茱兒在混血營的行爲，也像梅蒂亞在百貨公司耍的奸計。而這樣的能力能夠幫得上爸爸嗎？她無法說服他相信一切沒問題，或是怪事不曾發生過。他受的傷太深了。

他們終於把他架上直升機，接著立刻起飛。女機師不斷從無線電接到質問，問她的飛行目的地是哪裡，但她都不予理會。他們離開著火的山頭，轉向柏克萊山飛去。

「派波，」爸爸抓住她的手，一直不肯放鬆，彷彿很怕自己摔下去，「眞的是你嗎？他們告訴我……他們告訴我你會死。他們說，一些可怕的事將要發生。」

「爸爸，眞的是我。」她用所有的意志力來克制自己眼淚潰堤。爲了爸爸，她一定要堅強。「事情都會慢慢好轉的。」

「那裡有怪物，」爸爸說：「眞正的怪物。地底的精靈從湯姆爺爺的故事裡跑出來。然後，大地之母在生我的氣。還有巨人祖卡魯[97]，他會噴火……」他的眼神又固定在派波身上，那雙眼睛就像破裂的玻璃，反射出瘋狂奇特的光線。「他們說，你是一個半神半人，而你的媽媽是……」

「阿芙蘿黛蒂，」派波說：「就是愛神。」

「我……我……」他顫抖著深吸一口氣，然後好像忘記要怎樣呼氣。

派波的朋友都刻意不去看他們。里歐把玩著從工具腰帶中拿出的小螺帽，傑生則望向窗外山谷，下方的道路車速變慢，人們見到山林火災都停車下來看。黑傑教練咬著僅剩的康乃馨梗，這一次總算沒心情大吼或亂跳了。

崔斯坦·麥克林不該被任何人看到他現在這樣。他是個明星，是充滿自信、風度翩翩、溫文儒雅的紳士，永遠舉止得宜。這是他對外塑造的公眾形象，派波曾經見過這種形象搖擺的時候，但這次不同，這次是完全破滅，過去的他不見了。

「我本來不知道媽媽的事，」派波告訴爸爸：「是直到你被綁走之後，我才知道。當我們弄清楚你在哪裡後，就立刻過來救你，還好有我朋友一起幫忙。沒有人會再傷害你了。」

他父親終於停止顫抖。「你是英雄，你跟你的朋友都是。我眞不敢相信，你是眞正的英雄，不像我，什麼忙都沒幫上。我好以你爲榮啊，派派。」可是，他的聲音愈來愈無力，像是自顧自的呢喃。

---

[97] 祖卡魯（Tsul'kalu），切羅基神話裡的巨人，是狩獵之王。

他往下看著窗外的山谷，抓住派波的手終於鬆開。「你媽媽從來沒有告訴我。」

「她認爲這樣對你最好。」這句話聽起來很沒有說服力，就算對派波來說也是，任何魅惑的力量都轉變不了。但是她沒有告訴爸爸，阿芙蘿黛蒂眞正擔心的是，如果他的下半輩子都甩不開這些恐怖的記憶，如果他知道天神精靈行走在世上，那會徹底毀掉他的。

派波摸摸外套的口袋，小藥瓶仍然在那兒，摸起來暖暖的。

但她怎麼能抹去父親的記憶呢？她的父親終於了解女兒，終於以她爲傲，而且好不容易視她爲英雄，而不是麻煩製造者；他也不會再把她送走，他們共同擁有一個祕密。

她怎麼能再回到過去那種生活？

她拾起他的手，開始對他訴說點點滴滴的生活小事，那些她在荒野學校的日子，還有在混血營裡的小屋。她告訴他，黑傑教練會啃康乃馨，還有在惡魔山上屁股朝天的事；她描述里歐修理駕馭大銅龍的奇蹟，還有神勇的傑生一講出拉丁文，狼群就會撤退。提到這些冒險行爲時，她朋友都露出靦腆的笑容。她父親似乎也顯得比較放鬆，但仍舊沒有笑容。派波甚至不確定他到底有沒有在聽。

他們飛越山丘，進入東灣，傑生顯得緊張起來。他靠著艙門拚命向外張望，派波十分擔心他會摔出去。

他的手一指。「那是什麼地方？」

派波往下看，沒有見到什麼特別的地方，只有山丘、樹林、房舍與蜿蜒山谷間的道路。一條公路穿過隧道深入山谷，將東灣與內陸城鎮相連接。

「你是說哪裡？」

「那條路，」他說：「那條穿進山谷的道路。」

派波拿起機師給他們的通話頭盔，透過無線電問機師這個問題。答案沒什麼特別的。

「她說，那是二十四號公路，」派波轉述：「那個隧道是凱迪克隧道。爲什麼問這個？」

傑生很認眞地凝視隧道入口，沒有說話。接近奥克蘭，隧道也消失了。但傑生依舊望著遠方，不安的表情幾乎和派波的父親一樣。

「怪物，」派波的父親說，一滴淚珠滑落他的臉龐，「我活在一個怪物的世界。」

46 派波

空中交通控制中心並不想讓一架沒有照表飛行的直升機降落，直到派波連上無線電對話後，結果當然沒問題。

他們降落在跑道上，所有人都看著派波。

「接下來呢？」傑生問她。

她覺得很不自在。她並不想接手領導，但是爲了爸爸，她必須表現得很有信心。她也完全沒有計畫，只記得爸爸是坐飛機過來奧克蘭的，那代表他的私人飛機應該還在這裡。但是今天是冬至，他們還得去救希拉，儘管他們既不知該去哪裡，也不知是否來得及。然而，她又如何能把這樣的父親單獨丟下？

「首先，」她說：「我……我必須先送我父親回家。很抱歉，各位。」

大家的臉都垮了下來。

「喔，」里歐先開口：「我是說，當然啦，他現在需要你。我們從這裡開始自己來。」

「派派，不行。」派波的爸爸本來一直披著毯子坐在機艙門口，現在卻硬撐著站起來。「你有一個任務，一個尋找任務。我不能……」

「我來照顧他。」黑傑教練說。

派波瞪著他。羊男是這裡面她最無法託付的人了。「你？」她問。

「我是一個守護者，」黑傑教練說：「那才是我的工作，不是打架。」

他的聲音中有些沮喪羞愧，派波這才想到她不該提起戰役中他被擊昏倒栽蔥的事。在羊男的世界中，他可能和她父親一樣屬於心細又敏感的類型。

黑傑挺直腰桿，表情堅定。「當然，打仗時我一樣很勇敢。」他瞪著他們，看誰敢反駁。

「沒錯！」傑生說。

「厲害極了。」里歐補充。

教練咕噥了兩聲，說：「但我是個守護者，這事我做得來。你爸爸一定會好好的，派波，你必須繼續你的尋找任務。」

「可是……」派波的眼睛刺痛起來，彷彿重新置身森林大火中。「爸……」

他伸出手臂，派波撲過來擁抱他。爸爸感覺上是那麼脆弱，渾身依舊顫抖著，這讓她感到害怕。

「讓他們獨處一下吧。」傑生說，他們跟機師一起往跑道走了幾公尺。

「我不敢相信，」她爸爸說：「我讓你失望了。」

「沒有的，爸爸！」

「他們做的那些事……派波，他們給我看的景象……」

「爸，你聽我說，」她把小藥瓶從外套口袋取出來，「這是阿芙蘿黛蒂給我的，是她替你準備的東西。她說這可以帶走你近期的回憶，會讓這些事情就像沒發生過一樣。」

爸爸盯著她，彷彿她說的每一個字都是外國話，需要慢慢翻譯回他聽得懂的語言。「可是你是一個英雄。喝下它，我會連這個也忘掉嗎？」

「是的。」派波的聲音變得好小。她強迫自己擠出有信心的語調。「是的，你會忘掉，一切又會變回跟從前一樣。」

他閉上眼睛，顫抖著深呼吸。「我愛你，派波，我一直非常愛你。我……我把你送走，是因爲不想讓你經歷和我一樣的生活。我不要你和我成長期的時候一樣貧窮、沒希望；也不要你去體驗好萊塢那種瘋狂錯亂。我一直以爲……我以爲我是在保護你。」他苦笑著。「我以爲沒有我的生活，你會過得更好，或是更安全。」

派波牽起爸爸的手。她聽過爸爸說是在保護她，但她從來不肯相信，總以爲爸爸是在找藉口。爸爸看起來那麼有自信、那麼輕鬆面對一切，好像他的生活總是一帆風順。他怎麼會說她需要受到保護？

終於，派波了解了。爸爸做的一切，都是爲了她好，努力不讓她見到自己內心的恐懼與不安。他是眞的努力要保護她，但現在，他處理事情的能力已完全被摧毀。

她把小藥瓶交給他。「喝下去吧。也許有一天，等到你準備好的時候，我們會願意再來談談這些事。」

「等我準備好時，」他喃喃自語：「你這樣說，就好像……好像我還沒長大。我才應該是家長呀。」他拿過藥瓶，眼睛閃過一抹消極的盼望，說：「我愛你，派派。」

「我也愛你，爸爸。」

他喝下粉紅色液體，突然翻了個白眼往前倒下。派波扶住他，她朋友都跑來幫忙。

「我撐住他了。」黑傑教練說。他的腳步有點蹣跚，但確實強壯到足以獨自撐起崔斯坦·麥克林。「而且我已經請求童軍朋友援助，把他的飛機叫過來這邊。飛機馬上會過來，請問你家地址是……？」

派波正打算告訴他時，一個想法突然冒出來。她檢查父親的褲袋，爸爸的黑莓機還在那裡。在經歷這些災難後，這種正常用品竟然還留在他身上，實在有夠奇怪，不過派波猜恩塞勒達斯也沒有拿走它的理由。

「所有資訊都在這裡面。」派波說：「地址、司機的電話等等。只是要小心珍妮。」

黑傑突然眼光一亮，好像感應到有場架可打。「誰是珍妮？」

就在派波要解釋時，爸爸漂亮的白色私人飛機已經滑行到直升機旁。

黑傑教練和空服員一起把爸爸抬上飛機，然後黑傑衝下來再說一次再見。他給派波一個擁抱，再看著傑生和里歐。「你們這兩個小夥子要好好照顧這女孩，聽到了沒？要不然我會罰你們做五百下伏地挺身！」

「收到指令，教練！」里歐說，嘴角浮出笑意。

「絕對不會讓你罰到伏地挺身！」傑生保證。

派波再給老羊男一個擁抱。「謝謝你，教練。爸爸就麻煩您照顧了，拜託！」

「我知道，派波。」他跟她保證，「這班飛機上有麥根沙士、蔬菜玉米捲餅和百分之百天然麻製餐巾紙，好吃耶！我一定會習慣這種生活的。」

他蹦蹦跳跳登上飛機扶梯，半途中掉了一隻鞋，羊蹄露出來有一秒之久。空服員眼睛瞪大，但馬上轉頭假裝沒事。派波心想，也許她怪事見多了，畢竟她是替大明星崔斯坦・麥克林工作呀。

飛機在跑道上滑行離開，派波開始哭泣。她已經忍耐了太久，這時再也無法承受下去。

在不知不覺中，傑生已經將她摟在懷裡。里歐不自在地站在他們旁邊，從工具腰帶拿出抽取式衛生紙。

「你父親一定會被照顧得很好，」傑生說：「你做得很棒。」

她埋在他上衣裡啜泣，放任自己在他懷中做了六次深呼吸，七次。然後她不再讓自己這樣下去，他們需要她。直升機駕駛已經顯得有些不自在，似乎開始納悶自己為何會載他們幾個過來這邊。

「謝謝你們，各位。」派波說：「我……」

她想告訴他們，他們對她來說有多重要。他們竟然願意犧牲一切，甚至是犧牲這趟任務來幫助她。她無以回報，幾乎找不出言語可以形容滿心的感激。只是這些朋友的表情已經告訴她，他們知道派波想說什麼。

這時候，就在傑生身旁，空氣開始飄動。一開始派波以爲是瀝青跑道的熱氣在蒸騰，或是直升機引擎冒出來的氣體，突然間她想起她見過這景象，是在梅蒂亞百貨公司的噴泉旁。是伊麗絲訊息。空氣中出現一個畫面，一個穿著銀白迷彩冬衣的黑髮女孩手上拿著弓。

傑生驚喜地後退兩步。「泰麗雅！」

「感謝天神！」獵女說。她身後的景象不很清晰，但派波聽得見呼喊聲、金屬撞擊聲，還有爆炸聲。

「我們找到她了，」泰麗雅說：「你們在哪裡？」

「奧克蘭。」傑生回答。「那你們呢？」

「我們在狼屋！你們在奧克蘭，太好了，離這裡不遠。我們暫時拖住了巨人的爪牙，但不可能一直撐下去。在日落前抵達這裡，不然一切就完了。」

「所以現在還不算太遲囉？」派波高聲問，這股希望重新燃起她的鬥志，但泰麗雅的神色很快就澆熄她的興奮。

「還不算，」泰麗雅說：「可是，傑生，情況比我想像的還糟。波爾費里翁已經在升起了，快過來！」

「但狼屋在哪裡呢？」他想知道答案。

「我們的最後一次旅行，」泰麗雅說，這時她的影像開始閃爍，「那個公園，傑克・倫敦[98]，記得嗎？」

派波完全聽不懂，但傑生卻好像被槍打到似的。他腳步踉蹌，臉色發白，而伊麗絲訊息已經消失。

「兄弟，你還好嗎？」里歐問：「你知道她在哪裡了？」

「是的，」傑生回答：「索諾馬山谷，不遠，可以不用飛行。」

派波轉身向直升機駕駛說話，這位女機師一直在旁邊觀看種種發展，表情愈來愈疑惑。

「您好，」派波擺出最和善的微笑，「您不介意再幫我們一次，是嗎？」

「不介意。」女機師立刻同意。

[98] 傑克倫敦紀念公園（Jack London State Historic Park）是加州州立公園，位在索諾馬郡。美國小說家傑克・倫敦二十世紀初在當地買下大片土地，並開始打造他命名為「狼屋」的夢想屋。可惜這棟大宅在即將落成入住前毀於大火，傑克死後骨灰也埋在這一帶。

「我們不能將凡人拉進戰場，」傑生說：「這太危險了。」他轉身看著里歐，問：「你認爲你有辦法駕駛這東西嗎？」

「嗯……」里歐的表情讓派波無法百分之百放心。只見里歐把手放到直升機的表面，全神貫注，彷彿在傾聽機器的語言。

「貝爾 412HP 型通用直升機，」里歐開始說：「四葉陶瓷複合螺旋槳，巡航速度二十二節，實用升限六千公尺，油箱近乎全滿。沒問題，我可以駕駛這東西。」

派波再次對女機師使出最親切可人的笑容，說：「有個未達法定駕機年齡又沒有執照的年輕人想跟您借飛機，可以嗎？我們一定會歸還的！」

「我……」女機師幾乎說不出話來，但她還是說了：「沒有問題。」

里歐微笑。「快上飛機，里歐大叔要來載你們一程啦！」

47 里歐

開直升機？有何不可？這一週里歐已經做過太多更瘋狂的事。

在他們往北飛越里奇蒙大橋上空時，太陽已經開始朝西邊落下，里歐不敢相信一天竟然這麼快就過去了。這又再次證明，沒有什麼比注意力不足過動症與生死大決鬥更能讓時間快速飛逝。

駕駛這架直升機，讓他整顆心在自信與恐慌間奔波來回。如果不特別去想，他發現自己可以自動地扳弄正確的開關，檢查高度表，手也會輕鬆放在操控桿上，讓飛機直直飛。但如果他讓自己想到自己在做什麼，就會開始害怕。他會想到羅莎阿姨用西班牙文罵他，說他是精神錯亂的少年犯，專搞破壞和縱火。他心裡有時也這樣認爲。

「都還順利嗎？」派波坐在副駕駛座上問他。她的聲音聽起來比里歐還緊張，所以里歐決定擺出勇敢的面孔。

「好得很，」他說：「所以，那個狼屋是怎麼一回事？」

傑生跪坐在他們中間。「是位在索諾馬山谷的一棟廢棄大房子，建造它的是一位混血人，名叫傑克．倫敦。」

里歐不大清楚這人的來頭。「他是個演員嗎？」

「作家，」派波回答：「寫一些探險的故事，對嗎？《野性的呼喚》？《白牙》？」

「對，」傑生說：「他是摩丘力的兒子。我的意思是，荷米斯的兒子。他也是一位探險家，在世界各地遊歷，甚至還打過零工。後來他寫書賺了很多錢，就在鄉下買了一個很大的農場，決定建造一棟超級大宅，就是狼屋。」

「取這種名字，是因爲他寫了跟狼有關的書嗎？」里歐猜測。

「有一部分是。」傑生說：「不過選這個地方，還有他會專門寫狼，都暗示那跟他的個人經驗有關。在他的生活裡，有很多沒有答案的空缺。他是怎麼出生的？他父親是誰？爲什麼他要這樣不斷流浪旅行？這些只有在你知道他是混血人後才能解釋。」

灣區已經在他們後方，他們繼續往北飛，金黃色山丘一直連綿到視線盡頭。

「所以傑克．倫敦有去混血營。」里歐猜想。

「沒有。」傑生說：「他沒去。」

「兄弟，聽你講這些神祕的事弄得我很害怕耶！你的記憶到底是恢復了沒？」

「片片段段，」傑生說：「只是一些片段，但都不是什麼好事。狼屋是建在一片聖地上，那是傑克童年開啓旅程的地方，也就是他發現自己是混血人的地方。所以他回到那裡，以爲自己可以在那裡存活到老，可以擁有那一片土地，然而那裡終究不屬於他。狼屋受到詛咒，就在他與妻子打算搬進去的一週前，全部被大火焚毀。幾年後，傑克就過世了，他的骨灰被帶到那裡埋葬。」

「那麼，」派波說：「你怎麼會知道這些事？」

傑生的臉罩上一層陰影，也許是一朵雲吧，但里歐發誓那形狀就像是一隻老鷹。

「我的旅程，也是從那裡開始的。」傑生說：「那是一個對混血人具有強大力量的地方，一個危險的地方。如果蓋婭擁有了它，而且在冬至之日利用它的力量讓希拉葬身在那裡，並讓波爾費里翁升起，或許力量就足以全然喚醒沉睡的大地之母。」

里歐的手始終放在操控桿上，用全速飛行，朝北邊前進。他見到前面的天氣出現變化，暗黑的形狀像是一道雲雨帶或是風暴，偏偏那裡就是他們要去的地方。

派波的父親剛剛叫他英雄，里歐也不敢相信自己最近的一些壯舉：單挑三個獨眼巨人、解開會爆炸的門鈴引線、用機械器具打爛幾個六手巨人。這些都像是發生在別人身上的事，而他只是里歐．華德茲，出身於休士頓的一個孤兒，一輩子大半時間在逃家，現在心裡仍有幾絲想逃跑的念頭。他到底在想什麼？真的要飛去一個被詛咒的大宅和更多怪物搏鬥嗎？

媽媽的聲音開始在他腦海中迴盪：「沒有東西是修不好的。」

只是不包含你已經永遠離開這件事，里歐想。

看見派波和她父親重逢，真的讓他想起了家。即使里歐能完成這次任務拯救希拉，他也不會有任何愉快的重逢。他沒有甜蜜的家可回，他也不可能再見到媽媽。

直升機突然震動得很厲害，金屬發出嘰嘎的怪聲，里歐想像那是在敲打摩斯密碼說：「還沒結束，還沒結束。」

他升高直升機，金屬聲停止。或許他只是幻聽。不能再沉溺於對媽媽的思念，也不能再亂想那一件困擾他的事：既然蓋婭能把冥界亡者帶回人世，那他可不可以利用這點做什麼？不行，想這樣的事只會讓他發瘋，眼前他還有要事得完成。

他讓本能代替理智工作，就像以本能駕馭直升機。如果他一直在想尋找任務或者之後會發生的事，他會恐慌。駕馭飛機的關鍵就在不要去想它，只要順其自然。

「再過三十分鐘會到。」他告訴朋友，雖然不知道這個數字是如何冒出腦海的。「如果你們想趁機休息一下，這是最好的時機。」

傑生坐到直升機後面，扣上安全帶休息，幾乎轉眼就睡著了。派波和里歐則清醒得很。

經過幾分鐘尷尬的沉默後，里歐開口：「你爸爸會沒事的，你要知道，有那隻瘋羊陪著他，沒有人敢在旁邊搞鬼。」

派波看他一眼。里歐感到十分震驚，派波變了好多！不只是外表改變，她的存在感變強了，她看起來似乎更……進入狀況。在荒野學校那段時間，她一直努力不要受到注意，總躲在教室最後一排，坐在校車最後一列，在餐廳吃飯也選在離那些吵鬧的孩子最遠的角落。而現在的她，不可能被忽視。那跟她的穿著打扮完全無關，你就是會注意到她。

「我爸爸，」她若有所思地說：「是啊，我知道他會好好的。其實我是在想傑生，我很擔心他。」

里歐點點頭。他們愈接近烏雲邊緣，他的憂慮也愈增加。「他的記憶開始回來了，那會讓他更加煩躁。」

「但要是……要是他變成一個完全不同的人呢？」

里歐心中也有一樣的想法。如果迷霧強到可以影響他們的記憶，有沒有可能傑生的個性也是一個幻象？如果他們的朋友不再是個朋友，而他們又要闖進一個受詛咒的地方，一個對混血人很危險的地方。況且要是傑生的記憶在戰鬥到一半時全部回來，會有什麼後果？

「不會的，」里歐做出自己的結論，「在我們共同經歷這麼多事情之後？我不這麼認為。

我們是個團隊，傑生一定可以好好處理。」

派波撫平身上的藍綠色洋裝，這件衣服在魔鬼山上弄髒又燒到了。「我希望你是對的，我需要他……」她清清喉嚨，「我是說我需要信任他。」

「我明白。」里歐說。看到她父親崩潰的模樣後，里歐知道派波不能再承受失去傑生的痛苦。眼看著能幹的明星老爸變得畏縮無能，連里歐都不忍心看下去；但要是派波……哇，里歐想都不敢想，他只知道那同樣會讓她失去所有安全感。如果弱點會遺傳的話，派波一定也在想，她會不會跟她爸爸一樣徹底崩潰？

「嘿，別擔心啦，」里歐繼續安慰她，「派波，你是我碰過最強壯、最有力量的大美女，你要相信你自己。不管結果怎樣，至少可以信任我。」

直升機碰到一個風切，里歐的心臟差點跳出來。他一邊咒罵一邊穩住機身。

派波有些緊張地笑起來。「信任你？」

「喔，閉嘴啦！」但他對著她微笑，這一刻他們就是兩個好友在輕鬆對話。

接著，他們飛進風暴雲裡。

48 里歐

一開始，里歐以爲是空中有石頭砸到前擋風玻璃，但他很快就發現其實是冰雨。玻璃窗的邊緣開始結霜，軟掉的冰水混合體也開始阻礙他的視線。

「冰風暴嗎？」派波的聲音混雜在引擎聲與風聲之中。「在索諾馬山谷一帶怎麼會有這樣的天氣？」

里歐不知道，但他感覺這個風暴似乎帶有意識，刻意也惡意地想擊毀他們。

傑生很快就醒了。他爬到前面，抓住椅背才能平衡身體。「我們一定是很接近了。」

里歐忙著操縱飛機無法回應，直升機突然很難駕馭。它變得遲鈍又顛簸得很厲害，整架飛機在冰風中劇烈抖動。或許它原本就不適合在寒冷的季節飛行。操控桿拒絕反應，機身的高度也無法維持。

在他們下方地面，樹木與霧氣綿延成一條黯淡的大毯子。一座山的山脊在前方隱約露出。里歐猛拉操控桿，差一點就擦到樹梢。

「那裡！」傑生大喊。

一個小小谷地出現在他們前方，朦朧黑暗的房屋陰影立在正中央。里歐對準那裡飛過去，他們四周不斷閃出光芒，讓里歐直接聯想到米達斯國王宅院的曳光彈。空地邊緣的樹木都被劈倒炸開，霧氣中還有影子晃動，處處都有戰鬥的跡象。

他把直升機降落在距房子約四十多公尺的結冰地面，熄掉引擎，正想稍微放鬆一下，卻聽到一聲尖銳哨音，緊接著看到黑影穿過霧氣朝他們奔來。

「快出去！」里歐吶喊。

他們跳下直升機，剛好閃過還沒完全停下的螺旋葉片。「砰！」的一聲大到撼動了地面，害里歐狠狠摔了一跤，濺起滿身碎冰。

他顫抖地站起來，馬上看見一個世界上最大的雪球，一團有車庫一般大的雪、冰、泥巴混合體把直升機徹底壓扁。

「你還好嗎？」傑生跑過來，派波跟在旁邊，兩個人的狀況看起來都不錯，只是被噴了一身的冰雪與泥巴。

「還好，」里歐打著寒顫，「但我想我們欠那位女機師一架新飛機了。」

派波指向南邊。「戰場在那裡。」然後她皺起眉頭。「不對……四周都是。」

她說得沒錯。打鬥聲傳遍整個谷地，雪與霧讓人很難正確判斷打鬥的位置，但似乎有人正環繞著狼屋戰鬥。

在他們後面隱約出現的，就是傑克．倫敦夢想的房子，是一片由紅灰岩磚與粗劈木頭樑柱堆出的遺跡。里歐可以想像它在焚毀前的外觀，應該是木屋與石砌城堡的組合，就像億萬富翁暴發戶會蓋的那種房子。可是在冰雨和濃霧之中，這房子充滿淒涼孤單又驚悚的氣氛，里歐完全相信這裡是被詛咒的地方。

「傑生！」一個女孩的聲音出現。

泰麗雅從霧中現身，冬衣上覆蓋著厚厚一層雪。她手上還握著弓，箭筒幾乎快空了。她朝著他們跑來，眼看差幾步就要到了，但一個六手巨人（地生族）突然從風雪中冒出來，就在她身後；那六隻醜陋的手都高舉著棍棒。

「小心！」里歐大叫，一行人全衝過去幫忙，但泰麗雅完全可以處理。她往前一個空翻，同時射出銀箭，然後就像最厲害的體操選手般輕盈地曲膝落地。銀箭射到那地生族的兩眼之間，登時那傢伙化為一堆黏土。

泰麗雅站直，收回銀箭，但箭尖已經斷了。「這是我最後一支箭。」她氣憤地踢踢地上那堆土。「蠢蛋巨人！」

「可是射得很準。」里歐說。

泰麗雅像之前一樣不理他（這無疑也表示了她覺得里歐和往常一樣酷），她直接給傑生一個擁抱，也對派波點頭示意。「你們來得剛好。我們的獵女目前暫時佔領了大宅的四周，但隨時可能被他們攻佔回去。」

「被地生族嗎？」傑生問。

「還有狼群，呂卡翁的手下。」泰麗雅呼出鼻子裡一個小冰塊。「還有風暴怪物……」

「但我們把風暴怪物交給艾歐勒斯啦！」派波不解地說。

「艾歐勒斯要殺我們耶，」里歐提醒她，「也許他又去幫蓋婭了。」

「我不知道，」泰麗雅說：「但是怪物不斷重新組合，快到幾乎和我們殺掉他們的速度一樣。我們本來順利取下狼屋，讓那些看守的傢伙很驚訝，而且我們也把他們都送回塔耳塔洛斯。可是這個討厭的暴風雪出現了，接著怪物一波接一波攻擊，現在變成我們被包圍了。我不知道是誰在帶領這波攻勢，但我想他們已經做好嚴密計畫，設好了陷阱，要殺害每個來營救希拉的人。」

「希拉在哪裡？」傑生問。

「裡面，」泰麗雅回答：「我們想要將她放出來，卻始終找不到解開牢籠的方法。再過幾分鐘太陽就下山了，希拉認爲那是波爾費里翁重生的時刻，而且怪物的力量向來是到了夜晚就會增強，要是我們不趕快解救希拉……」

她不需要繼續說明。

里歐、傑生和派波跟著她走進廢墟。

傑生一跨進入口，馬上癱軟。

「嘿！」里歐扶住他。「別再這樣了，老兄。怎麼了？」

「這個地方……」傑生搖搖頭。「抱歉，一堆事情衝回腦海了。」

「所以你來過這地方？」派波問。

「我們兩個都來過。」泰麗雅說。她的表情很哀傷，像在悼念某人的離世。「這裡就是在傑生小時候，我們母親帶我們來的地方。她把傑生留在這裡，告訴我他死了，但其實他只是失蹤了。」

「她把我交給狼，」傑生喃喃說著：「在希拉的堅持下，她把我交給魯芭。」

「這部分我不知道，」泰麗雅眉頭深鎖，「誰是魯芭？」

一場爆炸震撼了整棟建築。就在外面，一朵藍色的蕈狀雲衝向天空，雪花與碎冰四射噴濺，像核彈爆發，只是爆出的是冰冷而非熱氣。

「也許現在不是問問題的時候，」里歐建議，「先帶我們去看女神。」

進到大宅裡面，傑生似乎又恢復他的風采。這房子建成U字型，傑生帶他們走過兩翼，步向一個院子，院子中間有一個無水的映景池。一切就如同傑生描述的夢境，池塘兩端各有一座石頭與樹根捲鬚交錯而成的尖柱，從池底冒出來。

其中一根比另一根大得多，大約有六、七公尺高，單純黯淡的顏色讓里歐覺得那看起來就像石頭做的屍袋。在這大石柱下仍有藤蔓交錯的空隙，他可以看到一個頭的形狀，有寬闊的肩膀、超大的胸部和手臂，彷彿這個東西是腰部以下被卡在土裡。不對，不是被卡住，是在升起。

在另一頭的尖柱小了許多，而且蔓藤纏繞得沒那麼緊密。但每根捲鬚都只有電話線的寬度，彼此間的間隙很窄，里歐懷疑自己的手是否有辦法伸進去。但他還是能看見裡面，站在中間的是娣雅．凱莉達。

她看起來和里歐記憶中的模樣相同。黑色披肩罩著黑色頭髮，身著黑色寡婦服，滿布皺紋的臉上有一雙發亮嚇人的眼睛。

她沒有在發光，也沒有散發任何力量，看起來就像尋常的人類老太太，就是他幼時的瘋狂保母。

里歐跳進映景池裡，朝她的牢籠接近。「哈囉，娣雅，碰到小麻煩了嗎？」

她雙手交叉在胸前，惱怒地嘆氣說：「不要把我當你的機器一樣在檢視，里歐．華德茲。快把我弄出去！」

泰麗雅站到他旁邊，用一種厭惡的眼光看著牢籠，或是在看女神。「我們已經試過所有辦法，里歐，但也許是我的心思沒有放在上面。要是我能作主，我會乾脆把她留在那裡。」

「喔，泰麗雅．葛瑞斯，」女神說：「等我離開這裡，你會後悔自己出生在這世界上。」

「省省吧！」泰麗雅很快地回話：「這麼多年來，你對宙斯孩子而言，只是個詛咒，其他什麼都不是！你派一堆變態的牛追逐我的朋友安娜貝斯……」

「是她不敬！」

「你拿雕像砸我的腳！」

「純屬意外！」

「還有，你奪走我的弟弟！」泰麗雅的聲音充滿情緒地顫抖著。「這裡，就在這裡，你破壞了我們的生活。我們應該把你留給蓋婭。」

「嘿，」傑生插進來說：「泰麗雅，姊，我能了解。但是現在時機不對，你應該去幫你的獵女隊。」

泰麗雅咬緊牙關。「好，為了你，傑生。但如果你問我，我會說她不值得救。」

泰麗雅轉身跳出映景池，飛也似地衝出廢墟。

里歐轉回來看希拉，帶著點勉強的敬意。「變態的牛？」

「專心在牢籠上，里歐。」女神斥責他。「至於傑生，你比你姊姊聰明多了，我很會挑我的捍衛者。」

「我不是你的捍衛者，女士。」傑生說：「我會幫你，只是因為你偷走我的記憶，還有你比另一個老東西好一點。說到這個，那東西是怎麼了？」

他用頭比向另外那個大石柱，現在看起來更像加大尺寸的花崗岩屍袋。是里歐的錯覺，還是它在他們進來後眞的有變大？

「那個啊，傑生，」希拉說：「是巨人之王，他正要重生。」

「眞噁心！」派波說。

「確實，」希拉說：「波爾費里翁是他們這族裡最強壯的一個。蓋婭想喚起他，需要很大的力量才辦得到，也就是我的力量。這幾週我漸漸變得虛弱，好像我的元神被拿去供應了他的重生。」

「所以你就像個加熱燈，」里歐說：「或者是培養土。」

女神瞪他，但里歐不在乎。這個女人從他還是個小寶寶就在破壞他的生活，他當然有權嘲弄她一下。

「隨你愛怎麼開玩笑，」希拉的語氣也不大友善，「但等到日落，一切就太遲了。巨人將會甦醒，他會要我做出選擇，看是嫁給他，或是被大地吞噬。我不能嫁給他，所以我們全都會被毀滅，而當我們死去，蓋婭也就甦醒了。」

里歐皺眉望著巨人所在的石柱。「我們不能炸掉他嗎？」

「沒有我，你們不會有那種能力。」希拉回答：「你們也許可以試試炸掉一座山。」

「今天試過一次了。」傑生說。

「反正就是趕快放我出來！」希拉命令。

傑生抓抓頭。「里歐，你行嗎？」

「我也不知道，」里歐試著不要驚慌，「況且，如果她眞的是個女神，怎麼不自己把牢籠炸開來？」

希拉急迫地在牢裡扭動，口中用古希臘文咒罵了幾句。「動動你的腦筋，里歐・華德茲，我會挑選你是因爲你非常聰明。天神一旦被抓住，就沒有法力了。你的父親曾有一次設計我，害我被困在黃金椅上，那實在有夠侮辱人！我還得求……求他釋放我，還得跟他道歉，說不該把他丟出奧林帕斯。」

「聽起來很合理啊。」里歐說。

希拉直直瞪著他。「從你很小的時候，我就在觀察你，赫菲斯托斯的孩子。因爲我知道，你會在這個時候幫助我。要說有誰能毀掉這個可惡的東西，那個人就是你。」

「但這東西並不是機器，他看起來像是蓋婭把手從地底伸出來，然後……」里歐有些頭暈，他腦海中迸出「鴿子伴隨兵工廠打破牢籠」這句預言。「等等，我有個主意。派波，我需要你的幫忙，不過還需要一點時間。」

空氣瞬間變得寒意逼人，氣溫陡降之快，讓里歐嘴唇綻裂，呼出來的氣體也立刻變成水霧，連狼屋的牆壁都在結霜。這時文圖斯突然衝進狼屋，但不是以有翅膀的人形現身，而是以馬匹的樣子出現。他們有黑色暴風雲的身體，鬃毛處也爆裂出閃電，有幾匹腹部中了銀箭。在他們後面還跟著紅眼野狼和六手巨人。

派波拔出匕首，傑生從池底抓出一塊表面結冰的木板條，里歐的手也伸進工具腰帶。但他實在是嚇壞了，掏出來的竟然是一小盒清涼薄荷糖。他趕緊把它塞回去，希望沒有被人發現，然後重新掏出一把鎚子。

一匹狼走過來，拖著一尊眞人大小的雕像。牠走到池邊，張開腳掌把雕像丟出去，故意要丟給他們看。那是一尊女孩的冰雕，揹著弓，留著刺刺的短髮，臉上有驚奇的表情。

「泰麗雅！」傑生往前衝出去，但里歐和派波合力抓住他。泰麗雅旁邊的地面已經開始出現小冰塊，里歐怕萬一傑生碰到她，也會被凍成雕像。

「是誰幹的？」傑生怒吼，他的身體也爆出電流，「我會親手殺了他！」

里歐聽見一個女孩子的笑聲從那些怪物後方傳來，笑聲十分清亮冷酷。她從濃霧中站出來，穿著一身雪白的衣服、銀色的頭冠、黑色長直髮和睥睨著他們的棕色深邃大眼睛，那對里歐在魁北克時曾經感覺好美的眼睛！

「Bonsoir, mes amis.（晚安，我的朋友。）」齊昂妮用法文打招呼。雪之女神迸給里歐一個冰冷的微笑。「嗨，赫菲斯托斯之子，你說你需要一點時間嗎？但恐怕時間就是你無法擁有的工具呀！」

49 傑生

經歷過魔鬼山一番打鬥後，傑生覺得他不可能再感到那樣害怕與絕望。

現在，姊姊凍結在他腳邊，他被怪物包圍，黃金劍已經斷掉，他手中只好拿著木板條。另有一位巨人之王在五分鐘後會爆發現身，毀掉他們。在和恩塞勒達斯的奮戰中，他已經拿出了絕招，也請求過宙斯的閃電；此時的他深刻懷疑自己是否還有力量，是否還能再與天界合作，把這些戰鬥過程重做一遍。這也代表他現在僅存的資產，是一個困在牢籠裡的哀怨女神，還有一個關係不明朗的持刀女友，以及里歐，這個顯然以為可以用清涼薄荷糖來對抗黑暗大軍的人。

最慘的是，傑生那些最壞的記憶，正一股腦地湧出來。他確定他一生中做過許多艱難危險的事，卻從沒像此刻這麼接近死亡。

敵人還眞是美麗。齊昂妮微微笑，深棕色的大眼閃耀著，但冰匕首同時從她手中出現。

「你做了什麼好事？」傑生問。

「喔，很多很多啊，」雪之女神開心地說：「你姊姊還沒死，如果這是你要問的事。她和其他獵女會成為我們那些狼的好玩具，我想我們會一次解凍一個獵女讓狼群追逐解悶囉。偶爾也該換她們來當獵物嘛。」

狼群在旁邊興奮嚎叫。

「是的，親愛的，」齊昂妮的目光集中在傑生身上，「你知道，你姊姊幾乎快殺了牠們的王。呂卡翁現在去了某處山洞，想必正在舔舐自己的傷口，但是他的手下通通加入了我們的陣營，要替主人復仇。再過不久，波爾費里翁也要升起，我們即將統治世界！」

「背叛者！」希拉吼叫著：「你這個多事又不入流的小神！你連倒我的酒都不配，更不配統治世界！」

齊昂妮嘆一口氣。「天后希拉，你還是一樣惹人厭。我等著叫你閉嘴已經等幾百年了。」齊昂妮招招手，冰塊立刻凍結在牢籠表面，把藤蔓捲鬚的空隙全給封住。

「這樣好多了，」雪之女神說：「現在，混血人，你們的死亡……」

「就是你把希拉騙到這裡來，」傑生突然說：「你還給宙斯出主意要他關閉奧林帕斯。」

狼群咆哮，風暴怪物嚎叫，全都準備發動進攻，但齊昂妮舉手示意他們暫緩行動。「要有耐心，我可愛的男孩們。如果他願意開口聊聊，那有什麼關係？太陽已經逐漸下沉，時間站在我們這邊。那是當然了，傑生．葛瑞斯，我的聲音就像白雪一樣溫和平靜，同時也非常冷酷，我要對天神呢喃低語是很簡單的事，特別是我了解他們心底深處的恐懼是什麼。我也對艾歐勒斯說過話，讓他發出格殺混血人的命令。這只是我為蓋婭做的一點小小服務，但我相信在她巨人兒子們都掌權後，我會得到很好的獎勵。」

「你在魁北克就可以殺掉我們，」傑生說：「為什麼讓我們活著離開？」

齊昂妮皺皺鼻頭。「在我父親的房子殺掉你們，是很麻煩的，尤其是他堅持要接見所有來訪的賓客。不過我的確嘗試過，如果你記得的話。要是當時他同意把你們都變成冰雕就太好了，然而他一旦保證你們可以安全離開，我就不能公開和他唱反調。我父親是個老糊塗，總是活在對艾歐勒斯和宙斯的畏懼中，但他還是很有力量。很快的，我的新主人會甦醒過來，我就可以廢掉波瑞阿斯，登上北風之神的王座，而且事情不會只是這樣。此外，我父親倒說對了一點，你們的尋找任務是在自殺，我看準你們會失敗。」

「你還多做了很多啊，」里歐說：「是你把我們的龍從底特律上空打下來。他頭裡那些結凍的線路，都是你搞的鬼！我要你付出代價！」

「你也是給恩塞勒達斯通風報信的人，」派波接著說：「害我們整個旅程都不斷受到暴風雪的干擾。」

「我現在覺得跟你們的關係好密切呀！」齊昂妮說：「從你們僥倖離開奧馬哈之後，我就決定叫呂卡翁追蹤你們，好讓傑生可以死在狼屋裡。」齊昂妮對他微笑。「傑生，你看，要是你的鮮血灑在這塊聖地上，可是會留下好幾個世代的血痕呢。你的混血同伴會因此憤怒不已，特別是他們看到旁邊這兩個混血營學員的屍體，他們會以爲希臘天神原來和巨人共謀，事情就會變得更……有意思啊。」

派波和里歐似乎不明白她這些話的意義，但傑生知道。他不斷回來的那些記憶，足夠讓他明瞭齊昂妮惡毒的計畫多麼致命。

「你要讓混血人對抗混血人。」他說。

「這是很容易的事啊！」齊昂妮說：「就像我跟你說的，我只是在鼓勵你做最終還是要做的事。」

「但爲什麼？」派波攤開手，「齊昂妮，你會分裂世界的，巨人將會破壞所有一切。你不想那樣吧？叫你的怪物撤退。」

齊昂妮猶豫一下，然後笑了起來。「你說服人的力量的確有增強，小女孩！但我是一個女神，你無法魅惑我。我們風神本來就是混沌混亂的個體，我會推翻艾歐勒斯，釋放所有風暴怪物。如果我們毀滅人類的世界，一切會變得更好！人類從來沒有尊敬過我，連在希臘時期也沒有。人類和他們談論不休的地球暖化，呸！我將會用最快的速度來冷卻這些。當我們重新拿回遠古的所在，我要讓雅典的衛城也覆蓋白雪。」

「遠古的所在，」里歐的眼睛突然一亮，「那就是恩塞勒達斯說的，將在眾神的根源地毀滅眾神，他指的是希臘。」

「你可以加入我的陣營，赫菲斯托斯之子。」齊昂妮說：「我知道你看得出我的美麗，其實，我計畫只要殺死兩個混血人就夠了。拒絕命運女神丟給你的荒謬命運吧，活下來當我的擁護者，你的技術會給我帶來很多幫助。」

里歐顯得很震驚，他往身後瞄一瞄，看齊昂妮是不是在跟別人說話。這一下，傑生開始擔心了，他想里歐不可能每天都會碰到漂亮女神這樣邀請他。

接著里歐縱聲大笑，笑到彎腰。「對耶，加入你的陣營，不錯啊。等你玩膩我了，就把我變成冰雕嗎？這位小姐，沒有人可以玩弄我的龍之後就拍拍屁股走人！真不敢相信我竟然曾以爲你很辣。」

齊昂妮漲紅了臉。「辣？你竟然敢這樣羞辱我？我可是非常冷酷的，里歐・華德茲，非常非常冷酷。」

她朝混血人射出一道寒雪冰霜，但里歐舉起手，一面火牆出現在他們前方，冰雪瞬間化爲蒸氣消失。

里歐微笑。「瞧，這就是雪下到德州會出現的狀況，它融化得可徹底了。」

齊昂妮怒氣衝天。「夠了！希拉就要墜落，波爾費里翁將會升起。殺掉這些混血人，讓他們成爲巨人之王重生的第一餐！」

傑生舉起他結冰的木板條（在生死關頭竟然用這麼蠢的武器），迎向撲擊過來的怪物。

50 傑生

一匹狼朝傑生撲來。傑生後退兩步，把木板條朝牠口鼻揮出，頓時發出令人滿意的打擊聲。也許只有銀製品才能將狼完全殺死，但這種最傳統的武器也能給牠一陣要命的頭痛。

傑生轉身面向後方傳來的蹄聲，馬形風暴怪物正朝他奔馳過來。傑生集中意志召喚風，在馬匹要衝撞到他的前一秒騰風而起，躍上半空抓住那煙霧馬頭，急轉騎上馬背。

風暴怪物往後退，想把傑生甩下來，接著又試著化入霧氣中拋落傑生，但傑生就是有辦法留在馬背上。傑生用意志力讓馬維持在固體的狀態，馬似乎沒辦法抵禦他。傑生可以感覺到馬的頑抗，感受到那股強烈的怒氣，那是一股極度混亂的力量想要掙脫。傑生可是用盡了所有的意志，灌注了全部的意願才能控制住馬匹。傑生想起艾歐勒斯，他要負責看管成千上萬的風暴怪物，有些還狂野無比。幾世紀的壓力下，難怪這位風的主人會變得有一點瘋狂。不過現在的他只有一個風暴怪物要管，他必須贏。

「你是我的了。」傑生說。

這匹馬弓起了背想把傑生摔下去，但傑生快速穩住。馬沿著空蕩的池塘繞圈走動，鬃毛不停閃爍，馬蹄只要一碰到地面，就製造出小型的雷雨狂風，也就是暴風雨。

「暴風雨？」傑生說：「那是你的名字？」

馬形風暴怪物搖晃著鬃毛，很高興自己被認出來。

「很好，」傑生說：「現在，我們來進攻吧。」

傑生衝向戰場，揮舞他冰凍的木板條，把狼群打向一旁，迎擊另一個文圖斯。暴風雨是個相當強悍的風暴怪物，每次他衝向他的同類，都會發出極強大的電流，讓被撞的同類迅速蒸發成無害的蒸氣雲。

混亂之中，傑生瞄了一下朋友的狀況。派波被地生族包圍住，但似乎能夠獨自應付局面。她戰鬥的模樣那麼亮眼，幾乎是散發著美麗，地生族那些怪物全都畏懼地看著她，忘了自己應該要殺她。他們手上的眾多棍棒通通放下來，痴呆地望著她，盯著她微笑地向他們進攻。他們也傻傻地報以微笑，直到被長三角匕首劈中爲止。派波的刀劃過他們的身體，他們接連化爲地上一坨坨的土堆。

里歐則是單挑齊昂妮。雖然和一位女神打架簡直是找死，但里歐算是最能勝任這個工作的人。齊昂妮不斷召喚尖銳冰刀刺向他，又噴發強烈寒風、製造龍捲風雪，但里歐都能用火一一化解。里歐的整個身體閃耀著火舌，就好像澆灌了汽油在身上一樣。他朝女神進攻，用兩隻圓頭銀鎚擊開擋住他的怪物。

傑生這時了解到，里歐就是他們得以活到現在的唯一原因。他的火焰熱氣溫暖了整個院子，壓制住齊昂妮的寒冬魔法。如果沒有他，他們早就像獵女一樣全部凍成冰雕。里歐經過的地方，冰霜就會融化掉，連他走過泰麗雅身邊時都能讓她稍微解凍。

齊昂妮慢慢在後退。她臉上的表情，從狂野盛怒到極度震驚，隨著里歐接近，竟流露出些許恐慌。

傑生的敵人正在減少中。狼群有些昏迷倒在一邊，有些逃進廢墟，因傷哀號不已。派波劈倒最後一個地生族，地上又多了一堆爛泥土。傑生騎著暴風雨撞穿最後一個文圖斯，讓他化爲蒸氣消失無蹤。然後他往里歐的方向飛奔過去，看到里歐正朝雪之女神逼近。

「你們來不及了，」齊昂妮咆哮：「他已經醒了！混血人，別以爲你們在這裡取得了勝利。希拉的計畫永遠不會成功，你們在阻止我們之前，就會自相殘殺到死。」

里歐把圓頭銀鎚點燃火苗，對準了齊昂妮，雙手奮力將它們丟擲出去，可是齊昂妮早一步化爲白雪，或者說是一個雪白粉末組成的人形。當里歐的火鍾擊中雪女，她分裂四散，成爲一堆冒著蒸氣的軟糊。

派波氣喘吁吁，但仍對著傑生微笑。「好馬！」

暴風雨高舉前腳，電弧瞬間從馬蹄一劃而過。眞是非常愛現。

這時，傑生聽到後面傳來一種斷裂聲。希拉牢籠上的冰突然像一道簾幕融化滑落。女神呼喊著：「喔，不用管我！只是天堂之后將死在這裡而已！」

傑生從暴風雨背上跳下來，叫他在旁邊等，然後他們三個混血人一起跳進池中，跑向尖石柱。

里歐皺起眉頭說：「咦，娣雅．凱莉達，你在變矮嗎？」

「不是，你這笨蛋！是大地在抓我。你們快點！」

不管傑生有多麼不喜歡希拉，籠中的景象仍帶給他很大的震撼。不只是希拉在下沉，她附近的地面也不斷隆起，像浴缸裡的水一樣。液態岩石已經淹到她的小腿肚。「巨人醒了，」希拉警告著：「你們只剩下幾秒鐘了！」

「動工了，」里歐說：「派波，我需要你的幫忙。請對著牢籠說話。」

「什麼？」她說。

「對著它說話。用你所有的能量、力氣、所有東西！說服蓋婭回去睡覺，將她催眠，只要讓她慢下來就好。把這些捲鬚鬆開一點，我好……」

「了解！」派波清清喉嚨開始說：「嘿，蓋婭，很美好的夜晚不是嗎？呼，我累了，那你呢？準備好要睡覺了嗎？」

派波說得愈多，信心顯得愈充足。傑生覺得自己的眼皮在變重，必須打起精神仔細聆聽才不會睡著。顯然這些話對牢籠也起了點作用，泥土隆起的速度減緩，捲鬚似乎變軟了些，而且它變得比較像樹根而不是石頭。里歐從工具腰帶拿出一把大圓鋸，那東西是如何塞進腰帶裡，傑生完全摸不著頭緒。然而里歐看著鍊條，沮喪地抱怨說：「找不到地方插電！」

暴風雨突然跳過來，對他們嘶鳴。

「眞的嗎？」傑生問。

暴風雨低下頭走向里歐。里歐看起來有些懷疑，但仍舊舉起插頭。一道微風將插頭吹進馬的口鼻，冒出火花，插頭的接線通上電流了，圓鋸開始狂猛運轉。

「太棒了！」里歐笑了出來，「你的馬竟然自備直流電源耶！」

他們的好心情沒有持續太久。在池塘另一頭，巨人的尖柱發出砰然巨響，宛如一棵大樹從中裂開。它的捲鬚從頂部往下爆裂開來，石塊木片彷彿大雨噴灑落地。巨人已經被解放了，他搖頭聳肩地從地底爬出來。

傑生原以爲世上沒有比恩塞勒達斯更可怕的東西。

他錯了。

波爾費里翁更加高大，更加削瘦。他不會散發熱度，也沒有呼出火苗，但卻具備某種更駭人的特徵。那是一種強勁的力道，甚至是磁力，就好像他巨大密實到有自己的重力場。

他的外型和恩塞勒達斯很像。這個巨人之王在腰部以上是人形，穿著銅製胸甲，腰部以下則是帶著鱗片的龍腳。但他的膚色是青豆色，頭髮也像盛夏樹葉般濃綠，全部綁成長辮子，髮間的裝飾物則是武器，有匕首、斧頭、全尺寸長短劍，有些還彎曲或帶有血漬，可能是千百年前獵殺混血人的戰利品。當巨人睜開眼睛，那雙眼是空洞的白色，就像打磨光亮的大理石。他深呼吸一口氣。

「活過來了！」他大叫：「讚美蓋婭！」

傑生偷偷倒抽一口氣，他希望朋友沒有聽到。他十分確定，沒有任何混血人可以單打獨鬥贏過這傢伙。波爾費里翁是那種力拔山河的巨人，只要一根手指頭就能壓扁傑生。

「里歐。」傑生說。

「啊？」里歐的嘴一時還合不起來，派波看起來也嚇到了。

「你們兩個繼續工作，」傑生說：「把希拉放出來！」

「那你要做什麼？」派波問。「你不是真的想去……」

「逗巨人開心嗎？」傑生自己接話。「我別無選擇啊。」

「太棒了。」巨人看到傑生接近後說：「開胃菜！你是誰啊？荷米斯？阿瑞斯？」

傑生本來想順著他的話回答，但某種聲音告訴他不可以。

「我是傑生．葛瑞斯，朱比特之子。」

那雙亮白的眼睛對準了他。在他後面，里歐的圓鋸仍在運轉，派波平和的語調也還在對牢籠說話，並努力不露出恐懼。

波爾費里翁轉過頭來大笑。「漂亮！」他抬頭看著烏雲遮蔽的夜空，喊叫著：「這麼說，宙斯，你是要獻上一個兒子給我囉？這個舉動我欣賞，但還是救不了你啊！」

天空毫無動靜。上面沒有送下任何支援，傑生孤軍奮戰。

他放下他的木頭武器，手上滿布木刺，但現在都不重要了。他必須替里歐和派波爭取一些時間，但如果沒有一個適當的武器是辦不到的。

現在是要撐出自信的時候。

「如果你知道我是誰，」傑生朝上對著巨人呼吼，「你就會擔心我，而不是擔心我老爸。希望你好好享受你重生的這兩分半鐘，巨人，因爲我馬上就要送你回塔耳塔洛斯了。」

巨人的眼睛瞇起來。他一隻腳踏出池塘外，蹲低下來端詳這個對手。「所以，我們要先從吹牛開始比嗎？就跟過去那段老時光一樣！很好，混血人，來吧！我是波爾費里翁，巨人之王，蓋婭之子。在古老的時光裡，我從塔耳塔洛斯升起，也就是我父親的深淵，爲了挑戰天神。爲了發動戰爭，我偷走宙斯的太太。」他對女神的牢籠笑笑。「哈囉，希拉。」

「我丈夫打敗過你們，怪物！」希拉說：「他會再一次打敗你！」

「但實際上不算是他打的，親愛的！宙斯的力量不足以殺死我，他必須仰賴一個渺小的混血人幫忙。即使是那時候，我們離勝利也不遠。這一次，我們一定會完成最初的使命。蓋婭正在甦醒，她已經預先找了許多優秀的侍從，我們的軍隊會撼動大地。我們還會從你們的根源地毀滅掉你們。」

「你敢！」希拉反駁他，但聲音虛弱了些。傑生聽得出她的力量消退更多了。派波還在對牢籠低語，里歐也鋸個不停，可是牢籠內的地面繼續隆起，泥土已經淹到她腰際。

「喔，對，」巨人說：「泰坦跑去攻擊你們在紐約曼哈坦的新家，很大膽，可是沒有用！蓋婭聰明多了，又非常有耐心。至於我們呢，是她最偉大的小孩，可比那些泰坦要強壯千百萬倍，我們才知道要怎樣永遠打敗奧林帕斯。一定要把你們的根源徹底挖掘出來，就像對付腐爛的樹木一樣，搗爛你們最古老的根源，把它徹底燒毀！」

巨人突然皺眉看著派波和里歐，好像才剛發現他們在處理牢籠。傑生趕快往前站出去大吼，拉回波爾費里翁的注意力。

「你剛剛說要有一個混血人的幫忙才能打敗你，」傑生大喊：「既然我們這麼渺小，怎麼有可能？」

「哈！你以為我會解釋給你聽？我之所以誕生，就是要來取代宙斯的，我生來就是要毀滅天空之王。我將拿下他的王座，接收他的妻子。若是她不肯，我就讓大地吞噬希拉的力量。你現在看到的這個我，孩子，只是我最弱的型態。我將每小時、每小時增加力量，直到無人可以打敗我為止。但光是此刻的我，就足以把你打到稀巴爛了！」

他全身挺起來站直，同時伸出他的手臂。剎那間，地面迸出一根七公尺長的長槍，他抓住長槍，開始用龍腳踏出震撼的步伐。整座廢墟都在晃動，院子周圍的怪物開始重新聚集。那些風暴怪物、狼群、地生族，全都回應巨人的呼喚。

「還真好咧。」里歐喃喃自語：「我們需要更多敵人。」

「快點！」希拉催促。

「我知道！」里歐說。

「快睡覺，牢籠。」派波繼續催眠。「好乖，瞌睡牢籠。沒錯，我是在和一捆泥土捲鬚說話，這沒有什麼好奇怪的吧。」

波爾費里翁的長槍刺穿廢墟頂端，毀了一根煙囪，木頭石塊崩潰飛散到院子中。「所以，宙斯之子，我吹牛的部分結束了，現在輪到你了。你打算怎樣毀掉我呢？」

傑生看著周遭的怪物，他們全都急切等待主人下令將敵人分屍。里歐鋸個不停，派波也唸個不停，但看起來一點用都沒有。希拉的牢籠現在幾乎積滿了泥土。

「我是朱比特之子！」他大喊，也爲了要加強效果，把風召喚出來，讓自己騰空幾公尺。「我是羅馬之子，混血人的隊長，古羅馬第一軍團的執法官！」傑生並不完全理解自己說的話，但這些字眼順暢地從他口中流出，就像是已經說過許多次一樣。他高舉手臂，把老鷹圖形與SPQR的刺青露出來。令他驚訝的是，巨人似乎認得這個記號。

終於有一刻，波爾費里翁看來有些緊張。

「我殺了特洛伊海怪，」傑生繼續說：「我推倒克羅諾斯的黑王座，我親手解決了泰坦的克里奧斯。而現在，我將殺死你，波爾費里翁，我要拿你去餵你的狼！」

「哇，老兄，」里歐喃喃說著：「你是吃了多少紅肉呀？」

傑生朝巨人衝出去，決定將他大卸八塊。

想要徒手打敗一個十幾公尺高的不死巨人，實在很荒謬，就連巨人自己都很驚訝。傑生半飛半跳地落到巨人膝蓋上，從那爬蟲般滿布鱗片的腳瞬間爬到他手上，波爾費里翁根本來不及搞清楚狀況。

「你有這個膽嗎？」巨人怒吼。

傑生爬上巨人肩膀，從他插滿武器的髮辮中挑了一把劍，然後呼喊：「為羅馬而戰！」他拔劍刺向最接近又最方便的目標——巨人的大耳朵。

閃電自空中射出，一舉劈向傑生手中的劍，傑生被震離巨人的肩膀。他落地翻滾幾圈之後，抬頭一看，只見巨人踉蹌地晃動著身軀。他的頭髮著火，半邊臉被雷劈到焦黑，那把劍插在他耳朵裡。金色血液從他下巴流出，髮辮中的其他武器只要沾上火光都熔化變形。

波爾費里翁幾乎要倒下了。這時，包圍著他們的怪物一起嚎叫前行，狼群、地生族的目光都集中到傑生身上。

「不！」波爾費里翁吶喊。他重新平衡身體，狠狠瞪著混血人。「我要親自殺掉他。」巨人舉起長槍，那武器此時開始發出強光。「你想要玩閃電嗎，孩子？你忘了，我是宙斯的剋星，我生來就是要毀掉他，那也等於是，我非常清楚該怎樣毀掉你！」

波爾費里翁的聲音有種力量，讓傑生知道他不是在吹牛。

傑生和他的朋友已經有過一段美好歷程，他們三個完成了好多很棒的事，對，甚至是一些英雄事蹟。但當巨人舉起他的長槍，傑生知道他不可能躲得過這一擊。

一切即將結束了。

「成功！」里歐大叫。

「睡倒！」派波說。她語氣之強，讓附近的狼群通通倒地開始打呼。

那石塊與藤蔓糾結的牢籠開始崩塌。里歐鋸斷了最粗厚的一叢捲鬚底部，顯然也鋸斷了牢籠與蓋婭的聯繫。盤繞的捲鬚化為塵土，堆積的泥土瓦解潰散。女神的身形開始變大，散發著力量。

「太好了！」女神說。她脫掉那件黑袍，露出一身白長衫，手臂突然添滿金色的首飾。她的臉既美麗又威嚴，金色皇冠在黑色長髮間閃耀。「現在正是我復仇的時刻！」

巨人之王波爾費里翁倒退幾步。他沒說半句話，但給了傑生最後一個滿懷恨意的眼光。他表達了清楚的訊息：「下次再來！」然後他將長槍刺向地面，龐大的身軀瞬間化入土中，彷彿墜入了什麼祕密通道。

整個院子裡，怪物陷入極度恐慌，通通想要撤退，但毫無退路。

希拉的形體愈來愈亮。她喊著：「我的英雄們，遮好你們的眼睛！」

但傑生整個人呆在那裡，來不及理解這句話的意義。

他眼看著希拉變成超級新星，綻裂出一圈能量的光環，把所有怪物瞬間蒸發於無形。傑生倒了下來，強光燒進他的腦海。他的最後一個意識是，自己燃燒了起來。

51 派波

「傑生！」

派波抱著傑生，不斷呼喊他的名字，雖然快不抱希望了。他失去意識已經兩分鐘，身體冒著蒸氣，兩眼翻白。她連他是否還有呼吸都不能確定。

「沒用的，孩子。」希拉站在他們旁邊，現在的她又回到黑披肩與黑寡婦衣的造型。

派波並沒有見到女神像核彈爆發的樣子，多虧她及時閉上了眼睛，但是她看到爆發造成的後果。這片谷地再也沒有一絲冬天的氣息，也沒有戰鬥的痕跡。怪物蒸發了，廢墟復原成本來的樣子，儘管依舊是廢墟，但看不出曾被狼群、風暴怪物、六手巨人佔領過的景象。

就連獵女隊也恢復了生氣。她們大多在隔一小段距離的草坪上等待，只有泰麗雅跪在派波身邊，一隻手放在傑生的額頭上。

泰麗雅抬起頭怒視女神。「都是你的錯，想想辦法！」

「不許這樣跟我說話，女孩。我是天后……」

「救救他！」

希拉閃亮的眼神充滿力量。「我警告過他了。他是我所選擇的捍衛者，我絕對不會故意去傷害他！我已經告訴他們，在我顯出眞實的形態時，要閉上眼睛。」

「嗯……」里歐的眉頭打結了。「眞實形態並不好，是吧？爲什麼要現形呢？」

「笨蛋，我要釋放力量來解救你們啊！」希拉吼著：「我要轉爲純粹的能量，才能將怪物解體、將這個地方復原，甚至把那些乖戾的獵女從冰凍中變回來。」

「可是凡人不能直視那樣的你！」泰麗雅大喊：「你害死他了！」

里歐絕望又悲傷地搖著頭。「那就是我們的預言所說的：『希拉盛怒，死亡枷鎖大開。』女士，拜託，你是一位女神，施展一點無敵的魔法吧！讓他回來啊！」

派波只有一半的心神在聽他們說話，注意力大多集中在傑生臉上。「他有呼吸了！」她突然大喊。

「不可能，」希拉說：「我當然希望是眞的，但是，孩子，從來沒有凡人能……」

「傑生，」派波呼喚他，把她每一分的意志力通通放進話語中，她絕不能失去他，「你聽好，你一定可以撐過來。回來吧，你會沒事的。」

沒有任何事發生。剛剛看到他呼吸，難道只是幻覺？

「阿芙蘿黛蒂並沒有治療的能力，」希拉不屑地說：「即使是我也不能，女孩，他的精神意志……」

「傑生，」派波繼續呼喚他，她想像自己的聲音穿過地面，迴盪到冥界，「醒來吧。」

他呼出一口氣，眼睛赫然張開。有那麼一刹那，那雙眼睛全部都是光，純金的光，接著金光消退，眼睛又回到正常模樣。「這……發生了什麼事？」

「這是不可能的！」希拉說。

派波緊緊擁住他，直到他哀叫著：「我快被壓扁了。」

「喔，對不起！」她說，心情放鬆又開心，邊笑邊抹掉眼角的淚水。

泰麗雅抓住弟弟的手，問：「你現在感覺怎麼樣？」

「熱，」他喃喃說著：「嘴巴很乾。我見到某個東西……非常恐怖。」

「那是希拉。」泰麗雅不高興地說：「是天后陛下，不受控制的大砲。」

「夠了，泰麗雅．葛瑞斯！」女神說：「我要把你變成一隻食蟻獸，這樣才能幫我……」

「你們兩位不要吵！」派波說。令人驚訝的是，這兩位眞的閉嘴了。

派波協助傑生站起來，把他們帶出來的最後一點神飲通通給他喝。

「現在……」派波面對著希拉和泰麗雅說：「希拉陛下，如果沒有獵女隊，我們是不可能救您出來的；而泰麗雅，如果不是希拉，你根本不可能與傑生重逢，我也不會和他相遇。拜託你們兩位和平相處，因爲我們有更大的問題要解決。」

她們兩個一起盯著她看，整整三秒。派波不知道哪一位會先衝出來殺她。

結果是泰麗雅先出聲。「你很有勇氣，派波。」她從雪衣口袋拿出一張銀色卡片，把它塞進派波的滑雪夾克中。「萬一哪天你有了當獵女的念頭，打電話給我，我們一定會收你。」

希拉雙手交疊胸前。「關於這位獵女，你說的話還有點道理，阿芙蘿黛蒂的女兒，」她審視派波，似乎要趁這時將她仔仔細細看個透徹，「派波，你或許會納悶，爲什麼我要選你來出這趟任務，也納悶爲什麼當我知道恩塞勒達斯想利用你時，卻沒有立刻洩漏你的祕密。我必須承認，即使到現在我也不知道爲什麼。有某種聲音告訴我，你在這趟任務中很重要，現在我知道自己做得沒錯，而且你比我認爲的堅強許多。你說我們面臨危險，這點完全正確，我們一定要合作才能解決它。」

派波感到臉部熱度直升，她不知該如何回應希拉的讚美，但里歐站了出來。

「是啊，」里歐說：「我不認爲波爾費里翁就這樣熔化死掉了，是吧？」

「是不可能，」希拉認同地說：「但你們救了我、救了這個地方，也阻擋了蓋婭甦醒，這已經替我們多爭取到一些時間。然而，波爾費里翁已經升起，他知道留在此地沒有好處，特別是他的能力還沒有完全恢復。巨人只有在天神與半神半人一起合作之下，才有可能被殺。既然你們放了我……」

「他還是跑掉了。」傑生說：「但是，會去哪裡呢？」

希拉沒有回答。然而，一陣恐懼襲過派波全身，她記起波爾費里翁說要到眾神的根源地去毀滅奧林帕斯。她看著泰麗雅擔憂的表情，猜測獵女隊也有了同樣的結論——希臘。

「我得去找安娜貝斯，」泰麗雅說：「她必須知道這裡發生的事。」

「泰麗雅……」傑生抓住她的手，「我們都還沒有機會談談這地方的事，或是……」

「我知道，」泰麗雅的表情柔和下來，「我曾在這裡失去了你，我打從心裡不想再離開你，但我們很快就會碰面的。我會盡快回混血營跟你們會合。」她的眼神轉向希拉。「你會保證他們安全回去？至少你可以做到這件事。」

「輪不到你來告訴我……」

「希拉天后……」派波插嘴。

女神嘆息。「好吧，對，暫時休兵吧，獵女！」

泰麗雅給了傑生一個擁抱，隨即道再見。獵女隊離開後，整個地方顯得詭異地安靜。乾涸的映景池底，絲毫不見土中伸出那帶回巨人之王及囚禁天后的纏密捲鬚。夜空清朗，繁星點點，涼風拂過紅杉林。派波想起那次在奧克拉荷馬和爸爸睡在湯姆爺爺的小屋前，就是這般的夜晚；而當時傑生在荒野學校的屋頂上吻了她，也是在同樣的夜晚，在那個迷霧改造的記憶中。

「傑生，在這個地方，你究竟發生了什麼事？」她問。「我是說，我知道你媽媽把你遺棄在這裡，但你說這裡是混血人的聖地。爲什麼？當你獨自一人後，究竟發生了什麼事？」

傑生不安地搖著頭。「還是很模糊。那些狼……」

「你被賦予了使命，」希拉說：「你是送來爲我服務的。」

傑生沉下臉說：「那是因爲你強迫我媽那麼做。你無法忍受宙斯和我媽生了兩個小孩，無法忍受他竟然兩度和我媽陷入愛河！讓我離開家人孤苦天涯，就是你要我們付出的代價。」

「對你來說，這也是一個好的選擇啊，傑生。」希拉堅持。「你媽媽會再次計誘宙斯注意她，是因爲她將他看做另一個分身，就是朱比特的形態。過去從來不曾發生過這種事，兩個分屬羅馬與希臘的小孩，竟然誕生在同一個家庭中。你必須和泰麗雅分開，這是一定的，而這裡，就是你這種半神半人小孩開啓旅程的地方。」

「他這種？」派波問。

「她指的是羅馬。」傑生說：「混血人被留在這邊後，會遇到母狼神魯芭，也就是撫養羅慕樂和雷慕斯長大的那匹狼[99]。」

希拉點點頭。「如果你夠強，就能活得下去。」

「但是……」里歐看起來無比困惑，「後來怎麼了？我是說，傑生也始終沒到混血營啊。」

「不是去混血營，不是。」希拉說。

派波覺得天空似乎開始打轉，她開始頭暈。「你去了別的地方，那才是這些年你停留的地方，另一個混血人的地方。但是，那在哪裡？」

傑生轉身面對女神，「我的記憶開始回來了，可是卻沒有那裡的位置。你不打算告訴我，是嗎？」

「嗯，是的。」希拉說：「這也是你的命運，傑生，你必須自己尋找回到過去的路。而當你找到時，你將會結合兩股龐大的力量，你會帶來對抗巨人的希望，更重要的是，帶來打敗蓋婭的希望。」

「你希望我們幫助你，」傑生說：「但你卻保留那麼多事不說。」

「給你答案，就會讓那些答案的效力喪失。」女神說：「這是命運三女神的作法。你們一定要奮勇打造自己的路，這樣才具有意義。到目前爲止，你們三個已經表現得讓我十分驚訝了，我本來不覺得有可能……」

女神搖搖頭。「無須多說了，混血人，你們表現得很好，但這一切只是開始。現在，你們得回到混血營去，在那裡籌備下一個階段。」

「這個不用你告訴我們。」傑生抱怨。「還有，我猜我那隻聽話的好馬應該被你摧毀了，所以，我們要用走的回去嗎？」

希拉不理會這個問題。「風暴怪物是混沌的產物，但我可沒毀掉那隻，我不知道他去了哪

99 羅馬神話中，羅慕樂（Romulus）是創建羅馬王國的人，雷慕斯（Remus）是他的孿生兄弟，兩人由狼撫養長大。後來羅慕樂在建構羅馬國家的爭執中殺了雷慕斯。他們的父親是戰神馬爾斯（Mars），相當於希臘神話中的阿瑞斯。

裡，也不知道你是否會再見到他。不過呢，要讓你們回到混血營，當然是有簡單一點的方法。既然你們替我完成了這麼重要的任務，我當然可以幫助你們，就這麼一次。暫時告別了，混血人。」

旋即，天與地顛倒過來，派波暈了過去。

當她再次清醒，已經回到混血營的餐廳涼亭，正好是晚餐時間。他們站在阿芙蘿黛蒂小屋的餐桌上，派波一隻腳踩著茱兒的披薩，六十個營隊學員一起跳起來，震驚地望著他們。不論希拉是用什麼方式把他們送回來的，對派波的胃來說，都不是個好方法。她勉強撐住沒讓自己吐出來。

里歐的運氣就沒那麼好了。他先跳到桌上，又衝向鄰近的火爐，然後就跌進裡面去。他應該不能算是燒給天神的好獻禮吧。

「傑生？」奇戎跑過來。這位半人馬老先生千年來絕對看過各種奇怪詭異的事，但就連他也一臉目瞪口呆。「怎麼了……怎麼會……？」

阿芙蘿黛蒂小屋的人看著派波，全嚇到嘴巴合不起來。派波心想，自己這時看起來一定非常恐怖。

「嗨！」她盡可能輕鬆地說：「我們回來了。」

52 派波

派波不大記得當晚其他的事。他們講述了此行的經歷，回答營隊學員無數的問題，但最後奇戎看出他們的疲憊，命令他們回去休息。

睡在真正的床墊上，感覺實在太棒了，而且派波真的已經筋疲力盡，所以一倒頭就睡著了。原本憂慮回到阿芙蘿黛蒂小屋之後會如何，此時都先拋到一旁。

第二天一早醒來，她覺得精力充沛了許多。陽光穿過窗子透進來，伴隨著徐徐微風，這裡大概是春天而非寒冬吧。外面有小鳥吟唱，樹林也傳來怪物的嚎叫聲，早餐的味道從餐廳涼亭飄散過來，有培根、鬆餅和各色美味的食物。

茱兒和她的同夥正皺眉瞪著她，個個雙手交叉在胸前。

「早安。」派波坐起來微笑。「真是美麗的一天啊。」

「你會害我們早餐遲到的，」茱兒說：「所以，你要負責整理小屋，還要通過檢查。」

一個禮拜前，派波可能會一拳打向茱兒的臉，或者相反，躲回自己的棉被裡。但想起底特律的獨眼巨人、芝加哥的梅蒂亞，以及在奧馬哈被米達斯國王變成黃金雕像的事，再看看這個喜歡找她麻煩的茱兒小姐，她不禁笑了起來。

茱兒得意的表情瓦解了。她退後幾步，才想起自己應該表現出生氣的樣子。「你想……」

「挑戰你，」派波說：「中午在競技場，如何？你可以挑些武器。」

她起床，放鬆地伸展肢體，看看她的室友。她看到離開前幫她打包的米契爾和蕾希，他們試探性地對她笑了笑，眼神在茱兒和派波間轉來轉去，好像在看有趣的網球比賽。

「我好想念你們！」派波大聲說：「等我當了首席指導員後，我們一定會過得更好。」

茱兒的臉變得超級紅，連她最親密的跟班都顯得有點緊張。這演變不在他們的劇本裡。

「你……」茱兒終於爆出話來：「你這個醜斃了的小巫婆！我來到這裡的時間最久，你不能夠……」

「不能夠挑戰你嗎？」派波說：「我當然可以。我已經被阿芙蘿黛蒂認領，而且我已經達成一個尋找任務，這可比你還多完成一個喔！如果我認為自己可以做得更好，就可以向你挑戰，除非你願意自行卸任。這樣就符合營隊的規定。米契爾，我剛剛說的對嗎？」

「派波，正確無誤！」米契爾露出微笑，蕾希則跳上跳下，好像想要起飛升空一樣。其他幾個學員也露出笑容，好像十分樂於見到茱兒的臉色一陣紅一陣白。

「卸任？」茱兒說：「你瘋了！」

派波聳聳肩，轉瞬取出枕頭下的卡塔波翠絲，拔下刀鞘，將刀尖頂住茱兒的下巴。其他人全都倒退好幾步，有一個嚇到撲倒在化妝台，一時間噴出許多粉紅色粉末。

「那就決鬥吧，」派波愉快地說：「如果你不想等到中午，現在也行。茱兒，你把這間小屋變成獨裁者的世界，瑟琳娜．畢瑞嘉比你好太多了。阿芙蘿黛蒂女神代表的是愛與美，是滿懷愛心、散播美好事物、有知心的朋友、創造歡樂時光、做些好事，而不只是外表好看而已。瑟琳娜是犯了錯，但最後她站在朋友這邊，所以終究是一位英雄。我要把這裡的氣氛導正，而我感覺母親會站在我這一邊。想確定看看嗎？」

茱兒往下斜看派波的匕首。

一秒鐘過去，兩秒鐘過去。派波不在乎，她現在快樂且自信，這點顯露在她的微笑中。

「我……卸任，」茱兒咕噥著說：「但你不要以爲我會忘記這回事，麥克林……」

「喔，我希望你不會忘記，」派波說：「現在，快去餐廳涼亭，告訴奇戎爲什麼我們會遲到，因爲小屋的領隊換人了。」

茱兒退到門口，她的跟班沒有跟過去。她要離開時，派波突然說：「喔，茱兒甜心？」

前任隊長不情願地回頭。

「爲了怕你認爲我不是阿芙蘿黛蒂眞正的女兒，」派波說：「我不准你看傑生．葛瑞斯一眼。或許他還不知道，但他是我的。如果你有什麼小動作，我會把你裝到彈弓上朝長島海峽射出去。」

茱兒快速轉身衝出門去，瞬間不見人影。

小屋頓時安靜下來，大家通通望著派波。接下來才是她自己還不確定的部分，她不想用威嚇來管理大家，她不像茱兒，但她不知道大家是否能接受她。

然後，自動自發的，所有人同時歡呼起來，聲音之大想必傳遍了整個營區。他們簇擁著派波走出小屋，將她抬到肩上，一路抬到餐廳涼亭去。派波頭髮亂糟糟的，身上還穿著睡衣，但她不在乎，她從來沒有感覺這麼好過。

到了下午，派波換上舒適的營隊服裝。她已帶領阿芙蘿黛蒂小屋的人完成了各種晨間活動，準備讓大家自由活動。

但勝利的快感很快消退，因爲她要去主屋赴約。

奇戎以人形出現在主屋前的陽台，縮坐在他專屬的輪椅中。「進來吧，親愛的，視訊會議就要開始了。」

營區唯一的電腦是在奇戎的辦公室裡，整個房間的牆面都鋪設著鍍銅護板。

「半神半人是不碰科技的。電話、簡訊、瀏覽網路，這些事都會吸引怪物前來。這也是爲什麼今年秋天我們必須去辛辛那提某個學校解救一個混血人，只因爲他上網搜尋蛇蠍女人，卻引來出乎他意料的結果。先不說這件事吧。在混血營裡，你們是受到保護的，不過，我們還是小心爲上。所以，你只能講幾分鐘。」

「我了解，」派波說：「奇戎，謝謝你。」

他笑一笑，推著輪椅離開辦公室。要按下通話按鈕前，派波突然有些猶豫。奇戎的辦公室頗爲凌亂，但十分溫馨舒適，一邊的牆壁上掛了參加不同會議發放的紀念T恤，像是○九年小馬幫拉斯維加斯會議、一○年小馬幫火奴魯魯會議等等。派波雖然不知道小馬幫裡都是些什麼人，但從衣服上面的染色、焦痕和彈孔判斷，這些人開會時一定非常狂野。奇戎書桌上的櫃子有一台相當老式的收錄音機和一些錄音帶，錄音帶上面印著「狄恩．馬丁」、「法蘭克．辛納屈」和「四○年代流行金曲精選」等等。像奇戎這麼老，派波眞不知道所謂的四○年代是指一九四○還是一八四○年，或者是西元前四十年？

但牆上貼最多的還是混血人的照片，就像一間名人堂。某張最近拍的照片裡，有個黑髮綠眼的青少年與安娜貝斯手勾手站著，派波判斷他應該就是波西．傑克森。在一些更早期的照片中，她認出幾個名人，比如大企業家與著名運動員，甚至也有些她認識的演員。

「難以置信。」她自言自語。

派波心想，自己的照片不知何時能被掛到那面牆上。這是第一次，她感覺自己是屬於一個遠比自己偉大的團體；混血人已經存在千百年了，不論她做了什麼，都是為了所有混血人而做。

她深呼吸一口氣，終於開啓通話。視訊螢幕亮了起來。

黑傑教練從父親的辦公室中對她微笑。「看到新聞了嗎？」

「很難不看到啊，」派波說：「希望你知道自己在做什麼。」

奇戎中午拿報紙給她看過。她父親神奇地憑空歸來，上了報紙頭版。大明星的私人助理珍妮已被撤職，因爲她蓄意隱瞞明星失蹤的事，拒絕跟警方連絡。崔斯坦．麥克林的「人生教練」葛利生．黑傑，已經親自面試揀選，替他雇用了一位新的助理。根據報上的說法，麥克林先生說他對過去一週的事完全沒有印象，媒體對這則事件充滿興趣。有些人認爲這是很聰明的電影宣傳手法，莫非麥克林先生即將飾演失憶症患者？有些人則認爲他可能遭恐怖份子或瘋狂影迷綁架，然後靠著斯巴達國王那不可思議的打鬥技巧掙脫綁架者的束縛。總之，不論事實是什麼，崔斯坦．麥克林變得更紅了。

「一切都進展得超好，」黑傑保證，「絕對不用擔心，我們到下個月都還不會讓大眾看到他，或者只要他還沒有完全平靜，就不會讓他公開露臉。你父親有許多更重要的事得做，像是休息，還有跟女兒說話。」

「你可別太適應好萊塢了，葛利生。」派波提醒他。

黑傑教練不屑地說：「你在開什麼玩笑？這裡的人還讓艾歐勒斯看起來很正常咧。要是我走得開，當然會盡快回去，但一定要先等你爸爸完全復原。他是個好人。喔，順便跟你說，我也幫你處理了一件小事。灣區的公園管理處剛剛收到一個匿名禮物，是一架全新的直升機。記得那位幫助我們的女機師嗎？她現在有個賺大錢的機會了，我請她來當麥克林先生的私人駕駛。」

「謝謝你，葛利生，」派波說：「謝謝你做的每一件事。」

「嗯，這個呀，我不是故意那麼厲害的，是自然就那麼厲害啦！說到艾歐勒斯，來看看你爸爸的新助理。」

黑傑閃到旁邊，換成一位年輕美麗的小姐對著鏡頭微笑。

「蜜莉？」派波睜大眼睛再看兩眼，那絕對是她，那位協助他們逃出艾歐勒斯堡壘的風精靈。「你現在替我爸工作？」

「是不是很棒啊？」

「他知道你是……你是個風精靈嗎？」

「不，他不知道，但我很喜歡這個工作，就像舒服的微風一般。」

派波忍不住笑出來。「我很高興，這樣眞好。但你是從哪裡……」

「等我一下，」蜜莉親一下黑傑教練的臉，「拜託，你這隻老山羊，別再霸佔螢幕了。」

「你說什麼？」黑傑說，但蜜莉把他趕走。「麥克林先生，她已經在線上了！」

過一秒鐘，派波的父親出現了。

他開懷地笑著。「派派！」

他看起來非常好，一切回到原本的模樣。充滿信心的笑容、閃亮的棕色大眼睛、長了半天的鬍子，像要開拍新片而剪的新髮型。派波終於放下心中一塊大石頭。但她也有點難過，一切回復正常，不見得是她最希冀的狀況。

她心裡開始計時。平常像這種情況的談話，也就是在爸爸工作的期間，她通常無法獲得爸爸超過三十秒的關注。

「嘿，」她沒什麼精神地說：「感覺都還好嗎？」

「甜心，這次的失蹤事件，很抱歉讓你擔心了，我不知道……」他的笑容褪去，她看得出他試圖回憶，想抓出一絲曾存在腦中的小片段，但遍尋不著。「我不知道發生了什麼事，但是我很好。黑傑教練眞是天上掉下來的禮物。」

「天上掉下來的禮物。」派波複述，這樣的形容眞有趣。

「他告訴我你新學校的事，」爸爸說：「我很遺憾荒野學校也不行，但你是對的，珍妮是錯的。我眞是個大笨蛋，竟然相信她的話。」

還剩十秒，或許吧。但至少父親的話說得很眞心，似乎眞的很後悔。

「你什麼都不記得了嗎？」她懷抱著一絲希望。

「我當然記得很多事。」他說。

她的背脊爬過一股涼意。「眞的？」

「我記得我很愛你，」他回答：「記得我以你爲傲。所以，你在新學校開心嗎？」

派波眨眨眼睛，她現在還不會哭。畢竟她經歷過這麼多事，如果這樣就哭了豈不好笑？

「嗯。爸，這裡比較像是營隊，不完全是個學校……不過，我想我在這裡很開心。」

「可以的話，要常打電話給我，」他說：「還有，聖誕節快要到了，回家來過節吧。還有，派派……」

「嗯？」

他碰觸螢幕，像是想去握住她的手。「你是一個很棒的女孩，我過去可能沒有好好告訴過你。你常常讓我想起你的媽媽，如果她還在，她一定也會為你感到驕傲。還有，湯姆爺爺總是說，」他輕輕地笑起來，「你的聲音是家族裡最有力量的。你知道嗎？總有一天，你會比我更發光發亮。人們將會說我是派波．麥克林的父親，那是我所留下最好的財產。」

派波想要回話，卻怕自己一開口就會淚崩。她只是伸出手去碰螢幕上爸爸的手，對他點點頭。

蜜莉在爸爸後面說了些話，爸爸嘆了口氣。「片場打電話來，親愛的，對不起。」他看來確實是萬分不捨。

「沒關係的，爸。」她鎮靜地說：「我愛你。」

爸爸眼眶似乎溼了，視訊畫面變成漆黑一片。

四十五秒嗎？或許整整一分鐘呢。

派波微笑著。小小的增加，大大的進展。

派波在公共區見到傑生靠在長椅上休息，兩腳間夾著一顆籃球。運動過後的他滿身大汗，可是穿著橘色運動上衣和短褲的他看起來還是很帥。他在尋找任務中所受到的外傷與瘀青幾乎都已痊癒，這多虧了阿波羅小屋的特殊醫療照護。他古銅色的手臂與肌肉結實的腿部，還是這麼迷人。他的金色短髮在午後陽光照射下彷若黃金，米達斯國王的黃金。

「嘿，」他說：「一切都還好嗎？」

她花了一點時間才把注意力拉回他的問題。「啊？喔，很好。」

她坐在他身邊，看著營隊學員來來去去。一對狄蜜特小屋的女孩在捉弄兩個阿波羅小屋的男孩，只要他們一投籃，腳踝邊就長出青草。營區商店那邊，荷米斯小屋的人正在擺放一個告示牌，上面寫著：「二手飛天鞋，八成新，今日半價！」阿瑞斯小屋的人聚在屋外架設全新的鐵絲刺網，希普諾斯小屋發出千里鼾聲，真是混血營最平常的一天。

同一時間，阿芙蘿黛蒂小屋的人則在偷偷觀察派波和傑生。派波滿確定看到有人在交錢收錢，彷彿在打賭兩人會不會出現親吻鏡頭。

「有睡好嗎？」她問他。

他看著她，就像她讀出了自己的心思。

「睡不多，都在做夢。」

「跟你的過去有關？」

他點頭。

她不想逼迫他。如果他願意談，當然好；但她知道在這件事上，最好不要給他壓力。她現在甚至不在乎自己對傑生的認識是基於三個月的虛幻回憶。她母親告訴過她：「你看得到可能成真的事。」而派波有決心要讓它成真。

傑生轉動他的籃球。「都不是什麼好事，」他警告說：「我記起來的事都不是好事，對我們任何一個人來說。」

派波很確定他說的「我們」，指的就是他們兩個，所以她不禁懷疑他是否憶起了過往生活中的某位女孩。但她不想為這個煩惱，起碼不是在冬陽如此溫暖的一天，傑生就坐在她身邊的時刻。

「一定會慢慢弄清楚的。」她安慰他。

他躊躇地凝望她，似乎很想就這麼堅信下去。「安娜貝斯和瑞秋會回來參加今天晚上的會議，或許我應該等到她們回來再說明……」

「好的。」她拔起腳邊一株青草，她知道橫阻在他們面前的危險還是很多，她或許得跟傑生的過去競爭，也或許無法從與巨人的對戰中倖存。但是此刻，他們都活得好好的，她決心要享受這一分一秒的時光。

傑生看著她，神情帶著憂心，手臂上的刺青在陽光下轉為淡藍。「你的心情似乎不錯，為什麼你覺得事情都會順利解決呢？」

「因為你將會帶領我們，」她的答案很簡單，「我會跟隨你去任何地方。」

傑生眨眨眼，然後漸漸露出微笑。「說這話很危險呀。」

「我本來就是個危險的女孩。」

「這我深信不疑。」

他站起來拍拍短褲，對她伸出一隻手。「里歐說要讓我們看一樣東西，在樹林裡，你要一起來嗎？」

「當然不可以錯過！」她握住他的手，站起來。

他們的手握在一起好一會兒。傑生歪一下頭，說：「該放手囉。」

「嗯，」她說：「再一秒鐘。」

她鬆開他的手，從口袋拿出一張卡片，是泰麗雅給她的銀色名片，寫著阿蒂蜜絲獵女隊的資料。她把卡片丟進附近一個不會熄滅的火爐中，看著它燃燒。從現在起，阿芙蘿黛蒂小屋不會再有人傷心，那不是他們需要的成長儀式。

在中央草地另一頭的室友看起來都很失望，竟然沒目睹到兩人接吻。他們開始分錢。這樣也好，派波很有耐心的。她可以見到很多好的可能。

「我們走吧，」她說：「我們還有好多探險計畫要忙呢。」

53 里歐

打從那次做了豆腐漢堡餐請狼人吃之後，里歐還沒像現在這麼忐忑不安過。他們穿過樹林抵達石灰岩斷崖後，他轉身對後面的那群人緊張地微微笑。「我們到了。」

他召喚火，把冒出火焰的手按上大門。

他的室友各個驚呼出聲。

「里歐！」妮莎尖叫：「你是個用火人！」

「是的，謝謝。」里歐回答：「我知道。」

已經拿掉全身石膏的傑克・梅森仍然拄著拐杖，他驚訝地說：「偉大的赫菲斯托斯呀，那表示……實在很罕見……」

巨大的石門轉開來，所有人的下巴都嚇到掉下來！里歐會冒火的雙手現在看來根本不值一提，連傑生和派波都震驚得不得了，而他們近來還見過好多怪事哩。

唯一沒有顯露驚訝的，只有奇戎一個人。這半人馬紳士眉頭緊鎖，摸著鬍鬚，好像這群人就要走進地雷區。

這可使里歐更加緊張，但他不打算改變主意。他的直覺告訴他，這個地方註定要公開，至少要對赫菲斯托斯小屋的人公開，此外，他也不想對奇戎及他兩個最好的朋友隱瞞此事。

「歡迎來到九號密庫，」他努力用最有信心的語調說：「我們進去吧。」

這群人安靜地巡視裡面的設備，每樣東西都跟里歐離去時一樣，巨大的機器、工作台、老舊的地圖和設計藍圖。只有一件事不同，非斯都的頭躺在中央大桌的桌面上，仍是在奧馬哈被擊扁、燒灼過的模樣。

里歐靠過去，嘴裡出現一絲苦澀。他摸摸龍頭。「非斯都，我很抱歉，但我沒有忘記你。」

傑生把手放在他肩膀上。「是赫菲斯托斯替你帶來這邊的嗎？」

里歐點點頭。

「但你無法修復它了。」傑生猜說。

「不可能了，」里歐說：「但是，頭部可以再利用，非斯都還是會追隨我們的。」

派波靠過來，皺著眉問他：「什麼意思？」

里歐還來不及回答，就聽到妮莎大喊：「大家過來這裡看！」

她站在一張工作台前，翻閱一本素描本。裡面是上百種機器與武器的結構圖。

「我從來沒有見過類似的東西，」妮莎說：「這裡面有許多奇妙的點子，比代達羅斯⑩工坊設計的還棒，而且光是做出樣品，大概就要花上一個世紀吧。」

「誰蓋了這個地方？」傑克．梅森問：「又為什麼要蓋呢？」

奇戎保持沉默，而里歐則是注視著他第一次來時就掛在牆上的古地圖。這地圖上有混血營，海峽中還有一排古希臘戰艦，山谷周圍的山丘上都裝了砲彈發射器，另外又標記了陷

⑩代達羅斯（Daedalus）是希臘神話中的偉大發明家、建築師與工藝師。

阱、戰壕和埋伏的位置。

「這是一個戰時號令中心，」他說：「營區被攻擊過一次，是嗎？」

「在泰坦大戰時？」派波問。

妮莎搖搖頭。「沒有。何況，這張圖看起來很舊了，上面寫的是……一八六四年嗎？」

這時，所有人都看向奇戎。

奇戎的尾巴焦躁地甩動著。「這個營區被攻擊過很多次，」他承認，「而這張地圖，是來自最後一次內戰。」

顯然里歐不是唯一搞不懂的人，其他赫菲斯托斯小屋的人也都互相張望，眉頭糾結。

「內戰……」派波說：「你指的是美國的最後一次內戰，大約一百五十年前發生的南北戰爭嗎？」

「是，也不是。」奇戎說：「凡人的戰事和半神半人的戰事，兩者呼應交織在一起，這是西方歷史上常有的狀況。從羅馬帝國殞落後，史上的任何一場內戰或革命，幾乎都發生在混血人互相對戰的時間點。但是那一期的內戰特別可怕。對美國人來說，那是他們歷史上最血腥的一段衝突，死傷人數遠遠超過兩次的世界大戰；對混血人來說，傷亡同樣慘重。那時，這個山谷就是混血營的所在地，而就在這些樹林裡，發生了非常慘烈的戰事，持續好幾天，兩邊都有巨大的損失。」

「兩邊，」里歐說：「你的意思是，混血營分裂成兩邊？」

「不是這樣，」傑生突然開口說：「奇戎的意思是，有兩群不同的混血人，混血營是屬於其中的一邊。」

里歐不確定他是否想知道答案，然而還是接著問：「另一邊是誰？」

奇戎看著上面已經陳舊模糊的「九號密庫」標幟，似乎回想起當年它被掛上去的情景。

「這個答案不好回答，」他警告著：「這是我對冥河發誓絕不提起的事。在美國內戰之後，天神被自己孩子們付出的慘痛代價嚇到了，他們發誓，絕對不讓這種事情再度發生。所以，兩群不同的人被徹底隔絕開來。天神使出所有能力，編織出最緊密的迷霧，以確保敵對的雙方不再記得對方，出任務時也不會相遇，所以，兵戎相向的事總算能夠避免。這張地圖是一八六四年畫的，是最後的黑暗時期，那也是兩群人最後一次交戰。我們曾有幾次差點交會的機會，尤其在一九六〇年代，那是個特別不確定的年代，但我們終究避免掉另一次內戰的可能。到目前為止，大概還是如此。就如里歐猜測的，這間密庫是赫菲斯托斯小屋的戰時指揮中心，上個世紀時曾經重新開放過幾次，通常拿來當動盪時期的庇護所。但過來這裡是很危險的，它會攪動古老的回憶，喚醒世代的仇恨，就連去年泰坦對我們產生威脅時，我都不願意冒險使用這個地方。」

里歐找到密庫的勝利感瞬間轉成罪惡感。「嘿，是這個地方發現我的，這是註定要發生的事，它是好事。」

「我希望你是對的。」奇戎說。

「我當然是！」里歐把一直收在口袋的那張兒時圖畫拿出來，他將圖攤在桌上讓每個人都能看到。

「這個，」他驕傲地說：「是艾歐勒斯還給我的東西，是我五歲時畫的。這是我的命運。」

妮莎皺起眉頭。「里歐，這是蠟筆畫的一艘船呀。」

「你看。」他指著告示板上最大的一張圖畫。那是一艘古希臘戰船的藍圖。當他的室友比較兩張圖的差異時，大家的眼睛愈睜愈大。桅杆的數量、槳櫓的數量，甚至護罩和風帆上面裝飾的形狀，兩張圖都相同。

「不可能，」妮莎說：「那張圖起碼有百年之久。」

「預言……不清……飛行？」傑克．梅森唸著藍圖下面的字，然後說：「這是一張飛行船的示意圖。你們看，那是登陸裝置。至於武器，喔，神聖的赫菲斯托斯，這上面有旋轉投石器、固定十字弓、神界青銅護甲。哇，這東西會是在海上的絕佳戰鬥機器。它有眞的被做出來嗎？」

「還沒有，」里歐說：「看看那個桅頂。」

毫無疑問，圖上船頭最前面的形狀是一個龍頭，一個特定的龍頭。

「非斯都！」派波說。每個人都轉頭去看桌子上的那顆龍頭。

「他註定要成爲我們的桅頂，」里歐說：「他要成爲我們幸運的象徵。而我，註定要打造這艘船。我已經決定要將它取名爲『阿爾戈二號』。夥伴們，我需要大家幫忙。」

「阿爾戈二號，」派波笑了，「以傑生的船來命名。」

傑生看起來有點不自在，但他點點頭。「里歐說得對，這艘船就是我們下一趟旅程所需要的工具。」

「什麼旅程？」妮莎問。「你們才剛回來耶。」

派波的手滑過那張舊蠟筆畫。「我們必須對抗波爾費里翁，也就是巨人之王。他說，他要在天神的根源地毀滅眾神。」

「老實說，」奇戎再度開口：「瑞秋的大預言對我來說仍然有許多謎團，但有一件事很明確。你們三個——傑生、派波和里歐，的確是七個必須完成這趟任務的其中三位混血人。你們必須在巨人的家鄉迎擊巨人，而那裡是他們力量最強的地方。你們必須在他們完全喚醒蓋婭之前打敗他們，在他們毀滅奧林帕斯之前擊垮他們。」

「嗯……」妮莎不安地移動腳步，「你說的奧林帕斯不是指曼哈頓，對吧？」

「嗯，」里歐回答她：「是原始的奧林帕斯山。我們必須航行去希臘。」

54 里歐

花了幾分鐘的時間讓大家安靜下來後，赫菲斯托斯小屋的成員立刻開始發問。誰是另外四個要出任務的混血人？建造一艘船需要花多久的時間？爲什麼不是每個人都能去希臘？

「英雄們！」奇戎的馬蹄猛踏在地板上。「現在事情還不明朗，但里歐說得沒錯，他需要你們幫忙打造阿爾戈二號。這或許是九號小屋承接過最偉大的案子了，絕對比打造大銅龍要偉大得多。」

「起碼要花上一年的時間，」妮莎估計，「我們有那麼多時間嗎？」

「你們最多只有六個月的時間，」奇戎回答：「你們應該在夏至前啓航，也就是天神力量最強的時候。再說，我們也不能信任那些風神，而夏風之神的力量最小又最容易控制。不能再晚出發，不然就會來不及阻止巨人。你們必須避免在陸地行走，只能利用空中和海上交通，所以這艘船算是完美的工具。而傑生，你身爲天空之王的兒子……」

他的聲音突然消失，里歐認爲奇戎想必是想到了他失蹤的學生波西‧傑克森，海神波塞頓的兒子。他對這趟旅程也應該有所幫助。

傑克‧梅森轉身看著里歐，說：「這個嘛，還有一件事也很明確。你現在是赫菲斯托斯小屋的首席指導員了。這是有史以來九號小屋最大的光榮，有人有其他意見嗎？」

沒有人回應。所有室友對著他微笑，里歐可以感覺到九號小屋的詛咒似乎破解了，他們絕望的心情已經化爲烏有。

「好，那就正式任命，」傑克說：「你是隊長，首席指導員！」

終於有一次，里歐說不出半句話來。自從媽媽死後，他的生活就是在逃家，但現在他有了新的家和新的家人，還找到了一個重要的工作。這個工作儘管恐怖驚人，卻讓里歐沒有半點想逃的念頭，連一絲絲都沒有。

「嗯，」他隔了半晌終於開口：「如果你們這些人眞要選我當隊長，想必你們通通比我還要瘋。那我們就一起來打造一個絕佳的海上戰鬥機器吧！」

55 傑生

傑生在一號小屋裡孤獨地等待。安娜貝斯和瑞秋隨時會在首席指導員會議上出現，而他需要一點時間思考。

昨晚的夢，令他不舒服到不想跟任何人分享，連派波也不想說。他的記憶還是很朦朧，但是片片段段的畫面開始出現。比如魯芭在狼屋測試他的那個夜晚，就是在決定要把他當成小狼還是食物的時候。然後是一段朝南方走的漫長旅途，他不記得是去了哪裡，但過往生活的浮光掠影開始顯現。還有他刺青的那一天，他被高舉在盾牌上宣告爲羅馬執法官的那一天。還有朋友們的臉，達珂塔、關德琳、海柔、巴比，以及蕾娜。絕對有一個叫蕾娜的女孩，雖然他不確定她與自己有什麼關係，但想起這個名字，讓他開始自問對派波的感覺，並且懷疑自己是不是做了什麼不對的事。但問題是，他很喜歡派波。

傑生將自己的東西移到本來姊姊睡覺的地方，再把泰麗雅的照片黏回牆上，這樣他就不會覺得自己太孤單。他抬頭望著宙斯皺眉的雕像，雖然一樣是自大驕傲、高高在上的樣子，卻再也不會讓他驚嚇，只是讓他悲傷。

「我知道你聽得到我。」傑生對雕像說。

雕像沒有說話，但上了漆的眼睛似乎瞪著他。

「我希望我可以當面跟你說話，」傑生繼續說：「但我了解你不能這麼做。羅馬天神並不能涉入凡人的生活太多，而且，你是個王，你要立下典範。」

更多沉寂。傑生希望他能夠產生一些反應，例如比平常更響亮一點的雷聲、更強烈的閃光，或是一個微笑。沒有。算了，奢求他的微笑眞的很可笑。

「我記起了一些事。」他說，卻愈說愈沒信心。「我記得身爲朱比特之子很辛苦，每個人都把我視爲領導者，但我總是覺得很孤獨。我想，你在奧林帕斯應該也有同樣的感受。其他天神會挑戰你的決定，有時你得做出很困難的選擇，但其他天神卻批評你。而你也不能像別的天神那樣出手幫助我，你必須和我保持距離，顯示你並沒有特別偏好誰。我想，我只是要跟你說……」

傑生做了一次深呼吸，繼續說：「我能理解這一切，沒關係的。我會盡我最大的能力，我會讓你以我爲榮。而且，我會好好運用你的指引，父親大人，如果能有這個機會的話……請幫助我，讓我可以幫助我的朋友。我很怕自己會害他們失去性命，我不知道應該如何保護他們。」

他的頸背突然一緊，意識到身後站了一個人。他轉過身去，是一位羊皮披肩橫過肩膀的黑衣黑帽女人，手上還握有一把套著劍鞘的羅馬劍。

「希拉。」他說。

她把遮住臉的連身帽拉下來。「對你而言，我永遠是茱諾。你父親已經傳送過他的指引了，傑生。他送給你派波和里歐，他們不只是你的責任，也是你的朋友。傾聽他們的意見，你就會做得很好。」

「是朱比特派你來這裡告訴我這個嗎？」

「英雄，沒有任何人能派我做任何事，」她說：「我可不是一個信差。」

「是你讓我變成這樣。爲什麼要將我送來混血營？」

「我想你知道原因，」茱諾說：「交換領袖是必須的，這是唯一能消除分歧的方式。」

「這件事並沒有經過我的同意。」

「是沒有。但宙斯把你的生命交給我，而我是在協助你完成你的使命。」

傑生試著壓抑自己的怒火，他看著身上的橘色上衣和手臂上的刺青，他知道這兩個東西不應該同時出現。他已經變成一個矛盾的組合，就像是梅蒂亞製造出來的那種危險混合物。

「你還是不打算還給我所有的記憶，」他說：「你答應過我的。」

「大部分的記憶遲早會回來，」茱諾說：「但你一定要自己找到回去的路。接下來幾個月，你需要與新的家庭、新的朋友好好相處，你將會得到他們的信賴。在你要啓航之前，你會成爲這個營隊的領導者，而且你也需要做好準備，成爲兩股強大力量的調解者。」

「如果你告訴我的不是眞相呢？」他問：「萬一你這麼做只是爲了挑起下一次內戰？」

茱諾的表情讓人完全看不透，是驚奇？鄙視？欣賞？也許三種都有。不論她以多接近凡人的樣子出現，傑生都知道她不是凡人。他依然會看到那讓他眼盲昏迷的光芒，女神的眞實型態已經直接烙印進他的腦中。她是茱諾，也是希拉，她可以同時在很多地方出現。她做任何事，永遠都不是爲了單純的理由。

「我是家庭女神，」她說：「而我的家已經分裂太久了。」

「他們把我們分開，是要阻止我們互相殘殺，」傑生說：「這個理由似乎很合理。」

「大預言要求我們改變。巨人將要升起，每一個巨人只能靠一位天神和一個混血人合力才解決得掉。所以那七位混血人，必須是同年紀中最強的人。以現在的情況而言，混血人分屬在兩個不同的地方，如果我們繼續維持這樣分裂的情勢，勝利不可能落在我們這邊。蓋婭就是看中這一點。你必須聯合奧林帕斯的英雄，合作無間航向希臘，在希臘的古戰場上與巨人一決生死。只有這樣，天神們才會被說服，願意匯聚力量到你們身上。這將是眾神子女所擔負過最危險的任務，也是最重要的旅程。」

傑生再次抬頭望著父親發光的雕像。

「這不公平，」他說：「我有可能搞砸所有事。」

「的確可能，」茱諾同意，「但天神需要英雄，一直是這樣。」

「連你都需要？我以為你討厭英雄。」

女神露出苦笑。「大家的確是這樣說我。但如果你想聽眞話，傑生，那是因為我很嫉妒其他眾神擁有凡人的小孩。你們半神半人可以橫跨兩個世界，我想這會讓你們的天神父母，包括那該死的朱比特，比我更加了解人類世界。」

茱諾的嘆息中含著深深的哀怨，讓傑生的氣憤不禁消退，甚至替她感到難過起來。

「我是婚姻女神，」她說：「我的天性無法讓我不忠誠。我只有兩位天神小孩，就是阿瑞斯和赫菲斯托斯，但他們都很令我失望。我沒有其他的混血小孩可供差遣，這就是為什麼我對海克力士、埃尼亞斯等半神半人很尖酸刻薄的原因。但這也是我偏愛最早那位傑生的原因，因為他是單純的人類，沒有任何神性的父母來引導他。所以我很開心宙斯把你送給我。你會成為我的武士，傑生，你會成為最偉大的英雄，會聯合分裂的混血人，團結奧林帕斯。」

她的話語像沙包一樣沉重，幾乎將他淹沒。兩天以前，他還對自己必須帶領混血人去面對大預言的這個想法感到驚恐不已，像要航向戰場、對抗巨人、拯救世界這些事。

他現在還是很驚恐，但有了一些改變。他不再感到孤獨。現在有朋友相伴，有一個家要捍衛，甚至還有一位守護女神在看著他，這點多少令人感到安慰，即使她看來不太可靠。

傑生必須勇敢面對、接受自己的命運，就像他當時徒手和波爾費里翁決鬥一樣。當然，事情看起來幾乎不可能達成，他或許難逃一死，可是他的朋友都要仰賴他。

「萬一我失敗了呢？」他問。

「巨大的勝利就會有巨大的風險，」她承認，「失敗，就會血流成河，前所未見。混血人將自相殘殺，巨人取代奧林帕斯，蓋婭甦醒，大地動搖，震毀這五千年來我們建立的所有成就。那也是我們的末日。」

「太好了，只能說太好了。」

有人在敲小屋的門。

茱諾把連身帽拉回頭上，蓋住臉龐，然後她把她的羅馬劍連同劍鞘交給傑生。「收下這把劍，取代你失去的武器。我們還會再碰面的，不管你喜不喜歡，我是你的支持者，是你與奧林帕斯的連結。我們兩個互相需要。」

小屋的房門打開時，女神就消失了，走進來的是派波。

「安娜貝斯和瑞秋都回來了，」她說：「奇戎已經召開會議。」

56 傑生

會議和傑生想像的完全不同，它在主屋的娛樂室舉行，大家圍坐的桌子是乒乓球桌，光是這點就很有趣。有一位羊男負責提供玉米脆片和汽水，還有人把起居室的豹頭塞摩爾移到這房間的牆上，每隔一段時間就有一位指導員丟狗餅乾給牠吃。

傑生看著四周坐著的每個人，試圖記下大家的名字。幸好里歐和派波坐在他身旁，這也是他們兩個第一次以首席指導員的身分參加會議。阿瑞斯小屋的領導人是克蕾莎，她穿著靴子的腳就大剌剌放到桌上，沒人在意。希普諾斯小屋的卡拉維斯當然是縮在角落打呼，伊麗絲小屋的巴奇忙著算他可以塞多少支鉛筆到卡拉維斯的鼻孔裡。荷米斯小屋的崔維斯・史托爾將打火機放在乒乓球下面，試驗乒乓球是否會燃燒。阿波羅小屋的威爾・索拉斯心不在焉地玩弄手腕上的繃帶，時而纏繞時而解開。黑卡蒂小屋的指導員好像名叫露・艾倫，正在和狄蜜特小屋的米蘭達・加汀納玩捏鼻子遊戲。不過露・艾倫竟有某種魔法眞的將米蘭達的鼻子捏了下來，米蘭達拚命要把鼻子拿回來。

傑生很希望泰麗雅會出現。她答應過他的，但終究不見人影。奇戎告訴他不用替泰麗雅擔心，她常常臨危授命跑去牽制怪物，還要幫阿蒂蜜絲出任務，也許很快就會出現。但傑生依舊十分擔心。

神諭使者瑞秋・戴爾就坐在奇戎旁邊，算是桌首的位置。瑞秋身穿克萊倫女子學校的制服，看起來有些突兀，不過她始終對著傑生微笑。

安娜貝斯就沒有那麼放鬆，她將盔甲戰衣穿在營隊衣服外面，刀掛在側身，金髮向後梳綁成馬尾。當傑生一進到這房間，她就盯著他看，眼神有種特別的期待，就好像想用每一分意志力從他身上汲取資訊。

「請遵守會議秩序，」奇戎說：「露．艾倫，把米蘭達的鼻子還給她。崔維斯，麻煩熄滅乒乓球的火。巴奇，我認爲塞二十支鉛筆到任何人類的鼻孔都嫌太多了。謝謝大家。現在，大家都看到傑生、里歐和派波成功完成任務回來。有些人已經聽過一部分的經歷，但我想讓他們一次把故事說完整。」

每個人都看著傑生。他清清喉嚨，開始敘述任務的始末。派波和里歐不時插進來說明，補充傑生遺漏的細節。

傑生明明只有花上幾分鐘的時間說明，但當所有人盯著他看時，感覺好像更久。聽眾的沉默令人感覺沉重。有這麼多注意力不足過動症患者齊聚一堂，卻能夠安靜聆聽，那故事想當然非常勁爆驚人。最後，傑生以希拉在會議之前的造訪做結尾。

「所以，希拉來到這裡，」安娜貝斯說：「來找你談話。」

傑生點點頭。「聽好，我沒有說信任她……」

「這樣才聰明。」安娜貝斯說。

「但所謂另一群混血人，並不是她編造出來的。我，就是來自那裡。」

「羅馬。」克蕾莎丟給塞摩爾一塊狗餅乾。「你期待我們相信還有另外一個收留混血人的地方，他們是天神以羅馬分身出現時生的小孩。我們可從來沒聽說過這件事。」

派波往前坐。「天神特意把兩群人分開，因爲每一次他們見到彼此，就會互相殘殺。」

「這點倒說得通，」克蕾莎說：「可是，爲什麼我們每一次出任務都沒有遇過他們？」

「喔，你們遇過了，」奇戎表情哀傷地說：「你們曾經遇過，而且不少次了，但總會演變成悲劇，天神於是盡可能將相關人等的記憶抹去。這樣的敵意其實可以追溯到特洛伊戰爭時期，克蕾莎。當時希臘人入侵特洛伊城，讓整個城付之一炬，特洛伊的英雄埃尼亞斯逃走，歷經許多過程，最後到達現在的義大利。他在那裡建立自己的民族部落，後來演變成羅馬。羅馬人的力量愈來愈強大，他們崇拜同樣的天神，但使用不同的名字稱呼，天神們的特質也稍有不同。」

「更加好戰。」傑生說：「更加團結，對擴張勢力、征服異族和遵守紀律更有興趣。」

「嗯。」崔維斯出聲。

好幾個指導員看起來都不大舒坦，儘管克蕾莎露出「這也沒什麼」的表情。

安娜貝斯在桌上旋轉起她的刀。「而羅馬人痛恨希臘人，他們會征服希臘島嶼也是在復仇，把島嶼納爲羅馬帝國的一部分。」

「說『痛恨』並不完全貼切，」傑生說：「羅馬人崇拜希臘的文化，甚至有些嫉妒。相反的，希臘人則認爲羅馬人是粗野的野蠻人，但敬佩他們的軍事力量。所以從羅馬時期開始，混血人就已經分成兩群，不是希臘，就是羅馬。」

「從那時候開始一直到現在。」安娜貝斯猜測。「但這聽起來實在很瘋狂。奇戎，那麼泰坦大戰時，羅馬那群人在哪裡？難道他們沒想過要幫忙嗎？」

奇戎摸著鬍鬚說：「他們確實有幫忙，安娜貝斯。當你和波西在曼哈頓帶領戰爭時，你認為是誰去毀掉泰坦在加州奧特里斯山的基地？」

「等等，」崔維斯插嘴：「是你說奧特里斯山在我們打敗克羅諾斯之後就自動倒下了，不是嗎？」

「不是的。」傑生說。他記起了戰爭的片段。一個巨人穿著有星星光芒的盔甲，拿著一個裝有公羊角的舵輪。他記得他的混血人軍隊攀登上塔瑪爾巴斯山，和一大群蛇怪打鬥。「它不是自動倒下的，我們搗毀他們的宮殿，我親手殺了泰坦巨神克里奧斯。」

安娜貝斯眼中的風起雲湧簡直就跟風暴怪物一樣，傑生可以看到她的想法在流轉，並且迅速將片段事實整理出頭緒。「那是在灣區。我們這些混血人始終被警告說要遠離那裡，因為離奧特里斯山很近的關係。但其實那並非唯一的理由，對吧？羅馬營一定是在靠近舊金山的某一個地方，我猜是為了就近監視泰坦的領域而設置在那裡的。到底會是哪裡呢？」

奇戎在輪椅中似乎也坐立難安。「我不能說。老實說，就連我也不是被信賴到足以確知這些事。對應於我的位階的母狼魯芭，並不是那種願意分享資訊的人。傑生的記憶也是如此，被燒掉了。」

「那個營隊被魔法給遮蔽住，」傑生說：「而且還有重兵守衛，我們可能搜尋好幾年也不會有結果。」

瑞秋．戴爾手指交扣，整個房間只有她沒有絲毫緊張的神情。「但你還是會嘗試吧？你們會打造里歐設計的阿爾戈二號，在航向希臘之前，先過去羅馬營。你們需要他們的幫忙才能與巨人抗衡。」

「爛計畫，」克蕾莎警告，「如果羅馬營的人看到戰船接近，一定會認為我們是要去攻打他們的。」

「你的看法有可能對，」傑生說：「但我們必須嘗試。我是被送到這裡來學習混血營的一切，來說服你們兩邊不要互視爲敵人，我是來獻上和平的。」

「嗯，」瑞秋說：「因爲希拉相信需要兩個營隊合作才能贏得巨人之戰。七個英雄中，會有幾個來自希臘營，幾個來自羅馬營。」

安娜貝斯點點頭。「你的大預言……最後一句話是什麼？」

「敵人擁有死亡之門的武器。」

「蓋婭已經打開死亡之門了，」安娜貝斯說：「她開始放出冥界裡那些最惡劣的壞蛋來跟我們纏鬥，如梅蒂亞、米達斯，之後一定還有更多壞蛋出現，這我很確定。或許這句話也代表希臘和羅馬的混血人會聯合在一起，找出那道門，把它關起來。」

「也或許是他們在那道死亡之門互戰，」克蕾莎指出：「預言又沒說我們會合作。」

會場沉默下來，因爲快樂的希望沉落了。

「我要去，」安娜貝斯打破沉默，「傑生，當你這艘船造好時，請讓我跟你們一起去。」

「我也希望你會提出這種要求，」傑生說：「就是你了。我們需要你的幫忙。」

「等一下，」里歐皺起眉頭問：「對我來說，這樣的事當然很酷啦，但爲什麼所有人裡面，就是需要安娜貝斯？」

安娜貝斯和傑生互相審視對方。傑生知道她已經把事情都整合清楚了，她看出那個危險的事實。

「希拉說，我的到來是領導者的交換，」傑生說：「是一種讓兩個陣營去除歧見的方法。」

「是嗎?」里歐繼續問:「所以呢?」

「交換是雙方面的,」傑生說:「當我來到這裡,我的記憶都被抹去,不知道自己的身分與歸屬。幸運的是,你們大家接納我,讓我重新找到一個家,我完全體認到你們不是敵人。而羅馬營向來不是一個講求友善的地方,你得很快證明自己活在這世上有價值,要不然就別活了。他們可能不會對他那麼好,要是知道他來自何處,麻煩就更大了。」

「他?」里歐問:「你說的『他』是誰呀?」

「我的男朋友,」安娜貝斯憂心忡忡地說:「他失蹤的時間幾乎和傑生出現的時間一樣,而如果傑生是來到混血營……」

「完全正確,」傑生認同地說:「波西．傑克森就是去了另一個營隊,而他,大概也不記得自己是誰了。」

混血營英雄 1

迷路英雄

文 / 雷克・萊爾頓　譯 / 蔡青恩

執行編輯 / 林孜懃　特約編輯 / 余式恕
美術設計 / 唐壽南　行銷企劃 / 陳佳美
出版一部總編輯暨總監 / 王明雪

發行人 / 王榮文
出版發行 / 遠流出版事業股份有限公司　104005 台北市中山北路一段11號13樓
電話：(02)2571-0297　傳真：(02)2571-0197　郵撥：0189456-1
著作權顧問 / 蕭雄淋律師
輸出印刷 / 中原造像股份有限公司
□ 2011年7月1日 初版一刷　□ 2023年12月10日 初版三十一刷

定價 / 新台幣360元 (缺頁或破損的書，請寄回更換)

ISBN 978-957-32-6804-8

遠流博識網 http://www.ylib.com　E-mail:ylib@ylib.com
遠流雷克萊爾頓奇幻欄 http://www.facebook.com/thekanefans
混血營英雄中文官方網站 http://www.ylib.com/hotsale/TheHeroes
波西傑克森—混血人俱樂部 http://blog.ylib.com/PercyJackson

THE HEROES OF OLYMPUS: THE LOST HERO

國家圖書館出版品預行編目資料

混血營英雄：迷路英雄 / 雷克・萊爾頓（Rick Riordan）
著；蔡青恩譯. --初版. --臺北市：遠流, 2011.07
面； 公分

譯自：The Heroes of Olympus: The Lost Hero
ISBN 978-957-32-6804-8（平裝）

874.57 100011073